일신서적출판사

카라마조프가의 형제 Ⅰ

도스토예프스키

일 신 서 적 출 판 사

카라마조프가의 형제 I

차례

(계속)

주요 등장 인물

표도르 파블로비치 카라마조프　자수성가한 소지주. 육욕적인 호색한으로　비명
　　횡사한다.

드미트리 표도로비치(미챠)　표도르의 맏아들. 퇴역 장교. 정열과 순수함을　갖
　　추었으나 무절제하며 방탕스럽다.

이반 표도로비치　표도르의 둘째 아들. 대학을 나온 수재. 세계를 부정적으로 인
　　식하는 무신론자.

알렉세이 표도로비치(알료샤)　표도르의 셋째 아들. 수도원의 장로에게　시사하
　　는 수도사. 순결하고 청순한 박애가.

스메르쟈코프　표도르의 사생아. 편집광적인 간질병 환자.

조시마 장로　알료사의 스승. 이반이 이 소설의 부정적인 사상의 핵인데 반해 조
　　시마 장로는 긍정적인 사상의 핵을 이루고 있다.

카테리나 이바노브나(카챠, 카텐카)　중령의 딸. 미챠의 약혼녀. 뒤에　이반을
　　사랑한다.

그루센카(아그라페나 알렉산드로브나)　분방한 창녀형의 여인. 뒤에　미챠를 사
　　랑한다.

아젤라이다 이바노브나　표도르의 전처

소피아 이바노브나　표도르의 후처

작자로부터

내 작품의 주인공 알렉세이 표도로비치 카라마조프의 전기(傳記)를 시작함에
있어, 내게는 몇 가지 석연치 않은 점이 있다. 그것은 비록 내가 알렉세이 표도
로비치를 이 책의 주인공이라고 부르고는 있지만, 실제로 그가 조금도 위대한
인물이 아님을 나 자신이 잘 알고 있기 때문이다. 따라서 「당신의 알렉세이 표
도로비치는 도대체 어떤 점이 뛰어났으며 무엇 때문에 그를 주인공으로 선택했
는가? 그의 업적은 무엇이고, 누구에게 무슨 일로 알려진 사람인가? 무엇 때
문에 우리 독자들이 이자의 생애를 연구하느라고 시간을 허비해야 하는가?」하
는 따위의 질문이 쏟아져 들어오리라는 것도 나는 미리 알고 있다.

그 중 마지막 질문은 가장 날카로운 것으로서, 여기에 대해 나는 그저 「이 소
설을 읽으시면 직접 알 수 있겠지요.」라고밖에는 대답할 수가 없다. 그런데 이
소설을 다 읽고 나서도 독자가 여전히 알렉세이 표도로비치의 뛰어난 점을 인정
하려 들지 않는다면? 사실은 바로 이와 같은 경우를 예측하였기 때문에, 지금
나는 이런 말을 늘어놓고 있는 것이다. 내가 보기엔 그는 분명히 주목할 만한 가
치가 있는 사람이지만 이 점을 독자들에게 과연 얼마만큼 납득시킬 수 있을는지
에 대하여는 전혀 자신이 없다. 문제는, 그가 분명히 주인공이긴 하면서도 어딘
가 애매히고 분명치 않은 인물이라는 데 있지 않을까? 그렇지만 지금 같은 시
대에는 작중 인물에 대해 분명함을 요구하는 것부터가 이상한 일인지도 모른다.

그러나 다만 한 가지, 그가 몹시 이상한, 아니 괴상하다고까지 할 수 있는 사
람이란 점만큼은 의심의 여지가 없다. 그러나 이상하다느니 괴상하다느니 하는
것은, 사람들이 부분적인 것들을 주워 모아 전체의 헝클어짐 속에서 어떤 공통
점을 발견하려고 애쓸 때, 거기에 도움을 주기보다는 오히려 방해가 되는 것이
보통이다. 이른바 괴짜란 사람은 대부분의 경우 특수하고 또 주위에서 고립된
존재이기 때문이다. 그렇지 않은가?

그런데 만일 여러분이 이 마지막 정의에 동의하지 않고, 〈그렇지 않다〉거나
〈늘 그런 것은 아니다〉라고 대답한다면, 아마도 나는 이 책의 주인공 알렉세이

8

표도로비치의 가치에 대하여 자신을 가질 수도 있으리라. 그것은 괴상한 사람이라고 해서 늘 특수하고 고립된 존재는 아닐 뿐더러, 오히려 그와 같은 사람이 전체의 핵심적 요소를 지니고 있는 경우도 자주 있기 때문이다. 그리고 그와 같은 시대의 다른 모든 사람들은 어떤 이유에서인지 거센 바람에 휘말리어 잠깐 그로부터 떨어져 나간 사람들인 것이다…….

하기는 이와 같이 따분하고 몹시 알쏭달쏭한 이야기만 늘어놓을 것이 아니라, 머리말 없이 대뜸 본문부터 시작하는 것이 좋았으리라. 이 책이 마음에 드는 독자라면 끝까지 읽어 줄 테니까. 그런데 곤란한 점은 내가 쓰려는 전기는 하나인데, 이야기는 두 가지라는 것이다. 그 중에서도 두 번째 이야기가 보다 중요한 것으로서, 그것은 우리 시대——지금 우리가 살아 가고 있는 이 시대에 있어서 나의 주인공의 행동을 그린 것이다. 한편 첫번째의 이야기는 이미 십삼 년 전에 일어난 사건에 관한 것인데, 소설이라고 하기보다는 차라리 내 주인공의 어린 시절의 한 토막이라고 하는 편이 더 좋을 것이다. 그렇지만 이 첫번째 이야기 없이는 본 소설인 두 번째 이야기의 대부분을 이해하지 못할 터이므로 첫번째 이야기를 생략해 버릴 수는 없다. 그렇기 때문에 나는 서두에서부터 더욱더 어려움에 빠져들고 만다. 만약 내가, 즉 전기 작가인 내가 그처럼 대수롭지도 않고 얄궂은 인물을 위해서는 하나의 이야기만으로도 지나치다고 생각한다면, 구태여 이야기를 두 가지씩이나 들고 나와야 할 필요는 어디 있으며, 또 그러한 나의 주제넘은 시도는 도대체 무엇이라고 해명하여야 할 것인가?

그러나 이와 같은 모든 문제들에 대한 해답을 생략하고 나는 여기서 일단 그냥 넘어가기로 한다. 물론 조금만 눈치가 빠른 독자라면, 내가 결국은 이런 식으로 나오리라는 것을 미리부터 알아차렸을 터이므로, 무엇 때문에 그런 시덥잖은 이야기로 아까운 시간만 허비했느냐고 나를 질책할 것임에 틀림없다.

이 질문에 대하여는 분명히 대답하겠다. 내가 쓸데없는 군소리를 늘어놓아 귀중한 시간을 낭비한 것은, 첫째는 예의라는 것 때문이고, 둘째로는 『어쨌든 작자는 미리 어떤 복선(伏線)을 쳐두었군』하는 말을 듣기 위한 얕은 생각에서였다. 그러나 나는 이 소설이 전체로서의 본질적인 통일을 유지하면서 자연히 두 개의 부분으로 나뉘어진 것을 오히려 다행으로 생각한다. 첫번째의 이야기를 다 읽은 독자는, 두 번째의 이야기가 과연 읽을 만한 가치가 있는 것인지 어떤지를 스스로 결정할 수 있을 것이다. 물론 누구든지 무슨 속박을 받고 있는 것은 아니니까 첫째 이야기를 한두 장쯤 읽다가 책을 팽개쳐 버리고 두 번 다시 들춰 보려고 하지 않아도 좋다. 그러나 개중에는 공정한 판단을 그르치지 않기 위해서 책을 끝까지 읽어야 하겠다는 꼼꼼한 독자들도 분명히 있을 것이다. 이를테면 우리 러시아의 모든 평론가들 같은 분들 말이다. 이런 독자들 앞에서는 내 마음이 한결 가벼워진다. 그러나 그처럼 꼼꼼하고 진지한 태도를 지닌 사람이라 할지라도 언제라도 이 소설의 첫 장면에서 책을 던져 버릴 수 있도록 가장 적당한 구실을 나는 여기에 마련해 둔다. 이상이 머리말의 전부이다. 이런 투의 머리말이 정말 쓸데없는 것이라는 점에는 나도 전적으로 동감이지만, 이왕 여기까지 써 내려온 것이니 그대로 두기로 한다.

그럼, 지금부터 본문으로 들어가기로 하자.

제1부

제1장 어느 집안의 내력

1. 표도르 파블로비치 카라마조프

알렉세이 표도로비치 카라마조프는 지금부터 꼭 십삼 년 전에 비극적이고도 해괴하게 죽은, 우리 군(郡)의 지주 표도르 파블로비치 카라마조프의 세째 아들이었다. 이 사건으로 인해 그 당시 표도르 파블로비치 카라마조프라면 모를 사람이 없을 정도였으나(하긴 지금까지도 우리 고장에서는 그의 이야기가 가끔 오르내리지만), 그의 죽음에 대한 것은 순서에 따라 나중에 다시 이야기하기로 하겠다.

지금 밝혀 두려는 것은 이 지주(그는 한평생 동안 자기의 영지에서 산 적은 거의 없었지만 어쨌든 우리 고장에서 지주로 통했다)가 매우 괴상한 타이프의 인간, 그러면서도 우리가 주위에서 흔히 만날 수 있는, 그러한 종류의 인간이었다는 점이다. 다시 말해서 실없는 짓을 좋아하고 방탕하며 센스가 없는 인간이면서도 단 한 가지 재주는 있었다. 즉 금전적인 문제만큼은 어디까지나 철저하게 다룰 줄 아는 위인이었다. 한 가지 실례로써, 표도르 파블로비치는 거의 무일푼으로 출발했고, 지주라고는 하지만 아주 미미한 존재에 지나지 않아서 남의 집 식사 때를 노려 부지런히 찾아다니기도 하고 부자집 식객(食客) 노릇이나 해보려고 전전긍긍해 온 터이지만 죽을 때는 현찰로 십만 루블리나 가지고 있었다. 그러면서도 그는 우리 군 일대에서는 가장 우둔한 어릿광대로 행세해 왔던 것이다. 다시 한번 되풀이 말하지만, 그는 결코 바보가 아니다. 이런 어릿광대들의 대부분은 제법 영리하고 교활하기까지 하다. 그들이 사람들에게 우둔한 것처럼 행동하는 것은 특유한 러시아적인 성격 때문인 것이다.

　그는 두 번 장가를 들어서 아들 셋을 두었다. 맏아들인 드미트리 표도로비치는 전처의 소생이고 나머지 두 아들, 이반과 알렉세이는 후처의 몸에서 태어났다. 표도르 파블로비치의 첫번째 부인은 같은 우리 군의 지주인 미우소프라는 꽤 부유하고 이름있는 귀족 집안의 출신이었다. 상당한 지참금(持參金)을 가진 미인이며, 게다가 발랄하고 영리하기까지 한 아가씨가(요즘엔 이런 처녀들이 꽤 많지만 지난날에는 그리 흔하지 않았었다) 도대체 어떻게 해서 〈건달〉로 불리우던 그런 하찮은 인간에게 넘어가 버렸는지는 여기서 구태여 설명하지 않겠다. 나는 지나간 낭만적 세대에 살고 있었던 처녀를 하나 알고 있다. 이 처녀는 몇 해를 두고 어떤 남자에게 수수께끼와도 같은 사랑을 바쳐 오다가 언제라도 정당한 절차를 통해 결혼할 수 있었음에도 불구하고 스스로 극복할 수 없는 장애를 생각해 내고서는, 어느날 폭풍우가 휘몰아치는 밤에 가파른 절벽에서 꽤 깊고 물살이 빠른 강물에 뛰어들어 자살해 버리고 말았다. 그것은 순전히 그녀 자신의 변덕스러운 기분, 다시 말해서 그저 셰익스피어의 오필리아의 흉내를 내 보고 싶은 충동 때문이었다. 만일 그녀가 평소부터 무척 좋아했었고 또 미리 점찍어 두었던 이 절벽이 그리 아름답지 않은 평범한 강언덕이었다면 결코 자살 사건 따위는 아예 없었으리라. 이 이야기는 어디까지나 실화이며, 여기서 우리는 러시아의 생활 속에서 최근 두서너 세대 동안에 이와 꼭 같거나 이와 비슷한 사건들이 적지않게 발생했었다는 사실을 돌이켜 생각해 볼 필요가 있다. 의심할 여지도 없이 표도르의 전처 아젤라이다 이바노브나 미우소프의 행동 역시 다른 사람들을 사로잡은 사조(思潮)에 대한 맹목적인 추종이었으며, 그러한 사조에 빠진 사고방식에서 오는 일종의 반발이었다. 아마도 그 여자는 여성의 독립을 선언하고 사회의 모든 구속과 제약, 그리고 자기 가문의 전제(專制)에 반대하여 뛰쳐나가고 싶었던 것인지도 모른다. 또한 그녀의 왕성한 상상력은, 비록 표도르 파블로비치가 남의 집 식객에 불과하긴 했지만 급속히 변천하는 이 시대에 있어서 가장 용감하고 가장 냉소적인 인간의 하나라고 단 한순간이나마 그녀를 확신케 했었는지도 모른다. 그러나 실제로 그는 심술궂은 어릿광대 이상의 아무것도 아니었던 것이다. 이 결혼의 매력은 이른바 뺑소니 결혼이었다는 데 있었고, 이것이 아젤라이다 이바노브나의 마음을 황홀하게 사로잡았다. 한편 표도르 파블로비치 쪽에서 보자면, 그는 본래가 수단 방법을 가리지 않는 사람인데다가 그 당시의 사회적인 지위로 보아 이런 일은 오히려 고대하고 있었던 바였다. 그도 그럴 것이 그는 무슨 방법으로든지 출세의 기반을 닦을 수 있는 기회가 오기를 열망하고 있던 터이므로, 명문인 집안과 관계를 맺고 그 위에 결혼 지참금까지 손에 넣는다는 것은 그야말로 아주 솔깃한 이야기가 아닐 수 없었다.

서로의 애정으로 말하자면 여자 쪽에서도 없었지만, 남자 쪽에서도 역시 아젤라이다 이바노브나가 뛰어난 미인이었음에도 불구하고 그런 것은 애초부터 없었던 모양이다. 이것은 치마만 두른 여자라면 눈 한번 끔쩍하기만 해도 금방 뒤꽁무니를 쫓아가는 표도르 파블로비치의 음탕한 성품으로는 아마도 일생을 통해 단 한번밖에 없는 특수한 경우라고 보아야 할 것이다. 그 여자만이 정욕적인 면에서 그의 마음속에 특별한 충동을 일으키지 않은 유일한 대상이었다.

아젤라이다 이바노브나는 이 〈뺑소니 결혼〉을 하자마자 남편에 대해 경멸감밖에는 아무것도 느낄 수 없다는 사실을 이내 깨닫게 되었다. 이렇게 해서 결혼의 결말은 너무나도 빨리 나타나고 말았다. 여자의 집안에서 예상보다는 일찍이 이 결혼을 승낙하고 가출한 딸자식에게 지참금을 나누어 주었음에도 불구하고, 이들 부부 사이에는 무질서한 생활과 끝없는 부부 싸움이 시작되었다. 사람들의 말에 따르면 이때 젊은 아내 쪽이 표도르 파블로비치보다 훨씬 더 의젓하고 관대한 태도를 취했었다고 한다. 지금은 모두 알려진 이야기지만, 남편은 아내가 친정으로부터 지참금을 받기가 무섭게 이만 오천 루블리라는 돈을 몽땅 가로채 버렸기 때문에 여자 쪽에서 보면 그 돈을 영영 잃어버리고 만 셈이다. 또한 그녀가 지참금의 일부로 받은 조그만 영지와 시내에 있는 근사한 집 한 채도, 그는 어떻게든 문서를 꾸며서 자기의 명의로 바꾸어 놓으려고 오랫동안 갖은 애를 썼다. 이 시도는 그의 뻔뻔스런 강요와 애원으로 해서 아내의 마음속에 끊임없이 불러일으킨 멸시와 혐오감만으로도, 그리고 끈질기게 졸라대는 남편의 요구를 더 이상 지탱해 낼 수 없게 된 아내의 지겨움 때문만으로도 그는 기어이 자기 목적을 달성할 수가 있었을 것이다. 그러나 다행하게도 아젤라이다 이바노브나의 친정에서 이 문제에 개입을 하여 그의 욕심을 꺾어 버리고 말았다. 이들 부부 사이에 자주 주먹다짐이 있었다는 것은 널리 알려진 사실이지만 들리는 말에 의하면 표도르 파블로비치가 아내를 때린 것이 아니라 번번이 아젤라이다 이바노브나가 사내를 패주었다고 한다. 그녀는 가무스름한 피부에 화가 나면 물불을 가리지 않는 성미인 데다가 완력 또한 여간 세지가 않았기 때문이다.

이러다가 결국 그녀는 가정을 팽개치고 세 살 난 아들 미챠(드미트리)를 표도르 파블로비치의 손에 남겨 둔 채, 어느 가난한 신학교 출신인 교원을 따라 집을 뛰쳐나가 버리고 말았다. 그러자 표도르 파블로비치는 대뜸 온갖 잡스런 계집들을 집안에 끌어들여 주색으로 세월을 보내는 한편, 온 현(縣)을 돌아다니며 만나는 사람마다 붙잡고는 자기를 버리고 가버린 아젤라이다 이바노브나의 일에 대해 눈물을 흘리며 호소하는 것이었다. 그뿐 아니라 남편으로서는 차마 입에 담기조차 부끄러운 자기 결혼 생활의 은밀한 부분에 대한 것까지 아주 구체적으로 털어놓고 돌아다녔다. 여기에서 주목할 점은 그가 대중 앞에서 배신당한 남편으로서의 희극적인 역할을 연출하면서 나아가 자기의 신세를 각색해 보이기까지 하면서 어떤 쾌감과 만족을 느끼고 있었다는 사실이다. 「여보게, 표도르 파블로비치, 그런 슬픔을 당하고도 그렇게 좋아하는 걸 보니, 무슨 감투라도 쓴 줄 아는 모양이지?」 하고 놀리기 좋아하는 친구들은 말하곤 했다. 여러 사람들의 말을 종합해 보면, 그는 항상 새로운 어릿광대 짓을 준비해 가지고 나타나기를 좋아할 뿐 아니라, 연극의 효과를 돕기 위하여 자기의 희극적인 처지를 미처 깨닫지 못한 것처럼 시치미를 뗀다는 것이다. 그러나 이것은 그가 한편으로는 순진하였기 때문인지도 모른다. 마침내 그는 도망간 아내의 행방을 알아내는 데 성공했다. 이 불행한 여자는 그 교원과 함께 페테르스부르크로 가서, 아무런 구속도 받지 않는 자유 분방한 생활에 빠져 있었던 것이다. 표도르 파블로비치는 곧 지체하지 않고 분주하게 돌아다니며 페테르스부르크로 떠날 채비를 하기 시작했다. 그런데 무엇 때문에 가려는 것인지는 그 자신도 물론 모르고 있었다. 사실 그때 그는 정말로 떠날 것같이 보였으나 그런 결심을 한 다음 순간에, 그는 출발에 앞서 원기를 돋우기 위해 다시 한번 코가 비뚤어지도록 술을 마시는 것이 남편의 특권이라고 생각했다. 그런데 바로 그럴 무렵에 그녀가 페테르스부르크에서 죽었다는 소식이 그의 처가에 날아왔다. 그녀는 어느 다락방에서 갑자기 죽은 모양인데, 어떤 사람은 티푸스에 전염되어 죽었다고도 하고 또 아마 굶어서 죽은 것 같다는 말도 있다. 표도르 파블로비치는 술이 얼근하게 취했을 때 자기 아내가 죽었다는 소식을 들었다. 곧 그는 한길로 뛰어나가 기쁨에 넘쳐 두 손을 높이 쳐들고 「이젠 해방이다!」 하고 외치기 시작했다고 한다. 그러나 또 다른 사람들의 말에 의하면 그가 어린애처럼 엉엉 울어 대는 꼴이, 평소에 그를 몹시 싫어하던 사람들까지도 보기에 몹시 측은할 지경이었다고도 한다. 아마 그 두 가지 이야기가 모두 사실이었을 것이다. 다시 말해서 그는 자기의 해방을 기뻐한 동시에 자기를 해방시켜 준 아내의 죽음을 슬퍼했던 것이다. 대체로 인간이란 그가 비록 악당이라 할지라도 우리가 일반적으로 생각하고 있는 것보나는 훨씬 순진하고 단순한 마음을 지니고 있는 법이다. 이 점에 대해서는 우리들 자신도 마찬가지이다.

2. 맏아들을 치워 버리다

물론 그와 같은 위인이 아버지로서는 어떠했으며 또 자식을 어떻게 길렀겠는지 상상하기란 쉬운 일이다. 과연 그는 짐작한 대로의 아버지였고 또 의당 그러리라고 생각했던 바대로, 아젤라이다 이바노브나의 소생인 자기 자식을 전혀 돌보지 않게 되고 말았다. 그러나 이것은 아들에 대한 어떤 앙심이나 소박맞은 남편으로서의 어떤 감정 때문이 아니라, 그저 자기 자식의 존재를 전혀 잊어버린 데서 온 결과에 지나지 않았다. 그는 만나는 사람마다 붙들고 눈물과 넋두리를 늘어놓았으며 또 자기 집을 방탕의 소굴로 만들고 있는 동안, 세 살 난 미챠를 맡아서 길러 준 것은 이 집의 충직한 하인 그리고리였다. 그때 만일 이 하인이 어린 것을 돌보아 주지 않았더라면, 아마 이 아이의 옷가지 한 벌 챙겨 줄 사람도 없었을 것이다. 게다가 처음에는 외가 쪽에서도 어찌 된 셈인지 이 아이의 일을 아주 잊고 있었다. 아이의 외할아버지이며 아젤라이다 이바노브나의 친정 아버지인 미우소프씨는 이때 작고하고 없었고, 과부가 된 외할머니는 모스크바로 이사가서 중병에 걸려 있었다. 또한 이모들은 모두 시집을 갔기 때문에, 미챠는 거의 일 년 동안을 하인 그리고리가 사는 문간채에서 지낼 수밖에 없었다. 그렇지만 설사 아버지가 아이에 대해 혹시 생각이 난 적이 있었다 하더라도(사실 표도르가 자식의 존재를 아주 까맣게 잊어버렸을 리는 없다), 다시 하인의 방으로 돌려보내고 말았을 것이다. 왜냐하면 아무래도 어린애는 자기의 방탕한 생활에 방해가 되는 존재였을 테니까 말이다. 그런데 이때에 죽은 아젤라이다 이바노브나의 사촌 오빠인 표트르 알렉산드로비치 미우소프가 파리에서 돌아왔다. 이 사람은 그 뒤에도 수년간 외국에서 살았지만, 당시에는 아직 젊은 나이였다. 그러나 대부분 수도(페테르스부르크)와 유럽에서 교육을 받았고, 만년에는 사오십 년대의 자유주의자가 된 사람으로 미우소프 가문에서는 특출한 존재였다. 그는 자기의 일생을 통하여 국내외를 막론하고 같은 시대의 가장 자유주의적인 사람들과 관계를 맺었으며, 프루동(프랑스의 사회주의자)이니 바쿠닌(러시아의 무정부주의자)이니 하는 사람들과도 개인적인 친분이 있었다. 그리고 그의 방랑 생활이 끝나 갈 무렵에는 1848년의 파리 2월 혁명에 관한 추억담을 이야기하기를 특히 좋아해서 자기 자신도 혁명 인민 쪽에 가담하여 시가전에 참가했었다는 것을 은연중에 암시하곤 했다. 이것이 그의 청년 시대에 있어서 가장 즐거운 추억의 하나였던 것이다. 그는 옛날식으로 따져서, 농노 천 명쯤에 해당하는 재산을 소유하고 있었다. 그의 비옥한 토지는 바로 우리 읍내의 어귀에 있었는데, 우리 마을에 있는 유명한 수도원의 땅과 경계를 이루고 있었다. 표트르 알렉산드로비치는 아직 새파란 나이에 이 토지를 상속받는 즉시로, 바로 이 토지 문제를 가지고 하천의 어렵권(漁獵權)인지 산림의 벌목권인지 잘 알 수는 없으나 어쨌든 문제를 끄집어내어서는 이 수도원을 상대로 끝없는 소송을 제기했다. 그것은 〈교권주의자〉들과 싸우는 것이야말로 자기의 시민으로서 그리고 지성 있는 문화인으로서 의무라는 신조를 가지고 있었기 때문이다. 그는 자기가 잘 기억하고 있음은 물론, 한때는 각별한 관심을 가지고 있던 사촌 누이 아젤라이다 이바노브나에 관한 사건 전말과 또한 미챠가 남아 있음을 알게 되었다. 그리고 청년다운 의분심으로 표도르 파블로비치를 경멸하고 있었음에도 불구하고 이 문제에 직접 개입하기로 결심했다. 그가 표도르 파블로비치와 만나본 것은 바로 이때가 처음이었으나, 그는 단도 직입적으로 미챠를 자기가 맡아 기르겠다고 제의했다. 그가 처음 표도르 파블로비치에게 미챠의 이야기를 꺼냈을 때, 표도르는 지금 이 사람이 대체 어느 아이의 이야기를 하고 있는지 자기 집 어느 구석에 그런 아들이 있었는지, 도무지 모르겠다는 얼굴로 한참 동안 어리둥절한 표정이었다고 한다. 이것은 표트르 알렉산드로비치가 나중에 표도르의 성격을 단적으로 표현하기 위해 두고두고 이야기한 것으로서 그의 말에는 물론 다소 과장이 섞여 있었겠지만 어느 정도 사실에 가까운 점도 있었을 것이다. 실제로 표도르 파블로비치는 일생 동안 단순히 남을 놀래 주기 위하여 연극을 하기를 좋아했고, 때로는 아무 필요가 없는 경우에, 심지어는 이번처럼 자기에게 불리할 때에도 곧잘 그런 짓을 했었던 것이다. 그러나 이와 같은 행위는 상당히 많은 사람들——표도르 파블로비치와는 전혀 딴판인 현명한 사람들에게서도 흔히 볼 수 있는 일이다. 미우소프는 열심히 일을 처리하여 표도르와 함께 어린아이의 재산 후견인까지 되어 주었다. 그것은 미챠에게 어머니가 남겨 준 조그마한 영지와 집 한 채가 있었기 때문이다. 이렇게 해서 미챠는 외당숙댁에 옮겨가 살게 되었으나, 미우소프는 자기의 가정이란 것을 갖고 있지 않은 사내였다. 그는 자기 영지에서 나오는 수입을 정리하여 안전하게 처리하고 난 뒤 서둘러 파리로 떠나 버렸으므로 아이는 미우소프의 누님 중 모스크바에서 사는 한 부인의 집으로 옮겨졌다. 그 뒤 미우소프는 파리의 생활에 아주 젖어 버려서 이 아이에 대한 것은 잊어버리고 말았다. 그리고 바로 이때, 그의 평생을 통해 잊을 수 없을 만큼 그의 마음에 깊은 인상을 남겨 준 이월 혁명이 발생했던 것이다. 한편 미챠는 모스크바의 그 부인이 돌아갔기 때문에 다시 출가한 그 부인의 딸네 집으로 넘겨졌으며, 그 뒤에도 다시 네 번째로 옮겨졌다는 말이 있으나 이에 관해서는 길게 언급하지 않기로 하겠다. 그렇지 않아도 이 표도르 파블로비치의 맏아들에 대해서는 앞으로도 많이 이야기하게 될 터이므로 여기서는 다만 이 소설을 구성하는 데 빠져서는 안 될 가장 중요한 몇 가지 요점을 말해 두기로 하겠다.

첫째로 이 드미트리 표도로비치는 표도르 파블로비치의 세 아들 중에서 유독 혼자만이 자기 앞으로 약간의 재산을 소유하고 있었으므로 성인이 될 때에는 능히 독립할 수 있으리라는 신념을 가지고 자라났다. 그는 청소년기를 무질서한 가운데 보내어 중학교를 도중에서 집어 치우고 어느 군사 학교에 들어갔었다. 그 뒤 장교로 임관되어 카프카즈 지방에 가서 근무하는 동안, 결투를 벌여 졸병으로 강등되었다가 다시 복관(復官)되었으며, 그 동안 방탕한 생활을 하면서 많은 돈을 낭비했다. 그가 아버지인 표도르 파블로비치로부터 돈을 받기 시작하게 된 것은 성년이 된 이후의 일이었으므로, 그때까지 그는 빚만 지고 있었다. 그는 성년이 된 다음 아버지와 자기의 재산 문제를 해결짓기 위해 일부러 우리 고장에 찾아왔다. 그가 표도르 파블로비치와 만난 것은 이때가 처음이었는데도 그는 아버지가 몹시 비위에 거슬렸던 모양이다. 그래서 그는 얼마 머무르지도 않고, 불과 얼마 안 되는 돈을 받고, 자기 토지에서 들어올 수입에 관해 아버지와 해결을 짓고서는 서둘러 떠나 버리고 말았다. 여기서 특히 주목할 만한 점은, 그때 그가 자기 토지에서 들어오는 수입이 얼마나 되며 또한 그 토지의 가격이 얼마인지를 아버지한테서 전혀 알아낼 수가 없었다는 사실이다. 처음 만났을 때부터(이것도 기억해 둘 필요가 있다), 표도르 파블로비치는 미챠가 자기 재산에 관해 터무니없이 과장된 생각을 가지고 있다는 점을 간파했다. 그는 자기대로의 어떤 속셈이 있었으므로 이 점을 특히 만족하게 생각했다. 그는 아들이 경솔하고, 난폭하고, 호색적이고, 성급한 청년이라는 판단 아래 이런 난봉꾼 녀석에게는 얼마 동안만 아쉬울 때마다 현금을 조금씩 주워 주기만 하면 아무 말썽도 없을 것이라고 생각했던 것이다. 표도르 파블로비치는 바로 이 점을 이용하기 시작했다. 즉 재촉을 할 때마다 돈을 이따금 조금씩 떼어서 부쳐 주었기 때문에 결국 더 이상 참을 수 없게 된 미챠가 사 년 뒤에 아버지와 재산 문제를 아주 청산해 버리려고 다시 이 고장에 찾아왔을 때에는 놀랍게도 자기의 재산이 한 푼도 남아 있지 않다는 사실을 알게 되었다. 더구나 그것이 모두 자기 쪽에서 원하여 맺은 계약 때문이었으므로 이젠 한 푼도 더 요구할 수가 없을 뿐더러, 계산을 해 보나마나 자기 재산보다도 더 많은 돈을 아버지로부터 받아 썼기 때문에 오히려 빚이 있다는 점이 밝혀진 것이다. 젊은이는 하도 어처구니가 없어서 거짓이나 속임수가 아닌가 의심을 품고 거의 미칠 지경으로 격분했다. 바로 이러한 사정으로 해서 끝에 가서는 비극적인 결말을 맺고 말았지만, 이 비극적 결말의 서술이 나의 첫째 이야기의 주제, 즉 보다 적절히 말해서 소설의 표면적인 사건을 구성하게 되는 것이다. 그러나 그 이야기에 앞서, 표도르 파블로비치의 나머지 두 아들인 미챠의 이복 동생들에 대하여 그 내력을 약간 설명해 둘 필요가 있다.

3. 후처와 그가 낳은 자식들

　표도르 파블로비치는 네 살 난 미챠를 남의 손에 넘겨 주기가 무섭게 곧 재혼을 했다. 이 두 번째의 결혼 생활은 팔 년 동안 계속되었다. 그는 다른 현(縣) 출신인 소피아 이바노브나라는 아주 젊은 처녀를 후처로 맞이했는데, 이것은 그리 대단치 않은 사업상의 일로 어느 유태인과 함께 그곳에 갔을 때 이루어진 일이었다. 표도르 파블로비치는 주색잡기를 비롯하여 온갖 못된 짓은 다 하고 다니면서도 자기의 재산을 늘리는 일만큼은 잠시도 게을리하지 않았다. 물론 그는 늘 떳떳치 못한 수단을 사용하기는 했지만 그래도 자기의 사업만큼은 썩 훌륭하게 꾸려 나갔다. 소피아 이바노브나는 본래 어떤 보좌 신부의 딸로서 어려서 부모를 잃고 이른바 〈고아〉가 되어, 이름있고 부유한 어느 장군의 미망인의 집에서 자라났다. 이 장군 미망인인 보로호바 부인은 그녀의 은인이며 보호자인 동시에 또한 박해자이기도 했다. 자세한 것은 알 수 없지만 나는 이 상냥하고 온순한 수줍은 처녀가 무엇 때문인지 한 번은 헛간 속에 들어가 목을 매어 자살하려다가 구출된 일이 있었다는 이야기를 들은 적이 있다. 이 부인은 겉보기엔 그리 심술궂은 사람인 것 같지 않았지만, 무위도식을 일삼는 나태하고 안일한 생활로 말미암아 고집불통인 폭군으로 변해 있었다. 그만큼 이 처녀는 노파의 변덕과 끊임없는 잔소리를 견뎌낼 수 없을 지경이었던 것이다. 표도르 파블로비치가 이 처녀에게 청혼을 하자, 장군 부인은 여러 가지로 뒷조사를 해본 다음 결국 퇴짜를 놓고 말았다. 그렇지만 그는 굽히지 않고 먼젓번과 마찬가지로 이 처녀에게 함께 도망가 살자고 제의했다. 만일 소피아가 그의 행동거지에 대해서 미리 조금만 더 자세히 알고 있었더라도 결코 이 사람을 쫓아 나설 생각은 하지 않았을 것이다. 그러나 표도르의 집은 다른 현에 있었고, 더구나 자기 은인인 장군 부인의 집에 남기 보다는 차라리 강물에 뛰어드는 편이 더 나으리라고 생각하고 있던 이 열 여섯 살짜리 소녀가 이 험악한 세상을 도대체 어떻게 알 수 있었겠는가! 이 불쌍한 처녀는 단지 여자 은인을 남자 은인으로 바꾼 데 지나지 않았던 것이다. 장군 부인은 이 사실을 알고 노발대발하여 지참금은커녕 두 사람에게 악담과 저주만 늘어놓았기 때문에 이번 결혼에서 표도르 파블로비치는 한 푼도 받아내지를 못했다. 그렇지만 그도 이번만큼은 재산을 탐내서 결혼한 것이 아니라, 이 처녀의 눈부신 아름다움에 반한 것이었다. 여태까지 난잡한 계집들만 상대해 온 음탕한 호색한이 이 처녀의 순진 무구한 미모에 강렬한 인상을 받아 완전히 매혹당하고 말았던 것이다. 「그 티없이 맑고 순진한 눈이 마치 면도

날처럼 내 영혼을 그때 싹 베어 버리고 말았지.」그는 그 징그러운 소리로 킬킬 거리면서 훗날 곧잘 이렇게 말하곤 하였다. 하기는 음탕한 사람에게는 이 순진 성 역시 정욕의 대상으로밖에는 보이지 않았을 것이다. 표도르 파블로비치는 그 녀가 아무것도 가져온 것이 없었기 때문에 아내의 존재를 조금도 대수롭게 여기 지 않았다. 즉 아내는 자기 앞에선 〈죄인〉이며 자기는 〈구원자〉라는 생각에서 그녀의 수줍고 유순한 성격을 이용하여 그녀가 집 안에 있는데도 잡스러운 여자 들을 잔뜩 불러들여 난잡한 술자리를 벌이곤 했으며, 심지어는 부부간에 꼭 필 요한 예의조차도 아예 무시해 버렸다. 여기에서 특히 언급할 것은, 침울하고 고 집이 센 이 집의 하인 그리고리가 전 마님인 아젤라이다 이바노브나는 미워했으 면서도 이번에는 새 마님인 소피아의 편을 들어서 하인으로서는 온당치 않은 말 투로 표도르 파블로비치에게 대어들었을 뿐 아니라, 한 번은 집에서 난장판을 벌이고 있는 계집들을 강제로 쫓아낸 일도 있었다는 사실이다. 이러는 가운데, 어려서부터 한 번도 기를 펴고 살아 보지 못한 이 불행한 젊은 여인은 마침내 여 자들이 잘 걸리는 일종의 신경병에 걸리고 말았다. 그것은 〈소리지르는 병〉이라 는 이름으로 농촌 아낙네들에게서 흔히 볼 수 있는데, 이 병에 걸린 사람은 무서 운 히스테리의 발작과 함께 때로는 기절까지 하는 수가 있다. 그래도 그녀는 표 도르 파블로비치에게 이반과 알렉세이——이렇게 아들 둘을 낳아 주었다. 첫 애는 결혼한 해에 낳았고, 두 번째 애는 이보다 삼 년 뒤에 낳았다. 그녀가 죽었 을 때 알렉세이는 겨우 네 살이었는데, 이상하게도(이것은 작자가 잘 아는 일이 지만)그는 평생을 두고 자기 어머니를 기억하고 있었다. 물론 꿈 속에서 보듯이 희미한 얼굴이기는 했지만, 어머니가 죽은 후 두 아이는 이복 형인 미차가 겪은 것과 똑같은 운명을 걷게 되었다. 그들 역시 아버지로부터 버림을 받아 완전히 잊혀진 채, 하인 그리고리의 손에 넘어가 그의 집에 옮겨졌던 것이다. 어머니의 은인이며 보호자였던 고집쟁이 할머니 장군 부인이 이 아이들을 처음 발견한 것 도 바로 이 하인 집에서였다. 부인은 이때까지도 아직 살아 있었는데, 자기가 받은 모멸과 굴욕을 팔 년 동안 한시 한때도 잊지 않고 있었다. 지난 팔 년 동안 줄곧 소피아의 생활 상태에 대한 가장 정확한 정보를 입수하고 있던 부인은 소 피아의 발병과 뒤죽박죽된 가정 생활에 대해 알게 되자,「그런 년은 좀 따끔한 맛을 봐야 해. 배은망덕도 유분수지, 천벌을 받은 거야.」하고 자기 집 식객들에 게 큰소리로 두 번 세 번 말했다고 한다.

소피아 이바노브나가 죽은 지 꼭 석 달 후에 장군 부인은 불쑥 우리 읍내에 나 타나더니 곧장 표도르 파블로비치네 집을 찾아갔다. 부인은 이 읍에서 겨우 반 시간을 머물렀을 뿐이지만 그 동안에 무척 많은 일을 했다. 그것은 저녁 무렵에 일어난 일이었다. 지난 팔 년 동안 한 번도 만나지 않았던 표도르 파블로비치가 술이 벌겋게 오른 채 부인을 맞으려고 나왔다. 소문에 의하면 부인은 그를 보자마자 아무 말도 없이 다짜고짜 그의 뺨을 두어 차례 철썩철썩 후려갈긴 다음 머리카락을 움켜쥐고 서너 번 아래위로 흔들어 주었다고 한다. 그런 다음 역시 말한 마디 없이 곧장 두 아이가 있는 하인 집으로 향했다. 부인은 아이들이 얼굴도 씻겨 주지 않아 꾀죄죄한 몰골에 더러운 옷을 입고 있는 것을 보자, 제꺽 그리고리의 따귀도 한 대 갈겨 준 다음, 두 아이를 자기 집으로 데리고 가겠다고 선언했다. 그리고는 두 아이를 담요에 둘둘 말아 마차에 싣고서 자기가 사는 도시로 데려가 버렸다. 그리고리는 충성스런 노예처럼 이 봉변을 꾹 참고 불평 한 마디 하지 않았을 뿐 아니라 늙은 부인을 마차까지 모셔다 드리면서 감격스러운 목소리로「마님의 선행은 반드시 보답을 받을 겁니다.」라고 말하고 공손히 허리 굽혀 절을 했다. 「아무튼 자넨 멍텅구리야!」하고 장군 부인은 떠나가는 마차 속에서 소리쳤다. 표도르 파블로비치는 여러 모로 곰곰 생각한 끝에 오히려 잘되었다고 생각하고서는 얼마 뒤 장군 부인으로부터 아이들의 양육에 관해 정식으로 교섭이 오자, 부인이 제시한 조건을 단 한 가지도 거절하지 않고 모두 들어주었다. 그리고 따귀를 얻어맞은 사건에 관해서는 자기 자신이 온 읍내를 돌아다니며 말을 퍼뜨렸다.

이런 일이 있고 나서 얼마 안 되어 장군 부인은 세상을 떠났는데, 유언장에는 두 아이의 양육비조로 각각 천 루블리씩 주도록 하라고 적혀 있었다. 이 돈은 반드시 두 아이들을 위해서 쓰여져야 하며, 이들이 성년이 될 때까지 부족하지 않도록 절약해서 써야 할 것이다. 왜냐하면 이 아이들에겐 이만큼의 돈이면 쓰고도 남을 테니까. 그렇지만 이들에게 돈을 뿌려 줄 독지가가 있다면 그것은 마음대로 해도 좋을 것이다……. 운운 하는 구절도 있었다. 나는 이 유언장을 직접 읽어 보지는 못했시만 들은 바에 의하면 이 유언장은 이상과 같이 어딘가 이상하고 꽤 독특한 문체로 쓰여져 있었다고 한다. 부인의 뜻과 재산을 주로 상속한 사람은 정직한 인간이라는 평을 듣고 있는 그 현의 귀족 회장 예핌 페트로비치 플레노프였다. 그는 표도르 파블로비치와 몇 번 편지로 교섭해 본 결과, 이 사내에게서는 자식들의 양육비를 끌어낼 수 없다는 점을 곧 깨닫게 되었다(그렇다고 해서 표도르가 노골적으로 거절한 적은 한 번도 없었지만 이런 경우에 늘 하는 식으로 질질 끌기만 하고 때로는 우는 소리를 늘어놓기까지 했다). 그리하여 플레노프는 이 고아들을 직접 돌보아 주게 되었는데, 그 중에도 동생 쪽인 알렉세이를 특히 귀여워해서 한동안 자기 집에 데려다가 기르기까지 했다. 처음부터 나는 독자들이 이 사실에 주목해 주기를 바란다. 만일 지금은 모두 청년이 된 이 아이들이 자기들의 양육과 교육에 관해 일생 동안 감사를 드려야 할 사람이 있다면 그것은 이 세상에 찾아보기 힘들 만큼 고결하고 인정 많은 이 예핌 페트로비치 플레노프일 것이다. 그는 장군 부인이 아이들 앞으로 각각 천 루블리씩 남겨 준 돈에는 손끝 하나 대지 않고 고스란히 저축해 두었었기 때문에 그들이 성년이 되었을 무렵에는 그 돈에 이자가 붙어서 거의 두 배로 늘어나 있었다. 플레노프는 이 아이들의 양육비를 자기 돈으로 썼으며 한 아이 앞에 천 루블리 이상씩 들어간 것은 말할 것도 없다. 여기서 나는 그들의 유년기와 소년기에 관한 이야기는 잠시 뒤로 미루고, 가장 중요한 점 몇 가지만을 이야기하기로 하겠다. 형인 이반에 대해서는 극도로 수줍어하는 성격이 아니면서도 자라나는 가운데 무뚝뚝하고 과묵한 침울한 소년이 되었다는 점과 열 살 무렵부터는 자기네 형제가 남의 집에서 얹혀 사는 존재이고 아버지란 사람도 차마 입에 올리기조차 부끄러운 인간이란 것을 자각하게 되었다는 점, 두 가지만을 말해 두기로 한다. 이 아이는 아주 어린 시절, 그러니까 불과 대여섯 살 적부터(소문으로는 그보다 더 어려서부터라고는 하지만) 학문 방면에 비상하게 뛰어난 재능을 나타내기 시작했다. 정확한 것은 알 수 없지만 그는 만 열 세 살이 되자마자 예핌 페트로비치의 가정을 떠나 모스크바로 가서 어느 중학교에 입학했으며 플레노프의 옛 친구인 유명하고 경험이 풍부한 어느 교육가가 경영하는 기숙사에 들어갔다. 훗날 이반 자신이 말한 바에 의하면 이러한 모든 조치는 천재적 소질을 가진 아이는 천재적인 교육가에게서 교육을 받아야 한다는 플레노프의 선행에 대한 열광으로 이루어졌다는 것이다. 그러나 이반이 중학교를 마치고 대학교에 입학했을 때에는, 이미 플레노프도 그 천재적인 교육가도 이 세상에 살아 있지 않았다. 그 완고한 장군 부인이 아이들 몫으로 남겨 놓았던 돈은 그 동안에 이자가 자꾸 불어서 지금은 각자에게 삼천 루블리씩이나 차례가 가게 되었다. 그러나 플레노프가 처리를 소홀히 했던 탓으로, 우리 나라에선 당연한 것처럼 되어 있는 여러 가지 복잡한 수속과 절차 때문에 그 돈을 타내는 데에는 굉장히 오랜 시일이 걸렸다. 그래서 이반은 대학교에 들어간 처음 이 년 동안은 아르바이트를 해서 공부를 하느라고 무진 고생을 했다. 그렇게 어려운 때에 그가 아버지에게 한 번도 편지 연락을 하려 들지 않았다는 것은 주목할 만한 사실이다. 이것은 어떻게 보면 자기 아버지를 멸시하고 있던 그의 자존심 때문인지도 모르지만 그보다는 그가 상식적으로 냉정히 판단해 본 결과, 자기 아버지로부터는 실제로 아무 도움도 받을 수 없다는 것을 깨달았기 때문이었을 것이다. 그야 어쨌든 청년 이반은 조금도 낙심하지 않고 일자리를 찾아내었다. 처음에는 이십 코페이카짜리 과외 수업을 하다가 나중엔 신문사 편집실로 찾아다니며 시가지에서 일어난 갖가지 사건을 소재로 한 〈목격자〉라는 열 줄짜리 기사를 제공했다. 이 기사들의 내용은 언제나 홍미있고도 통쾌하다는 평을 받아서 곧 신문에 게재하게 되었다. 그는 이 한 가지 사실만으로도 같은 처지에 있는 가난한 수많은 남녀 학생들에 비하여 실제적인 면에서나 지적인 면에서 훨씬 우월하다는 점을 나타냈던 것이다. 사실 다른 학생들은 아침부터 저녁까지 신문사나 잡지사의 문턱이 닳도록 쫓아다니면서도 고작해야 프랑스어 번역 아니면 원고 정서 따위의 일을 맡겨 달라는 것 이외에는 아무런 신통한 방법도 찾아내지 못하는 실정이었으니까. 이반 표도로비치는 일단 편집인들과 사귀게 된 다음부터는 대학을 마칠 때까지 그들과의 관계를 계속하면서 여러 가지 전문 서적에 관한 매우 재치있는 비평을 발표하기 시작하여 나중에는 문단에까지 이름이 알려지게 되었다. 그러다가 아주 최근에 와서 우연한 기회에 보다 광범위한 독자층의 주의를 끌어 갑자기 많은 사람들로부터 인정을 받고 기억에 남게 된 일이 일어났다. 이것은 매우 홍미있는 일이었다. 이반 표도로비치는 이미 대학교를 졸업하고, 앞서 말한 그 이천 루블리의 돈으로 외국 여행을 준비하고 있던 무렵 어느 큰 신문에 기발한 논문 하나를 발표했는데, 그로 인하여 그 방면의 전문가들뿐만 아니라 일반 대중의 주의까지도 한꺼번에 끌게 되었던 것이다. 그 이유는 대체로 그와는 별로 관계가 없어 보이는 논문의 제목 때문이었다. 그는 자연 과학을 전공했는데, 그가 발표한 논문의 제목은 당시 도처에서 토론의 중심이 되어 있던 교회 재판에 관한 것이었다. 그는 이 문제에 관하여 이미 발표된 몇 가지의 의견을 상세하게 분석한 뒤, 자기 자신의 견해를 피력하였다. 중요한 점은 논문 전체의 논조와 기발한 결론이었다. 이 논문이 신문에 연재되는 동안, 교회 관계자 중 대부분은 필자가 자기네들의 입장을 옹호하고 있는 것이라고 믿어 의심치 않았다. 그런데 그와 동시에 이번에는 일반 시민층뿐 아니라 심지어 무신론자들까지도 필자에게 갈채를 보내기 시작했다. 마침내 몇몇 통찰력 있는 인사들은 이 논문 전체가 모독적이고 조소에 가득 찬 하나의 희화(戲畵)에 불과하다고 단정하기에 이르렀던 것이다. 내가 지금 이 이야기를 꺼낸 것은 당시 왈가왈부 말이 많았던 교회 재판 문제에 관심을 기울이고 있던 우리 읍 근처의 유명한 수도원에까지 이 논문이 입수되어 커다란 파문을 일으켰었기 때문이다. 더구나 사람들은 논문의 필자 이름을 보고 그가 이 고장 출신이며 바로 그 표도르 파블로비치의 아들이란 점에서 특별히 관심을 갖게 되었다. 바로 이럴 때에 당사자인 논문의 필자 자신이 불쑥 우리 마을에 나타난 것이었다.

　무엇 때문에 그때 이반 표도로비치는 여기에 돌아왔던 것일까? 나는 벌써 그 당시에 어떤 불안 같은 것을 느끼며 스스로 자문 자답해 보았던 일을 기억하고 있다. 나중에 여러 가지 사건의 실마리가 된 이 숙명적인 귀향은, 그 뒤에도 오랫 동안 나에게는 하나의 석연치 않은 사실로서 남아 있었다. 전체적으로 판단해 보더라도 그처럼 학식있고 자존심이 강하며 매사에 신중한 이 청년이 한평생 자기를 거들떠 보기는커녕 알지도 기억하지도 못하고 있는 아버지란 사람의 난잡스런 집에 갑자기 찾아왔다는 것은 아무리 생각해 보아도 이상한 일이었다. 하기야 아버지인 표도르의 입장에서는 아들들이 돈을 좀 달라고 부탁하더라도 어떠한 사정일지라도 절대로 주지 않았을 것은 틀림없지만, 그래도 그는 그 어느 때인가 이반과 알렉세이가 찾아와서 돈을 내놓으라고 요구하지나 않을까 하고 은근히 겁을 먹고 있던 터였다. 그런데 이 젊은이는 그러한 아버지의 집에 온 지가 두 달이 넘었는데도 아버지와 매우 사이좋게 지내는 것을 보고 나뿐만 아니라 다른 사람들도 모두 놀라고 말았다. 이미 앞에서 언급한 바 있는 표트르 알렉산드로비치 미우소프, 즉 전처의 사촌 오빠——표도르의 사돈 뻘이 되는 사람도 이때에는 영주할 결심이었던 파리에서 우리 마을로 다시 돌아와 교외의 영지에서 살고 있었는데 ——가 이 사실에 가장 놀라워했던 것으로 나는 기억하고 있다. 그는 자기의 흥미를 끈 이 청년과 사귀게 되어 가끔 논쟁도 좀 했지만 마음속으로는 자기의 학식이 아무래도 그만 못하다는 사실을 절감하고 있었다. 「그 청년은 자부심이 대단해 ! 」하고 그는 우리에게 말한 적이 있었다. 「언제든지 돈푼이나 벌 수 있고 또 지금 외국에 갈 만한 돈을 가지고 있는데 도대체 여긴 뭣하러 왔을까 ? 하긴 아버지한테서 돈을 얻어내려고 온 것이 아니라는 건 모두 알고 있지. 그 애비는 세상없는 일이 있어도 절대 돈을 내놓지는 않을 테니까 말일세. 그렇다고 그 청년이 주색을 좋아하는 것도 아닌데 그 늙은이는 아들 없이는 하루도 못 살 것처럼 사이좋게 지내고 있거든 ! 」이 말은 사실이었다. 청년은 노인에 대하여 눈에 뜨일 만큼 영향력을 가지고 있었다. 표도르는 어느 때는 심술궂을 정도로 고집불통이기도 했지만, 더러는 이 아들의 말을 듣는 것 같기도 했고 또 말씨나 행동이 전보다 훨씬 점잖아질 때도 있었다. 이반이 이 고장에 온 이유의 하나가 자기의 형 드미트리 표도로비치의 부탁 때문이었다는 것을 내가 알게 된 것은 훨씬 나중의 일이었다. 그는 모스크바 시절에 형 드미트리가 직접 관련된 어떤 중대한 일 때문에 고향에 돌아오기 전부터 형과 편지 왕래가 있기는 했지만 형의 얼굴을 직접 대하기는 이번이 처음이었다. 그 중대한 일이 무엇인지 독자들은 앞으로 자세히 알게 되겠지만 그 뒤에 내가 그 특별한 사정에 대하여 알고 난 다음에도 나에게는 이반 표도로비치가 수수께끼의 인물로 여겨졌고, 그가 고향에 돌아온 이유 또한 명확치 않은 의문으로 남아 있었다.

다만 그 당시 형 드미트리는 아버지와 대판 싸움을 한 끝에 정식으로 소송을 제기할 준비를 하고 있었으므로 이 두 사람 사이에서 이반이 중재자의 입장에 서 있었다는 사실 한 가지는 덧붙여 둘 필요가 있다.

되풀이되는 것 같지만 이 일가족은 이번에 생전 처음으로 한자리에 모였기 때문에 어떤 식구들은 처음으로 서로의 얼굴을 알게 되었다. 다만 막내동생 알렉세이만은 벌써 일 년 전부터 이곳에 와서 살고 있었기 때문에 형제들 중에서는 가장 먼저 고향에 돌아온 셈이었다. 이 알렉세이에 관하여 본문에 들어가기도 전에 서장(序章)에 불과한 이 얘기 속에서 설명한다는 것은 무엇보다도 어려운 일이다. 그러나 나는 그에 대한 서설(序說)도 이곳에서 쓰지 않으면 안 되겠다. 왜냐하면 나는 본문의 첫 장면에서부터 나의 주인공을 수습 수사의 법의(法衣)를 입혀 독자들에게 소개해야만 하겠으므로, 나의 이 괴상한 처사에 대해서 미리 변명해 둘 필요가 있기 때문이다. 사실 그 당시 그는 이곳의 수도원에서 일 년 남짓 살아 왔으며, 앞으로도 거기에서 한평생 은거할 생각을 가지고 있는 것 같았다.

4. 셋째 아들 알료샤

그때 그는 겨우 스무 살(그의 형 이반은 스물 네 살, 그리고 맏형 드미트리는 스물 일곱 살)이었다. 무엇보다도 먼저 밝혀 두어야 할 것은 이 알료샤(알렉세이)라는 청년은 결코 광신자가 아니며 적어도 내 생각으로는 무슨 신비주의자도 아니라는 점이다. 나의 의견을 미리 단적으로 말한다면 그는 그저 나이 어린 박애주의자에 불과했다. 그가 수도원에 들어가게 된 것은 단지 이러한 종교적 생활만이 —— 이를테면 세계악의 암흑으로부터 사랑의 광명으로 탈출하려고 노력하고 있는 그의 영혼이 하나의 이상적인 출구(出口)로서 찾아낸 이 생활만이 —— 그를 각성케 하고 또한 그에게 감동을 주었기 때문이었다. 또한 이 생활이 그를 감격케 한 이유는, 당시 그가 가장 비범한 인물이라고 생각하고 있던 저 유명한 조시마 장로가 그 수도원에서 살고 있었기 때문이기도 했다. 그는 마치 뜨거운 첫사랑과도 같이 자기의 열렬한 마음을 송두리째 이 장로에게 바치고 말았던 것이다. 그렇지만 그가 갓난아이 때부터 몹시 색다른 사람이었다는 사실에 대하여는 구태여 변명하지 않겠다. 그는 겨우 네 살 때에 어머니를 여의었는데도 어머니의 얼굴과 사랑을 마치 어머니가 눈앞에 서 계신 것처럼 생생하게 일생 동안 머리속에 간직하고 있었다는 데 대하여는 이미 앞에서 말한 바 있다. 이러한 기억은 아주 어릴 적부터, 아니 겨우 두어 살 때부터라도 마음속에 새겨질 수가 있다(이것은 모두 아는 일이다). 이러한 기억은 마치 어둠 속에 스며든 몇 줄기의 빛살과도 같이 또는 낡고 퇴색한 커다란 화폭 한 구석에 선명히 남아 있는 한 부분의 그림과도 같이 한평생 마음속에 떠오르는 것이다. 알료샤의 경우도 이와 똑같은 것이었다. 그는 어느 고요한 여름날 저녁의 일을 기억하고 있었다. 열어젖힌 창문으로 흘러드는 저녁 햇빛과(무엇보다도 이 저녁 햇빛이 기억에 선명했다), 방 한 구석에 안치된 성상(聖像)과, 그 성상 앞에 켜져 있던 촛불과, 그리고 두 팔로 그를 껴안고 성모 마리아에게 그의 장래를 기원하기도 하고 때로는 성모님께 그를 맡기려는 듯이 두 팔을 앞으로 내어밀기도 했다. 이럴 때에 갑자기 유모가 놀란 듯이 달려들어와 그를 어머니의 품에서 빼앗아갔다. 이것이 그 장면의 전부였다! 알료샤는 바로 그 순간의 어머니의 얼굴을 잘 기억하고 있었다. 그가 기억하고 있는 어머니의 얼굴은 미친 듯한 흥분에 휩싸여 있으면서도 말할 수 없이 아름다운 얼굴이었다고 한다. 그러나 그는 이 추억을 남에게 말하는 것을 그다지 좋아하지 않았다. 그는 어린 시절이나 소년 시절을 통해서 자기의 마음속을 털어놓거나 남과 오랫동안 이야기하는 법이 없었다. 이것은 결코 남에 대한 불신감이나 그의 수줍은 태도, 또는 사람들과 사귀기 싫어하는 무뚝뚝한 성격 때문이 아니었다. 아니 오히려 그와는 정반대로, 그에게는 남들과 아무 관계도 없고 자기 혼자만 심사숙고하지 않으면 안 될 어떤 중대한 문제들이 늘 마음속에 가득 차 있기 때문에, 자연히 남의 일에 관심을 가질 수가 없었던 탓인 듯했다. 그렇지만 그는 사람들을 사랑했다. 그는 평생을 두고 사람들을 근본적으로 신뢰했으나 그렇다고 해서 그를 바보라거나 순진하고 어수룩한 사람이라고 생각하는 사람은 한 사람도 없었다. 그는 남의 시비(是非)에 간섭하거나 어떤 경우에도 남을 탓하고 비난하지 않는 사람이라고(일생 동안 그러했지만) 믿게끔 하는 그 무엇을 가지고 있었다. 그는 가끔 어떤 일에 대하여는 깊은 우울감을 느낄 때도 있었지만 그런 경우에도 남을 원망하기는커녕 오히려 모든 것을 관대하게 받아들이는 것 같았다. 이런 점에서 볼 때에는, 누구든지 그를 놀라게 한다든가 혹은 위협한다든가 하는 일은 절대로 있을 수 없었다. 이러한 경향은 아주 어릴 때부터 있어 온 것으로 그가 스무 살이 된 그 당시에 그대로 음탕의 소굴이라 할 수 있는 아버지의 집에 돌아와서도 역시 마찬가지였다. 총명하고 순결한 그는 차마 눈 뜨고 볼 수 없는 해괴 망측한 광경을 보더라도 묵묵히 그 자리를 피해 버렸을 뿐, 털끝만큼도 누구하나 경멸하거나 비난하는 기색을 보이지 않았다. 한때 남의 눈칫밥을 얻어먹고 살아 온 아버지는 모욕이나 멸시에 대해서는 지나칠 정도로 민감한 사람이어서 처음에는 아들을 불신하여 무뚝뚝한 태도로「그 녀석은 속으로는 별의별 생각을 다 하면서도 겉으로는 시침을 떼고 있단 말이야!」하고 투덜거리기도 했다. 그러나 그는 이 주일도 채 못 되어 아들을 끌어안고는, 물론 술취한 값싼 감정에서이기는 하겠지만 눈물까지 흘리며 격정적인 입맞춤을 하는 것으로 보아 일찍이 아무에게서도 느껴 보지 못한 따뜻하고도 참된 애정을 비로소 이 아들에게서 깊게 느끼게 된 모양이었다. 이 청년은 정말로 어디를 가나 누구에게서든지 사랑을 받았다. 어릴 때도 역시 마찬가지여서 그는 자기의 은인이며, 또한 자기를 길러 준 예핌 페트로비치 플레노프네 집에 들어갔을 때에도 꼭 친자식이나 다름없는 사랑을 받았다. 그러나 그것은 매우 어렸을 때의 일인만큼 어린애인 그가 남의 눈에 들어 귀여움을 받으려고 무슨 간사한 잔꾀를 부리거나 했다고는 도저히 믿을 수가 없다. 그가 모든 사람에게서 사랑받을 수 있다는 것은 결코 잔꾀나 타산 때문이 아니라 그가 선천적으로 타고난 본성이었다. 그는 동료들 사이에서 한때는 불신과 조소, 심지어는 증오의 대상으로까지 오해를 받았지만 학교에 들어가서는 이내 마찬가지로 모든 친구들의 사랑을 받게 되었다. 그에게는 곧잘 깊은 생각에 잠겨 사람을 피하는 버릇과 아주 어릴 때부터 방구석에 혼자 틀어박혀 독서에 몰두하는 습관이 있었다. 그럼에도 불구하고 그는 학교에 다니는 동안 모든 학생들의 절대적인 신뢰와 사랑을 받았다. 그는 떠들썩하게 장난을 치거나 동무들과 어울려 재미있게 노는 일은 별로 없었지만 누구든지 그를 한 번 보기만 하면 그가 침울하고 무뚝뚝하기는커녕 밝고 명랑한 성격이라는 것을 첫눈에 알 수 있었다. 그는 동무들 사이에서 결코 잘난 체하거나 자기의 존재를 내세우려고 하지 않았다. 이러한 성격 때문인지 그는 여태까지 그 누구도 두려워해 본 적이 없었으며 또한 한 번도 자기를 과시하려고 들지 않았다. 그렇지만 동료들은 그가 결코 자신의 용기를 과신한 나머지 그렇게 조용한 것이 아니라, 반대로 자기가 얼마나 용감하고 대담한 사람인지를 전혀 모르고 있기 때문이라는 것을 곧 깨닫게 되었다. 그는 남에게서 모욕을 받아도 앙심을 품기는 고사하고, 한 시간쯤 지난 뒤면 아무 일도 없었다는 듯이 자기를 모욕한 그 학생과 태연히 말을 주고받았다. 그것도 그가 잠시 그 일을 덮어 둔다거나 용서해 준다는 표정이 아니라 그런 일쯤은 조금도 모욕으로 여기지 않는다는 듯한 태도였으므로 바로 이런 점이 동료들의 마음을 완전히 굴복시키고 말았던 것이다. 그러나 그에게는 단 한 가지 이상한 특징이 있어서 중학교 하급반 학생이나 상급생을 막론하고 누구나 그를 놀려주고 싶은 생각이 들도록 만들었다. 물론 이것도 무슨 악의나 조롱하려는 의도에서가 아니라, 그저 그것이 단순히 재미있었기 때문이었다. 그것은 알료샤가 거의 병적일 만큼 수치심과 결벽증을 가지고 있다는 점이었다. 예를 들면 그는 여자에 관한 어떤 종류의 말과 이야기는 옆에서 그냥 듣고 있지를 못했다. 사실 한심한 현상이기는 하지만 이 어떤 말이나 이야기는 중학교에서도 아주 뿌리를 뽑을 수가 없는 모양이다. 정신적으로나 육체적으로나 순결무구한 새파란 아이녀석들이, 때로는 군인들조차 입에 담기를 꺼려하는 어떤 장면이나 모양들을 교실 안에서 아무 거리낌도 없이 큰소리로 지껄여 대고 있는 형편이니 말이다. 하기는 군인들이란 지식층에 속하는 이 상류 계급의 자제들이 벌써부터 환히 알고 있는 일들을 까맣게 모르고 있거나 이해하지 못하는 경우가 종종 있을 것이다. 그렇지만 이런 소년들에게는 아마도 정신적 타락이라든가 진정한 의미에서의 음탕한 색욕 같은 것은 없을 것이다. 설사 있다고 하더라도 그것은 껍데기에 불과한 것인데 이들은 이것이 흥미진진하고 미묘하고 자못 사내다운 것이라고 생각하여 한 번 흉내를 내보고 싶은 충동을 느끼는 것이다. 그 어떤 이야기를 할 때마다 〈알료샤 카라마조프〉가 황급히 귀를 틀어막는 것을 보고, 이들은 가끔 일부러 그의 옆에 몰려들어 귀를 막은 그의 두 손을 억지로 떼어 놓고서는 더러운 소리를 신이 나서 마구 지껄여 대기도 했다. 그러면 그는 욕설 한 마디 안하고 입술을 꼭 문 채 기를 쓰면서 이들을 뿌리치고 교실 바닥에 엎드려 두 손으로 얼굴을 감싸 버리는 것이었다. 마침내는 이 악동들도 그 이상 그에게 귀찮게 굴기를 그만두고 숫제 계집애라는 낙인을 찍고, 어떤 의미에서는 불쌍한 인간이라고 동정까지 하게 되었다. 조금 각도가 다른 이야기이긴 하지만 그는 자기 반에서 늘 우등생이긴 했지만 한 번도 일등을 차지한 적은 없었다.

예핌 페트로비치 플레노프가 죽고 나서도 알료샤는 이 년 간을 더 현립 중학교에 다녔다. 플레노프의 미망인은 남편의 죽음으로 상심한 나머지 장례식이 끝나자 곧 여자들뿐인 가족을 모두 이끌고 이탈리아로 긴 여행을 떠나 버렸다. 그래서 알료샤는 플레노프의 먼 친척이 되는 생면부지의 두 부인 집으로 옮겨가 살게 되었으나, 어떠한 약속으로 그렇게 된 것인지는 그 자신도 몰랐다. 자기가 도대체 누구의 돈으로 살아가고 있는지 한 번도 생각해 본 적이 없다는 것도 그의 성격의 두드러진 특징이었다. 이런 점에서는 그의 형 이반 표도로비치가 이 년 동안 고학으로 대학교에 다니면서 갖은 고생을 다한 일이라든가, 어려서부터 남의 신세를 지고 있는 자신의 처지를 항상 쓰라리게 생각해 온 것과는 아주 대조적이라고 할 수 있었다. 그러나 알료샤를 조금이라도 알고 있는 사람이라면 그의 이런 이상한 성격은 그리 탓할 것이 못된다고 보았을 것이 분명하다. 그것은 이러한 문제가 제기되었을 때, 알료샤가 저 순례자(일종의 정신병자로서 神의 使者라고 간주되었다)들과 같은 종류의 청년이라는 점을 확신할 수가 있기 때문이었다. 이런 종류의 인간은 어쩌다가 수중에 거액의 재산이 굴러들어온다고 해도 누가 손을 내밀기만 하면 서슴없이 몽땅 내주고 말거나 그렇지 않으면 자선 사업을 하든지 또는 사기꾼에게 걸려들어 순식간에 날려 버릴 가능성이 많다. 대체로 말해서 그는 돈의 가치라는 것을——물론 글자 그대로의 뜻은 아니지만——몰랐다. 그는 자기가 먼저 누구에게 용돈을 달라고 한 적은 한 번도 없지만 혹시 누가 돈을 좀 주더라도 쓸 곳을 몰라서 몇 주일씩 그대로 갖고 있거나, 어떤 때는 무섭게 낭비를 하여 순식간에 돈을 다 써버리기도 했다. 표트르 알렉산드로비치 미우소프는 평소 금전과 시민적 명예에 대하여는 몹시 예민한 사람이지만 언젠가 알료샤를 한 번 만나보고 나서 이렇게 농담조로 말한 적이 있다. 「그 청년 같은 사람은 아마 세상에 하나도 없을 거야. 인구 백만쯤 되는 도시 복판에 혼자 내버려둔다고 해도 결코 굶어 죽거나 얼어 죽을 염려가 없는 사람이지. 왜냐하면 누군가 곧 먹을 것과 잠잘 곳을 마련해 줄 테니까……. 잠잘 곳을 마련해 주는 사람이 없더라도 자기 스스로 이내 몸둘 곳을 찾아내겠지. 이런 것들은 그에겐 별로 힘드는 일도 아니고 또 굴욕도 아니거든. 그리고 그를 돌보아 주는 사람도 그것을 귀찮게 여기지 않고 오히려 자못 만족스럽게 생각할 거란 말일세.」

그는 중학교 과정을 다 마치지 않았다. 졸업을 일 년 앞둔 어느날, 그는 갑자기 어떤 생각이 떠올라 자기를 돌봐 주던 부인들에게 자기는 지금 아버지에게로 가야 하겠다고 말했다. 부인들은 못내 섭섭해 하며 그를 놓아 주려고 하지 않았다. 여비는 그리 많은 돈이 필요한 것이 아니어서, 그는 플레노프네 가족들이 외국 여행을 떠날 때 선물로 준 시계를 전당포에 맡기려고 했으나 부인들은 그렇게 못하게 할 뿐 아니라 충분한 돈을 주고 또 새 옷과 속옷까지 마련해 주었다. 그러나 그는 굳이 삼등차로 가겠다면서 그 돈의 절반을 다시 부인들에게 돌려 주었다. 우리 읍에 도착하자 그는 「왜 학교를 집어치우고 왔니?」하는 아버지의 첫 물음에 대하여, 깊은 생각에 잠긴 듯한 얼굴로 아무 대답도 하지 않았다고 한다. 그러나 얼마 지나지 않아 그가 자기 어머니의 무덤을 찾고 있었다는 사실이 드러났다. 알료샤 자신도 그때 그가 여기 온 이유는 오직 그것 때문이었다고 말했지만, 그러나 그가 고향에 온 이유가 그것 하나뿐이라고는 생각되지 않는다. 그보다는 오히려 당시엔 그 자신도 깨닫지 못했고 설명할 수도 없었지만 그의 마음속에 어떤 계시가 불쑥 떠올라서 그를 새롭고 신비스러운 숙명적인 길로 이끌어 갔다고 하는 편이 더 적절할 것이다. 표도르 파블로비치는 자기의 후처를 어디에 묻었는지 아들에게 가르쳐 줄 수가 없었다. 그도 그럴 것이 그는 아내의 관에다 흙을 뿌리고 난 이후로 한 번도 그 무덤에 가 본 적이 없기 때문에 오랜 세월이 흐름에 따라 자연히 그 장소를 까맣게 잊어버리고 말았기 때문이었다…….

표도르의 말이 나왔으니 말이지만, 그는 그간 오랫동안 우리 고장을 떠나 있었다. 후처가 죽은 지 삼사 년 뒤에 그는 러시아 남부 지방으로 떠나갔는데 나중에는 오데사로 가서 그곳에서 몇 년 동안을 살았다. 그 자신의 표현을 빌자면 처음에 그는 수많은 유태 놈, 유태 년, 유태 새끼, 유태 계집들과 상종했지만 나중에는 이 유태 년놈들뿐만 아니라 한결 격이 높은 서구(西歐) 양반들과도 사귀게 되었다고 한다. 그가 돈을 긁어모으는 데 뛰어난 수완을 발휘했던 것도 그의 일생을 통해 바로 이 시기가 아니었나 하는 생각이 든다. 그가 이 고장에 다시 돌아와 살게 된 것은 알료샤가 오기 불과 삼 년 전의 일이다. 옛 친지들은 그 동안 그가 무척 늙었다고 생각했으나 그렇다고 해서 아주 노인이 되어 버린 것은 아니었다. 그는 제법 점잔을 빼기도 했지만 어딘가 더 뻔뻔스러워진 것같이 생각되었다. 예를 들면 옛날에는 자기 혼자 어릿광대 짓을 하며 좋아했는데, 이제는 다른 사람까지 어릿광대 짓을 시키려는 거만한 욕심을 드러내었다. 여자에 대한 추잡한 태도는 옛날 정도가 아니라 더욱 구역질날 정도로 추근추근했다. 그는 얼마 지나지 않아서 우리 군내(郡內)의 여러 장소에 새로운 술집들을 차렸다. 그에게는 아마 십만 루블리 이상이 있는 것 같았으며 분명히 그 이하는 아니었다. 우리 고장 일대의 많은 사람들이 곧 그에게 빚을 지게 되었는데 여기에는 물론 확실한 저당을 잡혀야만 했다. 그러나 최근에 와서 그는 어쩐 일인지 얼굴이 부석부석해 가지고 매사에 짜증과 변덕을 부렸으며 사람이 무척 경솔해져서 술주정은 더욱 심해지기만 했다. 만약 이젠 꽤 나이를 먹은 하인 그리고리가 가정 교사처럼 밤낮 쫓아다니며 돌보아 주지를 않았다면, 표도르 파블로비치는 더욱더 시끄러운 일만 저지르고 돌아다녔을 것이다. 알료샤의 귀향은 정신적인 면에서 분명히 그에게 영향을 준 것 같았다. 그것은 이미 아득한 옛날에 그의 영혼 속에서 시들어 버렸던 그 무엇이, 이제서야 다시 인생의 황혼기에 접어든 이 노인의 내부에서 불쑥 눈을 뜬 것과 같았다. 「애, 너는 말이다.」 하고 그는 알료샤를 지그시 바라보면서 가끔 이렇게 말하곤 했다. 「어쩌면 그렇게도 신통하게 그 미친 여자를 닮았니?」 그는 알료샤의 어머니인 자기의 죽은 아내를 이렇게 부르고 있었던 것이다. 결국 알료샤에게 그 〈미친 여자〉의 무덤을 가르쳐 준 사람은 하인 그리고리였다. 그는 알료샤를 우리 읍의 공동 묘지로 데리고 가서 한쪽 구석에 있는, 값싼 것이긴 하지만 제법 말쑥한 묘비 하나를 보여 주었다. 묘비에는 고인의 이름과 나이 그리고 사망 년월일이 적혀 있었고 그 밑에는 구식 중류 계급의 무덤에서 흔히 볼 수 있는 넉 줄 가량의 추도시(追悼詩)가 새겨져 있었다. 알료샤는 이 묘비가 놀랍게도 그리고리의 정성으로 세워진 것이라는 것을 알았다. 그는 자기가 돈을 들여서 이 불쌍한 미친 여자의 무덤 앞에 이 묘비를 세웠던 것이다. 그러기 전에도 그리고리는 주인 표도르 파블로비치에게 이 무덤을 잘 돌보라고 몇 번씩이나 귀찮을 정도로 얘기했지만, 표도르는 무덤은커녕 여기에 얽힌 모든 추억을 모조리 내동댕이친 채 오데사로 훌쩍 떠나 버리고 말았었다. 알료샤는 어머니의 무덤 앞에서 아무런 감상적인 태도를 나타내지 않았다. 다만 묘비가 세워진 자초지종에 관해 그리고리가 엄숙한 어조로 차근차근 설명하는 것을 들으며 머리를 숙이고 조용히 얼마 동안 서 있다가 말 한 마디도 하지 않고 무덤을 떠났다. 그 이후로는 거의 일 년이 다 가도록 그는 무덤 앞에 나타난 일이 없었다. 그러나 이 조그만 에피소드가 또한 표도르 파블로비치에게 어떤 영향을, 그것도 아주 기발한 영향을 주게 되었다. 그는 갑자기 천 루블리나 되는 돈을 싸 가지고 죽은 아내의 영혼을 위로하기 위해 우리 고장의 수도원으로 찾아갔던 것이다. 그러나 그것은 알료샤의 어머니인 자기의 후처 미친 여자를 위해서가 아니라 자기를 그토록 구박했던 전처 아젤라이다 이바노브나를 위해서였다. 그러고는 그날 저녁 그는 술을 잔뜩 퍼먹고 나서 알료샤에게 수도사들의 욕을 잔뜩 퍼부었다. 사실 그는 신앙이라는 것과는 거리가 먼 사람이었다. 아마 단 오 코페이카짜리 양초 한 자루를 성상 앞에 세워 본 적도 없었을 것이다. 그러나 이런 인간들에게서는 가끔 돌발적인 감정과 생각들이 밖으로 불쑥 튀어 나오는 이상한 경우를 볼 수가 있다.

앞에서 나는 표도르의 얼굴이 부석부석해졌다고 미리 말한 적이 있다. 그의 용모는 근래에 와서 그가 여태까지 살아 온 생활의 특징과 본질을 뚜렷하게 나타내고 있었다. 언제나 거만하고 의심 많은 비웃는 듯한 두 눈 밑에는 흐물흐물한 길다란 살주머니가 늘어졌고 작고 살찐 얼굴에는 무수한 주름살들이 깊숙이 패여 있으며 뾰족한 턱 아래로는 흡사 가죽 지갑 같은 길쭉하고 큼직한 울대가 달려 있었는데, 바로 이것이 그의 얼굴 전체에 징그럽도록 음란한 인상을 주고 있었다. 게다가 탐욕스러운 커다란 입, 약간 부풀어오른 듯한 입술, 그리고 입술 사이로 거의 다 썩어빠진 시커먼 이빨 그루터기들이 들여다보였는데, 그가 무슨 이야기를 할 때마다 그 입에서 침이 이리저리 튀었다. 그렇지만 그는 항상 자기 얼굴을 웃음거리로 삼기 좋아했으며 심지어는 그 얼굴을 자못 만족스럽게까지 여기고 있는 것 같았다. 그는 그리 크지는 않지만 묘하게 꼬부라진 자기의 매부리코를 가리키며 「이게 바로 진짜 로마 코라는 거야.」 하고 가끔 말하곤 했다. 「요것이 내 목의 혹과 한짝이 되어 퇴폐기에 있던 고대 로마 귀족들의 진짜 모습 그대로를 나타내고 있거든……」 아무래도 그는 이 코가 자랑스러운 모양이었다.

어머니의 무덤을 찾아본 뒤 얼마 안 있다가 알료샤는 느닷없이 자기는 수도원에 들어가고 싶으며, 수도원측에서도 수습 수사로 받아들여 주기로 약속했다고 아버지에게 말했다. 그리고 이것은 자기의 간절한 소원인 동시에, 아버지에게 정식 허락을 청하는 것이라고 설명했다. 벌써부터 노인은 그 수도원 암자에서 살고 있는 조시마 장로가 〈얌전떼기〉 자기 아들한테 깊은 감명을 준 사람이라는 것을 알고 있었다.

「그 장로야 물론 누구보다도 성실한 수사지.」 무언가 생각에 잠긴 얼굴로 묵묵히 알료샤의 말을 듣고 나서 그는 이렇게 말문을 열었다. 「흠, 그러니까 우리 얌전떼기가 거기 들어가고 싶단 말이렷다 ! 」 그는 잔뜩 취해 있었으나 갑자기 이죽거리며 웃기 시작했다. 그 웃음은 아직 술이 덜 깬, 그러나 여전히 교활하고 능청스런 느낌을 주는 웃음이었다. 「흠, 나도 결국은 네가 이렇게 되리라는 걸 느끼고 있었거든. 어때, 짐작하겠니 ? 네 녀석은 항상 그런 데 들어가려고 안달을 했으니까. 어쨌든 좋아. 너는 네 몫으로 이천 루블리나 가지고 있으니, 그걸 지참금으로 가져가면 되겠구먼. 그렇지만 나도 너를 그냥 모른 체할 수는 없으니까, 필요하다면 거기서 내라는 돈을 당장이라도 다 내주마. 하지만 내라는 소리가 없으면 굳이 자진해서 갖다 바칠 필요는 없지. 안 그러냐 ? 하긴 네가 돈을 쓰는 씀씀이는 새 모이 먹는 것 정도니까, 고작해야 일 주일에 낟알 두어 개쯤이면 될 거야……. 흠, 그런데 말이다. 어디나 수도원 부근에는 마을이 하나 딸려 있게 마련이거든. 하긴 모두 알고 있는 일이지만, 그런 마을엔 소위 〈수사놈 마누라〉들만 살고 있단 말이다. 아마 한 서른 명쯤 된다는데……. 나는 한 번 가본 적이 있지만, 거긴 또 거기대로의 재미라는 게 있더군. 한 가지 아쉬운 건, 아직 거긴 순 러시아 판이어서 프랑스 계집이 하나도 없다는 점이지. 수사놈들은 돈이 많으니까 프랑스 계집쯤은 얼마든지 불러올 수 있을 텐데 말이다. 소문만 퍼지면 아마 금새 몰려올 걸. 하지만 여긴 괜찮아 ! 수사들이 한 이백 명쯤 있을 뿐이고, 그 수사놈 마누라 따윈 아직 하나도 없으니까. 그들이야 참 깨끗한 사람들이지. 단식일도 꼬박꼬박 잘 지키고 말이야. 암, 그렇고 말고……. 흠, 그래 넌 수도원에 들어가겠다 이거지 ? 그렇지만 알료샤야, 그럼 난 섭섭해서 어쩐다지 ? 넌 곧이듣지 않겠지만 그래도 난 너를 좋아했거든……. 어쨌든 아주 잘됐다. 너는 우리 같은 죄인들을 위해서 기도해 줄 테지 ? 우린 정말 이 세상바닥에서 너무나 많은 죄를 졌으니까 말이다. 나는 언젠가 누가 과연 나를 위해 기도해 줄까 ? 그런 사람이 정말 있을까 ? 그렇지만 내가 아무리 못난 바보라도 생각만은 줄곧 하고 있지. 아니, 밤낮으로 그것만 생각하고 있는 건 아니니까, 줄곧이 아니라 이따금 생각한다는 편이 옳겠군. 좌우간 내가 죽은 뒤에, 악마들이 나를 고랑에 채워 지옥으로 끌고 가는 장면을 좀처럼 지워 버릴 수가 없으니 말이야. 난 또 이런 생각도 해보았지. 그 고랑 얘긴데, 악마들은 그 고랑을 어디서 구했을까? 무엇으로 만들었을까? 쇠로 만들었을까? 지옥에도 무슨 대장간 같은 게 있을까? 수도원에 있는 수도사들은 지옥에도 무슨 천장이 있다고 생각하는 모양이더라. 나는 지옥이 있다는 건 좋지만, 그 천장만큼은 아무래도 없는 게 낫다는 생각이 들어. 그래야만 지옥이 좀더 우아하고 개화되고 루터식으로 될 테니까. 그렇지만 실제로 천장이 있건 없건 마찬가지가 아니냐? 그런데 바로 여기에 난처한 점이 하나 있거든! 만일 천장이 없다면, 고랑 같은 것도 없는 것이 당연해. 그리고 또 고랑도 없다면 모든 것이 뒤죽박죽이 되어 결국 거짓말이 되어 버리고 말지. 그러면 누가 나를 고랑에 채워 지옥으로 데리고 간다지? 만일 나 같은 놈을 지옥으로 끌고 가지 않는다면 이 세상에 대의명분이란 게 없을 테니 말이다! Il faudrait les inventer.(꼭 쇠고랑을 만들 필요가 있어.) 그 쇠고랑은 나를 위해 일부러라도 만들어져야 해. 단지 나 한 사람만을 위해서라도. 알료샤야, 넌 자세히 모르겠지만 나야말로 추악하기 이를 데 없는 인간이니까…….」

「그렇지만 지옥에 쇠고랑은 없어요.」하고 알료샤는 아버지를 찬찬히 바라보면서 침착하고 진지한 태도로 말했다.

「암, 그렇고 말고. 그저 쇠고랑의 그림자가 있을 뿐이지. 나도 잘 알고 있어. 어느 프랑스 사람이 지옥을 묘사한 그대로야. J'ai vu l'ombre d'une cocher, qui avec l'ombre d'une brosse frottait l'ombre d'une carrosse.(나는 솔의 그림자로 마차의 그림자를 닦고 있는 마부의 그림자를 보았노라.) 그런데 애야, 넌 어떻게 쇠고랑이 없다는 걸 알았니? 이제 앞으로 수도사들과 같이 지내게 되면 너도 생각이 달라질 게다. 어쨌든 어서 그곳에 가서 진리를 탐구해 보려무나! 그리고 네가 도통한 다음엔 나한테 와서 얘기를 좀 해 다오. 내세(來世)라는 것을 좀더 분명히 알게 되면, 천당이든 지옥이든 거기에 가기도 한결 쉬울 게 아니냐. 그리고 너도, 이 집에서 주정뱅이 애비나 못된 계집들과 함께 있는 것보다는 수도원에 가서 그들과 같이 지내는 게 훨씬 더 좋을 게다……. 하기는 천사처럼 순결한 너를 유혹할 물건은 세상에 하나도 없겠지만. 거기서도 아마 너를 건드리지는 못할 거야. 그래서 나도 안심하고 네 부탁을 들어 주기로 한 거다. 내가 바라고 있는 것은 바로 그 점이지. 아직 너의 영혼은 악마에게 모두 먹혀 버리지는 않았어. 나쁜 것은 모두 불살라 버리고, 보다 훌륭한 사람이 되어 돌아오너라. 나는 기다리고 있겠다. 이 세상에서 나를 비난하지 않는 사람은 오직 너 하나뿐이라는 걸 나는 느끼고 있단다. 귀여운 내 아들아, 난 정말 그렇게 느끼고 있어. 어떻게 내가 그걸 느끼지 않을 수가 있겠니!……」

　그러고나서 그는 흑흑 흐느껴 울기까지 했다. 그는 감상적인 사람이었다. 그는 모질고도 다정다감한 인간이었던 것이다.

　　5. 장로들

　아마 독자들 중에는 이 청년이 병적이고 광신적이며 발육이 좋지 않은, 비쩍 말라빠진 창백한 몽상가라고 생각할 사람도 있을 것이다. 그러나 이와는 정반대로, 알료샤는 그 당시 건장한 체구에 불그스레한 뺨과 빛나는 눈동자를 가진 건강이 넘치는 만 열 아홉 살 난 젊은이였다. 뛰어나게 아름다운 용모, 늘씬한 몸매, 알맞게 자란 키, 밤색 머리카락에 달걀처럼 갸름한 얼굴, 그리고 맑게 열린 검은 두 눈동자는 항상 반짝거리고 있어서, 무척 생각이 깊고 무척 침착한 청년으로 보였다. 하기야 어떤 사람들은 그의 뺨이 불그스레하다는 것이 결코 광신자나 신비주의자가 아니라는 증거는 될 수 없다고 억지를 쓸지도 모르지만, 나에게는 오히려 알료샤야말로 그 누구보다도 현실적인 인간이라고 생각된다. 물론 그는 수도원에서 종교적 기적이라는 것을 믿고 있었지만, 소위 기적이 현실주의자를 당황하게 만드는 것은 결코 아니라고 나는 생각한다. 현실주의자를 신앙으로 이끄는 것은 기적이 아니다. 진정한 현실주의자들은 그가 만일 불신자라면, 자기가 항상 기적을 믿지 않는 힘과 능력을 갖추고 있다고 자신 만만하기 때문에 실제로 기적이 자기 눈앞에 부정할 수 없는 사실로 나타나게 되면, 그 기적을 하나의 엄연히 존재하는 사실로서 받아들이려 하지 않고 오히려 자기의 눈을 의심하려 든다. 또 설사 그 기적을 인정한다 하더라도 그는 그것을 자기가 아직까지 모르고 있던 하나의 자연계의 현상으로 받아들일 뿐이다. 그러므로 현실주의자에게 있어서는 기적이 신앙을 낳는 것이 아니라, 신앙이 기적을 낳는 것이다. 즉 현실주의자가 일단 신앙을 갖게 되면 바로 그 현실주의 때문에 눈앞의 기적을 부정할 수 없게 된다. 일찌기 사도 도마도 제 눈으로 직접 보기 전에는 믿지 않겠다고 했으나, 기적을 보고 나서는『오오, 내 주인이신 주님이시여!』하고 감격하여 부르짖었던 것이다. 그러면 과연 기적이 그로 하여금 신을 믿지 않을 수 없도록 만든 것일까? 그렇지 않다고 하는 것이 가장 정확한 대답일 것이다. 그는 자기 스스로가 믿기를 원했기 때문에 믿음을 갖게 된 것이 틀림없다. 아마도 그는 〈보지 않고는 믿지 않는다.〉라고 말할 때 이미 마음속 깊은 곳에서는 완전히 신을 믿고 있었는지도 모른다. 혹시 어떤 사람들은 알료샤가 아직 애송이라느니, 우둔하다느니, 혹은 중학교도 제대로 나오지 못한 인간이라느니 하고 험담을 하는 사람도 있을 것이다. 그가 중학교를 졸업하지 못한 것은 사실이지만, 그러나 어리석고 우둔한 인간이라고 말하는 것은 커다란 편견이 아닐 수 없다. 이미 앞에서 언급한 말을 되풀이하거니와 그가 이 길에 들어서게 된 동기는, 그때 이 길만이 암흑으로부터 광명으로의 탈출을 갈망하는 그의 영혼이 발견한 이상적인 출구(出口)로서 그에게 커다란 감격을 주었기 때문이다. 또 한 가지 지적해 두고 싶은 것은 그가 어떤 면에서는 우리 나라의 근대적 청년, 즉 올바른 마음으로 진리를 갈구하여 그 진리를 탐구하는 가운데 마침내 그것을 믿게까지 되지만, 여기에 전심전력 그 진리를 신봉한 나머지 이를 실천하기 위해서는 자기의 모든 것, 심지어는 생명까지도 기꺼이 바치려는 염원에 불타는 그런 청년이라는 점이다. 그러나 불행하게도 이런 청년들은 생명을 버리는 편이 대체로 다른 어떠한 희생보다는 쉬운 것이라는 사실을 깨닫지 못하고 있다. 예를 들면 비록 그들이 자기네 목표인 진리와 그 실천을 위해 스스로 선택한 것이라고는 하지만(가령 그것으로 자기의 능력을 열 배로 늘릴 수가 있다 하더라도), 화려해야 할 청년 시절의 오육 년간을 오직 어렵고 따분한 학습과 연구에 바친다는 것은 대부분의 청년들에게는 거의 감당하기 힘든 일이다. 알료샤 또한 자기의 진리를 하루 빨리 성취시키려는 열망을 품기로는 다른 청년들과 다를 바가 없었지만, 단지 그는 모든 사람들과는 정반대의 길을 택했을 뿐이었다. 그는 진지하고도 깊은 사색을 통하여 영생(永生)과 신이 확실히 존재한다는 것을 확신하게 되자마자, 거의 본능적으로 자기 자신에게 이렇게 말했던 것이다. 『영생을 위해 살고 싶다. 어중간한 타협 따위는 결코 용납하지 않으련다!』이와 꼭 같은 논리로 만약 그가 영생과 신의 존재가 없는 것이라고 단정했었다면 그는 곧장 무신론자나 사회주의자가 되고 말았을 것이다(그것은 사회주의가 단순히 노동 문제나 소위 제4계급의 문제에 그치는 것이 아니라, 무신론의 현대적 구현(具現)에 관한 문제이며, 지상에서 하늘에 도달하기 위해서가 아니고 하늘을 지상으로 끌어내리기 위해 쌓고 있는 바벨의 탑에 관한 문제이기 때문이다). 알료샤에게는 이전과 같이 살아간다는 것이 이상하고도 불가능한 것으로까지 생각되었다. 성경 말씀에 〈너희가 완전하기를 원할진대, 너희가 가진 모든 것을 가난한 자에게 나누어 주고 나를 따를지니라.〉라는 구절이 있다. 알료샤는 스스로 이렇게 다짐했다. 즉『나는 모든 것 대신에 이 루블리만 내고, 그를 따르는 대신에 미사에만 참석하는 그런 짓은 절대로 할 수가 없다.』아마 그의 어린 시절에 관한 추억 속에는 가끔 어머니가 그를 미사에 데리고 다녔던 이 고장 수도원에 관한 아련한 기억이 고이 그대로 간직되어 있었으리라. 또는 그의 병든 어머니가 두 손으로 그를 성상 앞으로 내어밀던 그때에 비스듬히 비쳐들었던 저녁 햇빛이 그의 마음속에서 작용했는지도 모른다. 아마도 생각에 잠긴 듯한 그가 그 당시에 우리 고장으로 돌아온 것은 『모든 것이냐, 아니면 이 루블리냐.』를 결정짓기 위해서였을 것이며, 마침내 그는 여기의 수도원에서 그 장로를 만났던 것이다.

이 장로는 앞에서 내가 이미 말한 조시마 장로였다. 여기서 나는 우리 나라 수도원에 있는 〈장로〉라는 것이 대체 어떤 것인지 몇 마디 설명해 둘 필요를 느낀다. 유감스럽게도 나는 이 방면에 대해 그다지 자신은 없지만 피상적인 설명이나마 간단히 해보기로 하겠다. 우선 권위있는 전문가들의 주장에 의하면 장로와 장로 제도가 우리 나라 수도원에 나타나기 시작한 것은 극히 최근의 일로서 아직 백 년도 채 못되지만 동방 제국, 특히 시나이와 아토스에서는 벌써 천여 년 전부터 있던 제도라고 한다. 또 우리 러시아에도 예전에는 장로 제도가 있었는데 타타르 족의 침공이라든가 내란이라든가 콘스탄티노플 함락 뒤의 동방과의 교섭 두절 등 수많은 국난(國難)을 거치는 동안 저절로 자취를 감추었다는 주장도 있다. 이 제도가 우리 나라에서 부활한 것은 전(前)세기 때부터인데, 그것은 위대한 고행자로 불리웠던 저 파이시 벨리치코프스키와 그의 제자들이 노력한 결과였다. 그러나 그 뒤 백 년이 지난 오늘날에도 장로 제도는 극히 소수의 수도원에서만 볼 수 있을 뿐더러, 때로는 러시아에서 전례가 없는 제도라고 하여 박해를 받기도 했다. 우리 러시아에서 이 제도가 특히 발흥(發興)했던 것은 코젤리스카야 옵치나의 어느 유명한 수도원에서였다. 그런데 언제 누구에 의해서 이 제도가 우리 마을의 수도원에까지 시행되었는지 확실히는 알 수 없지만, 여기서도 이런 장로가 이미 삼 대째나 계속되었는데 조시마 장로가 그 중 맨 마지막 장로였다. 그는 이미 노쇠하여 임종이 가까와 있었는데, 그의 대(代)를 이을 만한 뚜렷한 사람이 없었다. 이것은 이 수도원으로서는 매우 심각한 문제였다. 왜냐하면 이 수도원에는 그 무렵 이렇다 할 만큼 특별히 유명한 것이 하나도 없었기 때문이었다. 성자의 유체(遺體)도 없었고, 기적을 베푼 성상도 없었고, 역사와 관련된 영광된 전통도, 또한 조국에 대해 길이 남겨질 공훈도 세운 일도 없었다. 이 수도원이 융성하여 러시아 전국에 이름을 떨치게 된 것은 오직 이 장로들 덕분으로, 러시아의 방방곡곡 수천 리나 되는 먼 지방에서까지 수많은 순례자들이 장로를 만나 설교를 듣기 위해 떼지어 몰려들어왔기 때문이었다. 그러면 장로란 대체 무엇일까? 장로란 다른 사람의 영혼과 의지를 자기의 영혼과 의지 속에 받아들이는 사람이다. 가령 누가 일단 장로를 선출하게 되면 그는 절대적인 복종과 참을성을 가지고 자기의 의지를 몽땅 장로에게 바친다. 그는 극기(克己)와 자아 정복의 긴 시련을 거쳐 고행과 무서운 인생 수업을 자진하여 받아들이고, 또한 복종의 생활을 통하여 마침내는 완전한 자유, 즉 자기 자신의 속박으로부터 벗어날 수 있는 참된 자유를 획득하게 된다. 이렇게 함으로써 그 사람은 자기의 참모습을 발견하지 못한 채 일생을 헛되이 보내 버리고 마는 많은 다른 사람들과 운명을 달리할 수 있는 것이다. 이 장로 제도는 이론에서 생겨난 것이 아니라 이미 천 년 이상의 시험을 거쳐 동방에서 창설된 것이다. 또한 장로에 대한 의무도 우리 러시아 수도원에서 흔히 볼 수 있었던 일반적 〈복종〉과는 성격이 다른 것이어서, 의무는 복종하는 사람의 끊임없는 참회와 장로와의 사이에 맺어진 끊을 수 없는 유대 관계를 의미한다. 예를 들면 이런 이야기가 있다. 기독교 초창기에 있었던 일인데, 어느 수습 수사가 자기 장로의 명령을 이행하지 않은 채 시리아에 있던 그 수도원을 떠나 이집트로 갔었다고 한다. 거기서 그는 여러 가지 위대한 고난을 겪고 난 뒤, 마침내는 혹독한 고문을 이겨내고 순교자로서 죽음을 당하게 되었다. 교회에서는 곧 그를 성자로 받들어서 장례식을 거행하게 되었는데, 장례식에서 보좌 신부가 「비교도(非敎徒)는 물러갈지어다 ! (미사 때 이 구절이 나오면 정식으로 세례를 받지 못한 사람은 나가게 되어 있음)라는 경문을 외우자 그 순교자의 관은 저절로 교회당 밖으로 내던져지고 말았다. 이런 일이 세 번이나 똑같이 되풀이되었다. 마침내 사람들은 이 순교자가 **일찍이** 복종의 서약을 깨뜨리고 자기 장로의 곁을 떠났기 때문에 그 장로의 용서가 없이는 아무리 위대한 공적을 쌓았더라도 죄가 지워지지 않는다는 사실을 알게 되었다. 그래서 그 장로가 몸소 달려와 복종의 서약을 풀어 주고 나서야 겨우 장례식을 거행할 수 있었다는 것이다. 이것은 물론 옛 전설에 지나지 않지만, 여기 또 하나 최근에 일어난 일이 있다. 우리 러시아의 어떤 수도자가 아토스에서 고행을 쌓고 있었는데 그는 이곳을 자기의 성스러운 은둔처로 정하고 마음속 깊이 사랑하고 있었다. 그런데 그의 장로가 갑자기 명령하기를, 이 아토스를 떠나 성지 순례를 하러 우선 예루살렘으로 갔다가 다시 러시아로 돌아와서 그 다음엔 북쪽의 시베리아로 가라고 했다. 『그대가 있을 곳은 여기가 아니라 저기이니라.』라는 것이다. 뜻하지 않은 슬픔을 맛보게 된 그 수도사는 콘스탄티노플에 있는 대주교에게로 달려가서 자기가 그 장로와 맺은 복종의 서약을 제발 풀어 달라고 애원했다. 그러나 대주교는 자기는 물론 이 세상에서 그 서약을 풀어 줄 수 있는 사람은 그 장로 이외에는 한 사람도 없다고 대답했다는 것이다. 이처럼 장로에게는 어떤 경우에는 거의 불가사의할 정도로 무한한 권세가 부여되어 있었다. 우리 나라 대부분의 수도원에서 장로 제도가 처음에 많은 박해를 받았던 것도 바로 이 때문이었다. 그러나 장로들은 곧 민중 속에서 깊은 존경을 받기 시작했다. 예를 들면 우리 고장 수도원의 장로에게도 평민이거나 명사이거나를 막론하고 모두 몰려와서 장로의 발 앞에 몸을 던지고 자기네 마음속의 회의와 번민, 그리고 자기들이 범한 죄를 참회하고 충고와 교훈을 애걸했다. 이것을 보고 장로를 반대하는 사람들은 장로들이 제멋대로 경솔하게 고해 성사(告解聖事)를 더럽히고 있다고 비난을 퍼붓기도 했지만, 수도사나 일반 신도들이 장로에게 자기의 마음을 허심탄회하게 털어놓는 것을 꼭 고해 성사라고 보는 것은 좀 곤란하다. 결국 장로 제도는 그대로 유지되어 차츰 러시아의 여러 수도원에 퍼지게 되었다. 그렇지만 노예 상태에서의 정신적 자유와 도덕의 재완성을 위한 도구로서 이 제도는 이미 천여 년의 시험을 거쳐 오긴 했지만, 경우에 따라서는 양쪽에 날이 선 흉기가 될 수 있다는 것도 사실이다. 왜냐하면 이 제도는 사람을 완전히 극기와 겸손으로 인도하지 않고 반대로 가장 악마적인 오만 즉 자유가 아닌 속박으로 이끌 수도 있기 때문이다.

조시마 장로는 예순 다섯 살이었다. 그는 어느 지주의 집안에서 태어나 젊었을 때에는 군대에 들어가 한때 카프카즈에서 초급 장교로 복무한 적도 있었다. 그가 자기 영혼이 지니고 있는 어떤 특성으로 해서 알료샤에게 깊은 감명을 주었다는 점은 의심할 여지도 없다. 장로는 알료샤를 몹시 총애하여 자기 암자에 있도록 허락했기 때문에 알료샤는 바로 장로의 암자에서 기거를 하고 있었다. 그러나 알료샤가 비록 수도원 생활은 하고 있었지만 완전히 구속을 받는 처지가 아니었다는 점은 여기서 미리 밝혀 두어야 하겠다. 즉 알료샤는 마음대로 어디든 외출할 수가 있었고, 또 며칠씩이나 수도원에 들어가지 않아도 괜찮았다. 그가 간단한 법의를 입고 있는 것도 사실은 수도원 안에서 남들과 색다르게 보이고 싶지 않아서 자진해서 취한 행동이었다. 또한 그가 이 옷을 입고 다니기를 무척 좋아했다는 것도 물론 사실이다. 장로의 주위에서 항상 떠나지 않는 예의 그 권세와 명성은 알료샤의 젊은이다운 상상력에 강한 자극을 준 것같았다. 과거 몇 년 동안 자기의 심정을 고백하고 또 위로와 충고의 말을 듣기 위해 조시마 장로를 찾아온 사람은 헤아릴 수도 없이 많았었다고 한다. 장로는 오랜 세월을 두고 이런 사람들의 고해와 하소연을 밤낮 들어 왔기 때문에 이제는 자기를 찾아오는 사람의 얼굴만 한 번 쳐다보고도 그 사람의 용무와 고민과 원하는 바가 무엇인지 대개 추측할 수 있을 정도로 예민한 통찰력을 지니게 되었다. 그래서 찾아온 사람이 미처 말을 꺼내기도 전에 그 마음의 비밀을 알아맞혀 상대를 놀라고 당황하게 만들기도 하고 때로는 두려움을 느끼게 만들기도 했다. 그러나 이것은 알료샤가 거의 매번 느끼는 일이었지만 대부분이 장로와 은밀한 이야기를 나누려고 찾아오는 사람들의 거의가 다 처음엔 공포와 불안을 품고 장로의 방으로 들어가지만, 나올 때에는 그 어둡던 얼굴이 행복한 모습으로 바뀌어 밝고 기쁨에 찬 표정을 띠게 되는 것이었다. 알료샤는 장로가 일부러 엄숙한 얼굴을 짓지 않고 늘 한결같이 유쾌한 빛으로 사람들을 대하는 태도에 특히 감명을 받았다. 수도사들의 말에 의하면 장로는 죄 많은 사람을 그 중에서도 가장 죄가 많은 사람을 누구보다도 사랑하고 진심으로 돌보아 준다는 것이었다. 수도사들 중에는 장로의 임종이 가까울 때까지도 장로를 증오하고 시기하는 자들도 있었다. 그러나 이제 와서는 그 수효가 아주 적게 줄어들었고 장로를 비난하는 소리도 들리지 않게 되었다. 그러나 그 극소수에 속하는 사람들 중에는 수도원 안에서 상당히 유력한 몇몇 주요한 인물들도 있었다. 그들 중 고참 수도사들의 한 사람은 유명한 고행 수도사이자 동시에 보기 드문 단식 수행자였다. 그러나 역시 절대 다수는 조시마 장로의 편이었고, 또한 그들의 대부분이 모든 열정을 기울여 진심으로 그를 사랑하고 있었다. 그 중 어떤 사람들은 장로에게 거의 광신적인 헌신을 바치면서 은근히 장로야말로 성인이 틀림없다고 말하고 다니는 자들도 있었다. 그들은 머지 않아 장로가 세상을 떠날 때에는 반드시 가까운 시일 안에 이 수도원을 위해 위대한 기적이 베풀어질 것이라고 기대하고 있었다. 알료샤 또한 장로가 기적을 베풀 수 있다는 능력을 믿어 의심치 않았는데, 그것은 옛날 순교자의 관이 교회에서 내던져졌었다는 이야기를 굳게 믿는 것과 똑같은 믿음이었다. 그는 수많은 사람들이 병든 자식과 친척들을 데리고 와서 장로에게 안수기도를 베풀어 달라고 애원하는 것을 보았다. 그들은 얼마 안 있어서(어떤 사람은 바로 그 다음날) 다시 찾아와서는 눈물을 흘리며 장로 앞에 엎드려 병을 고쳐 준 은혜를 감사하는 것이었다. 알료샤에게는 정말 장로가 병을 고쳐 준 것인지, 아니면 병이 자연적으로 낫게 된 것인지 의문을 품는다는 것은 있을 수도 없는 일이었다. 그것은 그가 스승의 정신력을 전적으로 신뢰하고 있었기 때문이었다. 그는 스승의 명예가 마치 자기의 승리인 것처럼 생각했다. 특히 장로를 만나 축복을 받으려고 전국 각지에서 몰려온 하류 계급의 순례자들이 기다리고 있는 암자 문 앞으로 장로가 천천히 걸어나갈 때면, 알료샤의 가슴은 한없이 설레고 얼굴은 광채를 발하듯 환하게 빛나기 시작하는 것이었다. 순례자들은 장로 앞에 몸을 던지고 눈물을 흘리면서 장로의 발과 장로가 서 있는 땅에 입을 맞추었다. 또 농촌 아낙네들은 자기들의 아이를 그의 앞으로 내어밀기도 하고 마귀들린 병자들을 데려오기도 했다. 그러면 장로는 그들과 이야기를 나누기도 하고 간단한 기도나 축복을 해주고 나서 돌려 보내기도 하는 것이었다. 최근에 와서 장로는 병의 악화로 말미암아 도저히 암자 밖으로 나올 수 없을 정도로 몸이 쇠약해질 때가 가끔 있었다. 이럴 때면 순례자들은 그가 밖으로 나올 수 있게 될 때까지 며칠이고 수도원 안에서 기다리고 있는 것이 보통이었다. 무엇 때문에 그들이 장로를 그토록 사랑하는지, 무엇 때문에 그들이 장로의 얼굴을 보자마자 눈물을 흘리며 그 앞에 엎드리는지 알료샤는 그 이유를 털끝만큼도 이상하게 여겨 본 적이 없었다. 오오, 그는 너무나도 잘 알고 있었다. 노동과 슬픔에 시달리고, 일생을 하루같이 불공평과 죄과 때문에 자기 자신의 죄과와 온누리의 죄과 때문에 지칠 대로 지쳐버린 러시아 평민들의 겸허한 영혼을 위해서는 성인이나 성물(聖物)을 찾아 그 앞에 엎드려서 경배하는 것보다 더 강하게 그들을 사로잡는 요구나 위안은 결코 존재할 수 없다는 것을……. 〈우리에겐 죄악과 거짓과 유혹이 있다. 그러나 그 대신 이 세상 어느 곳엔가는 반드시 거룩하고도 고결한 사람이 있으며 그분에겐 진리가 있고 그분은 또한 진리가 무엇인지를 알고 있을 것이다. 그렇다면 진리는 세상에서 사라져 가고 있는 것이 아니라 언젠가는 우리들에게도 찾아와서, 하느님의 말씀대로 온누리를 다스리게 될 날이 반드시 오고야 말 것이다.〉 알료샤는 백성들이 이렇게 느끼고 이렇게 믿고 있다는 것을 알고 있었다. 그리고 조시마 장로야말로 그들이 생각하는 그 성인이며 하느님의 진리의 수호자라고 믿어 의심치 않았다. 이러한 사실에 대한 그의 믿음은 감격의 눈물을 흘리는 농부들이나 자기의 아이를 장로 앞으로 내미는 병든 아낙네들이 가지는 믿음과 똑같은 신앙이었다. 그리고 장로가 세상을 떠날 때에 이 수도원에 더없이 커다란 영광을 베풀어 주리라는 확신은 그 누구보다도 알료샤에게 가장 강했다. 최근에 와서는 그 어떤 심오하고 불꽃과도 같은 환희가 그의 마음속 깊숙한 곳에서 세차게 타오르는 것 같은 생각을 느낄 수 있었다. 그는 조시마 장로야말로 절대 유일한 존재라는 사실에도 별로 두렵지가 않았다. 『조시마 장로는 거룩한 분이니까 걱정할 건 없어! 그분의 가슴속에는 모든 사람을 갱생시키는 비결을, 그리고 마침내는 이 세상에 진리를 반석같이 굳게 세울 수 있는 능력을 가지고 계시니까. 그렇게 되면 누구나 모두 다 거룩하게 되어 서로 사랑하게 될 것이고, 부자도 가난한 사람도 높은 사람도 비천한 사람도 모두 똑같은 하느님의 자녀가 되어 비로소 이 세상에 진정한 그리스도의 왕국을 실현하게 되는 것이지…….』 이것이 바로 알료샤가 마음속에 항상 그려보곤 하는 꿈이었다.

그때까지 전혀 모르는 사람이나 다름없던 두 형이 돌아왔다는 사실은 알료샤에게 깊은 인상을 준 것 같았다. 드미트리가 이반보다 더 늦게 왔음에도 불구하고 그는 자기 친형인 이반보다도 이복 형인 드미트리와 더 먼저 친해졌다. 그는 둘째형 이반에 관해 대단한 관심을 가지고 있었지만 이반이 돌아온 지도 벌써 두 달이나 되어 그 동안 여러번 만났으면서도 왜 그런지 두 사람은 좀처럼 친밀해질 수가 없었다. 알료샤는 원래 말수가 적은 편이어서 만날 때마다 기대를 품은 듯하면서도 수줍은 태도를 보여 왔으며 또 이반은 이반대로 처음에는 상대편이 거북해 할 정도로 오랫동안 찬찬히 동생의 얼굴을 바라보았으나 그 이후로는 거의 알료샤에 대해 무관심한 듯한 얼굴로 대해 왔다. 알료샤는 그러한 형의 태도에 조금 당황했지만 이내 그것은 두 사람의 연령과 지적 수준, 특히 그들이 받아 온 교육의 차이 때문일 것이라고 단정하기에 이르렀다. 그러면서도 다른 한편으로는 형이 자기에게 관심과 동정을 표시하지 않는 것은 어쩌면 자기가 전혀 알 수 없는 다른 이유에서인지도 모른다고 생각했다. 즉 자기 형 이반은 어떤 마음속의 중요한 문제에 몰두해 있어서, 필시 몹시도 어려운 목표를 향해 모든 정력을 기울이고 있기 때문에 자기 같은 사람은 아랑곳할 여유가 없는지 모른다. 그것이 아마 자기에게 무관심하게 대하는 유일한 원인일 것이라고 알료샤는 생각했다. 또한 알료샤는 형의 그러한 태도 속에는 자기 같은 우둔한 수습 수사에 대한 유식한 무신론자의 경멸감이 숨어 있지 않나 하고 곰곰 생각해 보기도 했다. 그는 자기 형이 무신론자라는 사실을 분명히 알고 있었다. 또 설사 그렇다손 치더라도 알료샤로서는 화를 낼 수도 없는 일이기에 그는 막연한 불안감을 느끼면서 형이 자기에게 접근해 오기를 기다리고 있었다. 큰형 드미트리는 이반을 깊이 존경하고 있어서 이반에 관해서는 언제나 일종의 특별한 감동이 섞인 음성으로 이야기하곤 했다. 알료샤는 드미트리로부터 최근 그들 두 형 사이를 그처럼 밀접하게 만든 어떤 중대한 사건의 자초지종을 듣기도 했다. 이반에 대한 드미뜨리의 열광적인 평가는 알료샤의 눈에 매우 이상한 것으로 보였다. 왜냐하면 그것은 드미트리가 이반에 비해 거의 아무 교육도 받지 못하기는 했지만, 인품으로 보나 성격상으로 보아 이들처럼 서로 닮지 않은 사람은 어디에 가서도 찾아볼 수 없을 정도로 극단적인 대조를 이루고 있었기 때문이다.

　바로 이러한 때에 알료샤에게 비상한 정신적 영향을 준 조시마 장로의 암자에서 이 뒤숭숭한 가족의 모임이라기 보다는 이들 가족 전원의 회합(會合)이 이루어졌던 것이다. 그러나 이 가족 회의의 명목은 사실상 그럴 듯하게 날조된 것에 지나지 않았다. 당시 재산 정리와 상속 문제를 둘러싼 드미트리와 아버지 표도르 파블로비치 사이의 불화는 이미 더 이상 계속할 수 없을 만큼 극도로 날카롭게 대립되어 있었다. 그래서 먼저 표도르가 농담 비슷하게 한 번 조시마 장로의 암자에서 다 같이 모이는 게 어떠냐고 말을 꺼냈던 모양이었다. 물론 장로가 직접 이 문제에 개입해 주기를 요청하는 것은 아니었으나, 그래도 장로가 그 자리에 있음으로 해서 화해 분위기가 조성되어 서로 원만한 타협을 보게 될는지도 모른다는 희망도 곁들여져 있었다. 드미트리 표도로비치는 여태까지 장로라는 사람을 만나보거나 우연히 지나쳐 본 일도 없었으므로 이것은 분명코 아버지가 장로를 대신 내세워 이 문제에 어떤 압력을 가하려는 음모라고 생각했지만 그가 최근에 아버지에 대해 너무 지나치게 과격한 언동을 해온 것이 마음에 걸려 아버지의 제안을 그대로 받아들이기로 했던 것이다. 여기서 미리 말해 두지만 그는 이반처럼 아버지의 집에서 살고 있지 않고 우리 읍내 저쪽 끝에서 혼자 살고 있었다. 그런데 이때 우리 고장에 와 있던 표트르 알렉산드로비치 미우소프 역시 이 제안을 전폭적으로 지지하고 나섰다. 사오십 년대의 자유주의자이며 자유 사상가이고 또한 무신론자인 그는 요즘 따분한 일상 생활 때문인지 아니면 그저 심심풀이를 위해선지는 몰라도 이 일에 대단한 관심을 나타냈다. 그는 갑자기 수도원과 〈성인〉이 보고 싶어 견딜 수가 없었다. 아직까지도 그는 이 수도원을 상대로 한 소유지의 경계선 문제와 벌목권 및 어렵권 문제에 관한 오랜 소송 사건을 결말짓지 못하고 있었으므로, 이 기회에 직접 수도원장을 만나 이 문제를 원만히 해결짓고 싶다는 구실 밑에 표도르 파블로비치와 동행하겠다고 나섰던 것이다. 물론 수도원측에서도 그들을 보통 구경꾼보다는 훨씬더 친절하게 맞아 줄 것이고, 이처럼 훌륭한 뜻을 품고 찾아간다는 사실을 고려해 볼 때 최근 병환 때문에 일반 방문객의 면회를 사절하고 암자에서 한 걸음도 떠나지 않고 있는 장로를 만날 수 있는 길을 열어 줄지도 모른다는 일이었다. 결국 장로도 이들을 만나기로 승낙하고 이미 날짜까지 결정되어졌다. 「나를 그 사람들의 재판관으로 만든 건 누구 짓이지?」 하고 그는 알료샤에게 미소를 띄우며 말했을 뿐이었다.

알료샤는 이 모임에 관한 사실을 알고 무척 당황했다. 이 추잡한 재산 다툼에 관계가 있는 사람들 중에서 이런 회합을 진지하게 여기는 사람은 맏형 드미트리 뿐이며 나머지 사람들은 모두 장로를 한 번 심심풀이로 모욕해 보겠다는 생각을 가지고 모이는 것이라는 점을 알료샤는 너무나도 잘 알고 있었다. 작은형 이반과 미우소프는 단순한 호기심, 그것도 몹시 무례한 호기심에서 이 모임에 참석할 것이고 아버지도 무슨 어릿광대 짓을 한바탕 늘어놓을 작정으로 참석할 것이 분명했다. 알료샤는 아직 그런 말을 비치지는 않았지만 자기 아버지가 어떤 성질을 가진 인간인지 너무나도 잘 알고 있었던 것이다. 다시 한번 되풀이하지만 그는 남들이 생각하는 것처럼 그렇게 어리숙한 청년은 아니었다. 그는 무거운 심정으로 약속된 그날이 오기를 기다렸다. 물론 그는 어떻게 하면 자기 가족간의 불화를 해결할 수 있을까 하고 마음속으로 항상 애태우고 있었지만 그보다는 장로에 대한 걱정이 앞서고 있었다. 그는 장로에게 이들의 성품에 대하여 미리 귀띔해 드릴까도 생각했으나 아무 말도 하지 않기로 마음을 고쳐 먹었다. 그는 이들이 만나기로 한 바로 그 전날 맏형 드미트리에게 사람을 보내 자기는 형을 진심으로 사랑하고 있으니 꼭 약속을 지켜주기 바란다는 말을 전하게 했다. 드미트리는 아무 약속도 한 일이 없어 약간 의아했으나, 아무튼 자기는 아무리 비열한 수작을 보게 되더라도 자신을 억제하는 데 최선을 다하겠다는 답장을 써 보냈다. 또한 자기는 장로와 이반을 깊이 존경하는 바이나 아무래도 이 모임은 자기를 위해 파 놓은 함정이 아니면 불순한 의도를 가진 어릿광대극이 틀림없다고 단언했다. 『그렇지만 나는 혀를 깨물고라도 네가 존경하는 그 거룩한 분에 대해 무례한 짓은 안 하겠다고 굳게 약속하마.』라고 드미트리는 자기의 편지를 끝맺고 있었다. 그러나 이 편지를 받고도 알료샤는 그다지 기뻐하는 기색이 없었다.

제2장 빗나간 모임

1. 수도원에 도착하다

구름 한 점 없이 맑게 개인 어느 따뜻한 날, 오전으로 때는 팔월 하순이었다. 장로와의 회견은 미사가 끝난 직후인 열 한 시 반쯤으로 정해져 있었다. 그러나 이날 모이기로 한 사람들은 미사에도 참석하지 않고 그것이 다 끝나갈 무렵에야 도착했다. 그들은 두 대의 마차에 나누어 타고 왔는데, 먼저 표트르 알렉산드로비치 미우소프가 첫번째의 마차로 도착했다. 그는 두 마리의 비싼 말이 끄는 멋진 마차를 타고 표트르 포미치 칼가노프라는 먼 친척 뻘이 되는 스무 살 가량의 청년을 데리고 왔다. 이 청년은 대학교에 들어갈 준비를 하고 있었는데 어떤 사정으로 잠시 동안 미우소프네 집에 머물고 있었다. 미우소프는 이왕 대학에 갈 생각이라면 자기와 함께 취리히나 예나로 가서 외국의 대학 과정을 마치도록 하라고 권하고 있었으나, 이 청년은 아직 결정을 못 내리고 있었다. 그는 항상 생각에 잠긴 듯한 표정을 하고 있었으며 어딘지 멍청한 데가 있어 보였다. 그런대로 그는 용모가 단정하고 체격도 좋았으며 키도 꽤 큰 축에 들었다. 그의 시선은 가끔 이상할 정도로 한 군데에 오랫동안 머물러 있는 때가 있었다. 멍청해 보이는 사람은 모두 그 꼴이지만 그는 남의 얼굴을 한참 동안이나 바라보면서도 실제는 아무것도 보고 있지 않았다. 그는 말수가 적고 사람을 대하는 태도가 몹시 어색했지만, 누구와 단 둘이 있을 때는 갑자기 수다스러워지고 대담해져서 걸핏하면 영문도 모르게 깔깔거리고 웃어대기도 했다. 그러나 이러한 활기찬 태도는 그것이 돌발적으로 나타나는 것과 똑같이 사라질 때에도 순식간에 자취를 감춰 버리고 마는 것이다. 그는 항상 옷차림을 깔끔하게 하고 다녔다. 그는 자기 앞으로 이미 상당한 재산을 가지고 있었으며 앞으로는 그보다 훨씬 더 많은 유산을 상속받기로 되어 있었다. 그는 알료샤와 친구지간이었다.

표도르 파블로비치는 아들 이반과 함께 미우소프의 마차보다 훨씬 뒤에 처져서 허여멀건한 색의 늙은 말 둘이 끄는 낡아빠진 대형 전세 마차를 타고 나타났다. 드미트리는 그 전날 밤에 미리 시간을 알려 주었는데도 아직 나타나지 않고 있었다. 방문객 일행은 수도원 앞에 있는 여관집 빈터에서 마차를 내리고 걸어서 정문을 지나갔다. 표도르를 제외한 나머지 세 사람은 아직 한 번도 수도원이란 곳을 구경해 본 적이 없는 모양이었다. 특히 미우소프와 같은 사람은 벌써 삼십 년 동안이나 교회에도 나가지 않고 있었다. 그는 짐짓 흥미가 없다는 듯한 표정을 짓고 있으면서도 호기심에 가득 찬 눈으로 연방 주위를 두리번거리고 있었다. 그러나 수도원 안에 들어선 다음에도 평범한 성당 건물과 그 부속 건물 이외에는 특별히 그의 관찰의 대상이 될 만한 것은 아무것도 찾아볼 수가 없었다. 맨 마지막으로 성당을 나온 한 떼의 신도들이 모자를 벗고 성호를 그으면서 그들의 옆을 지나갔다. 이들 백성들 틈에는 상류 계급에 속하는 두어 명의 귀부인과 늙은 장군 한 사람이 섞여 있었는데 이 사람들은 모두 여관에 묵고 있었다. 거지들이 이내 표도르의 일행을 둘러쌌지만 아무도 적선하려고 하지 않았다. 다만 페트루샤(표트르) 칼가노프만이 지갑에서 십 코페이카짜리 은화 한 닢을 꺼냈으나, 그는 어찌 된 셈인지 갑자기 허둥거리면서 황급히 어느 노파에게 돈을 쥐어주면서 「똑같이 나눠 가져요.」 하고 우물우물 말했다. 이 일에 대하여 그들 일행 중에서 뭐라고 말한 사람은 하나도 없었으므로 사실 그는 그토록 허겁지겁할 필요가 조금도 없었던 것이다. 생각이 여기에 미치자 그는 한층더 허둥거렸다.

그런데 마중나온 사람이 없다는 것은 좀 이상한 일이었다. 실제로 수도원측에서는 이들이 오기를 기다리고 있어야 했고 마땅히 어느 정도의 예의는 갖추어 둘 필요가 있었을 것이다. 왜냐하면 이들 중 한 사람은 바로 얼마 전에 천 루블리란 많은 돈을 기부했고, 또 한 사람은 꽤 부유하고 교양있는 지주로서 하천의 어렵권에 관한 소송의 결과 여하에 따라서는 수도원 안에 있는 모든 사람들을 얼마든지 난처하게 만들 수 있는 처지의 인물이었기 때문이다. 그런데도 그들을 공식 접대하러 나온 사람은 아무도 없었다. 미우소프는 성당 부근에 널려져 있는 묘비들을 물끄러미 바라보면서, 이런 거룩한 곳에 묻히기 위해서 사람들이 갖다 바친 돈도 아마 적지는 않았을거라고 말하려다가 그냥 입을 다물어 버렸다. 아무 뚜렷한 악의가 없던 그의 자유주의적인 냉소는 이미 분노로 변해 버리고 말았다.

「젠장, 이건 어느 놈한테 물어봐야 할지 도무지 알 수가 없잖아……. 이러다간 공연히 시간만 잡아먹겠는 걸.」하고 그는 혼잣말처럼 불쑥 중얼거렸다.

이때 갑자기 헐렁헐렁한 여름 외투를 입은 나이 지긋한 대머리 신사 한 사람이 연방 눈웃음을 치며 그들에게로 다가왔다. 그는 모자를 약간 추켜올리는 시늉을 하며 달콤한 목소리로 자기는 툴라 현에서 온 막시모프라는 지주라고 일행에게 자기 소개를 했다. 그리고는 곧 우리 일행을 돕겠다고 자청해 나섰다.

「조시마 장로께서는 암자에 거처하고 계십니다. 수도원에서 한 사백 걸음쯤 떨어져 있는 호젓한 암자지요. 저기 저 조그마한 숲을 지나서, 에……또……그 숲을 지나 가지고…….」

「숲을 지나간다는 건 나도 알고 있지요.」하고 표도르가 대꾸했다. 「그런데 길을 통 알 수가 없어요. 다녀 본 지가 하도 오래되어서.」

「이 문으로 나가서 곧장 숲을 질러가면 됩니다. 자 가십시다, 나도 마침…… 뭣하면 내가 안내해 드리겠읍니다……. 이쪽으로 오세요, 이쪽으로…….」

그들은 문을 지나서 숲 쪽을 향해 걷기 시작했다. 나이가 육십 전후로 보이는 이 막시모프라는 지주는 비상한 호기심을 가지고 일행을 힐끔힐끔 훔쳐보면서 걷는다기 보다는 그들 옆에서 깡충깡충 뛰어가고 있었다. 그의 두 눈은 마치 도토리 알처럼 불룩 튀어 나와 있었다.

「우리들은 특별한 용무가 있어 장로한테 가는 길입니다.」하고 미우소프가 위엄있는 어조로 말했다. 「다시 말하자면 그분에게 허락을 받고 찾아가는 길이지요. 그러니까 당신이 길을 안내해 주시는 건 고맙지만 우리하고 같이 안에 들어갈 수는 없읍니다.」

「난 그분을 벌써 만나뵈었지요, 벌써……Un chevalier parfait!(정말 훌륭하신 기사(騎士)더군요)」하고 지주는 손톱을 탁 튕겼다.

「누가 기사란 말입니까?」미우소프가 물었다.

「장로님 말입니다. 거룩하신 장로님 말예요……. 그분은 이 수도원의 명예이며 영광이지요. 왜 조시마 장로님이라고…… 이분으로 말할 것 같으면…….」

그러나 그의 횡설수설은 마침 그때 그들을 뒤쫓아온 젊은 수도사에 의해 중단되었다. 두건이 달린 법의를 입고 얼굴이 몹시 파리해 보이는 작달막한 수도사였다. 표도르와 미우소프는 걸음을 멈추었다. 그는 허리를 깊숙이 굽히고 정중하게 절을 한 다음 이렇게 말했다.

「암자에 가서 장로님을 뵈온 다음에 수도 원장님께서 여러분을 점심식사에 초대하신답니다. 늦어도 한 시까지는 원장님한테로 와 주시기 바랍니다. 이분도 함께……」하고 그는 막시모프 쪽을 돌아보았다.

「암, 기꺼이 가고 말고요!」하고 초대를 받은 것을 무척 기뻐하면서 표도르가 소리쳤다. 「꼭 가 뵙겠읍니다. 우린 여기서 서로 점잖게 행동하기로 약속했거든요……. 그런데 미우소프 씨, 당신은 어떻게 하시겠읍니까?」

「왜 안 가겠어요! 내가 여기 온 건 수도원의 모든 관습을 보아 두자는 거니까. 그런데 표도르 파블로비치, 단 한 가지 곤란한 것은 바로 당신 같은 사람과 동행한다는 점이지요.」

「그런데 드미트리가 아직 안 나타나는구먼…….」

「그가 일부러 오지 않는다면 그건 참 근사한 일일 텐데. 당신의 연극이 결국 서툴렀다는 얘기가 되니까. 어쨌든 점심 초대는 기꺼이 수락하겠다고 원장님께 전해 주시오.」하고 미우소프는 수도사를 향해 말했다.

「아니, 저는 지금 여러분을 장로님께 안내해 드려야 합니다.」수도사는 주저하며 말했다.

「그럼 난 원장님한테 가겠어요, 지금 곧장 원장님에게로.」하고 막시모프가 재잘거렸다.

「정말 어지간히 거머리 같은 친구로군.」하고 미우소프는 지주 막시모프가 수도원 쪽으로 서둘러 달려가는 것을 보고 말했다.

「꼭 폰 존(창녀들에게 피살된 유명한 엽기적 살인의 희생자) 같은 사람이구먼.」불쑥 표도르가 한마디했다.

「그래 겨우 끌어다 맞춘 게 그거요? 저 사람이 글쎄 어디가 폰 존을 닮았다는 거죠? 도대체 폰 존을 직접 본 적이 있기나 합니까?」

「사진을 봤지요. 얼굴이 닮았다는 건 아니지만 어딘가 비슷한 점이 있어요. 틀림없는 또 하나의 폰 존입니다. 나는 항상 관상만 보면 대뜸 알아낼 수가 있지요.」

「그야 당신은 그런 데 도통한 사람이니까……. 하지만 표도르 파블로비치, 방금 자기 입으로 점잖게 행동하기로 약속했다고 한 말을 잊지 마시오. 여기까지 와서 당신이 광대놀이를 시작한다면 정말 난 당신하고 행동을 같이할 수가 없단 말이오……. 참 처치 곤란한 사람이거든요.」하고 그는 수도사를 돌아보며 덧붙였다. 「난 이런 사람과 함께 점잖은 분들을 찾아가기가 정말 송구할 지경입니다.」

파리하고 핏기없는 수도사의 얼굴에는 잠깐 동안 간사한 듯한 미소가 스쳐 갔다. 그러나 그는 아무런 대꾸도 하지 않았다. 분명히 이러한 침묵은 그의 자제심에서 나온 행동 같아 보였다. 미우소프는 점점더 눈살을 찌푸렸다.

『염병할 놈의 자식들 같으니! 그래 몇 백 년을 다듬고 다듬은 낯짝이 겨우 그거란 말이냐? 뱃속에는 위선과 거짓으로 꽉 차 있는 주제에……』이와 같은 생각이 문득 그의 머리속을 스치고 지나갔다.

「아, 이게 바로 암자로군. 이제 다 왔군요!」하고 표도르가 소리쳤다. 「그런데 문이 닫혀 있어.」

그는 문 위와 문 좌우에 그려져 있는 성상을 향해 성큼성큼 걸어가 성호를 긋기 시작했다.

「남의 수도원에 왔으니 여기 풍습대로 따라야지.」하고 그는 말했다. 「이 암자에선 스물 다섯 명의 성자들이 서로 상대편 얼굴만 쳐다보고 배추국만 먹고 산다더군. 또 여자는 아무도 이 문을 들어설 수 없도록 되어 있다던데 이건 좀 생각해 볼 문제 같아요. 그건 어디까지나 사실인 모양이니까……. 그런데 장로님은 귀부인들을 만나고 있다는 소문이 있던데, 이건 대체 어떻게 된 일이죠?」그는 느닷없이 수도사에게 물었다.

「평민 출신의 부인네들은 지금도 저기 보이는 복도 옆에서 기다리고들 계십니다. 그리고 상류 계급의 부인들을 위해서 복도 옆에 조그만 방을 두 개 지어 놓았지요. 그러나 그것 역시 암자의 구역 밖에 있읍니다. 저만큼 보이는 것이 바로 그 방의 창문들이랍니다. 장로님께서는 건강이 좋으실 때 암자에서 저 방으로 통하게 된 복도를 따라 거기서 부인들을 만나보십니다. 지금도 하리코프 현의 여주인 호흘라코바라는 부인이 병약한 따님을 데리고 와서 기다리고 있지요. 아마 장로님한테서 무슨 전갈을 받은 것 같군요. 그렇지만 장로님께선 요즘 무척 쇠약해지셔서 일반 신도를 만나는 일조차 힘드실 지경이니까요.」

「그러니까 암자에서 부인들 방으로 직접 통하는 무슨 비밀 통로가 있다는 말씀이군요. 아니 수사님, 내가 뭐 나쁜 뜻으로 그렇게 말한 건 아닙니다. 그렇지만 아토스에 있는 수도원에서는 부인들뿐만 아니라 암컷은 모두 얼씬도 못하게 되어 있다던데요? 예를 들면 암탉이나, 암칠면조나, 암송아지나…….」

「이거 봐요, 표도르 파블로비치, 정말 그러시면 난 당신을 떼어 놓고 혼자서 돌아가 버릴 테요! 미리 말해 두지만 내가 없으면 당신은 당장 여기에서 쫓겨 나게 될 걸.」

「그렇다고 내가 뭐 당신을 방해한 건 없지 않소, 미우소프 씨. 아, 저걸 좀 봐요!」그는 암자 안의 구역으로 들어서면서 소리쳤다. 「정말 여기 사람들은 모두 장미꽃 동산에서 살고 있는 모양이군요!」

사실 거기에는 장미꽃은 그때 없었지만 보기 힘든 아름다운 가을 꽃들이, 더 이상 들어찰 데가 없을 정도로 가득히 들어서서 소담스레 피어 있었다. 아마도 훌륭한 솜씨를 지닌 사람이 꽃들을 가꾼 것 같았다. 성당 둘레나 무덤들 사이에도 꽃밭이 가꾸어져 있었다. 장로가 살고 있는, 정면에 복도가 딸린 조그만 목조 단층집 역시 온통 가을 꽃으로 둘러싸여 있었다.

「먼젓번 바르소노피 장로님 때에도 이런 꽃밭들이 있었던가요? 그분은 아름다운 것이라면 무작정 싫어하셨다고들 하던데. 심지어는 젊은 부인들한테 달려들어 지팡이로 마구 후려갈겼다는 말까지 있었으니까요…….」 표도르는 현관 앞 충계를 오르며 이렇게 지껄여 댔다.

「사실 바르소노피 장로님은 가끔 기묘한 행동을 하셨다고 소문이 나 있기는 했지만, 그건 모두 터무니없는 소리들입니다. 그분이 누굴 때려주다니, 그게 어디 있을 법한 말입니까!」 하고 수도사가 대꾸했다. 「그럼 여러분, 잠깐만 기다려 주세요! 들어가서 말씀드리고 오겠읍니다.」

「표도르 파블로비치, 마지막 약속이니 잘 들어 두시오. 제발 좀 점잖게 굴기로 합시다. 그렇지 않으면 나도 생각이 있으니까.」 하고 그 사이를 이용하여 미우소프가 다시 한번 소곤거렸다.

「당신이 이처럼 흥분하다니 그거 참 모를 일이로군요.」 하고 표도르는 빈정거리는 투로 말을 받았다. 「혹시 죄를 많이 져서 무서워진 건 아닌가요? 장로님은 첫눈에 벌써 무슨 일로 찾아왔는지 알아맞힌다고들 말하니까……. 그런데 당신 같은 파리장 진보파 신사가 어리석은 백성들의 말을 그처럼 믿고 있다는 데는 정말 놀라 자빠질 지경이로군요!」

그러나 미우소프는 미처 이 조롱 섞인 말에 대답할 여유가 없었다. 곧 들어오시라는 전갈이 왔기 때문이었다. 그는 약간 화가 난 채로 안으로 들어갔다.

『정말 이러다간 내가 또 짜증을 내고 언쟁을 하게 되는지도 몰라……. 괜히 흥분하게 되면 결국 나 자신은 물론 나의 사상까지도 품위를 손상하게 되고 말 거야.』 이러한 생각이 그의 머리속에 퍼뜩 떠올랐다.

2. 늙은 어릿광대

그들이 방안으로 들어간 것은 장로가 자기 침실에서 나온 것과 거의 동시였다. 암자에는 이미 두 사람의 수사 신부가 그들보다 먼저 와서 장로가 나오기를 기다리고 있었다. 한 사람은 도서를 맡은 신부였고 또 한 사람은 매우 학식이 많다는 평판을 듣는 파이시 신부로서 이 사람은 그리 늙은 편이 아닌데도 건강이 매우 좋지 않았다. 이들 이외에도 스물 두어 살쯤 된 사복 차림의 청년 한 사람이 한쪽 구석에 서서(그는 끝내 그 자리에 꼼짝도 하지 않고 서 있었다) 장로가 나오시기를 기다리고 있었는데, 이 청년은 신학자 지망생으로서 어떤 이유에서인지 이 수도원 수도사들의 보호를 받고 있었다. 그는 키가 크고 광대뼈가 툭 불거진 시원스런 얼굴에 총명하고 신중해 보이는 두 눈을 가지고 있었다. 그의 얼굴에는 한없이 공손하면서도 아첨의 기색을 찾아볼 수 없는 의젓한 표정을 띠고 있었다. 그는 방안으로 들어오는 손님에게 고개 숙여 인사하는 것조차 삼가고 있는 것 같았는데 그것은 자기가 어디까지나 남에게 예속된 신분이므로 결코 손님들과 대등하게 어울릴 자격이 없다고 믿는 모양이었다.

조시마 장로는 알료샤와 또 한 명의 수습 수사를 데리고 나타났다. 두 수사 신부는 얼른 일어나 코가 땅에 닿도록 절을 하고 장로에게 축복을 청하며 그 손에 입을 맞추었다. 장로는 그들을 축복해 주고 나서 방금 그들이 한 것처럼 경건한 태도로 일일이 허리 굽혀 답례하고는 자기 역시 축복을 청하였다. 이러한 모든 격식은 단지 판에 박힌 일상 관례처럼 보이지 않고 오히려 감동을 자아낼 만큼 아주 엄숙한 느낌을 주는 것이었다. 그러나 미우소프에게는 이러한 모든 짓들이 짐짓 장엄한 체하려는 수작들로만 보였다. 그때 그는 일행의 맨 앞자리에 서 있었다. 그는 장로를 만났을 때 취해야 할 행동을 어제 저녁에 미리 생각해 두었었다. 그는 자기의 사상이나 주의가 어떻든간에 단순한 예절을 지킨다는 뜻에서 (여기서는 모두 그렇게들 하고 있으니까) 장로의 손에 입을 맞출 필요까지는 없지만 적어도 축복을 비는 것은 무방하다고 생각했다. 그러나 지금 이 수사 신부들이 절을 하고 입을 맞추는 꼴을 보고서는 당장 생각이 달라지고 말았다. 그래서 그는 엄숙한 표정으로 일반 사회에서 하는 식으로 정중하게 고개 숙여 인사하고 그냥 의자 있는 곳으로 물러가 버렸다. 표도르도 미우소프가 한 것을 흉내내어 원숭이처럼 똑같은 동작을 했다. 이반은 매우 정중하고 공손한 태도로 절을 했지만 여전히 두 손을 바지 옆에 착 붙인 채로였고 칼가노프는 어찌나 당황했던지 절조차도 제대로 하지 못했다. 장로는 축복을 하려고 쳐들었던 손을 내리고 다시 한번 절을 한 다음 모두에게 자리에 앉기를 권했다. 알료샤는 수치스러운 생각에 그만 얼굴이 화끈하게 달아올랐다. 그의 불길한 예감이 맞아들어가기 시작했던 것이다.

조시마 장로는 가죽을 씌운 구식 마호가니 의자에 앉으면서 두 사람의 신부를 제외한 나머지 손님을 맞은편에 놓인, 가죽이 닳아빠진 흑색 의자 네 개에 앉도록 했다. 두 사람의 신부는 멀찍이 떨어져서 한 사람은 문 옆에 또 한 사람은 창문 옆에 자리를 잡고 앉았다. 신학생과 알료샤와 수습 수사는 그대로 서 있었다.

암자 안은 그리 넓지 못했고 어딘가 조금 낡아 보였다. 가구와 즙기(汁器)도 모두 허름하고 값싼 것들인데, 그것도 꼭 필요한 것들뿐이었다. 창문턱에는 화분이 두 개 놓여 있었으며 방 한쪽 벽에는 여러 폭의 성화가 걸려 있었다. 그 중 하나인 커다란 성모상은 아마 정교회(正敎會) 분리 훨씬 이전에 그려진 그림같이 보였다. 성모상 앞에는 작은 등불이 하나 놓여 있었다. 그 옆에는 번쩍거리는 도금(鍍金)을 한 성상이 두 개 있고, 또 그 옆으로는 조그마한 천사의 조각과 사기로 만든 달걀, 카톨릭식의 십자가를 안고 있는 〈성모의 비탄〉 그리고 이탈리아의 옛 거장들의 솜씨인 몇 개의 판화(版畵)가 걸려 있었다. 이런 진귀한 예술품 사이에는 몇 개의 유치해 보이는 러시아 석판화가 끼어 있었는데 이것들은 성도나 순교자나 성인 등을 그린 것으로서 단 몇 푼만 주면 당장 어디서나 살 수 있는 물건들이었다. 또 그 맞은편 벽에는 역대 러시아 주교들의 초상화가 나란히 걸려 있었다. 미우소프는 이 판화에 박힌 장식물들을 재빨리 훑어보고 나서 장로에게로 시선을 돌렸다. 그는 자기의 관찰력을 지나치게 자신하는 약점을 가지고 있었다. 그러나 그의 나이 이미 오십이라는 점을 감안한다면 그리 탓할 바가 못되는지도 모른다. 사실 이만한 연령이 되고 확고한 생활 기반을 가진 속세의 똑똑한 신사들은 항상 자기 자신을 높이 평가하게 마련이며 때로는 싫다 하더라도 그럴 수밖에 없는 것이다.

첫순간부터 그는 조시마 장로가 마음에 들지 않았다. 사실 장로의 얼굴에는 미우소프를 제외한 다른 사람들에게도 호감을 줄 만한 점은 별로 없었다. 장로는 키가 작고 허리가 굽은데다가 두 다리에 맥이 하나도 없어서 아직 예순 다섯 살밖에 안 되었는데도 늘 건강이 좋지 않아서 나이보다 적어도 십 년은 더 늙어 보였다. 비쩍 마른 얼굴에는 잔주름이 그물처럼 퍼져 있었으며 특히 눈 언저리가 더욱 심했다. 눈은 그리 크지 않고 맑은데 마치 두 개의 구슬처럼 생기 발랄하게 반짝이고 있었다. 허옇게 센 머리털은 관자놀이 옆에만 조금 남아 있었으며, 턱에는 듬성듬성한 수염이 세모꼴을 이루었고 항상 미소를 머금은 두 입술은 조개 껍질처럼 얄팍했다. 코는 무척 길면서도 새 주둥이처럼 끝이 뾰족하게 되어 있었다. 『여러 가지로 보아 고약하고 거만한 영감쟁이임에 틀림없어!』 하고 미우소프는 생각했다. 대체로 그는 몹시 비위가 상한 것 같았다.

이야기를 시작하게 만든 것은 벽에 걸린 괘종 시계였다. 값싸고 조그만 이 벽시계는 방정맞은 소리로 땡 땡 땡 꼭 열 두 번을 쳤다.

「지금이 꼭 약속 시간입니다.」 하고 표도르가 불쑥 말문을 열었다. 「그런데 제 아들 드미트리 표도로비치가 아직 오지 않았군요. 신성하신 장로님(알료샤는 이 신성하신 장로님이란 말에 온 몸이 오싹해지는 것을 느꼈다), 아들을 대신하여 제가 감히 사과를 올리는 바입니다! 제 자신으로 말할 것 같으면 항상 시계처럼 정확한 사람이어서 일 분 일 초도 어긴 적이 없읍죠. 왜냐하면 저는 시간을 엄수하는 것이 이른바 왕자(王者)의 예의라는 것을 잘 기억하고 있는 터이므로…….」

「하지만 당신이 설마 왕자라는 건 아니겠지!」참다 못한 미우소프가 곧 말꼬리를 가로챘다.

「그럼요, 그럼. 난 임금님이 아닙니다. 하지만 표트르 알렉산드로비치, 당신이 끼어들지 않아도 그 정도는 나도 알고 있어요. 장로님, 전 언제나 이런 얼토당토 않은 소리를 지껄이는 버릇이 있읍니다!」하고 그는 갑자기 어떤 비통한 감정에 사로잡히면서 소리쳤다.「보시다시피 전 정말 진짜 어릿광대올시다! 저는 항상 이런 식으로 자기 소개를 하거든요. 이건 아주 기막힌 버릇이죠! 하지만 이런 덜 떨어진 수작을 늘어놓게 되는 것도 제딴에는 어떤 목적이 있기 때문이랍니다. 무슨 목적인고 하니, 될 수 있는 대로 사람들을 웃겨서 나도 같이 즐거워지고 싶은 목적 말입니다. 사람이란 유쾌하게 지낼 필요가 있지 않을까요? 그렇지 않습니까? 그러니까 칠 년쯤 전 일인데 그때 몇몇 장사치들과 함께 먼데 있는 어느 조그만 도시에 갔던 적이 있읍니다. 사업상의 용무로 말이지요. 우린 그곳의 경찰서장을 찾아갔읍니다. 좀 부탁할 일이 있어서 한턱 내려고 했던 거죠. 그런데 그 경찰서장이란 자가 나오는 걸 보니, 키가 장대 같고 뚱뚱하고 무뚝뚝한 데다가, 머리털이 허연 것이 여간 험상궂게 보이지 않더군요. 첫눈에 보기에도 위험천만한 상대 같았지요. 그래서 저도 사교계 인사들처럼 성큼성큼 다가가서『서장(이스프라브니크)님, 부디 저희들의 나프라브니크가 되어 주시기 바랍니다.』하고 말을 걸었쇼.『나프라브니크라니 그게 무슨 말이오?』하고 그가 묻더군요. 엄격한 얼굴로 그렇게 버티고 서 있는 걸 보고 전 대뜸 이거 일이 틀렸구나 하고 깨달았읍니다.『전 그저 기분전환으로 농담을 했을 뿐이에요. 왜 전국에 유명한 오케스트라 지휘자인 그 나프라브니크 있지 않습니까. 그런데 우리들의 사업도 조화를 이루기 위해 그런 지휘자가 필요하다는 말씀입니다.』하고 그럴 듯하게 늘어놓으며 슬슬 달래보려고 했지요. 그럴 듯하지 않아요? 그러니까 서장은『미안하지만 본인은 어디까지나 이스프라브니크요. 본인의 직명으로 웃음거리를 만드는 건 용납할 수가 없소!』하고 홱 돌아서서 나가 버립디다. 저는 그 뒤를 쫓아가면서『맞습니다, 맞아요! 당신께선 나프라브니크가 아니라 이스프라브니크예요!』하고 소리쳤지만『아니, 당신이 그 말을 한 이상 난 어디까지나 나프라브니크요.』하고 끝내 막무가내더군요. 그렇게 되어 우리들의 일은 죄다 틀어져 버리고 말았었지요. 저는 항상 이 꼴이랍니다. 남의 비위를 맞추려다가 항상 봉변만 당한다니까요. 이것도 꽤 오래 된 애깁니다만 한 번은 어느 세력 있는 분을 찾아가서 『사모님께선 간지럼을 잘 타신다죠?』하고 말했읍니다. 사실은 매우 신경이 섬세하다는 말을 이렇게 둘러댄 거지요. 그러자 그분은 난데없이 『그래 자네는 우리 마누라를 간질러 줘봤나?』하고 반문하는 게 아닙니까? 저는 아첨을 좀 해두어야겠다고 생각하고『예, 간질러 드렸읍죠.』했더니, 그분은 당장 저를 간질러 주기 시작했읍니다……. 하도 오래 전에 있었던 일이라서 이젠 말하기 창피하다는 생각도 어지간히 가셨읍니다만. 이렇게 전 항상 자기에게 불리한 일만 저지른다니까요!」

「당신은 지금도 그런 짓을 하고 있는 거요.」하고 미우소프가 심히 못마땅하다는 듯이 투덜거렸다.

「아마 그럴는지도 모르죠! 표트르 알렉산드로비치, 나도 그걸 알고 있었으니까 말입니다. 나는 당신이 말을 시작하는 그때부터 그걸 느끼고 있었지요. 그리고 당신이 꼭 무슨 참견을 하리라는 것도 알고 있었고요. 그런데 말씀입니다만 장로님, 저는 제 농담이 별로 안 먹혀들어가는 걸 알게 되면 두 볼이 축 늘어져서 씰룩씰룩하는 버릇이 있답니다. 이건 제가 젊어서 어느 귀족네 집에서 눈칫밥을 얻어먹을 때 생긴 버릇이지요. 저는 이 세상에 태어나면서부터 줄곧 어릿광대였지요. 말하자면 일종의 광기(狂氣) 같은 것이겠지요. 장로님, 제 머리 속에는 아마 마귀란 놈이 하나 들어앉아 있는 것 같습니다. 그렇지만 이놈도 그리 신분이 대단한 마귀 녀석은 아닌 모양입니다. 좀더 그럴 듯한 마귀라면 저 같은 사람한테 붙어있지는 않을 테니까. 여보 표트르 알렉산드로비치, 뭘 그렇게 좋아하십니까? 내가 보기엔 당신도 그 마귀가 골라잡을 만큼 대단한 사람은 아닌 것 같습니다만. 그런데 장로님, 전 믿고 있읍니다. 하느님을 믿고 있단 말씀이에요! 조금 전에는 믿지 않고 있었지만 지금은 이렇게 조용히 앉아서 위대한 말씀을 기다리고 있읍니다. 장로님, 저는 프랑스의 철학자 디드로의 경우와 똑같습니다. 장로님께선 예카테리나 여왕 폐하 시대에 디드로가 대주교인 플라톤을 찾아갔었던 일화를 알고 계시겠죠? 그는 들어가자마자 『하느님은 없다』고 선언했읍니다. 그러자 위대하신 대주교께서는 손가락으로 하늘을 가리키며 『어리석은 자가 자기 마음에 이르기를 하느님은 없다고 하는도다!』하고 대답했읍니다. 그러자 디드로는 당장 대주교의 발 앞에 엎드려 『믿습니다, 세례도 받겠나이다!』하고 외쳤다는 것입니다. 그리하여 그는 당장 그 자리에서 세례를 받았지요. 그때 다쉬코바 공작 부인이 대모(代母)가 되고 포촘킨이 대부가 되어 주었는데……. 」

「이봐요. 표도르 파블로비치, 거짓말 좀 작작하구려 ! 자기가 허튼 수작을 하고 있다는 것과 그리고 지금 돼먹지 않은 얘기가 새빨간 거짓말이라는 건 누구보다 당신이 더 잘 알 텐데. 당신은 왜 자꾸 그런 못난 짓을 늘어놓는 거요 ?」미우소프가 완전히 자제력을 잃고 후들후들 떨리는 목소리로 이렇게 말했다.

「모두가 거짓말이었다는 건 사실입니다 !」하고 표도르는 화끈 달은 목소리로 소리쳤다.「그러나 여러분, 그 대신 이번엔 진실을 말씀드리죠. 위대하신 장로님, 제가 방금 거짓말을 한 걸 용서해 주십시오. 맨 마지막에 꺼낸 디드로의 세례받는 얘긴 처음엔 전혀 머리속에 없었는데 방금 지껄이고 있는 동안 제가 꾸며낸 말입니다. 이야기를 재미있게 하려다가 그만 그렇게 되었읍죠. 표트르 알렉산드로비치, 내가 못난 짓을 하는 것은 좀더 유쾌해지고 싶기 때문이에요. 그러나 어떤 때는 무엇 때문인지 잘 모르고 하는 경우도 있긴 있어요. 한데 그 디드로 얘기에 나오는 〈어리석은 자가 자기 마음에 이르기를…….〉 운운하는 말은 내가 젊어서 이 집 저 집 식객으로 떠돌아다닐 때 여기 지주들한테서 스무 번도 더 들어 본 얘기예요. 표트르 알렉산드로비치, 당신 고모인 마브라 포미니쉬카도 그런 말을 합디다. 그 사람들은 모두 무신론자 디드로가 대주교인 플라톤을 찾아가서 하느님에 관해 논쟁을 벌였다고 아직까지도 믿고 있지요…….」

미우소프는 더 이상 참을 수가 없어 전후좌우를 가리지 않고 벌떡 일어났다. 그는 몹시 격분했지만 화를 내면 낼수록 자기가 웃음거리가 될 뿐이라는 것을 깨달았다. 사실 지금 일어난 일은 이 암자에선 상상도 못할 일이었다. 먼젓번 장로 때부터 사오십 년 동안 이 암자에는 매일같이 많은 방문객이 몰려왔었지만 그들은 모두 신앙심이 깊은 사람들뿐이었다. 암자 안에까지 들어오도록 허락을 받은 사람들은 한결같이 지나친 은혜를 입은 것으로 생각하여 대부분이 처음 엎드리고 나면 감히 무릎을 펴고 일어날 생각조차 못할 정도였다. 상류 계급 인사들과 일류 학자, 또는 단순한 호기심이나 어떤 목적이 있어 찾아오는 자유 사상가들까지도(여러 명이 한꺼번에 만나든 혼자서 만나든) 장로에 대하여 깊은 존경과 예절을 갖추고 대하는 것을 자기네의 가장 중요한 의무로 알고 있었다. 더구나 여기에는 돈 같은 것이 문제가 아니라 이쪽에는 사랑과 자비가, 또한 저쪽에서는 회개와 소망——자기 영혼의 어떤 어려운 문제나 인생의 난관을 극복하고 해결하려는 소망이 있을 뿐이었다. 그러므로 방금 표도르가 저지른 바 있는 한바탕의 어릿광대 짓은 이 자리에 있던 사람들 중 몇 사람에게는 당황과 의혹을 불러일으키기에 충분한 것이었다. 두 신부는 비록 얼굴 표정 하나 바꾸지 않고 장로의 말이 떨어지기를 기다리고 있었으나 속으로는 미우소프처럼 당장 자리를 박차고 일어나고 싶은 충동을 억제하지 못하고 있었다. 알료샤는 당장이라도 울음을 터뜨릴 것 같은 얼굴로 고개를 푹 숙이고 서 있었다. 그는 자기 형 이 반의 태도가 무엇보다도 이상하게 여겨졌다. 이반만이 아버지에 대해 영향력을 행사할 수 있는 유일한 사람이었으므로 알료샤는 어서 자기 형이 아버지의 어릿 광대놀음을 제지해 주기를 기다리고 있었다. 그러자 이반은 눈을 아래로 내리깔 고서 꼼짝도 않고 의자에 앉은 채, 자기와는 아무 관계도 없다는 듯이 어떤 홍미 까지 느끼며 사태가 돌아가는 것을 관망하고 있는 눈치였다. 알료샤는 자기와 꽤 친한 라키친(신학생)까지도 쳐다볼 용기가 나지 않았다. 이 수도원 안에서 그의 속마음을 가장 잘 알고 있는 사람은 자기 혼자뿐이었다.

「용서하십시오.」하고 미우소프가 장로를 향해 입을 열었다. 「장로님께서는 이 괘씸한 장난에 저도 한패가 아닌가 하고 생각하실지 모르지만 실은 저런 사 람을 신용했던 것이 불찰이었읍니다. 저는 아무리 표도르 파블로비치 같은 사람 이라도 이처럼 존귀한 분을 방문할 때에는 자기가 지킬 예의쯤은 알고 있으리라 고 생각한 나머지…… 정말 저런 사람과 동행하여 온 잘못을 어떻게 사과드려 야 할는지…….」

미우소프는 말끝을 채 맺지도 못하고 허둥지둥 밖으로 나가려고 했다.

「걱정하지 마십시오.」장로는 허약한 다리로 몸을 일으키고 미우소프의 두 손 을 잡아 다시 의자에 앉혔다. 「제발 진정하시기 바랍니다. 계속 나의 손님이 되 어 주시기를 간청합니다.」그는 절을 하고 나서 다시 자기 자리에 가 앉았다.

「위대하신 장로님, 말씀해 주십시오. 제가 너무 수다를 떨어서 기분이 상하신 건 아닙니까?」표도르는 의자 양쪽 손잡이를 움켜잡고 대답 여하에 따라서는 벌떡 일어나기라도 할 태세로 갑자기 소리쳤다.

「당신도 마음을 가라앉히시고 제발 거북해 하지 마십시오.」하고 장로는 타이 르듯 그에게 말했다. 「거북하게 여기지 마시고 자기 집처럼 생각해 주십시오. 그리고 무엇보다 자기 자신에 대한 수치심을 버려야 합니다. 모든 원인은 바로 그 수치심에 있는 것이니까요.」

「자기 집처럼 여기라고요? 그럼 제 본연의 태도로 돌아가란 말씀인가요? 그 건 정말 너무나 황송한 처사입니다. 기꺼이 따르기로 하지요. 그렇지만 거룩하 신 장로님, 저더러 본연의 태도로 돌아가라고 하지 마십시오……. 위험하니까 요! 저 자신도 그럴 용기는 나지 않습니다. 장로님의 안전을 위해서 말씀드리 는 겁니다. 다른 사람들은 아직 두고 보아야 하겠지만……어쨌든 이 중에는 저 를 웃음거리로 만들려고 했던 사람이 끼어 있으니까요. 이건 표트르 알렉산드로 비치, 바로 당신을 두고 하는 말입니다. 거룩하신 장로님, 감히 말씀드리지만 장로님한테는 오직 환희를 느끼고 있을 따름입니다.」그는 벌떡 일어서서 두 손을 위로 쳐들고 말했다. 「〈그대를 밴 모태(母胎)는 복이 있도다. 그대를 기른 젖도 복이 있도다. 특히 그 젖꼭지가 복이 있도다!〉 장로님께선 지금 『자기 자신에 대한 수치심을 버려라, 모든 원인은 바로 거기 있으니까.』하고 주의를 주셨지만, 그 말씀이야말로 제 뱃속을 환히 꿰뚫은 말씀입니다. 사실 저는 사람들과 섞이면 항상 제가 저속한 존재이고 남들도 모두 저를 어릿광대로만 취급하는 것 같은 생각이 듭니다. 그래서 저는 오냐, 그럼 정말 어릿광대 노릇을 해주마. 누가 뭐래도 하나도 무섭지 않다. 모두가 나보다도 더 저속한 놈들이니까! 하고 생각했읍니다. 그래서 저는 진짜 어릿광대가 되었지요. 저는 수치심 때문에, 위대하신 장로님, 저는 그 수치심 때문에 어릿광대로 타락한 인간입니다. 제가 말을 함부로 하는 것도 모두 아니꼽기 때문입니다. 만일 지금이라도 사람들이 저를 가장 친절하고 똑똑한 사람으로 대해 주기만 한다면, 그걸 제가 믿을 수만 있다면, 아아, 그때엔 저도 누구보다 선량한 사람이 될 수 있으련만! 아아, 스승님.」하고 그는 별안간 무릎을 꿇었다. 「어떻게 하면 저는 영생을 얻을 수가 있겠읍니까?」여기에 이르러서는 그가 지금 연극을 하고 있는지, 아니면 정말 그러한 감동을 일으킨 것인지 분간하기가 몹시 어려웠다.

　장로는 그를 똑바로 쳐다보면서 미소를 지으며 입을 열었다.

　「어떻게 해야 할는지는 벌써부터 스스로 알고 있읍니다. 그만한 정도의 지혜는 당신에게 얼마든지 있으니까요. 술에 취하지 말고 언행을 조심하십시오. 음욕에 빠지지 말 것이며, 특히 돈을 숭배하지 마십시오. 우선 당신의 술집 문부터 닫으십시오. 전부 다 닫지 못하겠으면 먼저 서너 곳만이라도 닫으십시오. 그리고 가장 중요한 일이지만 절대로 거짓말을 하지 마십시오.」

　「디드로 얘기 말씀입니까?」

　「디드로 얘기가 아닙니다. 무엇보다도 자기에게 거짓말을 하고 자기의 거짓말에 귀를 기울이는 사람은 결코 자기 속에서도 또 다른 사람 가운데서도 이미 진실을 구별할 수 없게 되는 것입니다. 결국 그 사람은 자기 자신에게서나 남에게서나 존중을 받지 못하고 맙니다. 아무도 존중해 주는 사람이 없으면 사랑을 잃게 되고, 사랑이 없어지면 의지할 곳도 없어져서 자연히 음탕과 정욕에 매달리게 되어 나중에는 짐승 같은 짓도 꺼리지 않게 되는 것입니다. 이것은 모두 자기와 남들에게 항상 거짓말을 하는 데에 원인이 있읍니다. 자기 자신에게 거짓말을 하는 사람은 걸핏하면 화를 내는 법입니다. 딴은 그것도 유쾌한 일이겠지요. 그렇지 않습니까? 그러나 그 사람은 누가 자기를 모욕하는 것이 아니라 자기 스스로가 모욕을 생각해 내는 것이며, 또한 그런 생각을 합리화하기 위해 거짓말을 한다는 것을 뻔히 알고 있읍니다. 실감을 내기 위해 그것을 과장하기도

하고 트집을 잡기도 하고 바늘 구멍만한 일을 크게 떠벌리기도 하지만 거짓은 역시 거짓입니다. 또 자기 자신이 거짓이라는 걸 잘 알고 있으면서도 자기 쪽에서 벌컥 화를 냅니다. 또한 화를 내는 것에 재미를 붙여 만족감을 느끼게 되어 결국은 그것으로 말미암아 상대방에게 진짜 적의를 품게까지 이르는 것입니다 ……. 자, 그러지 말고 일어나 앉으십시오. 그것도 역시 거짓이니까…….」

「오오, 거룩하신 장로님! 제발 손에 입맞추도록 해주십시오.」표도르는 후다닥 일어나서 장로의 여윈 손등에 쪽 하고 재빨리 키스를 했다. 「정말 지당하신 말씀입니다. 화를 내는 것은 확실히 재미가 있지요. 정말 옳으신 말씀입니다. 저는 아직까지 그런 이야기를 한 번도 들은 적이 없어서요. 정말로 저는 한평생 남에게 화를 내는 것을 재미로 삼아 왔었지요. 보다 실감나게 하려고, 즉 미학적인 견지에서 그렇게 했던 겁니다. 모욕을 느낀다는 것은 사실 유쾌할 뿐만 아니라 아름답기까지 한 것이니까요. 장로님께서도 이 아름답다는 말은 그만 빠뜨리셨더군요. 이 표현은 제 수첩에 적어 두어야 하겠읍니다! 저는 정말 일생을 통해 한시 한때도 거짓말을 안 한 적이 없읍니다. 진실로 저는 거짓이요, 거짓의 아버지올시다! 하긴 거짓의 아버지랄 것까지는 없겠죠. 전 항상 성경 귀절을 혼동하고 있어서……그저 그냥 거짓의 아들 정도로 해두지요! 다만 ……저의 천사이신 장로님, 그저 디드로 얘기 정도라면 가끔 거짓말을 해도 괜찮지 않을까요? 디드로는 해롭지 않으니까 말씀입니다. 그러나 다른 거짓말은 모두 해롭거든요. 위대하신 장로님, 깜빡 잊을 뻔했는데 한 가지 여쭈어 보겠읍니다. 이건 벌써 재작년부터 꼭 여기 한 번 와서 물어보려고 했던 말입니다만 ……표트르 알렉산드로비치, 가만 있어요! 저 사람을 말려 주시기 바랍니다. 위대하신 장로님, 그럼 말씀드리지요. 《순교자 열전(殉敎者 列傳)》이란 책에 정말 이런 이야기가 있는지요? 즉 어떤 성자가 신앙을 지키기 위해 갖은 고난을 겪은 다음 결국 목을 잘리우게 되었는데, 그때 그 성자는 벌떡 일어나서 자기 머리를 집어 들고 경건하게 입맞추면서 한참이나 걸어갔었다는 것입니다. 자기 머리를 두 손으로 받쳐 들고 경건하게 입맞추면서 말입니다. 순결하신 장로님, 대체 이 얘긴 정말일까요, 아니면 거짓말일까요?」

「아니 그건 사실이 아닙니다.」장로는 대답했다.

「《순교자 열전》에는 그런 이야기가 한 군데도 없읍니다. 혹시 어느 성자가 그런 일을 했는지 아십니까?」하고 도서 담당 신부가 물었다.

「어느 성자 애긴지는 저도 모르겠는 걸요. 몰라요, 정말 모릅니다. 저도 남한테 꼼짝없이 속은 얘기니까요! 그런데 대체 누가 그런 말을 했었는지 아십니까? 바로 여기 있는 표트르 알렉산드로비치 미우소프 선생이 했답니다. 아까

저의 그 디드로 애기에 그처럼 화를 냈던 이분이 바로 그 애기를 한 장본인입
죠!」

「절대로 난 당신한테 그런 애길 한 적이 없소. 언제는 내가 당신하고 말상대
나 했읍니까?」

「당신이 나 하나만을 상대로 애기하지 않은 건 사실이지만, 여러 사람 앞에서
했으니까 결국 마찬가집니다. 그러니까 사 년이 채 못되었을 거예요. 내가 이
말을 끄집어낸 건 당신의 그 맹랑한 이야기가 나의 신앙을 송두리째 흔들어 놓
았기 때문입니다. 당신은 그때 꿈에도 몰랐겠지만, 난 그 애길 듣고 심한 충격
을 받고 집으로 돌아왔거든요. 난 그 뒤부터 더욱더 신앙에 의혹이 가기 시작했
지요. 그래요, 표트르 알렉산드로비치, 당신이야말로 나를 이렇게 타락시킨 원
흉이란 말입니다! 거기 비하면 디드로 애기 같은 건 약과지요!」

표도르는 비장할 정도로 흥분 상태에 빠져들었다. 그러나 누가 보기에도 그가
또다시 광대 짓을 시작했다는 것은 분명한 일이었다. 미우소프는 어쨌든 가슴이
뜨끔해진 모양이었다.

「당치도 않은 소리! 말 같지도 않게…….」하고 그는 중얼거렸다. 「어쩌다가
내가 그런 소릴 한 적이 있는지도 모르지만……. 하여간 내가 당신한테 한 애긴
아니오. 나도 남한테서 그 애길 들은 것이니까. 파리에 있을 적에 어느 프랑스
사람한테 들었는데, 러시아에는 《순교자 열전》 속에 그런 이야기가 있어서 미사
때 그걸 낭독한다고 하더군요. 그 사람은 아주 유명한 학자로서 러시아에 관한
각종 통계를 전문적으로 연구했고 또 러시아에서 오랫동안 살았었지요. 나 자신
《순교자 열전》을 읽어 보지 못해서……또 읽어 볼 생각도 없긴 하지만…… 좌우
간 그런 애긴 식사 때 잠깐 할 수도 있는 이야기가 아니오? 그때 우린 아침식사
중이었으니까…….」

「홍, 당신은 그때 식사를 하고 있었지만 난 그 때문에 신앙을 잃었단 말입
니다!」표도르는 중간에서 말을 가로챘다.

「도대체 당신 신앙이 어쨌다는 거요!」미우소프는 꽥 고함을 쳤다. 그러나
다음 순간 곧 자신을 억제하고 경멸 어린 어조로 이렇게 덧붙였다. 「당신은 그
저 아무나 닥치는 대로 시비를 거는구먼.」

장로는 갑자기 자리에서 일어섰다.

「여러분, 잠깐만 실례해야 하겠읍니다.」하고 그는 모두를 둘러보았다. 「여
러분보다 먼저 오신 손님들이 있어서 잠깐 나갔다 오겠읍니다. 그런데 당신은
아무래도 거짓말을 하지 말아야 하겠어요.」하고 유쾌한 얼굴로 표도르를 향해
덧붙였다.

그는 밖으로 걸어나갔고 알료샤와 신학생이 그를 부축하기 위해 뒤쫓아 달려 나갔다. 알료샤는 숨을 할딱거리고 있었다. 그는 이 자리를 빠져 나가게 된 것이 기뻤고, 장로가 조금도 언짢은 기색을 보이지 않고 오히려 유쾌한 얼굴을 하는 것이 한층더 기뻤다. 장로는 자기를 기다리고 있는 사람들을 축복해 주기 위해 복도 쪽으로 걸어나갔다. 그러나 표도르가 암자 문턱에서 그를 붙들어 세웠다.

「거룩하신 분이시여!」하고 그는 감격한 음성으로 소리쳤다. 「당신의 손에 다시 한번 입을 맞추도록 해주십시오! 아니, 장로님과 함께라면 얼마든지 이야기를 나눌 수 있을 것 같습니다. 괜찮으시다면 같이 살아도 좋고요! 장로님께선 제가 밤낮 거짓말만 하고 우스갯짓만 한다고 생각하십니까? 아까는 그저 당신을 한 번 떠보려고 그랬던 겁니다. 어떻게 하면 장로님과 친해 볼 수 없을까 하고 슬쩍 건드려 본 거지요! 장로님의 자존심 옆자리에 저의 이 겸손한 마음을 용납하실 여유가 있을까요? 당신은 누구와도 얘기가 통하는 분이라고 증명서를 써드리지요! 그렇지만 이젠 그만 입을 다물겠읍니다. 끝까지 입을 봉하고 있겠읍니다. 제 자리에 앉아서 아무 소리도 안하겠어요. 자, 표트르 알렉산드로비치, 이젠 당신이 말할 차례예요! 이젠 당신이 주역을 맡으라는 얘깁니다. 단 십 분 동안만……」

3. 믿음을 가진 시골 아낙네들

벽 바깥쪽에 이어 지은 목조 행랑 아래쪽에는 이미 이십 여 명의 시골 아낙네가 몰려와 있었다. 이제 장로가 곧 나오신다는 전갈을 받고 이렇게 모여서 기다리고 있는 것이었다. 여지주 호흘라코바 부인 일행도 행랑으로 나와 상류 부인들만 사용하는 별실에서 장로를 기다리고 있었다. 그들은 모녀 단 두 사람이었는데, 어머니인 호흘라코바 부인은 아직 젊고 부유한 귀부인으로 항상 우아한 옷차림을 하고 있었다. 약간 창백해 보이는 얼굴은 무척 상냥했고 검은 두 눈동자는 생기있게 반짝거리고 있었다. 나이는 이제 겨우 서른 세 살인데도 이미 오 년 동안이나 혼자 살아 온 몸이었다. 열 네 살된 딸은 소아마비에 걸려 벌써 반 년 동안이나 걸어다니지를 못하고 바퀴 달린 긴 안락의자를 타고 다녔다. 귀엽게 생긴 얼굴은 병 때문에 약간 파리해 보였으나 무척 쾌활한 표정이었고, 속눈썹이 길다란 큼직한 눈에서는 새까만 눈동자가 장난꾸러기 같은 빛을 띠고 반짝반짝 빛나고 있었다. 어머니는 딸을 데리고 외국으로 휴양을 떠날 계획이었으나 영지 정리 문제로 한여름이 지나도록 출발을 못하고 있었다. 이 모녀가 이 고장에 온 것은 벌써 일 주일 전인데 당초에는 순례가 목표가 아니라 여기에 볼일이 있었기 때문이었다. 이들은 사흘 전에 장로를 한 번 만나보았었는데 이날 또다시 찾아온 것이었다. 이들은 장로가 이젠 아무도 만나볼 수 없을 만큼 건강이 나쁘다는 것을 알고서도 물러가지 않고 다시 한번 위대하신 치유자(治癒者)를 뵈올 수 있는 영광을 베풀어 달라고 애원했던 것이다.

장로가 나오기를 기다리는 동안 어머니는 딸의 바퀴 달린 안락의자 옆에 놓인 걸상에 앉아 있었다. 그녀에게서 두어 걸음 떨어진 곳에는 어떤 늙은 수도사가 하나 서 있었는데 이 사람은 이 수도원에 있는 사람이 아니라 먼 북방의 어느 이름없는 수도원에서 찾아온 수도사였다. 그도 역시 조시마 장로에게 축복을 받기 위해서 찾아온 사람이었다. 그러나 밖으로 나온 장로는 이 별실을 그대로 지나쳐서 곧장 시골 아낙네들이 기다리고 있는 행랑 쪽으로 걸어나갔다. 농촌 아낙네들은 행랑에서 마당으로 내려가는 낮은 계단 아래 쪽에 몰려 있었다. 장로는 계단 위에서 걸음을 멈추고 자기 앞에 몰려든 여인들을 축복하기 시작했다. 그의 앞으로 어떤 미친 여자 하나가 사람들에게 양손을 붙잡힌 채 끌려나왔다. 이 여자는 장로를 보자마자 갑자기 간질병의 발작이라도 일으킨 것처럼 온몸을 뒤틀며 괴상한 비명을 지르기 시작했다. 장로가 여인의 머리 위에 법의 자락을 얹고 몇 마디 간단한 기도문을 외우자 병자는 당장 평온을 회복하고 잠잠해지고 말았다.

장소는 확실히 모르겠지만 나는 어렸을 적에 마을이나 수도원 같은 데서 가끔 이런 종류의 미친 여자를 보기도 했고 또 그들에 관한 이야기를 듣기도 했다. 그들은 미사 때에 데리고 오면 처음에는 교회당이 떠나갈 듯이 비명을 지르기도 하고 짐승의 목소리로 울부짖기도 했으나, 신부 앞에 이르면 그들의 발작은 금새 멎어지고 곧 평온을 회복하곤 했다. 이러한 광경은 어린 아이인 나에게 무척 놀라움과 감명을 안겨 주었다. 그러나 내가 이 문제를 꼬치꼬치 캐묻게 되자 마을의 지주나 학교 선생님들은 그것을 일종의 꾀병이라고 설명해 주었다. 즉 시골 아낙네들이 일을 하기가 싫어서 그런 흉내를 곧잘 내는데, 적당한 방법으로 엄격하게 다루기만 하면 당장 고칠 수 있다고 하면서 몇 가지 실례까지 들어 보였던 것이다. 그러나 그 뒤 나는 전문적 의학자들로부터 그 병이 결코 양광(佯狂)이 아니라 우리 러시아에서만 볼 수 있는 무서운 부인병의 일종이란 말을 듣고 다시 한번 놀랐다. 이것은 우리 러시아 농촌 여성들의 비참한 운명을 그대로 반영한 병으로서 불결한 환경에서 아무런 의약의 혜택도 받지 못한 채 힘든 해산(解産)을 치른 산모가, 잠깐 쉬어 보지도 못하고 너무나도 빨리 과격하고 힘든 노동에 시달리게 되는 것이 이 병의 주요 원인이다. 이 밖에도 연약한 여자의 본성으로는 견디어내기 힘든 일반적인 사실, 즉 하소연할 데 없는 슬픔이라든가 남편이나 시집 식구의 학대 같은 것들 때문에 이 병에 걸리게 되는 경우도 있다. 고함을 지르며 미쳐 날뛰는 병자를 신부가 있는 곳으로 끌고 가자마자 광증이 낫게 된다는 이변(異變)도 실은 그것이 유치한 사기극이 아니면 성직자들이 꾸며 낸 속임수라고 나에게 설명해 준 사람들이 있긴 하지만, 역시 가장 자연스럽게 일어나는 현상이라고 보는 것이 타당할 것이다. 병자를 신부 앞으로 끌고 가는 아낙네들은 물론 그 병자 자신도 이렇게 성체 성사(聖體聖事)를 받으러 나가 성체 앞에 배례하게 되면 병자를 사로잡고 있던 마귀가 도저히 견뎌내지 못하고 도망가게 된다고 무슨 확고한 신념처럼 굳게 믿고 있다. 그러므로 병이 반드시 나을 것이라는 신념과 또한 그러한 기적이 곧 일어나리라는 기대감이, 성체 앞에 배례하는 순간에 그 신경병 환자나 정신병 환자의 육체 조직 안에 비상한 작용을 일으켰을 것이고(아니 반드시 일으켰어야 할 것이다), 이렇게 해서 기적은 순간적으로 실현되는 것이다. 지금 여기에서도 이와 똑같은 일이 장로가 병자의 머리에 법의 자락을 얹는 순간에 일어났던 것이다.

장로 앞에 모여 있던 대부분의 여인들은 지금 이 광경을 보고 비상한 충격을 받았으며 또한 그 충격으로 인한 감동과 환희 때문에 어떤 사람은 눈물까지 흘렸다. 또 어떤 여자들은 장로의 옷자락에 입을 맞추려고 애를 썼으며, 다른 아낙네들은 구슬픈 울음 소리로 넋두리를 늘어놓기도 했다. 장로는 이 모든 여인들을 축복해 주고 그 중 몇몇 사람과는 이야기를 주고받았다. 장로는 그 미친 여자를 전부터 알고 있다. 수도원에서 육 베르스타(베르스타는 약 1킬로미터) 쯤 떨어진 가까운 마을에 살고 있는 여자로서, 그전에도 한 번 여기 데려온 적이 있는 사람이었다.

「저기 멀리서 온 사람이 있군!」 하고 장로는 어떤 중년 여인 하나를 가리켰다. 몸이 깡마르고 햇볕에 그을려 새까맣게 탄 얼굴을 한 여자였다. 그 여인은 무릎을 꿇은 채 꼼짝도 하지 않고 장로를 바라보고 있었다. 그녀의 시선에는 어딘가 실성한 것 같은 기색이 엿보였다.

「먼 곳에서 왔읍니다. 장로님, 먼 곳에서……여기서 삼백 베르스타나 되는 데서 왔어요! 장로님, 아주 먼 곳에서 왔읍니다.」 여인은 한 손으로 턱을 괸 채 머리를 연방 흔들어 대면서 하소연하듯이 목청을 돋우어 이렇게 되풀이했다. 백성들에게는 끝까지 참고 삼켜 버리는 말없는 슬픔이 있는 법이다. 그러나 반대로 밖으로 터져나오는 슬픔도 있어서 일단 이 슬픔이 눈물과 함께 밖으로 터져나오면 금새 통곡으로 변하고 마는 것이다. 이것은 특히 여자들에게 많다. 그러나 이것이 말없는 슬픔보다 더 견디기 쉬운 것은 아니다. 통곡을 한다는 것은 자기 마음을 한층더 심란하게 자극하여 그 슬픔을 어느 정도 가볍게 할 뿐이다. 이러한 종류의 슬픔은 어떤 위안을 바라는 것이 아니라 마음속 감정을 그대로 발산시켜 버리는 데 그치고 있다. 통곡은 끊임없이 상처를 자극하려는 욕구에 불과한 것이다.

「시장에 사는 사람이라고 했던가요?」하고 장로는 호기심을 가지고 여인을 찬찬히 바라보았다.

「읍내에 사는 사람입니다. 장로님, 처음엔 농사꾼이었는데 읍내로 이사를 가서 살고 있읍니다. 장로님을 뵈려고 여기까지 왔읍니다. 장로님, 장로님 소문을 듣고서 왔읍니다. 소문을 듣고서……. 어린 아들 놈을 장사지내고 나서 순례길에 올랐지요. 수도원을 세 군데나 가 보았지만 모두들『나스타쉬카, 거길 가 보도록 해요.』하고 가르쳐 주더군요.『그분한테 가 보는 게 좋을 거야.』……그래서 장로님한테 왔읍니다. 오긴 어제 왔는데 어제는 여관에서 자고 오늘 이렇게 찾아왔읍니다.」

「무엇 때문에 울고 있나요?」

「아들이 불쌍해서 그럽니다, 장로님. 세 살짜리 사내아이지요, 세 살에서 꼭 석 달이 모자라는 아입니다. 그 아이 때문에 괴로워하고 있답니다. 장로님, 바로 그 아이 때문에 말씀예요! 그앤 단 하나 남아 있던 아들이었지요. 저와 니키투쉬카 사이에는 아이가 모두 넷 있었는데 지금은 죄다 죽고 말았읍니다. 장로님, 이젠 하나도 없단 말씀이에요. 처음 세 아이들을 묻을 때만 해도 그렇게 슬픈 줄을 몰랐었는데 이 막내 아이만큼은 아무래도 잊을 수가 없답니다. 전 지금도 그애가 제 앞에서 놀고 있는 것만 같은 생각이 듭니다. 그앤 한시 한때도 제 마음을 떠나지를 않거든요. 그애가 입던 속옷만 뵈도, 저고리를 봐두, 신을 봐도 금새 눈물이 솟구치지요. 저는 그애가 남겨 두고 간 물건들을 모두 끄집어내어 놓고는 한바탕 목을 놓아 울었답니다. 그래서 제 남편 니키투쉬카에게 순례를 떠나게 해 달라고 졸라 댔지요. 남편은 마차를 부리는 마부이지만 저휘 그리 궁색한 형편은 아닙니다. 장로님, 그리 궁색한 살림은 아니예요. 자기 마차를 부리고 있으니까요. 말도 차도 모두 우리집 물건이랍니다. 그렇지만 그게 다 무슨 소용이 있나요? 니키투쉬카는 제가 없는 사이에 틀림없이 술을 마시기 시작했을 겁니다. 그전에도 그랬으니까요. 그렇지만 지금은 남편 생각 따위는 하지도 않습니다. 집을 떠난 지도 벌써 석 달째나 됩니다. 이젠 모든 걸 다 잊어버리고 말았어요. 또 생각해 보기도 싫고요. 이제 와서 그 사람과 같이 살아 본들 무엇하겠어요? 저는 남편과 인연을 끊었읍니다. 모든 사람과의 인연을 끊어 버리고 말았지요. 전 지금 집안일 같은 건 생각지도 않습니다. 제 마음속엔 이제 아무것도 없어요!」

「그런데 말이지요, 애기 엄마.」하고 장로가 말했다. 「옛날에 어느 훌륭하신 성자께서 당신처럼 아들 때문에 성당을 찾아와서 울고 있는 어머니 한 사람을 보았더라오. 그 어머니도 역시 하느님이 데려가신 단 하나의 아들 생각에 슬퍼서 울고 있었지요. 『그대는 아이들이 하느님의 보좌 앞에서 얼마나 깜찍하게 놀고 있는지 알고 있느냐?』하고 성자께서는 여인에게 말씀하셨소. 『하늘 나라에서는 어린애들보다 더 행복한 사람은 하나도 없느니라. 아이들은 하느님께 『당신께옵서 우리에게 세상의 삶을 주시고, 우리가 세상을 미처 구경도 하기 전에 다시 불러들이셨으니, 우리에게 천사의 지위를 주사이다.』하고 떼를 써서 그들은 모두 천사가 되었느니라. 그러니 울지 말고 기뻐하도록 하라. 그대의 아들도 지금 하느님 옆에서 천사가 되어 있느니라.』하고 성자께서는 슬픔에 잠긴 어머니를 타이르셨다 하오. 그분은 위대하신 성자이시니까 결코 거짓말은 안하셨을 게요. 그러니까 당신의 아이도 지금쯤은 하느님의 보좌 옆에서 즐겁게 뛰놀며 어머니를 위해 기구하고 있으리라……. 자, 그러니 이젠 울지 말고 기뻐하시오.」

여인은 한 손으로 턱을 괴고 머리를 숙인 채 그의 말을 끝까지 듣고 있었다. 그녀는 깊숙이 한숨을 내쉬었다.

「니키투쉬카도 장로님과 똑같은 말을 하며 저를 위로하려 했었지요. 『바보처럼 울긴 왜 울어! 그애는 지금 하느님 곁에서 천사들과 함께 노래를 부르고 있을 텐데……』 남편은 저한테 그렇게 말했지만, 자기도 역시 저처럼 울고 있더군요. 제가 우는 것과 똑같이 말입니다. 『여보, 니키투쉬카, 나도 그건 알아요. 그애가 하느님 곁에 말고 또 어디에 있겠수! 그렇지만 니키투쉬카, 지금 우리 곁에선 그애를 볼 수 없지 않아요? 그애가 예전처럼 지금 우리 옆에 앉아 있는 건 아니잖아요!』하고 저는 말했읍니다. 어쨌든간에 그애를 한 번만이라도, 단 한 번만이라도 볼 수 있다면! 아니 꼭 옆에 가서 보지 않아도 좋아요. 한쪽 구석에 숨어서 아무 얘기도 하지 않고 그저 잠깐 얼굴만 쳐다볼 수만 있다면 한이 없을 거예요. 마당에서 놀다가 들어와서 그 가냘픈 목소리로 『엄마, 어디 있어?』하던 그 음성을 꼭 한 번만이라도 들어 보고 싶습니다. 그저 꼭 한 번만, 정말로 꼭 한 번만 그 조그맣고 귀여운 발로 방안을 콩콩 뛰어다니던 소리를 들었으면 좋겠읍니다. 그전에는 곧잘 그렇게 달려들어와 엄마를 놀래주고 나서 깔깔거리고 웃곤 했지요. 아니, 그건 그만 두고 발걸음 소리만이라도 듣고 싶군요. 정말 듣고 싶어 미칠 지경이랍니다. 그러나 장로님, 그애는 가버렸읍니다.

이제는 없어요, 이젠 영원히 그애의 목소리를 들을 수 없게 되었읍니다! 여기 이렇게 허리띠를 두고 갔지만 그앤 이제 없읍니다. 이젠 영영 그앨 볼 수도 없고 그애 목소리를 들을 수도 없읍니다……」

여인은 품 속에서 자기 아들이 쓰던 조그만 허리띠 한 개를 끄집어냈다. 그리고 그 허리띠를 보자마자 손가락으로 얼굴을 가리고 후들후들 떨면서 흐느껴 울기 시작했다. 그 손가락 사이로 하염없는 눈물이 샘물처럼 쉬지 않고 흘러내렸다.

「그렇지만 그건 말이오.」하고 장로가 입을 열었다. 「옛날에 〈라헬이 그 자식들 생각에 슬피 울었으되 마침내 위안을 얻지 못하였으니 이는 오로지 그들이 죽고 없음이니라.〉 함과 같은 것이오. 그것은 무릇 어머니 된 자가 이 지상에서 겪어야 할 시련이지요. 그러니 위안을 구하려고도 하지 말 것이며 또 위안을 구할 필요도 없는 거라오. 위안을 구하지 말고 그냥 우시오. 단지 그냥 울지 말고 울 때마다 당신의 아들이 하느님의 천사가 되어 당신을 굽어보고 있다는 생각을 하시오. 당신이 흘리는 눈물을 보고 기뻐하면서 그 눈물을 하느님께 알려 드리고 있다는 사실을 분명히 기억하도록 하시오. 앞으로도 오랫동안 이 어머니의 슬픔을 겪어야 하겠지만 나중엔 그것이 잔잔한 기쁨이 되어 줄 것이오. 그때는 쓰디쓴 눈물도 마음을 깨끗하게 하고 죄를 씻어 주는 고요한 감동의 눈물로 변하게 되리라. 당신 아들의 영혼을 위해서 기도를 드리지요. 이름은 무엇이었던지?」

「알렉세이입니다, 장로님.」

「그거 참 좋은 이름이오. 물론 하느님의 사도 알렉세이님의 이름에서 따왔겠군요?」

「그렇습니다, 장로님. 바로 하느님의 사도 알렉세이님한테시 따왔읍니다!」

「정말 훌륭하신 성자이지요! 내 기도를 드리리라. 그리고 기도를 드릴 때마다 당신의 슬픔을 잊지 않으리라. 당신 남편의 건강을 위해서도 기도를 드리기로 하지요. 당신이 남편을 돌보지 않는 것은 좋은 일이 아니라오. 어서 집으로 돌아가서 주인 양반을 위로해 드리시오. 당신의 아들도 당신이 아버지를 버린 것을 알면 무척 슬퍼하리다. 왜 당신은 아들의 행복을 손상시키려 합니까? 그애는 살아 있소. 영혼은 영원히 사는 것이니까, 집에서 눈에 보이지는 않아도 그앤 항상 당신의 옆에 있지요. 그런데 당신이 그 집을 버리고 나와 있으면 그애가 집으로 찾아올 리도 없지 않소. 아버지 어머니가 같이 살고 있지 않으면 그앤 도대체 누구를 찾아가겠소? 당신은 지금 아들의 꿈을 꾸고 괴로워하고 있지만 남편과 같이 살게 되면 그땐 그애가 평화로운 꿈을 보내 주리다. 자, 남편에게로 가도록 하십시오. 지금 당장 떠나시오.」

「가겠읍니다, 장로님. 말씀대로 지금 당장 집으로 돌아가겠어요. 정말 장로님은 제 마음을 완전히 깨우쳐 주셨읍니다. 아아, 니키투쉬카, 니키투쉬카, 당신은 지금도 나를 기다리고 있겠지!」하고 여인은 다시 말을 늘어놓으려고 했다. 그러나 장로의 얼굴은 이미 순례자의 행색이 아닌 평복 차림의 어느 노파에게로 향하고 있었다. 노파의 시선에는 무슨 중요한 용무가 있어서 하소연하기 위해 달려왔다는 듯한 표정이 지어져 있었다. 노파는 자기가 어느 하사관의 과부로서 읍내에서 아주 가까운 곳에 살고 있다고 말했다. 아들 바센카는 육군 병참부 소속으로 시베리아의 이르쿠츠크로 전출되어 간 뒤 편지가 두 번 온 뒤 벌써 일 년이 되도록 아무 소식도 없다는 것이었다. 노파는 아들의 소식을 수소문해 보기도 했지만 사실은 어디를 가야 아들의 소식을 정확히 알 수 있는지도 모르고 있었다.

「얼마 전에 돈 많은 상인 마누라 스테파니다 일리니쉬나 베드랴기나가 이런 말을 합데다. 『프로호로브나 할멈, 아들 이름을 적어 가지고 교회당에 가서 아들의 영혼이 길이 평안하기를 기도드려 봐요. 그러면 아들의 영혼이 어머니를 애타게 그리워하게 되어 꼭 편지가 올 거예요. 이건 벌써 여러번 시험해 본 거니까 반드시 효험이 있을 겁니다.』라고. 하지만 제겐 어쩐지 거짓말 같은 생각이 들어서……. 우리의 빛이신 장로님, 그건 정말인가요, 아닌가요? 그렇게 해봐도 좋을까요, 어떨까요?」

「터무니없는 소리요. 그런 말을 묻는 것조차 부끄러운 일이오. 멀쩡하게 살아 있는 사람의 영혼을, 더구나 그 어머니가 빌다니 그게 어디 있을 법한 얘기요? 그건 굿이나 푸닥거리처럼 대죄(大罪)에 속하는 일이오! 하긴 당신이 몰라서 그런 생각을 했다니 용서를 받을 수도 있지요. 항상 우리를 돌보시고 도와 주시는 성모님께 아들의 건강을 위해 기도하는 것이 좋겠소. 그리고 당신의 어리석은 생각을 용서해 주십사고 함께 빌어 두시오. 프로호로브나 할멈, 내가 한 마디만 더 해두겠는데 할멈의 아들은 이제 곧 돌아오든가 아니면 소식을 전해 올 것이 틀림없소. 그저 그렇게만 알고 있어요. 자 그러니 이젠 안심하고 돌아가시고. 당신의 아들은 지금 살아 있소.」

「친절하신 장로님, 부디 축복을 받으소서! 우리를 위해, 우리의 죄를 속죄해 주시기 위해 기도해 주시는 우리의 은인이신 장로님!」

그러나 장로는 군중 틈에서 자기를 뚫어지게 바라보고 있는 어느 젊은 여인을 보았다. 얼굴이 몹시 여위고 가슴을 앓고 있을 성싶은 그 여인은 무언가 바라고 있는 듯 눈으로 말없이 장로를 바라보고 있었으나 장로 앞에 나서기를 주저하는 기색이었다.

「댁은 무슨 일로 왔지요?」

「장로님, 저의 영혼을 구해 주세요.」하고 젊은 여인은 낮은 소리로 띄엄띄엄 입을 열면서 장로의 발 앞에 무릎을 꿇고 엎드렸다. 「저는 죄를 지었읍니다, 장로님. 그 죄가 무서워서요.」

장로는 충계 맨 아래 계단에 걸터앉았다. 여인은 여전히 무릎을 꿇은 채로 장로 앞으로 다가갔다.

「전 삼 년 전에 과부가 되었어요.」여인은 사시나무 떨듯 몸을 떨면서 거의 속삭이듯 말하기 시작했다. 「정말 시집살이는 견디기 괴로웠지요. 남편은 노인이었는데 저를 개 패듯이 때리곤 했답니다. 그러다가 남편은 병이 나서 자리에 눕게 되었는데, 그를 보고 있자니까 문득 저 사람이 병이 나아 다시 일어나게 되면 어떡하나? 하는 생각이 들겠지요. 그래서 전 남편이 죽었으면 하는 무서운 생각을…….」

「잠깐만!」장로는 그녀를 제지하고 나서 여인의 입에 귀를 바싹 갖다 대었다. 여인은 나지막한 소리로 말을 계속했기 때문에 아무것도 엿들을 수가 없었다. 이야기는 곧 끝났다.

「삼 년째라고?」

「예, 삼 년째입니다. 처음엔 그리 잘 몰랐었는데 요즘엔 자꾸 그 생각이 나서 병까지 생겼어요.」

「집은 먼데 있나요?」

「여기서 오백 베르스타쯤 됩니다.」

「참회 때 그 말을 했소?」

「했읍니다, 두 번이나 말했읍니다.」

「성체 성사는 받았겠지?」

「예, 받았어요. 전 무서워요. 죽는 것이 정말 무섭습니다.」

「아무것도 두려워하지 마시오. 두려워하지도 말고 상심하지도 마시오. 속죄하는 마음을 잃지만 않는다면 하느님도 모든 것을 용서해 주시리다. 진심으로 회개하는데도 용서받지 못하는 죄는 이 세상에 하나도 없지요. 하느님의 끝없는 사랑은 인간이 저지를 수 있는 모든 죄를 모두 용서하실 수가 있는 법이오. 하느님의 사랑을 능가하는 죄가 과연 있을 수 있겠소? 그 어떤 커다란 죄도 하느님의 사랑을 감당해 낼 수는 없지요. 그러니 두려움을 버리고 끊임없이 회개하는데만 마음을 쓰도록 하시오. 하느님께서는 상상도 못할 정도로 당신을 사랑하고 계십니다. 비록 죄를 지었지만 바로 그 죄 때문에 당신을 사랑하시는 것이지요.

하늘에선 열 사람의 올바른 사람보다 한 사람의 회개하는 죄인을 더 사랑하신다는 말씀이 예전부터 있지 않소? 이제 두려움을 버리고 돌아가시오. 사람들의 말 때문에 상심하지 말고 모욕을 받더라도 꾹 참으시오. 죽은 남편이 당신을 학대했던 것을 진심으로 용서하고 그 사람과 화해하도록 하시오. 진심으로 회개하면 사랑이 생기고, 그 사랑이 생겼을 때 이미 당신은 하느님의 자녀가 된 것이오……. 사랑은 모든 것을 감싸주고 모든 것을 구원해 주는 것이오. 당신과 똑같은 죄인인 나도 당신을 측은히 여기고 있거늘 하물며 하느님께선 어떠하시겠소? 사랑이란 무한히 값진 것이어서 이 세상 전부를 살 수도 있는 것이오. 사랑은 비단 자기의 죄뿐 아니라 남의 죄까지도 보상할 수 있는 법이오. 이젠 그만 두려움을 버리고 돌아가시오.」

장로는 성호를 세 번 긋고 나서 자기의 목에 걸려 있던 조그만 성상을 끌러 여인의 목에 걸어 주었다. 여인은 말없이 머리가 땅에 닿도록 절을 했다. 장로는 자리에서 일어나 경쾌한 표정으로 갓난애를 안고 있는 어떤 건강한 아낙네를 바라보았다.

「브이세고리예에서 왔읍니다, 장로님.」

「여기서 아마 육백 베르스타가 넘지? 어린 것을 데리고 오느라고 고생했겠소. 그래 무슨 일이지요?」

「장로님을 그저 뵙고 싶어서 왔답니다. 전에도 몇 번 왔었는데 기억하시는지요? 저를 잊으셨다면 기억력이 과히 안 좋으신 것 같군요. 장로님께서 앓고 계시다고들 하길래 직접 뵈오려고 왔지요. 하지만 와 보니까 앓으시기는커녕 앞으로 이십 년은 더 사실 것 같군요. 이건 정말이에요. 장로님을 위해 기도하는 사람들이 얼마나 많은데 장로님이 앓으신다면 말이 되나요?」

「모두 고마우신 말씀이오.」

「그런데 한 가지 부탁이 있어요. 여기 육십 코페이카가 있는데 이걸 장로님께서 저보다 가난한 사람한테 좀 전해 주세요. 이리로 오면서 전 장로님께선 이 돈이 필요한 사람을 알고 계실 테니까 그렇게 부탁해야겠다고 생각했지요.」

「정말 고맙고도 갸륵한 일이오. 난 당신이 마음에 들었소. 뜻대로 해드리리다. 그런데 그 아이는 딸이오?」

「예, 장로님, 딸입니다. 리자베타라고 하지요.」

「하느님께서 당신 모녀를, 당신과 어린 딸 리자베타를 함께 축복해 주시기를 빌겠소. 당신은 내 마음에 기쁨을 주었군. 여러분, 모두 안녕히 돌아가시오. 사랑하는 형제들이여, 잘들 가십시오!」

4. 믿음이 부족한 귀부인

 장로가 평민들과 이야기를 주고받는 장면이라든가 또는 그 축복하는 모습을 조용히 바라보고 있던 여지주인 귀부인은 말없이 눈물을 흘리며 손수건으로 눈시울을 닦고 있었다. 이 여자는 지극히 감상적인 사람으로서 여러 가지 면에서 더 할 수 없이 선량한 소질을 가지고 있었다. 드디어 장로가 그쪽으로 돌아서자, 귀부인은 환희에 벅찬 태도로 그를 맞이했다.
 「이제 방금 있었던 그 감동적인 광경을 보고 저는 정말 얼마나, 얼마나 깊은 인상을 받았는지……」 그녀는 흥분 때문에 말끝도 제대로 맺지 못했다. 「아아, 일반 백성들이 장로님을 얼마나 사랑하고 있는지 이제서야 비로소 알 것 같군요. 저도 또한 백성들을 사랑합니다. 아니 사랑하고 싶지요. 이토록 순박하고 신앙심 깊은 우리 러시아의 백성들을 어찌 사랑하지 않을 수 있겠어요!」
 「따님의 건강은 좀 어떤가요? 나와 함께 이야기를 나누게 해 달라고 또 졸라 대신 모양이던데?」
 「그럼요. 막 떼를 썼답니다. 만나 주실 때까지 사흘이고 나흘이고간에 장로님의 창문 아래서 무릎을 꿇고 기다릴 각오였으니까요. 그런데 오늘 온 것은 장로님께 말로는 다 못할 감사의 말씀을 드리러 온 길이랍니다. 우리 리자의 병을 아주 완전히 고쳐 주셨다고요. 저번 목요일날 장로님이 저애의 머리에 손을 얹고 기도해 주신 뒤에 정말 병이 감쪽같이 나아 버리고 말았지요. 그래서 우리 모녀는 장로님의 손에 입맞추고 감사와 존경의 뜻을 전하기 위해 이렇게 달려온 거예요.」
 「병이 나았다니요? 따님은 저렇게 의자에 누워 있지 않습니까?」
 「하지만 밤마다 열이 오르던 것이 목요일 저녁부터는 싹 가시고 말았거든요. 그리고 지금까지 벌써 이틀째나 열이 없답니다.」 귀부인은 들뜬 어조로 황급히 말을 늘어놓았다. 「그뿐 아니라 다리도 한결 튼튼해졌답니다. 오늘 아침에는 저애가 아주 상쾌한 기분으로 일어났읍니다. 간밤에 단잠을 푹 잘 수 있었기 때문이지요. 저 혈색 좋은 뺨과 반짝거리는 눈을 좀 보세요! 밤낮 투정만 부리던 애가 지금은 저렇게 명랑하고 행복하게 웃고 있지 않아요? 아, 글쎄 오늘 아침엔 일으켜 세워 달라고 어찌나 졸라 대는지 혼이 났었지요. 아무것도 붙들지 않고 혼자서 일 분 동안이나 서 있었다니까요! 보름쯤 뒤엔 카드릴리 춤을 추어 보일 테니까 엄마와 내기를 하자는군요. 하도 신기해서 여기 읍내 의사인 게르첸슈트베 선생께 보였더니 그분은 어깨를 흠칫하고 이렇게 말하는 거예요. 『정말 이상한 일이군요. 무어라 설명할 길이 없읍니다.』이런데도 장로님은 저희가 찾아와서 감사의 말씀을 드리는 걸 귀찮게 여기시겠어요? 얘, 리즈(리자의 프랑스식 발음)야, 어서 감사합니다 하고 인사를 드리렴!」

리즈는 장난기 있는 귀여운 얼굴에 짐짓 엄숙한 표정을 띠고 장로에게 감사를 드리려고 의자에서 몸을 일으키며 손을 합장했다. 그러나 도저히 참지를 못하고 갑자기 깔깔거리고 웃기 시작했다.

「저 사람 때문에 그러는 거예요, 저 사람 때문에!」리즈는 웃음을 터뜨린 것에 스스로 화가 난다는 듯이 장로의 바로 뒤에 서 있는 알료샤를 가리키며 말했다. 이때 알료샤의 얼굴을 쳐다본 사람이면 누구나 그의 얼굴이 새빨갛게 된 것을 보았을 것이다. 그는 눈동자가 반짝 빛났으나 이내 눈을 내리깔고 말했다.

「저앤 당신한테 전할 편지를 가지고 왔답니다, 알렉세이 표도로비치. 그래 요즘은 어떠세요?」하고 부인은 화려한 장갑을 낀 손을 불쑥 그의 앞으로 내밀었다. 장로는 알료샤에게로 몸을 돌리고 그의 얼굴을 유심히 바라보았다. 알료샤는 리즈에게 가까이 가서 이상할 정도로 어색한 미소를 지으면서 손을 내밀었다. 리즈는 새침한 얼굴을 했다.

「카테리나 이바노브나가 이걸 좀 전해 달래요.」하고 그녀는 조그만 쪽지 하나를 그에게 건네주었다. 「될 수 있는 대로 속히 자기한테 좀 와달라고 하던데요. 무슨 일이 있어도 꼭 들러 달라고.」

「날더러 와 달라고? 그분이 나를 부르다니……대체 무슨 일일까?」알료샤는 깜짝 놀라서 중얼거렸다. 그의 얼굴에는 대뜸 근심의 빛이 떠올랐다.

「드미트리 표도로비치의 일 때문이겠지요. 요사이 일어난 일들과 관련해서…….」하고 그 귀부인이 황급히 말을 받았다. 「카테리나 이바노브나는 무슨 중대한 결심을 했다나 봐요. 그런데 그보다 앞서 당신을 좀 만나고 싶다는 거죠. 왜 그러는지는 나도 몰라요. 어쨌든 한시라도 속히 당신을 만나고 싶어하더군요. 물론 가 보시겠죠? 가 보시는 게 그리스도 교인으로서의 의무가 아닐까 생각됩니다만.」

「전 그분을 꼭 한번밖에 뵌 일이 없어서…….」하고 여전히 알 수 없다는 듯이 알료샤가 말했다.

「그 사람은 정말 비길 데 없이 고결한 성품을 가진 아가씨지요! 그 사람이 겪어 온 고통만 보더라도……그 여자가 여태까지 얼마나 많은 고통을 겪어 왔는지, 그리고 지금도 얼마나 큰 고통을 견디어내고 있는지 한 번 상상을 해보세요! 그리고 앞으로 또 어떤 일들이 그 여자를 기다리고 있는지 생각해 보시란 말이에요……. 정말 생각만 해도 끔찍하군요. 정말 무서운 일입니다!」

「그럼 가 보도록 하죠.」알료샤는 수수께끼 같은 짤막한 편지 사연을 쭉 훑어 보고 나서 말했다. 편지에는 그저 꼭 좀 들러 달라는 간곡한 부탁 이외에는 다른 아무 말도 없었다.

「오오, 당신이 가 보시겠다면 그건 정말 잘하는 일이죠!」리즈는 갑자기 생기를 띠며 소리쳤다. 「난 당신이 수도를 하는 도중이니까 절대로 거기에 가지 않을 거라고 엄마한테 말했거든요. 정말 당신은 훌륭한 분이군요! 당신이 훌륭하시다는 건 그전부터 생각했었지만, 이렇게 직접 그 말을 듣게 되니 정말 기쁩답니다!」

「아니, 리즈야!」하고 어머니는 나무랄 듯이 딸을 불렀으나 이내 미소를 지었다.

「알렉세이 표도로비치, 당신은 우릴 아주 잊어버리신 모양이군요. 요즈음엔 우리집에 전혀 안 들르시니, 그래도 우리 리즈는 당신하고 같이 있던 때가 제일 좋다고 벌써 두 번이나 내게 얘기했답니다.」

알료샤는 아래로 내리깔았던 눈을 들고 또 얼굴을 빨갛게 물들이면서 다시 한 번 어색한 웃음을 지어 보였다. 그러나 이번에는 장로도 그를 바라보지 않았다. 장로는 리즈 옆에서 기다리고 있던 그 딴 지방 수도사와 이야기를 시작했던 것이다. 이 사람은 평수사(平修士) 즉 신분이 아주 낮은 수도사로서 단순하고도 확고한 세계관을 지닌 반면에 굳은 신앙과 아집(我執)을 지닌 사람 같아 보였다. 그는 먼 북동쪽 옵도르스크 지방의 성 실리베스트르 수도원에서 왔는데 그 수도원에는 수도사가 모두 열 명밖에 되지 않는다고 말했다. 장로는 그를 축복해 주고 나서 언제든지 자기의 암자로 찾아와도 좋다고 말했다.

「장로님께서는 정말 어떻게 그런 일을 행하십니까?」이 수도사는 갑자기 엄숙하고 위엄있는 태도로 리즈를 가리키며 물었다. 그것은 리즈를 치료한 일에 관해서 묻는 말이었다.

「그 일에 대해선 아직 말할 시기가 아니지요. 병세가 약간 좋아진 것을 완쾌했다고 말하는 것은 시기 상조이니까요. 게다가 무슨 다른 원인이 있었는지도 모르는 일이 아닙니까? 하여튼 병이 조금이라도 나아졌다면 그것은 오직 하느님의 뜻일 뿐 다른 누구의 힘도 아닙니다. 하느님께선 모든 일을 주관하고 계시니까요. 그럼 또 들러주기 바랍니다.」하고 그는 수도사에게 덧붙여 말했다. 「그렇지만 늘 앓고 있는 형편이라 찾아오시는 손님들을 다 만나뵐 수는 없지요. 이젠 제 목숨도 거의 다 된 것 같군요.」

「그게 무슨 말씀입니까? 하느님께선 결코 장로님을 우리들에게서 빼앗아가지 않으실 거예요. 장로님은 아직도 오래오래 사실 겁니다.」하고 소녀의 어머니가 외쳤다. 「그리고 앓으신다는 것도 지나친 말씀이지요. 저처럼 건강하고 쾌활하고 행복해 보이는 분이!」

「사실 오늘은 무척 유쾌합니다만 이것도 잠시뿐이지요. 나는 내 병세를 잘 알고 있으니까 말입니다. 당신이 보기에 내가 그토록 행복해 보인다면 그렇게 말씀하는 것 이상으로 나를 기쁘게 해주는 것은 없겠지요. 사람은 행복을 창조하기 위하여 태어난 존재이기 때문입니다. 또 참으로 행복한 사람이라면 〈나는 하느님의 뜻대로 이 세상을 살았노라.〉고 거침없이 말할 자격이 있는 것입니다. 역사상의 의인(義人), 성자, 순교자 같은 분들은 모두 행복한 사람들이었지요.」

「정말 좋은 말씀입니다! 얼마나 단호하고 얼마나 고상한 말씀인가요!」하고 부인은 소리쳤다. 「장로님의 말씀은 그야말로 사람의 폐부를 찌르는 말씀이군요. 하지만 그 행복이란 대체 어디에 있는 것일까요? 또 감히 자기는 행복하다고 말할 수 있는 사람이 누가 있겠어요? 아아, 장로님께선 오늘 우리를 다시 한번 만나 주셨읍니다! 장로님이 이처럼 친절하신 분인 줄 알게 된 이상, 지난번에 미처 말씀드리지 못한 것을 오늘 꼭 말씀드리고 싶어요. 제가 괴로워하고 있는 일을 전부 들어 주세요. 전 벌써 오래 전부터 진심으로 심각하게 고민해 왔답니다! 용서하세요, 저는 정말 고민하고 있어요…….」그녀는 이렇게 말하면서 격렬한 흥분에 휩싸인 채 장로에게 두 손 모아 합장했다.

「그건 무슨 고민입니까?」

「저는……전 믿을 수가 없어서 괴로워하고 있어요.」

「하느님을 믿을 수 없어서 고민하는 것인가요?」

「아니, 그게 아닙니다. 그런 것은 제겐 감히 생각지 못할 엄청난 문제이니까요. 제가 믿지 못한다는 것은 내세(來世)입니다. 아무도 이 수수께끼에 대해서 명확한 대답을 해주는 사람이 없답니다. 들어 보세요. 장로님께선 사람의 병을 고쳐 주시고 또 사람의 영혼을 누구보다도 잘 아시는 분이니까 제 말씀을 죄다 꼭 믿어 달라고 하지는 않겠어요. 그렇지만 제가 지금 경솔한 생각으로 이런 말씀을 여쭙는 건 절대로 아니지요. 솔직히 말씀드리지만 저는 지금 내세에 대한 생각 때문에 공포와 의혹에 빠져 있답니다. 하지만 지금까지는 누구에게 이 심경을 호소하겠다는 생각조차 감히 못하고 있었지요……. 그렇지만 지금 저는 용기를 내어서 장로님께 여쭙는 거예요. 아아, 장로님께선 지금의 제 태도를 어떻게 생각하실는지요!」하고 그녀는 손뼉을 탁 쳤다.

「내가 당신을 어떻게 생각하는가 하는 점은 걱정하지 마십시오.」하고 장로가 대꾸했다. 「나는 당신의 고민이 참된 것이라고 확신하고 있으니까.」

「아아, 정말 고마우셔라! 저는 눈을 감고 가만히 생각해 본답니다. 인간의 신앙심이란, 과연 어디서 생긴 것일까 하고요. 사람들은 신앙이란 자연에 대한 공포심에서 나온 것이지 무슨 실체에서 싹튼 것이 아니라고들 말합니다. 하지만 저는 자꾸만 이런 생각이 들어요. 즉 일생 동안 아무리 믿음을 가지고 살았더라도 죽으면 다 그만이 아니냐? 죽는 그 순간에 모든 것은 다 무(無)로 돌아가고 어느 시인의 말처럼 〈사람은 간 데 없고 잡초만 무성할 뿐〉이 아니냐? 하고요. 이건 정말 무서운 일입니다. 어떻게 하면 저는 믿음을 다시 찾을 수가 있을까요? 저는 아주 어렸을 때 멋도 모르고 믿음을 가졌던 일밖에 없으니까 말입니다. 대체 무엇으로 내세라는 것을 확신할 수 있겠어요? 저는 이 문제에 대한 해답을 얻으려고 장로님 발 밑에 엎드리고 싶어서 왔읍니다. 민일 이번 기회를 놓친다면 정말 저는 죽는 그 순간까지도 해답을 얻지 못하고 말 거예요! 어떻게 하면 내세를 증명할 수 있을까요? 어떻게 해야만 신념을 가질 수 있겠읍니까? 아아, 저는 참으로 불행한 사람입니다! 아무리 사방을 둘러보아도 이런 문제로 괴로워하는 사람은 하나도 없거든요. 그런데 유독 저 혼자만이 이 생각을 참아내지 못하고 이렇게 괴로워하고 있답니다. 정말 죽도록 괴롭습니다, 죽도록 괴로워요!」

「그야 물론 죽도록 괴로운 일이지요. 그것을 증명할 수가 없으니까요. 그렇지만 신념을 얻을 수는 있읍니다.」

「어떻게 얻나요? 무슨 방법으로?」

「그것은 실천적인 사랑을 행함으로써 얻을 수 있읍니다. 당신 주위의 사람들에 대하여 실천적인 사랑을 베풀도록 부단히 노력해 보십시오. 그러면 그 사랑의 노력이 열매를 맺음에 따라서 자기의 영혼이 불멸하리라는 것도 확신하기에 이를 것입니다. 더구나 사람들을 사랑함에 있어 자기의 존재를 잊을 수 있게까지 될 수 있다면 그때야말로 확고부동한 믿음을 지니게 되어 그 어떠한 의혹에도 사로잡히지 않게 되겠지요. 이것은 경험이 증명하는 사실입니다.」

「실천적 사랑이라고요? 이건 또 하나 어려운 문제가 생긴 셈이군요? 암, 어렵고 말고요. 장로님께선 믿어 주실지 모르지만 저는 가끔 모든 것을 내버리고 차라리 간호부가 되어 버릴까 하는 생각을 한답니다. 여기 있는 저 리즈까지도 내버리고 말이에요. 눈을 감고 그런 공상을 하고 있노라면 어떤 억제할 수 없는 새로운 힘이 솟구쳐 오르지요. 그 어떤 끔찍한 상처나 종기도 조금도 겁나지 않아요. 저는 기꺼이 제 손으로 고름을 닦아 주고 붕대를 감아 줄 용의가 있으니까요. 그리고 고통에 신음하는 사람들 곁에서 정성껏 그들을 간호해 주고 싶어요. 전 얼마든지 그들의 상처에 입을 맞출 수가 있을 것 같아요…….」

「공상이라고는 하지만 그런 공상을 한다는 자체가 이미 착한 일입니다. 그런 공상을 자꾸 하노라면 정말로 선행을 쌓을 기회가 오게 되는 법이지요.」

「하지만 제가 그런 생활을 과연 얼마나 견디어낼 수 있을까요?」하고 부인은 거의 발작적으로 말을 계속했다. 그것이 제일 중요한 문제예요! 여러 가지 생각 중에서도 이 문제가 가장 저를 괴롭힌답니다. 저는 눈을 감고 스스로 이렇게 물어보지요. 너는 그런 생활을 오래 견디어낼 자신이 있느냐? 네가 일껏 상처를 씻어준 그 병자가 감사의 뜻을 표시하지않는다면? 아니, 감사는커녕 인류애에서 우러난 너의 봉사 활동에 대해 오히려 짜증과 욕설로 대하고 나아가 무리한 요구를 한다거나 윗사람에게 너에 대한 불평을 호소한다면(사실 심한 고통을 당하는 사람들은 가끔 그럴 수도 있으니까) 그때 너는 과연 어떤 태도를 취할 것 같으냐? 그런 상태에서도 과연 너의 사랑이 계속된다고 단언할 수 있느냐? 그런데 말씀이죠, 저는 이러한 물음에 대한 저 자신의 대답을 듣고는 무서움에 부르르 떨었지요. 정말 아무리 실천적인 사랑도 배은망덕이라는 것 앞에서는 싸늘하게 식어져 버리고 말 거예요. 요컨대 저는 마치 보수를 바라고 일하는 노동자들이나 마찬가지이지요. 저는 즉각적인 보수를, 즉 저에 대한 찬사와 사랑이라는 보답을 원하고 있으니까요. 그러한 보답없이 저는 누구도 사랑할 수 없는 사람이거든요!」

부인은 자기 자신을 힐책하는 발작적인 기분에 들뜬 채로 이렇게 말을 맺고는 도전적인 결연한 태도로 장로를 쳐다보았다.

「어떤 의사 한 분이 그와 똑같은 얘기를 들려 준 적이 있읍니다. 하기는 퍽 오래 전의 일입니다만.」하고 장로는 말했다.「그 의사는 나이도 지긋하고 누가 보아도 현명한 사람이었는데 지금 그와 비슷한 말을 들려 주었지요. 물론 그것은 농담삼아 한 말이었지만 그냥 단순한 농담이라기엔 너무나 서글픈 얘기였지요. 그는 이렇게 말했읍니다.『나는 인류를 사랑한다. 그런데 스스로 놀랄 일은 내가 인류 전체를 사랑할수록 인간 하나하나에 대한 사랑은 오히려 점점더 작아져 간다는 사실이다. 공상 속에서는 지극히 열정적으로 인류에 대한 봉사를 꿈꾸어 보기도 하고 또 필요에 따라서는 실제로 인류를 위해 십자가에 못박힐 수도 있을 것 같은 심정이지만, 그러면서도 나는 그 어떤 사람과도 단 이틀 동안을 같은 방에서 지낼 수가 없는 것이다. 이건 실제로 경험해 보아 잘 아는 일이지만, 누군가 내 옆에 접근하기만 하면 이내 그 사람의 존재가 나의 자존심을 억누르고 자유를 속박한다. 나는 상대가 누구이든간에 꼭 하루 동안만 같이 있으면 그가 미워서 견딜 수 없게 된다, 그가 아무리 훌륭한 사람이라고 할지라도. 그것은 가령 그 사람이 식사를 너무 오래 한다든가 감기에 걸려 연상 코를 훌쩍거린다든가 하는 하찮은 이유 때문이지만, 그래도 나는 누가 조금이라도 나를 건드리기만 하면 그 사람과 당장에 적이 되고 마는 것이다. 그럼에도 불구하고 하나하나의 인간을 증오하면 할수록 인류 전체에 대한 사랑은 더욱 뜨겁게 타오르곤 한다.』…… 대강 이런 뜻의 이야기였지요.」

「그럼 어떻게 해야 할까요? 그런 경우엔 정말 어떻게 해야 좋지요? 결국 절망 속에 빠지는 수밖에 없지 않겠어요?」

「그렇지는 않지요. 당신이 그런 이유로 가슴 아파한다는 것만으로도 이미 충분합니다. 다만 당신이 할 수 있는 일을 하시면 그만한 보답이 따르게 됩니다. 당신이 그만큼 심각하게 자기 자신을 깨달을 수 있었다는 것만 해도 이미 많은 일을 행한 셈이지요. 그렇지만 지금 자기의 성실함을 칭찬받기 위해서 말한 것이라면 그것은 실천적인 사랑에 아무 성과도 거두지 못한 것입니다. 당신의 사랑은 오직 공상 속에서만 살아 있을 뿐 당신의 일생은 마치 환영처럼 스쳐가 버리고 말겠지요. 그렇게 되면 내세에 대한 생각도 없어져 버리고 마침내는 아무런 위안도 느낄 수 없게 될 것입니다.」

「장로님은 저를 깨우쳐 주셨읍니다! 저는 장로님이 지금 말씀하시는 순간, 제가 배은망덕은 결코 용서할 수 없다고 한 말은 오직 성실성을 과시하여 칭찬을 받기 위한 것이었다는 사실을 깨달았어요. 장로님은 저의 허식에 찬 껍데기를 벗겨버리고 제가 어떤 사람인가를 꼼짝 못하도록 설명해 주신 거예요!」

「진정으로 하는 말인가요? 그것이 진심이라면 나도 당신이 성실하고 선량한 마음씨를 가진 분이라는 것을 믿기로 하지요. 당장 행복을 얻지는 못하더라도 항상 자기가 옳은 길을 걷고 있다는 자각을 가지고 그 길에서 벗어나지 않도록 노력하십시오. 특히 중요한 것은 거짓을 피해야 한다는 것입니다. 모든 종류의 거짓, 특히 자기 자신에 대한 거짓을 범하지 말아야 하지요. 자기가 지금 거짓을 행하고 있지 않나 매시 매분마다 반성해 보십시오. 또 한 가지 피해야 할 것은 증오심입니다. 자기에 대한 것이든 남들에 대한 것이든 일체 미워하지 마십시오. 스스로 추악하다고 느껴지더라도 그것은 자기 내부에 그럴만한 요소가 잠재해 있기 때문이란 점을 항상 염두에 두고 있으면 깨끗이 사라지고 마는 것입니다. 두려움 또한 피해야 합니다. 물론 두려움이란 온갖 거짓에서 생겨나는 것이긴 하지만 말이지요. 그리고 사랑을 실천함에 있어서도 자기의 소심한 마음을 결코 탓해서는 안 됩니다. 설사 자기가 일시적으로 잘못한 일이 있더라도 결코 낙심해서는 안 되지요. 당신에게 위안이 될 얘기를 들려 드리지 못하는 건 유감입니다만 사실 실천적인 사랑이란 공상 속의 사랑과는 달리 무척이나 엄연하고 가혹한 것이지요. 공상적인 사랑은 모든 사람의 칭찬을 받기 위해 그 자리에서 만족할 만큼 성과를 거두기를 바라기 때문에 시간이 오래 걸리지도 않고 마치 무대 위의 연극처럼 모든 사람의 주목을 끌려고 하는 것입니다. 그리하여 남들의 주목과 찬사를 받기 위해서는 마침내 생명까지라도 내던지겠다고 나서게까지 되고 말지요. 그렇지만 실천적인 사랑은 그와는 다릅니다. 그것은 묵묵한 노동과 인내일 뿐이며 어떤 사람들에게는 하나의 훌륭한 학문일 수도 있읍니다. 여기서 미리 말해 두지만 실천적인 사랑이란 아무리 애써도 좀처럼 목표에 이르지도 않고 오히려 목표에서 점점더 멀어지는 듯한 느낌이 들게 되지요. 그렇지만 그 사실을 깨닫고 공포를 느끼더라도 어느 샌가 우리는 이미 목표에 도달한 자신을 발견하게 되는 것입니다. 그때 비로소 우리를 사랑하시고 남몰래 이끌어 주신 하느님의 기적적인 힘을 깨닫게 됩니다. 그럼 이만 실례하겠읍니다. 안에서 기다리는 분들이 있기 때문에 더 이야기할 시간이 없군요. 부디 조심해서 돌아가시기 바랍니다.」

부인은 울고 있었다.

「리즈, 리즈를, 우리 리즈를 축복해 주세요! 이애를 축복해 주시기 바랍니다.」하고 그녀는 벌떡 일어났다.

「이 아가씨는 축복을 받을 자격이 없어요. 아까부터 내내 장난만 하고 있으니까.」하고 장로는 농담섞인 소리로 말했다. 「왜 자꾸 알렉세이를 놀려 대고 있지?」

정말로 리즈는 줄곧 장난에만 정신이 팔려 있었다. 그녀는 벌써 오래 전부터 알료샤가 자기를 만나면 몹시 당황해 한다는 사실을 눈치채고 있었다. 지난 번에 왔을 때부터는 알료샤가 자기 쪽을 보지 않으려고 시선을 이리저리 피하는 것이 몹시 재미있었다. 그래서 그녀는 짐짓 딴 데를 보는 척하고 있다가 재빨리 그의 시선을 붙들기도 하고, 일부러 뚫어지게 그의 얼굴을 쳐다봄으로써 알료샤가 그녀의 집요한 시선을 견디어내지 못하고 이쪽을 보도록 만드는 것이다. 그가 힐끔 자기 쪽을 쳐다보면 리즈는 마치 승리자인 양 득의만만하게 그의 눈을 쏘아본다. 그러면 그는 더욱더 화를 내고 나중에는 장로의 등 뒤에 숨거나 아주 외면을 해버리고 말지만, 이내 억제할 수 없는 호기심에 이끌려 아직도 그녀가 자기를 바라보고 있는지 어쩐지 다시 얼굴을 돌린다. 그러다가 그는 리즈가 안락의자에서 거의 쓰러지다시피 몸을 잔뜩 앞으로 내밀고 그를 바라보며, 그가 자기를 다시 쳐다볼 때만 기다리고 있는 모습을 발견한다. 리즈는 또 그와 시선이 마주치게 되면 그만 참지 못하고 큰소리로 깔깔 웃어대었다. 그녀가 방정맞게 웃어대는 바람에 이번에는 장로도 그냥 모른 척할 수가 없었던 것이다.

「왜 이 사람을 그렇게 무안을 주는 거지, 응? 장난꾸러기 같으니!」

뜻밖에도 리즈는 얼굴을 확 붉혔다. 두 눈이 반짝하더니 아주 심각하고 진지한 얼굴이 되었다. 그녀는 신경질적으로 불평을 늘어놓기 시작했다.

「하지만 저 사람은 왜 시치미를 떼고 있죠? 내가 어릴 땐 내 작은 손을 잡고 같이 다니기도 하고 함께 놀기도 했는데 말예요. 또 우리집에 와서 나한테 책읽기를 가르쳐 준 일도 있다는 걸 아세요? 이 년 전에 여기 들어올 때만 해도 자기는 언제까지나 나를 잊지 않겠다고, 우린 영원한 친구라고 말했거든요! 그런데 지금 나를 저렇게 무서워하고 있으니 내가 자길 잡아 먹기나 하는 줄 아는 모양이죠? 왜 자기는 나한테 가까이 오려고 하지 않지요? 어째서 나하고는 말도 안하려고 할까요? 무엇 때문에 우리집에 놀러오지 않을까요? 장로님이 나다니지 못하게 하시기 때문인가요? 그렇지만 자기가 제멋대로 나와 돌아다니고 있다는 걸 우린 벌써 다 알고 있답니다. 우리가 저이를 부르는 건 점잖지 못한 일이니까 자기 쪽에서 먼저 찾아와야 할 게 아녜요? 우리를 아주 잊어버린 게 아니라면 말이죠. 하긴 지금 수도를 하고 있는 몸이니까! 그런데 장로님은 왜 저 사람한테 저렇게 기다란 옷을 입히셨죠? 급히 뛰어가다간 대번에 넘어져 버리고 말겠네요…….」

그러고 나서 그녀는 참지 못하고 손으로 얼굴을 가리고 자지러질 듯한 웃음을 터뜨렸다. 그것은 숨돌릴 여유도 없이 발작적으로 치밀어 오르는, 그리고 온 몸을 뒤흔들면서도 제대로 웃음 소리조차 나오지 않는 그러한 웃음이었다. 장로는 빙긋이 웃음을 머금은 채 그녀의 말을 다 듣고 나자 인자한 태도로 그녀를 축복해 주었다. 드디어 장로의 손에 입을 맞추게 되었을 때 그녀는 갑자기 장로의 손에 얼굴을 파묻으며 울음을 터뜨리고 말았다.

「제발 나한테 화를 내진 말아 주세요! 난 정말 어리석고 보잘것 없는 계집애예요……. 알료샤가 나처럼 시시한 사람한테 놀러오지 않는 것도 어쩌면 당연한 일일 거예요. 당연한 일이고 말고요!」

「내가 꼭 들르도록 말하지.」 하고 장로는 결정을 내렸다.

5. 아멘 아멘!

장로가 암자를 비운 시간은 약 이십오 분 동안이었다. 이미 열 두 시 반이 지났는데도 이 모임의 주인공인 드미트리 표도로비치는 아직까지 나타나지 않고 있었다. 그러나 그에 대해서는 모두 잊고들 있었는지 장로가 다시 암자 안에 들어섰을 무렵에는 매우 활발한 대화가 진행되고 있었다. 이 대화에서 중심이 되고 있는 사람은 누구보다도 이반 표도로비치와 두 명의 수사 신부였다. 미우소프 역시 이 대화에 끼어들려고 열심인 것 같았으나 그는 이번에도 운이 좋지 않았다. 어느 새 그는 대화의 보조역으로 밀려나 버렸고, 이제는 그의 말에 제대로 대꾸하는 사람조차 별로 없는 형편이었으므로 이 새로운 상황은 그의 가슴속에 쌓이고 쌓였던 울분을 더욱 부채질하는 결과가 되었다. 울분이란 것은 다름 아니라, 전에 그는 이반과 지식 면에서 얼마간 서로 겨루어 본 적이 있긴 하지만 이반이 자기를 약간 깔보는 듯한 태도로 대하는 것을 보자 아무래도 뱃속이 편치 않았던 것이다. 『나는 적어도 지금까지는 유럽의 모든 선구적 활동의 정상에 위치하고 있는 사람이다. 그런데 이 새 세대의 풋나기가 감히 나를 무시하려 들 수 있단 말이냐!』하고 그는 속으로 생각하고 있었던 것이다.

한편 표도르 파블로비치는 아까 입을 다물고 있겠다던 약속대로 정말 한동안은 가만히 앉아 있었다. 그렇지만 그는 미우소프의 안절부절하는 태도가 몹시 재미있다는 듯이 입가에 노골적인 비웃음을 띠고 있었다. 그는 아까부터 미우소프에게 복수를 해야겠다고 벼르고 있던 참이라 이런 기회를 놓치고 싶지 않았으므로 끝내 참지 못하고 옆에 있는 미우소프의 어깨에 얼굴을 가까이 대고 귓속말로 또 한 번 약을 올려 주었다.

「난 당신이 아까 그 정중한 작별을 고하고서도 즉시 돌아가지 않고 여기 이런 무식한 친구들과 자리를 같이하고 남아 있는 이유를 알고 있지요. 그건 아까 당신의 체면이 납작해졌다는 걸 스스로 자인했기 때문에 어떻게 해서든지 이들의 콧대를 한 번 꺾어 주자는 속셈 때문이 아닙니까? 그러니 이젠 싫더라도 당신의 그 탁월한 지혜를 뽐내 보이기 전에는 그냥 돌아갈 수가 없게 된 모양이로군요.」

「왜 또 이러시오? 난 지금 돌아갈 생각이라니까…….」

「딴 사람이 모두 가버린 다음에 돌아간다는 말이겠지요?」

하고 표도르는 다시 한번 콕 쏘아 주었다. 마침 이와 똑같은 순간에 장로가 암자 안으로 돌아왔던 것이다.

토론은 잠시 중단되었다. 그러나 장로는 자기 자리로 돌아가 앉자, 어서 계속하라는 듯이 상냥한 표정으로 모두를 돌아보았다. 장로의 얼굴 표정 하나하나를 환히 알고 있는 알료샤는 장로가 지금 몹시 피로해 있어서 몸을 가누기도 힘들 정도라는 것을 분명히 알 수 있었다. 더욱이 최근에 와서는 병 때문에 몸이 극도로 쇠약해져서 졸도를 하는 경우가 가끔 있었는데, 지금 장로의 얼굴에는 졸도를 일으키기 전에 나타나는 창백한 빛이 떠올라 있었으며 입술도 파리해 보였다. 그런데도 장로는 분명코 이 모임을 해산시키고 싶지는 않은 모양이었다. 아니, 오히려 그에겐 어떤 목적까지 있는 눈치였다. 그렇다면 그 목적은 과연 무엇일까? 알료샤는 주의 깊게 그의 일거일동을 관찰하고 있었다.

「이분이 쓰신 매우 흥미있는 논문에 관해 얘기하고 있던 참입니다.」하고 도서 담당인 이오시프 신부가 이반을 가리키며 장로에게 말했다.「여러 가지 새로운 견해가 피력되어 있읍니다만 논조(論調)의 흐름은 상당히 애매한 결론을 지향하고 있읍니다. 이것은 어느 성직자가 쓴 교회의 사회 재판에 관한 저술을 이분이 반박 논문의 형식으로 잡지에 연재한 것입니다만…….」

「유감스럽게도 나는 그 논문을 직접 읽지는 못했읍니다만 이야기는 들은 적이 있지요.」하고 장로는 이반의 얼굴을 주의 깊게 살펴보며 대꾸했다.

「이 논문은 아주 흥미있는 관점에 입각한 것입니다.」하고 도서 담당 신부는 말을 계속했다.「아마 교회의 사회 재판에 관한 문제를 다룸에 있어 국가로부터 교회의 분리를 전적으로 부정하고 있는 것 같더군요.」

「그건 흥미있는 문제입니다만 대체 어떤 의미로 그렇게 주장하시는지 궁금하군요.」하고 장로는 이반에게 물었다.

이반은 장로의 질문에 대답하기 시작했으나 그 태도는 알료샤가 엊저녁부터 걱정했듯이 상대를 무시하는 듯한 오만한 어조가 아니라 어디까지나 겸손하고 조심스럽고 정중한 것으로서, 추호도 무슨 저의가 있는 것 같지 않아 보였다.

「저는 교회와 국가라는 두 가지 상이한 요소의 결합은 영원한 것이라는 불합리한 주장에 반대하는 입장에서 출발했읍니다. 물론 이것은 불가능한 일일 뿐더러, 이와 같은 결합이 이루어지면 정상적인 상태는커녕 다소나마 만족스런 상태도 초래할 수가 없는 것입니다. 그것은 근본적으로 허위이기 때문입니다. 더구나 재판이라는 문제를 놓고 볼 때에는 제가 보기엔 국가와 교회간의 타협이란 본질적으로 전혀 불가능한 일입니다. 지금의 그 성직자는 교회란 국가 안에서 확고부동한 지위를 차지하고 있는 것이라고 단언했읍니다만 저는 그 반대로 교회야말로 그 자체 속에 국가 전체를 포함하여야 한다고 주장했읍니다. 즉 교회가 국가의 일부분으로 그칠 것이 아니라 시시로 국가 속에 뛰어들어야 한다는 것입니다. 비록 지금은 그것이 불가능하더라도 그렇게 하는 것이 본질적으로 그리스도교 사회의 발전을 위한 직접적이고도 가장 중요한 목표가 되어야 한다고 반박했던 것입니다.」

「전적으로 옳은 말씀입니다!」하고 말수가 적고 학식이 깊은 파이시 신부가 약간 신경질적으로 잘라 말했다.

「그건 순전히 교황 절대권론(敎皇絶對權論, 즉 Ultramontanismus라는 말은 라틴어로 〈산 너머〉라는 뜻임)이로군요!」하고 미우소프는 따분해 못 듣겠다는 듯이 다리를 바꾸어 포개면서 불쑥 참견을 했다.

「뭐라고요? 우리 나라엔 그런 산 따윈 없지 않습니까?」하고 이오시프 신부는 대뜸 쏘아주고 나서 다시 장로 쪽을 보고 말을 계속했다.「그런데 이분은 자기의 논적(論敵)인 그 성직자의 다음과 같은 〈기본적이며 본질적인〉 명제에 대하여 반박하고 있음에 유의할 필요가 있읍니다. 즉 그 명제란 첫째, 사회의 어떠한 단체도 그 구성원의 민법적, 정치적 권리를 지배할 수 없으며 또 지배해서는 안된다. 둘째, 형사, 민사상의 재판권은 교회에 속할 수 없으며 또 그러한 권력은 신에 의하여 세워지고 종교적 목적을 가진 민중 단체로서의 교회의 본질과는 결코 조화될 수 없다. 셋째, 교회는 이 세상에 세워진 왕국이 아니다라는 것인데…….」

「성직자로서는 도저히 말할 수 없는 궤변입니다!」파이시 신부가 끝내 참지를 못하고 다시 대화에 끼어들었다.

「나도 당신이 반박하신 바 있는 그 책을 읽어 보았읍니다만.」하고 그는 이반을 향해 말했다. 『교회는 이 세상에 세워진 왕국이 아니다.』라는 그 성직자의 말엔 정말 깜짝 놀라 버리고 말았지요. 만약 교회가 이 세상에 세워진 왕국이 아니라면 결국 지상에는 교회가 결코 존재할 수 없다는 뜻이 아닙니까? 성경 속에 씌어진 〈이 세상 것이 아니다〉라는 말은 결코 그런 뜻이 아닙니다. 정말 그것은 당치도 않은 궤변이지요. 주 예수 그리스도께서는 바로 이 지상에 교회를 세우시기 위해서 오신 것이 아니냐는 말씀입니다. 〈이 세상 것〉이 아니라는 것은 하늘 나라를 일컫는 것이며 이 하늘 나라에 임하기 위해서는 지상에 굳건히 세워진 교회를 통하는 길밖에는 없는 것입니다. 이런 의미에서 지금 같은 세속적 궤변은 참으로 통탄할 경향이 아닐 수 없읍니다. 교회야말로 이 세상에 군림하도록 정해진 지상의 왕국이며, 또한 마지막에 가서는 전세계에 군림할 수 있어야 하는 것입니다. 이것은 바로 하느님이 약속해 주신 것이지요…….」

그는 문득 스스로를 억제하는 듯 입을 다물어 버리고 말았다. 이반은 겸손한 태도로 그의 말을 끝까지 다 듣고 나서 다시 침착하고도 열성적인 태도로 장로를 향해 아까 하던 말을 계속했다.

「제 논문의 요지는 다음과 같은 것입니다. 즉 그리스도교 초창기 이후 3세기까지의 고대에서는 기독교가 이 지상에 단순히 하나의 교회로서 나타났을 뿐이며 실제로도 단순한 교회에 지나지 않았읍니다. 그러나 이교(異敎) 국가인 로마 제국이 기독교 국가로서 재출발하게 되자 필연적으로 다음과 같은 것이 일어나게 된 것입니다. 다시 말해서 로마는 비록 기독교국이 되기는 했지만 그 국가 체제 속에 교회를 포함시켰을 뿐, 국가 자체는 여전히 이교도적인 체질을 유지하고 있었던 것입니다. 그것은 로마의 국가 목적이라든가 기초라든가 하는 것을

생각해 볼 때, 로마에는 정말 너무나도 많은 이교적인 문명과 학문의 유물이 그
대로 남아 있었기 때문입니다. 그러므로 이것은 당연한 귀결이라고도 할 수 있
겠지요. 그렇지만 교회는, 즉 기독교 자체는 본래의 성격에서 조금도 변질되지
않았읍니다. 이것은 의심할 여지도 없는 사실로서 교회는 하느님에 의하여 지시
된 확고부동한 목적을 추구하는 길밖에 없었기 때문입니다. 그 목적 중에서도
가장 중요한 것은 전세계를, 고대 이교 국가들을 포함한 전세계를 교회로 이끌
어들이는 일이었읍니다. 그렇다면 미래의 목적 또한 그와 같은 것이어야 하지
않겠읍니까? 즉 내가 반박을 가한 그 성직자의 말처럼 교회가 〈모든 사회 단
체〉나 〈종교적 목적을 가진 민중 단체〉로서 국가 속에서 일정한 지위를 찾으려
고 할 것이 아니라, 반대로 지상의 모든 국가가 나중에는 모두 교회로 바뀌어 지
상의 왕국을 실현하도록 해야만 할 것입니다. 그렇게 되면 국가는 교회의 목적
과 배치되는 일체의 목적을 배제해 버려야 할 것이며, 그것은 또한 위대한 국가
로서의 명예나 영광을 빼앗는 것도 아니며 그 군주의 위엄을 손상시키는 것도
아닙니다. 아니, 오히려 국가를 이교적인 허위의 길에서 구출하여 영원하고도
유일한 참된 길로 국가를 인도해 주는 것이겠지요. 그러므로《교회의 사회 재판
에 관한 기초(基礎)》라는 책의 저자가 앞서 말한 명제를 음미 제시함에 있어 그
것이 지금같이 불안하고 죄 많은 시대에 있어서는 하나의 일시적인 타협책이라
고 주장했다면 그의 말에도 일리는 있읍니다. 그러나 국가와 교회의 결합은 영
원한 것이라는 원칙의 제창자인 그 저자가 아까 이오시프 신부께서 일부 열거한
바 있는 그런 명제를 확고부동한 원칙이라고 굳이 주장한다면, 그것은 곧 교회
에 반기를 들고 교회의 확고하고도 영원히 불변하는 신성한 사명을 정면으로 부
정하는 것과 같은 것입니다. 이상 말씀드린 것이 제 논문의 요지이지요.」

　「즉 요약해 말씀드리자면.」하고 파이시 신부가 말 한 마디 한 마디에 힘을 주
면서 다시 입을 열었다.「우리 19세기에 와서 지극히 명료해진 어떤 논법(論法)
에 의할 것 같으면 교회란, 보다 나쁜 제도가 좋은 제도로 바뀌는 것과 마찬가지
로 국가 속에서 변질되어 과학이라든가, 시대 정신이라든가, 문명에 굴복하여
마침내는 스스로 소멸되어 버릴 운명에 있다는 것입니다. 만일 교회가 그것을
거부한다면 국가는 그 일부분의 땅을 교회에 떼어 줄는지도 모르지만 거기에는
반드시 감시가 따라야 한다는 주장이지요. 이것은 지금 유럽 천지에 어디서나
유행되고 있는 사조(思潮)입니다. 그러나 우리 러시아 사람이 알고 기대하는 바
로는 나쁜 제도가 보다 좋은 제도로 바뀌어지듯이 교회가 국가 속에서 변질될
것이 아니라 오히려 국가가 궁극적으로는 교회에 귀일(歸一)되어야 할 것입
니다. 오오, 그렇게 이루어지다! 아멘!」

「그 말씀을 듣고 보니 저도 조금 안심이 되는 것 같군요.」하고 미우소프가 또다시 다리를 바꾸어 얹으며 냉소를 띠었다. 「하지만 제가 보기엔 그것은 아득한 훗날, 가령 그리스도가 이 땅에 재림하실 무렵에나 이루어질 공상인 것 같은데요……. 하긴 그런 것은 아무래도 좋습니다. 어쨌든 그건 전쟁이라든가 외교관이라든가 은행이라든가 하는 것들이 세상에서 없어질 날을 꿈꾸는 지극히 아름다운 공상이니까요. 유토피아를 꿈꾸다니 어딘가 사회주의를 닮은 것 같기도 합니다만, 그걸 모르고 저는 너무 심각하게 생각한 나머지 이제부터는 교회가 범죄의 재판권을 맡아 가지고 태형(笞刑)이니 유형이니 심지어는 사형까지도 선고하게 되는 것이 아닌가 하고 은근히 걱정을 하고 있었단 말입니다.」

「그렇지만 지금 당장 교회가 사회 재판을 맡게 된다고 하더라도 결코 사형이나 유형을 선고하는 일은 없을 것입니다. 왜냐하면 그렇게 되면 범죄 자체나 범죄에 대한 생각도 반드시 바뀌어지고 말 테니까요. 물론 당장에 그렇게 변한다는 것이 아니라 조금씩 그렇게 변해 간다는 뜻이지요. 그렇지만 그것도 그렇게 오래 걸리지는 않을 겁니다…….」하고 이번에는 이반이 눈 하나 깜빡하지 않고 태연하게 말을 받았다.

「그건 진담으로 하는 말이오?」미우소프는 미심쩍다는 듯이 이반의 얼굴을 물끄러미 바라보았다.

「만일 교회가 모든 것을 포섭하게 된다면 교회는 범죄자나 배신자에 대하여도 그들을 파문(破門)하는 데 그치지 결코 목을 자르려고 하지는 않을 겁니다.」하고 이반은 말을 계속했다. 「그런데 파문을 당한 사람들은 대체 어디로 가야 할까요? 그렇게 되면 그 사람은 오늘날과 마찬가지로 인간 세계에서 버림을 받을 뿐 아니라 그리스도에게서도 떠나야 하지 않겠습니까? 즉 그들은 죄를 범함으로써 인간 사회뿐 아니라 교회에 대해서도 반기를 든 셈이 되고 말지요. 현재도 물론 그런 경향이 있긴 합니다만 아직 명백히 알려져 있는 사실은 아닙니다. 그렇기 때문에 오늘날의 범죄자들의 양심은 쉽사리 자기의 목적과 타협할 수 있게끔 되어 있는 것입니다. 그들은 『내가 도둑질을 한 건 사실이지만 어디까지나 교회를 반대하고 그리스도의 적이 된 것은 아니다…….』하고 말하고 있지요. 그렇지만 교회가 국가를 대신하게 된다면 그때는 이 지상의 모든 교회를 부정하지 않는한 결코 그런 말은 할 수 없게 되겠지요. 다시 말해서 『이 세상 놈들은 모두 악당이다. 모두가 그릇된 길을 걷고 있으며 모든 교회는 다 가짜다. 올바른 기독교 교회는 살인자이며 도둑놈인 나 혼자뿐이다.』라고는 아무도 말하지 못할 것이란 말입니다. 이건 좀처럼 있을 수 없는 특별한 상황이나 무슨 대단한 조건들이 있어야만 일어날 수 있는 일이니까요. 한편 범죄에 대한 교회측의 견해 역시 지금과 같은 이교적인 태도를 바꾸어야 하지 않겠읍니까? 가령 오늘날 사회를 보호하기 위하여 채택되고 있는 방법들, 즉 병든 사지(四肢)를 기계적으로 잘라 버리는 따위의 방법을 개선하고, 인간의 재생과 부활과 구제에 대한 숭고한 이상에 합당하도록 현재의 견해를 완고하고도 참된 것으로 바꾸어야 한다고 저는 감히 생각하고 있읍니다만…….」

「뭐가 도대체 어떻다는 말이오? 난 아무것도 종잡을 수가 없군요.」하고 미우소프가 또 끼어들었다.「또 무슨 꿈 같은 공상 이야기를 하는 모양인데 난 어리둥절해서 뭐가 뭔지 도대체 이해할 수가 없단 말이오. 도대체 파문이라니, 그래 파문이 어떻게 되었다는 말인가요, 이반 표도로비치? 당신은 지금 아무래도 농담을 하고 있는 것 같은데…….」

「아니, 사실은 지금도 그와 마찬가지라고 생각합니다.」하고 장로가 별안간 입을 열었다. 이 자리에 있던 모든 사람들의 시선은 일제히 장로의 얼굴로 쏠렸다.

「현재에 있어서도 기독교가 없다면 범죄자들의 악행을 저지하는 것은 하나도 없겠지요. 그러나 형벌 같은 것은 반드시 없어지고 말 것입니다. 물론 지금 말씀하신 것처럼 대체로 인간의 공포심을 자극할 뿐 아무런 효과도 없는 기계적인 형벌을 말하는 것은 아니지요. 내가 말하는 것은 참된 징벌입니다. 즉 효과가 있음은 물론이거니와 범죄자에게 두려움과 뉘우침을 주어 양심의 자각을 일깨워 주는 유일한 징벌을 두고 하는 말입니다.」

「실례지만 그건 무슨 뜻입니까?」미우소프는 솟아오르는 호기심을 억제하지 못하고 이렇게 물었다.

「즉 이런 말입니다.」하고 장로는 설명하기 시작했다.「사람을 유형에 처하여 강제 노동을 시키는 그런 방법으로는 아무도 올바른 길로 이끌 수 없는 법입니다. 얼마 전에는 거기다가 태형까지 가했읍니다만, 아무튼 이런 방법으로는 범죄자에게 공포심을 주지도 못할 뿐더러 범죄자의 수를 줄이기는커녕 더욱 늘리는 결과밖에 되지 않습니다. 이건 무엇보다도 중요한 문제인데, 아마 당신도 이 점에는 동의하지 않을 수 없겠지요. 사회에 해독을 끼치는 자를 기계적으로 처리하여 멀리 유형을 보낸다고 하더라도 또 다른 범죄자가, 어쩌면 그 곱이나 되는 새로운 범죄자가 금새 생기게 됩니다. 그러므로 이런 방법으로는 사회를 전혀 보호할 수 없다는 결론이 나오지요. 만일 현대에 있어서 사회를 보호하고 또한 범죄자를 교도하여 새로운 인간으로 갱생시키는 것이 있다면 그것은 역시 죄인의 양심 속에 살아 있는 그리스도의 계율(戒律)뿐인 것입니다. 범죄자는 자기가 기독교 사회의 아들이며 교회의 자녀라는 것을 자각할 때 비로소 이 사회와 교회에 대한 자신의 죄를 깨닫게 됩니다. 따라서 현대의 범죄자는 오직 교회에 대해서만 자신의 죄를 의식하는 것이지 결코 자기를 형벌에 처한 국가에 대하여 죄책감을 느끼고 있는 것은 아닙니다. 그런데 만일 재판의 권한이 교회에 속해 있다고 한다면, 이 교회라는 사회는 과연 어떤 사람을 추방으로부터 불러들여 다시 교회의 품안에 받아들여야 할지 잘 알게 될 것이 분명합니다. 그렇지만 지금 교회는 실제로 어떤 재판권도 가지고 있지 않으며 다만 정신적인 책망을 가할 권리만을 보유하고 있는 터이므로, 사실은 범죄자에 대해 실제적인 징벌을 가하는 것을 교회가 스스로 피하고 있는 것이라고 보아야 할 것입니다. 즉 범죄자가 가책을 느끼는 대상은 교회이지만 교회는 그들을 처벌하지 않는 것이지요. 다시 말해서 범죄자를 교회에서 추방해 버리는 것이 아니라 그들이 죄를 범하지 못하도록 감시를 하고 있다는 뜻입니다. 그러나 일단 죄를 범한 사람에게는 기독교와의 교섭을 계속할 수 있도록 돌보아 주고, 교회의 의식(儀式)이나 성찬식 같은 데도 참석할 수 있도록 해주며, 희사금과 물품 따위도 나눠 줌으로써 죄인이라기 보다는 악마의 꾀임에 빠진 불쌍한 사람으로서 대해 주고 있읍니다. 만일 기독교 사회인 교회까지도 그들을 배척하고 외면해 버린다면 그들은 과연 어떻게 되겠읍니까? 그건 정말 생각만 해도 무서운 일이 아닐 수 없읍니다! 만약 우리 교회가 국법에 의해 죄인이 벌을 받을 때마다 그에게 즉각 파문을 선고한다면 그는 대체 어떻게 되겠읍니까? 적어도 우리 러시아의 죄인에게는 아마 그보다 더 큰 절망은 없을 것입니다. 우리 러시아의 죄인들은 아직까지도 신앙을 간직하고 있으니까 말입니다. 그런데도 교회가 그들을 파문해 버린다면 그때엔 정말 무슨 일이 생길지 아무도 장담할 수 없읍니다. 어쩌면 최후의 희망을 잃은 죄인의 마음속에서 신앙의 등불이 아주 꺼져 버리고 말는지도 모릅니다. 또한 그때엔 어떻게 될까요? 그렇지만 다행하게도 교회는 자애스런 어머니처럼 실제적인 징벌을 가하는 것을 스스로 피하고 있읍니다. 그렇지 않아도 죄인은 법에 의해 지나치게 가혹한 처벌을 받고 있으니까요. 아무리 죄인이라도 믿고 의지할 데가 단 한 군데쯤은 있어야 하지 않겠읍니까? 교회가 처벌을 피하고 있는 주요한 이유는 교회의 재판이야말로 진리를 지닌 최후의 재판이며 유일한 재판이기 때문입니다. 따라서 교회의 재판은 비록 일시적인 타협이라 할지라도 본질적으로나 정신적으로나 그 어떠한 다른 재판과도 도저히 결합할 수 없는 성질의 것입니다. 외국의 범죄자들은 잘못을 뉘우치는 자가 극히 드물다고 들었읍니다만 이것은 현대의 교육 자체가 범죄를 범죄라고 가르치지 않고 오히려 부당한 압박에 대한 항거(抗拒)라는 사상을 강조한 데에 그 원인이 있겠지요. 사회는 절대의 권력을 가지고 범죄자를 완전히 기계적으로 자기 테두리 밖으로 추방해 버립니다. 그리고 그 추방에는 또한 그에 대한 증오까지 곁들여져 있읍니다. 적어도 유럽에선 모두 그렇게들 말하고 있다고 하더군요. 자기네 동포인 그 사람에 대한 증오와 무관심, 그 다음엔 망각(忘却)이 따르게 마련입니다. 이리하여 마침내 이러한 과정이 교회측으로부터 아무런 동정도 받지 못하는 가운데서 유유히 진행되고 있읍니다. 왜냐하면 외국에서는 대부분의 경우 진정한 교회란 이미 하나도 남아 있지 않고 다만 성직자라는 사람들과 웅장한 교회당만이 있을 뿐이기 때문입니다. 그곳에서는 교회 자체가 이미 오래 전부터 교회라는 하급 형태로부터 국가라는 상급 형태로 옮아가서 마침내는 그 속에 완전히 소멸해 버리려고 노력하고 있는 형편이지요. 적어도 루터파의 교회가 득세한 나라들의 형편은 그렇다는 생각이 듭니다. 로마는 당초부터 천여 년 이상이나 교회보다 국가를 더 높이 내세웠기 때문에 범죄자들도 자기가 교회의 아들이란 의식이 없었으며 따라서 추방을 받게 되면 이내 절망의 구렁텅이 속에 빠져들고 맙니다. 또 나중에 사회에 복귀하게 되더라도 대부분 무서운 증오심을 품고 돌아오기 때문에 사회가 사회를 스스로 격리시키는 결과가 되고 맙니다. 그 결과가 과연 어떤 것이었겠는가, 우리는 넉넉히 짐작할 수 있읍니다. 사람들은 대부분의 경우 우리 나라도 이와 마찬가지라고 생각할지도 모르지만 실로 문제는 여기에 있는 것입니다. 우리 러시아에는 국가가 세운 법정(法廷)보다도 더 높은 곳에 교회가 있고, 그 교회는 범죄자를 소중한 자식으로 생각하여 어떤 경우에도 그들과의 교섭을 끊지 않고 있읍니다. 그뿐만 아니라 아직은 단순한 공상에 불과하여 아무런 실행도 하지 못하고 있지만 비록 공상 속에서나마 미래의 이상적인 형태인 교회 재판이라는 관념이 훌륭히 보존되고 있는 것입니다. 더구나 이 교회 재판이 범죄자들 자신에 의해 본능적으로 인정되고 있다는 사실은 추호도 의심할 여지가 없읍니다. 지금 여러분이 하신 말씀은 모두 옳은 것입니다. 만일 교회 재판이란 것이 정말로 실현되어 완전한 능력을 발휘할 수 있을 때가 된다면, 즉 사회 전체가 교회에 귀속하게 된다면 교회 재판이 범죄자를 회개시킴에 있어 과거와는 비교도 되지 않을 만큼 커다란 영향을 주게 될 뿐 아니라 범죄 자체도 놀랄 만큼 감소시킬 수 있을 것입니다. 또한 앞으로 교회측에서도 범죄자나 범죄에 관해 지금과는 전혀 다른 관념을 갖게 될 것이 틀림없읍니다. 추방된 자는 다시 불러들이고, 나쁜 마음을 먹는 자에게는 미리 경고를 주며, 또한 타락한 자는 다시 갱생의 길을 걷도록 인도해 줄 것입니다. 그렇지만 실제로는.」하고 장로는 미소를 띠웠다. 「현재의 기독교 사회는 아직도 준비를 갖추지 못하고 있어, 다만 일곱 사람의 의로운 사람들 위에 서 있을 뿐입니다. 그러나 아주 쇠퇴해 버린 것은 아니므로 현재 이교적인 집단이랄 수도 있는 상태로부터 전세계에 군림하는 유일한 교회로 완전히 변모할 것이라는 확고한 신념을 지닌 채 정진을 계속하고 있는 것입니다. 이것은 반드시 실현되도록 정해진 것이니까 비록 수억 년이 지난 뒤라도 반드시 이루어지고야 말 것입니다. 오오, 그렇게 이루어지이다. 아멘! 하지만 그것이 실현되는 시간이나 기한 때문에 마음의 동요를 느낄 필요는 조금도 없읍니다. 시간이나 기한의 비밀은 하느님의 예지(叡智)와 선견(先見)과 사랑 속에 있는 것이니까요. 또한 인간의 생각으로 볼 때는 아득히 먼 훗날의 일로 생각될지도 모르지만 하느님의 정하신 바로는 이미 그 실현의 문턱에까지 와 있는지도 모릅니다. 오오, 그렇게 이루어지이다. 아멘! 아멘!」

「아멘! 아멘!」하고 파이시 신부가 엄숙하고도 경건한 어조로 따라서 외었다.

「정말 이상한 일이로군, 거 참 이상한 얘기란 말야!」하고 미우소프는 중얼거렸으나 별로 흥분한 것 같지는 않았고 마음속에 어떤 분노를 억지로 삭이고 있는 눈치였다.

「대체 무엇이 그렇게 이상하다는 말씀이신가요?」하고 이오시프 신부가 조심스런 말투로 물어보았다.

「정말이지 이건 도대체 뭡니까?」하고 미우소프는 불쑥 말문을 열었다. 「지상에서 국가를 제거하고 교회가 국가의 자리에 올라선다니, 이건 교황 절대권론이 아니라 초(超) 교황 절대권론이 아닙니까? 아마 이런 것은 저 교황 그레고리우스 7세조차 꿈에도 생각하지 못한 일일 겁니다.」

「당신은 정반대로 해석하고 계시는 모양이군요!」하고 파이시 신부가 엄격한 태도로 대답했다.「교회가 국가로 변하는 것이 아닙니다. 이 점을 똑똑히 알아 두십시오. 교회가 국가로 변모한다는 것은 로마 시대의 생각이며 공상입니다. 이것이야말로 악마의 또 하나의 유혹이지요. 지금 이야기는 국가가 교회로 변모한다는 것입니다. 즉 정반대의 뜻이지요. 국가가 교회의 위치에까지 올라가서 전세계에 군림하는 교회가 된다는 말입니다. 이것은 교황 절대권론과도, 로마와도, 그리고 당신의 해석과도 상반된 것으로서 이것이야말로 지상에 있어서의 러시아 정교(正敎)의 위대한 사명입니다. 그리고 이 별은 동방에서부터 빛나기 시작할 것입니다.」

미우소프는 자못 도도한 태도로 이 말에 대해 대꾸하지 않고 의연히 침묵을 지켰다. 그의 태도에는 상대방을 깔보는 듯한 자존심이 넘쳐 흐르고 있었으며 입가에는 짐짓 겸손한 듯한 미소가 떠올랐다.

알료샤는 격렬한 심장의 고동을 느끼면서 이와 같은 모든 광경을 바라보고 있었다. 지금 여기서 진행된 대화는 그를 완전한 흥분 상태로 몰아 넣고 말았던 것이다. 그는 힐끗 라키친을 바라보았다. 라키친은 여전히 방문 옆에 서서 꼼짝도 하지 않은 채 열심히 귀를 기울이며 눈을 아래로 깔고서 주의 깊은 관찰을 계속하고 있었다. 그러나 두 뺨이 벌겋게 달아오른 것으로 보아 그도 역시 자기 못지 않게 흥분해 있다는 것을 알 수 있었다. 알료샤는 그가 무엇 때문에 그처럼 흥분하고 있는지 너무나도 잘 알고 있었다.

「실례입니다만 조그만 일화(逸話) 한 가지를 소개하고 싶은데요.」하고 미우소프가 무엇 때문인지 유달리 엄숙하고 의미심장한 태도로 별안간 입을 열었다. 「그러니까 이것은 십이월 혁명 직후 파리에서 있었던 일입니다만, 저는 어느날 저의 친지인 동시에 매우 중요한 지위에 있는 정치가 한 사람을 방문하게 되었읍니다. 그 집에서 저는 지극히 흥미있는 인물 하나를 만나게 되었지요. 그 사람은 경찰관이었는데 그냥 보통 형사 따위가 아니라 비밀 경찰의 일부를 지휘하는 두목격인 사람으로 일종의 대단한 실권을 지닌 존재였읍니다. 저는 문득 호기심이 솟아서 기회를 엿보아 그 사람과 이야기를 시작했읍니다. 그런데 이 사람은 집 주인인 정치가의 손님으로서 방문한 것이 아니라, 말하자면 부하로서 상관에게 보고를 드리러 온 처지였으므로 그 정치가가 저를 대하는 태도를 보고는 다소 솔직하고 호의적인 태도로 저를 대해 주더군요. 아니 그냥 솔직하다기보다는 오히려 친절하다고 하는 편이 더 낫겠지요. 프랑스 사람들이란 본래가 대체로 친절한 데다가 더욱이 제가 외국인이라는 걸 알자 더욱 그렇게 나온 것이겠지요. 어쨌든 저는 그 사람의 말을 아주 잘 이해할 수 있었읍니다. 화제가 그 당시 관헌의 박해를 받고 있던 사회주의 혁명가들에게 미쳤을 때, 그는 매우 흥미있는 말을 하나 한 것입니다. 여기서 대화의 내용을 소개하는 것은 그만두기로 하고 그가 우연히 입에 담은 그 흥미있는 말만 말씀드리기로 하지요. 『사실 우리는 무정부주의자니 무신론자니 혁명가니 하는 따위의 사회주의자들은 그다지 대수롭게 여기지 않고 있읍니다.』하고 그는 말했지요. 『우리는 그들을 줄곧 감시하고 있으므로 그들이 무슨 짓을 하고 있는지 죄다 환히 알고 있읍니다. 그런데 그들 사이엔 극히 소수이기는 하지만 조금 색다른 친구들이 섞여 있지요. 그것은 하느님을 믿는 엄연한 기독교도이면서도 동시에 사회주의를 신봉하고 있는 자들입니다. 우리가 가장 다루기 난처한 것은 바로 이런 부류의 인간들이지요. 이들은 정말 무서운 사람들입니다! 즉 기독교도인 사회주의자는 무신론자인 사회주의자보다 훨씬 무서운 존재라는 말이지요…….』저는 그 당시 이 말을 듣고 깊은 충격을 받았거니와 지금 여러분이 하시는 말씀을 듣고 있노라니 어쩐지 자꾸 그때 생각이 떠오르는군요…….」

「결국 당신은 그 말을 우리들에게 적용시켜 우리를 사회주의자로 보신다는 말이겠지요!」하고 파이시 신부가 단도직입적으로 대뜸 물어보았다.

그러나 미우소프가 여기에 대해 대꾸할 말을 찾지 못하고 우물쭈물하고 있는 사이에 갑자기 방문이 벌컥 열리더니 드미트리 표도로비치가 안으로 들어왔다. 모두가 그에 대한 생각을 이미 잊고 있었으므로 그의 돌연한 출현은 처음 순간에 그들을 어느 정도 놀라게까지 한 것이었다.

6. 뭐 이런 사람이 다 있어!

드미트리 표도로비치는 보통 키에 쾌활한 용모를 지닌 스물 여덟 살의 청년이었지만 나이보다는 훨씬 더 늙어 보였다. 첫눈에도 그가 근육이 미끈하게 발달한 뛰어난 완력의 소유자라는 점을 알아볼 수 있었으나 그의 얼굴에는 어딘가 병적인 요소가 떠올라 있었다. 그의 얼굴은 수척하고 두 볼이 움푹하게 꺼져 들어가 있었으며 안색은 건강치 못한 누런빛을 띠고 있었다. 약간 튀어 나온 아주 커다란 검은 두 눈은 한 곳에 시선을 집중하고 있는 것 같으면서도 어딘가 침착성이 없어 보였다. 흥분에 들떠 열띤 어조로 이야기하고 있을 때에도 그의 시선은 마음속 상태와는 달리 아주 생소한 표정을 띠고 있을 때가 있었다.『그 친구는 도대체 무슨 생각을 하고 있는지 통 모르겠거든.』하고 그와 이야기를 나눠 본 사람들은 가끔 말하곤 했다. 사람들은 그의 두 눈에서 침울하고도 음산한 빛이 어린 것을 바라보고 있다가 갑자기 그의 입에서 폭소가 터져나오는 것을 보고 섬뜩해 하는 경우가 종종 있었다. 이것은 그의 눈이 가장 우울한 빛을 띠고 있는 바로 그 순간에도 머리속에는 유쾌하고 장난기 있는 생각이 가득 차 있다는 말도 된다. 그건 그렇고, 지금 그의 얼굴에 약간 병적인 표정을 띠고 있는 것은 그의 방탕한 생활을 생각해 보면 곧 이해가 가는 일이다. 사실 그의 지극히 불안정한 생활 태도에 대하여는 모든 사람이 직접 보기도 하고 듣기도 해서 잘 알고들 있었기 때문이다. 최근에 와서는 그는 그러한 생활에 아주 빠져 있다시피한 상태였다. 또한 재산 문제를 가지고 아버지와 다투기 시작한 이후로는 그가 걸핏하면 화를 잘 내게 되었다는 사실도 모두 알고 있어서 여기에 대한 소문이 벌써 서너 가지나 항간에 떠돌고 있는 형편이었다. 물론 그는 본래가 신경질적인 성급한 성격이어서 우리 고장의 치안 판사인 세묜 이바노비치가 언젠가 무슨 모임에서 적절히 평한 바와 같이 〈저돌적(猪突的)이며 걷잡을 수 없는〉 인간이었던 것도 사실이다. 그는 단정하게 단추를 채운 연미복을 입고 검은 장갑을 끼고 손에는 실크모자를 든 채 그야말로 한 군데도 흠잡을 데 없는 깔끔한 복장으로 방안에 들어왔다. 그는 전역(轉役)한 지 얼마 안 되는 장교답게 콧수염만 기른 채 턱수염은 깨끗이 면도를 하고 있었다. 갈색의 머리털은 짧게 깎아 올렸으나 관자놀이 근처만은 깨끗이 빗질을 한 것 같았고 군대식으로 걷는 성큼성큼한 걸음걸이는 보기에도 무척 절도있게 보였다. 그는 문턱을 넘어서자 걸음을 멈추고 좌중을 한 번 돌아본 다음 곧바로 주인인 장로 앞으로 걸어갔다. 그는 장로에게 허리 굽혀 절하고 나서 축복을 청했으며 장로는 자리에서 일어나 그를 축복해 주었다. 드미트리 표도로비치는 경건하게 입을 맞추고 나서 몹시 흥분한 듯 카랑카랑한 목소리로 입을 열었다.

「오랫동안 기다리시게 해서 정말 죄송합니다. 아버지가 저한테 보낸 스메르쟈코프란 하인이 한 시 정각이라고 전해 주었기 때문에……두 번이나 물어보았으나 두 번 다 한 시라고 분명히 대답하기에 그만…….」

「염려하지 마십시오.」하고 장로가 그의 말을 제지했다.

「뭐 시간이 약간 늦었을 뿐이니 괜찮습니다.」

「정말 감사합니다. 친절하신 말씀을 해주실 줄은 저도 짐작했읍니다만.」하고 드미트리는 약간 어색한 태도로 다시 한번 허리를 굽혔다. 그리고는 홱 몸을 돌려 자기 아버지 쪽을 향해 방금 장로에게 한 것과 마찬가지로 공손히 허리 굽혀 절을 했다. 이 인사는 틀림없이 그가 여러 모로 생각해 본 끝에, 자기는 선량한 의도와 공경심을 표시할 의무가 있다고 진심으로 생각하여 결정한 것이 분명했다. 표도르 파블로비치는 아들의 뜻하지 않은 행동에 한순간 당황한 것 같았으나 곧 자기도 벌떡 의자에서 일어나더니 아들이 한 것과 똑같은 공손한 태도로 드미트리에게 절을 했다. 그의 얼굴은 갑자기 뻣뻣하고 의미심장한 표정으로 일그러졌는데 그것이 오히려 더욱더 흉측한 인상을 그의 얼굴에 나타나게 만들었다.

드미트리 표도로비치는 그 자리에 있는 다른 사람들에게도 묵묵히 목례를 보내고 나서 그 시원스런 걸음걸이로 뚜벅뚜벅 창가로 걸어가 파이시 신부 옆에 꼭 하나 남아 있었던 빈 의자에 앉았다. 그리고는 몸 전체를 한쪽으로 기울이고는 자기의 출현으로 중단되었던 대화의 계속에 귀를 기울일 자세를 취했다.

드미트리가 나타남으로 해서 허비된 시간은 이 분도 못되는 것이었으므로 대화는 당연히 다시 계속되어야 했을 것이었으나, 미우소프는 파이시 신부의 성급하고 날카로운 질문에 대하여 답변할 필요가 없다는 듯한 태도였다.

「그 문제는 더 이상 논하지 않는 것이 좋다고 여겨집니다만.」하고 미우소프는 능란한 사교적인 말투로 입을 열었다. 「어쨌든 그건 상당히 미묘한 문제이니까요. 그보다는 이반 표도로비치 군이 여기 대해 무슨 탁견(卓見)을 가진 것 같아 보이는데 그에게 차례를 양보하는 것이 어떻겠는지요?」

「뭐 별건 아니지만 약간 생각나는 점이 있어서……」하고 이반은 냉큼 대답했다. 「다름 아니라 유럽의 자유주의와 그 아류(亞流)인 우리 러시아의 자유주의적 딜레탕티즘은 대체로 오래 전부터 사회주의의 최종 결과와 기독교의 그것과를 종종 혼동하는 경향이 있다는 것입니다. 물론 이런 따위의 엉터리 결론이 그들의 특질이긴 합니다만 말씀이지요. 그런데 지금 그 말씀을 듣고 보니 사회주의와 그리스도를 혼동하고 있는 사람은 비단 자유주의자나 딜레탕트뿐만 아니라 헌병도 한몫 끼어 있는 모양이군요. 하긴 어디까지나 외국의 헌병들 이야깁니다. 어쨌든 표트르 알렉산드로비치 미우소프 선생이 방금 말씀하신 파리에서의 에피소드는 제법 의미심장한 데가 있읍니다.」

「좌우간 이 문제는 더 이상 왈가왈부할 필요가 없다고 봅니다.」하고 미우소프는 반복했다. 「그 대신에 여러분, 이번에는 제가 이 이반 표도로비치 군에 관한 매우 흥미있고 특징적인 에피소드를 한 가지 소개할까 합니다. 바로 사오 일 전에 있었던 일입니다만 이반 표도로비치 군은 주로 이 고장 부인들이 모인 어떤 자리에서 다음과 같은 주장을 의기양양하게 늘어놓았었지요. 즉 이 세상에는 사람 대 사람의 사랑을 강제하는 것은 아무것도 없으며 〈사람은 사람을 사랑해야 한다〉는 자연의 법칙이 있는 것도 아니다, 그리고 만일 이 지상에 사랑이란 것이 존재해 왔다고 한다면 그것은 자연의 법칙에 의한 것이 아니라 사람이 영생을 믿기 때문일 따름이라는 것이었지요. 또한 이반 군은 거기에 덧붙여서 설명하기를, 영생이야말로 자연의 법칙의 정체로서 인류가 이 영생에 대한 신앙을 버린다면 이 세상에서 사랑은 영영 없어져 버릴 뿐만 아니라 이 세상을 살아가는 데 필요한 모든 생명력조차 소멸해 버리고 만다고 했읍니다. 아니 그뿐 아니라 그렇게 되면 이미 부도덕이란 관념은 존재할 수 없게 되어 모든 악행이, 심지어는 식인 행위(食人行爲)까지도 허용되게 될 것이라고 했읍니다. 이것으로는 불충분하다고 생각되었던지 이반 군은 예컨대 현대의 우리와 같은 신앙심 없는 무리들은 이미 신도 영생도 믿지 않고 있으므로 자연의 도덕률이 여태까지의 종교적인 것과는 정반대로 지체없이 바뀌어져야 할 것이라고도 설파했읍니다. 또한 거의 악행에 가까운 이기주의까지도 인간에게 허용되어야 할 뿐 아니라, 나아가서는 그러한 이기주의가 가장 필요 불가결하고도 합리적인, 그리고 그러한 시대에 있어서는 가장 이상적인 것으로 받아들여져야 할 것이라고 결론을 맺었던 것입니다. 그러니 여러분, 이상의 역설(逆說)로 미루어보아 우리의 친애하는 기인(奇人)이며 역설가인 이 이반 표도로비치 군이 내세우고 있는, 또한 앞으로 내세우려고 하는 주장들이 과연 어떤 것들인지 가히 짐작할 수가 있을 것입니다.」

「잠깐만!」하고 뜻밖에도 드미트리가 커다란 소리로 끼어들었다. 「제가 잘
못 알아듣지나 않았나 해서 묻는 말입니다만 모든 무신론자들의 입장에서 보자
면 악행이란 것이 허용되어야 하며 오히려 필요 불가결한 가장 합리적인 행위로
인정되어야 한다!는 것이지요? 그런 뜻입니까, 아닙니까?」

「바로 그런 뜻입니다.」파이시 신부가 대답했다.

「잘 알았읍니다.」이렇게 말하고 나서 드미트리는 입을 다물어 버렸다. 그것
은 그가 방금 대화에 끼어들었을 때와 마찬가지로 느닷없는 태도였으므로 모두
들은 호기심 어린 눈으로 그를 쳐다보았다.

「그래, 당신은 정말로 인간이 영생에 대한 신앙을 상실하면 그런 결과가 올 것
이라고 생각합니까?」하고 장로가 불쑥 이반에게 물었다.

「네, 저는 그렇게 주장했지요. 영생이 없어진다면 선행도 자취를 감출 것이라
고.」

「참으로 그렇게 믿고 있다면 당신은 지극히 행복하든가 아니면 아주 불행한
사람이거나 그 둘 중의 하나일 거요!」

「어째서 불행하다는 겁니까?」하고 이반은 벌쭉 웃었다.

「왜냐고요? 그건 분명코 당신이 자기 영혼의 불멸은 물론 자기 손으로 쓴 교
회와 교회 문제에 관한 주장까지도 전혀 믿지 않고 있기 때문입니다.」

「하긴 그게 옳은 말씀인지도 모릅니다. 하지만 저는 처음부터 농담으로 한 말
은 아니었지요…….」하고 이반은 이상한 태도로 얼굴을 붉히며 시인했다.

「물론 농담이 아니라는 것은 진심일거요. 그 사상은 아직 당신의 마음속에서
완전히 해결을 못 보고 있으니까. 그러나 엄청난 재난을 당한 사람은 너무나도
절망한 나머지 그 절망에 스스로 위안을 느낄 때두 가끔 있는 법이지요. 당신의
경우도 이와 마찬가지라고 생각됩니다만. 당신은 절망한 나머지 잡지에다 논문
을 쓰기도 하고, 사교계에 나가 토론을 하기도 하면서 그것을 스스로의 위안으
로 삼고 있지요. 그러면서도 한편으로는 자기의 주장을 믿지 못하는 스스로를
발견하고 그 주장을 냉소하고 있는 것입니다. 이 문제는 당신의 마음속에서 아
직 해결을 보지 못하고 있지요. 바로 여기에 당신의 커다란 비극이 있는 것입
니다. 왜냐하면 이 문제는 끊임없이 해결을 강요하여 당신을 괴롭히고 있기 때
문이지요…….」

「그러나 그 문제가 과연 제 마음속에서 해결할 수 있는 것일까요? 긍정적인
방향으로 말입니다.」이반은 여전히 얄궂은 미소를 띄운 채 장로의 얼굴을 바라
보며 이상한 말투로 그렇게 물었다.

「긍정적으로 해결을 보지 못한다면 더구나 부정적인 방향으로는 해결을 볼 수 없으리다! 그것이 당신 마음의 특성이라는 것을 스스로 잘 알고 있겠지요. 바로 여기에 당신의 고뇌가 있는 것입니다. 그러나 이러한 고뇌를 고뇌로 삼을 수 있는 고결한 마음씨를 주신 조물주에게 감사를 드리시오. 〈높은 것에 마음을 두고 높은 것을 구하라, 우리의 안식처는 하늘 위에 있음이니라.〉 부디 하느님께서 당신이 이 세상에 있는 동안에 마음속 고뇌의 해결을 보게 해주시고 또한 당신의 앞길에 축복을 내리시기를!」

장로는 곧 한 손을 들어 이반을 향해 성호를 그으려고 했다. 그러나 이반이 먼저 벌떡 일어나서 장로 앞으로 가서 축복을 받고 그 손에 입을 맞춘 다음 다시 제자리로 돌아갔다. 그의 태도는 엄숙하고도 진지했다. 이러한 그의 동작과, 이반으로서는 약간 예상을 뒤엎은 장로와의 대화 내용은 불가사의하고도 엄숙한 그무엇이 있어서 그 자리에 있던 사람들에게 적지 않은 충격을 주었기 때문에 일동은 잠시 동안 묵묵히 입을 다물고 있었다. 알료샤의 얼굴에는 거의 공포에 가까운 놀라움의 표정이 떠올랐다. 미우소프는 갑자기 어깨를 흠칫했으나 바로 그 순간에 표도르가 느닷없이 의자에서 벌떡 몸을 일으켰다.

「가장 거룩하고 존귀하신 장로님!」하고 그는 이반을 손가락으로 가리키며 소리쳤다. 「이는 제 아들입니다. 저의 육체에서 생겨난 저의 가장 사랑하는 살덩이올시다! 이는 제가 존경해 마지않는 인물로서, 말하자면 카알 모르라고 할 수 있지요. 그렇지만 방금 들어온 저기 저 드미트리로 말할 것 같으면 장로님께 공정한 판결을 의뢰한 장본인이기도 합니다만 최상급으로 존경할 수 없는 인물, 즉 프란츠 모르라고 할 수 있지요! 둘 다 실러의 《군도(群盜)》에 나오는 인물입니다만, 이렇게 되고 보니 저는 자연히 Regierender Grafvon Moor(영주 모르 백작)가 되는 셈이로군요! 잘 판단하셔서 우릴 구해 주시기 바랍니다. 우리에겐 기도의 말씀뿐 아니라 장로님의 예언이 필요하니까요!」

「그런 가시있는 소릴 하면 못씁니다. 더구나 자기 가족을 모욕하는 태도로 이야기를 시작하는 것은 옳지 못한 일이지요.」하고 장로는 꺼져 들어가는 듯한 가느다란 소리로 말했다. 그는 시간이 지나감에 따라 점점더 피로를 느끼고 눈에 띄게 기운이 약해지는 것 같았다.

「덜 돼먹은 어릿광대 짓입니다! 저는 여기 오기 전부터 꼭 이런 꼴을 보리라고 짐작했었지요!」드미트리는 이렇게 소리치더니 울화통을 참지 못하고 자기도 자리를 박차고 일어섰다.

「용서하십시오, 노인 어른.」하고 그는 장로 쪽으로 돌아섰다. 「저는 제대로 교육을 받지 못한 놈이어서 어르신네를 무어라고 불러야 하는지도 잘 모를 정도

이지만 어쨌든 노인께서는 속은 것입니다. 이 자리에 이렇게 모이도록 허락하시다니 정말 너무나도 선량하신 분이로군요. 우리 아버지는 그저 추태를 부리는 것만이 유일한 목적이랍니다. 무엇을 위한 추태인지는 아마 자신만이 알고 있는 일이겠지요. 아버지는 항상 자기 나름대로의 꿍꿍이속이 있으니까요. 그렇지만 이번 경우엔 저도 그 속셈을 대강 짐작할 수 있을 것 같습니다…….」

「모두 한패가 되어 나 한 사람만을 나쁜 놈으로 만들고 있읍니다, 모두가!」 이번엔 표도르가 기를 쓰며 소리쳤다. 「여기 이 표트르 알렉산드로비치도 마찬가지지요. 그도 나를 나쁜 놈으로 만들어 버렸어요! 여보, 미우소프 씨, 당신이 나를 악당으로 만들어 버렸단 말입니다!」 하고 그는 엉뚱하게도 자기 말을 가로채려고도 하지 않고 있는 미우소프에게 느닷없이 대들었다. 「당신은 내가 자식들의 돈을 장화 속에 감추고 몽땅 가로채버렸다고 욕하고 돌아다니지만, 뭐 이 고장엔 재판소 하나 없는 줄 아시오? 재판소에 가 보면 드미트리야, 네가 쓴 영수증이며 편지며 계약서 따위를 조사해서 네가 돈을 얼마나 썼는지, 또 지금 얼마나 남아 있는지 정확하게 계산해 줄 게다! 그런데 미우소프 씨는 그러고 돌아다니면서도 재판이라면 딱 질색을 하거든요. 그 이유가 과연 무엇인지 아십니까? 그건 미우소프 씨가 드미트리와는 친척간이 되기 때문입니다. 그래서 모두들 한패거리가 되어 나한테 덤벼들고 있지만 모든 것을 계산해 보면 오히려 드미트리가 빚을 지고 있어요. 그것도 적은 액수가 아니라 수천 루블리나 되는 엄청난 돈이랍니다. 난 여기에 관한 모든 증거 서류를 가지고 있거든요! 저 녀석은 워낙 방탕하기로 온 동네에 소문이 난 놈이지요! 또 저 녀석은 전에 근무하던 고장에서만 해도 어떤 부자집 아가씨를 유혹하느라고 일이천 루블리나 되는 돈을 뿌려버린 적도 있지요. 이봐, 드미트리, 난 네가 쉬쉬하고 있는 일을 모두 알고 있단 말이다! 또 증거도 얼마든지 있고……. 거룩하신 장로님, 아마 곧이 안 들으실지도 모르지만 저 녀석이 반해서 달라붙었던 여자는 지체도 재산도 있는 고상한 양가집 따님이었단 말입니다. 그 아가씨는 다년간 군대 생활에 용맹을 떨친 끝에 성(聖) 안나 훈장까지 받은 어느 대령의 딸인데, 저 녀석은 감히 자기의 상관의 따님인 그 아가씨에게 청혼을 하여 상대방의 명예를 더럽혔던 것이지요. 그 처녀는 나중에 고아가 되고 결국은 저 녀석의 약혼자가 되어 지금은 이 고장에 와서 살고 있읍니다. 그런데 말입니다, 저 녀석은 그런 분에 넘친 약혼녀가 버젓이 있는데도 불구하고 이 고장에 사는 어떤 매력있는 여자의 뒤꽁무니를 좇아다니고 있거든요. 그렇지만 그 여자는 비록 어느 존경할 만한 인물과 내연의 관계를 맺은 일이 있긴 합니다만, 대쪽같이 굳건한 성격을 가지고 있기 때문에 누가 와서 뭐라고 해도 절대로 넘어가지 않는답니다. 절개가 곧기로 말하면 정식 부인이라는 사람들보다 더하면 더했지 조금도 못하지 않지요. 워낙 훌륭한 여자니까 말입니다. 암, 그렇고 말고요! 여러 신부님들, 그 여잔 정말 훌륭한 사람입니다. 그런데 저 드미트리란 녀석은 이 난공불락의 요새(要塞)를 황금의 열쇠로 열어 볼 배짱으로 나한테서 돈을 빼앗아내려고 기를 쓰고 덤벼드는 것이랍니다. 그 동안에 저 녀석이 그 여자한테 뿌린 돈만 해도 수천 루블이나 되지요. 닥치는 대로 빚을 얻어서 쓰고 있으니까 말입니다. 그런데 말씀이죠, 저 녀석이 도대체 누구한테서 그 돈을 긁어내고 있는지 아십니까? 어때, 미챠, 그걸 말해도 괜찮겠니?」

「닥쳐요!」드미트리는 버럭 소리를 질렀다. 「내가 여기서 나간 다음에 그따위 소릴 하시오. 내 앞에서 그 고귀한 아가씨의 일은 입에 담지도 말아요…… 아버지가 그 아가씨의 일을 입에 올린 것만 해도 본인에게는 더할 수 없는 모욕이니까……난, 나는 절대로 용서할 수 없어요!」

그는 거칠게 숨을 몰아 쉬었다.

「미챠, 애 미챠야!」표도르는 억지로 눈물을 짜내면서 구슬픈 목소리로 소리쳤다. 「그럼 이 애비는 무엇 때문에 너를 축복해 주었겠니? 만일 내가 너를 저주한다면 그때는 어떻게 되겠니, 응?」

「파렴치한 위선자 같으니!」하고 드미트리는 미친 듯이 부르짖었다.

「저것이 애비한테, 자기 애비한테 하는 수작입니다! 그러니 내가 자기 애비가 아닌 딴 사람이었다면 무슨 짓을 당했을지 모르는 일이지요! 여러분, 제 이야기를 들어 보세요. 여기 비록 가난하나마 마땅히 존경을 받아야만 할 퇴역 대위 한 사람이 있읍니다. 불의의 사고로 군에서 물러나기는 했지만 무슨 군법회의 같은 데 회부된 적도 없으므로 명예만큼은 조금도 더럽혀지지 않은 사람입니다. 지금은 많은 부양 가족을 먹여 살리기 위해 온갖 고생을 다 겪고 있는 처지이긴 합니다만, 그런데 바로 이 드미트리 녀석이 삼 주일 전쯤 어느 술집에서 이 사람의 수염을 잡아 끌고 한길 복판에 자빠뜨리고는 많은 행인들이 보는 앞에서 개패듯이 두들겨 주었단 말입니다. 그것은 이 사람이 어느 사소한 사건에 비밀리에 나의 대리인 노릇을 했다는 이유 때문이었지요.」

「그건 거짓말입니다! 겉으로는 그렇게 말할 수도 있겠지만 내용은 모두 새빨간 거짓말이죠!」드미트리는 끓어오르는 분노로 말미암아 온 몸을 부들부들 떨었다. 「아버지! 나는 나의 행위에 대해 변명을 하지는 않겠어요. 여기 계신 분들 앞에서 모두 고백하겠읍니다. 그때 내가 그 대위에게 야수와 같은 행동을 한 것은 사실입니다만 지금은 내가 왜 그런 짐승 같은 분노를 폭발시켰었는지 몹시 유감스럽게 생각하고 있을 따름입니다. 그러나 아버지의 대리인인 그 대위는 방금 아버지가 매력있는 여자라고 말한 그 사람을 찾아가서 모종의 음모를 전달했던 것입니다. 그 내용은 내가 더 이상 재산 문제로 시끄럽게 굴면 내가 아버지에게 써드린 어음을 그 여자에게 넘겨 주어 소송을 제기하여 나를 감옥에 처넣으라고 그 여자에게 아버지 이름으로 부탁한 것이었읍니다. 아버지는 방금 내가 그 여자에게 반했다고 욕설을 퍼부었지만 사실은 바로 아버지가 그 여자에게 나를 유혹하라고 충동질을 했다는 말입니다! 이건 그 여자가 직접 나한테 해준 얘기입니다.」

그는 더 말을 잇지 못하고 말았다. 두 눈에서는 불똥이 튀는 것 같고 숨을 쉬는 것조차 어려운 것 같았다. 암자에 모인 사람들은 모두 술렁거리기 시작했다. 장로 한 사람을 제외하고는 모두가 불안에 휩싸인 채 자리에서 일어났다. 두 사람의 신부는 엄격한 태도로 사태를 관망하고 있었으나 장로의 의견을 존중하여 장로가 무슨 결단을 내리기를 기다리고 있었다. 장로는 이미 완전히 창백한 얼굴이 되어 앉아 있었지만 그것은 흥분 때문이 아니라 그의 병으로 인한 쇠약 때문이었다. 그의 입가에는 간곡한 애원의 미소가 떠올라 있었으며 그는 가끔 분노에 사로잡힌 사람들을 제지하려는 듯이 이따금 한쪽 팔을 쳐들어 보였다. 물론 이러한 손짓 하나만으로도 어수선한 분위기를 가라앉히는 데 충분한 것이었지만, 장로 자신은 아직도 납득이 안 가는 미진한 것이 있어 그것이 이해되기를 기다리는 듯한 태도로 방안의 광경을 눈여겨 바라보고 있었다. 마침내 미우소프는 자기가 이토록 무시를 당하고 멸시를 받아 본 적은 없다는 사실을 절감하기에 이르렀다.

「이런 추태가 벌어진 책임은 우리 전체에게 있읍니다!」하고 그는 격앙된 목소리로 입을 열었다.「그러나 사실 저는 여기로 오면서도 이런 일이 벌어지리라고는 꿈에도 생각지 못했었지요……. 물론 동행자가 어떤 종류의 인간이라는 것은 잘 알고 있었읍니다만……. 어쨌든 이런 일은 당장에 결말을 지어야만 합니다! 장로님, 제가 지금 폭로된 사건에 관하여 그렇게 자세한 내용은 전혀 모르고 있었다는 사실만큼은 꼭 믿어 주십시오. 저는 정말 그런 소문을 믿으려고도 하지 않았읍니다. 지금 이 자리에서 처음 알게 된 일이지요. 아버지가 더러운 계집 하나 때문에 아들을 질투하고, 또 그런 잡년과 어울려 자기 친아들을 감옥에 집어넣으려고 했다니……저는 정말 이런 내용도 모르고 같이 따라왔읍니다. 저는 속았던 것입니다. 이 자리에서 감히 이 자리에서 감히 말씀드립니다. 저 역시 여러분과 마찬가지로 기만을 당한 데 불과합니다…….」

「드미트리 표도로비치!」하고 갑자기 표도르가 남의 목소리를 빌어온 듯한 야릇한 음성으로 고함을 쳤다.

「만약 네가 내 자식만 아니라면 나는 당장 이 자리에서 결투를 신청할 테다! 무기는 권총, 거리는 세 걸음…… 손수건을 가리고……손수건을 가리고 쏘는 결투 말이다!」하고 그는 발을 구르며 악을 썼다.

한평생을 어릿광대 짓으로 보내 온 늙은 거짓말쟁이에게도 흥분 끝에 정말로 몸을 떨며 분노의 눈물을 흘리는 진실된 순간이 있는 법이다. 물론 그 순간에도 ──아니면 불과 일 초 뒤에는── 속으로는 다음과 같은 말을 자기 자신에게 속삭일 것이 분명하지만 말이다. 『이 거짓투성이의 파렴치한 늙은이야, 넌 또 거짓말을 하고 있어. 네가 아무리 거룩한 분노라느니 거룩한 분노의 순간이라느니 하고 떠벌려본댔자 너는 역시 어릿광대가 아니냐.』하고 자신에게 속삭일 것이다.

드미트리는 경멸에 가득 찬 눈초리로 아버지를 힐끗 쳐다보면서 눈살을 잔뜩 찌푸렸다.

「나는……나는 말입니다.」하고 그는 자신을 억제하는 듯 나지막한 목소리로 입을 열었다. 「나의 마음의 천사인 아내될 사람과 같이 고향으로 돌아오면 늙은 아버지를 마음껏 위로해 드릴 작정이었읍니다. 그러나 막상 돌아와 보니 아버지란 사람은 방탕한 호색한인 동시에 비열하기 짝이 없는 광대였던 것입니다!」

「결투다, 결투!」하고 노인은 또다시 헐떡헐떡 말 한 마디 한 마디마다 침을 튀기면서 고함을 지르기 시작했다. 「그런데 여보 미우소프 씨, 잘 들어 두시오. 당신이 지금 고상하게도 잡년이니 뭐니 하고 부른 그 여자보다도 더 고결한 사람은, 아시겠어요, 그보다 더 고귀하고 순결한 여자는 아마 당신네 족보를 샅샅이 뒤져 봐도 아마 한 사람도 없을 겁니다. 과거에도 없었고 지금에도 역시 없을 거란 말이오! 그리고 드미트리, 네놈만 해도 자기 약혼녀를 제쳐 놓고 그 잡년한테 들러붙는 걸 보면, 네놈의 약혼녀가 그 여자의 발가락에 낀 때만큼도 가치가 없다고 생각한 게 아니냔 말이다! 이쯤 되면 그 잡년의 매력도 여간 대단한 게 아닌 모양이로구나, 응? 안 그러냐?」

「부끄러운 줄 좀 아시오!」갑자기 이오시프 신부의 입에서 버럭 고함 소리가 터져나왔다.

「이런 수치스럽고 창피한 꼴이 어디 있담!」여태까지 한 마디도 거들지 않았던 칼가노프까지 얼굴이 새빨갛게 되어 소년다운 흥분에 떨리는 음성으로 불쑥 소리쳤다.

「뭐 이런 사람이 다 있어!」하고 드미트리는 분노가 머리 꼭대기까지 치밀어 올라서 맹수의 울음 같은 소리로 부르짖었다. 어깨를 잔뜩 추켜 올리고 그렇게 절규하는 그의 모습은 마치 맹수가 허리를 구부리고 곧 덤벼들 자세와도 비슷했다.

「아니, 저 사람에게 이상 더 대지(大地)를 더럽히는 말을 하도록 허용할 수 있겠읍니까?」그는 한 손으로 노인을 가리키면서 모두의 얼굴을 둘러보았다.

「저것 좀 보라니까! 신부님들, 지금 저 소릴 들으셨읍니까? 제 애비를 죽이려 드는 저놈의 얘기를?」하더니 표도르는 이번엔 이오시프 신부에게로 대들었다.「저것이 바로 부끄러운 줄 알라는 당신의 말씀에 대한 대답입니다! 수치란 대체 뭐 말라 죽은 겁니까? 그 잡년은, 그 더러운 계집은 어쩌면 여기서 도를 닦고 있는 당신네 수도사들보다는 더 깨끗한 사람일 거요! 물론 그 여자는 어렸을 때 환경 탓으로 잠깐 타락했던 일이 있는지는 모르지만, 그 대신 많은 사람을 사랑했단 말입니다. 많은 것을 사랑한 자는 그리스도께서도 용서하시지 않았읍니까?」

「그리스도께선 그런 따위의 사랑 때문에 용서하신 게 아닙니다!」온화한 성격의 이오시프 신부도 이젠 더 참지 못하고 입에서 이런 고함이 터져나왔다.

「천만의 말씀! 그것 때문이오, 바로 그런 사랑 때문입니다. 신부님들, 그리스도께선 그런 사랑을 가상히 여기셨던 것입니다. 당신네들은 여기서 매일 배추국만 잡수시며 도를 닦고 있으니까 그것으로 계율을 훌륭하게 지키고 있다고 생각하겠지요! 그렇지만 고작해야 하루에 한 마리씩 민물고기나 잡수시고 그것으로 하느님을 매수할 수 있다고 생각하십니까?」

「망언이다, 아니 도저히 있을 수 없는 망언이다!」하는 소리가 암자 안 여기저기에 동시에 일어났다.

그러나 이미 절정에 달했던 이 꼴사나운 장면은 전연 뜻밖의 일로 말미암아 여기서 중단이 되고 말았다. 그것은 장로가 갑자기 자리에서 일어섰기 때문이었다. 장로의 건강에 대한 걱정과 모두에 대한 공포감 때문에 거의 얼이 빠져 있던 알료샤는 엉겁결에나마 장로의 손을 잡아 간신히 부축해 드릴 수가 있었다. 장로는 드미트리 쪽을 향하여 걸음을 옮기더니 그 앞에 이르자 갑자기 무릎을 꿇고 엎드렸다. 알료샤는 처음엔 장로가 기운이 없어서 쓰러진 줄만 알았으나 그것이 아니었다. 무릎을 꿇고 난 장로는 드미트리의 발을 향해 공손히 절을 했다. 그것은 이마가 방바닥에 닿을 정도로 정중하고도 격식에 맞는 절이었던 것이다. 알료샤는 너무나도 놀라서 장로가 다시 몸을 일으킬 때에도 그를 부축할 생각을 하지 못하고 있었다. 장로의 입가에는 보일 듯 말 듯한 힘없는 미소가 떠올라 있었다.

「용서하시오! 여러분, 이만 실례해야 하겠읍니다!」그는 이렇게 말하면서 주위의 모든 손님들에게 인사를 했다.

　드미트리는 호되게 머리를 얻어맞은 사람처럼 한참 동안 꼼짝도 하지 않고 그 자리에 우뚝 서 있었다. 「내 발에다 절을 하다니 어찌 된 셈일까?」갑자기 그는 「아아, 하느님!」하고 소리를 지르더니 두 손으로 얼굴을 가리고 곧장 밖으로 달려나가 버렸다. 나머지 손님들도 당황한 나머지 주인에게 인사를 하는 것조차 잊어버리고 드미트리의 뒤를 따라 한꺼번에 몰려나가 버리고 말았다. 그래서 결국 축복을 받기 위해 다시 장로에게로 다가간 사람은 두 명의 수사 신부들밖에 없었다.

　「발에다 대고 절을 한 건 도대체 무엇 때문일까요? 분명히 무슨 의미심장한 뜻이 있을 텐데.」무엇 때문인지 갑자기 얌전해진 표도르가 다시 이야기를 꺼내 볼 셈으로 불쑥 그렇게 말했으나 막상 어떤 사람을 붙들고 말을 걸 만한 용기는 생기지 않는 모양이었다. 그들은 이때 암자 울타리를 막 벗어난 참이었다.

　「난 정신 병원이나 정신 병자들에 대해서는 그만 입을 다물겠소.」하고 미우소프가 발칵 화를 내며 말했다. 「그 대신에 난 당신네 패들과는 상종하지 않을 테니까 그리 아시오. 표도르 파블로비치, 앞으론 절대로 어울리지 않겠단 말이오. 그런데 아까 그 수도사가 보이지 않는군…….」

　그러나 아까 그 수도사, 그러니까 수도원장의 점심 초대를 전달했던 그 수도사는 일행을 기다리게 만들지는 않았다. 그들이 암자 앞 계단을 내려서자마자 그 수도사는 그때까지 그 자리에 기다리고 있었던 것처럼 곧 그들 앞에 나타났다.

　「수사님, 죄송한 말씀이지만 원장님께 초대에 응하지 못하게 되었다고 말씀 드려 주시겠읍니까? 갑자기 어떤 피치 못할 사정이 생겨서 말이지요. 아울러 이 미우소프를 대신하여 원장님께 대한 깊은 존경의 뜻도 전해 주십시오. 물론 본인으로서는 초대에 응하고 싶은 생각이 태산 같습니다만…….」하고 미우소프는 참새처럼 안절부절하며 수도사에게 말했다.

　「그 피치 못할 사정이란 바로 이 사람 때문입니다.」하고 표도르가 냉큼 그의 말을 가로챘다. 「수사님, 아시겠어요? 미우소프 씨는 나 같은 사람하고 같이 가기가 싫어서 그런 소리를 하는 거랍니다. 나만 없다면 당장 얼씨구나 하고 초대에 응했을 거예요. 그렇지만 미우소프 씨, 뭐 너무 그럴 건 없으니까 어서 가 보도록 하십시오. 원장님한테 가서 실컷 얻어먹고 오시라니까요. 정말 사양해야 할 사람은 당신이 아니라 나 같은 사람이지요. 그럼 난 슬슬 집으로 가기나 할까? 나도 어서 집에 가서 무슨 요기를 좀 해야지……아무래도 이런 데서 식사를 하는 건 나한테는 거추장스런 노릇이니까. 그렇지 않아요, 나의 가장 가까운 친척인 미우소프 씨?」

「나는 당신의 친척이 아닐 뿐더러 지금까지 당신을 친척이라고 생각해 본 적이 한 번도 없소. 당신은 정말 비열한 사람이로군!」

「그건 당신의 약을 올려 주려고 일부러 한 소리지요, 당신은 친척이라는 말을 제일 싫어하니까. 그렇지만 당신이 아무리 아니라고 우겨본댔자 당신은 분명히 내 친척인 것을 난들 어쩌겠어요? 교회의 달력을 꺼내 놓고 모년 모월 모일에 어떻게 해서 당신이 내 친척이 되었는지 증명해 보여 드릴까? 그런데 참 애이반아, 너도 남고 싶으면 남아도 좋아, 내가 나중에 마차를 보내 줄 테니. 그렇지만 미우소프 씨, 딴 사람은 몰라도 당신만큼은 꼭 원장님한테 가 보는 게 예의가 될 겁니다. 아까 저기서 나하고 둘이 떠들어 댄 것을 사과드릴 필요가 있을 테니까 말이지요…….」

「그런데 당신이 먼저 돌아가겠다는 말은 정말이오? 설마 거짓말은 아니겠지?」

「표트르 미우소프 씨, 내가 방금 그런 짓을 하고도 또 무슨 염치로 식사 대접을 받을 수 있겠소? 사실은 너무 이야기에 열중하다 보니 그만 그런 실수가 나온 것이지요. 여러분, 용서하십시오, 너무 열중해서 저지른 일이니까. 게다가 너무 핀잔을 당했기 때문이죠. 정말 부끄럽습니다. 그렇지만 여러분, 이 세상엔 마케도니아의 알렉산더 대왕 같은 마음을 지닌 사람도 있는가 하면 반면에 피델코의 개와 같은 심장을 가진 사람도 있는 법입니다. 내가 바로 피델코의 개와 같은 심장을 가진 사람입니다. 완전히 위축당해 아주 조그맣게 되어 버렸으니까요! 내가 아까와 같은 추태를 부리고 나서 어떻게 감히 식사 초대를 받아 수도원의 음식을 축낼 수 있겠어요? 부끄러워서 그런 짓은 못하겠읍니다. 자, 그럼 난 이만 실례하겠어요!」

「가든 말든 멋대로 하려무나! 하지만 또 속이려는 것은 아닐 테지?」 미우소프는 점점 멀어져 가는 어릿광대의 뒷모습을 미심쩍게 바라보면서 우두커니 서며 걸음을 멈추었다. 표도르는 뒤를 돌아다보고 미우소프가 자기를 멍청하게 바라보고 있는 것을 보자 손을 입에 대고 키스를 던져 주었다.

「그래 자네도 원장한테 갈 생각인가?」 하고 미우소프는 무뚝뚝한 태도로 이반에게 물었다.

「안 가긴 왜 안 가요? 더구나 나는 어제 원장님한테 특별히 꼭 와 달라는 초대를 받았거든요.」

「사실 귀찮은 일이긴 하지만 나도 할 수 없이 그 지긋지긋한 성찬에 꼭 참석해야 될 입장이지.」 하고 미우소프는 옆에 수도사가 듣고 있는 것도 아랑곳하지 않고 입맛이 쓰다는 듯이 투덜거리며 말을 계속했다. 「우선 우리가 여기 와서 난장판을 벌인 데 대해서 용서를 빌고, 또 우리가 그 장본인이 아니란 점을 인식시킬 필요가 있지 않을까?」

「그렇죠. 우리가 장본인이 아니라는 점은 해명해 둘 필요가 있지요. 더구나 아버지는 오시지 않는다니까…….」

「아니 또 아버지 얘길 꺼내나? 그 사람이 왔다가는 오찬이고 뭐고 모두 작살이 나고 말 걸!」

그럭저럭 그들은 앞으로 계속 걸음을 옮겼다. 수도사는 묵묵히 이야기를 듣고만 있었다. 작은 숲속을 거의 빠져 나왔을 때에야 그는 원장님이 벌써부터 그들을 기다리고 계시며 이미 반 시간이나 예정이 늦어지고 있다는 말을 했을 뿐이었다. 이 말에는 아무도 대꾸하지 않았다. 미우소프는 미워 죽겠다는 듯이 슬쩍 이반의 얼굴을 흘겨보았다.

『마치 아무 일도 없었다는 듯이 태연하게 식사를 하러 간다 그 말이지?』하고 그는 생각했다.『얼굴에는 철판을 깔고, 마음속엔 카라마조프식의 양심을 지녔군!』

7. 출세주의 신학생

알료샤는 장로를 침실로 부축해 드리고 침대 위에 앉혔다. 거기는 꼭 필요한 물건들만 있는 조그만 방으로서 좁다란 침대 위에는 스프링 대신에 담요가 한 장 깔려 있을 뿐이었다. 방 한쪽 구석 성상 앞에 놓인 성서대(聖書臺) 위에는 십자가와 성경책이 놓여 있었다. 장로는 힘없이 침대에 걸터앉았는데 그 눈이 이상하게 번득이고 숨결은 몹시 헐떡거리고 있었다. 이윽고 그는 무엇인가 골똘히 생각하는 듯 알료샤를 지그시 바라보았다.

「이젠 그만 가 보려무나. 내 옆에는 포르피리 한 사람만 있으면 되니까 어서 그리 가 보도록 해라. 너는 거기에 있어야 하니까……원장님한테 가서 식사가 끝날 때까지 시중을 들어 드려라.」

「여기 그냥 남아 있게 해주세요.」하고 알료샤는 애원하는 목소리로 입을 열었다.

「너는 거기서 더욱 필요한 사람이야, 거기는 살벌할 테니 말이다. 시중을 들고 있는 동안 다소나마 도움이 될 수도 있겠지. 마귀들이 그 사람들 머리속에서 난동을 치기 시작하거든 곧 기도문을 외어 보렴. 아가야(장로는 이렇게 부르기를 좋아했다), 앞으로도 여기는 네가 있을 곳이 아니란다. 이 점을 잘 기억해 두어야 한다. 내가 하느님의 부름을 받고 나면 너는 곧 이 수도원을 떠나야 한다. 아주 영원히 떠나 버려야 한다는 말이다.」

알료샤는 몸을 부르르 떨었다.

「왜 그러니? 앞으로 어느 기간 동안은 여긴 결코 네가 있을 곳이 못된다. 너는 앞으로 많은 편력(遍歷)을 해야만 하고, 또 아마 결혼도 해야 할 게다. 암, 그렇고 말고. 네가 다시 이곳으로 돌아올 때까지는 앞으로 모든 고난을 다 겪게 될 것이며 또 해야만 할 일도 많이 생기겠지. 나는 너를 믿고 있기 때문에 속세로 내보내는 거란다. 너는 항상 그리스도와 함께 있으니까 네가 그리스도를 지켜드리면 그리스도께서도 너를 지켜주실 게다. 너는 물론 커다란 슬픔을 맛보게 될 때도 있겠지만 바로 그 슬픔이 있음으로 해서 행복해질 수도 있는 법이니까 슬픔 속에서 행복을 찾도록 노력해야 한다. 이것이 너에게 주는 나의 유언이다. 열심히 일하거라. 내가 지금 한 말을 앞으로도 마음속 깊이 새겨 두어야 한다. 너하고 이야기할 기회가 또 있기는 하겠지만, 나의 생명은 이제 며칠은커녕 단 몇 시간밖에 남지 않았으니 하는 말이다.」

알료샤의 얼굴에는 또다시 놀라움에 질린 동요의 빛이 떠올랐다. 입술 양 언저리가 씰룩씰룩 경련을 일으켰다.

「또 왜 그러니?」하고 장로는 인자한 미소를 띠웠다. 「속세의 사람들은 눈물로 죽은 자를 보내도 괜찮지만 여기 있는 우리들만큼은 하느님의 부름을 받은 사람을 기쁨으로 환송해야 하느니라. 하느님의 부름을 받은 것을 기뻐하고 그 영혼을 위해 기도를 드려야 하는 법이다. 자, 이젠 그만 나를 혼자 있도록 해 다오. 기도를 드려야 할 테니 어서 빨리 가 보아라. 가서 무슨 일이 있어도 형님들의 곁을 떠나면 안 돼. 어느 한 사람에게가 아니라 두 형님의 곁에 같이 붙어 있어야만 한다.」

장로는 손을 들어 알료샤를 축복해 주었다. 알료샤는 그냥 그 자리에 남아 있고 싶었으나 끝내 장로의 말씀을 거역할 수가 없었다. 그는 또 자기 형 드미트리 앞에 무릎을 꿇고 절을 한 이유가 무엇이냐고 장로에게 묻고 싶은 생각이 간절했고 또 하마터면 그 말이 입 밖에 나올 뻔하기까지 했지만 차마 물어 볼 용기가 나지 않았다. 만일 장로가 그것이 의미하는 뜻을 얘기해 주어도 괜찮다고 생각했다면 그가 묻지 않아도 먼저 설명해 주리라는 것을 그는 잘 알고 있었기 때문이다. 그런데도 장로가 아무 말도 없는 걸 보면 분명코 그 이야기를 하지 않으려고 생각한 것 같았다. 그러나 장로가 절을 했다는 사실은 알료샤에게 무서운 충격을 주었으며 그는 그 절 속에 무언가 신비롭고도 무시무시한 의미가 담겨져 있는 것이라고 믿어 의심치 않았다.

수도원장의 오찬 시간에 늦지 않기 위해서(하긴 시중을 들러 가는 길이었지만) 급히 암자 울타리까지 달려나왔을 때 갑자기 알료샤는 가슴이 죄어드는 듯한 아픔을 느끼고 그 자리에 우뚝 멈춰 서고 말았다. 불현듯 장로가 스스로 죽음을 예언하던 말이 그의 머리속에 찌르르 울려 왔기 때문이다. 장로의 예언은, 특히 그렇게 분명한 예언은 반드시 실현되고야 말 것이라고 알료샤는 맹목적으로 믿고 있었다. 그분이 돌아가시면 자기는 어떻게 될 것인가? 이제 그분의 얼굴을 뵈올 수 없고 그분의 음성을 들을 수 없다면 자기는 어떻게 해야 좋단 말인가? 장로는 자기에게 울지 말고 곧 수도원을 떠나라고 명령하지 않았는가? 아아, 알료샤는 정말 오랫동안 이런 고독감을 느껴 본 적이 없었던 것이다! 그는 수도원과 암자 사이에 있는 작은 숲속을 급히 가로질러 걸으면서도 이러한 무서운 상념들 때문에 가슴이 터질 것 같아 도저히 견디어낼 수가 없었다. 그래서 그는 길 양쪽에 늘어서 있는 수백 년 묵은 소나무들을 바라보기 시작했다. 숲속의 길은 그리 길지 않아서 겨우 오백 걸음 정도밖에 되지 않았다. 이런 시각에는 도중에서 사람을 만나는 경우는 거의 없었다. 그런데 길 첫 모퉁이를 돌아서자마자 갑자기 라키친의 모습이 눈앞에 나타났다. 라키친은 누군가를 기다리고 있던 모양이었다.

「내가 오는 걸 기다리고 있었던 거 아니야?」하고 알료샤는 그와 걸음을 나란히 하면서 물어보았다.

「그래 맞았어.」하고 라키친은 멋적은 듯이 히죽 웃었다. 「원장님한테 급히 가는 길이지? 원장님이 손님들한테 점심 대접을 한다는 걸 난 다 알고 있어. 자네 생각이 나나, 대주교와 파하토프 장군 일행이 여기를 방문했던 일을? 아마 그 이후로 이만큼 성대한 오찬을 차린 것은 아마 오늘이 처음일 거야. 나는 거기 가지 않겠지만 자네는 가서 소스라도 쳐 드리지 그래. 그런데 알렉세이, 한 가지만 대답해 주게. 아까 그 꿈 같은 장면은 대체 무슨 뜻이지? 사실 난 자네한테 그걸 묻고 싶었었거든.」

「꿈 같은 장면이라니?」

「자네 형 드미트리한테 넙죽 엎드려서 절을 한 거 말이야. 이마가 마루에 쿵 하고 부딪치지 않았나!」

「조시마 장로님 얘긴가?」

「그래, 조시마 장로 말일세.」

「뭐, 이마가 쿵했다고?」

「하, 그만 내가 실언을 했나 보군! 하지만 그런 소릴 했다고 뭐 큰일이야 날라고! 좌우간 그건 도대체 무슨 의미지?」

「미샤(라키친의 아버지인 미하일의 애칭) 그건 나도 잘 모르겠어.」

「그럼 자네한테도 아무 설명을 안 해준 모양이로군. 하긴 그럴 줄 알았지! 이상할 건 하나도 없어. 그건 시침을 뚝 떼고 정색을 한 채 해치우는 하나의 연극에 불과하니까. 아까 그건 장로가 일부러 꾸민 괴상한 연극이란 말일세! 두고 보게나, 이제 읍내에 깔린 광신자들이 당장 그 얘길 가지고 콩이야 팥이야 하고 떠들어 대기 시작할 테니. 얼마 안 가면 온 현(縣)내에 그 소문이 쫙 퍼질 거야. 『대체 그건 무슨 뜻일까?』하고 말이지. 그렇지만 내가 보기에도 그 노인은 정말 날카로운 관찰력을 가진 것은 사실이야. 범죄의 냄새를 맡아 냈으니까. 자네의 집안에선 아무래도 범죄의 냄새가 나고 있거든.」

「범죄라니, 그건 무슨 소린가?」

라키친은 무슨 말인가 지껄이고 싶어 안달을 하는 눈치였다.

「자네 집안에서 장차 일어날 범죄 말일세. 그 범죄가 자네 형들과 돈 많은 아버지 사이에서 반드시 일어나게 되어 있거든. 그래서 조시마 장로는 혹시 그런 일이 생길 경우를 고려해서 마룻바닥에 이마를 쿵 부딪쳤던 거야. 나중에 정말 범죄가 발생하게 되면 사람들이 『아, 과연 그 거룩하신 장로님이 예언하신 그대로구나!』하고 혀를 내두르게 할 속셈이었지. 사실 말이지 이마를 마루에 쿵 부딪치는 것이 예언은 무슨 놈의 예언이란 말인가! 그래도 세상 사람들은 거기에 무슨 상징적인 뜻이 있다느니 비유적인 뜻이 있다느니 하고 지껄여 댈 뿐 아니라, 범행을 미리 알았었다느니 범인을 사전에 지적했다느니 하고 떠들썩하게 장로를 찬양하게 된다는 이야길세. 소위 예언을 한다는 광신자들이 하는 짓은 모두 그렇게 괴상망측하기 마련이니까. 가령 술집에다 대고 성호를 긋고 성당에 대고는 돌을 던진다든가 하는 짓들처럼 자네의 장로도 그와 마찬가지로 정직한 사람에겐 몽둥이를 휘두르고 살인자에게 발에다 절을 했다는 그 말이네.」

「범행이니 살인자니 하는 말은 도대체 누굴 두고 하는 말인가? 도대체 무슨 뜻이지?」알료샤는 못박힌 듯이 그 자리에 우뚝 멈춰 섰다. 라키친도 걸음을 멈추었다.

「누구냐고? 그래 정말 모른단 말인가? 자네도 분명 그런 일을 생각해 본 적이 있었을 거야. 이거 얘기가 점점 가경(佳境)으로 접어드는군. 여보게, 알료샤, 자넨 항상 태도가 흐리멍덩하긴 하지만 그 대신 거짓말은 절대로 안 하는 성미니까 어디 한 가지만 물어 보겠어. 그래 자네는 그런 일을 생각해 본 적이 있나, 없나, 응?」

「생각해 본 적이 있지.」하고 알료샤는 나지막한 소리로 대답했다. 라키친은 약간 당황해진 것 같았다.

「뭐라고? 아니 자네는 정말로 그런 일을 생각해 보았다는 거야?」그는 소리 쳤다.

「나는……뭐 꼭 그런 생각을 했던 건 아니야.」하고 알료샤는 중얼거렸다. 「지금 자네가 자꾸 그런 이상한 얘기를 하니까, 나도 그런 적이 정말 있었던 것 같은 기분이 들었을 뿐이지.」

「그것 보게, 내가 뭐라고 했나! 자넨 정말 분명한 애길 했어. 그래 자넨 오늘 아버지와 미챠를 보고 범행을 예측했단 말이지? 그럼 내가 잘못 본 게 아니었던가 보지?」

「아니, 잠깐 기다리게.」하고 알료샤는 황급히 말을 가로챘다. 「그런데 자넨 어떤 근거에서 그런 생각을 하게 되었지? 아니, 그보다도 왜 자네가 그런 일에 그토록 관심을 갖고 있는지 그것부터 말해 보게.」

「그 두 가지 질문은 서로 아무 관련이 없는 것이긴 하지만 의당 물어볼 수 있는 질문이지. 그럼 따로따로 대답하겠는데 우선 무슨 근거로 내가 그런 생각을 하게 되었느냐 하면, 그건 내가 오늘 자네 형 드미트리를 보고 대번에 그 정체를 파악할 수 있었기 때문이지. 어떤 종류의 사람들은 대번에 그 본성을 파악할 수 있는 특징을 지니고 있게 마련이야. 그런 사람들처럼 극도로 정직하고도 정욕이 강한 인간들에게는 결코 넘어서는 안 될 한계라는 것이 있는 법인데, 그 한계가 깨어지고 나면 설사 자기 아버지라도 찔러 죽일 만큼 되고 말거든. 그런데 자네 아버지 역시 술주정뱅이에다 가히 탕아(蕩兒)라고 할 만한 사람이라 매사에 한계라는 것을 모르고 있단 말일세. 그러니 부자 두 사람이 모두 자기를 억제할 수 없는 인간들이니 결국 두 사람이 다 구렁텅이로 빠질 것은 뻔하지 않은가?」

「아냐 미샤, 그렇지 않아. 단지 그런 이유뿐이라면 안심이야. 결코 그렇게는 되지 않을 테니까.」

「아니라면 왜 자넨 그렇게 몸을 떨고 있지? 내 애기를 잘 좀 들어 보게. 사실 드미트리는 좀 우둔하긴 하지만 그래도 정직한 사람임엔 틀림없어. 그렇지만 동시에 색골이기도 하거든. 이것이 그에 대한 정의(定義)이며 그의 마음속 본질이지. 그건 아버지로부터 야비하고도 음탕한 성격을 그대로 물려받았기 때문이야. 그런데 알료샤, 난 자네한테만은 정말 놀라지 않을 수 없는 것이, 어쩌면 자넨 그렇게 순진할 수가 있단 말인가? 자네 역시 카라마조프 집안 사람임엔 틀림없을 텐데! 자네 집안에선 지금 호색이라는 열병이 퍼지고 있어서 그 세 사람의 호색한(好色漢)이 저마다 가슴속에 비수를 품고 서로 상대방을 노려보고 있거든. 말하자면 세 사람이 먹이 하나를 놓고 서로 으르렁거리고 있는 형국이니 아마 자네도 네 번째의 호색한인지도 모르지.」

「자넨 그 여자를 잘못 알고 있어……. 드미트리는 그 여잘 경멸하고 있는 거야.」

「그루세니카 말이지? 그건 절대로 경멸하고 있는 게 아니야. 그가 자기 약혼자를 버려두고 공공연히 그 여자에게 달라붙고 있는 이상, 적어도 경멸하고 있지 않는 것만큼은 확실하지. 거기에는 현재의 자네로선 결코 이해할 수 없는 그 무엇이 있는 거야. 알겠나? 만일 어떤 사내가 어떤 여자의 육체라든가, 아니면 그 육체의 어느 부분에 미치게 되면(이건 호색한이 아니면 모르는 것이지만), 그땐 이미 자기 부모고 자식이고 다 소용이 없게 되는 것이지. 나중엔 러시아고 조국이고 모조리 팔아 먹게 될 뿐 아니라 정직한 자도 도둑질을 하게 되고, 온순한 자도 살인을 하게 되며, 성실한 자도 배신을 떡 먹듯이 해치운다는 말일세. 그래서 일찍이 시인 푸시킨도 자기의 작품 속에서 여자의 귀여운 발을 찬양한 바 있거든. 물론 그것을 소리 높여 찬양하지 않는 사람들이라도 누구든 아름다운 발을 보면 당장에 온 몸이 찌르르해지는 법이지. 물론 꼭 발만이 그렇다는 얘긴 아니고……. 하여튼 드미트리가 그루세니카를 경멸하고 있다고는 하지만 이런 면에서는 아무 쓸모가 없지. 한편으론 경멸하면서도 다른 한편으론 도저히 그 여자 옆을 떠날 수가 없는 거야.」

「나도 알아.」 하고 알료샤가 불쑥 중얼거렸다.

「뭐, 안다고? 그렇게 실토하는 걸 보니 정말 뭘 좀 알긴 아는 모양이군.」 하고 라키친은 짓궂게 이죽거렸다. 「더구나 그건 무심코 지껄인 말이기 때문에 더욱 진실한 고백이지. 그러니까 자네한테 그 문제는 그리 신기한 게 못된단 말이지? 다시 말해서 자네는 벌써 욕정이라는 걸 느껴 본 적이 있다는 거지? 허참, 난 그런 줄도 모르고 자넬 그저 순진한 청년이라고만 생각하고 있었군? 여보게 알료샤, 자네가 얌전하고 거룩한 인간이라는 걸 나는 한 번도 의심해 본 적이 없어. 그런데 자넨 점잖은 얼굴을 하고 있으면서 뭐든지 다 생각하고 뭐든지 다 알고 있군 그래! 순진무구한 인간이면서도 그런 방면에 깊은 조예가 있단 말이지? 하긴 난 벌써부터 자네를 관찰해 왔지만 자네 역시 카라마조프, 진짜 카라마조프란 말일세. 이쯤 되면 혈통이니 유전이니 하는 얘기도 결코 무시할 수가 없지. 아버지에게서는 호색적인 성격을, 어머니에게선 광신적인 소질을 그대로 물려받은 셈이니까. 아니 왜 그렇게 떨고 있지? 그런데 말이야, 그 그루세니카가 나한테 무슨 부탁을 했다는 걸 알고 있나? 『그 사람을 꼭 좀 데려와 주세요. 내가 그 사람의 멋없는 법의를 벗겨 버릴 테니까.』 즉 자네를 꼭 좀 데려와 달라고 아주 신신당부를 하더군. 난 왜 그 여자가 자네한테 그토록 흥미를 느끼고 있는지 통 알 수가 없단 말야. 하여간 그 여자도 보통내기는 아니야!」

「난 안 갈 테니 그렇게 전해 주게.」하고 알료샤는 떫게 웃었다. 「어쨌든 미샤, 하던 얘기나 계속해 주게, 난 나중에 말할 테니까.」

「뭐 뻔한 소리니까 얘기하고 말고 할 건덕지도 없지. 만약 자네의 몸속에까지 호색적인 피가 흐르고 있다면 같은 뱃속에서 나온 이반은 또 어떨까? 그 사람도 역시 카라마조프 아들이니까. 호색과 물욕과 광신, 바로 여기에 자네네 카라마조프 집안의 모든 문제가 포함되어 있거든. 자네 형 이반은 스스로 무신론자로 자처하면서도 지극히 어리석은 동기에서 잡지에다 무슨 신학에 관한 논문을 쓰고 있지. 그것이 비열한 짓이라는 건 누구보다 자기 자신이 잘 알고 있어. 이반이란 사람은 그런 인간이니까. 또 자기 형인 드미트리의 약혼녀를 슬쩍 가로채려고 하고 있는데 아마 잘 될 거야. 당사자인 드미트리가 은근히 부추기고 있는 형편이니까. 드미트리는 한시바삐 그루세니카한테 달려가고 싶은 생각뿐이라 자기 약혼녀를 이반한테 떠맡기려는 속셈이지. 더우기 그런 짓을 자기의 청렴결백한 성격 때문이라고 자부하고 있으니 정말 기가 막힐 노릇이거든! 모두가 하나같이 파멸의 운명을 지닌 인간들이야! 모두들 자기가 비열하다는 것을 알면서도 비열한 짓을 서슴지 않고 있는 형편이니, 이쯤 되면 도대체 뭐가 뭔지 알 수 없단 말일세. 얘길 더 들어 보게. 지금 드미트리에게 훼방을 놓고 있는 게 바로 그 영감, 즉 자네의 아버지인데 그 영감은 요즘 그루세니카한테 홀딱 반해서 군침을 질질 흘리고 있거든! 아까 암자에서 그런 추태를 부린 것도 사실은 그 여자 때문이야. 미우소프가 그 여자를 보고 감히 잡년이니 뭐니 하고 성질을 건드렸으니까 말이지. 좌우간 발정한 수코양이라니까! 그루세니카로 말하면 전에 그 영감이 경영하는 술집의 마담이었는데 갑자기 그 미모가 영감의 눈에 번쩍 띄어서 그 다음부턴 영감 쪽에서 눈이 뒤집혀 추근추근거리기 시작했지. 그런데 그 추근거리는 태도에 고약한 점이 있어서 아버지와 아들 사이에 충돌이 생겼다네. 그런데 그루세니카는 아직까지 태도를 분명히 하지 않고 양쪽에 다 꼬리를 흔들어 보이고 있거든. 어느 쪽이 더 유리할는지 아직은 좀 두고 보자는 거야. 영감한테서는 돈을 좀 긁어낼 수가 있지만 그 대신 자기를 본부인으로 맞아들일 것 같지도 않거니와 나중에는 점점더 구두쇠가 되어 아주 주머니끈을 졸라맬 위험성이 있으니까. 그렇게 보면 돈 한 푼 없는 드미트리에게도 취할 점이 있었더란 말일세. 비록 돈은 없지만 결혼은 해줄 모양이니까. 암, 하다마다! 돈 많고, 귀족이고, 가문 좋고, 게다가 미모까지 겸한 약혼녀 카테리나 이바노브나를 버리고 한때 삼소노프라는 늙은 상인의 첩 노릇을 하던 무식쟁이 그루세니카하고 정식으로 결혼하겠다는 거라! 그러니 이와 같은 여러 가지 상황으로 보아 무슨 끔찍한 범죄가 발생할 가능성은 충분히 있거든. 자네 형 이반이 기다리고 있는 것이 바로 이거야. 만사가 뜻대로 되어 자기는 사모하던 카테리나 이바노브나의 몸뚱이뿐 아니라 육만 루블리나 되는 지참금까지 꼴깍 삼킬 수 있으니 알몸뚱이 하나밖에 없는 처지로선 횡재가 아닌가! 그런데 그런 일이 드미트리를 모욕하는 일이 아니라 오히려 대단한 은혜를 베풀어 주는 것이라고 형제 두 사람이 똑같이 생각하고 있다는 건 주목할 만한 사실이지. 이건 내가 확실히 알고 있는 일이지만 지난 주에 드미트리는 어느 술집에서 계집들과 잔뜩 취해 가지고 자기는 카텐카를 아내로 맞을 자격이 없지만 이반에게는 충분한 자격이 있노라고 공공연히 떠들었거든. 물론 카테리나 이바노브나로서도 이반처럼 매력있는 남성을 결국에 가서는 거절하지 못하게 될 거야. 벌써부터 두 형제 사이에 끼어서 갈팡질팡하고 있는 형편이니까. 그건 그렇고, 도대체 이반은 어떻게 자네 식구들을 모두 사로잡아 버렸길래 모두들 그를 숭배하고 있나? 그렇지만 그 사람은 자네들을 비웃고 있어. 오냐, 어서 딸기를 사오려무나, 난 가만히 앉아서 그냥 먹어만 줄 테니까, 하고 말이지.」

「자넨 어디서 그런 걸 모두 알았나? 그처럼 자신있는 얘길 할 수 있는 이유가 뭔가?」알료샤는 눈살을 찌푸리며 날카롭게 물었다.

「그런데 왜 자넨 내 말을 두려워하지? 그건 속으로 내 말을 시인하고 있는 게 아냐?」

「자넨 이반이 마음에 안 드는 모양이지만 이반은 결코 돈 따위에 마음이 쏠리는 사람이 아니야.」

「그래? 그렇다면 카테리나 이바노브나의 미모에는 어떨까? 하긴 육만 루블리란 지참금이 크긴 크지만 이 일엔 돈만 문제되는 것은 아니지.」

「이반은 좀더 고상한 뜻을 가지고 있어. 아무리 많은 돈이라도 결코 그를 유혹하진 못할 거야. 이반이 구하고 있는 것은 돈이나 안락이 아니라 아마 고뇌일 거야.」

「그런 허깨비 같은 말이 또 어디 있나? 정말 자네들은 귀족이라 역시 다르군!」

「이것 봐, 미샤, 이반은 폭풍우 같은 영혼을 가지고 이성은 어떤 문제에 사로잡혀 있어. 비록 아직 해결을 짓진 못했지만 그의 사상은 위대한 거야. 이반 형은 수백만금을 얻기보다는 오히려 자기 사상의 해결을 구하고 있는 사람들 중의 하나야.」

「그건 소위 문학적 표절이라는 걸세. 자넨 장로가 한 말을 그대로 인용한 데 지나지 않으니까. 하여튼 이반이 자네들한테 대단한 수수께끼를 던져 준 건 사실이구만!」하고 라키친은 분명히 악의를 품은 소리로 외쳤다. 입술은 비뚤어지고 안색까지 허옇게 변했다. 「하지만 그 수수께끼란 것도 조금만 냉정히 생각해 보면 일고의 가치도 없는 것이라는 걸 알 수 있지. 그가 쓴 논문도 별게 아냐. 또 아까 그 사람이 『영생이 없다면 선행도 없고 또 무슨 짓이든 다 허용된다.』 운운한 것은 순전히 엉터리 이론에 불과해. 그때 자네 형 드미트리가 『잘 기억해 두겠다.』라고 한 것까지도 자넨 생각나겠지? 비열한 인간에겐 그야말로 귀가 솔깃해질 이론이거든. 이거 내가 지나친 소릴했군. 비열한 인간이 아니라 어리석은 인간, 즉 해결할 수 없는 심오한 사상을 지닌 인간이라고 해야 하겠지……. 아무튼 이만저만 잘난 체하는 게 아니더군. 하지만 그 이론의 요점은 결국 이것도 저것도 아니라는 거야. 한편으론 그것을 승인하지 않을 수 없지만 다른 한편으로도 역시 인정할 수밖에 없다는 거지. 요컨대 그 이론은 비열이란 한마디로 죄다 요약할 수가 있어! 인류는 영혼의 불멸을 믿지 않게 되더라도 결국은 선행을 위해 살아갈 수 있는 길을 스스로 발견하고 말 거야! 인류는 자유, 평등, 평화에 대한 사랑 속에서 그 힘을 반드시 찾아내게 될 걸세!」

라키친은 걷잡을 수 없을 만큼 흥분에 들떠 있었다. 그러나 다음 순간 무슨 생각을 했는지 그는 입을 꾹 다물어 버렸다.

「이제 이런 얘긴 그만두기로 하지.」 하고 그는 입을 더욱더 씰그러뜨리면서 말했다. 「아니, 자넨 왜 웃고 있나? 나를 바보라고 생각하는 거지, 응?」

「난 그렇게 생각해 본 적이 없어. 자넨 영리한 반면에……아니, 그만두세. 그저 무심코 웃었을 뿐이니까. 미샤, 자네가 그렇게 흥분해서 지껄이는 동안에 깨달은 사실이지만 자네 자신이 카테리나 이바노브나한테 마음이 있는 게 틀림없어. 하긴 그전부터 혹시 그런 건 아닐까 하고 생각해 왔었지만. 그래서 자네는 이반을 싫어하고 있는 거야. 어때, 자넨 그를 질투하고 있지?」

「왜 지참금 때문에 질투하고 있다는 소린 하지 않나?」

「아니, 돈 얘긴 하지 않겠네. 자넬 모욕하고 싶은 생각은 없으니까.」

「자네 말이니까 그대로 믿어 주지. 하지만 자네 집안이나 형 이반이 어떻게 되든 난 관심없어! 잘 모르겠지만 비단 카테리나 아가씨 문제뿐 아니라도 내가 이반을 좋아하지 않을 만한 이유가 얼마든지 있거든. 또 내가 이반을 좋아해야 할 까닭도 없거니와 난 그런 사람은 딱 질색이야! 저쪽에서 먼저 내 험담을 하는 판이니 나도 그를 헐뜯을 만한 권리가 있는 셈이지.」

「나는 형이 자네 애기를 하는 것을 한 번도 못 봤는데. 좋은 일이건 나쁜 일이건간에 도대체 자네 말은 입에 올리지도 않거든.」

「그렇지만 그 사람이 엊그제 카테리나 아가씨네 집에서 내 흉을 실컷 늘어놓았다는 건 나는 알고 있어. 그렇다면 그가 자기 말마따나 하인 근성이 몸에 밴

이 라키친에게 얼마나 많은 관심을 갖고 있는지 짐작할 수 있지. 도대체 누가 누구를 질투하는 건지 모를 일이라니까! 나에 관해서 늘어놓은 그의 견해란 것이 또 걸작이지. 만약에 라키친, 즉 내가 멀지않아 이 수도원의 원장이 되겠다는 야심을 버리고 가짜 수도사 노릇 하기를 포기한다면, 그때엔 반드시 페테르스부르크로 가서 큰 잡지사에 들어가리라는 거야. 거기서 한 십 년쯤 평론을 쓰고 있다가 나중엔 그 잡지사를 몽땅 집어삼켜 버린다는 거지. 그 다음엔 잡지 발행인으로서 행세를 하게 되는데 그 잡지는 틀림없이 자유주의에다 무신론을 약간 가미한 성격이 될 거라나. 즉 우매한 대중을 현혹하기 위하여 사회주의적 색채를 약간 띤 잡지를 만들되 그 대신 귀만큼은 빳빳이 세워서 적이거나 자기 편이거나를 막론하고 한시도 경계를 게을리하지 않는다는 거야. 결국 내 출세가도의 종착점은 자네 형이 예언한 바에 의하면 다음과 같은 것이라네. 즉 잡지의 예약금을 받아 자기 은행 당좌(當座)에 집어 넣고, 유태인의 지도 하에 그것을 최대한으로 활용하여 재산을 불린다는 거지. 그런 짓은 잡지의 사회주의적 성격과는 무관한 일일 테니까 말이야. 그리하여 페테르스부르크에 커다란 빌딩을 짓고 그리고 편집부를 옮기고 나머지 방들은 모두 세를 놓는다는 거야. 그리고 그 빌딩의 위치까지 지적했는데, 그 위치란 현재 도시 계획에 들어 있는 새 다리——네바 강을 가로질러 리테이나야 가(街)와 브이보르그스카야 가를 연결하는 노브이카멘느이 다리 바로 옆이라고 하더군…….」

「저런, 저런! 그런데 미샤, 아마 그 얘긴 하나도 틀림없이 그대로 실현될는지도 모르지.」 알료샤는 그만 참지를 못하고 유쾌한 듯 이렇게 소리쳤다.

「알렉세이, 이젠 자네까지 빈정거리는 건가, 응?」

「아니, 아니, 이건 농담일세. 용서하게. 실은 전혀 다른 생각을 하고 있었거든. 대체 누가 자네한테 그런 말을 했을까 하고 말이지. 실례지만 자넨 누구한테 들었나? 이반이 그 말을 할 때 자네가 그 자리에 없었다는 건 뻔한 일이니까.」

「그때 난 카테리나 아가씨 집에 가지 않았지만 그 자리엔 드미트리가 있었거든. 난 바로 그 드미트리가 그 얘길 하는 걸 들었으니 마찬가지가 아니고 뭔가. 물론 나한테 직접 얘기해 준 게 아니라 남한테 말하는 걸 우연히 엿들은 일이긴 하지만 말야. 사실은 그루세니카네 집에 갔다가 드미트리가 찾아와 옆방에서 얘기하는 걸 모두 들었다네. 그 동안 난 죽 그 여자의 침실에 갇혀 있었거든…….」

「아, 참 그랬었지! 나는 자네가 그루세니카의 친척이란 걸 깜빡 잊고 있었어…….」

「뭐 친척이라고? 그래 그루세니카와 내가 친척 사이란 말이지?」 라키친은 갑자기 얼굴을 확 붉히면서 버럭 소리를 질렀다. 「여보게, 자네 정신이 있나 없나? 머리가 어떻게 된 게 아냐?」

「왜 이래? 그럼 친척은 아니었나? 그렇게 들었는데…….」

「어디서 그따위 소릴 들었지? 제발 너무 그러지 말게. 자네들 카라마조프 집 사람들은 자기 집안이 무슨 유서깊은 귀족 출신이나 되는 것같이 우쭐거리고 있지만, 자네 아버지만 해도 남의 집 부엌 구석에서 찬밥술이나 얻어먹으려고 어릿광대 짓을 하고 돌아다니지 않았느냐 말이야! 하기야 자네들 귀족님 생각에는 나 같은 말단 성직자의 아들쯤은 얼마든지 놀려먹어도 좋겠지만. 여보게 알렉세이, 나한테도 자존심이 있다고! 내가 그루세니카하고 친척이라니, 그래 내가 그런 갈보 같은 여자하고 친척같이 보이나? 정말 사람을 너무 괄시하지 말게!」

라키친은 화가 머리끝까지 올라온 모양이었다.

「제발 용서하게. 난 정말 자네가 이렇게 화를 낼 줄은 몰랐어. 그런데 그 여자가 갈보라는 건 또 무슨 소리야? 정말로 그런 여잔가?……」 알료샤는 얼굴을 확 붉혔다. 「또 그 얘길 해서 안 됐지만 사실 난 자네가 정말 그 여자의 친척이라고 들었거든. 또 자네만 해도 그루세니카네 집에 자주 가긴하지만 절대로 연애 관계는 없다고 말하지 않았나? 자네가 그 여자를 그렇게 경멸하고 있는 줄은 정말 몰랐다니까? 그런데 그루세니카는 정말 그런 여자일까?」

「내가 그 여자를 찾아갈 때는 그럴 만한 무슨 이유가 있었기 때문이지. 그렇지만 자네한테는 더 이상 얘기하고 싶지도 않아. 친척으로 말하자면 자네 아버지나 형님이 오히려 자네를 그 여자의 친척으로 만들어줄 걸? 자, 이젠 다 왔군. 자넨 주방 쪽으로 돌아서 들어가는 게 더 좋을 거야. 저런! 아니 저건 무슨 일일까? 우리가 너무 늦게 왔나? 하지만 오찬이 이렇게 빨리 끝날 리가 없을 텐데? 혹시 카라마조프네 일당이 또 난동을 부린 게 아닐까? 아마 틀림없이 그럴 거야. 저건 자네 아버지 아닌가? 그 뒤로 이반도 따라나오는군. 원장이 있는 데서 튀어 나오는 모양이야. 저기 계단 위에서 이시도르 신부가 뭐라고 고함을 치고 있어. 자네 아버지도 손을 내저으며 뭐라고 마주 소리를 지르고 있는 걸. 아마 욕설을 퍼붓는 모양이야. 저런, 저기 미우소프도 마차를 타고 돌아가네. 마차가 달리기 시작했군. 막시모프인가 하는 지주도 달려가고…… 틀림없이 소동이 벌어진 거야! 물론 식사도 못했을 거고 설마 원장님을 두들겨 준 건 아니겠지? 아니면 수도사들이 저 사람들을 때렸나? 그렇다면 참 통쾌할 텐데!」

라키친이 호들갑을 떠는 것도 무리가 아니었다. 정말 거기에서는 실로 보도

들도 못했던 터무니없는 추태가 벌어졌던 것이다. 그것은 모두 표도르의 어떤
〈영감(靈感)〉이 원인이 되어 일어난 사건이었다.

8. 추   태

  미우소프와 이반 표도로비치가 수도원장이 있는 집 안으로 들어섰을 때, 갑자
기 미우소프의 내부에는 교양있는 우아한 신사로서의 미묘한 감정의 변화가 일
어나 자기가 화를 낸 일에 대해 부끄러운 생각이 들었다. 그는 아까 장로의 암자
에서 자기가 표도르와 같은 인간 쓰레기와 마찬가지로 똑같이 화를 내고 이성을
잃었던 일이 몹시 못마땅하게 느껴졌다. 『적어도 그 일에 대해서 만큼은 신부들
에게 아무런 잘못도 없지.』하고 그는 수도원장네 계단을 올라가면서 문득 생각
했다. 『만일 여기 있는 수도사들도 점잖은 사람들이라면 나도 그들에게 다정하
고 상냥하고 정중한 태도를 보여 주는 게 좋지 않을까? 더구나 수도원장인 니
콜라이 신부는 귀족 출신이라고 들었으니까. 그러니 논쟁 따위는 그만두고 슬슬
맞장구나 쳐주면서 그저 상냥한 체하고 있기로 하자. 그리고……또……. 그 나
중엔 내가 그 이솝과 그 어릿광대와, 그 피에로와 결코 한패거리가 아니라, 나
역시 자기들과 마찬가지로 재수없이 그 영감한테 걸려든 사람이라는 걸 알려
주도록 하자.』
  그는 현재 소송에 걸려 있는 벌목권과 어렵권(그게 어디 있는지 자기 자신도
모르지만)을 당장 오늘 이 순간부터 깨끗이 포기하겠다고까지 생각했다. 그리
고 실제로 아무 값어치도 없는 이런 권리를 가지고 이 수도원을 상대로 제기했
던 모든 소송을 취하하기로 결심했다.
  이와 같은 기특한 결심은 그들이 수도원장의 식당 안에 들어섰을 때 더욱 굳
어졌다. 하긴 이 건물 안에는 방이 모두 해서 단 두 개밖에 없었으므로 특별히
식당이라고 할 만한 것은 따로 없었다. 물론 장로의 암자에 비하면 훨씬 넓고 편
리한 방이었지만, 가구나 즙기는 마호가니 나무에 가죽을 씌운 이십 년대에 유
행했던 구식 물건들이었다. 마룻바닥은 기름을 친 듯이 번드르르 광택이 났고
깨끗이 걸레질을 했으며 창가에는 진귀한 꽃들이 한 아름 꽂혀 있었다. 물론 이
중에서도 가장 화려한 것은 방 한가운데 차려 놓은 호화로운 식탁이라는 것은
말할 필요도 없었다. 그러나 호화롭다고는 하지만 그것은 이 수도원의 평소 식
탁에 비해서 그렇다는 뜻으로 식탁보나 접시들이 모두 깨끗하게 준비되어 있
었다. 잘 구운 세 가지 빵 흰색, 검정색, 갈색의 세 가지 빵(정찬에 사용함)에 포

도주가 두 병, 수도원에서 생산되는 맛좋은 꿀이 두 병, 그리고 이 수도원의 특산품으로 유명한 크바스(생맥주 비슷한 음료수)를 담은 커다란 유리 항아리가 하나 놓여 있었으나 보드카는 보이지 않았다. 나중에 라키친이 말한 바에 의하면 이날 오찬에는 요리가 다섯 가지나 준비되어 있었다고 한다. 그것은 철갑상어 수프가 딸린 생선 파이, 특별한 조리법으로 만든 생선찜, 연어 튀김, 그 다음엔 과일을 넣은 아이스푸딩, 마지막으로 우유빛 나는 젤리 등이었다. 이것은 모두 라키친이 궁금증을 참을 수가 없어서 미리 안면이 있는 수도원장의 요리사한테서 얻어낸 정보였다. 그는 어디에나 연줄이 있기 때문에 어디를 가든 쉽게 필요한 정보를 입수할 수가 있었던 것이다. 그러나 그는 질투심 많고 침착하지 못한 사람이었다. 자기의 뛰어난 재능을 충분히 인식하고 있으면서도 그것을 지나치게 과장하여 비정상적인 자만심에서 헤어날 수가 없었다. 그는 자기가 장차 어떤 경영자가 되리라는 것도 확실히 파악하고 있었다. 그러나 그는 정직한 인간은 못되었다. 그와 가까운 친구인 알료샤가 괴로워했던 것도 실은 그가 그 점을 전혀 자각하지 못한다는 점이었다. 라키친은 단지 책상 위에 놓인 남의 돈을 집어가지 않는 것만으로 자기가 더없이 정직한 사람이라고 생각하는 그런 종류의 인간이었다. 그러나 알료샤나 그 밖의 사람이 그의 성격을 고쳐줄 수도 없는 노릇이었다.

　라키친은 신분이 낮아서 끼어들 수 없었지만, 이 오찬에는 수도원측에서도 이오시프 신부와 파이시 신부 그리고 또 한 사람의 수사 신부가 함께 초대를 받았다. 이들은 미우소프와 칼가노프, 그리고 이반으로 구성된 손님 일행이 방안에 들어왔을 때는 이미 수도원장이 식당에 먼저 와서 기다리고 있었다. 이 밖에도 아까 암자로 가는 길을 안내했던 지주 막시모프도 한쪽 구석에 끼어 있었다. 수도원장은 손님들을 맞이하기 위해 방 한가운데로 걸어나왔는데 그는 키가 크고 마른 편이면서도 아직 정정한 노인이었다. 검은 머리털엔 희끗희끗한 백발이 섞이고 부석부석한 길다란 얼굴에는 위엄이 가득 차 있었다. 그는 조용히 머리를 숙여 인사를 했다. 그러나 아까 암자에서와는 달리 이번에는 손님들 편에서 축복을 받기 위해서 그 앞으로 다가갔다. 처음에 나간 미우소프는 손에 입을 맞추려다가 원장이 얼른 손을 거두는 바람에 실패하고 말았지만, 이반과 칼가노프는 평민들이 하는 식으로 가장 소박하게 소리내어 손에 입을 맞춤으로써 완전무결하게 예의를 차렸다.

　「우선 깊은 사과의 말씀을 드려야 하겠읍니다.」 하고 미우소프는 흰 이를 드러내 보이며 상냥하게 입을 열었다. 그러나 그것은 지나치게 정중한 나머지 오히려 거만해 보이는 듯한 어조였다. 「원장님께서 초대해 주신 우리의 일행 표도르 파블로비치와 함께 오지 못한 것을 몹시 유감으로 생각합니다. 그 사람에겐 그럴 만한 사정이 있어서 원장님의 오찬 초대를 사양할 수밖에 없었지요. 실은 아까 조시마 장로님의 암자에서 자기 아들과 불행한 집안 싸움을 벌인 끝에 그만 흥분하여 한두 마디 입에 담지 못할 말을……즉 매우 상스러운 말을 입 밖에 내었던 것입니다……. 이 일에 대해서는 이미 원장님께서도(여기에서 그는 두 신부를 슬쩍 훔쳐보았다) 들으신 바가 계실 줄로 압니다만, 아무튼 당사자로서는 이 일에 대해 자신의 잘못을 절감한 나머지 진심으로 후회하는 동시에 부끄러움을 금하지 못했지요. 결국 그 사람은 저와 자기 아들인 이반 표도로비치를 보고 심심한 유감의 뜻과 아울러 절실한 참회의 뜻을 원장님께 전해 달라고 부탁하더군요. 간단히 말씀드리자면 그 사람은 차후에 모든 것을 보상할 각오는 물론이려니와 우선 원장님의 축복을 구하면서 그 사건에 대해서는 잊어 주시기를 바라고 있는 것입니다…….」

미우소프는 여기서 입을 다물었다. 이 장황한 인사말을 거의 끝낼 무렵에 가서는 완전히 만족감에 도취된 나머지 조금 전까지 그의 가슴속에 맺혀 있던 울분은 이미 자취도 없이 사라져 버리고 말았다. 그는 또다시 진심으로 인류간의 형제애(兄弟愛)를 느끼게 되었던 것이다. 수도원장은 의젓한 태도로 그의 말을 끝까지 다 듣고 나서 가볍게 고개 숙여 목례를 했다.

「그분이 여기 못 오신 것을 진심으로 유감스럽게 생각합니다. 식사라도 함께 나누노라면 우리가 그분을 사랑하는 것처럼 그분도 우리를 사랑하게 될지도 모르는 일일 텐데. 자, 그럼 여러분, 어서 식탁에 앉아 주십시오.」

원장은 성상 앞에 서서 중얼중얼 감사의 기도를 드리기 시작했다. 모두는 공손하게 머리를 숙였다. 특히 막시모프는 매우 경건한 태도로 성호를 그으며 한 걸음 앞으로 나섰다.

표도르 파블로비치가 마지막으로 일장의 추태를 연출하기 위해 이 자리에 불쑥 나타난 것은 바로 이때였다. 그가 여기 다시 나타난 경위는 다음과 같았다. 사실 그는 정말로 집에 돌아갈 작정이었다. 장로의 암자에서 그처럼 추잡한 언동을 감행한 이상 아무 일도 없었던 것처럼 수도원장의 오찬에 참석하는 것이 불가능하다고 생각했던 것도 사실이었다. 그러나 그가 미우소프의 인사말에서처럼 자기의 잘못을 진심으로 뉘우쳤기 때문은 결코 아니었다. 아니, 어쩌면 그와는 정반대였을지도 모른다. 아무튼 그는 오찬에 참석하는 것이 피차간에 거북할 것이라고 생각하고 집으로 가려고 결심했다. 그러나 그의 고물 마차가 여관 현관 앞에 도착해서 그가 막 마차에 오르려던 순간, 그는 갑자기 동작을 멈추었다. 아까 장로의 암자에서 자기가 지껄였던 말이 퍼뜩 생각났기 때문이었다.

『저는 사람들 앞에 나설 때는 항상 저 자신이 비열한 놈으로 생각됩니다. 또 모두들 저를 어릿광대로 취급하고 있다는 생각이 들지요. 그래서 저는 오냐, 그렇다면 정말 어릿광대가 되어 주마, 모두가 나보다 더 비열한 놈들이니까.』그러자 갑자기 그는 모든 사람에 대한 복수심이 부글부글 끓어올랐다. 또 언젠가 퍽 오래 전에 누군가가 그에게 어떤 사람을 왜 그렇게 미워하느냐고 질문하던 때의 일도 떠올랐다. 그때 그는 스스로 어릿광대라는 감정에 지배되어 뻔뻔스러운 태도로 이렇게 대답했던 것이다. 『사실은 그가 나한테 몹쓸 짓을 한 게 아니라 내가 그 사람에게 비열한 짓을 했었지요. 그렇지만 내가 비열한 짓을 하게 된 대상은 어디까지나 그 사람이니까 결국 원인은 그쪽에 있읍니다. 그러니 미워하지 않을 도리가 있나요?』그때의 일이 생각나자 표도르는 잠시 생각에 잠기면서 심술궂게 씩 웃었다. 그의 눈에서는 갑자기 흉측한 빛이 나기 시작하고 입술은 부르르 떨렸다. 『이왕 버린 몸이니 어디 가는 데까지 가 봐야지!』하고 그는 결심했다. 이 순간에 그의 마음속 깊이 숨겨져 있던 생각은 아마 이런 말로 표현할 수가 있었을 것이다. 『이제 어차피 내 명예를 회복할 길은 없어졌다. 그렇다면 또 한 번 저놈들의 얼굴에 실컷 침이나 뱉어 주자. 저놈들이 어떻게 생각하든 그야 아랑곳할 바가 아니니까!』

그는 마부에게 기다리도록 말해 놓고 부리나케 수도원으로 되돌아가 곧장 수도원장이 있는 건물로 달려갔다. 무슨 짓을 하려는지는 자신도 몰랐으나, 어쨌든 이미 누구도 그를 제지할 수 없으며 조그만 꼬투리만 잡히면 당장에 한바탕 추태를 연출하게 될 것이라는 사실은 스스로도 느끼고 있었다. 그러나 그 추태라는 것은 항상 추잡한 행위로 그칠 뿐이지 무슨 법적인 처벌을 받을 수 있는 행위로까지 발전하는 경우는 아직 한 번도 없었다. 그는 그 미묘한 한계점을 잘 알고 있어서 언제나 적당한 순간에 자기를 억제할 수 있었고, 때로는 자기 자신도 감탄할 만큼 아슬아슬한 고비를 곧잘 넘기곤 했던 것이다.

그가 원장의 식당에 나타난 것은 바로 감사의 기도가 끝나고 나서 모두가 막 식탁에 가 앉으려고 하는 그 순간이었다. 그는 문턱에서 걸음을 멈추고 좌중을 한 번 쓰윽 훑어본 다음 거만하고 심술궂은 목소리로 한바탕 킬킬거리며 웃어 댔다.

「모두들 내가 돌아간 줄 알았겠지만 보시다시피 난 여기 있는 걸!」그는 온 방안에 대고 커다랗게 고함을 쳤다. 한순간 모두들 넋을 잃은 채 우두커니 그의 얼굴만 바라보고 있었다. 그러나 이내 그들은 이제부터 어처구니없이 불길한 사건이 한바탕 벌어질 것이라는 사실을 직감했다. 미우소프는 그토록 아기자기하고 상냥하던 기분이 사납기 짝이 없는 기분으로 확 바뀌어 버렸다. 그의 가슴속에서 자취를 감추었던 모든 울화통이 한꺼번에 다시 치밀어 올랐다.

「아니, 난 이젠 정말 참을 수 없어!」하고 그는 소리쳤다, 「절대로 안 돼! 도저히 안 되고 말고!」

온 몸의 피가 머리로 치솟아 올라왔다. 그는 말조차 제대로 나오지 않았으나 그런 걸 생각할 겨를도 없었다. 그는 대뜸 모자를 움켜쥐었다.

「안 되긴 대체 뭐가 안 된다고 그러오!」하고 표도르가 소리쳤다.「절대로 안 된다는 건 뭐고, 또 도저히 안 된다는 것은 뭐요? 그런데 원장님, 좀 들어가도 좋겠읍니까? 저를 손님으로 맞아 주시겠어요?」

「진심으로 환영합니다.」원장은 대답했다. 「여러분, 한 말씀 올리겠읍니다…….」하고 그는 불쑥 덧붙였다. 「일시적인 감정의 마찰을 버리시고 변변치 않은 오찬이나마 함께 드시면서 하느님께 기도하여 사랑과 일가친척 같은 분위기 속에 하나로 융합되기를 진심으로 부탁드리고 싶습니다…….」

「아니, 안 됩니다! 그건 불가능한 일입니다.」하고 미우소프는 정신나간 사람처럼 소리쳤다.

「미우소프 씨가 불가능하다면 저 역시 불가능하니 그럼 저도 갈랍니다. 그러기 위해 여기에 온 것이니까요. 이젠 저도 미우소프 씨를 그림자처럼 따라다닐 수밖에 없게 되었지요. 표트르 알렉산드로비치 미우소프 씨, 당신이 가면 나도 가고, 당신이 여기 남으면 나도 남겠다는 거요. 원장님, 아까 원장님이 일가친척 같은 분위기라고 하신 말에 저 사람은 가슴이 뜨끔한 모양입니다. 원래 저 사람은 나를 자기의 친척으로는 생각하지 않는 사람이니까 말이죠! 그렇지 않소, 폰 존? 저기 서 있는 사람이 바로 폰 존이지요. 안녕하시오, 폰 존?」

「댁에서는…… 저한테 하시는 말씀인가요?」어리둥절해진 지주 막시모프가 중얼거렸다.

「물론 당신이죠!」하고 표도르는 소리쳤다.「당신이 아니면 대체 누가 있겠소? 설마 원장님께서 폰 존일 리는 없으니까!」

「하지만 전 폰 존이 아닙니다. 막시모프란 사람이죠.」

「아냐, 당신은 폰 존이오. 원장님, 대체 폰 존이 어떤 사람인지 아십니까? 어떤 살인 사건의 주인공으로 그 사람이 살해된 것은 어느 음탕한 집에서였지요. 당신네들은 그런 곳을 아마 그렇게 부르시는 모양입디다만, 어쨌든 그는 나이도 지긋한 사람이었는데 그런 집에서 돈을 빼앗기고 살해된 다음 궤짝 속에 밀봉되어 페테르스부르크에서 모스크바까지 화물열차로 운반되었던 겁니다. 그런데 시체를 궤짝 속에 집어 넣을 때 창녀들이 노래도 부르고 구슬리(오르간처럼 생긴 러시아 고유의 악기)도 치고 한바탕 신나게 놀았다더군요. 이것이 폰 존의 정체입니다. 그런데 그 폰 존이 다시 무덤에서 살아나온 모양이군요. 그렇지 않소, 폰 존?」

「그건 또 무슨 소리요? 왜 또 그런 이상한 얘기를…….」하는 소리가 신부들 사이에서 들려 왔다.

「가자!」미우소프는 칼가노프에게 소리쳤다.

「잠깐 기다려 주시오!」하고 표도르는 쉿소리 같은 커다란 소리로 그를 제지했다.「할 말을 다 한 다음에 가야 하겠소. 저기 암자에서는 내가 민물고기 얘길 끄집어냈다고 해서 모두 나를 버릇없는 놈이라고 나무라더군요. 내 친척인 이 미우소프 씨는 말을 하는 데에도 Plus de noblesse que de sincérité. (진심보다는 고상한 것)을 좋아하는 모양입니다만 난 그와 반대로 Plud de sincérité que de noblesse. (고상한 것보다는 진심에서 우러난 것)을 더 높이 평가하니까 내겐 고상한 품위 따위는 아무 것도 아니지요! 안 그렇소, 폰 존? 그런데 말씀입니다만 원장님, 나는 어릿광대로서 광대놀음을 좋아하긴 하지만 그래도 명예를 존중하는 기사이니까 모두 말씀드리지요. 그렇습니다. 난 어디까지나 명예를 존중하는 기사입니다! 그렇지만 이 미우소프 씨는 가슴속에 억눌려 찌그러진 자존심밖엔 아무것도 없거든요. 하여간 오늘 내가 여기 온 것은 수도원을 직접 보고 또 여기에 관한 내 소신을 피력하기 위한 것이랍니다. 나의 아들인 알렉세이가 여기서 신세를 지고 있으니까요. 나는 그 애비되는 사람으로서 아들의 처지가 무척 염려됩니다. 염려되는 게 당연하지요! 나는 여기 와서 내내 광대 짓을 하면서 가만히 보고 듣고 했지마는 지금이야말로 내 광대놀음의 마지막 장면을 보여 드리고 싶습니다. 그런데 지금 우리 나라의 형편은 어떻습니까? 무너질 것은 이미 죄다 무너져 버렸읍니다. 또 일단 무너진 것은 영원히 다시 일어날 수 없는 형편입니다. 정말 한심한 상태올시다! 나는 다시 일어나고 싶습니다. 거룩하신 신부님들, 나는 여러분에게 좀 따지고 싶은 일이 있읍니다. 고해라는 것은 절대로 비밀을 엄수해야 하는데도 불구하고(그렇다면 나 역시 엎드려 감사드릴 용의가 있읍니다만), 아까 저기 암자에서 보니 모두들 무릎을 꿇고 자기가 지은 죄를 큰소리로 아뢰고 있는 판국이니 대체 이게 무슨 짓입니까! 그래 남들이 듣도록 소리내어 고해를 하는 것이 과연 옳은 일일까요? 고해는 귓속말로 해야 한다는 것은 성인들이 정해 주신 하나의 법칙입니다. 또 그래야만 신비로운 의식(儀式)이 될 수 있는 것입니다. 옛날부터 고해는 그런 방법으로 해 내려왔읍니다. 그런데 어떻게 많은 사람들 앞에서 나는 이런 죄를 죄었습니다 하고 말할 수가 있겠읍니까?『이런 짓을 이러해서 이렇게 했읍니다.』하고요. 때로는 입 밖에 내지 못할 말도 있을 텐데 말이지요. 이쯤 되면 고해고 뭐고 이만저만한 추태가 아닙니다 ! 정말이지 여기서 당신네 신부님들과 같이 지내다가는 틀림없이 편신 교도(鞭身教徒 : 사람들이 보는 앞에서 자기를 매질하는 것을 고행으로 삼는 광신자)가 되어 버리고 말 겁니다……. 나는 언제든지 기회만 오면 종무원(宗務院)에 고발장을 써 보낼 생각입니다만, 우선 내 자식인 알렉세이만큼은 오늘 당장 집으로 데려가야 하겠읍니다…….」

여기서 몇가지 주의를 환기해 둘 일이 있다. 표도르는 세상에서 떠도는 풍문들에 대해서는 고지식할 정도로 믿는 경향이 있었다. 그 어느 때인가 장로에 대한(비단 이 수도원뿐 아니라 장로 제도를 채택하고 있는 다른 수도원들에 대해서도 마찬가지였지만) 악의에 찬 헛소문이 나돌아 나중에는 대주교의 귀에까지 들어간 일이 있었다. 그것은 장로가 지나치게 존경을 받아 수도원장의 위엄이 땅에 떨어졌다느니, 특히 장로들이 참회의 의식을 제멋대로 뜯어 고쳤다느니 하는 내용들이었다. 그러나 이런 비난들은 전혀 근거없는 것들이었으므로 결국은 이 고장에서나 다른 고장에서나 모두 슬그머니 자취를 감추고 말았다. 그런데 지금 표도르를 사로잡아 더러운 구렁텅이 속으로 끌고 들어가려는 되지 못한 악마가 이 낡아빠진 비난을 그의 귀에 속삭여 주었던 것이다. 표도르 자신은 이 비난이 지니는 의미를 이해할 수도 없었고 더구나 그것을 제대로 표현한다는 것은 전혀 불가능한 일이었다. 게다가 오늘 장로의 암자에서 큰소리로 참회를 한 사람은 아무도 없었을 뿐만 아니라 표도르 자신은 방안에 있었으므로 그런 장면이 설사 있었다 하더라도 결코 보았을 리가 없었다. 지금 그는 어쩌다 기억에 떠오른 옛 소문을 자기의 생각처럼 지껄인 데 불과했으므로 이야기를 끝낸 순간 자기 자신도 엉터리 없는 말을 했다는 사실을 곧 깨달았다. 그러나 그는 자기가 한 말이 결코 터무니없는 소리가 아니라는 점을 상대방과 자기 자신에게 증명해 보이고 싶은 생각이 불쑥 치밀었다. 그는 앞으로 한 마디라도 더 지껄이면 지껄일수록 이미 말한 허튼 소리에 또 다른 허튼 수작을 덧붙이게 될 뿐이라는 사실을 뻔히 알고 있었으나 이미 이제는 비탈길을 내리 달리기 시작한 사람처럼 스스로를 억제할 수가 없었다.

「이게 무슨 망신이람 !」하고 미우소프가 소리쳤다.

「실례입니다만.」하고 수도원장이 불쑥 입을 열었다.「옛날부터 전해 오는 말에 이런 말이 있읍니다. 〈사람들이 나에게 온갖 비난을 퍼붓고 나중에는 고약한 악담까지 하는지라, 내가 이 말을 듣고 나 자신에게 이르기를, 이는 허영에 들뜬 내 영혼을 고치려고 그리스도께서 보내 주신 선물이니라.〉 이와 같이 지금 우리도 귀중한 손님이신 당신에게 감사를 드리는 바입니다 !」

그렇게 말하고 나서 그는 표도르에게 정중히 허리를 굽혔다.

「쯧 쯧 쯧, 위선에다 케케묵은 문구예요! 판에 박은 낡은 수작에다 낡은 몸짓! 구린내 나는 거짓말에 형식적인 절이라니! 그따위 절쯤은 나도 다 알고 있답니다! 실러의 《군도》에 나오는 〈입술에는 키스를, 심장에는 단검을〉이라는 말이 바로 그거지요. 신부님들, 난 거짓말이 딱 질색이라고요. 난 진실을 원하니까. 그렇지만 진실이란 민물 고기나 먹는 데만 있는 것이 아닙니다. 이 점은 아까 암자에서도 분명히 밝힌 바가 있지요! 신부님들은 무엇 때문에 단식일(斷食日)을 지키는 겁니까? 거기 대해서 천국에서의 보상을 바라는 것이겠죠? 정말 보상이 있다면 단식일쯤은 나도 꼬박꼬박 지키겠읍니다. 못 씁니다, 못 써요! 신부님들, 수도원에 틀어박혀 남들이 갖다 바치는 빵으로 배를 채우며 천당에 갈 생각이나 하고 있지 말고, 속세에 나가 선행을 하고 사회에 공헌이 되는 일을 좀 하시라고요. 하긴 그러는 편이 훨씬 더 어려운 일이긴 하겠지만서도. 원장님, 어떻습니까? 나도 꽤 쓸모있는 얘길 하지요? 그건 그렇고 대체 여긴 무슨 요리가 나왔을꼬?」하고 그는 식탁으로 다가갔다. 「오래 묵은 팍토리 포도주에다 옐리세예프 형제 상회에서 만든 벌꿀 술이라……. 신부님들도 보통 미식가가 아니신 걸! 민물고기만 자시는 줄 알았더니 그게 아니로구만요! 신부님들 식탁에 술병을 다 늘어놓다니, 헤 헤 헤! 그런데 이런 걸 모두 여기 갖다 준 사람은 대체 누구일까요? 이건 러시아의 노동자나 농민들이 그 못박힌 손으로 일해서 몇 푼 안 되는 돈을, 자기 가족이나 국가의 요구는 뒤로 미루고서 여기에 가져온 것이란 말입니다! 거룩하신 신부님들, 당신네들은 백성들의 고혈을 빨아먹고 있어요!」

「보자 하니 이건 정말 너무한데!」하고 이오시프 신부가 말했다. 파이시 신부는 의연히 침묵을 지키고 있었다. 미우소프는 후닥닥 밖으로 뛰어나갔고 칼가노프도 그 뒤를 따랐다.

「그럼 신부님들, 나도 미우소프 씨의 뒤를 따라가겠읍니다. 그 대신 앞으로는 절대로 여기 안 올 거예요. 제발 와 주십사고 애걸복걸해도 안 온다니까요! 내가 천 루블리나 되는 돈을 적선했으니까 또 돈을 내놓지나 않을까 하고 눈이 왕방울만해서 기다릴 테지만, 헤 헤 헤, 그래 봐야 헛수곱니다. 인제는 한푼도 없어요! 나는 덧없이 흘러간 나의 청춘 시절에 대하여, 그리고 내가 여태까지 받아 온 모든 굴욕에 대하여 복수를 하는 겁니다!」그는 스스로 꾸며낸 감동의 발작에 못 이겨 주먹으로 식탁을 쾅 내리쳤다. 「이 조그만 수도원도 내 생애에 있어서는 뜻 깊은 곳이오! 이 수도원 때문에 쓰디쓴 눈물도 많이 흘렸다오! 내 여편네가 하느님에게 미쳐서 나를 돌아보지 않게 된 것도 모두 당신네들 때문이었소. 나를 파문이라도 할 듯이 저주하고 이 고장에서 쫓아내려고 온갖 허튼 소문을 퍼뜨린 것도 역시 당신네들 짓이었소! 이제 그만하면 되었소. 신부님들! 그렇지만 지금은 자유주의 시대, 기선과 철도의 세기란 말이오. 천 루블리는커 녕 백 루블리, 아니 단돈 백 코페이카도 앞으로는 내 손에서 긁어내지 못할 테니 그리 아시오!」

여기서 또 한 가지 사실을 지적해 두어야 하겠다. 이 수도원이 그의 생애에 있어서 그토록 특별한 의미를 지녀 본 일은 한 번도 없었고 또한 이 수도원 때문에 그가 쓰디쓴 눈물을 흘려 본 적도 전혀 없었다. 그러나 그는 스스로 꾸며낸 열변에 감동한 나머지 한순간 자기도 그것이 사실인 것 같은 기분을 느꼈을 뿐더러 하마터면 실제로 감격의 눈물을 흘릴 뻔했던 것이다. 그러나 바로 같은 순간 이제는 슬슬 꺼져야 하겠다는 생각이 그의 머리에 떠올랐다. 수도원장은 그의 악의에 가득 찬 거짓말에 대해 머리를 숙여 보이고 다시 감동 어린 음성으로 입을 열었다.

「이런 말씀도 있읍니다. 〈그대에게 가해지는 모욕을 기쁨으로 참아 내고, 그대를 모욕하는 자를 미워하지 말 것이며, 또한 부질없는 증오에 사로잡히지 말지니라.〉 그래서 우리들 또한 그렇게 행하고 있읍니다.」

「쯧 쯧 쯧, 또 입에 발린 소릴 하는구려! 그건 다 잠꼬대 같은 말이오! 신부님들, 어서 멋대로 지껄여 보시구려. 난 갈 테니까. 그리고 내 아들 알렉세이는 아버지의 권한으로 여기서 아주 데려가 버리겠소. 내 존경하는 아들 이반아, 너도 나를 따라서 같이 가 줄 테지? 그리고 폰 존, 당신도 여기 남아 있을 필요는 없지! 곧 읍내에 있는 우리 집으로 오도록 하시오. 우리 집에 오면 재미있을 거요. 고작해야 일 베르스타도 안 되는 거리니까 함께 가도 좋지. 곰팡내 나는 수도원 기름 대신에 양념 국물을 바른 새끼 돼지를 통째로 대접할 테니 같이 식사를 합시나. 꼬냑에다 리큐르에다 또 딸기술도 있지……, 헤이, 폰 존, 이런 행운을 놓쳐서야 어디 쓰겠소?」

그는 연방 소리를 쳐가며 한쪽으론 손짓 발짓을 하면서 밖으로 뛰어나갔다. 아까 라키친이 그를 발견하고 알료샤에게 가리켜 준 것은 바로 이 순간이었던 것이다.

「알렉세이!」 자기 아들을 발견하고 그는 멀리서 소리쳐 불렀다. 「오늘 안으로 당장 집에 돌아오너라. 베개랑 이불이랑 몽땅 싸 가지고 와! 터럭 한 오라기라도 여기 남겨 두면 안 된다!」

알료샤는 못박힌 듯이 그 자리에 우뚝 멈추어 서서 묵묵히 이 광경을 지켜보았다. 마침내 표도르는 마차 속으로 기어들어갔고 이반도 알료샤를 본체만체 시큰둥한 태도로 입을 다문 채 마차에 오르려 하고 있었다. 그러나 이 날의 스캔들을 보충해 줄 만한 한바탕의 촌극이 여기서도 벌어졌는데, 그것은 아무도 상상할 수 없었던 아주 맹랑한 사건이었다. 갑자기 마차의 발판 옆에 지주 막시모프가 허겁지겁 달려들었던 것이다. 그는 표도르를 놓치지 않으려고 기를 쓰고 달려온 모양으로 숨을 헐떡거리고 있었다. 라키친과 알료샤도 그가 달려가는 모습을 보았다. 그는 발판 앞에 이르자 마차가 떠날까 봐 당황한 나머지 아직 이반이 한쪽 발을 채 떼지도 않은 발판 위에 덥석 자기 발을 올려 놓았다. 그리고는 마차 안으로 뛰어들려고 했다.

「이제야 겨우 따라잡았군!」하고 그는 소리쳤다. 희색이 만면해서 시시덕거리고 있는 그의 얼굴에는 하늘이 무너져도 따라가고야 말겠다는 표정이 나타나 있었다. 「나도 좀 태워 주시오!」

「그래 내가 아까 뭐랬소?」표도르는 의기양양해서 소리쳤다. 「당신은 역시 폰 존이야! 무덤에서 살아 나온 진짜 폰 존이 틀림없어. 그런데 거기선 어떻게 빠져 나왔누? 거기서 어떻게 폰 존식의 솜씨를 발휘했는지는 모르겠지만, 아무튼 차려 놓은 음식을 버려 두고 빠져 나오다니 당신도 얼굴에 보통 철판을 깐 게 아니로군! 내 낯가죽도 꽤 두꺼운 편이지만 당신한테는 도저히 당해 내지 못하겠는 걸! 자, 이리 안으로 들어오시구려. 어서 뛰어들라니까! 얘, 바냐, 태워 주어라, 재미있을 테니까. 발 밑에라도 쪼그리고 앉아 있으라고 해. 그래도 좋겠지요, 폰 존? 아니면 마부 옆자리에 올라타든지……. 좋아, 마부석에 오르시오, 폰 존…….」

그러나 이때 이미 마차 속에 앉아 있던 이반은 갑자기 손을 뻗쳐 막시모프의 가슴을 힘껏 내질러 버렸다. 막시모프는 비틀비틀 일 사줴니(1사줴니는 2.134미터) 가량 뒤로 밀려났다. 그가 고꾸라지지 않은 것은 그야말로 우연의 소치였다.

「가자!」하고 이반은 퉁명스럽게 마부에게 소리쳤다.

「아니, 너 왜 그러니? 왜 저 사람을 밀쳐 버렸지?」하고 표도르는 고함을 쳤으나 마차는 이미 달리고 있었다. 이반은 아무 대꾸도 하지 않았다.

「넌 참 괴상한 녀석이로구나!」하고 표도르는 이 분쯤 가만히 있다가 아들의 얼굴을 흘겨보며 다시 입을 열었다. 「오늘 수도원에 함께 모이자고 꾸민 사람도 너고, 딴 사람들을 꼬드긴 것도 너고, 또 너 자신도 적극 찬성해 놓고 나선 이제 와서 무엇 때문에 화를 내는 거냐, 응?」

「말같지 않은 소리 그만두세요. 이젠 좀 쉴 때도 된 것 같은데.」하고 이반은 날카롭게 쏘아붙였다.

표도르는 다시 이 분 가량 묵묵히 말이 없었다.

「이럴 땐 꼬냑을 마시는 게 좋아.」하고 그는 짐짓 한 마디했다. 그러나 이반은 대답하지 않았다.

「집에 가거든 너도 한 잔 들어라.」

이반은 여전히 대꾸가 없었다.

표도르는 다시 이 분쯤 기다렸다.

「한데 알료샤 녀석은 아무래도 수도원에서 데려와야겠다! 너한텐 그리 유쾌한 일이 아니겠지만 별수가 없어, 존경하는 카알 폰 모르!」

이반은 상대방을 경멸하는 듯이 어깨를 흠칫했으나 이내 얼굴을 돌려 길가의 풍경을 바라보기 시작했다. 그때부터 집에 도착할 때까지 두 사람은 서로 한 마디도 하지 않았다.

제3장 음탕한 사람들

1. 하인 방에서

표도르 파블로비치 카라마조프의 집은 읍내 중심부에서 꽤 멀리 떨어져 있었으나 아주 변두리는 아니었다. 꽤 낡은 건물이긴 했지만 겉보기엔 제법 산뜻한 느낌을 주는 단층집으로 다락방이 딸려 있었고, 사방의 벽은 모두 회색으로 칠을 했으며 지붕은 빨간 페인트칠을 한 함석으로 되어 있었다. 그러나 꽤 오래 전에 세워졌다고는 하지만 이 집은 튼튼하고 아늑한 집이었다. 집 안에는 작게 간막이를 한 방들과 광, 복도와 벽장들, 그리고 약간 엉뚱한 곳에 붙어 있는 계단 따위들이 상당히 많았으며 쥐도 꽤 많은 편이었다. 그러나 표도르는 쥐에 대해서는 별로 신경을 쓰지 않았다. 밤에 집 안에 혼자 있을 때 적적하지 않아 좋다는 것이었다. 사실 그는 밤이 되면 꼭 하인들을 바깥채로 내보내고 자기 혼자 안채에서 지내는 것이 습관으로 되어 있었다. 바깥채는 마당 건너편에 있었으며 아주 튼튼하고 큼지막한 건물이었다. 그런데 표도르는 안채에도 부엌이 있음에도 불구하고 꼭 이 바깥채에서 음식을 만들도록 하고 있었다. 그는 음식 만드는 냄새를 아주 싫어했기 때문에 음식은 사시사철 마당을 거쳐 안채로 날라 들여가야만 했다. 본래 이 집은 대가족이 살도록 지어졌기 때문에 주인이나 하인이나 모두 지금의 다섯 배는 넉넉히 살 수 있을 만큼 넓었다. 그런데도 이때 집 안에는 표도르와 이반 그리고 바깥채에 하인 세 사람이 살고 있을 뿐이었다. 하인들이란 그리고리 영감과 그의 마누라인 마르파 할멈, 그리고 아주 젊은 스메르쟈코프란 요리사인데 이 세 사람에 대해서는 좀더 자세히 소개해 둘 필요가 있을 것 같다.

그리고리 바실리예비치 쿠투조프 영감에 대해서는 이미 앞에서도 어느 정도 설명한 바가 있다. 그는 일단 자기가 옳다고 생각한 것은(대부분 터무니없이 비논리적인 것이지만) 무슨 일이 있더라도 끝끝내 해치우고야 마는 고집불통인 영감으로서, 요컨대 돈으로는 살 수 없는 정직한 하인이었다. 그의 아내인 마르파 이그나지예브나도 한평생 남편의 뜻에 무조건 복종해 온 순박한 노파이지만 한 가지 남편에게 바가지를 긁는 버릇이 있었다. 저 농노 해방 때의 일을 예로 들자면, 마르파는 우리도 이젠 카라마조프 댁의 하인 노릇을 그만두고 모스크바로 가서 구멍 가게라도 하나 내고 살자고 남편에게 성가시게 졸라 댔다(그들에겐 약간의 저축해 둔 돈이 있었다). 그러나 그리고리는 이 말을 즉석에서 물리쳐 버리고 말았다. 그 이유는 여편네들이란 모두 정직하지 못한 족속들이어서 밤낮 거짓말만 한다는 것과 하인이란 주인이 어떤 처지가 되든 절대로 그 밑을 떠나지 않는 것이 의무라는 것이었다.

「도대체 의무라는 게 뭔지 알고나 있소?」하고 그는 마르파 할멈에게 물었다.

「그건 나도 안다오. 그렇지만 영감, 이 집에 남아 있는 것이 왜 우리 의무란 말이오?」마르파 할멈도 지지 않고 대들었다.

「아무것도 모르면 입이나 닥쳐!」

결국 이렇게 해서 그들은 주인 곁을 떠나지 않았다. 표도르는 이들 내외에게 급료를 조금씩 지불해 주고 있었으나 그리고리는 급료보다도 자기가 주인에 대해 뚜렷한 영향력을 지닌 인물이라는 점에 스스로 만족하고 있었다. 사실 완고하고 교활한 어릿광대인 주인 표도르는 자기 말마따나 이 세상의 어떤 면에 대해서는 확고부동한 의지력을 가지고 있었으나 다른 면에 대해서는 놀랄 만큼 우유부단한 사람이었다. 그는 이 다른 면이 어떤 것인지 스스로 잘 알고 있을 뿐 아니라 몹시 두려워하기도 했다. 이런 일에 대해서는 항상 날카로운 경계가 필요했으므로 누구든지 충실한 인간이 옆에 붙어 있지 않으면 마음을 놓을 수가 없었다. 이 점에서 그리고리는 더할 바 없이 충실한 하인이었다. 표도르는 여태까지 살아 오는 동안 남한테 얻어맞은 적이 한두 번이 아니었으며 때로는 맞아서 죽을 뻔한 경우도 여러번이나 있었다. 이럴 때마다 나타나서 그를 구해 준 사람이 바로 그리고리였다. 물론 구원을 받은 다음 표도르는 번번이 그리고리로부터 한바탕 설교를 들어야 하긴 했지만 말이다. 단지 얻어맞는 일뿐이라면 표도르도 그다지 두려워하지는 않았으리라. 그러나 때로는 맞는 것 이상으로 난처하고 얄궂은 경우를 당하는 때가 많았으므로 표도르는 막연하나마 자기 주위에 충성스런 사람이 하나 있었으면 하는 욕구를 느껴 왔다. 이러한 심리 상태는 거의 병적인 것으로서 음탕이 지나쳐 마치 징그러운 벌레와 같은 색욕(色慾)을 지닌 표도르도 술에 취한 순간에는 자기 마음속 깊이 원인 모를 공포와 도덕적인 전율을 느끼게 되는 때가 있었다. 이 두려움은 거의 생리적으로까지 영향을 끼치게 되어 그는 가끔『그런 때는 내 영혼이 목구멍 속에서 파르르 떨고 있는 것 같기만 하다니까.』하고 말하곤 했다. 바로 이와 같은 순간에 그는 자기 옆에 충실하고도 굳센 인간이 방안이 아니라 바깥채에라도 좋으니 그저 가까운 곳에 있어 주기를 바랐던 것이다. 자기와는 전혀 종류가 다른 방탕을 모르는 사람, 자기의 온갖 추잡한 행위와 비밀을 목격하고도 너그럽게 눈감아 주는 사람, 또한 자기를 꾸짖거나 위협하지 않고 필요한 경우엔 자기를 보호해 줄 수 있는 사람, 표도르에게는 바로 이런 사람이 필요했다. 그러나 대체 무엇으로부터 보호해 달라는 것인가? 무어라고 꼭 집어서 말할 수는 없지만 어쨌든 두려운 것, 위험한 것들 모두로부터의 보호가 필요했다. 간단히 말하자면 자기와는 다른 종류의 인간이면서도 허물없이 대할 수 있는 옛친구가 필요했던 것이다. 참을 수 없이 마음이 괴로울 때면 그 친구를 불러들여 그저 얼굴을 바라보거나 쓸데없는 농담을 지껄이는 것만으로도 충분하다. 그가 자기에게 화를 내지 않으면 마음이 한결 가벼워지고, 그가 만약 화를 낸다면 그때엔 가슴이 더욱 무거워질 것이다. 극히 드문 일이긴 하지만 표도르는 한밤중에 바깥채로 나가 그리고리를 깨워 안으로 들어오라고 이르는 때도 몇 번 있었다. 그리고리가 안채에 나타나면 그는 허튼 수작을 잠깐 하고 나서는 이내 영감을 돌려보낸다. 때로는 엉뚱한 농담을 해서 돌려보내기도 한다. 늙은 하인을 보내고 난 다음 그는 퉤, 퉤 하고 침을 뱉고는 자리에 눕는다. 그러고 나면 눕기가 무섭게 그는 마치 성자처럼 고요히 깊은 잠에 빠져들어갈 수 있는 것이다. 이와 비슷한 일은 알료샤가 집으로 돌아왔을 때에도 표도르의 마음속에 일어났다. 알료샤는 같이 살아서 모든 것을 죄다 보면서도 결코 비난하지 않는다는 점에서 그의 심장을 콱 찔렀던 것이다. 게다가 알료샤는 그가 아직 한 번도 누구한테서 겪어 보지 못한 정다운 태도를 보여 주었다. 즉 알료샤는 이 노인에 대해 조금도 경멸하는 빛을 보이지 않았을 뿐만 아니라, 아버지로서의 자격도 없는 그에게 한결같이 상냥하고 자연스럽고 소박한 애정을 표시해 주었던 것이다. 알료샤의 이러한 태도는 여태까지 가정다운 가정 생활을 해본 적이 없는 음탕한 늙은이이며 주로 추악한 것만을 사랑해 온 표도르에게는 전혀 뜻밖의 선물이 아닐 수 없었다. 그렇기 때문에 알료샤가 수도원으로 들어가 버리자 그는 아직껏 관심조차 없었던 혈육간의 애정이란 것을 희미하게나마 깨닫게 되었던 것이다.

늙은 하인 그리고리가 주인의 전처이며 드미트리의 생모인 아쩰라이다를 그토록 미워하면서도 후처인 불쌍한 〈미친 여자〉 소피아는 끝까지 두둔했다는 이야기는 이미 첫머리에서 언급한 바가 있을 것이다. 그는 소피아에 대해 나쁘게 말하거나 경솔한 언사를 쓰는 사람들을 모조리 혼내 주었을 뿐 아니라 이 문제로 주인 표도르에게 대들어 싸운 적도 여러번이나 되었다. 이 불행한 마님에 대한 그의 동정은 세월이 흐를수록 더욱더 깊어져서 이미 이십 년이나 지난 지금에 와서도 누가 소피아에 대해 헐뜯는 소리를 했다가는 당장 그 자리에서 그리고리로부터 무안을 당하게 마련이었다. 그리고리는 무척 침착하고 의젓하고 과묵한 사람으로서 어쩌다가 입을 열 때에도 한 마디 한 마디 무게있고 신중한 태도를 보였다. 그러므로 그가 자기의 처를 사랑하고 있는지 어떤지 겉으로 보아서는 절대로 알 수 없었다. 그러나 사실 그는 자기의 순박한 노파를 진심으로 사랑하고 있었으며 아내 쪽에서도 그런 사실을 잘 알고 있었음은 물론이었다.

그의 아내 마르파 이그나지예브나는 결코 우둔하지 않았을 뿐 아니라 어쩌면 남편보다 영리한 여자였는지도 모른다. 적어도 살림을 꾸려 가는 면에 있어서만큼은 그보다 훨씬 더 실속이 있었다. 그러나 그녀는 처음으로 그와 부부가 되었을 때부터 모든 일에 불평 한 마디 없이 남편에게 복종했으며 그의 정신적인 우월성을 인정하고 무작정 그를 존경했다. 이 내외가 일생을 해로하면서도 불가피한 일상 생활사를 제외하고는 서로 말을 주고받는 일이 극히 드물었다는 점은 주목할 만한 일이다. 그리고리는 자기의 일이나 근심거리에 대해서 항상 엄숙한 태도로 자기 혼자서만 생각을 하는 성격이었으므로, 마르파는 충고나 간섭을 해 보겠다는 생각은 일찌감치 치워 버리고 말았다. 그녀는 자기가 침묵을 지킴으로써 오히려 남편이 자기를 영리한 여자라고 평가하리라는 사실을 잘 알고 있었던 것이다. 그리고리는 평생 아내를 때린 적이 없었지만 단 한 번 가벼운 손찌검을 한 적은 있었다. 그것은 표도르가 아쩰라이다와 결혼하던 첫해에 있었던 일로서, 당시 아직 농노였던 마을 처녀들과 아낙네들이 이 지주 댁의 부름으로 모여와서 노래를 부르고 춤도 춘 일이 있었다. 〈푸른 목장에서〉란 노래가 시작되었을 때, 당시만 해도 아직 한창 젊은 나이였던 마르파가 불쑥 합창대 앞으로 뛰어나가더니 좀 색다른 몸짓으로 러시아 춤을 추기 시작했다. 그것은 보통 농부(農婦)들이 추는 것 같은 시골 춤이 아니라, 그녀가 부유한 미우소프 댁의 하녀로 있을 때 모스크바에서 초빙해 온 무용 선생에게 배워 가지고 그 집의 가정 극장 무대에서 추어 본 일이 있는 소위 신식 춤이었다. 그리고리는 아내가 춤을 다 추도록 말없이 바라보고만 있었으나, 한 시간쯤 뒤에 집으로 돌아오자 아내의 머리채를 휘어잡고 흔들면서 몹시 꾸짖었다. 그러나 그가 아내에게 손을 댄 것이 이것이 처음이자 마지막이었으며 마르파 역시 그 이후로는 아예 춤 같은 것은 출 생각도 없게 되었다.

그들에겐 자식 복이 없었다. 아기가 하나 생기기는 했으나 이내 죽어 버리고 말았기 때문이다. 그리고리는 몹시 어린애를 좋아했으며 그런 태도를 별로 감추려고도 하지 않는 것 같았다. 아젤라이다 이바노브나가 집을 뛰쳐나가 버리자 그는 세 살 난 드미트리를 맡아 가지고 손수 코도 닦아 주고 머리도 빗겨 주며 거의 일 년 이상이나 돌봐 주었다. 그는 그 뒤에도 이반과 알료샤를 맡아 길렀으나 이 때문에 따귀까지 얻어맞게 되었다는 것은 이미 이야기한 바 있다. 그러나 정작 자기 자식의 재미를 본 것은 어미의 뱃속에 들어 있을 동안에 불과해서 막상 세상에 나온 아기를 보자 그의 기대는 놀라움과 슬픔으로 변하고 말았다. 그 아이는 아들이긴 했지만 육손이였던 것이다. 그것을 본 그리고리는 상심한 나머지 아기가 세례를 받는 날까지 말 한 마디 하지 않고 내내 정원에만 나가 있었다. 마침 봄철이어서 그는 사흘 동안 계속해서 묵묵히 정원에 있는 채소밭을 갈기만 했다. 사흘째 되던 날 아기는 마침내 세례를 받게 되었는데, 그 동안 그리고리는 무언가 마음속으로 생각해 둔 바가 있는 것 같았다. 신부가 와서 세례를 행할 준비를 마치고 손님들도 모여와서 이윽고 대부(代父)가 될 표도르까지 나타났을 때, 그리고리는 안으로 들어오자마자 다짜고짜로「이애는 세례를 줄 필요가 없다.」고 선언했다. 물론 큰소리로 그렇게 말한 것은 아니고 더듬더듬 나지막이 중얼거린 것이었지만, 아무튼 그는 흐릿한 눈으로 신부의 얼굴을 물끄러미 쳐다보았다.

「아니, 왜?」하고 신부는 재미있다는 듯 약간 놀란 어조로 물었다.

「이애는……이무기니까요…….」하고 그리고리는 중얼거렸다.

「이무기? 대체 이무기가 뭐요?」

그리고리는 잠시 동안 말이 없었다.

「자연의 혼란 속에서 생겨났단 말입니다…….」

그는 뜻도 모를 소리를 중얼거렸으나 어조만큼은 단호한 것이었다. 그는 이 일에 대해 더 이상 말하고 싶지 않은 것 같은 눈치였다.

모두들 한바탕 웃었지만 물론 이 불행한 아기의 세례 의식은 예정대로 진행되었다. 그리고리는 성수반(聖水盤) 옆에 선 채로 열심히 기도를 드렸다. 끝끝내 그는 아기에 대한 의견을 고집했으나 그렇다고 해서 남들이 하고 있는 일을 굳이 막으려고도 하지 않는 것 같았다. 이 기형 아기가 살아 있었던 이 주일 동안 그는 아기의 얼굴을 들여다보려는 일도 없이 내내 밖에만 나가 있었다. 그러나 보름 뒤에 이 아기가 아구창(鵝口瘡)으로 죽고 나자 그는 손수 자기 손으로 아기를 관 속에 눕히고 깊은 설움에 잠겨 그 얼굴을 굽어보고 있었다. 그리고 그리 깊지 않는 흙구덩이에 관을 묻고 나서 그는 무릎을 꿇고 아기의 무덤을 향해 머리가 땅에 닿도록 절을 했다. 그 뒤 오랜 세월이 흐르는 동안 그는 한 번도 자기의 죽은 아기에 대한 이야기를 한 적이 없었다. 마르파 또한 남편 앞에서는 아기의 이야기를 일체 꺼내지 않았으며 간혹 남편이 없는 자리에서 다른 사람들과 갓난애에 대한 말을 할 때에도 소곤소곤 귓속말로 했다. 마르파의 말에 의하면 그리고리는 그애를 파묻고 난 다음부터 종교적인 것에 몰두하게 되어 《순교자 열전》을 탐독하게 되었다는 것이다. 대개는 혼자서 눈으로만 읽었는데 그럴 때는 커다란 은테 돋보기를 쓰고 읽었으며, 소리를 내어 읽는 경우는 극히 드물어서 제일(祭日) 같은 때를 제외하고는 그의 책 읽는 소리를 듣기가 어려웠다. 그는 《구약 성서》의 〈욥기〉를 즐겨 읽었으며 어디선가 하느님의 현신(現身)이라는 성 이사크 시린의 잠언집(箴言集)이니 설교집 따위를 구해다가 여러 해를 두고 꾸준히 읽었다. 그러나 그 안에 씌여 있는 말을 그가 얼마만큼이나 이해할 수 있었는지는 아무도 모른다. 그러나 그는 이해할 수가 없었기 때문에 더욱더 그 책을 소중히 여기고 사랑했는지도 모른다. 최근에 와서는 편신교(鞭身敎)의 교리에 귀를 기울이기 시작해서 깊은 감명을 받은 모양이었으나 굳이 이 새로운 종파로 전향할 생각은 없는 것 같았다. 물론 그가 이렇게 종교 서적을 탐독하는 습관을 갖게 된 이후로 그의 얼굴이 더욱 엄숙해졌다는 것은 말할 필요도 없다.

아마 그리고리는 본래부터 신비주의에 빠질 만한 경향이 있었을 것이다. 그런데 육손이의 출생과 죽음이라는 사건과 거의 동시에 또 하나의 해괴망측한 돌발사가 일어나서, 그가 나중에 말한 것처럼 그의 마음속에 낙인을 찍어 놓았다. 그것은 육손이를 매장한 바로 그날밤에 일어난 일이었다. 한밤중에 마르파는 갓난애의 울음 소리 같은 것을 듣고 문득 잠이 깨었다. 그녀는 깜짝 놀라서 남편을 깨웠다. 그리고리는 한참 동안이나 가만히 듣고 있더니 그것은 갓난애의 울음 소리가 아니라 사람의 신음 소리, 그것도 여자의 신음 소리 같다고 했다. 그는 자리에서 일어나 옷을 주워 입었다. 제법 따스한 오월의 밤이었다. 현관 층계로 나와 귀를 기울여 들어 보니 신음 소리는 분명히 정원 쪽에서 들려 오고 있었다. 그러나 뜰에서 정원으로 통하는 문은 항상 밤마다 자물쇠를 채울 뿐만 아니라 정원 둘레에는 높고 견고한 울타리가 쳐져 있기 때문에 그 문을 열지 않고서는 정원 안에 들어갈 수가 없었다. 그리고리는 일단 방으로 돌아와서 초롱에 불을 켠 다음 정원 문의 열쇠를 집어 들었다. 그러고 나서는 마르파가 겁에 질린 목소리로 죽은 아기가 자꾸 자기를 부르는 것 같다고 덜덜 떠는 모습을 본 체도 하지 않고 말없이 정원으로 걸어나갔다. 그는 신음 소리가 샛문 가까이 있는 정원 한 구석의 목욕탕에서 들려 오고 있으며 틀림없는 여자의 신음 소리라는 것을 알았다. 목욕탕의 문을 열었을 때, 그리고리는 눈앞에 벌어진 광경을 보고서는 그만 말뚝처럼 그 자리에 우뚝 서 버리고 말았다. 그것은 읍내를 쏘다니는 리자베타 스메르쟈스쟈야(악취를 풍기는 여자라는 뜻)라는 별명으로 알려져 있는 백치 처녀가 이 집 목욕탕에 기어들어와 막 어린애를 낳은 순간이었기 때문이었다. 갓난애는 한쪽 옆에 누워 있었고 산모는 그 옆에서 죽어 가고 있었다. 그녀는 한 마디 말도 하지 못하고 죽었다. 원래 말을 할 줄 몰랐기 때문이었다. 그렇지만 이 사건에 대해서는 따로 특별한 설명이 필요할 것 같다.

2. 리자베타 스메르쟈스챠야

여기에는 그리고리가 그전부터 품어 온 매우 불미스럽고도 추악한 어떤 의혹이 뚜렷한 사실로서 나타나, 그에게 커다란 충격을 준 특별한 사정이 있었던 것이다. 리자베타 스메르쟈스챠야는 난장이처럼 키가 작은 여자여서, 그녀가 죽은 다음에도 이 읍내의 신앙심 깊은 노파들은『글쎄 이 아르쉰(미터법 채용 이전의 러시아의 길이 단위. 아르쉰은 4.711미터에 해당됨)도 못되는 꼬마였다니까요!』하고 자못 감탄스러운 투로 속삭이곤 했다. 갓 스무 살이 된 그녀의 얼굴은 건강하고 넓적하고 혈색이 좋았으나 백치(白痴) 특유의 표정이 가득 차 있었고, 온순한 눈동자는 항상 무잇을 뚫이지게 쳐다보고 있어서 약간 불쾌한 느낌을 주었다. 그녀는 여름이건 겨울이건 언제나 삼베옷 하나만 걸치고 밤낮 맨발로 돌아다녔다. 그녀의 검은 머리채는 양털처럼 곱슬곱슬해서 마치 커다란 모자를 쓴 것 같았고 그 위에는 언제나 진흙탕이나 맨땅 위에서 자는 탓으로 가랑잎이나 대팻밥, 나뭇가지, 검불 따위가 붙어 있었다. 그녀의 아버지는 술로 가산을 탕진하고 병까지 걸려 집 한 간도 없이 막벌이꾼으로 돌아다니던 일리야란 사람이었는데, 읍내의 어느 부유한 상인 집에서 몇 해 전부터 머슴살이를 하고 있었다. 그녀의 어머니는 벌써 오래 전에 죽고 없었다. 밤낮 앓고 있기 때문에 몹시 신경질적이 된 일리야는 딸이 자기를 찾아오면 사정없이 때려서 내쫓곤 했다. 그렇지만 그녀는 하느님에 미친 신성한 사람이라 하여 어디를 가나 대접을 받았기 때문에 아버지한테 들르는 일은 거의 없었다. 일리야의 주인과 일리야 자신을 비롯하여 읍내의 인정 많은 상인과 마누라들은 늘 삼베옷 하나만 걸치고 다니는 리자베타에게 보다 인간다운 옷차림을 해주려고 시도하여 겨울이 오면 누군가가 꼭 양털 외투를 입혀 주고 장화를 신겨 주곤 했다. 그러나 리자베타는 그들이 하는 대로 가만히 있다가도 혼자만 있게 되면, 성당 문 앞 같은 데 가서 모처럼 얻어 입은 모자니 외투니 치마니 장화니 하는 것들을 모조리 벗어 던지고는, 그전처럼 속옷 한 벌만 걸치고 맨발로 가버리는 것이었다. 언젠가 우리 현의 신임 지사(知事)가 순시 차 우리 읍에 왔다가 우연히 리자베타의 모습을 보고 그 아름다운 감정을 크게 망친 적이 있었다. 지사는 읍장에게 물어보아 그녀가 신들린 여자라는 것을 알긴 했으나, 어쨌든 젊은 처녀가 속옷 바람으로 거리에 나돌아다닌다는 것은 풍기상 도저히 용납할 수 없으므로 앞으로는 절대 이런 일이 없도록 하라고 지시를 내렸다. 그러나 지사가 돌아가자마자 리자베타는 다시 먼저처럼 방치된 상태로 돌아갔다. 마침내 그녀의 아버지도 세상을 떠나게 되자 사람들은 그녀가 고아가 되었다고 하여 더욱 친절하게 대해 주었다. 사실 모든 사람이 그녀에게 호감을 가지고 있어서 사내 아이들, 특히 한창 못된 장난을 일삼는 국민학생들까지도 그녀를 못 살게 굴지 않았다. 그녀가 낯선 집에 불쑥 들어서더라도 쫓아내려고 하는 사람은 하나도 없었으며 오히려 다정한 말을 던져 주든가 그녀의 손에 동전을 쥐어주곤 했다. 그러나 그녀는 돈이 생기면 성당 앞에 놓아 두거나 형무소의 자선함에 집어 넣어 버렸다. 시장 거리에서 둥근 빵이나 흰 빵을 얻어도 그것을 그냥 가지고 다니다가 아무나 처음 만나는 어린 애에게 주어 버리지 않으면 지나가는 부자집 마나님을 불러 세우고 그 빵을 주어 버렸으며, 그 마나님도 또한 기쁜 마음으로 그것을 받는 것이었다. 리자베타 자신은 딱딱한 검은 빵과 물밖에는 먹을 줄 몰랐으며, 그녀가 아무 데고 큰 상점 안에 들어가 한참씩 앉아 있어도 주인은 그녀 앞에 아무리 값진 상품과 돈이 놓여 있어도 조금도 경계를 하지 않았다. 그녀 앞에 몇 천 루블리나 되는 돈이 쌓여 있다고 해도 단 한 코페이카도 없어지지 않는다는 것을 잘 알고 있기 때문이었다. 교회에 가는 일은 거의 없었으며 밤이 되면 성당 현관이나 남의 집 울타리를 넘어가 채소밭에서 잠을 잤다(우리 읍내엔 아직까지도 판자 울타리보다는 생나무 울타리를 한 집이 더 많이 있다).

　그러나 겨울에는 자기집(정확히 말해서 자기 아버지의 주인의 집이지만)에 매일 밤 와서 현관이나 마구간에서 잠을 자고 아침이 되면 또 가버리는 것이었다. 사람들은 그녀가 이런 생활을 끄떡없이 견뎌내는 것을 보고 모두 놀랐지만 그녀에겐 이미 습관이 되어서 아무렇지도 않은 것 같았다. 사실 그녀는 키는 작았지만 몸은 여간 튼튼한 편이 아니었다. 우리 고장의 식자(識者)들 가운데는 그녀가 이런 생활을 하는 것이 일종의 자부심 때문이라고 제법 아는 척하는 사람들도 있긴 했지만 그것은 아무래도 터무니없는 말이었다. 말 한 마디 제대로 못하고 가끔 이상하게 혀를 굴리며 송아지 울음 비슷한 소리밖에 낼 줄 모르는 그녀가 자부심 같은 것을 가졌을 리가 없기 때문이다.

그런데 꽤 오래 된 일이지만 한 번은 이런 일이 있었다. 구월 어느날 훈훈하고 별빛도 총총한 달 밝은 밤이었다. 우리 고장에선 너무 늦은 감이 있는 이슥한 시각에 술집에서 거나하게 취한 대여섯 명의 사내들이 뒷길로 해서 집으로 돌아가고 있었다. 골목 양쪽으로는 생나무 울타리가 계속되어 있었고 울타리 너머에는 근처 집들의 채소밭이 널려져 있었다. 이 골목길을 계속해 나가면 더러운 시궁창 위에 다리가 놓여 있는 곳으로 통하게 된다. 그런데 그들은 그 생나무 울타리 밑 쐐기풀과 우엉이 무성한 곳에서 리자베타가 잠자고 있는 것을 발견했던 것이다. 술기운이 얼근한 이 사내들은 걸음을 멈추고 그녀를 내려다보며 연상 킬킬대면서 온갖 상스러운 말을 늘어놓기 시작했다. 그러자 문득 한 사람의 머리 속에 도저히 상식으론 생각할 수 없는 해괴망측한 생각이 떠올랐다. 「누구든지 이 짐승 같은 천지를 한 사람의 여자로 다룰 수 있겠느냐? 물론 지금 당장 이 자리에서도 좋다…….」 이 말을 들은 사내들은 혐오감을 느끼는 듯 눈살을 찌푸리고 고개를 저으면서, 그것은 불가능한 일이라고 대답했다. 그런데 일행 중에 끼어 있던 표도르 파블로비치가 불쑥 앞으로 뛰쳐나오더니 그것은 얼마든지 가능한 일일 뿐더러 어떤 독특한 재미까지도 느낄 수 있다고 주장했다. 이 무렵의 표도르는 사실 어릿광대 노릇을 자청하고 나서서 사람들을 웃기기를 좋아했다. 물론 표면상으로는 이들과 맞먹고 어울리는 것 같았지만 사실은 심부름꾼 노릇을 하는 데 불과했다. 더구나 이 일이 있던 당시에는 첫번째 아내인 아젤라이다가 페테르스부르크에서 숙었다는 통보를 받고, 모자에 상장(喪章)을 달고 다닐 때인데도 불구하고 온갖 추잡한 짓은 도맡아 하고 돌아다녔기 때문에, 이 고장의 소문난 난봉꾼들조차도 설레설레 고개를 내흔들 지경이었던 것이다. 표도르의 이 뜻하지 않은 주장에 대하여 그들은 모두 웃음을 터뜨렸다. 그러자 어떤 사람이 표도르에게 그렇다면 지금 당장 그것을 증명해 보이는 게 어떻겠느냐고 부추기기 시작했다. 물론 다른 일행들은 생각만 해도 추잡한 일이라는 듯이 모두들 침을 퉤퉤 뱉었지만 흥겨운 기분만큼은 여전했다. 그렇게들 한참 시시덕거리고 나서 그들은 결국 그곳을 떠나 제각기 집으로 돌아갔다. 표도르도 그때 그들과 함께 분명히 그곳을 떠났다고 훗날 맹세를 했고, 또 어쩌면 그 말이 정말인지도 모르지만, 이 일에 대해서는 누구 하나 확실히 알고 있는 사람이 없었고 또한 알 수도 없는 노릇이었다. 아무튼 그로부터 대여섯 달 후에는 마을 사람들은 리자베타의 배가 불러졌다고 몹시 격분해 수군거리기 시작했다. 사람들은 그 범인이 누구인지 조사해 보기도 했다. 그런데 훨씬 후에 난데없이 리자베타를 건드린 것은 바로 표도르라는 소문이 갑자기 온 마을에 퍼지기 시작했다. 이 소문의 출처는 전혀 알 길이 없었다. 그때의 난봉꾼 일행 중 아직까지 읍내에 남아 있는 사람은 단 한 사람뿐이었는데, 그는 이미 나이 찬 딸들을 거느린 의젓한 가장(家長)으로서 사회적으로도 오등관(五等官)이란 상당한 지위에 있기 때문에 설사 그런 일이 있었다 하더라도 결코 입을 가볍게 놀릴 사람은 아니었다. 그 밖의 다섯 사람은 벌써 오래 전에 다른 지방으로 이사를 가고 없었다. 그러나 소문은 똑바로 표도르를 가리키고 있었고, 지금까지도 그 혐의는 그대로 남아 있다. 그러나 표도르는 이런 소문에 별로 개의치 않았으며 변명조차 하려고 들지 않았다. 그것은 하찮은 장삿꾼이나 날품팔이 따위를 상대로 이러쿵저러쿵 변명을 할 필요가 없다고 생각했기 때문이었다. 사실 그 당시 그는 몹시 거만해져서 비록 어릿광대 노릇을 하긴 하더라도 상당한 신분을 가진 관리나 귀족들이 아니면 상대조차 하지 않고 있었다.

그리고리가 주인을 위해 있는 힘을 다해 분연히 궐기한 것은 바로 이때였다. 그는 정력적인 활동을 벌여 이와 같은 비방으로부터 주인을 옹호하고 나섰으며, 이 소문을 일소하기 위해 남들과 언쟁을 한 적도 많았다. 「그야 잘못은 그 난장이 계집 쪽에 있지.」하고 그는 자신만만한 투로 말하곤 했다. 그리고 범인은 바로 집게손 카르프라는 것이었다.

이 집게손 카르프란 이 고장에서는 모르는 사람이 없는 흉악한 강도범으로 며칠 전에 감옥을 탈출하여 우리 고장 일대에 숨어 있던 자였다. 이러한 추측은 그런데로 맞았다. 사람들은 그자가 그해 초가을, 바로 그날밤을 전후하여 밤거리에 나타나서 벌써 행인을 세 사람이나 습격했다는 사실을 알고 있었던 것이다.

그러나 이런 일들은 이 가련한 백치 여자에 대한 마을 사람들의 일반적인 동정심을 없애기는커녕 사람들은 그전보다도 오히려 그녀를 더 돌봐주고 감싸주게 되었다. 그 중에도 콘드라치예브나라고 하는 어느 부유한 상인의 미망인은 리자베타를 자기집에 데려다 놓고는 해산을 할 때까지 밖에 나다니지 못하게 해놓았다. 물론 그 집 사람들은 리자베타에 대해서 주의와 감시를 게을리하지 않았지만, 해산을 하기 바로 전날 밤에 리자베타는 콘드라치예브나의 집을 몰래 빠져나와 표도르의 집 마당에 나타났던 것이다. 그녀가 어떻게 해서 만삭이 된 몸으로 그렇게 높고 튼튼한 울타리를 넘어 정원에까지 기어들어갈 수 있었느냐 하는 것은 아직까지도 수수께끼로 남아 있다. 어떤 사람은 누가 거기에 옮겨다 주었을 것이라고도 하고 또 어떤 사람은 악마가 그리로 인도해 주었을 것이다라

고 말하기도 했다. 그러나 가장 타당성 있는 추측은 그 일이 비록 어렵긴 했겠지
만 지극히 자연스럽게 이루어진 것이라는 주장이다. 즉 리자베타는 평소에도 채
소밭에서 잠을 자기 위해 남의 집 울타리를 곧잘 넘어다녔으니까, 그날밤도 몸
에 해로운 줄 알면서도 표도르네 울타리를 기를 쓰고 기어올라가 다시 땅바닥으
로 뛰어내렸으리라는 것이었다.

그리고리는 마르파한테 달려가 리자베타를 돌봐주라고 이르고 나서 근처에
사는 산파를 부르러 뛰어갔다. 갓난애는 목숨을 건질 수 있었으나 리자베타는
새벽녘에 결국 죽고 말았다. 그리고리는 갓난애를 안고 집으로 돌아오자 아내의
무릎 위에 아기를 얹어 주었다. 「하느님의 자식인 고아는 누구에게나 친척이 되
는 거요. 우리 내외에겐 더욱 그렇지. 이 아기는 마귀 새끼와 천사 같은 어머니
사이에서 태어났지만 실은 죽은 우리 아기가 자기 대신에 보내 준 애요. 그러니
맡아서 기르도록 하고 앞으로는 눈물을 짜지 말구려.」

그렇게 해서 마르파는 아기를 맡아 기르게 되었다. 파벨이란 이름으로 세례도
받았고 부칭(父稱)은 누가 말을 꺼내지도 않았는데 저절로 표도로비치라고 불리
우게 되었다. 표도르는 리자베타의 일은 극구 부인을 한 처지이면서도 이 일에
대해서는 굳이 반대하지 않고 오히려 재미있게 되었다는 듯한 태도였다. 사람들
도 표도르가 이 애를 맡게 된 것을 흡족하게 생각하고 어머니의 별명인 스메르
쟈스챠야에게서 따온 스메르쟈코프란 성까지 지어 주었다.

이 이야기가 시작될 무렵 그리고리 영감 내외와 함께 별채에서 살고 있던 표
도르의 두 번째 하인은 바로 이 스메르쟈코프였던 것이다. 그는 이 집의 요리사
로서 일하고 있었다. 이 사내에 대해서도 몇 가지 특기해 둘 만한 것이 있긴 하
지만, 별로 대단치도 않은 하인들 이야기로 독자들을 너무 괴롭히기도 미안한
일이거니와 또 스메르쟈코프에 대해서는 이야기가 진행됨에 따라 자연히 언급
하게 될 것이므로 여기서는 일단 다음 이야기로 넘어가기로 하겠다.

3. 열렬한 마음의 참회 —— 詩의 형식으로

알료샤는 아버지가 수도원을 떠나면서 마차 속에서 커다랗게 자기에게
소리친 말을 듣고서 잠시 동안 어리둥절해서 서 있었다. 그러나 언제까지나
그렇게 기둥처럼 서 있을 수도 없는 노릇이어서 그는 일말의 불안을 느끼면
서 곧 수도원장의 주방으로 달려가 아버지가 식당에서 무슨 짓을 저질렀는
지 자세히 알아보았다. 그러고 나서 걷고 있는 동안에 지금까지 자기를 괴

롭혀 온 문제들에 대한 어떤 좋은 해결책이 떠오를지도 모른다는 막연한 기대를 품은 채 읍내 쪽으로 걸음을 옮겼다.

미리 말해 두거니와, 그는 『베개니 이불이니 몽땅 싸 가지고 오라.』는 아버지의 명령을 그리 대수롭게 여기지 않고 있었다. 그것은 아버지가 남들에게 들리도록 큰소리로 그렇게 명령한 것은 다만 일시적인 격정 때문으로, 말하자면 무대 효과를 더욱 높이기 위한 것에 불과하다는 것을 빤히 알고 있었기 때문이었다. 이와 비슷한 사건으로 이 고장 어느 상인이 자기의 명명일(命名日) 잔치에서 보드카를 더 내오지 않는다고 손님들 앞에서 접시와 세간들을 마구 짓부수고 아내의 옷가지를 발기발기 찢다 못해 자기집 유리창까지 깨어 부순 일이 있었다. 이것도 아버지의 경우처럼 무대 효과를 내기 위한 격정이 지나쳤던 탓으로 일어난 사건이었으며 이 상인이 다음날 술에서 깨자 자기가 깨뜨린 접시나 찻잔들을 몹시 아까워한 것은 물론이었다. 그러니까 아버지도 내일이면, 아니 어쩌면 오늘중에라도 자기더러 다시 수도원으로 가라고 할지 모른다고 알료샤는 생각했다. 아버지가 다른 사람도 아닌 자기에게 욕을 보이리라고는 생각할 수조차 없었다. 그는 이 세상에서 자기를 모욕하려는 사람은 하나도 없으며 또 그런 일은 결코 있을 수 없다고 굳게 믿고 있었다. 이것은 그에게 있어 아무 증명도 필요하지 않은 확고한 공리(公理)였으며, 이런 면에서 볼 때 그는 자기의 목표를 향해 조금도 흔들리지 않고 착실히 전진해 나가는 그러한 타이프의 인간이었다.

그러나 그때 그의 마음속에는 이와는 전혀 다른 두려움이 맴돌고 있었으며, 그것은 자기 자신도 무어라고 집어낼 수 없는 것이었기에 더욱 두렵게만 느껴졌다. 그것은 다름 아닌 여자에 대한 두려움——아까 호흘라코바 부인 편에 무슨 용무가 있으니 꼭 자기에게 와 달라고 편지를 써 보낸 카테리나 이바노브나에 대한 불안이었다. 그녀가 그런 요청을 한 이상 자기는 꼭 가 봐야 하겠다고 생각은 하면서도 그의 마음속에는 참을 수 없는 두려움이 솟아났던 것이다. 또한 이 두려움은 아까 원장 집에서 그런 추태가 벌어졌었는데도 불구하고 아침 나절 내내 더욱 심하게 그를 괴롭혔다. 그는 카테리나 아가씨가 무슨 말을 할지 또 자기가 뭐라고 대답해야 할지 몰라서 괴로워한 것도 아니며, 또 그녀가 여자이기 때문에 겁을 먹은 것도 아니었다. 그는 어려서부터 줄곧 여자들 틈에서 자라 왔기 때문에 여자가 무엇인지 잘 모르기는 했지만 그렇다고 무턱대고 무서워하지는 않았었다. 그가 두려워한 것은 바로 카테리나 이바노브나 자신이었다. 그는 어쩐지 처음 보았을 때부터 이 여자가 무서웠다. 그가 그녀를 본 것은 고작 한두 번이나 세 번쯤에 불과했다. 그러나 이야기까지 주고받은 것은 꼭 한 번, 어쩌다가 우연히 몇 마디 나눈 것밖에는 없었다. 그가 기억하는 카테리나는 무척 미인이면서도 병적으로 자존심이 강해서 무슨 일이든 꼭 자기 생각대로 해치우고야 마는 오만하고 의지가 강한 아가씨였다. 그를 괴롭힌 것은 그녀의 아름다운 얼굴이 아니라 어떤 막연한 다른 것이기 때문에 원인 모를 두려움에 대한 공포감은 더욱 심했던 것이다. 이 아가씨가 더할 수 없이 고귀한 목적을 가지고 있다는 것은 알료샤도 알고 있었다. 그 목적이란 자기 때문에 죄악에 빠진 드미트리를 구원하려는 것이었으나, 동시에 그것은 자기의 너그러운 마음씨를 증명하기 위한 하나의 슬픈 안간힘에 불과했다. 알료샤는 이 점을 깨닫고 있었기 때문에 그녀의 아름답고 관대한 마음씨를 충분히 인정하면서도 그녀와 가깝게 사귐에 따라 점점더 서늘한 공포감을 느끼게 되었던 것이다.

카테리나와 아주 가까운 사이인 둘째 형 이반은 아직 그녀의 집에 와 있지 않을 것이라고 알료샤는 생각했다. 아마 이반은 지금 아버지와 함께 집에 있을 것이다. 그리고 드미트리도 틀림없이 거기에 없을 것이라는 예감이 들었다. 그렇다면 그는 카테리나와 단 둘이서만 이야기하게 될 것이다. 그는 이 숙명적인 면담을 갖기에 앞서 먼저 맏형 드미트리를 잠깐만이라도 만나보고 싶었다. 그녀가 보낸 편지를 꺼내 보일 필요까지는 없더라도 다만 몇 마디라도 말을 주고받을 수는 있을 것이다. 그러나 드미트리는 멀리 읍내 저쪽 끝에서 살고 있었고 또 지금 집에 있을 것 같지도 않았다. 그는 약 일 분쯤 그 자리에 서서 망설이고 있다가 마침내 마음을 결정하고, 습관이 된 재빠른 동작으로 성호를 긋고 나서 씨익 웃으면서 뚜벅뚜벅 그 무서운 아가씨의 집을 향해서 걷기 시작했다.

그는 카테리나의 집을 잘 알고 있었다. 그러나 볼리샤야 거리를 지나 광장을 가로질러 가게 되면 상당히 멀어지게 된다. 이 조그마한 읍내에는 집들이 여기저기 산재해 있기 때문에 자칫하다가는 아주 먼길을 걷게 되는 수가 있었다. 게다가 아버지도 아까 한 명령을 기억하고 자기를 기다리고 있을지도 몰랐다. 아버지가 또 무슨 변덕을 부리기 전에 될 수 있는 대로 빨리 다녀와야만 했다. 결국 궁리 끝에 알료샤는 뒷길로 해서 똑바로 질러가기로 결심했다. 그는 읍내의 지름길들을 손바닥처럼 환히 알고 있었다. 그러나 뒷길로 가려면 낡은 울타리를 따라 제대로 길도 나 있지 않은 곳을 통과해야 하므로, 경우에 따라서는 남의 집 담장을 넘기도 하고 마당을 가로지르기도 해야 할 처지였다. 하기야 남의 집이라고는 하지만 모두 안면이 있기 때문에 그저 절이나 꾸뻑하면 될 사이이긴 했지만 말이다. 어쨌든 이 지름길 덕분에 큰길까지 나오는 데는 시간이 절반밖에 걸리지 않았다. 그런 데 여기서부터는 중간에 아버지의 집 바로 옆을 지나야만 하는 곳이 꼭 한 군데 있었다. 그것은 아버지네 바로 옆집 정원인데 이 집은 창문이 네 개 달린 낡고 작은 고옥(古屋)이었다. 알료샤가 알기로는 이 집의 주인은 우리 읍 내에서 목판 장사를 하는 다리 한쪽이 없는 노파인데 딸과 단 둘이서만 살고 있었다. 노파의 딸은 최근까지도 페테르스부르크에서 주로 장군 댁 같은 데 에서만 하녀 노릇을 한 덕분에 촌티가 싹 가신 여자였는데 어머니의 병 때문 에 일 년 전부터 고향에 돌아와 살고 있었다. 그러나 이 여자는 주인집에서 얻어 온 멋진 옷들을 무엇보다도 자랑으로 여기고 있었다. 이 모녀는 무서 운 빈궁 속에 빠지게 되어 옆집인 카라마조프네 집 부엌으로 매일같이 수프 와 빵을 얻으러 다녔으며 마르파도 기꺼이 이들에게 먹을 것을 나누어 주곤 했다. 그런데 이 집 딸은 남의 집에 음식을 구걸하러 다니면서도 자기의 옷 은 한 가지도 팔 생각을 안했다. 그녀가 가진 옷 중에는 귀부인의 야회복처 럼 터무니없이 치맛자락이 기다란 것도 한 벌 있었다. 물론 이런 일들은 모 두 읍내 사정에 관해서는 하나도 모르는 것이 없는 라키친한테서 우연히 들 어서 알고 있는 일이었다. 알료샤는 그 말을 듣자 곧 한쪽 귀로 흘려 버리고 말았지만, 지금 그 집 정원에 이르자 문득 그 치렁치렁한 치마 생각이 나서 깊은 생각에 잠겼던 머리를 번쩍 들었다. 그러자 그는 전혀 기대하지도 않 았던 사람과 불쑥 얼굴을 마주치게 되었다.

옆집 정원 울타리 안에서 맏형 드미트리가 발돋움을 하고 몸을 잔뜩 앞으 로 내민 채 이쪽을 보면서 자기에게 오라고 연방 손짓을 하고 있었다. 혹시 누가 들을까 봐 소리는 내지 못하는 모양이었다. 알료샤는 곧 울타리 옆으 로 갔다.

「내가 마침 이쪽을 보았으니 다행이다. 하마터면 소리를 칠 뻔했으니까.」하 고 드미트리는 반가운 듯이 성급히 속삭였다. 「이쪽으로 넘어오렴! 어서! 아 아, 난 네가 와 주어서 얼마나 기쁜지 모르겠다. 난 지금도 방금 네 생각을 하고 있었지…….」

반갑기는 알료샤도 마찬가지였지만 어떻게 울타리를 넘어가야 할지 몰라 잠깐 머뭇거렸다. 그러자 미챠가 억센 팔로 그의 팔꿈치를 잡아 주었기 때 문에 알료샤는 기다란 수도복 자락을 걷어 올리고 장난꾸러기 못지않은 날 쌘 동작으로 울타리를 단숨에 뛰어넘었다.

「자, 됐어! 그럼 가자!」미챠의 입에서 자못 흡족한 듯한 속삭임이 흘러나왔다.

「어딜 가요?」알료샤도 덩달아 속삭이면서 사방을 한 바퀴 둘러보았다. 그리고 이 텅 빈 정원 안에는 자기들 두 사람밖에는 아무도 없다는 것을 알았다. 정원은 무척 작은 것이었으나 그래도 그들이 서 있는 곳에서 주인 노파의 집까지는 오십 걸음 이상이나 떨어져 있었다. 「아무도 없는데 왜 소곤소곤 말하죠?」

「왜 소곤소곤 말하느냐고? 아 참, 빌어먹을.」하고 드미트리는 갑자기 큰소리로 외쳤다. 「그래 왜 음성을 죽였느냐 그 말이지? 한데 너도 지금 보았듯이 사람이란 가끔 저도 모르는 엉뚱한 짓을 하고 있을 때가 있는 거야. 난 지금 비밀리에 어떤 비밀을 감시하고 있는 거란다. 자세한 건 나중에 알겠지만 절대로 남의 눈에 띄지 않겠다는 생각이 앞서 그만 말소리까지 공연히 바보처럼 그렇게 되고 말았지. 자, 저기 저쪽으로 가자! 갈 때까진 가만히 있어야 한다. 난 너한테 키스라도 해주고 싶은 기분이구나!

　　지극히 높은 곳에 영광,
　　내 마음 높은 곳에 영광……

난 지금 네가 오기 직전까지도 여기 앉아서 이 구절을 자꾸 읊고 있었단다…….」

정원은 일 제사치나(1 제사치나는 약 1.092 헥타르) 남짓한 넓이로서 사과나무, 단풍나무, 보리수, 자작나무 같은 수목들이 사방의 울타리를 따라 주로 정원 언저리에 심어져 있었다. 가운데는 텅 빈 풀밭이었는데 이 풀밭에서 여름이면 수백 판의 건초를 거두어들이곤 했다. 노파는 봄이 되면 이 정원을 단돈 몇 루블리에 남에게 빌려 주고 있었는데 자두나 살구나무, 딸기밭 따위는 울타리 옆에 있었으며 최근에 만든 채소밭은 주인집 바로 옆에 있었다.

드미트리는 주인집에서 제일 멀리 떨어진 으슥한 구석으로 동생을 데리고 갔다. 그러자 거기에는 빽빽하게 들어선 보리수, 자두나무, 말오줌나무, 까치밥나무, 라일락 등 고목과 잡초가 우거진 사이로 낡아서 지붕이 기울어지고 녹색 빛깔마저 거무스름하게 퇴색된 정자(亭子)가 하나 눈앞에 나타났다. 사방의 벽은 나무 창살로 되어 있었고 지붕은 겨우 비나 막을 수 있을 정도였다. 이 정자가 언제 세워졌는지는 알 수 없으나 일설에 의하면 약 오십 년 전에 이 집의 주인이었던 알렉산드르 카를로비치 폰 샤미드라는 퇴역 중령이 세웠다고 한다. 그러나 지금은 하도 낡아서 마루가 썩어 판자가 떨어지고 기둥에서는 퀴퀴한 곰팡내가 풍기고 있었다. 그러나 정자 안에는 바닥에 고정시켜 놓은 녹색 나무 탁자가 하나 있었고 그 옆에는 아직도 사람이 앉을 수 있을 정도인 녹색의 긴 의자가 몇 개 놓여 있었다. 알료샤는 아까부터 형이 몹시 들떠 있는 것을 눈치채고 있었으나 정자 안에 들어가 보니 탁자 위에 반쯤 따라 마신 꼬냑 술병과 잔까지 놓여 있었다.

「이건 꼬냑이야!」하고 미챠는 껄껄 웃었다.「네 표정을 보니 또 술타령이야? 하는 얼굴이로구나. 하지만 환상을 믿으면 못 써.

　　허황되고 거짓된 무리를 믿지 말라,
　　또한 마음속 의혹을 버릴지니……(네구라소프의 시의 한 구절)

나는 말이다, 술타령을 하는 게 아니라 네 친구인 라키친인가 하는 돼지새끼 말마따나 술을 음미하고 있는 거란다. 그놈은 나중에 한 오등관쯤 출세는 하겠지만 자기가 술을 음미한다는 수작은 여전히 버리지 않을 걸. 자 앉아라, 알료샤. 난 말이다, 너를 내 가슴속에 으스러지도록 껴안아 보고 싶구나. 이 세상에서…… 정말로…… 정말로 말이지……잘 들어 둬, 잘 들어 두란 말야! 정말로 사랑하는 사람은 너 하나밖에 없어!」

드미트리는 맨 마지막에 가서는 거의 광적인 태도로 말했다.

「너 하나밖에……아니 또 하나, 어떤 더러운 계집한테 반하긴 했지만 그 때문에 난 신세를 망쳐 버렸단다. 그렇지만 반했다고 해서 꼭 사랑한다는 건 아니야. 미워하면서도 반할 수는 있는 노릇이니까. 잘 들어 둬라! 지금은 너하고 이렇게 명랑한 기분으로 얘기할 수도 있지만 앞으로는 그렇지 못할 거야! 어서 이 탁자 앞에 앉으렴. 그러면 나는 네 얼굴을 바라보면서 모든 것을 죄다 얘기해 줄 테니. 넌 그저 가만히 앉아서 듣고만 있으면 돼. 너한테 모든 것을 죄다 얘기해 줄 시기가 된 것 같다. 그렇지만 내 생각으론 여기선 역시 조그만 소리로 얘기해야 할 것 같구나. 왜냐하면 여기는……. 여기는 말이지……혹시 누가 엿듣고 있는지도 모르지 않니? 하여튼 모든 것을, 앞으로 일어날 일까지 죄다 말해 주마. 그런데 지금 무엇 때문에 난 너를 그토록 만나고 싶어했을까? 내가 여기에 닻을 내리고 숨어 있는 지도 벌써 닷새가 된단다. 그 동안 내가 너를 줄곧 기다리고 있은 것은 정말 무엇 때문이었을까? 그건 오로지 너한테 모든 것을 털어놓아야 할 필요가 있었기 때문이지. 너는 나한테 꼭 필요한 사람이야. 난 내일이면 구름 위에서 굴러

떨어져 여태까지의 인생에 종말을 고하고 동시에 새로운 인생을 시작하게
될 테니까 말이다. 혹시 너는 꿈 속에서라도 산꼭대기에서 분화구 속으로
떨어져 본 적이 있니? 그런데 지금 나는 꿈 속에서가 아니라 생생한 현실
속에서 그렇게 떨어지고 있는 도중이거든. 하지만 난 무서워하지 않고 있으
니까 너도 두려워할 필요가 없다. 아니 두렵기는 하지만 그 대신 재미있는
일이니까, 재미있다 못해 아주 황홀할 지경이니까 말이다……. 제기랄, 어
쨌든 간에 이건 모두 마찬가지가 아니냐! 굳센 영혼이니, 약한 영혼이니,
아녀자 같은 영혼이니 하는 건 죄다 아무 문제도 못돼! 그런데 이건 정말
자연을 찬미해야 할 노릇이로구나. 어떠냐, 저 밝은 햇빛과 저 맑은 하늘,
푸르른 나무 잎사귀들과 아직도 한여름 같기만 한 이 고요한 날의 오후 세
시! 그런데 지금 넌 어디로 가는 길이었지?」

　「아버지한테. 그렇지만 그전에 카테리나 이바노브나 집에 먼저 들를 생
각이었죠.」

　「그 여자와 아버지한테? 저런, 이건 정말 우연의 일치로구나! 왜 내가
아까 너를 불렀는지 아니? 내 마음속 구석구석에서, 아니, 갈빗대 하나하
나에 이르기까지 너를 그토록 사무치게 갈망하고 그리워한 것은 대체 무엇
때문인지 아니? 그건 다름 아니라 바로 너를 아버지와 그 여자, 카테리나
이바노브나한테 보내서 양쪽 다 모두 끝장을 내고 싶었기 때문이지. 천사를
사자(使者)로 보내서 말이야. 하기야 난 아무나 보낼 수도 있었지만 이런 일
엔 역시 천사를 보내야 격에 어울리는 일이니까. 그런데 지금 네 이야기를
들으니 마침 너도 그 두 사람한테 가는 길이었다는 말이지?」

　「정말 나를 보낼 생각이었나요?」 알료샤의 얼굴에는 문득 처량한 병적
인 표정이 떠올랐다.

　「가만 있거라. 넌 그걸 벌써부터 알고 있었을 거야. 내가 보기엔 너는 대
번에 그걸 모두 알아차린 것 같은 모양이구나. 어쨌든 잠깐 동안만 가만히
입을 다물고 있으렴. 뭐, 상심할 것도 없고 눈물을 흘릴 필요도 없는 일일
테니까!」

　드미트리는 자리에서 일어나더니 손가락 끝을 이마에 대고 잠시 무엇인
가 생각했다.

　「그 여자가 너를 부른 모양이구나! 무슨 편지 같은 걸 써 보내 와서 지금
네가 그 집에 가는 거지? 네가 먼저 그 여자 집에 찾아갈 리가 만무한 노릇
이니 말이다. 정말 어떻게 된 일이냐?」

　「여기 편지가 있어요.」 하고 알료샤는 호주머니에서 편지를 꺼내 주었

다. 미챠는 얼른 그 편지를 훑어보았다.

「그런데 네가 마침 뒷길로 해서 가다니! 오오, 하느님! 동생을 뒷길로 가게 해서 나를 만나게 해주신 은혜를 감사하나이다! 이건 마치 늙은 멍텅구리 어부한테 금고기가 걸려들었다는 옛날 얘기하고 똑같은 경우로구나. 알료샤, 들어봐. 잘 들어 봐라, 내 동생아! 이제 내가 너한테 죄다 얘기해 줄 테니. 그렇지 않아도 어차피 누구에겐가는 꼭 해야만 할 얘기니까 말이다. 하늘의 천사에게는 이미 다 말해 두었지만 땅 위의 천사에게도 얘기해 둘 필요가 있어. 땅 위의 천사는 바로 너니까. 그러니 내 얘기를 잘 듣고, 잘 생각해서 나를 용서해 주려무나……. 나는 누구보다도 고결한 사람한테서 용서를 받고 싶으니까. 그런데 말이다, 알료샤야, 가령 어떤 두 사람이 갑자기 이 세상 모든 것과 인연을 끊고 전혀 낯선 미지의 세계로 날아간다면 ——그 중 한 사람이 아주 영영 날아가거나 아주 멸망해 버리기 직전에 다른 한 사람을 찾아가 임종시에나 해야 할 그런 부탁을 하게 된다면, 그 사람은 그 청을 거절할 수가 있을까? 그들이 가령 친구나 형제 사이라면 말이야.」

「나 같으면 들어 주겠어요. 하지만 그게 뭔지 빨리 말해 주세요.」하고 알료샤가 말했다.

「빨리 말하라고?……흠, 한데 알료샤, 뭐 그리 서둘지 않아도 돼. 넌 지금 몹시 초조하고 불안한 모양이로구나. 하지만 서두를 필요는 조금도 없단다. 이제는 세계가 새로운 궤도로 접어들었으니까. 이봐 알료샤, 네가 이 황홀한 경지를 깨닫지 못하고 있는 게 못내 유감스럽구나! 그런데 내가 지금 무슨 바보 같은 소리를 하고 있담! 네가 아무것도 깨닫지 못하고 있다고 하다니! 내가 왜 이런 엉뚱한 소리를 하고 있는지 모르겠구나.

　　　인간이여, 고결하여라! (괴테의 시〈신성〉의 한 구절)

이건 어떤 시(詩)의 구절이더라?」

알료샤는 좀더 기다려 봐야 하겠다고 마음을 정했다. 어쩌면 자기가 지금 해야 할 일의 전부가 사실은 여기에 있는지도 모른다고 느꼈기 때문이었다. 미챠는 탁자 위에 손으로 턱을 괸 채 잠시 동안 생각에 잠겼다. 두 사람 다 말이 없었다.

「알료샤.」하고 미챠가 입을 열었다. 「너만은 비웃지 않을 테지! 나는 나의 참회를……실러의 〈환희의 송가(頌歌)〉로 시작하고 싶다…….An die

Freude(환희에 부치는 노래)로 말이야! 그렇지만 난 그저 An die Freude라
는 것밖에는 독일어를 할 줄 모른단다. 내가 지금 술에 취해 횡설수설한다
고 생각하지는 말아. 여기 꼬냑이 있긴 하지만 아직도 취하려면 두 병은 더
마셔야 하니까…….

　　새빨간 얼굴의 실레노스가,
　　비틀비틀 나귀 등을 타고 나서다…….
　　(실레노스는 그리스 신화에 나오는 반인반수임. 酒神 디오니소스의 양부)

　그렇지만 아직 난 반의 반 병도 채 마시지 않았으니까 결코 실레노스라고
할 수 없지. 실레노스가 아니라 아마 실론(굳세고 강한 사람이라는 뜻) 이라고
해야만 할 거다. 왜냐하면 오늘 난 모처럼 중대한 결단을 내렸으니까 말이
야. 내 궤변을 용서해라. 그렇지만 너는 오늘 궤변 뿐 아니라 그 밖에도 많
은 것을 용서해 주어야 할 게다. 그렇다고 너무 걱정할 건 없어. 난 쓸데없
는 말을 늘어놓으려는 게 아니라 그저 꼭 해야 할 말만 할 테니까. 지금 곧
요점만 간추려 얘기해 주마. 그리 오래 걸리지는 않을 거야. 가만 있자, 그
런데 그 시(詩)가 대체 어떻게 시작되더라?」
　그는 머리를 들고 잠시 생각하더니 정열적인 태도로 읊기 시작했다.

　　동굴 속에 사는 벌거벗은 야만인은
　　겁먹은 듯 바위 굴 속에 숨어 버리고
　　광야를 떠도는 유목의 무리
　　기름진 들판을 황폐하세 만들었디니
　　또 숲속에는 창과 활을 든
　　수많은 사냥꾼의 떼가 몰리어……
　　슬프도다, 파도에 이리저리 밀려서
　　적막한 바닷가에 버려진 죽음의 모습이여! ……

　　올림푸스의 산정(山頂)으로부터
　　어머니 세레스가 땅에 내려와
　　잃어버린 딸 프로세르피나를 찾아 헤매일 적에
　　거친 세상, 반기어 맞는 이 하나 없고
　　여신은 몸 둘 곳을 몰라라.

신들을 경배(敬拜)하는 신전(神殿)도 없고
어디를 둘러봐도 성소(聖所)를 지키는 사람 하나 보이지 않아.

들의 과일, 달콤한 포도 송이도
잔칫상 위에 보이지 않고
피에 젖은 제단(祭壇) 위에서
희생(犧牲)의 고깃덩이만이 연기되어 사라지나니
어디를 가도 어디를 보아도
여신의 서글픈 눈길이 향하는 곳엔
타락의 나락(奈落) 속으로 빠지고 있는
죄 많은 인간의 처참한 몰골뿐이라!

미챠의 가슴속에서는 갑자기 흐느낌 소리가 터져나왔다. 그는 알료샤의 손을 꽉 붙들었다.

「들었니, 동생아? 타락의 나락, 끝없는 타락의 구렁텅이란 말이다. 난 지금 이 타락의 구렁텅이 속에 빠지고 있어. 정말 인간이란 이 세상에서 무서울 정도로 많은 고통과 무시무시한 불행을 맛보게 마련이구나! 하지만 나를 꼬냐이나 마시며 방탕에 젖어 사는 장교 출신의 시러베 잡놈이라고 생각하진 말아 다오! 난 요즘 밤낮으로 이 타락 속에 빠진 인간에 대한 생각뿐이란다. 이건 결코 거짓말이 아니야. 실은 하느님께 내가 거짓말을 하거나 스스로 뽐내거나 하는 일이 없도록 해주십사고 빌고 있으니까. 내가 왜 그런 타락자의 생각에 몰두하느냐 하면 나 자신이 바로 그런 인간이기 때문이지.

타락의 구렁텅이 속에서도
인간의 영혼은 굳세게 일어나
태고(太古)적부터의 어머니인 대지(大地)와 함께
영원히 영원히 함께 살리라.

그렇지만 어떻게 하면 내가 대지와 함께 굳게 결합할 수 있느냐가 문제야. 나는 대지에 입맞추지도 않고 대지의 가슴을 파헤치지도 않으니 말이다. 내가 정말 농부나 목동이 될 수 있을까? 나는 지금 이렇게 살아가면서도 내가 과연 오욕(汚辱) 속으로 떨어져 들어가고 있는지, 아니면 광명과 환

회 속으로 향하고 있는 것인지 도무지 분간을 못하고 있거든. 바로 여기에
나의 불행이 있지. 내겐 이 세상 모두가 수수께끼니까 ! 나는 가장, 가장 깊
숙한 방탕의 구렁텅이로 빠져들어갈 때마다(하긴 한평생 그런 생활로 일관
해 왔지만) 항상 이 세레스 여신과 인간을 노래한 시를 읽곤 했어. 그렇게
하면 그 시가 나를 옳은 길로 인도해 주었느냐고 ? 천만에 ! 그건 내가 카라
마조프이기 때문에 불가능한 일이지. 이왕 끝없는 구렁텅이로 빠져들어야
할 운명이라면 차라리 다이빙을 하듯이 멋있게 거꾸로 뛰어드는 게 더 좋다
고 생각하기 때문이야. 또 이런 부끄러운 생활에 빠져 있는 것에 일종의 만
족까지 느끼고, 나아가서는 이런 생활이 나에게는 아름다운 일이라고까지
느끼기 때문이란다. 그러다가도 나는 이런 오욕 속에 빠져 있으면서도 불쑥
하느님을 찬미하기 시작하지……. 저는 저주받을 비열한 놈이지만 하느님
의 옷자락에 입맞추게 해주십시오, 비록 제가 악마의 뒤를 따라가기는 하지
만 저는 역시 하느님의 아들이올시다, 저는 하느님을 사랑합니다. 그리고
동시에 환희를, 하느님 없이는 도저히 느낄 수 없는 그러한 환희를 느낍니
다 하고 말이야.

> 하느님의 어린 양들의 영혼을
> 촉촉히 적셔 주는 영원한 환희여 !
> 그대는 은밀한 발효(發酵)의 힘으로
> 생명의 술잔에 불을 붙인다.
> 풀잎 하나조차 빛을 향하게 하고
> 어두운 카오스〔混沌〕를 빛으로 가득히 채우나니
> 점성가들도 헤아릴 수 없는
> 무수한 성좌로 창공을 채운다.

> 자연의 풍요한 품 속에서 환희여
> 살아 있는 모든 만물은 그대를 마시고
> 모든 피조물(被造物), 모든 백성들은
> 그대가 이끄는 대로 그 뒤를 따른다.
> 그대는 불행할 때 친구들을 주고
> 포도주와 꽃다발을 안겨 주나니
> 천사들에겐 하느님을 주고
> 벌레들에겐 징그러운 색욕을……

자, 시는 이제 이만 해두자 ! 너를 보니 자꾸 눈물이 샘솟는구나. 이런 어리석은 짓을 하면 모두 나를 비웃을 거야, 너만은 그렇지 않겠지만. 그것 봐, 너도 눈시울이 벌겋게 되지 않았니 ? 하여튼 이젠 시는 그만두자. 지금부턴 벌레에 관한 얘기를 해주지. 하느님께서 색욕이란 걸 보내 주신 벌레의 얘기를.

　　벌레들에겐 징그러운 색욕을 !

알겠니, 동생아 ? 내가 바로 그 벌레란 말이다. 우리 카라마조프 집안 식구들은 모두 이런 벌레들이지만 그 중에도 특히 내가 그렇거든. 그러니 너의 마음속에도 이 벌레가 살고 있으면서 네 핏속에 폭풍을 일으키고 있는 거란다. 암, 폭풍이고 말고 ! 이건 폭풍보다 더하지…… . 정욕은 폭풍이니까 ! 아름답다는 건 정말 소름이 끼칠 만큼 무서운 대상이야 ! 왜 무서우냐 하면 그 무서운 이유를 분명히 설명할 수 없기 때문에 더욱 그렇지. 하느님께선 우리에게 수수께끼만을 던져 주셨거든. 아름다움 속에는 극단적으로 모순되는 두 개의 성질이 같이 포함되어 있어. 나는 그리 학식은 없는 놈이지만 이 문제에 관해서만은 여러 모로 곰곰 생각해 본 게 있지. 이 세상에는 헤아릴 수도 없을 만큼 많은 신비와 수수께끼가 도사리고 있어서 언제나 우리 인간들을 괴롭히고 있단다. 이 수수께끼를 거저 풀라는 건 마치 물 속에 들어갔다가 나오되 옷은 적셔서는 안 된다는 것과 마찬가지 얘기야. 아름다움의 수수께끼 역시 뛰어들지 않고서는 알 수가 없는 거지 ! 그리고 또 한 가지 참을 수 없는 일은, 더할 수 없이 고결한 마음과 뛰어난 지혜를 지닌 인간이 마돈나의 이상을 품고 출발했다가도 나중에 가서는 소돔의 이상으로 끝나버리고 만다는 사실이야. 그러나 그보다도 더 무서운 게 있지. 그것은 이미 소돔의 마음을 품고 있는 사람이 마돈나의 이상을 포기하지 않고 그것을 위해 순결무구한 청년 시대처럼 가슴을 불태우고 있다는 사실이야. 인간의 마음이란 정말 헤아릴 수도 없이 넓은 것이어서 조금 좁혔으면 좋겠다는 생각이 들 정도거든. 이래 가지곤 도대체 뭐가 뭔지 알 수가 없으니까 ! 이성의 눈으론 더없이 추악한 것이 감정의 눈에는 비할 데 없는 아름다움으로 비치는 수가 있단다. 그럼 소돔 속에 아름다움이 있는 것일까 ? 대부분의 인간은 바로 소돔 속에 아름다움이 있다고들 믿고 있지. 너는 이 비밀을 알고 있니 ? 아름다움이란 비단 무서울 뿐만 아니라 신비롭기까지 하거든. 아름다움 속에서는 악마와 신이 서로 싸우고 있어서, 그 싸움터가 바로 인간의 마음속이야. 그건 그렇고, 사람이란 항상 자기의 아픈 곳만 가지고 얘기하게 마련인 모양이지? 자, 그럼 이젠 본론으로 들어가 보기로 하자.」

4. 열렬한 마음의 참회 —— 일화(逸話)의 형식으로

「난 거기 있을 때 무척 방탕한 생활을 했었지. 아까 아버지는 내가 처녀들을 유혹하기 위해 수천 루블리를 써버렸다고 했지만 그건 돼지 같은 공상이고, 사실은 한 번도 그런 일은 없었단다. 또 설사 있었다 하더라도 그것만을 위해서라면 돈 같은 건 한 푼도 필요가 없었지. 돈이란 나에게 있어서 하나의 액세서리로서 영혼의 열기(熱氣)이며 무대의 소도구에 지나지 않는 것이었으니까. 오늘은 귀족 따님이 나의 애인이었다가 내일은 거리의 천한 계집이 그 자리를 대신하는 일은 보통이었어. 난 그 양쪽 여자들을 모두 즐겁게 해주었는데, 노래다, 춤이다, 집시 처녀들이다 하며 흥청망청 돈을 뿌려 대었거든. 물론 필요한 경우에는 내 상대에게도 돈을 쥐어 주었다는 건 나도 솔직히 인정해. 여자란 대체로 돈을 받으면 무척 흡족해 하고 또 감사하게 생각하기 마련이니까. 나와 놀아난 여자들 중에는 귀부인들도 있었는데 물론 전부가 그랬다는 건 아니지만 가끔 그렇고 그런 일들이 있었어. 그렇지만 나는 그런 것보다는 오히려 뒷골목을 더 좋아했지. 큰길 뒤에 있는 좁고 꼬불꼬불하고 캄캄하고 구질구질한 뒷골목들 말이야. 거기에는 항상 모험이 있고, 뜻하지 않은 일들이 있고, 또 흙탕 속에 묻힌 노다지 보물이 있거든. 애, 이건 비유로 하는 말이다. 내가 있던 그 작은 읍내엔 실제로 그런 뒷골목이 있었던 건 아니고 다만 도덕적인 외미로서의 뒷골목이 있었을 따름이지. 그렇지만 네가 나와 같은 사람이라면 그 뒷골목이란 것이 무엇을 의미하는 건지 이해할 수 있을 거야. 나는 방탕을 사랑하고, 방탕의 치욕을 사랑하고, 방탕의 잔인성까지도 사랑했어. 이래도 과연 내가 빈대가 아니라고 할 수 있겠니? 해충이 아니라고 할 수 있을까? 아무리 점잖은 척해 봐야 나는 역시 카라마조프가 아니겠니! 한 번은 이런 일이 있었어. 어느 겨울날 온 읍내가 총출동해서 일곱 대의 트로이카에 나누어 타고 야유회를 갔었는데 나는 컴컴한 썰매 속에서 옆에 앉은 처녀의 손을 슬슬 만지기 시작했지. 결국 그 처녀는 드디어 입술까지 허락하고 말았는데, 아주 귀엽고 온순하고 가냘프게 생긴 아가씨로 어떤 관리의 딸이었어. 처녀는 어둠 속에서 여러 가지를 나에게 허락했거든. 아마 자기 생각엔 내가 그 다음날이라도 당장 자기집으로 찾아가서 청혼이라도 할 줄로 알았던 모양이지? 사실 나는 좋은 신랑감이라고 모두 인정하고 있었으니까. 그렇지만 나는 그 뒤 다섯 달 동안이나 그 처녀에게 말 한 마디는 고사하고 그 반쪽도 말을 걸지 않았어. 거기에는 무도회가 자주 있었는데 무도회 같은 데를 가면 그 처녀가 홀 한쪽 구석에 틀어박혀 내 일거일동을 유심히 쏘아보고 있는 모습을 여러 번 볼 수 있었지. 그녀의 눈꼬리에는 원망의 불꽃이 이글이글 불타고 있더구나. 하지만 이런 장난은 내 마음속에서 살고 있는 벌레의 더러운 욕정을 만족시켜 주기 위한 심심풀이에 지나지 않았던 거야. 그 처녀는 다섯 달 뒤에 어느 관리와 결혼해서 그 지방을 떠나고 말았지. 여전히 나를 원망하면서, 그리고 또한 나에 대한 미련을 가슴속에 간직한 채로…… 지금은 부부 간에 원만하게 잘 살고 있는 모양이더라만. 그런데 여기서 분명히 말해 두지만 난 그 일에 대해서는 누구한테 얘기한 적도 없고 그 처녀의 명예를 더럽힐 만한 행동도 하지 않았지. 비록 더러운 욕망에 사로잡혀 비열한 짓을 일삼고 다니긴 했지만 나는 결코 수치를 모르는 인간이 아니기 때문이야. 아니, 너 또 얼굴이 빨개졌구나? 눈빛도 심상치 않고? 너한테 이런 추잡한 얘기는 그만하는 게 좋겠군. 하기는 이런 건 무슨 대단한 얘깃거리도 못 되지. 기껏해야 폴 드 코크(프랑스의 소설가, 파리 하층 사회의 치정 사건을 주로 그렸음)식의 서론에 불과하니까 말이다. 그런데 그 잔인한 벌레는 점점 크게 자라서 내 마음속에 확고부동한 위치를 점령하고 말았거든. 그 당시의 추억을 모아 놓으면 아마 한 권의 훌륭한 앨범이 될 수 있을 거야. 오오, 하느님! 그 귀여운 아가씨들을 축복해 주시옵소서! 나는 여자들과 갈라서게 될 때도 결코 다투거나 하지는 않았지. 그 처녀들의 비밀을 어디까지나 감싸 주고 명예를 훼손시킬 만한 짓은 아예 하지도 않았으니까. 그래, 그래, 이젠 그런 얘긴 그만두기로 하자. 너는 내가 이따위 쓸데없는 수작이나 늘어놓으려고 너를 이리로 데려온 줄 알고 있니? 천만에! 지금부터는 좀더 흥미있는 이야기를 들려 주지. 그렇지만 내가 이런 얘기를 하면서도 부끄러운 기색은커녕 오히려 신이 난다는 듯한 표정을 한다고 해서 너무 이상하게 생각하지는 말아.」

　「내가 얼굴을 붉힌다고 그러는 거죠?」하고 알료샤가 대꾸했다. 「형님이 그런 얘기를 한다거나 그런 과거를 지녔기 때문에 붉히는 게 아녜요. 그건 나 역시 형님과 조금도 다름없는 사람이라고 느꼈기 때문이지요.」

　「허어, 네가? 그건 좀 지나친 말이구나.」

　「아니 과장된 말이 아닙니다.」하고 알료샤는 열심히 이야기했다. 그 어조로 보아 그는 오래 전부터 그런 생각을 해 왔던 것 같았다. 「우리는 같은 계단 위에 서 있는 거예요. 단지 내가 제일 아래 계단에 서 있다고 한다면 형님은 더 위에, 한 열 네다섯 계단 위에 서 있는 게 다를 뿐이죠. 나는 그렇게 생각하고 있어요. 결국은 모두 마찬가지라고요……. 맨 아래계단에 발을 디딘 이상 언젠가는 반드시 맨 윗계단까지 올라가게 되고 말 테니까.」

「그럼 아예 발을 내딛지 말아야 하지 않겠니?」

「그럴 수만 있다면 내딛지 말아야죠.」

「그럼 너는 내딛지 않을 수 있겠구나?」

「글쎄, 그렇게 할 수는 없을 것 같아요.」

「그만, 그만! 내 동생아, 더 이상 말하지 말려무나! 아아, 난 지금 네 손에 입을 맞춰 주고 싶단다! 이를테면 감격의 키스를……. 그런데 그 그루세니카란 악당년은 제법 사람을 알아볼 줄 알거든. 언젠가 나한테 너를 꼭 잡아먹고야 말겠다고 장담을 한 적이 있으니까……. 자, 이젠 그만두자. 쉬파리가 들끓는 더러운 화제로부터 무대를 나의 비극 장면으로 옮겨 보자. 하기는 이쪽 무대 역시 쉬파리가 날고 온갖 오물이 가득 찬 것이긴 하지만, 아까 아버지 가라사대 내가 순결무구한 아가씨를 꾀어냈다느니 어쨌느니 운운 했지만 사실 그 비슷한 사건이 있긴 있었지. 하지만 그건 꼭 한 번 있었던 일이고 실제로는 성립되지도 않았던 일이야. 아버지는 내 비밀은 하나도 모르면서 그저 짐작으로 헛소리만 늘어놓았을 뿐이니까. 나는 아직까지 한 번도 누구에게 이 얘기를 한 적이 없어. 지금 너한테 처음으로 말하는 거란다. 단 한 사람 이반을 제외하고 말이야. 이반은 모든 걸 알고 있어. 벌써 오래 전부터 알고 있지. 그렇지만 이반은 마치 무덤처럼 입이 무거운 사람이니까…….」

「이반이? 뭐, 무덤이라고요?」

「그렇다니까.」

알료샤는 주의력을 총집중시켜 귀를 기울이고 있었다.

「나는 그 당시 전방에 배치된 대대(大隊)에서 근무하고 있었어. 비록 계급은 그리 높지 않아서 신참 소위에 불과했지만 이건 장교가 아니라 유형수나 마찬가지로 밤낮 감시를 받는 처지였거든. 하지만 그 고장 사람들은 나를 굉장히 환대해 주었어. 내가 돈을 물쓰듯 하는 걸 보고 아마 나를 갑부의 아들쯤으로 생각했던 모양이지? 하긴 나 자신도 내가 부자라고 생각하고 있었으니까 말이야. 하지만 돈 말고도 내가 사람들의 마음에 드는 점이 무언가 있긴 있었을 거야. 모두들 나한테는 설레설레 고개를 내두르면서도 속으로는 은근히 나를 좋아하고들 있었으니까. 그런데 우리 대대장으로 있던 늙은 중령이 어쩐 일인지 나를 못마땅하게 여기기 시작했지. 그래서 기회만 오면 나를 혼겁(魂怯)을 내주려고 단단히 벼르고 있었지만, 나로 말하면 뒷줄이 든든한 데다가 그 고장 사람들이 모두 내 편이었기 때문에 결국 어쩌지는 못하고 말더군. 하긴 나도 나쁘긴 했어. 도무지 응분의 존경을 표시하려고 하지 않았었으니까. 지나치게 뻣뻣하게 굴었다고나 할까. 그런데 사실은 이 완고한 늙은이는 그리 나쁜 사람이 아니라 무척 호인이어서 무엇보다도 손님 접대하기를 즐겨했었지. 그는 두 번 장가를 갔다가 두 번 다 홀아비가 된 억세게 재수없는 노인인데 평민 출신인 전처 소생으로 딸 하나를 데리고 있었어. 이 딸도 아주 서민적인 아가씨인데 내가 거기 있을 당시만 해도 스물 네댓이나 먹고도 시집을 못 가서 죽은 어머니의 동생과 함께 아버지 집에서 살고 있었지. 그 이모라는 여자는 순박한 여자로 말수가 적은 편인데 조카딸, 즉 중령의 맏딸도 역시 소박하긴 마찬가지였지만 그 대신 무척 활달한 성격이었어. 대체로 나는 과거를 회상할 때 아름다운 표현을 즐기는 편이긴 하지만 사실 그 처녀만큼 성질이 고운 아가씨는 아직까지 한 번도 못 보았거든. 이름도 순 평민식으로 아가피야라고 불렀어. 얼굴도 순 러시아식으로 생겼는데 그리 밉상은 아니었고 키도 훌쩍 크고, 몸매도 괜찮고, 얼굴 표정은 세련미가 없는 대신에 눈이 굉장히 아름다웠지. 두어 번 혼담이 있다가 깨져 버려서 노처녀로 있었지만 여전히 명랑성은 잃지 않고 있었어. 나는 이 처녀와 아주 가까운 사이가 되었는데 그런 식으로 친했던 것은 아니야. 그저 친구로서 깨끗한 교제를 했을 뿐이니까. 나는 가끔 여자들과 친구로서 그야말로 깨끗이 사귄 적도 있거든. 그런데 나는 이 처녀한테 질겁을 할 정도로 아주 노골적인 말들을 들려 주곤 했는데 이 여자는 그저 웃기만 한다니까! 여자들이란 대체로 그런 이야기를 즐기는 경향이 있는 데다가 아가피야는 진짜 숫처녀였으니까 더욱 흥미진진하게 들었을 거야. 그 여자에게 흠이 있다면 아무리 좋게 보아도 귀족집 따님 같은 인상은 찾아볼 수가 없다는 점이지. 아가피야는 이모와 함께 아버지 집에 살고 있었지만 왜 그런지 항상 자기를 낮추려고 들었고 또 남들처럼 사교계에 나가 사람들과 교제를 할 줄도 몰랐었지. 그렇지만 바느질 솜씨만큼은 훌륭해서 사람들의 칭찬도 많이 받았고 일거리 부탁도 끊이지 않았어. 정말 기막힌 솜씨였지만 그런 부탁을 받고 일을 해주면서도 상대방이 먼저 손을 내놓는 경우를 제외하고는 굳이 대가를 바라지도 않았단다. 그런데 아버지인 중령은 딸과는 전혀 다른 사람이었지. 그는 그 고장의 일류 명사에 끼는 사람이니까 교제 범위도 넓었고, 하루가 멀다하고 만찬회니 무도회니 하는 것들을 열어 그 지방 사람들을 초대하곤 했지. 내가 그곳에 도착하여 대대에 배속되었을 무렵의 일이었는데, 중령의 둘째 딸이 곧 페테르스부르크에서 돌아온다고 온 마을 사람들이 모두 만나면 그 얘기들만 하고 있더군. 뛰어난 미모를 가진 아가씨로 수도에 있는 어느 귀족들의 전문학교를 졸업하고 아버지한테 돌아온다는 거야. 그런데 이 둘째 딸이라는 게 바로 후처의 소생인 카테리나 이바노브나였단 말이다! 그 후처라는 사람은 이미 고인이 되었지만 본래 어느 유명한 장군의 딸이었다고 하더군. 그렇지만 믿을 만한 소식통에 의하면, 중령과 결혼할 때 지참금은 한 푼도 못 가지고 왔으며, 그저 명문 태생이라는 간판밖에는 아무것도 없었던 모양이더라. 앞으로 친정집 유산을 상속받을 가망성은 있었는지 몰라도 어쨌든 시집 올 때 수중에는 무일푼이었다지. 그런데 그 전문여학교 출신 아가씨가 돌아오자(사실은 아주 돌아온 것이 아니고 그저 잠깐 다니러 왔다고 했지만) 온 고을이 떠들썩하게 되어 마치 죽음에서 소생한 것 같았어. 그 고장의 대표적 귀부인들(각하 부인 둘과 대령 부인 하나)을 비롯하여 모든 사교계 사람들이 이 아가씨에게 비상한 관심을 표시하기 시작하여 마침내는 이 여자없이는 아무 일도 못하게끔 되어 버리고 말았다니까. 아가씨를 환영한답시고 무도회나 야유회가 있을 때마다 여왕으로 받들어 올리기도 하고, 불쌍한 여자 가정교사들을 위한 구제금 모집을 핑계로 그녀를 간이 연극 무대에 끌어내기도 하고 야단법석들이더군. 난 그런 건 아랑곳하지도 않고 여전히 방탕한 생활을 계속하면서 온 고을이 떠들썩할 정도로 한바탕 소동을 일으키기도 했어. 그래서 그런지 한 번은, 어떤 대대장 집에서 모임이 있었을 때 이 아가씨가 내 얼굴을 유심히 쳐다보디구니. 나는 그걸 빤히 알면서도 네까짓 것 하고는 사귈 가치조차 없다는 태도로 본체만체 하고 그 옆으로 다가갈 생각도 하지 않았지. 내가 이 아가씨한테 접근한 것은 얼마 뒤 역시 어떤 야회석상에서였는데, 슬쩍 말을 걸어 보았더니 입술을 꼭 깨물고 얼굴조차 돌리지 않은 채 여간 멸시하는 태도가 아니야. 그래서 나는『오냐, 어디 한번 두고 보자!』하고 속으로 결심했지. 사실 그때 나는 대체로 무척 난폭하고 언행이 거친 편이었으니까! 그렇지만 중요한 것은 카텐카가 하나의 순진한 여학생일 뿐만 아니라 확고한 개성과 자존심을 지닌, 재색(才色)과 덕성을 갖춘 여성이라는 데 반해 나는 그런 점을 하나도 가지지 못한 놈이라는 점이야. 난 그 사실을 절실하게 느끼고 있었거든. 너는 그때 내가 그 아가씨에게 감히 장가를 들 생각이나 했을 줄로 생각하니? 천만에, 어림도 없지. 내가 두고보자는 것은 단지 나처럼 훌륭한 남자를 몰라보는 데 대해 무작정 복수를 하겠다는 생각뿐이었어. 그렇지만 그 당장은 술과 유흥에 여념이 없어서 나중에는 중령이 나를 사흘 동안 영창에 집어 넣기까지 했지. 아버지가 육천 루블리를 보내 준 것은 바로 그 무렵인데 그것은 내가 정식으로 권리 포기증을 써 주고 모든 것을 청산하자고 요구했기 때문이야. 하기는 그 당시만 해도 나는 돈에 대해서는 정말 아무것도 모르고 있었지. 아니 여기 올 때까지, 또 바로 며칠 전까지도 나는 아버지와의 사이에 금전 관계가 어떤 상태에 놓여 있는지 전혀 몰랐지. 또 지금도 자세한 건 모르고 있어. 그렇지만 그것은 이 얘기와는 별로 관계가 없는 문제니까 나중에 따로 말해 주기로 하지. 그런데 그 육천 루블리를 받고 나서 나는 어떤 친구의 편지에서 우연히 아주 흥미있는 사실을 알게 되었어. 즉 우리 대대장인 중령이 공금 유용이라는 혐의로 상부의 불만을 사고 있다는 거야. 요컨대 반대파의 사람들이 중령을 옭아 넣으려고 꾸민 수작인데, 그 때문에 사단장이 직접 나와서 검열까지 하고 나중에는 제대 명령이 내렸지. 여기서 자세한 내용은 말할 필요도 없지만 모두가 그에게 반대파가 있었기 때문에 일어난 일들이야. 그런 일이 생기자 그 고장 사람들의 태도가 차츰 차가워지기 시작하더니 나중에는 중령 일가에 대해서는 아주 냉정한 태도로 나오게 되었어. 내가 처음으로 장난질을 치기 시작한 것은 바로 이때였지. 나는 평소에 친하던 아가피야를 만나서 이렇게 말했어.

『아버님이 보관하고 계시던 공금 사천 오백 루블리가 없어졌다던데 그게 정말입니까?』

『아니, 그게 무슨 말씀이세요? 전번에 장군님이 오셨을 땐 고스란히 다 있었는데……』

『그때는 있었지만 지금은 없다는 얘기지요.』

그러자 아가피야는 깜짝 놀라더군.

『제발 놀라게 하지 말아 주세요. 대체. 그건 누구에게서 들은 말이죠?』

『하하, 안심하십쇼! 아직은 아무도 모르니까. 나 하나만 입을 다물고 있으면 별일 없겠지요. 아시다시피 이런 문제에 대해서는 마치 무덤 같은 사람이니까. 그렇지만 만일의 경우 일이 여의치 못하게 되면 아마 군법 회의는 면할 수 없을걸요? 즉 아버님이 그 사천 오백 루블리인가 하는 돈을 갚지 못한다면 할 수 없이 늙은 나이에 징역을 살아야 한다는 말입니다. 그러니까 그땐 댁의 여학생을 몰래 나한테 보내 주세요. 마침 집에서 부쳐 온 돈이 있으니 한 사천 루블리쯤은 줄 수 있거든요. 물론 비밀은 절대 보장해 드리기로 하고…….』

『아아, 당신은 정말 비열한 사내로군요！(정말 이렇게 말하더라니까.) 비열
하고 추잡한 악당이에요！ 도대체 사람을 뭘로 아는 거죠？』

그러더니 화가 꼭대기까지 올라 돌아가더구나. 나는 짓궂게 그 뒤를 쫓아가면
서 비밀은 절대 보장한다고 다시 한번 소리쳐 주었지. 그런데 나중에 들어 보니
아가피야와 그 이모라는 여자는 이런 문제에 관해서 너무 순진했던 모양이야.
그 두 여인은 거만하기 짝이 없는 카챠를 진심으로 사랑해서 마치 하녀들처럼
자기 자신을 낮추면서까지 아끼고 섬겨 주었는데, 어쩌다가 아가피야가 그만 동
생한테 내가 한 말을 옮기고 말았거든. 나는 나중에 이런 내막을 모두 알게 되었
지만 아가피야는 아무래도 내 얘기를 숨기고만 있을 형편이 아니었던가 봐. 내
가 바로 그 점을 노리고 있었다는 것은 말할 필요도 없지.

그러자 갑자기 신임 대대장인 소령이 부임해 와서 사무 인계가 시작되었어.
늙은 중령은 병이라고 핑계를 대고 자기집에 꼼짝 않고 틀어박힌 채 도무지 공
금을 인계할 생각을 안 했거든. 군의관인 크랍첸코까지 틀림없는 병이라고 증언
을 했으니까. 그렇지만 내가 몰래 알아본 바에 의하면 그 돈은 사령관의 검열이
끝나기만 하면 으레 얼마 동안씩 자취를 감추곤 했다는 거야. 사실은 중령이 어
떤 신용있는 상인에게 이 돈을 빌려 주고 이자를 따먹었던 건데, 그건 우리 고장
에 사는 트리포노프라는 홀아비 영감이었어. 이 상인은 금테 안경을 쓰고 그럴
듯한 수염을 가진 사람으로 중령이 빌려준 돈으로 장날을 따라다니며 한 차례
장사를 하고 돌아오면 꼭꼭 돈을 돌려주었는데 거기에는 물론 이자와 선물이 따
르게 마련이었지. 그런데 이런 일이 생기자 이 상인은 어찌 된 셈인지 장사가 끝
났는데도 돈을 돌려주지 않더라는 거야. 나는 이 사실을 트리포노프의 상속인으
로 되어 있는 망나니 아들 녀석에게서 우연히 들었어. 그래서 중령이 헐레벌떡
달려가니까 그 대답이『저는 댁한테서 아무것도 받은 것이 없는데요. 도무지 그
럴 이유가 없지 않겠읍니까.』하더라는군. 이건 마치 닭 잡아 먹고 오리발 내어
미는 격이지. 그래서 중령은 그만 머리를 싸매고 자리에 눕게 되었는데 여자들
셋이서 얼음 찜질이니 뭐니 하고 야단법석을 하는 판에 갑자기 연락병이 장부와
명령서를 가지고 들이닥쳤지 뭐냐. 〈귀관은 두 시간 이내에 필히 공금을 반납할
것.〉 하는 명령서였지. 그는 서명을 하고(장부에 서명을 한 것을 나중에 나도 본
적이 있어) 자리에서 일어나 군복을 입겠다면서 자기 방으로 가더니, 이연발 엽
총에 군용 탄약을 장전한 다음 오른쪽 장화를 벗고 총구를 가슴에 댄 채 발가락
으로 방아쇠를 더듬기 시작했어. 그런데 마침 그 순간에 그 전부터 내 말을 듣고
경계를 게을리하지 않고 있던 아가피야가 아버지의 행동을 몰래 지켜보고 있다
가 후닥닥 달려들어 아버지를 뒤에서 꽉 부둥켜 안았거든. 총은 천정을 향해서

발사되어 아무도 다친 사람은 없었지만, 이내 사람들이 달려와서 중령을 붙들고 총을 빼앗는다, 꼼짝 못하게 두 손을 붙잡는다 해서 한바탕 소동을 벌였지. 그렇지만 이건 죄다 나중에 알게 된 일이고 바로 그때 나는 집에서 외출 준비를 하고 있었어. 마침 황혼이 깃들 무렵이었는데 머리를 빗고 손수건에 향수를 뿌리고 모자까지 집어 들고서 막 나서려는 판인데, 갑자기 문이 열리면서 내 방 앞에 카테리나 이바노브나가 우뚝 서 있지 않겠니!

세상에는 정말 이상한 경우도 있긴 있는 모양이더라. 그 아가씨가 내 집으로 들어오는 걸 길에서 본 사람은 희한하게도 한 사람도 없었어. 그래서 여기에 대한 소문 같은 것도 전혀 나돌지 않았지. 나는 관리 미망인 두 사람이 사는 집에서 하숙을 하고 있었는데 둘 다 늙어빠진 할머니들로서 내게 여러 가지로 잘해 주었어. 내 말이라면 무엇이든지 잘 들어 주는 이 점잖은 할머니들은 이 일에 대해서도 내 부탁을 지켜 쇠통을 채운 것처럼 입을 꽉 봉해 버렸거든. 물론 나는 카테리나가 찾아온 이유를 당장에 알아챘지. 그녀는 방안에 들어서서 내 얼굴을 똑바로 쳐다보았는데 그 새까만 눈동자에는 대담하리만큼 굳은 결심의 빛이 서려 있더구나. 그렇지만 입술과 그 언저리에는 역시 망설임의 표정이 떠올라 있었어.

『언니한테서 들었는데 내가 혼자 여기로 당신을 찾아가면 사천 오백 루블리를 주실거라고 해서……그래서 왔어요. 어서 돈을 주세요!』겨우 이렇게 말하고는 가쁘게 숨을 몰아쉬며 그만 겁먹은 듯이 입을 다물어 버렸는데 입술 언저리가 가늘게 떨리고 있더군. 애, 알료샤, 너 듣고 있니, 아니면 잠을 자고 있니, 응?」

「미챠, 난 형님이 지금 진실을 얘기하고 있다는 걸 알고 있어요.」알료샤는 흥분된 음성으로 말했다.

「암, 진실이고 말고. 모든 진실을 털어놓자면 있는 그대로의 일을 얘기해야 할 테니까. 나 자신을 두둔하는 말은 하지 않겠어. 그런데 그 순간에 맨 처음 내 머리속에 떠오른 것은 역시 카라마조프적인 생각이었지. 애, 난 전에 지네한테 물려서 보름 동안이나 고열이 나서 심히 앓았던 적이 있었는데, 이번에도 바로 그 지네란 놈이 갑자기 내 심장을 꽉 물어뜯는 것 같은 느낌이 들지 않겠니. 알료샤, 넌 그 지네라는 징그러운 독충을 알고 있니? 나는 아가씨를 아래위로 천천히 훑어보았지. 너도 그 여자를 본 적이 있겠지만 그야말로 미인이더구나. 그렇지만 그때 그 여자의 아름다움은 조금 성질이 다른 아름다움이랄 수 있지. 그 것은 그 아가씨가 더할 바 없이 고결한 존재임에 비해 나 자신은 비열하기 짝이 없는 사내라는 바로 그 점에 기인하는 것이었어. 다시 말해서 그 아가씨는 아버지를 위해 자기 자신을 희생하는 위대하고도 너그러운 정신을 지니고 있는 반면, 나로 말하자면 그야말로 빈대나 다름없는 인간이었기 때문이야. 그렇지만 그 순간엔 그 여자의 모든 것이, 정신이나 육체나 모든 것이 바로 비열하기 짝이 없는 빈대의 손아귀에 들어 있었거든. 마치 덫에 걸린 것처럼 말이다. 솔직히 말하자면 그 생각, 그 독충 같은 생각이 내 심장을 너무나도 아프게 쥐어잡아 그 괴롭고 초조한 생각 때문에 당장이라도 심장이 터져 버릴 것만 같았어. 일체의 고민도 할 필요없이 그저 빈대나 독거미처럼 무자비하게 꽉 깨물어 버리면 만사는 끝나는 것이라는 생각에 갑자기 숨통이 콱 막혀 버리는 듯한 기분이더군. 그렇지만 말이다, 나는 이 일을 공정한 방법으로 처리하고 또 일체의 비밀을 지키기 위해 그 이튿날 당장 결혼을 신청하러 갈 수도 있었어. 나는 더러운 정욕을 가진 놈이긴 하지만 그래도 결백한 인간이었기 때문이지. 그러나 바로 그 순간, 누군가 불쑥 내 귀에 이렇게 속삭이는 것 같았어. 『그렇지만 네가 내일 결혼을 신청하러 간다 하더라도 상대방은 코빼기도 보이지 않고 하인에게 시켜 바깥으로 내쫓아 버릴지도 모르지. 얼마든지 소문을 퍼뜨리고 다니려무나, 네까짓 놈 하나 누가 겁낼 줄 아느냐!』하는 배짱으로 말이야. 나는 힐끔 아가씨의 얼굴을 쳐다보았어. 『아마 내 마음의 목소리는 거짓말이 아닐 게다, 당연히 그렇게 나올 거야, 멱살이 잡혀 쫓겨나리라는 것은 저 얼굴빛만 보아도 뻔한 일이지.』이런 생각이 퍼뜩 떠오르더군. 그러자 내 마음속에서는 독기서린 복수심이 부글부글 끓어올라 갑자기 가장 비열하고 짐승만도 못한 장사치 같은 장난을 해보고 싶은 생각이 치밀어올랐어. 아가씨가 우두커니 서 있는 동안에 나는 장사치가 아니면 쓸 수도 없는 말투로 슬쩍 비꼬아 주고 싶은 충동을 금할 수가 없었지.

『아니, 사천 루블리라곱쇼? 난 그저 농담으로 한 말인데 그걸 곧이듣고 오셨구만요? 아가씨, 너무 지레짐작을 하신 모양인데, 그저 백 루블리나 이백 루블리라면 혹시 몰라도 사천 루블리나 되는 거금을 이런 실속없는 일에 내놓을 줄로 생각하셨다면 큰 오산입죠. 괜히 헛수고만 하셨군 그래!』

이렇게 말한다면 물론 나는 모든 것을 잃고 마는 거야. 아가씨는 틀림없이 뺑소니를 치고 말 테니까 말이다. 그렇지만 그 대신 나는 속시원히 복수를 해치울 수 있고 또 그것으로 내가 받아 온 모든 모욕을 단번에 청산하는 셈이 되거든. 어쨌든 나는 비록 평생토록 가슴을 치며 후회하는 한이 있더라도 그 당장에는 이 대사(臺辭)를 내뱉고 싶어 못 견딜 지경이었어! 곧이 들리지 않겠지만 바로 이러한 상황에 있을 때 나는 상대방이 어떤 여자이든간에 증오의 눈초리로 바라본 적은 아직 한 번도 없었는데, 이때만큼은 그 여자를 삼 초, 아니 한 오 초 가량 무서운 증오의 눈빛으로 쏘아보고 있었지. 그렇지만 그 증오야말로 사랑과,

미칠 듯한 사랑과 머리카락 한 오라기의 차이밖에 없는 것이 아니겠니! 나는 창 앞으로 다가가서 얼어붙은 유리창에 이마를 대었는데 그때 유리창의 성에가 마치 불덩어리처럼 뜨겁게 느껴지던 것이 지금도 생각나는구나. 하지만 아가씨를 그리 오랫동안 붙잡고 있었던 것은 아니니까 너무 걱정하지 마라. 나는 곧 몸을 돌려 책상으로 가서 오 부 이자가 딸린 액면 오천 루블리짜리 자기앞 수표를 꺼냈지. 그건 프랑스어 숙어집 속에 끼어 있었거든. 그리고 말없이 수표를 아가씨에게 보여 준 다음 공손히 접어서 내어주고 나서 내가 직접 현관으로 통하는 문을 열고 한 걸음 뒤로 물러나 정중하게 허리를 굽혀 아가씨께 인사를 했지. 이건 정말이야, 믿어 주렴! 아가씨는 몸을 바르르 떨면서 잠시 동안 백지장처럼 하얗게 질린 채 내 얼굴을 뚫어지게 응시하더군. 그러더니 아무 말도 없이 발작적인 동작이 아니라 지극히 조용하고 부드러운 동작으로 돌연 내 발 앞에 대고 절을 했어. 여학생식의 절이 아니라 이마가 땅에 닿을 정도로 공손히 머리를 숙이는 순 러시아식 절을 말이다! 그리고 나서 후닥닥 일어나서 달아나 버리고 말았어. 그때 나는 군도(軍刀)를 차고 있었는데 아가씨가 방을 나가 버리자 곧 칼을 뽑아들었지. 나는 그자리에서 당장 자살해 버릴 생각을 했지. 왜 그랬는지 나도 몰랐어. 물론 그것은 어리석기 짝이 없는 행동이지만, 어쨌든 사람이란 극도의 감격에 사로잡혀 있을 때는 가끔 엉뚱한 행동을 하는 법이니까! 너는 사람이 어떤 감격에 사로잡히게 되면 자살까지도 할 수 있다는 것을 이해하겠니? 그렇지만 나는 자살은 하지 않았어. 그저 칼날에 입을 맞추었을 뿐 군도를 다시 칼집에 꽂아 넣었지. 하긴 너에게 이런 얘기까지 할 필요는 없었던 것 같구나. 그렇지 않아도 나는 내 마음속 갈등을 얘기하면서 지나치게 나 자신을 미화(美化)시킨 대목도 없지는 않으니까. 그렇지만 아무러면 어떠냐? 인간의 마음속에 붙어 있는 이런 간사한 무리들을 귀신이 몽땅 잡아가 주었으면 속이 후련하겠다! 지금까지 말한 것이 나와 카테리나 이바노브나 사이에 있었던 사건의 전부란다. 그러니까 이젠 이 사실을 아는 사람은 이반과 너 두 사람이 되는 셈이지. 정말 그 두 사람뿐이야!」

드미트리 표도로비치는 벌떡 일어서더니 몹시 흥분한 듯 두어 걸음을 옮겼다. 그리고 손수건으로 이마의 땀을 닦고 나서 다시 자리에 앉았으나 그것은 먼젓번에 앉았던 곳이 아니라 그 맞은편에 있는 긴의자였다. 그래서 알료샤도 먼저와는 반대되는 쪽으로 돌아 앉지 않을 수가 없었다.

5. 열렬한 마음의 참회 —— 거꾸로 떨어지다

「이제는 나도 이 사건의 전반(前半) 부분을 알게 된 셈이군요.」하고 알료샤가 말했다.

「그렇지, 전반은 너도 안 셈이 되지. 말하자면 이건 하나의 멜로드라마인데 바로 여기거든.」

「하지만 그 후반에 대해서는 나는 아직 아무것도 이해할 수 없는 걸요.」하고 알료샤가 말했다.

「그럼 나는? 그걸 이해하고 있다는 거냐?」

「잠깐만, 중요한 게 하나 빠졌어요. 도대체 형님은 정말 약혼을 하셨는지, 또 지금도 약혼중이신지 그걸 말씀해 주세요.」

「내가 약혼을 한 것은 그 일이 있은 직후가 아니라 그보다 석 달쯤 나중의 일이야. 그 일이 있은 바로 그 다음날 나는 이것으로 사건이 깨끗이 끝났으며 뒷이야기란 있을 수 없다고 스스로에게 다짐했어. 결혼을 신청하러 간다는 건 비열한 짓이라는 생각이 들었기 때문이지. 그 여자도 그 뒤 한 달 반 이상을 그 도시에 살면서도 나에 대해서는 도대체 말 한 마디 없는 실정이었어. 하긴 이런 일이 꼭 한 번 있긴 있었지. 그 여자가 나를 찾아왔던 그 이튿날 중령집 하녀가 남몰래 나를 찾아와서는 아무 말 없이 봉투 하나를 전해 주고 갔거든. 봉투 위에는 아무개 앞이라고 주소가 씌어져 있더구나. 그래 뜯어보니 전날 가져간 오천 루블리짜리 수표의 거스름돈이 들어 있었어. 꼭 필요한 돈은 사천 오백 루블리였으나 수표를 현찰로 바꾸는 데 이백 몇 십 루블리를 얹어 준 모양이라서 내게 돌려보내 준 거스름돈은 아마 이백 몇 십 루블리였을 거야. 확실한 기억은 없지만 어쨌든 그 정도 액수였어. 봉투 속에 든 것은 돈뿐이고 편지나 메모, 또는 이렇다할 한 줄의 설명도 없었지. 혹시 연필 자국이라도 있을까 하고 봉투를 샅샅이 뒤져 보았지만 역시 아무것도 없더군! 그래서 그 돈으로 또 술이다 계집이다 하고 진탕만탕 놀아났더니, 신임 중대장인 소령도 결국 나에게 견책 처분을 내리고 말더구나. 그야 어쨌든 중령이 공금을 깨끗이 반납하게 되자 모두들 깜짝 놀라고 말았지. 그 돈이 중령의 손에 그대로 남아 있으리라고는 아무도 생각하지 않았으니까 말이다. 그렇지만 그는 돈을 무사히 반환하기는 했지만 이내 병이 나서 이십 일쯤 누워 있더니 갑자기 뇌출혈을 일으켜 닷새 뒤에는 그만 죽어 버리고 말았어. 미처 정식 제대신고를 내리기 전에 일어난 일이어서 장례식은 부대장(部隊葬)으로 거행되었는데 카테리나는 그 언니랑 이모와 함께 장례식이 끝난 지 열흘도 채 못되어 모스크바로 떠나 버렸지. 그런데 떠나기 직전, 출발 당일에 가서야 나는 조그만 하늘색 봉투를 하나 받았는데, 그때까지 나는 한 번도 그들을 만난 적이 없었고 또 전송 나갈 생각도 안하고 있었거든. 봉투 속에는 얇은 종이에 연필로 쓴 글이 단 한 줄 〈편지 드릴 테니 기다려 주세요, K〉라고 씌어 있더군. 그 말이 전부였어.

그 다음 일은 대충 설명하기로 하지. 모스크바에서의 그 여자들 신세는 마치 《아라비안 나이트》에 나오는 이야기처럼 순식간에 꿈결같이 변해 버리고 말았어. 즉 카챠의 근친인 그 장군 부인이 자기 상속자로 지정된 사람을 한꺼번에 둘씩이나 잃게 되었던 거야. 둘 다 장군 부인의 조카딸 되는 여자였는데 갑자기 천연두에 걸려 같은 주에 차례로 죽어 갔다더군. 노부인은 이 일로 크게 상심하고 있던 차에 마침 카챠가 돌아오자 구세주나 만난 듯이 자기 친딸처럼 반가워하며 당장 유언장을 카챠에게 유리하도록 고쳐 썼다는 거야. 그러나 유언장에 명시된 유산 상속액과는 별도로 우선 결혼 지참금조로 팔만 루블리나 내주면서 마음대로 써도 좋다고 했다더라. 나도 나중에 모스크바에 가서 만나보았지만 여간 히스테리가 심한 부인이 아니야.

좌우간 나는 사천 오백 루블리를 갑자기 우편으로 받고 나서 입이 딱 벌어지도록 깜짝 놀라고 말았어. 그리고 그 사흘 뒤에는 약속했던 카챠의 편지가 도착했지. 그 편지는 지금도 고이 간직하고 있지만 죽을 때까지 항상 내 몸에서 떠나지 않게 할 거야. 어때, 보고 싶니? 꼭 한 번 읽어 보렴. 결혼을 신청해 온 편지야. 글쎄 여자 쪽에서 먼저 청혼을 해왔다니까! 〈저는 미칠 듯이 당신을 사랑하고 있어요. 비록 당신은 저를 사랑하지 않으신다 해도 저의 사랑에는 변함이 없답니다. 저의 남편이 되어만 주신다면 그 이상 아무것도 바라지 않아요. 그렇지만 당신이 무슨 행동을 해도 결코 간섭하진 않을 테니까 너무 겁먹을 필요는 없읍니다. 저는 당신의 수고를 덜어 줄 가구(家具)가 되고, 당신이 밟고 다닐 양탄자가 되렵니다! 그리고 영원히 당신을 사랑하렵니다. 또 당신을 당신 자신으로부터 구해드리고 싶어요……〉 아아! 알료샤, 나의 이 누추하고 천박한 언어로는 도저히 그 편지를 그대로 옮길 재주가 없구나! 난 내 이 천박한 말투를 여간해선 고칠 수가 없으니까. 그리고 그 편지 내용은 오늘날까지도 나의 가슴속에 비수처럼 꽂혀 있어서 한시도 마음이 편할 때가 없단다. 그래 너는 지금 내 마음이 정말 편할 줄로 생각하니? 나는 그 즉석에서 당장 답장을 써 보냈어 어쨌든 그때 나 자신이 직접 모스크바에 갈 형편은 못되었으니까. 난 마냥 눈물을 흘리며 편지를 썼지. 그런데 단 한 가지 죽을 때까지 창피한 짓을 저질렀거든. 즉 그 답장에다가 당신은 지금 거액의 지참금을 가진 부자 아가씨인데 비해 나

는 한낱 가난뱅이 장교에 불과하다는 둥 시시한 수작을 늘어놓았단 말이야. 그
만 돈 이야기를 써버린 거지! 그런 얘기는 아무래도 하지 않아야 했던 건데
쓰다 보니 어쩌다가 그만 그렇게 되어 버리고 말았거든. 나는 그와 동시에 모스
크바에 있는 이반에게도 여섯 장이나 되는 만리장서의 편지를 써 보내어 전후
사정을 자세히 설명하고 한 번 카챠를 찾아가 봐 달라고 부탁했지. 그런데 알료
샤, 넌 무엇을 그렇게 쳐다보고 있니? 왜 그렇게 내 얼굴을 자꾸만 훔쳐보지?
좌우간 그렇게 해서 이반은 그만 카챠한테 홀딱 반하게 되고 말았던 거야. 그리
고 지금도 반해 있지. 나도 그건 알고 있어. 하기야 너 같은 보통 사람들 눈에는
내가 형편없이 어리석은 짓을 한 것처럼 보이겠지만, 이제 이 시점에서는 그 우
행(愚行)만이 우리들 모두를 구해 줄지도 모르는 일이 아니겠니? 정말 그래 너
는 카챠가 이반을 얼마나 끔찍하게 생각하고 존경하는지 모른다는 거냐? 누구
든 이반과 나를 비교해 본다면 절대로 나 같은 것을 사랑할 여자는 없을 테니까
말이다. 더구나 내가 여기 온 다음에 그런 불미스런 일까지 일어나지 않았니?」
 「하지만 그 여자가 사랑하는 대상은 형님 같은 사람이지 결코 이반 같은 사람
은 아닐 거예요.」
 「카챠는 나를 사랑하는 것이 아니라 자기의 미덕을 사랑하고 있는 거야.」
 드미트리는 자기도 모르게 악의에 가득 찬 말투로 불쑥 이렇게 중얼거리더니
이내 껄껄 웃었다. 그의 눈에서는 갑자기 이상한 빛이 번쩍거렸다. 그는 얼굴을
확 붉히면서 주먹으로 탁자를 힘껏 내리쳤다.
 「알료샤, 확실히 말해 두겠다.」 하고 그는 진심으로 자기 자신에 대한 분노에
사로잡혀 소리쳤다. 「네가 믿어 주건말건 나는 신성하신 하느님의 이름으로, 주
예수 그리스도의 이름으로 맹세한다. 방금 나는 카챠의 고결한 마음씨를 비웃었
지만 사실 나는 카챠보다 수백만 배나 저열한 인간이라는 걸 나 자신이 잘 알고
있어! 카챠의 그 훌륭한 감정은 천사의 마음과 같이 가장 진실된 것이야! 그
런데 비극의 씨는 내가 그런 사실을 이미 분명히 깨닫고 있다는 그 사실 자체에
있거든. 뭐 내가 약간 연설조로 얘기한다고 해서 안 될 일은 없겠지? 내 말투가
약간 연설 비슷하게 된 것 같아서 하는 말이다. 그렇지만 난 지금 진실을, 진정
을 말하고 있어! 저 이반이 이 세상을 저주의 눈길로 바라보고 있는 심정도 나
는 충분히 이해할 수가 있지. 하기야 그만한 지성의 소유자라면 그것이 오히려
당연한 태도일 거야. 그런데 실제로 선택을 받은 사람은 대체 누구냐? 선택된
사람은 바로 이 쓰레기 같은 인간, 이미 약혼까지 했으면서도 약혼자의 눈앞에
서 추잡한 짓을 서슴지 않는 인간이 아니겠니? 모든 사람의 눈앞에서, 자기 약
혼자가 빤히 보는 앞에서 그런 짐승 같은 짓을 하는 바로 그놈이란 말이다! 그

러한 내가 선택되고 이반은 그 선택에서 제외되고 말았거든. 왜 그런지 아니 ?
그건 그 여자가 단지 감사의 정 하나 때문에 자기의 전생애와 운명을 일부러 엉
뚱한 방향으로 돌려 놓으려고 했기 때문이야 ! 정말 어리석은 짓이지 ! 물론 여
태까지 나는 이런 말을 이반에게는 한 번도 비추지 않았고 이반 역시 내게 이런
이야기를 한 적은 없지만, 결국 자격있는 자가 제자리를 차지하고 자격없는 자
는 허무하게 사라지게 되는 것이 바로 운명의 뜻 아니겠니 ? 자격없는 자는 필
경 자기의 처지와 구미에 알맞은 더러운 뒷골목으로 기어들어 진흙탕과 악취 속
에서 만족과 희열을 구하며 스스로 멸망의 길을 밟게 마련이지. 내가 너무 따분
한 얘기를 늘어놓은 것 같군. 내가 하는 말은 하도 흔한 고리타분한 표현이어서
아무렇게나 들릴는지도 모르지만, 지금 내 이야기는 정말 꼭 그렇게 실현되고
말 거야. 즉 나는 뒷골목 깊숙히 빠져 버리고 말 테고, 또 카챠는 이반과 결혼을
하게 될 것이고…….」

　「형님, 잠깐만.」하고 알료샤는 몹시 개운치 않은 얼굴로 다시 말을 가로
챘다.「아직도 나한테 분명히 설명해 주지 않은 게 하나 있어요. 분명히 형님은
약혼을 하셨죠 ? 두 사람이 약혼한 사이인 것만큼은 분명한 사실 아닙니까 ? 그
렇다면 상대방이 동의하지 않는 한 이쪽에서 일방적으로 파혼해 버릴 수는 없지
않아요 ?」

　「그야 물론 난 정식으로 축복을 받은 약혼자지. 내가 그뒤 모스크바에 갔을
때 성상 앞에서 의식을 갖추어 약혼식이 엄숙히 거행되었으니까. 장군 부인이
우리 두 사람을 축복해 주었어. 그리고 카챠에게는 따로 이런 축하의 말을 하
더군.『애, 너는 정말 참 좋은 신랑을 골랐구나. 난 이 사람의 마음속을 환히 들
여다볼 수 있어.』하고 말이야. 그런데 어찌 된 셈인지 이반은 장군 부인의 눈에
들지 않았던 것 같아. 거짓말같이 들리겠지만 도대체 이반에게는 말도 건네려
들지 않았으니까. 그건 그렇고 나는 모스크바에서 카챠와 많은 이야기를 했어.
나 자신에 관한 여러 가지 사실을 진심으로 허심탄회하게 또 솔직하고 상세하게
죄다 털어놓았지. 카챠는 내 얘기를 끝까지 귀담아 들어 주었어.

　　　그 얼굴엔 귀여운 당혹(當惑)의 빛
　　　그 입에는 부드러운 위로의 말들이…….

　아니, 하긴 좀 강경한 말도 있기는 했지. 카챠는 즉시 앞으로는 몸가짐을 고
쳐야 한다는 어려운 약속을 나한테 요구했으니까 말이야. 나는 약속을 했어. 그
런데 지금 나는…….」

「지금 어떻다는 거죠?」

「그런데 지금 나는 너를 불러서 여기로 데려왔거든. 바로 오늘이란 날짜를 잘 기억해 주렴! 바로 오늘 나는 너를 카테리나에게 보내려는 거야…….」

「무슨 용무로?」

「앞으로 절대 그 집에 가지 않겠다는 말을 대신 전해 다오.」

「그런 말을 어떻게 할 수 있어요?」

「그러니까 나 대신 너를 보내려는 게 아니냐? 아무래도 내 입으로야 어떻게 그 말을 하겠니?」

「그럼 형님은 어디로 가시죠?」

「뒷골목이지.」

「저 그루세니카네 집에?」하고 알료샤는 비통한 음성으로 손뼉을 딱 쳤다. 「듣고 보니 라키친이 한 말이 거짓은 아니었군요? 나는 형님이 그저 두어 번 찾아다니다가 이젠 아주 발길을 끊은 줄만 알았었는데.」

「하긴 약혼한 몸으로 출입을 할 수 있는 곳은 아니지. 있을 수 없는 일이야. 더구나 카챠와 같은 약혼녀를 두고 모두가 보는 앞에서 어떻게 그따위 파렴치한 짓을 할 수 있겠니? 나에게도 염치라는 건 있으니까 말이다. 그렇지만 그루세니카를 만나게 된 그 순간부터 나는 누구의 약혼자랄 수도 없고 또 염치를 아는 사람이랄 수도 없게 되어 버리고 말았거든. 그 점은 나 자신도 잘 알고 있지. 그런데 넌 왜 그런 눈으로 쳐다보고 있니? 사실 처음엔 그 여자를 때려 주려고 갔었단다. 아버지의 대리인인 그 퇴역 대위 녀석이 내 어음을 그루세니카에게 주어 나를 고소하라고 했다기에 갔던 거야. 요컨대 나한테 겁을 주어서 유산 문제에서 손을 떼도록 하려는 속셈이었지. 이게 근거가 있는 소문이란 건 나중에야 확인을 했지만 어쨌든 나를 협박하겠다는 수작이 아니고 뭐겠니? 그래서 나는 그루세니카를 패주려고 살기등등해서 달려갔던 거야. 하긴 그전에도 몇 번 그 계집을 본 적은 있지만 그때는 무심코 지나버리고 말았었으니까. 그 늙은 상인과 살았었다던 얘기도 알고 있지. 요즘엔 병이 들어서 골골하고 있는 형편인데 어쨌든 그루세니카에게 꽤 많은 돈을 남겨 주고 갈 모양이더라. 그 여자가 돈 버는 데 부쩍 맛을 들여서 고리 대금을 하고 있다는 말도, 또 돈에 관한 한 바늘 한 개 들어갈 수 없을 정도로 인정 사정 없는 악질이란 말도 죄다 들어서 알고 있었어. 그래서 아무래도 한 번 두들겨 패주어야 하겠다고 찾아간 거지. 그런데 거기까지는 좋았었는데 결국 나는 그 여자 집에 그냥 주저앉아 버리게 되고 말았거든. 벼락에 맞았는지, 열병에 걸렸는지, 하여튼 그때 걸린 병이 아직까지도 낫지 않고 있는 거야. 물론 나도 이젠 모든 것이 끝장이 났다는 건 잘 알고 있지.

이젠 돌이키기에는 이미 너무 때가 늦어 버리고 말아서 그 어떠한 변화도 일어날 수가 없는 거야. 이제 그쯤 설명했으니 너도 사정이 어떻게 된 것인지는 알았겠지? 그런데 바로 그런 때에 뜻밖에도 거지나 다름없는 내 수중에 삼천 루블리라는 거금이 갑자기 굴러들어왔어. 그래서 나는 그루세니카를 데리고 여기서 이십오 베르스타쯤 떨어진 모크로예라는 마을로 놀러갔었지. 거기에서 집시들을 부른다, 샴페인을 시킨다, 마을 농부들과 아낙네들 계집아이들 할 것 없이 모조리 불러 실컷 먹인다 하는 식으로 흥청망청 수천 루블리의 돈을 뿌려 버렸거든. 사흘이 못 가서 다시 빈털터리가 되고 말았지만 어쨌든 그때 기분만큼은 눈 아래 아무것도 보이는 게 없더군. 그런데 너는 내가 그때 무슨 목적이라도 달성했을 거라고 생각하겠지? 천만에, 어림도 없었어. 아무것도 주려고 하지 않았다니까! 너는 혹시 곡선미라는 걸 아니? 그루세니카의 몸에는 기막힌 곡선이 있지. 그 곡선이 그 계집의 다리에도 있고 발등에도 있고 왼쪽 새끼발가락에도 나타나 있어. 그 새끼발가락의 곡선을 보고 난 거기다 키스를 했지. 그것뿐이야, 정말 그것뿐이었다니까! 그 계집은 『당신은 거지예요. 그렇지만 원한다면 당신한테 시집을 갈 수도 있어요. 절대로 나를 때리지 않고 또 내가 무슨 짓을 해도 절대로 상관하지 않겠다고 맹세한다면 혹시 결혼해 줄는지도 모르죠.』하고 깔깔거리며 웃어대더군. 그리고 요즘에도 여전히 그런 투로 깔깔거리고만 있어!」

드미트리는 분연히 자리를 박차고 일어섰다. 그의 눈에는 술에 취한 사람처럼 갑자기 핏발이 섰다.

「그럼 형님은 그 여자와 정말로 결혼을 할 생각인가요?」

「그 여자가 원한다면 당장이라도 하지. 그렇지만 원하지 않는다면 그냥 이대로 있을 테다. 나는 그 집의 문지기 노릇이라도 기꺼이 할 생각이니까. 그런데 너는……너는 말이다, 알료샤.」하고 그는 우뚝 멈춰 서서 알료샤의 두 어깨를 불쑥 움켜쥐고 흔들어대기 시작했다. 「너처럼 순진한 소년은 잘 모르겠지만 이건 모두 하나의 악몽이야. 무의미한 악몽이고 동시에 비극이지! 그렇지만 알료샤, 나는 비록 비열하고 추잡한 정욕에 사로잡힌 사람인지는 모르지만, 그렇다고 해서 이 드미트리 카라마조프가 좀도둑이나 날치기나 사기꾼으로 타락해 버린 인간은 결코 아니야. 하긴 내가 한 짓을 보면 그렇게도 말할 수 있겠지. 솔직히 말하면 나는 역시 좀도둑이요 날치기요 사기꾼이니까! 그때 그루세니카를 때려 주려고 찾아가기 직전에, 즉 바로 그날 아침에 카테리나가 나를 부르더니 당분간 비밀을 엄수해 달라면서 무엇 때문이었는지는 모르지만 아마 따로 무슨 사정이 있었던 모양이므로, 지금 당장 현청(縣廳) 소재지에 가서 모스크바에 있는 이복 언니(아가피야)에게 삼천 루블리를 우편으로 송금해 달라고 부탁하더군. 거기까지 일부러 가서 돈을 부치라는 것은 아마 이 고장 사람들에게 알리고 싶지 않았기 때문이었을 거야. 나는 그 삼천 루블리를 주머니에 넣은 채로 먼저 그루세니카를 찾아갔다가 그만 그 길로 모크로예로 직행하게 되었던 거지. 나중에 나는 카테리나에게 부탁대로 돈을 부친 것처럼 말했지만 돈을 맡긴 영수증은 보여 주지도 않았어. 그저 돈은 틀림없이 송금했는데 영수증은 나중에 갖다 주마고 우물쭈물 해놓고서는 아직까지도 갖다주지 않고 있는 형편이지. 그 일은 깜빡 잊어버리고 있다는 것처럼 말이야. 그러니까 오늘 네가 카테리나를 찾아가면 반드시 그 얘기가 나올 거다. 『형님이 안부를 전하라더군요.』하면 대뜸 아가씨는『그런데 돈 얘긴 없었던가요?』하고 물어 볼 거야. 그때는 이렇게 대답해 다오. 『형은 비열한 호색한이며 정욕을 억제할 줄 모르는 하등동물입니다. 사실은 형이 그 돈을 죄다 써버리고 말았답니다. 하등동물이니까 자기 자신을 억제할 수가 없었던 모양이죠.』라고 말이야. 또 이렇게 한 마디쯤 덧붙이는 것도 무방하겠지. 『그렇지만 형은 결코 도둑놈은 아니니까 그 삼천 루블리는 다시 돌려보내겠다고 합니다. 그러니 아가피야 아가씨에게 직접 송금해 주세요. 형은 날더러 대신 사과의 말을 전해 달라고 하더군요.』라고. 아아, 그러면 그 여자는 또『그래 돈은 지금 어디 있죠?』하고 물어 볼 테지!」

 「형님은 정말 불행한 사람이군요! 하지만 자기가 생각하는 것만큼 그토록 불행한 것은 아닐 거예요. 지나치게 절망에 빠져 스스로를 괴롭힐 필요는 없어요. 자기 자신을 너무 학대하는 건 좋지 않은 일이니까요!」

 「뭐 너는 내가 그 삼천 루블리를 구하지 못하면 당장 자살이라도 할 줄로 여기는 모양이구나? 그렇지만 난 권총으로 자살하는 따위는 하지 않을 거야. 혹시 언젠가는 하게 될는지도 모르지만 지금 당장은 그럴 만한 경황이 없어. 그저 지금은 그루세니카에게 가야만 한단다……. 나는 이제 될 대로 되라고 내버려둘 수밖에 없어!」

 「거기에 가서 뭘 하지요?」

 「그 여자의 남편이 되지. 그래서 남편 노릇을 하는 거야. 즉 정부(情夫)가 찾아오면 얼른 다른 방으로 자리를 피해 주는 역할을 맡는 거지. 또 사내 친구들 구두에 묻은 흙도 털어 주고 사모바르도 끓여 주고 잔심부름도 해주고 말이다…….」

 「카테리나는 모든 것을 이해해 줄 거예요.」하고 알료샤는 엄숙한 태도로 말했다. 「그분은 꼭 이 불행의 밑바닥까지 모두 이해하고 또 모든 것을 용서해 줄 거예요. 그 아가씨는 뛰어난 이지(理智)의 소유자니까 이 세상에서 형님보다 더 불행한 사람은 없다는 걸 스스로 잘 알고 있을 겁니다.」

「아니, 아마 모든 것을 다 용서하지는 않을 걸.」하고 드미트리는 쓸쓸하게 웃었다. 「이런 사건에는 제아무리 관대한 여자라도 도저히 용서할 수 없는 어떤 미묘한 점이 있는 법이니까. 그보다도 지금 가장 좋은 방법이 있다면 그게 무엇이겠니?」

「무엇인데요?」

「삼천 루블리를 갚아 버리면 되는 거 아니냐?」

「그렇지만 그 돈이 어디서 납니까? 아 참, 이렇게 하면 되겠군요. 내 몫으로 이천 루블리가 있고 또 이반 형도 천 루블리쯤은 낼 수 있을 테니까 그 삼천 루블리로 갚아 주면 되겠군요.」

「그렇지만 그 돈이 언제 손에 들어온다던? 더구나 너는 아직 성년(成年)이 되지 않았는데 말이다. 그건 그렇고, 어쨌든 오늘 너는 꼭 카테리나에게로 가서 나 대신 작별 인사를 전해 줘야만 하겠어. 돈을 갖고 가건 빈 손으로 가건간에 말이다. 이젠 이 문제를 더 이상 끌어 갈 수는 없는 노릇이니까. 그만큼 사정이 급박하게 되었거든. 내일은 너무 늦어, 암 너무 늦어 버리고 말지. 더 늦기 전에 난 먼저 너를 아버지한테 보낼 생각이야.」

「아버지한테로?」

「그래. 카테리나에게 가기 전에 먼저 아버지한테 들러서 삼천 루블리만 달라고 말해 보렴.」

「그렇지만 형님, 아마 아버지는 안 주실 겁니다.」

「그야 안 줄 테지. 그럴 거라는 건 나도 알아. 하지만 알료샤, 너도 절망이 어떤 것이라는 건 알고 있겠지?」

「알아요.」

「그래서 말이다, 법적으로 따지자면 아버지는 나한테 아무 빚도 없겠지. 내가 모두 찾아 쓴 것으로 되어 있으니 말이다. 나도 그 점은 잘 알고 있어. 하지만 도덕적인 면에서 보자면 역시 아버지는 내게 빚이 있는 게 아니겠니? 우리 어머니의 돈 이만 팔천 루블리를 밑천으로 해서 십만 이상이나 모았다는 건 부정할 수 없는 사실이니까. 그러니 그 본전 이만 팔천 루블리 중에서 삼천 루블리만, 꼭 삼천 루블리만 나에게 준다면 아버지는 그것으로 맏아들을 지옥에서 구출할 뿐더러 자기 자신의 죄도 함께 용서받을 수 있는 거야! 만일 그 삼천 루블리만 내 손에 쥐어 준다면 나는 모든 셈을 그것으로 청산하고 다시는 아버지의 눈앞에도 나타나지 않을 생각이거든. 나에 관한 소문 하나라도 아버지 귀에 들어가지 않게 할 작정이야. 이건 너에게 엄숙하게 맹세하지. 요는 아버지에게 마지막으로 아버지 노릇을 할 수 있는 기회를 제공하겠다는 거니까. 가서 이것은 하느님이 주시는 기회라고 분명히 말해 다오.」

「미챠, 아버지는 아무래도 돈을 내놓지 않을걸요.」

「그야 그럴 테지. 안 내놓으라는 건 뻔한 노릇이거든. 더구나 지금 이 시기엔 더욱 안 될 거야. 그런데 말이다, 나는 이런 것도 알고 있지. 아버지는 요즘에, 아니 어제 오늘에 와서야 그루세니카가 농담이 아니라 정말로 나하고 결혼할는지도 모른다는 사실을 분명이 알아챘단 말이거든. 이 분명히란 말에 유의할 필요가 있어. 자기도 그 암코양이년의 성질은 잘 알고 있으니까, 만일 나에게 돈을 주었다가는 일이 어떻게 되리라는 건 뻔한 일이지. 그건 불에다 기름을 붓는 격이니까. 그리고 애, 그보다 더 굉장한 일이 있단다. 아버지는 삼천 루블리를 은행에서 찾아다가 빳빳한 백 루블리 뭉치로 바꿔 가지고 종이로 포장을 하고 봉인을 다섯 군데나 해서 빨간 끈으로 십자로 묶은 봉투를 벌써 사오 일 전부터 준비해 가지고 있다는 사실을 나는 알고 있거든. 어때, 이만하면 나도 상당히 자세한 부분까지 알고 있지? 봉투 위에는 〈나의 천사 그루세니카에게. 만약 나에게 찾아와 준다면.〉 하고 씌어 있다더군. 아버지는 집안 식구가 모두 잠이 든 다음에 혼자서 몰래 이 글을 적어 넣었다니까 그런 돈이 아버지 방에 감춰져 있다는 건 하인 스메르쟈코프밖에는 아무도 모르고 있어. 아버지는 그 녀석의 정직함을 자기 자신만큼이나 믿고 있는 터이니. 그래서 아버지는 벌써 사나흘째나 혹시 그루세니카가 그 돈을 받으러 오지나 않을까 하고 기다리고 있는 중이야. 그루세니카에게 그 봉투 이야기를 슬쩍 비쳤더니 〈가게 될는지도 모른다〉는 회답이 왔기 때문이지. 만일 정말로 그루세니카가 영감을 찾아간다면 나는 그 여자와 결혼을 할 수 없게 되지 않겠니? 그러니까 너도 이제는 내가 왜 이런 데서 혼자 몰래 앉아 있는지 그리고 또 무엇을 감시하고 있는지 알 수 있겠지, 응?」

「그루세니카를 지키고 있다는 말씀이군요.」

「암, 그렇고 말고. 그런데 이 집 주인인 그 게으름뱅이 모녀한테서 포마라는 친구가 작은 방 하나를 세들어 있거든. 포마라는 친구는 본래 이 고장 태생으로 전에 내가 있던 부대에 병졸로 근무한 적이 있어서 잘 아는 사이야. 그 친구는 낮에는 주로 메추리 사냥을 다니고 밤에는 야경원 노릇을 해서 생계를 유지하고 있는 형편이지. 나는 이 친구의 방에 들어 있는데 이 친구나 주인 모녀는 내 비밀은 아무것도 모르고 있지. 다시 말해서 내가 여기서 무엇을 감시하고 있다는 건 전혀 눈치채지 못하고 있거든.」

「결국 이 일을 아는 사람은 스메르쟈코프밖엔 없겠군요?」

「그런 셈이지. 그 녀석은 만일 그루세니카가 영감을 찾아오면 곧 내게 알려 주기로 되어 있어.」

「돈 봉투에 관한 얘기를 알려 준 것도 역시 스메르쟈코프인가요?」

「그래. 그렇지만 이건 절대 비밀이야. 이반까지도 돈에 관해서는 아무것도 모르고 있지. 지금 영감은 이반을 사날 동안 체르마쉬냐에 보낼 예정으로 있어. 거기 있는 영감의 숲을 팔천 루블리인가 얼마로 벌채하겠다는 작자가 나타났거든. 그래서 영감은 이반에게『제발 좀 내 대신 다녀와 주려무나.』하고 열심히 설득하고 있는 중이지. 날짜야 비록 이틀이나 사흘밖에 안 되는 일정이지만 이반이 없는 동안에 그루세니카를 집 안에 끌어들이려는 수작이거든.」

「그러면 아버지는 오늘도 그루세니카가 오기를 기다리고 있는 겁니까?」

「그건 아니야. 아마 오늘은 오지 않을 거야. 그럴 만한 징후가 있으니까. 오늘 오지 않는다는 건 확실해!」하고 드미트리는 갑자기 언성을 높였다.「스메르쟈코프도 그 점은 나와 같은 생각이지. 지금 아버지는 식당에서 이반과 술을 마시고 있거든. 그러니까 알료샤야, 지금 거기로 가서 아버지에게 삼천 루블리만 달래 가지고 오지 않겠니?」

「형님, 좀 진정하세요!」하고 알료샤는 자리에서 벌떡 일어나 드미트리의 흥분된 얼굴을 쳐다보며 소리쳤다. 그는 형이 갑자기 미쳐 버린 것이나 아닌가 하고 생각했다.

「왜 그러니? 나는 미친 게 아냐.」하고 드미트리는 어딘가 거만한 듯한 눈으로 동생의 얼굴을 찬찬히 들여다보면서 말했다.「지금 내가 너를 아버지에게 보내려는 것은 사실이고 내가 지금 무슨 말을 하고 있는지도 나는 잘 알고 있어. 지금 나는 기적을 믿는 거란다.」

「기적을?」

「기적을 믿지, 하느님의 섭리에 따른 기적을 말이야. 하느님은 지금 내 마음 속을 잘 알고 계실 뿐 아니라 지금 내게서 일어나고 있는 모든 광경을 환히 내려다보고 계시거든. 그러니까 하느님께서 설마 무시무시한 사건이 벌어지도록 그냥 버려 두실 리는 없지 않겠니? 알료샤, 나는 기적을 믿고 있어. 그러니 어서 갔다와 주렴!」

「그럼 다녀오지요. 형님은 그냥 여기서 기다리실 셈인가요?」

「그래, 기다리지. 갔다가 다시 돌아오자면 아무래도 시간이 좀 걸릴 테지. 그 점도 나는 생각하고 있어. 아무래도 들어가자마자 돈 얘기부터 꺼낼 수는 없는 노릇일 테고, 더구나 아버지는 지금 잔뜩 취해 있을 테니까 말이야. 그렇지만 난 세 시간이고 네 시간이고 다섯 시간이고 아니 여섯 시간, 일곱 시간이고 이대로 기다리고 있을 테다. 그렇지만 꼭 명심해 두어야 할 것은 무슨 일이 있어도 오늘 안으로, 밤 열 두 시라도 좋으니 꼭 카테리나에게 가야 한다는 거야. 돈을 갖고 가든 빈 손으로 가든간에 어쨌든 꼭 찾아가야 한다. 가서 『형님이 안부를 전하라고 하더군요.』하고 전해 다오. 네 입으로 꼭 『형님이 안부를 전하라고 하더군요.』라고 말해야 한다.」

「미챠, 그보다도 오늘이라도 그루세니카가 불쑥 나타나면 어떻게 하죠? 아니, 꼭 오늘이 아니라도 내일 모레 사이에 갑자기 여기 나타난다면 말이에요.」

「그러면 죽여 버리지. 그런 꼴을 보고 어떻게 참으란 말이냐?」

「누구를 죽인다고요?」

「영감을 죽여야지. 계집은 안 죽일 테야.」

「어쩌면 그런 말을!」

「하긴 나도 잘 몰라. 어쩌면 죽일지도 모르고 어쩌면 안 죽일지도 모르겠어. 내가 걱정되는 건 바로 그때 그 순간에 아버지의 얼굴이 느닷없이 구역질나게 보이지나 않을까 하는 점이야. 영감의 툭 불거진 울대며, 꼬부라진 콧날이며, 뻔뻔스러워 보이는 눈이나 입매를 보면 난 그자에 대한 혐오감을 금할 수가 없으니까. 금방 속이 확 뒤집혀 버릴 지경이지! 나는 바로 그것이 무섭단 말이다. 그것만큼은 도저히 참아낼 수 없을 것 같구나…….」

「어쨌든 다녀오기로 하지요, 형님. 그런 무서운 일이 일어나지 않도록 하느님께서 잘 보살펴 주시겠지요.」

「그럼 난 여기 이대로 앉아서 그 기적이 일어나기를 기다리고 있기로 하지. 그러나 만일 기적이 일어나지 않는다면 나는 결국……:」

알료샤는 깊은 생각에 잠긴 채 아버지의 집을 향해서 걸음을 옮겨 놓았다.

6. 스메르쟈코프

알료샤는 정말 아버지가 아직도 식탁에 앉아 있는 것을 보았다. 이 집에는 식당이 따로 있었지만 여느 때와 마찬가지로 식탁은 응접실에 차려져 있었다. 응접실은 이 집에선 가장 큰 방으로 언뜻 보기엔 고풍으로 꾸며져 있었다. 의자 등속은 흰색의 뼈대에 낡은 붉은 비단을 씌운 아주 구식의 것이었고 창문과 창문 사이의 벽에 걸린 거울도 테두리를 흰색으로 칠하고 금박을 입혀 구식으로 조각한 것이었다. 여기저기 벽지가 찢어진 하얀 벽에는 커다란 초상화가 두 개 걸려 있었다. 그 중 하나는 삼십 년 전에 이 지방 총독을 지낸 어느 귀족의 것이고 다

160

른 하나는 역시 꽤 오래 전에 세상을 떠난 어느 주교의 초상이었다. 방문 맞은편 구석에는 몇 개의 성상이 안치되어 있어서 어두워지면 그 앞에 등불을 켜놓곤 하였는데 그것은 신앙심 때문이라기 보다는 방안을 밝히기 위한 것이었다. 표도르는 새벽 세 시나 네 시가 되어서야 잠자리에 들곤 했었는데 그때까지 그는 방안을 서성거리거나 안락의자에 기대앉아 무슨 생각을 하는 것이 습관처럼 되어 있었다. 하인들을 바깥채로 보낸 뒤 혼자 안채에서 자는 경우도 더러 있었지만, 보통은 스메르쟈코프가 그와 함께 남아서 응접실의 긴 의자에서 자곤 했다.

알료샤가 들어가 보니 이미 저녁식사는 끝나고 커피와 다과가 마련되어 있었다. 표도르는 식사 뒤에 단것을 안주로 꼬냑을 마시기를 즐겨했다. 이반도 식탁에 앉아 커피를 마시고 있었다. 그리고리와 스메르쟈코프가 식탁 옆에서 시중을 들고 있었는데 주인들이나 하인들이나 다같이 전에 없이 명랑한 기색이었다. 표도르는 연방 너털웃음을 터뜨리고 있었다. 알료샤는 방안에 들어서자마자 귀에 익은 그 높은 웃음 소리를 듣고 그 웃음 소리로 보아 아버지의 취기가 아직 얼근한 정도일 뿐 만취하기엔 멀었다는 것을 알 수 있었다.

「왔구나! 왔어.」표도르는 알료샤를 보자 희색이 만면해서 소리쳤다. 「자, 이리로 와서 같이 앉아 커피라도 한 잔 하렴. 커피는 기름기 있는 음식이 아니니까 괜찮겠지? 기름기는 없지만 따끈한 게 그저 그만이거든. 넌 도를 닦는 중이니까 꼬냑은 권하지 않으마. 그래도 좀 마셔 보겠니? 아니 너한테는 리큐르를, 아주 고급 리큐르를 권하는 게 낫겠군. 스메르쟈코프, 네가 찬장에 가서 가져오너라, 둘째 선반 오른쪽에 있을 테니. 여기 열쇠 갖고 빨리!」

알료샤는 리큐르도 거절하려 했다. 「괜찮아, 네가 안 마셔도 우리가 마실 테니까.」하고 표도르는 또 너털웃음을 터뜨리며 말했다. 「가만 있자, 너 저녁은 먹었니?」

「네, 먹었어요.」하고 알료샤는 대답했으나 실은 수도원장 댁 부엌에서 빵 한 조각과 크바스 한 잔을 마신 것밖엔 없었다. 「그렇지만 따끈한 커피라면 한 잔 하고 싶은데요.」

「좋아, 잘 생각했다! 커피라도 마시겠다니 다행이다. 어디, 아주 식어 버렸나? 아니 아직 끓고 있군. 이건 참 일급 커피야. 이건 스메르쟈코프의 솜씨지. 커피와 생선 파이나 생선 수프 솜씨에선 우리 스메르쟈코프가 그만이거든. 너도 언제 한 번 와서 생선 수프를 먹어 보렴. 다만 그땐 미리 기별을 하고 오너라. 그런데 가만 있자, 아까 내가 오전에 이불이랑 베개랑 죄다 싸 가지고 오라고 했었는데, 그래 갖고 왔니? 헛, 헛, 허.」

「아니, 안 갖고 왔어요.」알료샤도 싱긋 웃으며 대답했다.

「하지만 아깐 놀랐지? 놀랐을 거야. 얘, 알료샤야, 네게 괴로운 일을 내가 어떻게 할 수 있겠니? 한데 이반아, 이 녀석이 내 눈을 들여다보며 싱글싱글 웃으면 도저히 그냥 앉아 배길 수가 없구나. 속에서 웃음이 치밀어올라 정말 견딜 수가 없구나! 귀여운 녀석 같으니! 알료샤야, 너한테 아비로서의 축복을 해주마.」

알료샤는 몸을 일으켰지만 표도르는 그 순간 어느새 생각이 달라져 있었다.

「아니, 아니다, 지금은 그저 성호를 긋는 것만으로 해두자. 자, 이젠 됐으니 도로 앉아라. 그런데 네게 들려 줄 얘깃거리가 있지. 네가 들으면 좋아할 얘기로선 안성마춤이지. 실컷 웃어 봐라. 다름 아니라 우리 발람의 나귀(자기 주인 발람의 불행을 인간의 말로 경고한 나귀. 《구약성서》민수기 22장)가 별안간 입을 열기 시작하지 않았겠니! 게다가 말도 어찌나 유창한지 청산유수라니까!」

발람의 나귀라는 것은 하인 스메르쟈코프를 두고 하는 말이었다. 이제 겨우 스물 네댓밖에 안 된 청년인데도 사교성이라곤 전혀 찾아볼 수 없고 유달리 과묵한 사나이였다. 그것도 원래가 무뚝뚝하다든가 수줍어하기 때문이 아니라 오히려 그와는 반대로 성격이 오만하기 때문이었으며, 이러한 그의 태도에서는 모든 사람을 멸시하는 태도까지 엿보였다. 이 기회에 여기서 이 사람에 대해 몇 마디 설명을 해둘 필요가 있을 것 같다. 스메르쟈코프는 마르파 이그나지예브나와 그리고리 바실리예비치의 손에서 자라났으나, 그리고리의 말대로 은혜라는 걸 전혀 모르고 성장했기 때문인지 좀처럼 사람을 가까이하지 않고 구석진 곳에 혼자 숨어서 세상을 흘겨보는 듯하는 소년이 되어버렸다. 어릴 때는 고양이의 목을 졸라 죽인 뒤 장례식 놀이를 하기를 가장 좋아했다. 그는 시트 자락을 상복 대신 걸치고 향로(香爐) 비슷한 물건을 아무거나 골라 고양이 시체 위에서 휘두르며 장례식 노래를 부르곤 했다. 이런 짓은 언제나 아무도 모르게 혼자 숨어서 했는데 한 번은 그리고리가 발견하고 채찍으로 호되게 때려준 일이 있었다. 그러자 그는 방구석에 틀어박혀 일 주일 가량이나 거기서 눈을 흘기고 있었다. 「저 녀석은 나나 당신을 증오하고 있어, 저 괴물 녀석이 말이야.」하고 그리고리는 마르파에게 말했다. 「아니, 세상 사람들을 모두 미워하고 있는 게 분명해. 야, 네 녀석도 그래 사람이냐?」하고 이번엔 직접 스메르쟈코프에게 대놓고 말했다. 「너는 사람의 새끼가 아니야, 목욕탕 수증기 속에서 잘못 생겨난…… 그런 놈이란 말이다.」그 뒤에 알게 되지만 스메르쟈코프는 그리고리의 이 말을 두고두고 뼈에 새기고 있었다. 그리고리는 그에게 글을 가르쳤으며 열 두 살 때부터는 성경 얘기도 가르치기 시작했지만 이것은 곧 실패로 돌아가고 말았다. 두 번짼가 세 번째 공부 시간에 소년은 갑자기 피식 웃어버리고 말았던 것이다.

「뭣 때문에 웃는 거냐?」그리고리는 안경 너머로 그를 무섭게 노려보며 물었다.

「아무것도 아녜요. 하느님은 첫째날에 세상을 만드시고, 넷째날에는 해와 달과 별을 만드셨다는데, 그렇다면 첫째날엔 대체 어디서 빛이 비쳤을까 해서요.」

그리고리는 어안이 벙벙했다. 소년은 조소하는 듯이 선생을 바라보았고 그 눈길에는 오만불손한 기미마저 엿보였다. 그리고리는 더 이상 참을 수가 없어 갑자기「여기서 비쳤다!」하고 고함을 지르며 느닷없이 제자의 뺨을 후려갈겼다.

소년은 한 마디 대꾸도 없이 그것을 감수했지만 또다시 며칠 동안 방구석에 쳐박혀 버렸다. 그런데 그 뒤 일 주일 만에 그의 일생을 통해서 불치의 병이 되고 만 간질병의 발작이 처음으로 나타났다. 이런 소식을 전해듣고 표도르는 소년에 대한 종전의 태도를 일변한 것 같았다. 그전까지만 해도 표도르는 소년에게 욕을 한 적도 없고 마주칠 적마다 일 코페이카짜리 동전을 쥐어주기도 하고 기분이 좋을 때면 식탁에서 사탕 따위를 보내주는 일도 있긴 했지만, 대체로 말해서 소년에게 무관심한 태도로 일관해 왔다. 그러던 것이 간질병 증세가 나타났다는 말을 전해듣자 별안간 관심을 나타내기 시작하여 즉시 의사까지 불러 치료하게 했던 것이다. 그러나 병은 완치가 힘들다는 것이 판명되었다. 발작은 평균 한 달에 한 번 정도였으나 그 시기는 불규칙했다. 발작의 정도도 일정하지가 않아서 비교적 가벼울 때도 있고 몹시 심할 때도 있었다. 표도르 파블로비치는 그리고리를 불러 아이에게 절대로 벌을 주지 말도록 엄중히 타일렀고 소년에게 안채에 있는 자기 방에 드나드는 것도 허용했다. 그리고 공부를 가르치는 것도 당분간 금지했다. 소년이 열 다섯 살이 되던 어느날 표도르는 그가 책장 앞을 서성거리며 유리창을 통해 책들의 제목을 읽고 있는 것을 발견했다. 표도르는 백여 권이나 되는 제법 많은 장서가 있었지만 본인이 책을 읽는 것을 본 사람은 아무도 없었다. 그는 즉각 스메르쟈코프에게 책장 열쇠를 내주고「자, 네 맘대로 읽어 봐라. 뜰안을 쏘다니는 것보다는 장서 관리나 하면서 책이나 읽는 편이 좋을 게다. 우선 이걸 읽어 보렴.」하며《치카치카 근교 야화》(고골리 유머 작품집)를 뽑아 주었다.

소년은 그 책을 읽으면서도 뭐가 불만인지 한 번도 웃지 않았을 뿐만 아니라 다 읽은 뒤에도 사뭇 얼굴까지 찌푸리는 것이었다.

「왜, 우습지 않니?」하고 표도르는 물었다.

스메르쟈코프는 아무 대꾸도 안했다.

「바보 같으니, 어서 말해 봐!」

「이 책엔 거짓말밖에 없는 걸요.」하고 스메르쟈코프는 싱겁게 웃으며 중얼거리듯 말했다.

「빌어먹을 녀석! 그게 바로 하인 근성이라는 거야. 가만 있자, 그럼 이건 어떠냐? 스마라그도프의 《세계사》지. 여기 씌어 있는 건 전부가 사실뿐이니 한 번 읽어 봐라.」

그러나 스메르쟈코프는 스마라그도프를 십 페이지도 읽지 않았다. 도대체 재미가 없었기 때문이다. 결국 책장 문은 다시 닫혀지고 말았다. 얼마 뒤 마르파와 그리고리는 스메르쟈코프가 점점 지나칠 정도로 까다롭고 결벽스럽게 되어 간다고 표도르에게 보고했다. 국을 떠먹을 때도 국 속에 무엇이 있기나 한 것처럼 숟가락으로 휘저어 보기도 하고, 등을 구부리고 한참 들여다보는가 하면 한 술 떠서 불빛에 비쳐 보기도 한다는 것이었다.

「뭐 바퀴벌레라도 빠졌니?」하고 그리고리가 물어본다.

「아마 파리겠죠.」하고 마르파도 한 마디한다.

갑작스런 결벽증에 걸린 청년은 한 번도 그런 얘기에 대답한 적이 없이 빵이나 고기나 무슨 음식이든지 반드시 그런 짓을 되풀이했다. 포크로 빵 조각을 집어 가지고는 마치 현미경이라도 들여다보듯 불빛에 비쳐보며 자세히 조사하다가 한참을 망설인 끝에 비로소 입에 집어넣는 것이다. 「홍, 이건 뭐 귀족집 도련님보다 더하군 그래.」하고 그리고리는 그것을 보며 곧잘 이렇게 투덜거렸다. 표도르는 스메르쟈코프에게 이런 새로운 버릇이 생긴 것을 알고는 그를 요리사로 만들 작정을 하고 요리 공부를 시키러 모스크바로 보냈다. 그래서 그는 몇 해 동안 조리법을 배우느라고 거기 가 있었는데, 돌아왔을 때에는 몰라보게 모습이 변해 있었다. 어찌 된 셈인지 굉장히 늙어 보였고 나이에 어울리지 않게 주름살 투성이가 된 데다가 안색까지 누렇게 변한 것이, 흡사 거세(去勢)당한 사내 같았다. 성격만은 모스크바에 가기 전과 매한가지로 여전히 사교적이 못되고 상대가 누구건 조금도 사귀려는 기색을 찾아볼 수가 없었다. 나중에 들은 얘기로는 모스크바에 있을 동안에도 역시 그 모양으로 늘 말이 없었다고 했다. 모스크바라는 도시 자체도 그다지 그의 흥미를 끌지 못했던 모양인지 그는 모스크바에 대해서도 별로 아는 것이 없었다. 자기에게 직접적인 관련이 없는 것에는 전혀 주의를 하지 않았던 것이다. 극장에는 단 한 번 간 적이 있는데 무엇 때문인지 부루퉁해 가지고 돌아왔다고 한다. 그런데도 모스크바에서 돌아왔을 때는 제법 훌륭한 옷차림을 하고 있었다. 새하얀 셔츠에 말쑥한 프록코트를 입고 하루에 두 번씩은 꼭 정성들여 옷의 손질을 하는 것이었다. 그리고 송아지 가죽으로 만든 멋진 구두를 신고 있었는데, 그것을 영국제 고급 구두약으로 닦고 다녀서 언제나 거울처럼 반짝거렸다. 요리사로서의 솜씨는 더할 나위 없었다. 표도르는 그에게 고정 급료를 주었는데 그는 급료의 전부를 옷차림과 포마드, 향수 따위에 써버리곤 했다. 그러나 그는 여성을 대할 때에도 남자를 대할 때와 마찬가지로 상대방을 멸시하는 듯한 거드름을 피워 누구하고나 가까이하려 하지 않았다. 표도르가 그를 대하는 태도는 약간 입장이 달라졌다. 그것은 다름이 아니라 그의 간질병 발작이 점점 심해지는 날에는 마르파가 대신 식사 준비를 했는데 그것이 도무지 표도르의 구미에 맞지 않았기 때문이다.

「그놈의 발작은 왜 점점 잦아지는 건가?」하고 그는 요리사의 얼굴을 들여다보며 가끔 이런 불만을 털어놓고는 했다. 「결혼이라도 하면 좀 나을 텐데. 어때, 내가 중매를 서 볼까?」

그러나 스메르쟈코프는 분하다는 듯이 안색마저 창백해 가지고는 말대꾸도 하려 들지 않았다. 그러면 표도르도 하는 수 없다는 듯이 손을 한 번 내젓고는 그에게서 물러나는 것이었다. 하지만 무엇보다 다행한 것은 그의 성질이 정직하여 무엇을 가로채거나 훔치거나 하는 일은 절대로 없었고, 표도르도 그 점은 굳게 믿고 있었다는 사실이다. 언젠가 표도르는 술에 만취하여 그날 들어온 무지개빛 지폐(백 루블리짜리 돈) 세 장을 떨어뜨린 일이 있었다. 이튿날에야 그걸 알고 당황하여 호주머니란 호주머니를 모조리 뒤지다가 힐끗 책상 위를 보니 그 돈이 고스란히 놓여 있었다. 대체 어떻게 해서 여기 있을까? 그것은 스메르쟈코프가 어제 주워서 거기다 갖다 놓았던 것이다. 그걸 알고 표도르는 「정말이지 난 너같이 정직한 놈은 별로 보지를 못했다.」하고 말하고는 그에게 십 루블리를 주었다. 그런데 여기서 한 가지 명기할 만한 것은 표도르가 이 청년의 정직을 믿게 된 것뿐만 아니라 무슨 까닭에서인지 그를 사랑하게까지 되었다는 사실이다. 그런데도 이 청년은 다른 사람한테나 마찬가지로 표도르에게도 항상 시무룩한 태도를 취했으며 무슨 얘기든지 자기 쪽에서 먼저 말을 꺼내는 일은 극히 드물었다. 그런 경우, 만일 누가 그의 얼굴을 바라보며 도대체 이 청년은 무엇에 흥미를 느끼고 있으며 무슨 생각에 골몰하고 있는가를 알아내고자 해봐도 그 얼굴만 보아서는 도저히 분간할 수 없었을 것이다. 그렇지만 그는 집안에서나 뜰에서나 한길에서 가끔 우뚝 걸음을 멈추고 무슨 생각에 잠겨 십 분 가량이나 그 자리에 서 있을 때도 있었다. 만일 관상가가 그의 얼굴을 자세히 관찰한다 하더라도 거기엔 아무런 사고나 사상도 없고 오로지 명상이라 할 수 있는 그 무엇만이 있을 뿐이라고 말했을 것이다. 화가 크람스코이의 작품 중에 〈명상하는 사람〉이라는 훌륭한 걸작이 있는데, 그것은 겨울 숲을 묘사한 것으로 한 줄기 숲길에 다 떨어진 외투를 입고 짚신을 신은 한 농부가 혼자 외로이 서 있는 그림이다. 호젓한 숲속에서 길을 잃고 혼자 우두커니 서서 무언가 골똘히 생각하고

있는 것 같지만 실은 아무것도 생각하지 않고 그저 멍하니 〈명상〉에 잠겨 있는
데 불과한 것이다. 만일 누가 그를 툭 친다면 그는 흠칫 놀라 마치 꿈에서 깨기
라도 한 것처럼 어리둥절한 눈으로 상대방을 쳐다볼 것이다. 하기야 곧 제정신
이 들긴 하겠지만 그렇게 멍청히 서서 무슨 생각을 하고 있었느냐고 물어보아도
아마 무엇 한 가지 생각한 것을 기억해 내지는 못할 것이다. 그렇지만 그가 명상
중에 받은 인상은 그의 가슴속 깊이 간직되는 것으로서 이러한 인상들은 그에게
매우 귀중한 것이 되어 자기 자신도 의식하지 못하는 중에 하나씩 남몰래 쌓아
두게 된다. 무얼 하려고, 무엇 때문에 그러는지는 본인도 알지 못하는 가운데…
… 이렇게 여러 해 동안 그러한 인상들을 쌓아 모으다가 결국은 모든 것을 내던
지고 영혼의 구원을 위해 예루살렘으로 순례의 길을 떠날지도 모르고, 혹은 갑
자기 자기 고향 마을에 불을 지를지도 모르며, 어쩌면 그런 일들을 동시에 저지
를지도 모른다. 민중 속에는 이런 식의 명상하는 사람이 꽤 많은데 스메르쟈코
프도 필시 이런 명상하는 사람 중의 하나였을 것이다. 그래서 무엇 때문인지 자
기 스스로도 자세히 알지 못한 채 그러한 인상들을 굶주린 사람처럼 쌓아 올리
고 있었음이 분명하다.

7. 논 쟁

그런데 이 발람의 나귀가 갑자기 말을 하기 시작한 것이다. 게다가 화제 또한
기묘한 것이었다. 아침 일찌기 루키야노프의 가게에 물건을 사러 갔던 그리고리
가 가게 주인한테서 어느 러시아 병사에 관한 얘기를 들어 가지고 온 것이 화제
의 발단이었다. 그 병사는 어딘가 먼 아시아 변경에서 아시아인들에게 포로로
잡혀 그리스도교를 버리고 회교로 개종하지 않는다면 당장 참혹한 처형을 하
겠다는 협박을 받고도 끝내 자기 신앙을 버리지 못하겠다고 고집하여 수난을 택
한 결과, 산 채로 가죽을 벗기우면서도 그리스도를 찬양하며 죽어갔다는 얘기
였다. 이 괴담은 바로 그날 배달된 신문에도 실린 기사였는데, 그 얘기를 그리
고리가 식사 때 꺼냈던 것이다. 표도르는 식후를 하고 나서 후식을 안주로 술을
들 때는, 늘 주위에 그리고리밖에 없더라도 무슨 재미있는 이야기를 하며 담소
하길 즐겨했다. 더욱이 이날은 전에 없이 유쾌하고 흥겨운 기분으로 꼬냑 잔을
기울이며 그 이야기를 듣고 난 그는, 그런 병사는 즉시 성인(聖人)으로 추존(追
尊)해야 되며 그 신성한 가죽은 어디 적당한 수도원에 보존해야 좋을 것이라고
했다. 「그러면 참배자들이 몰려와서 성금(誠金)이 꽤 많이 들어올 거야.」 하고

그는 덧붙였다. 그리고리는 표도르가 얘기를 듣고 감동하기는커녕 여느 때처럼 벌받을 소리를 뇌까리기 시작하는 것을 보고 얼굴을 찌푸렸다. 그런데 바로 이 때 문 옆에 서 있던 스메르쟈코프가 무슨 생각에서인지 히죽히죽 웃기 시작했다. 그는 식사가 끝날 무렵엔 전에도 자주 식탁 가까이에 와서 시중드는 것이 허용되어 있었으나, 이반이 이 고장에 온 뒤로는 거의 매일같이 주인이 식사할 때마다 나타나곤 했다.

「넌 뭐가 그리 우습니?」표도르는 스메르쟈코프의 웃음을 곧 눈치채고 이렇게 물어보았다. 물론 그 웃음은 그리고리에 대한 것임을 표도르도 알고 있었다.

「네, 지금 그 이야기 말씀인데요.」하고 스메르쟈코프는 뜻밖에도 커다란 소리로 갑자기 말문을 열었다.「그 병사의 행동은 칭찬받아 마땅할 만큼 위대한지는 잘 모르겠읍니다만, 제 생각엔 그처럼 위급한 경우 그리스도의 이름과 자기의 세례를 부정한다 하더라도 조금도 죄가 되지 않을 것 같습니다. 그렇게 해서라도 자기 목숨을 구할 수 있었다면 앞으로 여러 가지 선행도 할 수 있을 것이고 또 선행을 몇 해고 계속하다 보면 자기의 비겁했던 행위도 보상할 수 있을 테니까요.」

「어째서 죄가 안 된다는 거냐? 허튼 소리 작작 해. 공연히 그런 소릴 하다가는 곧장 지옥에 끌려가서 지글지글 불고기 신세가 되고 말 걸.」하고 표도르가 얼른 말을 받았다.

알료샤가 방에 들어온 것은 바로 이때였던 것이다. 앞에서도 말한 바와 같이 표도르는 알료샤가 온 것을 무척 반가워했다.

「너한테는 아주 안성마춤인 얘깃거리야!」하고 그는 재미있다는 듯이 킬킬거리며 그 이야기를 들려주려고 알료샤를 자리에 앉혔다.

「불고기라니, 결코 그럴 리가 없읍니다. 그런 말들을 한다고 해서 그렇게 되는 건 아니니까요. 만일 모든 걸 공정한 견지에서 본다면 절대로 그런 것은 있을 수 없는 일입니다.」하고 스메르쟈코프는 의젓한 어조로 대꾸했다.

「공정한 견지에서 보다니, 그건 또 무슨 소리냐?」표도르는 무릎으로 알료샤를 툭툭 건드리며 한층더 유쾌한 표정이 되어 이렇게 소리쳤다.

「더러운 놈 같으니! 어느 세상에 저런 놈이 다 있담!」하고 갑자기 그리고리가 내뱉듯 말했다.

「더러운 놈이란 말은 좀 두었다 하십시오. 그리고리 바실리예비치.」하고 스메르쟈코프는 침착하게 대꾸했다.「그보다도 당신 스스로가 곰곰이 생각해 보는 게 나을 겁니다. 만일 내가 그리스도교의 박해자들한테 붙잡혀 하느님의 이름을 저주하고 자기의 성스런 세례를 부정하도록 강요되었다고 하더라도 나는 내 자신의 판단에 따라 행동할 수 있는 완전한 권리를 보유하고 있는 것입니다. 그렇게 하는 것이 죄가 된다고는 할 수 없읍니다.」

「그건 벌써 좀 전에 한 말이 아니냐? 쓸데없는 소린 그만두고, 어서 그 이유를 설명해 봐!」하고 이번엔 표도르가 소리쳤다.

「홍 부엌데기 놈이!」하고 그리고리는 아니꼬운 듯이 중얼거렸다.

「부엌데기 놈이란 말도 좀 두었다 하시지요. 그렇게 욕만 할 게 아니라 좀 잘 생각해 보세요, 그리고리 바실리예비치. 내가 박해자들에게, 『그렇습니다. 나는 그리스도 교인이 아닙니다. 나는 나 자신의 신을 저주합니다.』라고 말하면 당장 나는 하느님의 재판에 의해 저주받은 파문자(破門者)의 몸이 되어 이교도와 마찬가지로 신성한 교회로부터 아주 쫓겨나 버리게 되는 게 아닙니까? 그런 말을 입 밖에 내는 그 순간에, 혹은 그리스도를 부정하려고 결심한 그 순간에, 즉 사분의 일 초도 안 되는 그 짧은 순간에 나는 이미 파문을 당하고 마는 것이지요. 어때요, 그렇게 생각하지 않으시나요? 그리고리 바실리예비치!」

그는 자기가 한 얘기가 실은 표도르의 질문에 대한 답변에 지나지 않았음을 스스로도 잘 알고 있으면서도 그리고리를 향해 이렇게 자못 만족한 듯이 말머리를 돌렸다. 그것은 그런 질문을 마치 그리고리가 꺼낸 듯한 태도로 일부러 가장하기 위한 것이었다.

「애, 이반!」하고 갑자기 표도르가 불렀다. 「네 귀 좀 빌자. 저 녀석이 너한테 칭찬을 받고 싶어 저런 소릴 하는 모양이니 칭찬을 좀 해주렴.」

이반은 아버지의 흥겨운 귓속말을 아주 심각한 표정으로 듣고 있었다.

「가만 있어, 스메르쟈코프. 넌 잠깐 입을 다물고 있어.」하고 표도르는 또다시 소리쳤다. 「이반, 한 번 더 네 귀 좀 빌자.」

이반은 다시금 심각하고 엄숙한 표정이 되어 아버지에게로 몸을 굽혔다.

「나는 알료샤나 너나 똑같이 사랑하고 있단다. 내가 너를 미워한다고는 생각 말아라. 어때, 꼬냑 한 잔 더 하겠니?」

「예, 그러지요.」『홍, 벌써 어지간히 취했군.』하고 이반은 속으로 생각하며 아버지의 얼굴을 날카롭게 응시했다. 그는 동시에 비상한 호기심으로 스메르쟈코프를 관찰하고 있었다.

「지금 이 순간에도 너는 저주받은 파문자야!」하고 느닷없이 그리고리가 소리를 질렀다. 「그런데 너 같은 악당이 어떻게 감히 그런 돼먹지 못한 소리를 늘어놓는 거냐! 만약에 네가…….」

「그렇게 욕할 게 아냐. 그리고리, 욕설은 그만두게!」하고 표도르가 말렸다.

「잠깐만 기다려 주십시오, 그리고리 바실리예비치. 아직 말이 안 끝났으니까 조금만 더 들어 보세요. 그러니까 내가 하느님께 저주를 받는 순간, 아시겠어요, 바로 그 순간부터 나는 이미 이교도와 마찬가지가 되기 때문에 전에 받은 세례도 무효가 되고, 따라서 아무런 책임도 질 필요가 없는 인간이 되는 것입니다. 어떻습니까, 그렇지 않겠어요?」

「야, 빨리 결론을 말해, 결론을!」하고 표도르는 퍽 유쾌한 기분으로 술잔을 기울이면서 이렇게 재촉했다.

「그래서 내가 이미 그리스도 교인이 아니라고 한다면『너는 그리스도 교인이냐, 아니냐?』하고 박해자들이 협박했을 때 내가『아니다』라고 말해도 나는 거짓말을 했다고는 할 수 없을 겁니다. 왜냐하면 내가 미처 입을 열기도 전에,『아니다』라고 대답하겠다는 생각만으로도 나는 이미 하느님한테서 기독교인으로서의 자격을 박탈당했기 때문입니다. 따라서 내가 이미 그 자격을 박탈당해 버렸다면 저승에서는 무엇을 근거로 어떠한 정의에 입각하여 그리스도를 배반했다는 이유로, 이미 기독교인이 아닌 나를 문책할 수 있겠느냐 그 말입니다. 내가 그렇게 생각하는 것만으로도, 분명히 배반을 결정하기도 전에 벌써 먼저 받은 세례가 무효로 되어 버리니까요. 따라서 이미 내가 기독교인이 아니라면 나는 그리스도를 배반할 수도 없어집니다. 그러니 내게는 이미 아무것도 배반할 것이 없는 셈입니다. 그리고리 바실리예비치, 타타르 인같은 이교도가 혹시 천국에 간다 해도, 왜 너는 기독교인으로 태어나지 못했느냐고 문책당할 리는 없지 않겠어요? 누구든지 소 한 마리에서 가죽을 두 장씩이나 얻을 수는 없다는 것쯤은 천국에서도 알고 있을 테니까요. 그런 이유로 그 타타르 인에게 벌을 줄 리는 만무합니다. 전지전능하신 하느님도 그 타타르 인이 죽어서 심판에 나왔을 때, 이교도인 양친한테서 이교도인 자식이 태어나는 것은 당연하므로 태어난 본인에겐 아무런 잘못도 없다는 점을 고려하여 가장 가벼운 벌을 주는 데 그칠겁니다. 전혀 벌을 주지 않을 순 없을 테니까요. 그리고 아무리 하느님이라도 타타르 인을 붙잡고『너는 기독교인이었을 테지?』하고 말할 수는 없을 게 아닙니까. 그렇다면 전능하신 하느님께서 거짓말쟁이가 되어 버리니까요. 도대체 우주의 지배자이신 전능하신 하느님이 단 한 마디의 거짓말이라도 할 수가 있겠읍니까?」

그리고리는 너무나 놀란 나머지 마치 돌기둥이나 된 듯 멍하니 서서 눈을 휘둥그래 뜨고 이 웅변가의 얼굴을 쳐다보고 있었다. 그는 지금 여기서 얘기하는 말들이 무슨 뜻인지 잘 이해할 수는 없었지만 그래도 이 잠꼬대 같은 소리 중에 무언가 문득 짚이는 바가 있었던지 이마를 벽에다 부딪치기라도 한 듯한 표정으로 그 자리에 우두커니 서 있었던 것이다. 표도르는 술잔을 비우고 한바탕 소리를 내어 웃어댔다.

「알료샤, 얘, 알료샤, 어떠냐! 저 녀석 이만저만한 궤변가가 아니지? 그러고 보니 이반, 저 녀석은 어디서 예수회(카톨릭 교회내의 수도회. 한때 신교측으로부터 책략가, 궤변가라는 비난을 받았음) 수도사들과 어울린 적이 있는 모양이지? 예끼, 젖비린내 나는 예수회 녀석, 대체 넌 누구한테서 그런 말을 배웠니? 아무래도 네 말은 죄다 헛소리야! 이 궤변가 녀석, 죄다 헛소리란 말이야, 헛소리! 여보게, 그리고리, 자네가 그렇게 기가 죽을 건 없어. 저 녀석의 되지못한 이론쯤은 우리가 당장에 여지없이 분쇄해 버리고 말 테니. 그럼 어디 대답해 봐라, 이 나귀 녀석. 가령 네가 박해자들한테 취한 태도가 옳았다치더라도, 네가 속으로 자기의 신앙을 부정한 것만은 사실이겠지? 너는 네 입으로 그 순간에 파문자가 된다고 했으니까 말이야. 그렇지만 일단 네가 파문자가 되어 지옥에 떨어진다면 네가 파문당한 것을 위로해 주기 위해 머리를 쓰다듬어 줄 사람은 아무도 없을 게 아니냐? 넌 이 점을 어떻게 생각하니, 응? 위대하신 예수회 선생!」

「마음속으로 신앙을 부정했던 것은 의심할 여지가 없읍니다만, 그렇다고 해서 그 행동이 굉장한 죄가 될 리는 만무합니다. 혹시 죄가 된다 하더라도 지극히 평범하고 대수롭지 않은 죄에 불과하겠지요.」

「뭐 지극히 대수롭지 않은 죄라고?」

「허튼 소리 좀 작작하지, 저주받을 놈 같으니!」하고 그리고리가 씨근거리며 소리쳤다.

「그리고리 바실리예비치, 자꾸만 그럴 게 아니라 잘 좀 생각해 보십시오.」승리는 자기 것임을 확신하고 패배한 상대방을 가엾이 여기는 것 같은 태도로 스메르쟈코프는 침착하고 차근차근하게 말을 계속했다. 「잘 좀 생각해 보라니까요, 그리고리 바실리예비치. 왜 성경에도 씌어 있지 않아요. 만약 사람이 조금만이라도, 그야말로 겨자씨 한 알만큼밖에 안 되는 믿음이라도 갖고 있다면 산을 보고 바다로 들어가라고 명령을 하면 산은 그 명령이 떨어지기가 무섭게 지체없이 바다 속으로 들어갈 것이라고 말입니다. 그렇다면 그리고리 바실리예비치, 나는 믿음이 없는 놈이고 당신은 쉴새없이 나를 책망할 정도로 훌륭한 믿음을 갖고 있다면, 어디 한번 시험삼아 산더러 바다로 들어가라고 명령해 보십시오. 아니 여기서 바다는 너무 머니까 바다는 그만두고라도 하다 못해 우리집 정원 뒤를 흐르는 저 냄새나는 개천이라도 좋습니다. 그렇게 해봐도 무엇 하나 꼼짝 않고 그냥 제자리에 있을 뿐임을 당신도 당장 알게 될 테니까요. 아무리 고함쳐 봐야 소용없을 겁니다. 이것은 바로 당신 자신도 진실한 신앙이 없으면서도 공연히 남에게 욕질만 하고 있다는 증거입니다. 하기야 생각해 보면 이건 당신 한 사람에 국한된 것은 아닙니다. 요즘 세상에서 가장 훌륭하다는 사람을 위시하여 인간의 쓰레기 같은 비천한 농부에 이르기까지 산을 바다로 옮겨 놓을 수 있는 사람은 아무도 없읍니다. 혹시 있다 하더라도 이 넓은 세상에 한 사람이나 기껏해야 두 사람, 그것도 필시 이집트 같은 사막에 숨어서 도를 닦고 있을 테니, 그런 사람을 찾아보기란 도저히 불가능할 겁니다. 만일 그 한두 사람 이외에는 모두가 믿음이 없는 자들이라 한다면 자비롭기 그지없는 하느님께서 사막에 숨어 사는 한두 명의 은둔자를 제외한 나머지 사람들을 모두, 그러니까 지상의 인류 전체를 거의 다 저주하여 한 사람도 남김없이 용서하지 않을 수 있겠느냐 말입니다. 그러니까 한 번쯤 하느님을 의심한 적이 있다 하더라도 회개하는 눈물만 흘린다면 반드시 용서를 받을 수 있을 것이라고 믿으면서 또 그러리라고 기대하고 있는 겁니다.」

「잠깐!」하고 더할 나위없이 기분이 좋아진 표도르가 날카롭게 소리쳤다. 「그러니까 너는 산을 바다로 움직일 수 있는 사람이 둘쯤은 있다고 생각한다는 거지? 얘 이반, 잘 기억했다가 어디다 적어 두어라. 이건 정말 러시아인다운 사고방식인데!」

「예, 말씀 잘하셨읍니다. 이것은 신앙에 대한 러시아 민중 특유의 사고방식인데요.」이반은 만족스런 미소를 띄우며 이렇게 동의했다.

「동감이란 말이지? 네가 동감이라면 틀림없을 거다! 알료샤, 너는 어떠냐, 그렇잖니? 순전한 러시아적 신앙이지?」

「아닙니다, 스메르쟈코프의 신앙은 전혀 러시아적인 것이 아닙니다.」하고 알료샤는 정색을 하며 딱 잘라 말했다.

「아니, 나는 저 녀석의 신앙을 말하는 게 아니다. 그 특징, 즉 그 두 사람의 은둔자가 있다는 그 점만을 말하는 거야. 어떠냐, 그 점은 분명히 러시아적이지? 그렇지 않니?」

「예, 그 점은 순전히 러시아적입니다.」하고 알료샤는 싱긋 웃었다.

「이봐, 나귀야, 네가 방금 한 말은 금화 한 닢의 가치가 충분하니 당장 오늘중으로 네게 주마. 그렇지만 그 밖의 말은 모두 헛소리야, 죄다 헛소리란 말이다. 잘 들어 봐, 이 바보 녀석아. 이 세상에서 우리 인간이 믿음을 갖지 못하는 건 무엇을 깊이 생각하지 못하기 때문이야. 우리에겐 그럴 여가가 너무나 없단 말이다. 첫째, 해야 할 일이 너무 많아. 둘째로, 하느님께서 시간을 너무 적게 주셨어. 하루를 겨우 스물 네 시간으로 정해 놓았으니 회개는커녕 잠을 잘 시간조차 충분하지 못하단 말이야. 하지만 네가 박해자들 앞에서 하느님을 부정한 순

간은 자기 신앙에 관한 것만을 생각할 수밖에 없는 경우이고, 더욱이 자기의 신
앙을 떳떳이 나타내 보여야만 할 경우였거든 ! 어때, 내 얘기가. 그래서 나는
틀림없이 죄가 되는 것으로 생각하는데 ?」

「죄가 되기는 하겠지요. 그렇지만 잘 좀 생각해 보십시오, 그리고리 바실리예
비치. 죄가 된다 하더라도 그것은 별로 무거운 죄는 되지 않을 겁니다. 만약 내
가 그때 마땅히 인간으로서 가져야 할 참된 신앙을 갖고 있으면서도 자기 신앙
을 위해 고통받기를 회피하여 더러운 마호메트교로 쉽사리 개종한다는 것은 확
실히 죄가 될 겁니다만 반드시 고통을 당해야 할 필요까지는 없는 일이지요. 왜
냐하면 바로 그 순간에 눈앞의 산이 움직여서 박해자들을 깔아 뭉개버려 달라고
한 마디 빌기만 하면, 산은 지체없이 움직여 무슨 벌레 따위를 짓밟듯 놈들을 뭉
개버릴 테니까요. 그러면 나는 아무 일도 없었다는 듯이 하느님을 찬양하며 무
사히 돌아올 겁니다. 그러나 만일 그때 눈앞의 산을 향해 박해자들을 짓밟아 달
라고 큰소리로 외치고 또 외치는데도 산은 꼼짝도 않는다면 내가 어떻게 의심을
품지 않을 수 있겠읍니까 ? 더우기 목숨이 왔다갔다하는 그런 위급한 순간에 말
입니다. 그렇지 않아도 천국에 가기란 힘들다는 사실을 알고 있는 터에(산이 내
말대로 움직여 주지 않는 걸 보면 천국에서는 내 믿음을 대수롭게 여기는 것 같
지 않고, 따라서 저승에서도 그리 대단한 보상이 내게 있을 것 같지도 않으니
까) 내게 아무런 이익도 없는 일에 왜 내가 가죽까지 벗기울 이유가 있느냐 그
말입니다. 이미 잔등 가죽이 절반쯤이나 벗기웠을 때라도 소리쳐 부르며 고함을
친다고 해서 산이 움직여 줄 리는 만무할 겁니다. 이렇게 되면 의심을 품는 정도
가 아니라 이성조차 잃을지 모를 테니까 무엇을 생각해서 판단한다는 것은 전혀
불가능하겠지요. 그렇다면 이승에서나 저승에서나 자기에게 별로 이로울 것도
없고 보상을 받을 수도 없음을 알게 된 바에야, 자기의 살가죽이나마 소중히 간
직해야겠다고 나서니 그것이 어째서 대단한 죄가 된다는 겁니까 ? 그래서 나는
하느님의 자비심을 믿고 하느님은 틀림없이 모든 것을 용서해 주리라는 희망을
가지고 있는 겁니다…….」

8. 꼬냑을 마시면서

논쟁은 끝났다. 그러나 그처럼 기분이 좋던 표도르가 논쟁이 끝날 무렵에는
웬일인지 갑자기 얼굴을 잔뜩 찌푸린 채 꼬냑 잔을 훌쩍 마셔 버렸다. 이 한 잔
은 이미 그가 과음했음을 말해 주는 것이었다.

「야, 이젠 너희들은 나가 봐라, 예수회 놈들 같으니!」하고 그는 하인들에게 호통을 쳤다. 「스메르쟈코프, 어서 물러가 있어. 약속한 금화도 이따 보내줄 테니 나가 있으라고! 그리고리, 자네도 울상만 하고 있지 말고 어서 마르파한테나 가 보게. 자넬 위로해 주고 잠도 재워 줄 걸세. 빌어먹을 녀석들, 식후에 좀 조용히 지내지도 못하게 하는군.」하고 그는 하인들이 물러나가자 입맛이 쓰다는 듯이 뇌까렸다. 「스메르쟈코프가 요즘엔 식사 때마다 나타나는 걸 보니, 너한테 상당히 관심이 생긴 모양인데 넌 어떻게 해서 그 녀석을 홀리게 했니?」하고 그는 이반을 향해 물었다.

「뭐 어떻게 한 것도 없읍니다.」하고 이반은 대답했다. 「저 혼자 괜히 나를 존경하고 싶어진 모양이죠. 그 녀석은 어디까지나 비천한 하인 놈이니까요. 하기야 때가 오면 전위적 육탄(前衛的 肉彈) 구실을 할 위인이지만요.」

「뭐, 전위적이라고?」

「때가 오면 좀더 훌륭한 인물들이 나타나는 법이지만 저런 친구들도 있게 마련이지요. 먼저 저런 위인들이 있은 뒤에 좀더 훌륭한 인물이 뒤따라 나타나겠지요.」

「그래, 그건 언제쯤일까?」

「봉화가 오를 때 바로 그때가 그 시기입니다. 그러나 봉화는 어쩌면 제대로 오르지도 못한 채 꺼질지도 모릅니다. 현재로서는 저런 부엌데기 같은 자들이 하는 말을 민중이 별로 들으려 하지 않으니까요.」

「그야 그렇겠구나. 하지만 저 발람의 나귀 같은 놈이 무언가 자꾸만 생각한다는 건 하여튼 놀라운 일이야. 그러다간 정말 어디까지 생각이 미칠지 모르겠는걸.」

「사상을 쌓아가고 있는 셈이죠.」하고 이반은 히죽 웃었다.

「그런데 그 녀석은 아무나 미워하듯 나도 싫어하고 있는 것 같단 말이야. 너는 그 녀석이 너를 존경하고 싶어진 모양이라고 말했지만 너 역시 싫어하긴 마찬가지야. 알료샤한테는 더욱 심하지. 녀석은 알료샤를 멸시하고 있어. 하지만 녀석의 손버릇이 나쁘지 않은 건 다행이야. 그리고 수다스럽지 않은 게 좋아. 입이 무거워서 집안 내막을 밖에 나가 떠벌리고 다니는 법이 절대 없거든. 게다가 또 생선 파이 솜씨가 대단하고. 이제 그 녀석 얘기는 그만두자. 사실 말이지, 얘기할 가치도 없는 인간 아니냐?」

「물론 그럴 가치가 없지요.」

「그리고 그 녀석 마음속에 있는 생각 자체도 뭐 별것이겠니. 아무튼 러시아 농민들이란 한 마디로 해서 그저 두들겨 주는 수밖엔 없다고 난 늘 주장하고 있지. 우리 나라 농민이란 것들은 죄다 사기꾼 같은 놈들밖에 없으니 도대체 동정할 여지가 없는 거야. 요새도 더러 매질을 하는 주인이 있는 건 다행한 일이야. 러시아의 땅이 반석처럼 단단한 건 자작나무 숲이 있기 때문인데 그 숲을 마구 잘라 없애면 러시아 땅은 망하고 말게 되거든. 나는 현명한 인간이 좋지. 우린 너무 현명해서 농민들을 매질하는 것은 그만뒀는데도 놈들은 여전히 저희끼리 매질을 하고 있어. 하긴 그것도 당연한 일이지. 〈네가 헤아리는 방법으로 너도 헤아림 받을지니라.〉 이런 구절이 있던가? 이를테면 인과응보라는 것이지. 내가 이 러시아를, 아니, 러시아뿐만 아니라 그 모든 악덕을 얼마나 미워하는지 너는 잘 모를 게다! 하지만 결국은 러시아 자체를 미워하는지도 모르지. Tout cela c'est de la cochonnerie. (그건 모두 돼지 우리에서 나온 거니까). 내가 좋아하는 게 무언지 알고 있니? 나는 위트를 좋아해.」

「한 잔 또 드셨군요. 이젠 그만하는 게 좋을 것 같습니다.」

「아니야, 딱 한 잔만 더하면 되니까. 내 말을 가로채지 말고 가만 있거라. 언젠가 내가 모크로예 마을을 지나는 길에 어느 노인한테 그 문제를 물어본 적이 있지. 그랬더니 노인은 『우린 계집애들에게 매질을 하는 것만큼 흥거운 일이 없읍니다. 때리는 일은 총각들을 시키지요. 그러면 오늘 계집애를 때려 주었던 총각 녀석은 다음 날이면 그 처녀한테 장가를 들겠다고 성화랍니다. 그래서 계집애들도 오히려 그런 벌을 좋아하는 형편이지요.』라고 하는 거야. 어떠냐, 이것이야말로 진정한 새디즘이 아니겠니? 아무튼 위트가 넘치는 것만큼은 사실이야. 우리도 한 번 구경가 볼까? 아니 알료샤, 너 얼굴이 빨개졌구나. 뭐 부끄러워할 건 없어. 그런데 아까 수도원장의 오찬에 참석했을 때 수도사들에게 모크로예의 계집애들 얘기를 해주지 못한 게 유감천만이구나. 얘, 알료샤, 아까는 내가 너희 수도원장에게 몹시 추태를 부렸지만 그렇다고 너무 화를 내지는 말아라. 어쩌다 그만 짓궂은 생각이 떠오르는 바람에……. 만약 하느님이 정말 존재하신다면 그야 물론 내가 나빴으니까 어떤 벌이라도 달게 받겠지만, 반면에 하느님이 전혀 존재하지 않는다면 너희 신부 같은 자들은 과연 어떤 벌을 받아야 마땅하겠니? 그자들은 진보를 방해한 친구들이니까 목을 자르는 벌로도 부족해! 너는 믿어 주겠지, 이반. 내 마음을 괴롭히고 있는 것이 바로 이 문제라는 것을. 아니야, 네 그 눈을 보면 나를 믿어 주지 않는다는 것을 알 수 있어. 네녀석은 세상 사람들의 말만 믿고, 나 같은 사람의 얘기는 어릿광대로만 생각하고 있어! 알료샤, 너는 내가 그저 어릿광대만은 아니라는 걸 믿어 주겠니?」

「예, 믿고 말고요.」

「그건 네가 정말 그렇게 생각해서 하는 말이라는 걸 나도 믿는다. 첫째 너는 나를 보는 눈이 진지하고 말하는 품이 성실하니까 말이야. 그러나 이반은 달라. 이반은 교만하지……. 그렇더라도 어쨌든 그놈의 수도원과는 아예 결판을 지어 버렸으면 속이 시원하겠다. 나는 러시아 전체에 있는 그 신비주의의 소굴들을 싹 쓸어 버리고 싶어. 모든 어리석은 자들의 눈을 뜨게 해주기 위해서라도 그런 것들은 죄다 쓸어 버리고 싶다니까! 그렇게 하면 굉장한 양의 금은(金銀)이 조폐국으로 쏟아져 들어갈 거라…….」

「그렇지만 구태여 쓸어 버릴 이유까진 없지 않겠읍니까?」하고 이반이 물었다.

「좀더 빨리 진리가 세상을 환하게 비추도록 하자는 게 그 이유지.」

「만일 진리가 환하게 비춘다면 우선 아버지부터 알몸뚱이가 되고, 수도원은 그 다음에 폐쇄해야 할걸요.」

「흠, 내가 한 대 얻어맞았군! 어쩌면 네 말이 옳을지도 모르겠다. 그러고 보니 나야말로 나귀였구나!」표도르는 자기의 이마를 툭 치더니 갑자기 큰소리로 외쳤다.「그렇다면 알료샤, 너의 수도원은 그냥 놔두기로 하지. 우리 현명한 인간들은 따뜻한 방안에서 그저 꼬냑이나 마시면 되는 거야. 얘, 이반, 말해 봐라. 하느님은 있는 거냐, 없는 거냐? 아니, 가만 있어. 대답을 분명하고 진지하게 해야 한다! 왜 또 웃는 거냐?」

「아까 스메르쟈코프가 산을 움직일 수 있는 은둔자가 한 두 사람은 있을 거라고 말한 자기 나름의 신앙에 대해 아버지가 꽤 재치있는 비판을 하셨던 것이 생각났기 때문에 웃은 겁니다.」

「그럼 지금 내가 한 말도 그것과 비슷하단 말이냐?」

「비슷한 점이 아주 많지요.」

「그러고 보면 나도 결국은 러시아인이고, 러시아적인 특성을 지닌 셈이군. 그러나 너 같은 철학자에게도 그러한 특성은 있는 법이지. 원한다면 내가 그걸 지적해 볼까? 내일이라도 꼼짝 못하게 그런 점을 지적해 낼 테니 두고 봐라. 그건 그렇고, 내가 물은 거나 대답해라. 도대체 하느님은 있는 거냐, 없는 거냐? 그런데 진지하게 대답해야 한다! 진지한 대답을 너한테서 듣고 싶구나.」

「없읍니다, 하느님은 없어요.」

「알료샤, 너는 어때, 하느님이 있는 거냐?」

「하느님은 계십니다.」

「이반, 그렇다면 불멸이란 건 있느냐 없느냐? 어떤 것이든 아주 조그만, 티끌만한 불멸이라도 말이다.」

「불멸이라는 것도 없읍니다.」

「전혀 없어?」

「전혀 없읍니다.」

「그렇다면 절대적 무(無)라는 얘기냐, 아니면 무엇인가 있기는 있다는 거냐? 그래도 무엇인가 조금은 있지 않을까? 아무것도 없다는 건 이상하지 않느냐?」

「완전한 무일 뿐입니다.」

「알료샤, 너는 불멸이 있다고 생각하니?」

「있고 말고요.」

「하느님도 불멸도 다 있단 말이지?」

「하느님도 불멸도 다 있읍니다. 바로 하느님 속에 불멸이 있으니까요.」

「흠, 아무래도 이반의 말이 옳은 것 같은데. 아, 이러한 공상에 인간은 얼마나 많은 신앙을 바쳤으며 얼마나 많은 정력을 허비했는지 생각만 해도 두렵구나! 게다가 그걸 수천 년 동안이나 반복하고 있으니 말이다! 인간을 이처럼 우롱하는 건 도대체 누구일까? 이반, 마지막으로 한 번만 더 분명하게 말해 다오. 하느님은 있느냐, 없느냐? 이건 마지막으로 묻는 거다!」

「마지막으로 대답해도 하느님은 없읍니다.」

「그럼 인간을 우롱하는 건 대체 누구란 말이냐, 이반?」

「아마 악마겠죠.」 하고 이반은 싱긋 웃었다.

「그럼 악마는 있겠구나?」

「아니, 악마도 없읍니다.」

「그거 유감인데. 그렇다면 맨 처음 하느님이란 걸 생각해 낸 놈을 어떻게 해 주면 속이 후련할까? 백양나무에 목을 매달아 교수형을 시키는 것만으로는 시원치 않을 놈이야.」

「하느님이라는 걸 생각해 내지 않았다면 문명이란 것도 있을 턱이 없지요.」

「있있을 거라고? 즉 하느님이란 게 없었다면 말이지?」

「그렇습니다. 아마 꼬냑도 없었을 겁니다. 아무래도 이젠 아버지한테서 꼬냑을 빼앗아야 하겠는데요.」

「아니, 가만있어 봐, 한 잔만 더하고 말 테니까. 내가 알료샤의 기분을 상하게 했구나. 알렉세이, 그렇다고 화를 내는 것은 아니겠지, 응? 내 귀여운 알렉세이치크!」

「화를 내다니오! 나는 아버지의 마음을 잘 알고 있는걸요. 아버지는 지혜보다는 마음씨가 훨씬더 좋은 분입니다.」

「지혜보다 마음씨가 훨씬더 좋다고? 아아, 네가 나한테 그런 말을 다 해주다니! 애, 이반, 너도 알료샤를 사랑하니?」

176

「그럼요.」

「사랑해 줘라 (표도르는 몹시 취해 있었다). 얘, 알료샤, 난 오늘 너희 장로한
테 너무 무례하게 했어. 하지만 정말로 난 흥분했었단다. 그런데 그 장로는 퍽
위트가 있더구나. 이반, 네가 보기엔 어떠냐?」

「아마 그럴지도 모르지요.」

「아니, 틀림없이 있고 말고! Il y a du Piron lá-dedans. (그자한테는 피론(그
리스의 철학자. 회의파의 시조) 다운 데가 있어.) 그자는 예수회, 그것도 러시아식
의 예수회지. 고상한 인간이란 으레 그런 거지만 억지로 성인(聖人) 시늉을 하고
마음에도 없는 연기를 해야 하는 자기의 신세가 속으로는 가끔 울화가 치밀 거
야.」

「그렇지만 장로님은 하느님을 믿고 계십니다.」

「조금도 믿고 있는 게 아냐. 그래 너는 그걸 눈치채지 못하고 있었니? 그자
는 제 입으로 그것을 모든 사람들에게 말하고 있어. 하긴 모든 사람들이 아니
라, 자기를 찾아오는 현명한 사람들만을 상대로 하지만. 현지사(縣知事)인 슐리
츠에겐 『Credo(믿고 있읍니다), 그러나 무엇을 믿고 있는지는 나 자신도 알 수
없읍니다.』하고 분명히 잘라 말했다는 거야.」

「설마 그럴 리가 있을라고요?」

「아니, 그건 사실이야. 그래도 나는 그자를 존경해. 그에게는 뭔가 메피스토
펠레스 같은 점, 아니 그보다는 《현대의 영웅》(레르몬토프의 소설)에 나오는……
아르베닌(역시 레르몬토프의 희곡 《가면 무도회》의 주인공)인가 뭔가 하는 인물과 비
슷한 데가 있어. 아무튼 그자는 호색한일 거야. 만일 내 딸이나 마누라가 그에
게 고해를 하러 간다면 나는 불안해서 죽을 지경이 될 거야. 색골도 이만저만한
정도가 아니지. 대체 어떤 식으로 얘기를 풀어가는지 아니? 재작년인가 한 번
은 그자가 리큐르를 드는 다과회에 우릴 초대한 적이 있지. 리큐르는 부인네들
이 선물로 갖고 오는데, 그때 그자가 옛날 얘기를 하면서 우리를 어찌나 웃기는
지 하마터면 허리가 부러질 뻔했어……. 특히 재미있었던 것은 자기가 몸이 쇠
약한 어떤 여자를 고쳐 주었다는 얘기야. 『내가 다리만 아프지 않아도 여러분에
게 재미있는 춤을 보여 드리겠지만.』하는 말도 했지. 그래 그게 어떤 춤인지 아
니? 『나도 젊었을 땐 꽤 많은 여자를 건드렸지요』라는 거야. 게다가 제미토프
라는 상인한테서는 그자가 육만 루블리를 꿀꺽해 버린 사실도 있지.」

「그분이 도둑질이라도 했단 말인가요?」

「그 상인은 그자가 믿을 만한 분이라 생각해서 『내일 가택 수색이 있으니, 이
걸 좀 보관해 주시오.』라고 부탁했지. 그래서 그 돈을 그자가 맡게 되었는데, 나

중에 가서 하는 수작이『그 돈은 우리 교회에 희사한 게 아닙니까?』하고 딴청을 하더라나. 그래서 내가 그자에게『너는 비열한 놈이다.』라고 말해 줬지. 그 랬더니『나는 비열한 놈이 아니라 도량이 넓을 따름이오.』라고 그러겠지…….아니, 이건 그자 얘기가 아니군…….그건 다른 놈 얘기야. 그만 다른 사람 얘기와 혼동해 버렸군…….그것도 모르고 그냥 지껄여 버렸구나. 자, 그럼 한 잔만 더하고 그만 둘까? 이반, 이젠 술병을 치우렴. 너는 내가 허튼 소릴 지껄이는 데도 어째서 말리지 않았지?『그건 거짓말이오.』하고 왜 말해 주지 않았느냐 말이다.」

「내가 말리지 않아도 아버지가 제풀에 그만두실 줄 알고서…….」

「거짓말 마라. 너는 내가 미워서 그랬지? 그저 미워서 말리지 않은 게 분명해. 너는 나를 멸시하고 있지? 나한테 와서 내 집에 얹혀 살고 있으면서도 너는 나를 멸시하고 있단 말이다.」

「곧 떠나도록 하겠읍니다. 아버지는 지금 술을 과음하셨어요.」

「나는 너한테 체르마쉬냐에 좀 갔다오라고……하루나 이틀만이라도 다녀와 주기를 그렇게 부탁했는데 너는 아예 가 볼 생각도 없지, 응!」

「정 그러시면 내일이라도 당장 갔다오죠.」

「가긴 뭘 가. 너는 여기서 계속 나를 감시하고 싶은 거지! 그래서 가려 하지 않는 거지, 짓궂은 놈 같으니.」

늙은이는 좀처럼 진정할 수가 없었다. 지금까지 얌전하게 마시고 있었지만 별안간 기고만장하여 기염을 토하지 않고는 배길 수 없을 만큼 그의 취기가 올라 있었던 것이다.

「넌 왜 나를 노려보지? 뭐냐, 그 눈초리는? 나를 노려보는 네 눈깔은『흥, 그야말로 주정뱅이의 상판이로구나.』하고 말하고 있어. 네 눈초리가 어딘지 이상하고 남을 멸시하는 기색을 보면 너는 필시 무슨 속셈이 있어서 왔을 거야. 봐라, 알료샤도 나를 보고 있지만 눈은 맑게 빛나고 있잖니. 알료샤는 나를 멸시하고 있진 않아. 애, 알렉세이, 이반을 좋아해선 안 된다…….」

「형한테 화를 내지 마세요. 형을 더 이상 모욕하지 말아 주세요!」하고 알료샤는 전에 없이 강경한 어조로 말했다.

「알았다, 알았어. 내가 좀 지나쳤나 보다. 아, 골이 쑤시는구나. 꼬냑을 치워라, 이반. 벌써 세 번씩이나 말했잖니!」그는 잠시 생각하다가 갑자기 교활하고 여유있는 미소를 지었다. 「애, 이반, 폐인이 다 된 늙은이한테 화를 내진 말아라. 네가 나를 싫어하는 건 잘 알고 있지만 그래도 화를 내지는 말아 다오. 나는 원래부터 누구의 호감을 사기는 틀린 놈 아니냐. 하지만 체르마쉬냐에는 제발 좀 다녀와 다오. 나도 뒤따라 선물을 갖고 갈 테니. 거기 가면 내가 전부터 점찍어 두었던 참한 계집애도 하나 보여 주마. 아직도 맨발로 다니고 있겠지만, 뭐 맨발이라고 놀랄 것은 없지. 멸시해서도 안 되지, 그야말로 진흙 속의 진주라니까!」

이렇게 얘기하다 그는 자기 손에 쪽 하고 입을 맞추었다.

「나한테는.」하고 그는 대번에 술이 깨기라도 한 것처럼 갑자기 활기를 띠면서 자기가 가장 즐기는 화제로 옮겼다. 「나한테는 말이다⋯⋯. 하긴 젖비린내 나는 새끼 돼지나 다름 없는 너희 애송이들은 쉽게 이해 못하겠지만 나한테는 말야⋯⋯여자가 싫은 적이라곤 평생에 한 번도 없었어. 이것은 내 법칙이야! 이게 무슨 소린지 알아듣기나 하겠니? 너희들 몸 속에는 피보다 젖이 흐르고 있을 테니까 알아들을 리가 없지. 너희들은 아직 솜털도 벗지 못했어! 내 법칙에 따르면 어느 여자라도 다른 여자한테서는 찾을 수 없는 지극히 재미있는 점을 틀림없이 찾을 수 있거든. 그러나 그걸 찾아내는 방법을 알아야 되는 게 문제야! 이건 재능에 속하는 문제지! 나한텐 미운 여자란 존재하지 않아. 상대가 여자라는 사실만으로도 이미 매력을 반쯤 느낄 수 있는 거니까⋯⋯. 이걸 너희들이 알 리가 없지! 비록 팔리지 않는 노처녀라 할지라도 세상 놈팡이들이 얼마나 바보면 저런 여자를 여태껏 몰라보고 저렇게 늙도록 내버려 두었을까 하고 의아스럽게 생각되는 그 무엇인가를 발견할 수가 있는 법이야. 맨발로 나돌아다니는 계집애나 못생긴 계집애는 아예 처음부터 깜짝 놀라게 한 뒤에 접근할 필요가 있어. 어때, 너희는 이런 걸 몰랐겠지? 그런 애들은 우선 깜짝 놀라게 해서 『이렇게 훌륭한 분이 나같이 비천한 계집애를 사랑해 주시다니!』할 정도로 놀랍고 부끄럽고 황홀한 기분으로 만들어 놓지 않으면 안 되는 거야. 이 세상에서 주인과 하인의 구별이 없어지지 않는 한, 언제나 그런 주인과 비천한 계집의 관계도 있게 마련이지. 참으로 멋진 일이 아니냐! 인생의 행복을 위해 필요한 건 바로 이것밖에 없어! 가만 있자! 애, 알료샤, 나도 죽은 네 어미를 곧잘 놀래주곤 했다. 하긴 방법이 좀 색다른 것이었지만. 여느 때는 다정한 말 한 마디 건네지 않았지만, 그 반면 적당한 때가 오면 느닷없이 네 어미 앞에 무릎까지 꿇고 엉금엉금 기어다니기도 하고, 발에 키스를 해주기도 해서 결국 나중에는——아아, 그때 일이 눈에 선하구나—— 언제나 네 어미를 웃기고야 말았지. 큰소리는 아니지만 짤막짤막 끊으며 울리는 독특한 웃음 소리였지. 네 어미는 그렇게밖엔 웃지 못했으니까. 그 웃음이 언제나 발작의 시초이며 이튿날엔 반드시 귀신에 홀린 사람처럼 고래고래 고함을 지르기 시작한다는 것을 나는 잘 알고 있었지. 그러니까 그 짤막짤막한 웃음도 기뻐서라기 보다는 하나의 시늉에 가까왔지만 그래도 웃을 때만은 기뻐서 어쩔 줄 모르는 눈치였어. 어떤 여자에게서나 그 나름의 매력을 발견하는 재능이란 바로 이걸 두고 하는 말이지. 한 번은 벨랍스키라는 이름의 돈 많은 미남자 하나가 이 동네에 와 있었는데, 그자가 네 어미의 꽁무니를 쫓아다니다 못해 나중엔 우리집에까지 찾아오곤 했었어. 그런데 그놈이 우리집에서, 더욱이 네 어미있는 데서 느닷없이 내 뺨을 철썩 때렸단 말이야. 그러자 여느 때는 양처럼 온순 하기만 하던 네 어미가 금새 나를 잡아먹기라도 할 듯 맹렬한 기세로 내게 대들지 않겠니?『당신은 지금 얻어맞았어요, 얻어맞은 거예요! 저런 사내한테 뺨을 얻어맞지 않았느냐 말예요! 당신은 저 사내한테 나를 넘겨 준 거나 마찬가지예요! 내 눈앞에서 감히 당신한테 손을 대게 하다니, 그런 법이 어디 있어요! 이젠 다시는 내 곁에 오지도 마세요! 자, 빨리 쫓아가서 당장 결투를 청하세요!』하며 악을 쓰는 거야. 그래서 할 수 없이 나는 네 어미 마음을 진정시키려고 곧 수도원으로 데리고 가서 신부들한테 설득을 부탁했지. 그렇지만 알료샤, 네 어미가 기도드리는 것을 내가 모욕 준 적은 정말 한 번도 없었다. 하긴 결혼 첫해에 꼭 한 번 있긴 했지만 말야. 그때 네 어미는 기도에 몹시 열중해 있었는데 성모 마리아 축일 같은 때는 기도에 방해가 된다고 나를 서재로 내쫓는 것이 일쑤였어. 그래 나는 네 어미의 미신을 타파해야겠다고 생각하고『자, 여기 당신의 성상이 있지. 내가 그걸 꺼내서 어떻게 하나 똑똑히 보란 말이야. 당신은 이따위 물건이 무슨 기적이라도 가져오는 신성한 것으로 생각하는 모양이지만, 내가 여기다 침을 뱉을 테니 두고 보라구. 그래도 나에게는 아무 탈도 없을테니!……』라고 했더니 나를 잔뜩 노려보는 품이 당장에 죽이기라도 할 것 같은 형상이야. 그러나 내게는 덤벼들지 않고, 벌떡 일어나 손뼉을 한 번 딱 치더니 두 손으로 얼굴을 가리고서 온 몸을 후들후들 떨면서 그냥 방바닥에 쓰러져 기절하고 말았지……. 아니, 알료샤, 알료샤! 너 어떻게 된 거냐, 응? 대체 어떻게 된 거야?』

늙은이는 깜짝 놀라 튀어 일어났다. 알료샤는 표도르가 자기 어머니 얘기를 꺼낼 때부터 얼굴빛이 점점 변하기 시작했었다. 얼굴은 빨갛게 변하고 두 눈은 번쩍이며 입술은 경련하듯 떨고 있었다. 술취한 늙은이는 끝까지 아무것도 눈치채지 못하고 입에 거품을 문 채 계속 떠들어대고 있는 중에 갑자기 알료샤에게 이상한 일이 일어났던 것이다. 즉 방금 아버지가 얘기하던 바로 그 미친 여자에게서와 똑같은 현상이 알료샤에게도 일어난 것이다. 그는 식탁에서 벌떡 일어나더니 방금 한 얘기대로 손뼉을 탁 치고 이내 두 손으로 얼굴을 가리고서 밑동을 잘리기라도 한 사람처럼 맥없이 의자 위에 쓰러져 버린 것이었다. 그리고는 마구 솟아흐르는 눈물을 하염없이 쏟으며 온 몸을 후들후들 떨고 있는 것이었다.

늙은이는 이 모든 광경이 그의 어미와 너무나 흡사해서 그야말로 놀라지 않을 수 없었다.

「이반, 이반! 빨리 물을 떠오너라. 제 어미와 아주 똑같구나! 그때도 저랬다니까! 애, 입으로 물을 뿜어 줘라. 나도 늘 그래 주곤 했는데. 제 어미 애길 듣고, 제 어미 애길 듣고 애가 그만…….」하고 그는 이반에게 중얼거렸다.

「그렇지만 이애 어머니라면 제 어머니도 되는 게 아닙니까?」울컥 치미는 분노와 모멸감을 이기지 못하고 이반은 내뱉듯 말해 버렸다. 노인은 그의 눈초리에 놀라 흠칫 몸을 떨었다. 그러자 이때 노인의 머리속에는 비록 짧은 순간이나마 알료샤의 어머니가 이반의 어머니이기도 하다는 당연한 생각이 쑥 빠져 달아나버린 듯한 괴이한 착각이 일어났다.

「뭐, 네 어미는 어찌 된다고?」그는 무슨 소린지 도무지 알 수가 없다는 투로 중얼거렸다. 「도대체 그게 무슨 소리냐? 넌 누구 어미 얘기를 하는 거지?……그래 이애 어미가……이런 염병할! 하긴 네 녀석의 어미도 되는군! 내 정신 좀 봐! 그전엔 내 정신이 이렇게 흐린 적이 없었는데……. 이반아, 용서해라. 나는 다만……헤 헤 헤!」그는 입을 다물었다. 술취한 사람에게서 흔히 볼 수 있는 흐릿하고도 별 의미가 없는 웃음이 그의 얼굴 위에 길게 퍼졌다. 그러나 바로 이때, 문간방 쪽에서 우당탕퉁탕하는 커다란 소리와 함께 사나운 고함 소리가 들리더니 방문이 확 열리면서 드미트리가 달려들어왔다. 노인은 덜컥 겁이 나서 이반의 곁으로 달려갔다.

「난 죽는다, 난 죽어! 날 살려 다오. 제발 저놈이 가까이 오지 못하게 해 다오!」그는 이반의 프록코트 자락에 매달리며 이렇게 부르짖었다.

9. 음탕한 사람들

드미트리 표도로비치의 뒤를 이어서 그리고리와 스메르쟈코프도 방안으로 뛰어들어왔다. 드미트리를 방안에 들여놓지 않기 위해서 아까 한바탕 그를 붙잡고 승강이를 한 것은 바로 이 두 하인이었다(그들은 이미 며칠 전부터 주인 표도르에게서 그런 지시를 받고 있었던 것이다). 홀에 뛰어들어온 드미트리가 잠시 두리번거리며 주위를 살펴보고 있는 틈을 타서 그리고리는 재빨리 식탁 쪽으로 돌아가 안으로 통하는 맞은편 방문을 닫아 버렸다. 그리고리는 최후의 피 한 방울까지 바칠 각오가 되어 있는 모습으로 그 방문 앞을 사수하려는 듯이 두 발을 떡 벌리고 막아 섰다. 이것을 보자 드미트리는 고함 소리라기보다는 차라리 비명에 가까운 소리를 지르면서 미친 듯이 그리고리에게 덤벼들었다.

「그러고 보니 그년이 저기 있었구나. 저기다 숨겨 두었구나! 비켜, 죽일 놈 같으니!」 그는 그리고리를 밀쳐내려 했으나 오히려 늙은 하인에게 떠밀려 버렸다. 화가 머리끝까지 난 드미트리는 주먹을 번쩍 들더니 그리고리에게 힘껏 내리쳤다. 노복은 아랫도리를 잘리기라도 한 사람처럼 맥없이 쓰러져 버렸다. 드미트리는 그 위를 뛰어넘어 방문을 박차고 안으로 들어갔다. 스메르쟈코프는 맞은편 구석에 있는 표도르 옆에 바싹 붙어 선 채 얼굴이 사색이 되어 후들후들 떨고 있었다.

「그년은 분명히 여기 있어!」 하고 드미트리는 고래고래 소리쳤다. 「그년이 방금 이 집으로 몰래 숨어들어가는 걸 내 눈으로 똑똑히 보았으니까. 따라가 붙잡아 보질 못했지만 틀림없어! 어디 있느냐, 어디 있느냐 말이야?」

『그년은 분명히 여기 있어!』라는 드미트리의 말이 표도르에게 형언키 어려운 감정을 불러일으킨 모양인지 그는 순식간에 모든 공포를 잊어버렸다.

「저놈 잡아라, 저놈을 잡아!」 하고 그는 외치며 드미트리를 뒤쫓아갔다. 그러는 사이에 그리고리는 방바닥에서 일어났으나 정신은 아직도 얼떨떨한 모양이었다. 이반과 알료샤도 아버지의 뒤를 따라 안으로 달려들어갔다. 세 번째 방에서 별안간 무엇이 방바닥에 떨어져 산산이 깨지는 소리가 들렸다. 그것은 대리석 받침대 위에 올려 놓았던 커다란 유리 꽃병(그리 비싼 것은 아니었다)이었는데 드미트리가 옆으로 지나가다가 그것을 건드려 떨어뜨린 것이다.

「저놈 잡아라!」 하고 노인은 소리쳤다. 「빨리 저놈을 잡아라!」

그제서야 겨우 뒤쫓아온 이반과 알료샤가 억지로 노인을 홀로 끌고 돌아왔다.

「도대체 뒤쫓아가면 어떡할 거예요! 정말 형의 손에 죽고 싶어 그러시는 거예요!」 이반은 화를 내며 아버지한테 소리쳤다.

「이반, 알료샤! 그루세니카는 여기 와 있다, 와 있어. 이리 들어오는 걸 저놈이 제 눈으로 보았다고 했겠다…….」

그는 숨이 콱콱 막히는 모양이었다. 설마 이런 시간에 그루세니카가 찾아오리라고는 생각도 못했으므로 그녀가 여기 와 있다는 뜻밖의 소리에 그는 금새 냉정을 잃어버렸다. 온 몸을 후들후들 떨고 있는 폼이 흡사 정신나간 사람 같았다.

「그렇지만 그 여자가 오지 않은 건 아버지 자신이 잘 알고 있지 않습니까!」 하고 이반이 소리쳤다.

「아니지, 어쩌면 뒷문으로 몰래 들어왔는지도 몰라.」

「그 문은 잠겨 있는 걸요. 열쇠는 아버지가…….」

이때 별안간 다시 드미트리가 홀에 나타났다. 그는 지금 뒷문이 잠겨져 있는 걸 보고 온 것이다. 뒷문의 열쇠는 실은 표도르 자신의 호주머니 속에 들어 있었을 뿐만 아니라 방이나 창문이 모두 잠겨 있었기 때문에 그루세니카가 기어들어오거나 빠져 나갈 틈은 없었다.

「저놈을 잡아라!」드미트리를 보자 표도르는 다시금 째지는 소리를 질렀다. 「저놈은 내 침실에서 돈을 훔쳐 갖고 나왔을 거야!」하며 그는 이반의 손을 뿌리치고 드미트리에게 덤벼들었다. 그러나 드미트리는 두 손을 들어 노인의 관자놀이께에 조금 남은 머리터럭을 움켜쥐고 앞으로 끌어당기더니 쿵 하는 소리가 날 정도로 그를 방바닥에 내동댕이쳤다. 그러고 나서도 발 밑에 나가 동그라진 아버지의 얼굴을 구둣발로 두어 번이나 걷어찼다. 노인은 숨이 넘어갈 듯이 비명을 질렀다. 이반은 형 드미트리만한 완력은 없었으나 두 팔로 형을 끌어안고 간신히 아버지한테서 떼어 놓았다. 알료샤도 이반을 도와 큰형을 앞에서 붙잡고 있는 힘을 다해 말렸다.

「정신이 있소, 없소? 아버지를 죽이겠군요!」하고 이반이 소리쳤다.

「이따위 영감쟁이는 죽어 마땅해!」드미트리는 씨근덕거리며 외쳤다. 「지금 죽지 않는다면 다시 와서 죽이고 말 테다. 아무도 나를 막진 못할 거야!」

「형님, 당장 여기서 나가 주십시오!」하고 알료샤가 명령조로 말했다.

「알렉세이! 바른대로 말해 다오. 너밖엔 믿을 사람이 없구나. 조금 전에 그년이 여기 왔니, 안 왔니? 그년이 골목길에서 울타리 옆을 따라 얼른 이쪽으로 숨어들어가는 걸 내 눈으로 보았기 때문에 하는 말이다. 내가 부르니까 도망을 치고 말았어…….」

「정말로 여긴 오지 않았어요. 여기 있는 사람 중에는 아무도 그 여자가 오리라고 생각조차 해본 일이 없으니까요!」

「그렇지만 분명히 내 눈으로 봤는데. 그렇다면 그년이 어디 있는지 당장 찾아내고 말 테다……. 그럼, 난 가겠다. 알렉세이! 일이 이쯤 됐으니 이 이솝 영감한테 돈 얘긴 아예 꺼낼 것도 없어. 그러나 카테리나 이바노브나한테는 지금 곧 가서 『형이 인사를 전하라고 해서 왔읍니다!』라고 말해 다오. 그리고 여기서 벌어진 장면도 자세히 얘기해 주렴.」

그러는 사이에 이반과 그리고리는 노인을 안아서 안락의자에 앉혔다. 그의 얼굴은 피투성이가 되어 있었지만, 정신만은 잃지 않고 드미트리의 고함 소리에 열심히 귀를 기울이고 있었다. 그는 아직도 그루세니카가 정말로 이 집 어느 구석에 숨어 있는 것 같은 생각이 드는 모양이었다. 드미트리는 밖으로 나가면서 그에게 증오에 찬 눈초리를 던졌다.

「당신 같은 늙은이에게 피를 흘리게 했다고 해서 난 조금도 후회하지 않소!」
하고 그는 소리쳤다. 「어서 달콤한 꿈이나 꾸시지. 하지만 영감, 조심하시오.
내게도 꿈은 있으니까. 난 당신을 저주하오. 그리고 어차피 부자간의 인연은 이
것으로 끝장이 났으니 그리 아시오……」

이렇게 씹어 뱉듯 말하고 그는 방에서 나가 버렸다.

「그루세니카는 이 집 안에 있어. 틀림없이 여기 와 있어! 스메르쟈코프, 애,
스메르쟈코프……」 노인은 손가락으로 스메르쟈코프를 가리키며 들릴 듯 말
듯한 목쉰 소리로 중얼거렸다.

「오지 않았어요. 글쎄, 여기 있을 리가 없지 않습니까! 정말 머리가 어찌 되
신 모양이군!」 하고 이반이 퉁명스럽게 쏘아 붙였다. 「아니, 기절해 버렸잖
아! 물 가져와, 수건도. 스메르쟈코프, 어서 빨리!」

스메르쟈코프는 물을 가지러 달려나갔다. 이윽고 사람들이 노인의 옷을 벗기
고 침실로 안아다가 눕힌 뒤 머리에 물수건을 얹어 주었다. 꼬냑을 과음한 뒤
에다 격심한 심적 충격과 타박상 때문에 지칠 대로 지친 노인은 머리를 베개에
얹자마자 그대로 눈을 감은 채 죽은 듯이 잠이 들어 버렸다. 이반과 알료샤는 응
접실로 돌아왔다. 스메르쟈코프는 깨진 꽃병 조각을 치우고 그리고리는 침울한
표정으로 눈을 내리감고 식탁 옆에 서 있었다.

「할아범도 어서 가서 눕고 머리에 냉수 찜질이라도 하는 게 어때요?」 하고
알료샤가 그리고리한테 말했다. 「아버진 우리가 남아 간호해 드릴 테니. 큰형에
게 맞은 상처가 심하군요. 더구나 머리를 그렇게 맞았으니……」

「나한테 어쩌면 그렇게까지 할 수 있었을까요!」 그리고리는 찌푸린 얼굴로
한 마디 한 마디 힘을 주어 말했다.

「아버지한테는 어떻게 그렇게까지 할 수 있었겠소? 거기 비하면 할아범은 그
래도 약과야.」 이반이 입을 실룩거리며 대꾸해 주었다.

「어릴 땐 내 손으로 목욕까지 시켜 주었는데……내게 그렇게까지 하다니.」 하
고 그리고리는 계속 중얼거렸다.

「체, 내가 떼어 놓지만 않았어도 아마 그대로 죽어 버렸을 거야. 그까짓 이솝
영감 하나쯤 해치우는 건 형한테 문제가 안 될 테니까!」 이반은 알료샤에게 속
삭이듯이 말했다.

「아니, 그걸 말이라고 하세요!」 하고 알료샤는 외쳤다.

「왜 못할 말을 했니?」 이반은 짓궂을 만큼 얼굴을 찡그린 채 여전히 음성을
낮추며 말을 계속했다. 「독사가 독사를 물어 죽이는 꼴이지. 결국은 둘 다 그렇
게 될 수밖에 없을 거야.」

알료샤는 몸을 부르르 떨었다.

「그렇다고 나로서는 물론 지금까지도 그랬지만, 앞으로도 살인 사건이 일어나도록 방관하고 있지는 않을 거야. 알료샤, 넌 여기 있어라. 난 뜰에 나가 바람이나 좀 쐬고 올 테니. 왜 그런지 골치가 아픈데.」

알료샤는 아버지가 있는 침실로 가서 한 시간 남짓 침대 머리맡의 병풍 밑에 앉아 있었다. 노인은 번쩍 눈을 뜨더니 한참 동안 말없이 알료샤의 얼굴을 쳐다본 뒤, 기억을 더듬어 무엇인가를 생각해 내려고 애쓰는 것 같았다. 갑자기 그의 얼굴에 격심한 흥분의 빛이 떠올랐다.

「알료샤.」노인은 조심스러운 어조로 물었다. 「이반은 어디 갔니?」

「골치가 아프다며 뜰에 나갔어요. 거기서 감시를 하고 있는 모양입니다.」

「거울을 다오. 저쪽에 있는 저 거울 말이야.」

알료샤가 장롱 위에 놓여 있던 둥그런 거울을 집어다 주자 노인은 거울을 들여다보았다. 코가 꽤 부어오르고 왼쪽 눈썹 위쪽의 이마에 커다란 멍이 들어 있었다.

「이반은 뭐라고 하더냐? 알료샤, 내 아들이라곤 너 하나밖에 없다. 나는 이반이 무섭구나, 드미트리 놈보다도 더 무서운 걸. 무섭지 않은 건 너뿐이야!」

「뭐 이반을 무서워하실 건 없어요. 지금은 화를 내고 있지만 그래도 이반은 아버지를 지켜 줄 거예요.」

「알료샤, 그래, 그놈은 어떻게 됐니? 곧장 그루세니카한테 달려갔겠구나! 얘, 착한 것아, 제발 바른대로 말해 주렴. 아까 그루세니카가 정말 왔었니, 안 왔었니?」

「아무도 온 걸 본 사람이 없는 걸요. 그건 착각일 거예요. 아무튼 절대로 온 적이 없어요!」

「그렇지만 드미트리 놈은 그루세니카와 꼭 결혼을 할 셈이야, 결혼을!」

「그 여잔 형님과 결혼하지 않을 겁니다.」

「하지 않고말고, 할 리가 없지! 결혼 같은 걸 절대로 할 리가 없지…….」지금 그에게 있어 이보다 더 반가운 말은 다시 없다는 듯이 노인은 기쁨에 겨워 사뭇 몸을 떨기까지 했다. 그는 환희에 넘친 나머지 알료샤의 손을 덥석 잡아 자기 가슴에 꼭 갖다 댔다. 그의 눈에는 눈물까지 글썽이기 시작했다. 「네게 아까 말한 성모상을 줄 테니 갖고 가거라. 수도원으로 다시 돌아가는 것도 허락하마…….아까 아침에 한 말도 농담이었으니까 너무 섭섭히 생각 말아라. 아, 골치가 아프구나. 알료샤, 알료쉬카, 내 마음이 좀 진정되게 제발 사실대로 말해 다오!」

「또 그걸 물으시는 건가요? 그 여자가 왔었나, 안 왔었나 하는 것을?」하고 알료샤는 서글픈 어조로 말했다.

「아니, 그게 아니야. 그건 네 말을 믿겠다. 내가 말하려는 건 다름 아니라, 네가 그루세니카한테 직접 찾아가든가 어떻게 하든가 해서 그녀가 나하고 그놈하고 둘 중에서 대체 누굴 택할 셈인가를 될 수 있는 대로 빨리 알아 오라는 말이다. 그 눈치를 네가 직접 확인해야 된다. 어때, 할 수 있겠니, 없겠니?」

「만나게 되면 물어보겠읍니다만……」 알료샤는 난처하다는 듯이 중얼거렸다.

「아니야, 그년이 너한테 바른대로 대답해 줄 리가 없어.」하고 노인은 말을 가로챘다. 「그년은 변덕쟁이니까 아마 다짜고짜 네게 달려들어 키스를 퍼부으며 『난 당신하고 결혼할래요.』하고 말할지도 모르지. 그년은 거짓말쟁이에다 수치를 모르는 계집이야. 그러니까 너는 그런 데 가선 안 돼. 암, 안 되고말고!」

「하여튼 제가 거기 가 봐야 좋을 일은 없을 겁니다. 아버지, 좋은 일이라곤 절대로 없어요.」

「그 녀석은 너보고 어디를 다녀오라고 했지? 아까 달아나면서 『지금 곧 가거라.』하고 소리치던 것 같던데.」

「카테리나 이바노브나한테 갔다오라고 하더군요.」

「돈 때문이겠지? 돈을 좀 빌려고?」

「아니, 돈 때문에 갔다오라는 건 아닙니다.」

「그 녀석은 돈이 없거든. 동전 한 닢도 가진 게 없어. 그건 그렇고 알료샤, 오늘밤은 누워서 곰곰이 생각이나 해볼 테니, 너는 이제 가 봐라. 혹시 그루세니카를 만나게 될지도 모르니까……. 그 대신 내일 아침엔 꼭 나한테 들러야 한다. 꼭 들러야 해. 내일 너한테 몇 마디 할 얘기가 있어 그런다. 그럼 내일 오겠지?」

「오겠어요.」

「오겠거든 내가 오라고 했단 말은 아무한테도 하지 말고 그냥 문병을 오는 것처럼 하고 오너라. 특히 이반한테는 아무 말도 해선 안 된다.」

「알겠어요.」

「그럼 가 봐라. 네가 아까 내 편을 들어 준 일은 죽을 때까지 잊지 않으마. 내일 너한테 할 말이란……아니, 하여튼 좀더 생각해 봐야겠다…….」

「그런데 기분은 좀 어떠세요?」

「내일이면 일어날 수 있겠지. 내일은 어디 가 봐야 할 데가 있어. 뭐, 괜찮아. 아무렇지도 않아. 아무렇지도 않다니까!」

뜰을 지나다가 알료샤는 대문 옆 긴 의자에 앉아 있는 이반을 만났다. 이반은 거기 앉아서 연필로 무언가 수첩에 적어 넣고 있었다. 알료샤는 이반을 보자, 아버지가 눈을 뜨고 의식을 회복했다는 것과 자기에게 수도원으로 돌아가는 것을 허락했다는 것 등을 말해 주었다.

「알료샤, 내일 아침에 너를 좀 만났으면 하는데.」이반은 긴 의자에서 일어서며 부드럽게 입을 열었다. 이처럼 상냥스런 태도는 알료샤에게는 정말 뜻밖의 일이었다.

「내일은 호흘라코바 부인한테 가 봐야 합니다.」하고 알료샤는 대답했다.「그리고 오늘 카테리나 이바노브나를 만나지 못하면 내일이라도 거길 가 봐야 할는지 모르고…….」

「그럼 지금 너는 카테리나 이바노브나한테 가는 길이로구나! 마지막 이별의 인사를 전하기 위한 것이겠지?」하고 이반이 히죽 웃으며 말하자 알료샤는 약간 당황했다.

「나는 아까 형이 고함을 지르던 까닭이며 또 그전에 있었던 일들을 이제 대충 알 수 있을 것 같다. 드미트리가 너를 거기 보내는 것은 필시 그 여자한테……뭐랄까……간단히 말해서, 마지막 인사를 전해 달라는 것이겠지?」

「형님! 아버지와 큰형 사이의 이 끔찍한 추태는 대체 어떻게 될 것 같아요?」하고 알료샤는 커다란 소리로 물었다.

「어떻게 되는지는 아무도 단정 못해. 어쩌면 아무 일 없이 흐지부지 끝나고 말지도 모르지. 그 계집은 정말 짐승만도 못한 년이야. 아무튼 늙은이는 집에 꼭 가둬 두고 드미트리는 절대로 집에 들이지 말아야 해.」

「형님, 한 가지 물어보고 싶은 게 있는데요. 어떤 사람이든지 딴 사람에게 너는 세상에 살 만한 자격이 있고 너는 그럴 자격이 없다고 제멋대로 결정할 권리가 있을까요?」

「무엇 때문에 자격을 결정하느니 어떠니 하는 소리를 끄집어내는 거냐? 그런 경우는 자격 같은 걸 근거로 하는 것이 아니라 그보다는 훨씬 자연스러운, 무언가 다른 이유로 해서 사람의 마음속에서 결정되는 수가 흔한 법이지. 하지만 권리 그 자체로 보면 누구든 무엇을 희망할 권리는 다 갖고 있는 게 아니겠니?」

「그렇다고 딴 사람이 죽기를 희망할 수 있는 권리는 없겠죠?」

「딴 사람이 죽기를 바란대도 할 수 없는 일 아니냐! 사람들이 다들 그렇게 살고 있는데, 아니 그보다는 그렇게밖엔 살 줄을 모르는데 구태여 자기 자신에게 거짓말까지 할 필요는 없겠지. 네가 그런 질문을 하는 건, 아까 내가 『두 마리의 독사가 서로 물어 죽이려 하고 있다』는 말을 했기 때문이지? 그렇다면 내가 물

어보고 싶은데, 나도 역시 드미트리처럼 저 이숍 노인의 피를 흘리게 할 수 있
는, 즉 죽일 수 있는 인간이라고 생각되니, 응 ?」

「무슨 소릴 하는 거예요, 형님 ! 그런 건 꿈에도 생각해 보지 않았어요 ! 나
는 드미트리 형도 그런 일은 못할 것이라고 생각해요…….」

「그렇게 말해 주니 고맙다.」하고 이반은 히죽 웃었다.「잘 들어 둬라. 나는
항상 아버지를 보호해 드릴 거야. 그렇지만 어느 경우에나 나 자신의 희망 속에
는 충분한 여유를 남겨 두고 싶어. 그럼 내일 또 보자. 나를 너무 욕하진 말아
라. 나를 악당으로 생각하진 말아 달란 말이다.」하고 그는 미소를 띄우며 덧붙
였다.

그들은 전에 없이 굳은 악수를 나누었다. 알료샤는 형이 먼저 자기 쪽에서 한
걸음 접근해 온 데에는 필시 무슨 곡절이 있는 것이라고 느껴졌다.

10. 두 여자

알료샤는 아까 아버지네 집에 들어갈 때보다도 더욱 암담하고 허탈한 심정으
로 그 집을 나섰다. 그의 판단력은 이미 천 갈래 만 갈래로 흩어져 버린 것만 같
았다. 그리고 그 흩어진 판단력의 조각들을 다시 주워 모아서 오늘 하루 동안에
겪은 갖가지 고통과 모순 속에서 하나의 통일된 결론을 추리해 내는 것이 어쩐
지 두려운 느낌이 드는 것이었다. 그것은 일찌기 알료샤가 체험해 보지 못한 거
의 불안에 가까운 느낌이었다. 그 중에도 가장 뚜렷한 것은 그 무서운 여자를 둘
러싼 아버지와 드미트리의 싸움이 과연 어떻게 끝날 것인가 하는 가장 중대하고
도 숙명적인, 그리고 해결할 수 없는 의문에 관한 것이었다. 그리고 지금에 와
서는 알료샤 자신도 이 싸움의 목격자였다. 이미 자기는 두 사람이 육박전을 벌
인 현장을 똑똑히 제 눈으로 보지 않았는가. 하지만 불행한 인간, 정말로 무섭
도록 불행한 사람은 오직 큰형 드미트리 한 사람뿐이라는 생각이 들었다. 드미
트리의 앞에 무서운 재난이 기다리고 있다는 것은 의심할 여지도 없는 일이
었다. 또한 이 사건에는 알료샤의 예상보다도 훨씬 더 깊은 관련을 맺고 있는 것
으로 보이는 몇몇 다른 인물들이 있음이 판명되었으며 몇 가지의 새로운 의심들
이 고개를 들기 시작했다. 작은형 이반은 알료샤가 원했던 대로 점점 그에게 접
근해 오기 시작했지만 그는 이반의 이러한 접근에 오히려 일종의 불안을 느끼게
되었다. 아니, 이반보다도 그 두 여자의 태도는 더욱 수수께끼였다. 기묘하게도
알료샤는 아까 카테리나의 집을 향해 걷고 있을 때와는 반대로 지금은 아무 마

음의 동요도 느끼지 않고 있었다. 오히려 그와는 정반대로 그녀에게 가기만 하면 어떤 적절한 해결책이라도 나올 것 같은 기대로 부지런히 걸음을 옮겨 놓았다. 그렇지만 아까 드미트리가 부탁한 말을 그대로 그녀에게 전하는 일은 아까보다도 더욱 어려울 것처럼 생각되었다. 드미트리는 그 삼천 루블리를 해결할 길이 거의 없게 된 지금 자기 스스로를 정직하지 못한 인간으로 영영 낙인을 찍고 말 것이다. 그리고 모든 희망을 상실한 채 어떠한 타락의 구렁텅이 앞에서도 결코 자기 자신을 억제하려 들지 않을 것이다. 게다가 드미트리는 방금 아버지네 집에서 벌어진 사건까지도 카테리나에게 상세히 전해 달라고 부탁하지 않았던가.

알료샤가 카테리나의 집을 향해 출발했을 때는 이미 일곱 시가 넘어서 사방에는 땅거미가 깔리기 시작하고 있었다. 카테리나는 큰 거리에 있는 굉장히 넓고 편리한 집 하나를 빌어서 쓰고 있었는데 그녀가 이모 두 사람과 함께 살고 있다는 것을 알료샤는 이미 알고 있었다. 두 이모 중 한 사람은 이복 언니인 아가피야 이바노브나의 이모인데 이 부인은 카테리나가 여학교를 졸업하고 아버지에게 돌아왔을 때 아가피야와 같이 그녀의 시중을 들어 주었던 바로 그 과묵한 여자였다. 또 한 사람의 이모라는 분은 형편없이 가난한 집안의 출신이면서도 무척 거드름을 피우는 모스크바 태생의 귀부인이었다. 그러나 소문에 의하면 이모 두 사람이 모두 카테리나의 말에는 무조건 복종하는 사람들로서 조카딸의 한낱 시중꾼이나 다름없는 처지라고 했다. 카테리나가 어려워 하는 사람이라고는 신병 때문에 모스크바에 남아 있는 그녀의 은인인 장군 부인 오직 한 사람뿐으로서 카테리나는 매주 두 번씩 이 장군 부인에게 자기의 생활을 상세하게 알리도록 되어 있었다.

알료샤가 현관에 들어서서 문을 열어 준 하녀에게 자기의 내방을 알리도록 부탁하고 있을 때 이미 안쪽 홀에서도 그가 온 것을 알고 있는 것 같았다(그가 오는 모습을 창문을 통해 보았는지도 모르니까). 그러나 알료샤는 황급히 뛰어다니는 여자의 발소리와 옷자락이 스치는 소리를 언뜻 들었을 뿐으로서, 아마도 두세 명의 여자가 급히 다른 방으로 달려가는 것같이 생각되었다. 알료샤는 자기가 찾아온 것이 이 집 안에 이토록 소동을 일으키게 된 것을 보고 내심 적지 않게 놀랐다. 그는 곧 집 안으로 안내되었는데 그가 들어간 곳은 시골답지 않게 우아한 가구들로 꾸며 놓은 널따란 홀이었다. 여러 개의 소파와 안락의자, 그리고 크고 작은 탁자들이 운치있게 놓여 있고 사면의 벽에는 그림들이 걸려 있었다. 그리고 탁자마다 여러 모양의 꽃병과 램프들이 놓여 있는데 여기저기에 갖가지 꽃들이 꽂혀 있었으며 창문 곁에는 커다란 어항까지 놓여 있었다. 이미 해가 져서 어둠이 깃들기 시작할 무렵이어서 방안은 어둠침침했으나 알료샤는 방금까지 사람이 앉아 있었던 것 같은 소파 위에 부인용 비단 외투가 던져진 채로 있는 것을 알아볼 수 있었다. 소파 앞 탁자 위에는 먹다 남은 코코아 잔 두 개와 비스킷, 그리고 건포도를 담은 유리 접시와 과자 그릇 등이 그냥 놓여 있었다. 누군가 먼저 온 손님이 있는 것이 분명했다. 알료샤는 자기 때문에 방해가 된 것을 깨닫고 이마를 약간 찌푸렸으나, 바로 그 순간에 방문에 드리운 두꺼운 커튼이 위로 들리더니 카테리나 이바노브나가 나타났다. 그녀는 기쁨에 넘친 듯한 미소를 만면에 머금은 채 종종걸음으로 알료샤에게 다가와서 두 손을 앞으로 내밀었다. 그 뒤를 따라 하녀 한 사람이 불을 켠 촛대 두 개를 들고 방에 들어와서 탁자 위에 놓았다.

「이런 고마운 일이 ! 정말 당신까지 와 주셨군요 ! 나는 오늘 온종일 당신이 와 주시도록 기도를 드리고 있었답니다. 자, 여기 앉으세요.」

카테리나의 미모는 요전번에 만났을 때에도 알료샤에게 깊은 인상을 새겨준 바가 있었다. 그것은 카테리나 자신의 열렬한 희망에 따라 이십 일쯤 전에 드미트리가 처음으로 그를 여기에 데리고 와서 소개해 주었던 때의 일이었다. 물론 그때 만났을 때는 처음이었기 때문에 두 사람이 직접 이야기를 나눌 기회는 별로 없었다. 아니, 그보다도 알료샤가 무척 부끄러움을 타는 것을 알아챈 카테리나가 주로 드미트리만을 상대로 이야기를 진행했었기 때문이었다. 알료샤는 그들의 대화를 줄곧 묵묵히 듣고만 있었으나 그 동안에 무척 많은 것을 자세히 관찰할 수가 있었다. 그는 특히 이 오만한 아가씨의 고귀한 품위와 강한 자부심, 그리고 어딘가 자신만만한 듯한 여유있는 태도에 깊은 감명을 받았으며, 그가 받은 이러한 인상은 실제로도 사실과 부합하는 것이었다. 알료샤 역시 자기가 받은 인상이 결코 과장된 것이 아니라는 것을 잘 알고 있었다. 그녀의 크고 새까만 정열적인 눈이 놀랄 만큼 아름답다는 것, 그리고 그 아름다운 눈이 그녀의 창백할 정도로 희고 갸름한 얼굴에 아주 잘 조화되어 있다는 것을 그는 발견했다. 그녀의 입술 또한 우아한 곡선의 윤곽을 그리고 있어서 그의 형이 이 눈매나 입술에 매혹당했으리라는 것은 충분히 짐작할 수 있었으나, 그러한 아름다움 속에는 결코 오랫동안 사랑을 지속시킬 수 없는 어떤 차가움이 느껴지기도 했다. 이 방문이 있은 뒤에 드미트리가 자기의 약혼자에 대해서 그가 받은 인상을 솔직히 말해 달라고 열심히 부탁했을 때, 알료샤는 자기가 받은 이런 인상을 거의 그대로 털어놓았다.

「그 아가씨와 함께라면 형님은 무척 행복하시겠지요. 그렇지만 어쩌면 그 행복은 평화로운 행복이 아닌 것일지도 몰라요…….」

「맞았어, 바로 그거야. 그런 여자는 언제까지나 자기의 운명에 항거하려고 하는 타이프이니까. 그래서 너는 내가 그 여자를 영원히 사랑하지는 못할 거라고 생각한다는 말이지?」

「아니, 어쩌면 영원히 사랑하실는지도 모르죠. 하지만 영원히 행복하시진 못할 거예요.」

알료샤는 그때 이런 의견을 털어놓으면서 왜 그런지 얼굴을 붉혔었다. 그리고 아무리 형의 간청이기는 하지만 그런 엉뚱한 생각을 입 밖에 낸 것에 대하여 못내 못마땅한 생각이 들었다. 그런 말을 입 밖에 내는 순간에 자기부터가 터무니없는 엉터리 소견이라고 생각되었을 뿐만 아니라, 도대체 주제넘게도 자기가 여자에 대하여 무슨 의견을 제시한 것 자체가 몹시 부끄럽게 여겨졌기 때문이었다. 이런 일이 있었기 때문에 그는 지금 자기에게 달려나온 카테리나의 어린애 같이 순진한 태도를 본 순간 먼젓번보다도 더욱 놀라고 말았다. 심지어 그때에는 자기가 이 여자를 잘못 본 것이 아닌가 하는 생각조차 들 지경이었다. 지금 그의 눈앞에 서 있는 그녀의 얼굴은 꾸밈없는 소박한 선량함과 솔직하고 진지한 표정으로 환하게 빛나고 있지 않은가. 전번에 그토록 그를 놀라게 한 고상한 품위와 오만한 태도 대신에 알료샤가 지금 그녀에게서 찾아볼 수 있는 것은 용감하고도 고결한 열성과 명랑하고 강인한 자기 신념뿐이었다. 알료샤는 그녀의 얼굴을 보는 순간, 그리고 그녀의 몇 마디 말을 듣는 그 순간, 그녀가 사랑하는 남자와 관련된 자기의 비극적인 위치 따위는 이미 아무런 비밀도 아니라는 것을 직감했다. 그뿐 아니라 그녀는 이미 모든 사실을 하나에서 열까지 죄다 알고 있는지도 몰랐다. 그런데도 그녀의 얼굴은 미래에 대한 밝은 기대와 굳은 신념의 빛이 넘쳐 흐르고 있었다. 알료샤는 자기가 의식적으로 그녀에 대해 죄를 저지르고 있는지도 모른다는 생각이 퍼뜩 떠올랐다. 요컨대 그는 순식간에 그녀에게 사로잡혀 정복을 당해 버리고 만 것이었다. 동시에 그는 그녀의 처음 몇 마디 말을 듣자마자 그녀가 지금 어떤 격심한 흥분, 그녀로서는 좀처럼 있을 수 없는 거의 황홀할 정도로 기꺼운 흥분감에 사로잡혀 있다는 것을 알아챌 수 있었다.

「당신을 그토록 애타게 기다린 이유는, 지금 나에게 모든 일을 숨김없이 말씀해 줄 사람은 오직 당신밖에 없기 때문이죠. 정말, 당신 이외엔 단 한 사람도 없답니다!」

「제가 온 것은.」 하고 알료샤는 더듬거리며 말했다. 「형님의 심부름으로 ……」

「아, 그이가 보내서 오신 거군요! 나도 그럴 거라고 짐작은 하고 있었지요. 이젠 나도 모든 것을 죄다 알고 있으니까요, 죄다!」 카테리나는 갑자기 눈을 빛내며 외쳤다. 「잠깐만 기다려 주세요, 알렉세이 씨. 왜 내가 그토록 당신을 기다리고 있었는지부터 말씀드릴 테니까. 아마 나는 당신보다도 훨씬더 많은 것을 알고 있는지도 몰라요. 그러니까 당신한테서 무슨 소식을 듣자는 생각은 결코 아니랍니다. 나는 그저 당신이 최근에 그이에게서 받은 인상을 듣고 싶은 거예요. 그러니까 솔직하고도 꾸밈없이 말씀해 주셨으면 해요. 다소 추잡한 얘기라도 괜찮으니까요. 네, 아무리 추잡한 이야기라도 상관없어요. 오늘 당신을 만났을 때 그이의 심적 상태는 어떠했는지 말씀해 주세요. 내가 그이한테 직접 설명을 듣느니 보다는 이렇게 당신한테 물어보는 편이 좋을 것 같군요. 그이는 나한테 오고 싶어하지 않으니까요. 이젠 아셨죠, 내가 당신한테 원하는 게 무엇인지? 그리고 그이가 무슨 일로 당신을 여기에 보냈는지 간단히 추려서 말씀해 주세요. 난 그이가 틀림없이 당신을 보낼 거라고 짐작하고 있었으니까요.」

「형님은 당신에게 인사를 전해달라고 하더군요……. 다시는 여기에 오지 않겠다고 하면서……당신에게 작별의 인사를 전해 달라고 부탁했읍니다.」

「작별인사라고? 정말 그이가 그런 말을 하던가요? 그렇게 말했단 말이죠?」

「그렇습니다.」

「무심결에 아무렇게나 한 말이 아닐까요? 적당한 말이 생각나지 않았다든가 해서…….」

「아니죠, 형님은 꼭 당신에게 작별 인사를 전해달라고 부탁했으니까요. 게다가 잊지 말도록 세 번씩이나 다짐을 했읍니다.」

카테리나는 얼굴을 확 붉혔다.

「나를 좀 도와 주세요, 알렉세이 씨. 지금이야말로 나에게는 당신의 도움이 절대로 필요하답니다. 그럼 내가 나의 생각을 말씀드릴 테니 가만히 듣고 계시다가 내 말이 옳다든가 틀린다든가 하는 점만 얘기해 주세요. 만일 그이가 태연자약한 태도로 특히 그 말을 강조하지도 않고 나에게 그런 말을 전하라고 했다면 만사는 이미 끝장이 난 거지요! 그러나 그이가 그 말을 잊지 말라고 세 번씩이나 강조를 했다면, 그리고 꼭 작별 인사를 전하라고 부탁했다면 아마도 그이는 그때 몹시 흥분해서 제정신이 아니었을지도 몰라요. 그런 결심을 하고 나서는, 자기의 그 결심을 두려워하고 있는 것이 틀림없어요! 분명한 걸음걸이로 내 옆을 떠나간 것이 아니라 가파른 내리막길을 그저 내닫는 대로 달려내려간 데 불과하니까요. 그 말을 특히 강조한 것도 단순한 허세 때문일 거라고 나는 생각해요!」

「그렇지요, 바로 그렇습니다!」하고 알료샤는 갑자기 열띤 어조로 소리쳤다. 「지금 와서는 나도 그런 생각이 드는군요.」

「만일 사정이 그런 것이라면 아직도 그이는 가망이 있지요. 지금은 그저 자포자기하고 있는 상태니까 아직 내 힘으로 그이를 구해낼 수가 있을 거예요. 그런데 참, 그는 당신에게 혹시 돈 이야기를 하지 않던가요? 삼천 루블리에 관한 얘기를.」

「물론 했읍니다. 아마 형님에게 지금 가장 괴로운 문제가 바로 그 문제이겠지요. 형님은 『이렇게 된 이상 명예고 뭐고 모두 그만이다. 이젠 어떻게 되든 모두가 마찬가지야.』라고 말하더군요.」 하고 알료샤는 열띤 어조로 대답했다. 어쩌면 형을 구원할 수 있는 길이 생길지도 모른다는 생각이 그의 마음속에서 솟구쳐오르는 것을 느꼈다. 「그러면 당신은……그 돈이 없어진 것을 벌써부터 알고 계셨나요?」 그는 이렇게 덧붙였으나 갑자기 입을 다물어 버렸다.

「벌써부터 알고 있었어요. 확실히 알고 있었지요. 오래 전에 모스크바에 조회해 보니 돈이 도착하지 않았다고 하더군요. 그이는 돈을 부치지 않았던 거예요. 그렇지만 난 아무 내색도 하지 않았답니다. 지난주에야 나는 그때 그이가 몹시 돈을 필요로 하고 있었다는 것과 지금도 그 때문에 몹시 고통을 당하고 있다는 사실을 알게 되었지요. 그래서 나는 이렇게 하기로 방침을 세웠어요. 즉 그이가 결국은 누구에게 돌아가야 할 것이며, 자기의 진실한 벗은 과연 누구인가를 스스로 깨닫게 하자고 말입니다. 그이는 내가 자기에게 가장 충실한 친구라는 사실을 믿으려고 하지 않거든요. 내가 어떤 사람인가를 보려 하지 않고 한낱 여자라는 관점에서만 보려 하고 있답니다. 그이가 그 삼천 루블리를 써버린 일을 괴롭게 여기지 않고 나를 대할 수 있도록 하자면 대체 어떻게 해야 좋을까요? 나는 이 문제를 두고 지난 주일 동안 내내 안타깝도록 생각해 보았어요. 세상 사람이나 자기 자신에 대해서라면 부끄러움을 느껴도 되겠지만 적어도 나 한 사람에게만은 그런 일로 수치감을 갖지 않도록 하고 싶은 거죠. 그이는 하느님에게는 부끄럼없이 모든 것을 고백할 수 있으면서도, 어째서 내가 자기를 위해서라면 무슨 일이라도 할 수 있다는 점을 믿으려고 하지 않는 것일까요? 그이는 왜 내 마음을 몰라 줄까요? 어째서 그럴까요? 그런 여러 가지 일들은 이미 저질러진 일인데 어째서 나의 심정을 알려고 하지 않는 것일까요? 나는 무슨 방법을 써서라도 그이의 영혼을 구해주고 싶어요. 설사 이 몸이 자기의 약혼자라는 사실까지 그이가 잊어버린다고 해도 나는 눈 하나 깜짝하지 않겠어요! 알렉세이씨, 적어도 그이는 당신에게 벌써 모든 것을 털어놓지 않았나요? 그런데 어째서 나에게는 여태까지 일언반구도 하지 않는 것일까요?」

그녀는 울먹이는 음성으로 호소하듯이 말했다. 그녀의 눈에는 어느새 눈물이 괴어 고여 있었다.

「저도 당신에게 해야 할 얘기가 있읍니다.」하고 알료샤는 떨리는 음성으로 입을 열었다. 「바로 조금 전에 아버지와 형님 사이에 벌어진 일입니다만.」그는 오늘 아버지의 집에서 일어난 일련의 사건을 처음부터 모두 얘기해 주었다. 돈 때문에 형이 자기를 아버지에게 보냈던 일, 갑자기 거기에 형이 나타나서 아버지에게 폭행을 가했던 일, 그리고 그때 형이 자기에게 또 한 번 작별 인사를 전해달라고 거듭 부탁했던 일을 죄다 들려 주었다. 「그런 다음에 형님은 그 여자에게 갔거든요.」하고 그는 낮은 목소리로 덧붙여 말했다.

「그럼 당신은 내가 그 여자를 미워하고 있으리라고 생각하시는군요? 아마 그이도 내가 그 여자를 미워하는 줄로 알고 있겠지요? 그렇지만 결국 그 여자와 결혼을 하게 되지는 못할 걸요.」하고 카테리나는 갑자기 신경질적인 웃음을 터뜨렸다. 「카라마조프 집 사람들이 그러한 정열을 언제까지나 계속 불태울 수 있다고 생각하세요? 천만에요, 그것은 정욕이지 사랑은 아니니까요. 아마 형님은 결코 그 여자와 결혼을 하지는 않을 거예요. 무엇보다도 여자 쪽에서 그럴 생각은 없을 테니까 말이지요.」그녀는 또 한번 병적인 웃음을 터뜨렸다.

「아니, 어쩌면 정말로 결혼을 할지도 모릅니다.」알료샤는 눈을 아래로 내리깔면서 힘없는 목소리로 중얼거렸다.

「결혼 같은 것은 절대로 하지 않는다니까요! 그 아가씨는 마치 천사 같은 사람이랍니다. 그걸 아세요? 당신은 그걸 알고 계세요?」카테리나는 갑자기 이상할 정도로 들뜬 어조로 소리쳤다. 「그 여자만큼 놀라운 성격을 가진 사람은 아마 세상에 다시는 없을 거예요. 물론 그 여자는 남자를 유혹하는 힘을 가지고 있지만, 그 반면에 무척 선량하고 성실하고 고결한 성품을 지닌 사람이라는 것도 나는 잘 알고 있어요. 왜 그렇게 이상한 눈으로 쳐다보시죠, 알렉세이 씨? 내 말두에 놀라신 것 같군요. 아마 내 말이 믿어지지 않는가 보죠? 자, 아그라페나 알렉산드로브나 그루세니카 씨!」하고 카테리나는 갑자기 옆방을 향해서 커다란 소리로 불렀다. 「어서 이리로 나오세요. 당신도 잘 아는 알료샤 씨가 여기 오셨어요! 우리들 일을 잘 알고 있는 분이지요. 어서 나와서 인사하세요.」

「난 당신이 언제쯤이나 불러 주실까 하고 기다리고 있었답니다.」하고 커튼 뒤에서 아양섞인 부드러운 음성이 들려왔다.

방문에 드리운 커튼이 들리면서 바로 그루세니카 그 사람이 생글생글 웃으면서 가벼운 걸음으로 탁자 앞으로 다가왔다. 알료샤는 몸 속의 내장이 갑자기 뒤틀리는 듯한 충격을 받았다. 그의 시선은 그루세니카의 몸에 못박힌 채 좀처럼 눈을 뗄 수가 없었다. 이것이 바로 그 여자, 삼십 분 전에 작은형 이반이 무심코

194

짐승이라고 했던 바로 그 무서운 여자였다. 그러나 지금 알료샤의 앞에 서 있는 사람은 그저 평범하고 소박해 보이는 여자로서 선량하고 귀여운 모습을 하고 있을 뿐이었다. 그녀는 물론 예뻤으나 그것은 다른 미인들과 조금도 다를 바가 없는 세상에 흔히 있는 그런 평범한 아름다움이었다. 어쨌든간에 그녀가 무척 아름다운 것만큼은 사실이었으며, 그것은 많은 사내들로부터 미칠 듯한 사랑을 받을 수 있는 가장 러시아적인 아름다움이었다. 키도 꽤 컸지만 카테리나보다는 다소 작은 편이며(카테리나는 유난히 키가 컸다) 토실토실한 몸집과 부드럽고 조용한 동작은 그 음성이 그렇듯이 어딘가 달콤하고 나긋나긋했다. 그녀는 카테리나처럼 힘차고 성큼성큼 걷는 걸음걸이가 아니라 그 반대로 고양이처럼 소리없이 사뿐사뿐 걸어 들어왔다. 그녀의 발은 방바닥에 닿아도 전혀 소리가 나지 않는 것 같았다. 그녀는 검은 비단 옷자락을 사각사각 스치면서 가벼운 몸짓으로 안락의자 위에 앉더니, 역시 검은색인 값진 숄로 우유빛처럼 희고 보드라운 목과 풍만한 어깨를 살포시 감쌌다.

나이는 스물 두세 살 가량인데 얼굴은 그 나이에 꼭 어울리는 것으로서 전체적으로 투명하리만큼 흰 얼굴 바탕에 두 볼만이 발그스레한 홍조를 띠고 있었다. 얼굴이 약간 큰 듯하면서도 아래턱이 약간 앞으로 나와 균형을 이루고 있었고, 윗입술이 무척 얇은 반면 도톰하게 나온 아랫입술은 윗입술의 두 배쯤 두껍기 때문에 흡사 부어오른 것 같아 보였다. 그러나 풍성한 밤색 머리채와 검은 담비처럼 새까만 두 눈썹, 길다란 속눈썹과 하늘색 눈동자는 한 마디로 훌륭하다고 밖에는 달리 표현할 수가 없었다. 그것은 아무리 여자에게 무관심한 남자라도 혼잡한 인파 속에서 무심히 걷다가 그녀에게 자연히 시선이 이끌려 우두커니 서서 오랫동안 그 아름다운 모습을 인상에 새겨두지 않을 수 없는 그러한 미모였다. 그 얼굴에서 특히 알료샤의 마음을 가장 강하게 사로잡은 것은 그녀의 어린애처럼 티없이 맑고 순진한 표정이었다. 정말로 그녀의 눈은 어린애 같은 인상을 풍기고 있어서 무언가 어린애 같은 기쁨을 느끼고 있는 것 같아 보였다. 사실 기쁜 듯이 탁자 앞으로 다가온 그녀의 모습은 마치 호기심 강한 어린애가 무슨 재미있는 일이 일어나기를 기대하고 있을 때의 표정과 똑같은 것이었다. 알료샤는 그녀의 시선 속에 무언가 사람의 마음을 들뜨게 하는 힘이 있다는 것을 민감하게 의식했다.

또한 그녀에게는 무어라고 설명은 할 수가 없지만 무의식적으로 무언지 느껴지는 것이 있다. 그것은 앞에서 잠깐 언급했듯이 그녀의 육체의 제반 동작이 풍기는 부드러움과 조용함, 즉 고양이처럼 소리없이 움직이는 그 동작의 터질 듯한 탄력성이었다. 그것은 젊은 힘이 넘치는 팽팽하고 풍만한 육체로서 숄 밑으로는 희고 탐스러운 어깨와 아직도 처녀다운 볼록한 젖가슴이 느껴졌다. 사실 이만한 육체라면 아마 밀로의 비너스 상(像)을 구현할 수도 있으리라. 하긴 벌써 지금도 그 과장된 비교 속에 예상이 되는 것이었다. 아마 러시아 여성의 아름다움을 연구한 사람이라면 그루세니카를 보고 다음과 같이 자신있게 단언할 수가 있을 것이다. 즉 젊음에 넘치는 이 싱싱한 육체의 아름다움도 삼십 살이 되기만 하면 이미 균형을 잃어 뚱뚱하게 되고, 얼굴은 푸석푸석해지며 눈꼬리와 이마에는 순식간에 잔주름이 그물처럼 생기고, 얼굴빛은 윤기를 잃은 나머지 어쩌면 검은 기미가 끼게 되는지도 모른다고. 또한 결론적으로 이런 아름다움은 러시아 여성들에게서 특히 많이 볼 수 있는 소위 순간적인 아름다움, 혹은 영속성 없는 아름다움인 것이라고. 하기야 이 순간에 알료샤가 그런 것을 생각하고 있었다는 것은 물론 아니다. 오히려 그는 그녀에게 매력을 느낀 것도 사실이지만 내심 어딘가 불쾌한 기분도 느끼고 있었다. 특히 그루세니카가 무엇 때문에 자연스러운 태도로 말을 꺼내지 않고 자꾸만 말꼬리를 길게 늘이는 것일까 하고 의아하게 생각하였다. 아마도 그녀는 그렇게 말끝을 길게 늘이며 일부러 아양을 떠는 것을 일종의 특별한 매력으로 여기고 있는 것 같았다. 그러나 이런 태도는 그녀가 별다른 교양이 없기 때문이기도 했지만 어떻게 보면 어릴 적부터 예절에 관해 그릇된 인식을 가져왔다는 증거이기도 했다. 알료샤는 그녀의 저속한 말투가 그 어린애처럼 순진하고 기쁨에 찬 얼굴 표정이라든가 고요하고도 행복감에 빛나는 눈동자와는 있을 수 없을 만큼 심한 모순을 나타내고 있다는 점을 느끼지 않을 수가 없었다.

카테리나는 그녀를 알료샤의 맞은쪽 안락의자에 앉게 한 다음, 그녀의 미소 띠운 입술에 연거푸 서너 번이나 열렬한 키스를 퍼부었다. 그것은 마치 그녀에게 홀딱 반하기라도 한 것 같은 태도였다.

「알렉세이 씨, 우리는 오늘에야 처음으로 만났지요.」하고 카테리나는 기쁨을 참지 못하겠다는 듯이 말문을 열었다. 「나는 이분을 알고 싶었어요. 만나보고 싶었답니다. 그래서 내 편에서 먼저 찾아가 볼까 하던 참이었는데 마침 이분이 내 마음을 알아채고 먼저 찾아와 주셨군요! 나는 이분과 얘기해 보면 모든 문제를 죄다 해결할 수 있을 것이라고 확신하고 있었으니까요. 모두들 그렇게 되지는 않을 거라고 했지만 나는 어쩐지 그럴 수 있을 것 같은 예감이 있었어요. 그러니까 결과적으로 보아 내 예감은 적중한 셈이죠. 이분은 모든 것을 허심탄회하게 털어놓고 말해 주었어요. 자기가 생각하는 바를 죄다 숨김없이 말해 주었다니까요. 이분은 천사처럼 이 집에 날아와서 우리에게 평화와 기쁨을 안겨 주었답니다……」

「아가씨는 나 같은 계집도 결코 경멸하려 들지 않으셨지요. 정말 훌륭하신 아가씨예요.」하고 그루세니카는 먼저의 그 즐거운 듯한 앳된 미소를 흘리면서 노래하듯이 말꼬리를 길게 끌었다.

「내 앞에선 아예 그런 말씀 마세요, 당신처럼 귀여운 분을 내가 경멸하다니! 자, 어서 한 번만 더 당신의 입술에 입맞추게 해주세요. 당신의 아랫입술은 통통하게 부어오른 것 같지만 좀더 부어오르게 해야겠어요. 자, 한 번 더, 또 한 번 더……. 알렉세이 씨, 저 웃는 모습을 좀 보세요! 저 천사 같은 얼굴을 바라보면 저절로 마음이 명랑해지거든요…….」

알료샤는 얼굴을 붉히고 가늘게 몸을 떨었다.

「아가씨는 이처럼 나를 귀여워해 주시지만 어쩌면 나는 그만한 자격이 전혀 없는 계집일지도 모르죠.」

「자격이 없다니요! 이분이 글쎄 그만한 자격이 없다고 하는군요!」하고 카테리나는 여전히 들뜬 어조로 외쳤다. 「알렉세이 씨, 이분은 제멋대로 하기를 좋아하는 성미이지만 그 대신에 한없이 높은 자존심을 지니고 있답니다. 이분은 정말 얼마나 고결하고 관대한 마음씨를 가진 분인지 몰라요! 알렉세이 씨, 당신은 그걸 아시나요? 이분은 오직 한때 불행했었을 뿐이지요. 너무나도 일찍 보잘것 없고 경박한 사내를 위해 모든 희생을 감수할 결심을 했었던 것뿐이니까요. 어떤 남자가 하나 있었답니다. 그 사람도 역시 장교였는데 이분은 그 남자를 사랑하게 되어 모든 것을 바치고 말았지요. 하긴 꽤 오래 전 일로서 한 오 년쯤 옛날 이야기이긴 하지만, 그 남자는 이분을 버리고 글쎄 다른 여자와 결혼을 했다지 뭡니까! 그러고서는 최근에 와서야 아내가 죽었으니 다시 이 고장으로 오겠다는 편지를 써 보냈답니다. 이분은 말이지요, 아시겠어요, 아직까지도 그 사람 하나만을 사랑해 왔고 또 지금 이 순간에도 오직 그 사람만을 사랑하고 있답니다! 그 사람이 돌아오면 그루세니카 씨도 다시 행복해질 수 있겠지요. 그렇지만 지나간 오 년 동안은 그야말로 불행의 연속이었다고 말할 수 있을 거예요. 하지만 지금에 와서 이분을 꾸짖거나 그 관대한 마음씨를 칭찬해 줄 사람은 과연 누가 있겠어요? 그것은 지금 병석에 누워 있는 저 늙은 상인밖에는 없지 않겠읍니까! 그 노인으로 말하면 이분에겐 아버지나 친구, 아니면 보호자라고 하는 편이 더 적합할 거예요. 이분이 사랑에 버림을 받고 고뇌와 절망 속에 빠져 있을 때에 구세주처럼 나타났던 사람이 바로 그 노인이니까 말입니다. 이분은 그 당시 투신 자살이라도 할 결심이었다는군요. 그러니까 그 노인은 이분의 생명을 구해준 은인이 되는 셈이지요!」

「아가씨, 아가씨는 지금 열심히 저를 두둔해 주시지만 너무 서두르시는 것 같군요.」하고 그루세니카가 먼저처럼 말꼬리를 길게 늘이면서 말했다.

「당신을 두호하다니요? 어떻게 내가 감히 그런 짓을 할 수 있겠어요! 천사 같은 그루세니카 씨, 어서 손을 이리 좀 주세요. 이 도톰하고 토실토실한 손 좀 보세요. 알렉세이 씨, 이 손을 좀 보시라니까요! 이 손이 바로 나에게 행복을 가져다 주고 나를 소생케 해준 손이랍니다. 내가 지금 이 손에, 이 손등에, 이 손바닥에 입을 맞추는 걸 좀 보아 주세요. 자, 이렇게, 이렇게! 또 이렇게!」 카테리나는 황홀감에 도취된 채 약간 도톰하게 생긴 그루세니카의 예쁜 손에 연거푸 세 번씩이나 키스를 했다. 그루세니카는 가만히 자기 손을 내맡긴 채로 발작적이면서도 리드미컬한 웃음 소리를 내면서 이 친절한 아가씨의 거동을 지켜보고 있었다. 그녀는 이렇게 자기 손에 입맞추게 하는 데에 일종의 쾌감을 느끼고 있는 것같아 보였다.

『너무 자기 기분에 도취된 것 같아.』이런 생각이 문득 알료샤의 머리속을 스쳐갔다. 그는 갑자기 얼굴을 붉혔다. 두 여자가 말을 주고받는 동안 그의 마음은 줄곧 어떤 이상한 불안감 때문에 뒤숭숭해 있었다.

「아가씨, 알렉세이 씨 앞에서 이렇게 내 손에 입을 맞추시면 난 부끄러워서 어떻게 하죠?」

「내가 당신을 부끄럽게 하려고 이러는 줄 아세요?」카테리나는 조금 의외라는 듯이 말했다. 「아아, 당신은 내 심정을 몰라 주시는군요!」

「하지만 아가씨, 아가씨도 내 심정을 전혀 이해하지 못하고 계신 것 같은데요. 아마 나는 아가씨가 생각하는 것보다도 훨씬더 나쁜 여자인지도 몰라요. 난 짓궂은 데다가 또 고집불통이니까 말이지요. 저 불쌍한 드미트리 표도로비치만 해도 나는 그저 심심풀이삼아 유혹을 해본 것에 지나지 않는답니다.」

「그렇지만 지금은 당신이 스스로 그이를 구해주려고 하지 않습니까! 나에게 그렇게 약속하셨지요? 당신은 오래 전부터 다른 사람을 사랑해 왔는데, 지금 그 사람이 다시 당신에게 구혼하고 있다는 사실을 알려서 드미트리로 하여금 눈을 뜨도록 하겠다고 말이지요.」

「저런, 그게 아닌데요! 나는 그런 약속은 한 적이 없어요. 그건 아가씨 혼자서 한 얘기지 내가 한 말은 아니예요.」

「혹시 내가 잘못 생각한 것인지도 몰라.」하고 카테리나는 낮게 중얼거렸으나 안색이 약간 창백해진 것 같았다. 「그렇지만 당신은 분명히 그런…….」

「천만에요, 아가씨! 나는 아무 약속도 하지 않았어요.」그루세니카는 눈 하나 깜짝하지 않고 여전히 명랑하고 순진한 듯한 태도로 말을 받았다. 「이젠 아시겠지요, 아가씨? 아가씨에 비하면 내가 얼마나 비열한 변덕쟁이인지 말이에요. 나는 무슨 일이든지 마음만 내키면 당장 해치우고 마는 성미니까요. 아까는 내가 정말로 무슨 약속을 했었는지도 모르지만, 지금 가만히 생각해 보니까 어쩌면 미챠가 다시 좋아질지도 모른다는 생각이 드는군요. 그전에도 미챠가 무척 마음에 들었던 때가 한 번 있었지요. 거의 한 시간 동안이나 계속 그이한테 홀딱 반해 있었다니까요! 그러니 지금 당장 집에 돌아가는 길로 그이한테 우리집에서 함께 살자고 편지를 써 보낼는지도 모르죠……. 나는 본래부터 이렇게 변덕이 심한 계집이랍니다!」

「아까 당신은……그와는 전혀 다른 말을 했었는데요.」카테리나는 간신히 이렇게 중얼거렸다.

「아까는 아까고, 지금은 지금이죠! 나는 마음이 무척 약한 편이라서, 그이가 나 때문에 얼마나 많은 괴로움을 겪고 있을까, 생각하기만 해도 도저히 참을 수가 없어요! 이제 집에 돌아가서 갑자기 그이가 불쌍하다는 생각이 들면, 아아, 그땐 난 정말 어떤 일을 할지 몰라요!」

「난 정말 이럴 줄은 꿈에도 몰랐어요…….」

「아가씨, 나 같은 여자에 비하면 아가씨는 정말 얼마나 관대하고 훌륭한 분인지 몰라요. 그렇지만 지금 나처럼 변덕 많고 못돼먹은 계집은 보기도 싫어졌겠죠! 천사 같은 아가씨, 이번엔 아가씨의 손을 이리 좀 주세요.」그녀는 다정하게 말하면서 카테리나의 손을 공손히 잡았다. 「자, 이번엔 내가 아가씨가 아까 내게 해주신 것처럼 키스를 해드리죠. 아가씨는 아까 세 번 키스를 해주셨지만, 셈을 따지자면 아마 나는 삼백 번쯤은 키스를 해드려야 할 거예요. 그게 당연한 일이 아닐까요? 그러고 나면 나는 완전히 아가씨의 노예가 되어 무슨 일이든지 아가씨가 원하시는 대로 봉사하게 될는지도 모르지요. 무슨 약속이니 다짐이니 하는 건 그만두고 모든 것을 하느님이 정해 주시는 대로 하면 되지 않을까요? 아이, 이 손은 정말! 정말 어쩜 요렇게도 이쁠까! 참으로 친절하신 아가씨, 이루 말할 수 없이 아름다운 아가씨!」

키스의 빚을 갚는다는 기묘한 작업을 치르기 위해 그루세니카는 상대방의 손을 천천히 자기 입으로 가져갔다. 카테리나는 손을 뿌리치지 않았다. 그녀는 그루세니카가 노예처럼 봉사하겠다고 한 말에 반신반의하는 태도로 그루세니카의 눈을 똑바로 들여다보고 있었다. 그러나 그루세니카의 눈 속에는 여전히 신뢰에 가득 찬 순진한 표정과 한결같이 명랑한 빛이 감돌고 있을 뿐이었다. 『어쩌면 이 여자는 지나칠 정도로 순진한 사람일지도 몰라.』하는 생각이 카테리나의 머리에 떠올랐다. 그루세니카는 아가씨의 예쁜 손에 못내 황홀해 죽겠다는 듯이 천천히 그 손을 입으로 가져갔으나, 바로 입술 위에 닿으려는 바로 그 순간 갑자기 무슨 생각이 떠오른 듯이 이삼 초 가량 그 손을 그대로 붙들고 있었다.

「그런데 말이죠, 아가씨.」하고 그녀는 아까보다도 더욱 달콤하고 부드러운 목소리로 말꼬리를 길게 끌었다.「모처럼 아가씨의 손을 잡긴했지만 키스는 그만두는 게 좋겠군요.」그러고 나서 재미있어 못 견디겠다는 듯이 킬킬거리며 웃기 시작했다.

「좋도록 하세요……. 그런데 왜 그러죠?」카테리나는 흠칫 몸을 떨었다.

「좌우간 이건 분명히 기억해 두세요. 아가씨는 내 손에 입을 맞췄지만 난 결코 아가씨 손에 입을 맞추지 않았다는 걸 말이죠.」그루세니카의 눈이 갑자기 번쩍거리면서 카테리나의 얼굴을 똑바로 쳐다보았다.

「건방진 년!」퍼뜩 무엇인가 깨달은 듯 카테리나는 얼굴이 새빨갛게 되어 벌떡 자리에서 일어섰다. 그루세니카도 천천히 몸을 일으켰다.

「이젠 곧 미챠한테 가서 얘기해 줘야 하겠군요. 즉 아가씨는 내 손에 키스를 했지만 나는 하지 않았다고. 그인 아마 재미있다고 한바탕 웃어델 걸요!」

「더러운 계집 같으니, 어서 나가!」

「저런, 부끄럽지 않으세요, 아가씨! 아가씨 같은 분이 그런 상소리를 입에 올리다니! 이건 정말 수치스러운 일이에요.」

「썩 꺼져 버려, 이 갈보 같은 년!」하고 카테리나는 악을 썼다. 그녀의 얼굴은 보기 흉하게 일그러진 채로 파르르 떨렸다.

「뭐, 갈보라고 하셔도 괜찮아요. 그렇지만 그런 소릴 하는 아가씨 자신은 어떻지요? 아가씨도 돈이 탐나서 처녀의 몸으로 캄캄한 밤에 젊은 사내에게 찾아가지 않았어요? 그 예쁜 얼굴을 팔려구요! 난 모조리 알고 있어요!」

카테리나는 비명을 올리며 그녀에게 왈칵 덤벼들었다. 알료샤는 있는 힘을 다해서 그녀를 붙들었다.

「아무 짓도 하지 마세요! 한 마디도 대꾸해서는 안 됩니다! 아무 말도 말고 가만히 계십시오! 저 여자는 곧 돌아갈 거예요, 지금 당장 돌아갈 겁니다!」

이때 카테리나의 이모들과 하녀가 그녀의 고함 소리를 듣고 방안으로 뛰어들어와 우르르 카테리나에게로 달려갔다.

「가고 말고요.」하고 그루세니카는 외투를 집어들며 말했다.「알료샤, 나 좀 데려다줘요!」

「가세요, 제발 돌아가 주세요!」알료샤는 애원하듯이 두 손을 모으면서 말했다.

「귀여운 알료세니카, 그러지 말고 좀 데려다 달라니까요, 네! 함께 가면서 아주 재미있는 얘기를 하나 들려 드리죠! 지금 이 일은 내가 당신 좀 보라고 일부러 연극을 해보인 거랍니다. 알료세니카, 나 좀 데려다 줘요. 나중에 가서 반드시 잘했다고 생각하게 될 거예요.」

알료샤는 주먹을 불끈쥐고 외면을 했다. 그루세니카는 깔깔 웃어대면서 밖으로 달려나갔다.

카테리나는 히스테리의 발작을 일으켜 숨을 어깨로 몰아 쉬면서 흑흑 흐느껴 울었다. 모두들은 어떻게 해야 좋을지 몰라서 한동안 허둥대기만 했다.

「그래 내가 뭐라고 하던!」하고 나이 많은 쪽의 이모가 말했다. 「그런 일은 애초부터 그만두라고 하지 않았니? 너는 너무 고집이 세어서 탈이란 말야……. 너무 무모한 짓을 했어! 너는 그런 종류의 계집들이 어떤지 잘 모르겠지만 내가 듣기엔 그년은 정말 개보다 더한 계집이라더라……. 하여간 너는 너무 고집이 세어 탈이라니까!」

「그년은 호랑이에요!」카테리나는 소리쳤다. 「알렉세이 씨, 당신은 왜 나를 붙잡았어요? 당신만 아니라면 그년을 실컷 때려주었을 텐데! 실컷 때려주고 말았을 텐테!」

카테리나는 알료샤 앞에서 여전히 자기 자신을 억제하지 못했고 또 꼭 억제하려 들지도 않는 것 같았다.

「그런 년은 교수대 위로 끌어 올려서 모두가 보는 앞에서 망나니를 시켜 개패듯이 두들겨 줘야만 하는 거예요!」

알료샤는 문 있는 쪽으로 서너 걸음 뒷걸음질쳤다.

「그런데 아아!」카테리나는 두 손을 찰싹 맞부딪치면서 절망에 빠진 태도로 절규했다. 「그이가, 그이가 그토록 불성실하고 무책임한 사람이라니! 그이가 그년한테 그 이야길 모두 했을 줄은 정말 몰랐어요! 그 저주해야 할, 영원히 저주해야 할 운명적인 날에 있었던 일을! 뭐『아가씨 역시 그 예쁜 얼굴을 팔러 가지 않았나요?』라고! 그년은 그때의 일을 전부 알고 있음에 틀림없어요! 알렉세이 씨, 당신의 형님은 정말 비열한 사람이군요!」

알료샤는 무언가 대답을 하고 싶었으나 뭐라고 대꾸해야 할지 마땅한 말이 하나도 생각나지 않았다. 그는 가슴이 빠개지는 것 같은 아픔을 느꼈다.

「그만 돌아가 주세요, 알렉세이 씨. 나는 부끄럽고 또 무서워 죽겠어요! 내일……미안하지만 내일 다시 한 번만 꼭 더 와 주세요, 제발 부탁입니다……. 너무 나를 나쁘게 생각하지는 말아 주세요. 이젠 앞으로 정말 어떻게 해야 좋을는지 나 자신도 모르겠군요!」

알료샤는 비틀비틀한 걸음으로 그 집을 나와 한길로 나섰다. 그 역시 그녀와 마찬가지로 통곡을 하고 싶은 심정이었다. 이때 카테리나의 하녀가 그의 뒤를 황급히 쫓아왔다.

「아가씨가 이걸 전하는 것을 깜빡 잊으셨답니다……. 호홀라코바 부인이 보내는 편지인데, 아까 낮에 우리 아가씨한테 맡겨 놓았던 거예요.」

알료샤는 거의 방심한 상태로 무의식적으로 그 조그만 장미빛 봉투를 받아서 호주머니 속에 찔러 넣었다.

11. 또 하나의 짓밟힌 명예

마을에서 수도원까지는 기껏해야 일 베르스타 거리밖에 되지 않았다. 알료샤는 이 시각쯤 되면 지나다니는 사람 하나 없는 텅 빈 길을 부지런히 걸어갔다. 때는 이미 한밤중이 가까와서 삼십 걸음 앞은 분간하기 어려웠다. 절반쯤 되는 지점에 삼거리가 하나 있는데 그 갈림길에 홀로 서 있는 버드나무 아래서 사람의 그림자 같은 것이 희뜩 지나갔다. 그 그림자는 알료샤가 삼거리에 다다르자마자 획 하고 덤벼들면서 벼락같이 소리쳤다.

「목숨이 아까우면 돈을 내놔!」

「아니, 형님이었군요!」알료샤는 질겁을 하고 놀라 몸을 휘청거렸으나 겨우 알아보고 입을 열었다.

「하, 하, 하! 꽤 놀랐지? 나는 여기서 너를 기다릴까, 아니면 카챠네 집 앞에서 기다리는 게 좋을까 한참 망설였어. 그렇지만 그 집 앞은 길이 여럿으로 갈라지니까 자칫하면 너를 놓칠지도 몰라서 결국 여기서 기다리기로 했지. 수도원으로 가려면 누구나 이 길을 통해 가야 하니까 네가 반드시 여기를 지날 줄 알고 있었거든. 자, 어서 그 집에서 있었던 얘길 좀 해봐라. 내 체면이 벌레 새끼처럼 납작해져도 괜찮으니, 어서 사실대로 얘기를 좀 해봐……. 아니, 그런데 너 왜 그러니?」

「아무것도 아녜요, 형님…… 너무 놀라서……. 그렇지만 바로 아까 아버지의 피를 보고서도 형님은…….」알료샤는 그만 울음을 터뜨렸다. 아까부터 목구멍까지 치밀어올라와 있던 울음이 갑자기 터져나오고 말았던 것이다. 「까딱했으면 아버질 죽일 뻔 해놓고…… 그렇게까지 아버지한테 저주를 퍼붓고도 금새 까맣게 잊어버리고……목숨이 아까우면 돈을 내놓으라고, 그런 장난을 하시다니!」

「대체 그게 어쨌다는 거냐! 불효막심하다는 얘기지? 나 같은 녀석이 도저히 있을 수 없는 짓을 저질렀단 말이겠지?」

「별로 그런 뜻으로 한 말은 아니지만⋯⋯.」

「내 얘기를 들어 봐. 그리고 이 밤의 경치를 좀 보려무나. 이 캄캄한 밤의 모습을 ! 저 짙은 구름과 스산하게 불어오는 바람을 말이야. 나는 여기 이 버드나무 아래 숨어서 너를 기다리고 있는 동안 문득 이런 생각이 들더구나. 이상 더 무엇을 망설이고 있느냐 ? 여기 버드나무 가지가 있지 않은가. 손수건도 있고 셔츠도 있으니 이걸 꼬아서 끈을 만드는 건 쉬운 일이고 게다가 바지엔 멜빵까지 달려 있겠다, 구차하게 이상 더 이 대지를 더럽힐 필요가 어디 있느냐고 말이다. 이건 절대로 거짓말이 아냐. 이런 생각을 한참 하고 있는데 마침 네가 오는 발걸음 소리가 들려온 거야. 그러자 갑자기 내 머리를 꽝 하고 치는 생각이 있었어. 그렇다, 아직까지는 나도 이 세상에 사랑하는 사람어 있지 않은가, 저기 오는 사람이 바로 그 사람이다 ! 이 세상에서 내가 가장 사랑하는 사람인 것이다 ! 이렇게 생각한 순간 나는 더욱 네가 사랑스럽게 여겨져서 무작정 너에게 달려들어 꽉 껴안아 주고 싶어졌어. 그러나 그 다음 순간『그럴 게 아니라 저 녀석을 한 번 깜짝 놀라게 해줘야지. 그게 더 재미있을 거야.』하는 바보 같은 생각이 문득 내 머리에 떠오르지 않겠니. 그래서 다짜고짜 돈 지갑 내놔 ! 하고 소리쳤던 거란다. 어쨌든 실없는 짓을 해서 미안하게 됐구나. 아까 한 짓은 어디까지나 장난이지만 지금 내 마음은 정말 심각하거든⋯⋯. 하지만 그건 아무래도 상관없어. 그보다도 어서 그 집에 갔었던 얘기나 들려 다오 ! 그래 카챠가 뭐라던 ? 내가 뒤로 벌렁 나자빠져도 좋으니까 솔직하게 얘기해 봐. 내 사정을 볼 생각은 말고 사실대로 말을 해봐 ! 아마 미칠 듯이 성을 냈을 거야, 그렇지 ?」

「아니, 그러진 않았어요⋯⋯. 그런 일은 절대로 없었지요. 형님, 거기서 나는 ⋯⋯거기서 지금 난 그 두 사람을 다 만나고 오는 길입니다.」

「두 사람이라니 누구하고 누구 말이냐 ?」

「그루세니카가 카테리나 아가씨 집에 찾아와 있었어요.」

드미트리는 잠시 영문을 몰라 멍청하게 서 있었다.

「말도 안 되지 !」하고 그는 소리쳤다. 「혹시 너 꿈이라도 꾼 게 아니냐 ? 그루세니카가 그 집엘 가다니 그런 일이 !」

알료샤는 자기가 카테리나의 집에 들어선 순간부터 직접 목격한 바를 모두 이야기했다. 그는 유창하고 조리있게 설명하지는 못했으나 중요할 듯한 말이나 동작은 그 두 여자의 특징대로 일일이 흉내를 내어 가며 자기가 받은 인상과 느낌을 생생하게 표현하려고 애쓰면서 모든 일을 명확하게 이야기했다. 이야기는 거의 십 분 가량이나 계속되었다. 드미트리는 묵묵히 귀를 기울이면서 꼼짝도 하지 않은 채 알료샤의 얼굴만 뚫어지게 쏘아보고 있었다. 알료샤는 이제는 그도 모든 것을 알아채고 자기의 말뜻을 정확하게 이해했음을 넉넉히 짐작할 수 있었다. 이야기가 진행됨에 따라 드미트리의 얼굴은 점점 침울해져서 나중에는 무서우리 만큼 찌푸린 형상으로 변모하고 있었다. 그는 미간을 좁히고 이를 악문 채 이야기를 듣고 있었는데 꼼짝도 하지 않고 한 군데를 노려보는 그의 시선은 더욱 날카롭고 살기 띤 것으로 변해 가는 것 같았다. 그러나 갑자기 정말 뜻밖에도 그처럼 무서운 감정에 휩싸였던 얼굴이 한순간 후딱 변하면서 입술이 약간 벙긋거리더니 드미트리는 별안간 폭소를 터뜨렸다. 그것은 정말 더 참을 수가 없어서 밖으로 터져나오는 꾸밈없는 웃음이었다. 그는 글자 그대로 배를 움켜쥐고 껄껄껄 웃어대었다. 그 웃음 때문에 그는 한참 동안 말도 제대로 하지 못했다.

「그래 결국 그 손에 입을 맞추지 않았단 말이지! 끝내 키스를 하지 않고 그대로 도망쳐 버렸단 말이지. 하, 하, 하!」

드미트리는 마치 어떤 병적인 쾌감을 느낀 것처럼 소리쳤다. 만일 그것이 그토록 솔직한 웃음이 아니었다면 분명 그것은 어떤 철면피한 기쁨 때문이었다고 보아야 할 것이다.

「그래서 그 아가씨께서 호랑이라고 고함을 쳤다고? 하긴 호랑이는 분명히 호랑이지! 교수대 위에 올려놓고 흠씬 패줘야 한다고? 암, 그건 그렇게 해야지, 당연히 그렇게 해야만 돼! 그럴 필요가 있다는 점에 대해서는 벌써부터 나도 동감이었거든! 그건 그렇고 알료샤, 그것도 좋지만 우선 자기 마음속의 병부터 고칠 필요가 있지 않을까? 좌우간 그 콧대 높은 아가씨가 어떤 심정이 되었으리라는 건 나도 이해할 만해. 그렇지만 바로 그 점에 그루세니카란 년의 모든 것이 있는거야. 바로 그 손에 그년의 악마 같은 독부 근성이 나타나 있거든. 그년은 세상에 둘도 없는 독부니까! 아니, 독부의 독부, 독부의 할머니 격이지. 바로 거기에 자기 나름의 기쁨과 쾌감을 느끼고 있거든. 그래 그년은 곧장 자기 집으로 간다고 하더냐? 그럼 나도 지금 당장 그리로 가야겠다……. 알료샤, 제발 나를 욕하지 말아 다오. 그년이 목을 졸라 죽여도 시원치 않을 년이라는 점에 대해서 나도 이의가 없다니까…….」

「하지만 카테리나 아가씨는 어떻게 되지요?」알료샤는 처량한 목소리로 중얼거렸다.

「그 여자의 심정도 이젠 잘 알 것 같아. 마음속까지 환하게 알 수 있다니까. 내가 그 여자를 완전히 알게 된 것도 사실은 이번이 처음이지! 이건 신대륙의 발견보다도 더욱 놀라운 발견이야. 세계 사대주의 발견, 아니 오대주였던가? 어쨌든 그건 정말 놀랄 만한 과단성이었어! 이것이야말로 바로 그때의 카텐카,

아버지를 구하기 위해 무서운 치욕이 기다릴지도 모르는 추잡한 난봉꾼 장교를 태연하게 찾아갈 수 있었던 그때의 여학생 바로 그대로거든! 그리고 이건 무서운 자존심의 표현이기도 하지. 모험에 대한 욕구, 운명에 대한 항거, 운명에 대한 끝없는 도전이야. 그 이모가 말렸다면서? 그래 봬도 그 이모란 사람은 고집이 여간이 아닐 텐데? 바로 모스크바에 있는 그 장군 부인의 친동생인데 한때는 언니보다도 더 거드럭거리더니만, 남편이 공금을 쓴 죄로 토지와 재산을 죄다 몰수당한 다음부터는 콧대가 꺾여 버리고 만 부인네지. 아직까지도 그냥 비굴한 태도를 취할 수밖에 없는 입장이긴 하겠지만. 그래 그 이모가 말렸는데 카챠는 들은 척도 안했단 말이지? 『내가 정복하지 못할 건 세상에 아무것도 없어요. 모든 것을 내 뜻대로 할 수 있다니까요. 그러니까 내가 마음만 먹는다면 그루세니카쯤은 얼마든지 꼼짝 못하게 할 자신이 있어요.』라고 우겨 댔을 거야. 그리고는 자기의 능력을 믿고 자기 자신을 향해 허세를 부려 본 거지. 결국 이런 형편이니 누구를 탓할 수도 없는 노릇이 아니겠니? 너는 카챠가, 그루세니카의 손에 일부러 먼저 입을 맞춘 데에는 무슨 속셈이 있었을 거라고 생각하니? 천만의 말씀, 그 여자는 정말로, 정말로 그루세니카에 홀딱 반했었던 거야. 아니 그루세니카에게 반한 게 아니라 자기 자신의 꿈에, 자기 자신의 망상에 반해 버렸던 거지. 왜냐하면 그루세니카는 그 여자의 꿈과 망상에 부합되는 태도를 취할 것 같아 보였으니까 말이다. 그런데 알료샤, 너는 용케도 그 여자들한테서 도망쳐 왔구나. 거길 어떻게 빠져 나왔지? 그 수도복 자락을 펄럭거리면서 두 눈을 꼭 감고 도망쳐 왔단 말이지? 하, 하, 하!」

「미챠, 형님은 정말 그때 그 일을 그루세니카에게 얘기하지 말아야 했을 거예요. 그것이 카테리나 아가씨에게 얼마나 모욕이 되는 일이라는 것을 전혀 생각지 못했단 말입니까? 그루세니카는 방금 카테리나에게 맞대놓고 이렇게 말했어요. 『아가씨도 그 예쁜 얼굴을 팔러 밤중에 젊은 사내를 찾아가지 않았느냐?』라고 말입니다. 미챠, 이보다 더 큰 모욕이 어디 있겠어요?」

알료샤가 무엇보다도 마음 아프게 생각한 점은, 물론 그럴리는 없다고 생각하면서도 어쩐지 형이 카테리나가 모욕을 당한 데 대해 오히려 기뻐하는 것같이 보인다는 사실이었다.

「음, 그건 네 말이 맞아!」드미트리는 잔뜩 얼굴을 찡그리며 별안간 손바닥으로 이마를 딱 때렸다. 그는 방금 알료샤에게서 카테리나가 모욕을 당했다는 거며, 『당신의 형은 비열한 사람이에요!』라고 소리쳤다는 얘기를 죄다 듣긴 했지만 이제서야 비로소 그 이유를 분명히 깨달은 것 같았다. 「당연한 일이지. 그런데 내가 그 말을 정말 했던가? 어쩌면 카챠가 말하는 그 저주받을 운명의 날에 있었던 일을 그루세니카에게 했는지도 모르지. 아, 이제 생각난다. 분명히 얘기를 하긴 했어. 그래, 맞았어. 그건 바로 그때, 모크로예 마을에 갔을 때의 일이로구나! 나는 술에 만취되어 있었고 집시들이 노래를 부르고 있었지……. 난 그때 벌써! 할 수 없는 노릇이지. 지금 그년이 그런 짓을 저지른 것도 당연한 귀결이야! 그때는 눈물을 흘리던 년이 이제 와서는…… 이제 와서는 가슴에 비수를 푹!…… 계집이란 결국 그런 동물이야.」

그는 시선을 아래로 떨군 채 잠시 생각에 잠겼다.

「그래, 난 비열한 놈이야! 내가 비열한 놈이라는 건 사실이지!」그는 한참 만에 침울한 음성으로 입을 열었다. 「그때 내가 울었건 울지 않았건 결과는 마찬가지가 되어 버렸으니까. 어차피 내가 비열한 짓을 한 것만은 분명한 사실, 카테리나에게 가거든 이렇게 전해 다오. 나를 비열한 놈이라고 불러서 마음이 풀린다면 나는 얼마든지, 또 어떤 욕이든지 달게 받으련다고! 그렇지만 이 얘긴 이젠 그만두기로 하자, 이상 더 지껄여 봐야 아무 소용도 없는 일이니 말이다. 자, 이젠 그만 헤어지자. 너는 네 갈 길을 가고 나는 내 갈 길을 가는 거다. 이젠 마지막 순간이 올 때까지는 너를 만나고 싶지 않구나. 자, 내 동생아, 잘 가거라!」

그는 알료샤의 손을 꼭 쥐어 준 다음 여전히 고개를 숙이고 시선을 떨어뜨린 채 미련을 끊기 위해서인지 읍내 쪽을 향해 급히 떠나갔다. 알료샤는 그가 이렇게 갑자기 떠나 버릴 줄은 미처 생각하지 못했기 때문에 멍하니 그의 뒷모습을 바라보기만 했다.

「깜빡 잊었다, 알료샤. 나 너에게 고백할 일이 또 하나 있어.」하고 드미트리는 별안간 되돌아와서 말했다. 「자, 나를 좀 보렴. 찬찬히 들여다봐라. 여기, 바로 여기에 무서울 만큼 파렴치한 것이 들어 있단다. 바로 여기에 말이야.」하면서 드미트리는 정말 이상한 표정을 지으며 자기의 앞가슴을 주먹으로 툭툭 쳐 보였다. 그것은 꼭 파렴치한 그 무엇을 가슴 어딘가에 속주머니 속이나 목에 건 주머니 속 같은 데에 깊숙이 감춰 둔 것 같은 태도였다. 「너도 알겠지만 나는 자타가 공인하는 비열한이야! 그러나 이 점만은 분명히 알아 다오. 즉 내가 전에 무슨 짓을 했고, 지금 무슨 짓을 하고 있으며 또 앞으로 무슨 짓을 저지르든간에 지금 내가 이 가슴속에 갖고 있는 파렴치와 비교한다면 그것들은 아무것도 아니라는 것을 말이다! 그 파렴치는 바로 여기, 이 가슴속에 간직되어 있어. 물론 그것은 지금 당장이라도 행동에 옮길 수 있는 것이지만 그걸 결행하느냐 마느냐는 순전히 내 마음 하나에 달려 있지. 바로 이 점에 특히 유의해 달라는 거야! 하지만 결국은 내가 그걸 해치우게 될 거라고 판단하는 것이 올바른 생각이겠지. 아까 나는 너에게 모든 걸 죄다 얘기했지만 차마 이것만큼은 고백할 수가 없었단다. 아무리 나라고 해도 그렇게까지 철면피는 못되었던 모양이지? 하기야 아직까지는 그것을 중지할 수는 있어. 만일 그렇게 한다면 나는 당장 내일이라도 잃어버린 명예의 절반쯤은 되찾을 수 있겠지. 그렇지만 나는 어쩐지 이 파렴치한 계획을 그대로 밀고나가게 될 것 같은 생각이 드는구나. 나는 그런 예감이 있기 때문에 너한테 미리 이런 말도 할 수 있는 거란다. 그러니 앞으로 만일 무슨 사건이 생긴다면 너는 나의 증인이 되어 다오! 암흑, 파멸, 뭐 이런 거지! 아니, 때가 되면 자연히 알게 될 테니까 지금은 구태여 설명하려 하지 않겠어. 악취가 풍기는 뒷골목과 세상에 둘도 없는 독부(毒婦)라! 그럼 난 가 보겠어. 나를 위해서 기도할 것까진 없다. 난 그만한 가치가 없는 인간일 뿐더러 또 그럴 필요도 없으니까. 암, 그럴 필요는 전혀 없고 말고! 자, 그럼 어서 가 보렴!」

그는 이렇게 말하고 홱 몸을 돌이키더니 이번엔 정말 아주 가버리고 말았다. 알료샤도 수도원을 향해 천천히 걷기 시작했다. 『방금 형이 한 말은 대체 무슨 뜻일까? 앞으로 다시는 형을 만날 수 없게 될지 모른다는 것은 무슨 뜻일까?』 그는 형이 한 말이 자꾸만 마음에 걸렸다. 『내일은 만사 제쳐 놓고 꼭 형님을 만나서 그 말의 뜻을 물어봐야겠다. 기어코 알아내고 말아야지!』

그는 수도원 옆쪽으로 돌아 솔밭을 가로질러서 곧장 암자로 향했다. 이렇게 늦은 시각에는 암자에 아무도 들어갈 수 없는 규칙이었으나 그만은 예외였기 때문에 곧 문을 열어 주었다. 그는 장로의 방에 발을 들여놓는 순간 갑자기 가슴이 두근거렸다. 『왜 아까 나는 이 방을 떠났던가? 장로님은 또 무엇 때문에 나를 바깥 세상에 나가라고 하는 것일까? 이곳에는 평온과 거룩함이 있지만 속세에는 혼돈과 암흑뿐이어서 일단 그곳에 발을 들여놓으면 곧장 길을 잃고 방황할 수밖에 없지 않은가……』

암자에는 이미 수습 수사인 포르피리와 파이시 신부가 와 있었다. 파이시 신부는 오늘 내내 조시마 장로의 병세를 알아보기 위해서 매시간마다 여기에 드나들었던 것이다. 알료샤는 장로의 병세가 점점더 악화되고 있다는 말을 듣고 가슴이 덜컥 내려앉았다. 매일 저녁의 일과로 되어 있는 수도사들의 고해 성사조차도 오늘은 그만두었다는 것이었다. 보통 때 같으면 저녁마다 예배가 끝난 뒤 수도사들이 장로의 방에 모여 와서 그날 하루 동안에 범한 죄과(罪過)며 죄스러운 망상이나 유혹, 또는 동료 사이에 있었던 말다툼까지 죄다 장로에게 소리내어 고해하는 것이 일과처럼 되어 있었다. 그러면 장로는 그것을 하나하나 해결해 주고, 화해시켜 주고, 훈계를 베풀어 주기도 하며 일일이 축복을 내린 다음 돌려보내는 것이었다. 이러한 수도사들 서로간의 고해에 대하여 장로 제도를 반대하는 사람들은 일찍이 이것이 성스러운 비밀 의식으로서의 고해 성사를 모독하는 행위라고 맹렬히 비난을 퍼부었다. 심지어는 이것이 신성 모독의 행위라고까지 극언하는 사람들도 있었으며, 수도사들의 이러한 고해는 결코 좋은 결과를 가져올 수 없을 뿐더러 오히려 이 때문에 죄에 물들지 않은 수도사까지도 유혹으로 이끌게 된다고 교구장(敎區長) 앞으로 진정서를 제출했던 일까지 있었다. 그리고 수도사들 역시 장로의 암자에 매일 저녁 모이는 것을 고통으로 여기는 사람들이 많았다. 이들은 남들이 모두 가니까 자기도 할 수 없이 간다는 안이한 생각에서, 또는 자기 혼자만이 거만하고 배타적인 인간이란 소리를 듣지 않으려는 지극히 타산적인 생각에서 할 수 없이 모이는 사람들이었다. 또 소문에 의하면 수도사들 중에는 그날 저녁 고해 성사에 모이기 전에 미리『나는 오늘 아침 자네한테 화를 내었다고 할 테니 자네도 적당히 맞장구를 쳐주게.』하는 식으로 서로 짜고 오는 경우까지 있다고 한다. 물론 이런 짓을 하는 이유는 자기가 고해할 차례가 되었을 때 적당히 넘겨버릴 재료를 만들기 위한 것 때문이었으며, 알료샤 역시 간혹 이런 사람들이 있다는 것을 잘 알고 있었다. 또한 그는 장로가 관습에 따라 수도사들의 가족에게서 온 편지를 먼저 뜯어 보는 것에 대해서도 많은 불평이 있다는 것도 알고 있었다. 이러한 관습이나 제도, 혹은 의식들이 자발적인 복종과 지도를 받으려는 열성에 의하여 자연스럽게 실행되어야 한다는 것은 물론 전제 조건이 되어야 하겠지만 실제에 있어서는 이따금 매우 불성실하게 혹은 거짓과 무관심 속에서 행해진 것도 사실이었다. 그렇지만 암자의 수도사들 중에서 나이 지긋하고 경험 많은 사람들은 여기에 대해 대체로 긍정적인 견해를 고수하고 있었다. 그것은 진심으로 영혼의 구원을 위해 이 수도원 안에 들어온 사람이라면 이러한 복종과 수양이 실로 유익한 것이라는 데는 의심할 여지가 없다. 또한 반대로 그것을 고통으로 여기는 사람들이라면 진실한 수도사라고는 할 수 없다. 따라서 그들이 이 수도원에 들어온 것 자체가 이미 잘못이며 그들이 있어야 할 곳은 수도원이 아니라 속세인 것이다. 그리고 악마나 죄악으로부터 자기를 지키기는 속세에서 뿐만 아니라 수도원 안에서도 역시 마찬가지로 어려운 일이기 때문에 죄악에 대하여는 추호도 관대해서는 안 된다 라는 견해였다.

「이젠 아주 쇠약해져서 지금은 혼수 상태에 빠져 계시단다.」하고 파이시 신부는 알료샤를 축복해 주고 나서 귓속말로 말했다. 「깨워 드리기조차 힘든 일이야. 하긴 그럴 필요가 없긴 하지만 말이다. 아까 장로님은 한 오 분쯤 눈을 뜨시고 수도사 전부에게 축복을 전하면서 저녁때는 자기를 위해 기도해 달라고 부탁하셨지. 그리고 내일 다시 한번 더 성찬을 받고 싶다고 말씀하시고 나서 알렉세이, 네 이야기를 물으시더라. 이젠 아주 속세로 나갔느냐고 물으시기에 읍내에 잠깐 나갔다고 대답했더니『그래서 나는 그애를 축복해 주었던 거야. 지금 그가 머물러야 할 곳은 속세니까 당분간은 여기 머물러 있지 않는 편이 좋을 거야.』라고 말씀하셨지. 진실로 사랑과 배려에 넘치는 말씀이었단다. 너는 그것이 얼마나 고마우신 말씀인지 알 수 있겠니? 그런데 장로님께서 너더러 당분간 속세에 나가서 지내라고 하신 것은 대체 무슨 뜻일까? 그건 분명코 네 운명에 대해 무엇인가를 예견하셨기 때문일 거야! 그러나 알렉세이, 비록 네가 속세에 나간다 하더라도 그것은 어디까지나 장로님께서 너에게 내린 복종의 의무라는 것을 늘 명심해라. 그리고 그것이 결코 헛되이 경솔한 행동을 취하거나 속세의 향락을 취하라는 뜻이 아니라는 점을 특히 유의해야 한다.」

파이시 신부는 밖으로 나갔다. 알료샤는 장로가 비록 하루 이틀쯤은 더 연명할지는 모르지만 이미 목숨이 경각에 달려 있다는 점을 잘 알고 있었다. 그래서 내일 아버지를 비롯해서 호흘라코바 모녀와 카테리나, 그리고 형 드미트리를 만나기로 이미 약속은 했지만 내일만큼은 하루 종일 수도원을 한 걸음도 떠나지 않고 장로가 운명할 때까지 그 옆에 붙어 있어야겠다고 결심했다. 그의 가슴은 조시마 장로에 대한 뜨거운 애정으로 불타오르기 시작했다. 그리고 이 세상에서 누구보다도 존경하는 분을, 더구나 임종의 자리에 남겨둔 채 읍내에 나가 잠시나마 그분의 일을 까맣게 잊고 있었던 자기 자신이 몹시 못마땅하게 생각되었다. 그는 장로의 침실로 들어가서 무릎을 꿇고 잠들어 있는 장로 쪽을 향해 이마가 땅에 닿도록 공손히 절을 했다. 장로는 거의 들릴락말락한 숨소리를 내면서 조용히 잠들어 있었으며 그의 얼굴은 더할 수 없이 평온해 보였다.

알료샤는 옆방으로 물러나와서 구두만 벗고 옷은 그대로 입은 채 가죽을 씌운 딱딱하고 좁은 의자 위에 누웠다. 그것은 오늘 아침 장로가 손님들을 맞았던 바로 그 방으로서 그는 벌써 오래 전부터 베개만을 들고 와서 이 의자를 잠자리로 삼고 있었다. 아까 낮에 아버지가 집으로 가져오라고 소리쳤던 그 이불은 오래 전부터 사용하지 않고 있었다. 그는 자기의 수도복을 벗어 그것을 담요 대신 덮고 잤다. 잠을 자기 전에 그는 오늘 따라 오랫동안 무릎을 꿇고 기도를 드렸다. 그 진실되고 열렬한 기도 속에서 그가 하느님께 기도한 것은 결코 자기 마음의 괴로움을 덜게 해주십사고 하는 것은 아니었다. 다만 그는 하느님께 영광을 드리고, 하느님을 찬양하고 난 다음이면 언제나 그의 마음속에 찾아드는 기쁨에 찬 그 감동을 갈망했을 뿐이었다. 잠자리에 들기 전에 하는 그의 기도는 항상 하느님에 대한 찬양으로 가득 차 있었으며 그의 마음속에 깃드는 기쁨은 그에게

쾌적하고 평온한 꿈을 가져다 주는 것이었다. 그는 지금도 그러한 마음으로 기도를 드리고 있는데 문득 호주머니 속에서 무언가 감촉이 느껴지는 것이 있었다. 그것은 아까 카테리나 이바노브나의 하녀가 한길까지 쫓아나와서 그에게 전해 준 조그만 장미빛 봉투였다. 그러나 그는 마음이 산란해진 가운데서도 끝까지 기도를 드렸다. 그리고 기도를 끝낸 다음에야 잠깐 망설이다가 봉투를 뜯었다. 봉투 속에는 프랑스어로 〈리즈〉라고 서명을 한 편지가 들어 있었다. 그것은 오늘 아침 장로 앞에서 알료샤를 놀려 주었던 호흘라코바 부인의 어린 딸인 바로 그 리즈였다.

　알렉세이 씨, 지금 저는 아무도 모르게 엄마한테도 숨겨가면서 이 편지를 쓰고 있어요. 물론 이것이 나쁜 일이라는 건 저도 잘 알지만 저의 가슴속에 생겨난 그 무엇을 당신에게 말하지 않고는 단 하루도 살지 못할 것 같아 펜을 들었어요. 그러니까 이 일은 당분간 우리 두 사람밖에는 절대 비밀이랍니다. 그렇지만 제가 말하고 싶은 것을 어떻게 당신에게 전하면 좋을까요? 종이는 결코 얼굴을 붉히지 않는다고 하지만 그건 새빨간 거짓말인 모양이지요? 왜냐하면 종이는 지금 저와 같이 새빨갛게 되어 있으니 말이에요. 그리운 알료샤, 저는 당신을 사랑해요. 제가 아직 어렸을 때부터, 당신이 지금과는 아주 다르던 모스크바 시절부터 저는 당신을 줄곧 사랑해 왔답니다. 그리고 앞으로도 한평생 당신을 사랑하겠어요. 저는 당신과 한몸이 되어 백년까지 해로할 결심으로 당신을 선택한 거예요. 물론 여기엔 당신이 수도원을 나와 주어야 한다는 조건이 따르지만 말입니다. 우리의 나이가 아직 어리다면 법률이 정한 나이가 될 때까지 기다리면 되겠지요. 그때까지는 저도 병이 나아서 걸을 수도 있고 춤을 출 수도 있게 될 거예요. 이건 새삼스럽게 말할 필요도 없는 일이겠지만.

　이만하면 제가 이 문제에 대해서 얼마나 신중하게 심사숙고했는지 알 수 있겠죠? 그렇지만 아직까지 알 수 없는 일이 꼭 한 가지가 있어요. 그건 당신이 이 편지를 읽고 어떻게 생각하실까 하는 바로 그 점이에요. 저는 밤낮 시시덕거리며 까불기를 좋아했고 오늘 아침만 해도 당신을 놀려 준 나머지 화나게까지 했으니 말이에요. 그렇지만 지금 저는 펜을 들기에 앞서 성모 마리아 상 앞에 꿇어앉아서 진심으로 기도를 드렸답니다. 그리고 지금도 당장 울음이 터질 것 같은 경건한 심정으로 기도를 드리면서 이 편지를 쓰고 있는 거예요.

　저의 비밀은 이제 당신의 손으로 넘어가고 말았어요. 내일 당신이 오시면 나는 정말 당신을 어떻게 대해야 좋을까? 아아, 알렉세이 씨, 당신의 얼굴을 보고 있다가 또 오늘 아침처럼 참지 못하고 바보같이 웃음을 터뜨리게 되면 어떻게 하죠? 아마 당신은 제가 남을 놀려주기나 좋아하는 개구쟁이이니까 이 편지도 혹시 장난으로 쓴 게 아닐까 하고 의심하실 거예요. 어쨌든 저를 봐 주는 뜻에서 내일 우리집에 오시면 제발 저를 똑바로 쳐다보지는 말아 주세요. 당신과 눈이 마주치면 틀림없이 저는 또 웃음을 터뜨리고 말 테니까 말이에요. 더구나 당신은 그 기다란 수도복을 걸치고 있으니까……. 정말 그런 생각을 하면 등에 식은 땀이 난답니다. 그러니까 방에 들어오시거든 얼마 동안은 저를 보지 마시고 어머니나 창문 쪽으로 시선을 돌리도록 해주세요…….

저는 그만 당신에게 이렇게 사랑의 고백을 쓰고 말았군요. 아아, 정말 이런 일을 해도 좋을는지 모르겠어요. 그리운 알료샤, 이런 짓을 한다고 제발 경멸하지는 말아 주세요. 만일 저의 이 행위로 말미암아 당신을 괴롭히게 된다면 부디 용서하시기 바랍니다. 이 편지로 해서 어쩌면 영영 땅에 짓밟혔는지도 모르는 저의 명예에 관한 비밀은 이젠 당신의 수중에 들어 있어요. 저는 지금 꼭 울고만 싶은 심정이에요. 그럼 그 두려운 우리의 재회 때까지 안녕!

리즈

추신 : 알료샤, 무슨 일이 있어도 내일 꼭 와 주셔야 해요!

알료샤는 뜻하지 않은 놀라움을 느끼면서 편지를 읽었다. 그리고 다시 한번 되풀이해 읽어 보고는 잠시 생각에 잠겼다가 갑자기 고요하고도 감미로운 미소를 입가에 띄웠다. 그러다가 그는 갑자기 죄스러운 생각이 들어서 부르르 몸을 떨었으나 잠시 뒤에는 또다시 고요하고도 행복한 미소를 띄우는 것이었다. 그는 천천히 편지를 봉투 속에 집어 넣고 나서 성호를 그은 다음 자리에 누웠다. 이미 마음의 동요는 씻은 듯이 사라져 버리고 없었다. 『주여, 오늘 제가 만난 모든 사람을 불쌍히 여기시고 마음의 평안을 잃은 그들을 불안에서 구원해 주시옵소서. 그리고 그들을 올바른 길로 인도해 주시기를 비나이다. 모든 길을 주님의 손 안에 있음을 믿사오니 그들에게 바른 길을 인도해 주시고 구원하여 주시옵소서. 주님의 사랑으로 이 모든 사람들에게 기쁨을 내려 주시옵서!』알료샤는 이렇게 중얼거리고는 다시 성호를 긋고 나서 평온한 꿈 속으로 빠져들어갔다.

제 2 부

제 4 장 감정의 격발(激發)

1. 페라폰트 신부

이른 아침, 아직 완전히 날이 새기도 전에 알료샤는 일어나야만 했다. 장로가 잠에서 깨어났기 때문이다. 장로는 기력이 없음을 잘 알면서도 자리에서 일어나 안락의자에 앉고 싶다고 했다. 의식만은 아주 또렷했다. 얼굴에는 피로의 기색이 짙게 나타나 있었으나, 그 표정은 기꺼우리만큼 명랑했고 시선은 즐겁고 다정스러워 보였다. 「어쩌면 오늘 하루도 다 살지 못할 것 같구나.」하고 그는 알료샤에게 말했다. 그리고 그는 곧 고해를 하고 성찬을 받고 싶다고 했다. 장로의 고해 성사는 언제나 파이시 신부가 담당하고 있었다. 고해와 성찬이 끝나자 성유도유식(聖油塗油式)이 거행되었다. 수사 신부들이 모이기 시작해서 암자는 수도사들로 점점 가득 차게 되었다. 그러는 사이에 해가 솟아올랐다. 식이 끝나자 상로는 모든 사람들과 이별을 고하고 싶다고 하면서 한 사람 한 사람에게 입을 맞춰 주었다. 암자가 좁아서 먼저 온 사람은 뒤에 온 사람에게 자리를 내주려고 밖으로 나갔다. 알료샤는 다시 의자에 앉은 장로의 곁에 서 있었다. 장로는 힘이 자랄 때까지 설교를 계속했다. 그의 음성은 힘없이 들려 왔으나 발음은 아직도 꽤 똑똑했다.

「나는 오랫동안 여러분에게 설교를 해 왔읍니다. 너무 여러 해 동안 큰소리로 말을 해 왔고 입을 열기만 하면 여러분에게 설교를 하는 것이 아주 습관처럼 되어 버려서 지금처럼 기운이 없을 때에도 말을 하는 것보다 입을 다물고 있는 편이 오히려 힘들 지경입니다.」그는 자기 주위에 모여든 사람들을 다정한 눈으로 둘러보면서 이렇게 농담까지 하는 것이었다. 이때 장로가 한 말을 알료샤는 나중에도 조금은 기억할 수 있었다. 어조도 정확했고 음성도 꽤 또렷했으나 이야기 자체는 그다지 조리있는 것이 아니었다.

장로는 여러 가지 이야기를 했다. 필시 임종을 앞두고 생전에 미처 못다한 말들을 다시 한번 모두 하고 싶었던 모양이었다. 그것도 단순히 교훈을 주기 위한 것뿐만 아니라 어떻게 해서든지 자기가 느끼는 환희와 법열(法悅)을 모든 사람과 함께 나누고, 죽기 전에 한 번 더 자기의 진정을 토로해야겠다고 생각한 것 같았다.

「여러분, 서로 사랑하십시오.」하고 장로는 설교를 시작했다(이것은 알료샤의 기억에 의한 것이다). 「그리고 하느님의 백성들을 사랑하십시오. 우리가 여기 이 울타리 안에 틀어박혀 있다고 해서 그것만으로 속세에 있는 사람들보다 더 깨끗하다고 할 수는 없읍니다. 아니, 오히려 여기에 온 사람은 누구나 여기에 와 있다는 그것만으로도 자기가 속세의 누구보다도, 그리고 이 지구상의 누구보다도 못하다는 것을 자각한 사람들이라고 할 수 있겠지요. 그러니까 수도사인 우리들은 이 울타리 속에서 오래 살면 살수록 이 사실을 더욱더 뼈저리게 자각해야 하는 것입니다. 그렇지 않다면야 구태여 이런 곳에 올 필요가 없었을 테니까요. 자기가 속세의 누구보다도 못하다는 것뿐만 아니라 자기가 무슨 일에나 모든 사람들에 대하여 죄가 있다는 것을 모든 인류의 죄, 세계의 죄, 개인의 죄에 대하여 책임이 있다는 것을 자각했을 때, 그때에야 비로소 우리의 은둔 생활의 목적이 달성될 것입니다. 그것은 우리들 한 사람 한 사람이 이 지상에 사는 모든 사람들에 대하여 죄가 있기 때문입니다. 더욱이 그것은 일반적인 세계적 죄악 때문에 그런 것이 아니라 우리들 각 개인이 지상에 사는 모든 사람, 그리고 그 한 사람 한 사람에 대하여 개인적인 죄를 짓고 있기 때문입니다. 이 자각이야말로 수도사가 나가야 할, 그리고 지상의 모든 사람이 나가야 할 길의 종착점인 것입니다. 수도사라고 해서 결코 특별한 인간은 아니며 다만 지상의 모든 사람이 당연히 그래야 하는 인간의 모습에 지나지 않습니다. 그렇게 되어야만 비로소 우리의 마음은 우주처럼 넓은 싫증을 느낄 줄 모르는 영원한 사랑의 감격에 충만될 것입니다. 그때에는 우리들 한 사람 한 사람의 사랑으로써 전세계를 자기 것으로 할 수도 있을 것이고 또한 그 눈물로써 세계의 죄악을 죄다 씻어 버릴 수도 있을 것입니다. 우리는 누구나 항상 마음을 감시하고 자기 마음에 참회하기를 게을리하지 말아야 하겠읍니다. 자기의 죄를 두려워하지 마십시오. 비록 죄를 자각했다 하더라도 다만 그것을 회개하기만 하면 되는 것이지, 결코 하느님 앞에 약속 같은 것을 해서는 안 됩니다. 거듭 말하거니와 결코 교만한 태도를 취하지 않도록 하십시오. 작은 것에 대해서나 큰 것에 대해서나 교만하지 마십시오. 우리를 부정하는 자, 모욕하는 자, 비방하는 자, 그리고 우리들을 중상하는 자들을 증오해서는 안 됩니다. 무신론자, 악의 전도사, 유물론자들도 미워해서는 안 됩니다. 그들 중의 선량한 자들뿐만 아니라 악한 자들까지도 결코 증오해서는 안 된단 말입니다. 특히 오늘과 같은 시대에는 그런 사람들 중에서도 선량한 인간이 많이 있으니까요. 그런 사람들을 위해서는 이렇게 기도하십시오. 『하느님, 아무도 기도해 줄 사람이 없는 모든 사람들을 구원하여 주시옵소서.』 그리고 또 이렇게 기도하십시오. 『하느님, 제가 이런 기도를 드리는 것은 결코 교만해서가 아니옵니다. 저는 누구보다도 더러운 자입니다…….』라고. 하느님의 백성들을 사랑하십시오. 그리하여 순진한 그 양떼를 이리한테 빼앗기지 않도록 하십시오. 게으름과 오만불손과 특히 탐욕에·빠져 졸고 있다가는, 대번에 이리떼가 사방에서 몰려와 양떼를 가로채 갈 것입니다. 아무쪼록 게으름피우지 말고 하느님의 복음을 사람들에게 전하도록 노력하십시오, 백성들한테서 재물을 거둬들이지 마십시오, 금은 재화를 사랑하여 그것을 모아 가지고 있으면 안 됩니다. 하느님을 믿고 신앙의 깃발을 잡아 높이 쳐들어 주십시오.」

물론 장로의 말은 여기에 적은 것, 즉 알료샤가 나중에 기록한 것보다는 훨씬 단편적인 것이었다. 장로는 이따금 원기를 돋우기 위해 말을 멈추고 숨을 몰아쉬곤 했지만 그래도 자기 자신은 환희에 충만되어 있는 듯이 보였다. 사람들은 모두 감격하여 그의 말에 귀를 기울이고 있었으나 대부분의 사람들은 그 말에 놀라움을 금하지 못했고 또한 그 말에서 어두운 그림자 같은 것을 느끼고 있었다. 물론 이때 장로가 한 말의 뜻을 되새겨 보게 된 것은 훨씬 뒤의 일이었지만…….

알료샤는 잠깐 암자 밖으로 나왔을 때, 암자 안팎에 모여있는 수도사들 사이에 충만된 흥분과 기대를 보고 몹시 놀라지 않을 수 없었다. 그 기대는 일부 사람들에게 있어서는 거의 불안에 가까웠고, 다른 일부 사람들에 있어서는 더없이 엄숙한 것이었다. 누구나가 다 장로가 죽으면 곧 그 어떤 위대한 기적이 일어날 것이라고 기대하고 있었던 것이다. 이런 기대는 어느 관점에서 보면 거의 무분별에 가까운 것이었지만 그런 대로 가장 엄격한 늙은 수도사들까지도 거기서 벗어나지 못하고 있었으며 누구보다도 엄숙한 얼굴을 하고 있는 것은 바로 파이시 신부였다.

알료샤가 암자에서 밖으로 나온 것은 방금 시내에서 돌아온 라키친이 어떤 사람을 시켜서 몰래 그를 불러냈기 때문이었다. 그는 알료샤 앞으로 보내는 호흘라코바 부인의 편지를 갖고 왔던 것이다. 호흘라코바 부인은 알료샤에게 이런 경우를 위해 일부러 준비된 것 같은 흥미있는 소식을 전해 왔다.

그것은 다름 아니라 어제 장로를 만나서 그 축복을 받으러 왔던 평민 여자들 가운데 하나인 이 고을에 사는 프로호로브나라는 늙은 하사관 미망인에 관한 것이었다. 이 노파는 장로에게 자기 아들 바세니카가 근무 관계로 멀리 시베리아의 이르쿠츠크로 전속되어 갔는데 벌써 일 년 동안이나 아무 소식이 없으니 죽은 것으로 하여 교회에서 그 명복을 빌면 어떻겠느냐고 물었었다.

여기에 대해 장로는 엄격한 어조로 그런 것은 무당이 하는 짓이나 마찬가지니 절대로 안 될 말이라고 대답했다. 그러나 노파가 그런 말을 한 것은 무식한 탓이라 하여 더 이상 나무라지 않고(호흘라코바 부인의 편지에 의하면) 마치 앞 일을 환하게 내다보는 것처럼 다시 말을 이어 『당신 아들 바세니카는 살아 있소. 이제 곧 어머니한테 돌아오든가 아니면 편지라도 보내 올 거요. 그러니 집에 돌아가 기다려 보시오.』라고 노파를 위로해 주었다. 『그런데 어떻게 됐는지 아세요!』하고 호흘라코바 부인은 몹시 흥분된 말투로 쓰고 있었다. 『예언은 글자 그대로 아니 그 이상으로 들어맞았단 말이에요!』즉 노파가 집에 돌아가자마자 기다리고 기다리던 시베리아로부터 편지가 도착했던 것이다. 뿐만 아니라 바세니카가 도중에 예카케린부르그에서 어머니에게 보낸 편지에는 자기는 지금 어떤 관리와 동행하여 러시아로 돌아가는 길이므로 이 편지가 도착한 뒤 삼 주일만 지나면 『어머니를 끌어안아 드릴 수 있겠지요.』라고 씌어 있었다. 또한 호흘라코바 부인은 알료샤에게 새로 실현된 이 예언의 기적을 수도원장을 비롯하여 모든 수도사들에게 즉시 전해 달라고 열렬히 간청하면서 『이건 누구나 다 알아야 할 일입니다!』라는 감탄사로 편지를 끝맺고 있었다. 이 편지는 몹시 서둘러 쓴 모양으로 글 한 줄 한 줄에 편지를 쓴 사람의 흥분이 그대로 나타나 있었다. 그러나 실제로 알료샤가 그것을 수도사들에게 알릴 필요는 없었다. 그들은 이미 그 얘기를 다 알고 있었기 때문이었다. 라키친은 알료샤를 불러내 달라고 부탁한 수도사에게 또 한 가지「파이시 신부님에게 제가, 즉 라키친이 잠깐 전할 말씀이 있다고 말해 주세요. 이건 아주 중대한 일이어서 한시도 지체할 수가 없다고요. 그리고 저의 이 무례에 대해서는 거듭 용서를 빈다고 말해 주십시오.」라고 부탁했던 것이다. 그런데 그 수도사는 알료샤를 불러내기 전에 먼저 파이시 신부에게 라키친의 말을 전했기 때문에 알료샤는 다시 제자리에 돌아가서 파이시 신부에게 그 편지를 보이고 이런 편지가 왔다는 것만 보고를 하면 그만이었다. 그러나 좀처럼 남의 말을 믿지 않는 이 엄격한 신부도 미간을 잔뜩 찌푸리고 그 기적의 보고를 읽으면서 자기 마음속에 일어난 그 어떤 감격을 아주 뭉개 버릴 수는 없는 것 같았다. 그의 눈은 번쩍거리고 입술에는 갑자기 엄숙한 감동의 미소가 떠올랐다.

「그렇지만 그것이 전부일 리는 없어!」하고 그는 중얼거렸다.

「그것이 전부일 리는 없지. 우린 그보다 더 큰 일을 보게 될 거야!」하고 주위에 있던 수도사들이 말을 받았다. 그러나 파이시 신부는 또다시 얼굴을 찌푸리고 어쨌든 어느 시기가 올 때까지는 여기에 대해 아무 말도 말아 달라고 모두에게 당부했다. 「좀더 사실이 분명하게 확인될 때까지는 입 밖에 내지 말아 주십시오. 세상에는 무책임한 소문이 많을 뿐더러 이번 일도 그저 하나의 우연일지도 모르니까요.」하고 그는 나중에 문제가 되지 않도록 조심스럽게 미리 못을 박아 두었다.

그러나 자기 자신도 그런 변명을 거의 믿지 않고 있다는 것을 옆에서 듣고 있던 사람들에게도 뻔한 일이었다.

결국 이 기적은 삽시간에 온 수도원에 퍼지고 미사에 참여하고 수도원에 온 많은 사람들에게도 알려졌다.

그런데 이 기적의 실현에 누구보다도 깊은 충격을 받은 것은 어제 먼 북방 옵도르스크의 성 실리베스트르 수도원에서 온 수도사였다.

이 사람은 어제 호흘라코바 부인 옆에서 장로에게 인사를 드리고는 장로가 병을 고쳐 준 부인의 딸을 가리키면서『어떻게 감히 그런 일을 하십니까?』라고 장로한테 따지듯이 물었던 바로 그 수도사였다.

문제는 그가 지금 그 어떤 의혹 속에 빠져들어 도대체 무엇을 믿어야 할지 자기 자신도 알 수 없게 되었다는 데 있었다. 실은 엊저녁에 양봉장 뒤에 외따로 떨어져 있는 암자로 페라폰트 신부를 방문했었는데, 거기서 받은 거의 두려움에 가까운 강렬한 인상 때문에 그는 형언할 수 없는 마음의 동요를 느꼈던 것이다. 이 수도원에서 제일 늙은 수도사인 페라폰트 신부는 금욕과 침묵의 위대한 고행자일 뿐만 아니라 앞에서도 말한 바와 같이 조시마 장로 및 장로 제도의 반대자였는데 그는 장로 제도가 유해할 뿐만 아니라 경박한 새 제도라는 견해를 갖고 있었다. 그는 침묵의 고행자였으므로 거의 누구와도 말하는 일이 없었으나 장로 제도의 반대자로서는 지극히 위험한 인물이었다. 그가 위험한 인물이라는 중요한 이유는 수도원 내의 많은 수도사들이 그에게 전적으로 공명하고 있을 뿐더러 수도원을 방문하는 일반 민간인들 가운데에도 그의 동조자가 꽤 많았기 때문이었다. 그들은 그가 이른바 신들린 사람임에 틀림없다는 것을 인정하면서도 그를 위대한 고행자로서, 또한 계율을 엄격하게 준수하는 사람으로서 존경하는 사람들이 무척 많았다. 또한 그보다 중요한 이유는 신들린 사람이라는 점이 오히려 사람들의 마음을 매혹하고 있었던 것이다.

페라폰트 신부는 조시마 장로를 찾아간 일이 한 번도 없었다. 그는 같은 경내에 살고 있기는 했지만 이곳의 규칙 같은 것에는 별로 구애를 받지 않고 있었다. 이것 역시 그의 기거 동작이 정말로 미친 사람과 다를 바 없었기 때문이다. 그는 일흔 다섯이나 혹은 그보다 좀더 많은 나이로 보였는데 수도원 양봉장 뒤꼍에 있는 허물어져가는 낡은 목조 암자에서 기거하고 있었다. 그 암자는 먼 옛날, 다시 말해서 전 세기(十八世紀)에 백 다섯 살까지 장수했다는, 역시 금욕과 침묵의 위대한 고행자였던 이오나 신부를 위해 세워졌던 것이었다. 이오나 신부의 행적에 대해서는 오늘날까지도 이 수도원이나 인근 지방에 여러 가지 흥미있는 일화가 전해지고 있었다. 페라폰트 신부가 오랫동안의 소원이 이루어져서 이 호젓한 암자에 들게 된 것은 칠 년 전의 일이었다. 그것은 그저 흔히 볼 수 있는 농부의 오두막집에 지나지 않았지만 그래도 어딘지 조그마한 예배소와 흡사한 데가 있었다. 그도 그럴 것이 거기에는 신도들이 기증한 성상들이 즐비하게 놓여 있었고 그 앞에는 역시 누군가가 기증한 제단용 등불들이 언제나 꺼지지 않고 켜져 있었기 때문이다. 그래서 페라폰트 신부는 마치 이 성상들과 등불들을 지키기 위해 예배소지기로 임명된 격이었다. 소문에 의하면 (그것은 사실이기도 했지만) 그는 사흘에 이 푼트(약 800그램) 정도의 빵밖엔 안 먹는다는 것이었다. 이 빵을 양봉장에 살고 있는 꿀벌지기가 사흘에 한 번씩 날라다 주곤 했지만 자기를 위해 그런 심부름을 해주는 꿀벌지기들한테도 페라폰트 신부는 좀처럼 말을 하는 일이 없었다. 이렇게 날라다 주는 빵 사 푼트(이 푼트씩 두 번)와, 일요일마다 저녁 미사 뒤에 수도원장이 규칙적으로 보내 주는 성찬용 떡만이 일 주일 동안에 그가 먹는 음식의 전부였다. 하기야 물론 날마다 대접에 하나씩 새 물을 떠다 주긴 했지만. 그는 미사에도 거의 나타나지 않았다. 어떤 때는 무릎을 꿇은 채 옆에서 무슨 일이 있든 본체만체하고 온종일 기도만 드리고 앉아 있는 그의 모습이 방문객들의 눈에 뜨일 때도 있었다. 어쩌다 방문객들과 말을 주고받는 일이 있어도 그의 말은 간단하고 단편적이며 이상한 데다가 무척 무뚝뚝하기까지 했다. 하기는 극히 드문 일이기는 했지만 그가 방문객들과 오랫동안 이야기를 하는 일도 간혹 있기는 했다. 그러나 그런 경우에는 으레 상대방에게 커다란 수수께끼가 될 만한 괴상한 말을 반드시 한 마디씩 던지곤 했다. 그리고 나중에 아무리 간청을 해도 그 뜻을 설명해 주지 않았다. 그는 아무런 직위도 갖지 않은 보통 수도사에 지나지 않았다. 이것은 아주 무식한 사람들 사이에서만 통하는 얘기지만 참으로 괴이한 소문이 돌고 있었다. 즉 페라폰트 신부는 하늘의 성령(聖靈)과 직접 통하고 있어서 언제나 성령만을 상대로 하여 말을 하고 있기 때문에 지상의 인간에게는 침묵을 지키고 있다는 것이었다.

옵도르스크에서 온 수도사는 양봉장에 당도하여 역시 입이 무겁고 무뚝뚝한 꿀벌지기에게 길을 알아 가지고 페라폰트 신부가 거처하고 있는 암자 쪽으로 걸음을 옮겼다. 「어쩌면 먼 곳에서 일부러 찾아온 사람이라 해서 말을 하실는지도 모르지만 또 어쩌면 전혀 상대도 해주지 않을지도 모릅니다.」하고 꿀벌지기는 그에게 미리 일러 주었었다. 나중에 본인이 말한 바에 의하면 이 북방의 수도사는 격심한 불만을 느끼며 조심조심 암자로 다가갔다는 것이다. 때는 이미 꽤 늦은 시각이었다. 페라폰트 신부는 마침 그때 암자 문 앞에 놓인 낮은 의자에 걸터앉아 있었다. 머리 위에는 커다란 느릅나무 고목이 가볍게 흔들리고 있었으며 냉기를 품은 저녁 바람이 휙 불고 지나갔다. 옵도르스크의 수도사는 위대한 고행자의 발 밑에 넙죽 엎드려 축복을 빌었다.

「자네는 나도 같이 엎드리기를 바라는 건가?」하고 페라폰트 신부는 말했다. 「냉큼 일어나지 못할까!」

수도사는 일어났다.

「나에게 축복을 해주고, 자네도 축복을 받고서 이리 와 앉게. 그래 어디서 왔나?」

이 북방의 가련한 수도사를 무엇보다도 놀라게 한 것은 페라폰트 신부가 단식에 가까울 정도로 참으로 어려운 생활을 하고 있을 뿐만 아니라, 그처럼 나이가 많은 데도 불구하고 겉보기엔 아직도 원기왕성한 노인으로 보인 점이었다. 키가 크기는 했지만 허리는 조금도 굽지 않았고, 얼굴이 여위기는 했으나 아직 싱싱하고 건강해 보였다. 그의 몸에 아직도 상당한 체력이 남아 있다는 것은 의심할 여지도 없었다. 체력 또한 젊은이의 그것처럼 늠름했다. 나이가 그처럼 많은 데도 불구하고 그 머리털은 아직 완전한 백발이라고는 할 수 없었으며 젊었을 때는 검은 빛이었던 터럭이 머리와 턱에 아직 많이 남아 있었다. 커다란 잿빛 눈은 광채를 발하며 보통 사람을 흠칫 놀라게 할 지경이었다. 그는 모음 O에 악센트를 붙여 발음하는 북부 지방 사투리를 썼다. 예전에 죄수 옷감이란 명칭으로 통하던 거친 천으로 지은 길고 불그스름한 농부의 두루마기를 걸치고 굵은 새끼줄을 띠삼아 허리에 두르고 있었지만 목과 가슴은 알몸 그대로였다. 몇 달째 갈아입지 않아서 새까맣게 때가 묻은 두툼한 삼베 속옷이 두루마기 사이로 슬쩍 보였다. 소문에 의하면 그는 두루마기 밑에 삼십 푼트나 되는 쇳덩어리를 차고 있다는 것이었다. 양말도 신지 않은 맨발에는 형체도 분간할 수 없을 만큼 닳아 떨어진 신을 걸치고 있었다.

「옵도르스크의 성 실리베스트르라는 조그만 수도원에서 왔읍니다.」수도사는 약간 겁먹은 것 같은, 그러나 호기심 어린 조그만 눈을 재빨리 굴려 은둔자의 모습을 관찰하면서 공손한 어조로 대답했다.

「실리베스트르라면 나도 전에 가 본 적이 있지. 얼마 동안 신세를 지기까지 했으니까. 그래 실리베스트르는 잘 있나?」

수도사는 약간 어리둥절했다.

「자네들은 참 어리석은 인간들이야! 그런데 단식일은 어떻게들 지키고 있나?」

「저희들의 식사는 예전부터 내려오는 수도원 규칙을 그대로 따르고 있읍니다. 즉 사순절(四旬節) 기간중 월요일과 수요일, 금요일에는 전혀 식사 준비를 하지 않습니다. 화요일과 목요일엔 흰 빵에 꿀을 넣은 과일 조림, 산딸기, 배추 절임, 그리고 귀리죽을 먹게 되어 있지요. 토요일엔 흰 배추국에 콩과 국수를 넣은 죽이 나오는데 두 가지 다 식물성 기름이 들어 있읍니다. 그리고 주일날에는 마른 생선과 죽에 배추국이 곁들여 나옵니다. 신성 주간(사순절의 제5주. 부활절 전 주간)이 되면 월요일부터 토요일 저녁까지 엿새 동안을 그야말로 물과 빵과 날채소뿐입니다만, 제1주에 대해 말씀드린 것처럼 그것도 제한이 있어서 날마다 먹을 수도 없게 되어 있읍니다. 성 금요일(예수 수난일, 부활절 전 주의 금요일)에는 아무것도 입에 대지 않고 성 토요일에도 역시 단식을 했다가 오후 세 시가 지난 다음에, 비로소 약간의 빵과 물을 먹고 포도주 한 잔을 마십니다. 성 목요일에는 기름을 쓰지 않은 요리를 먹고, 포도주를 마시든가 아니면 마른 음식을 먹습니다. 왜냐하면 라오디키아 종교 회의에서도 〈사순절 마지막 목요일을 신실하게 지키지 아니하면 사순절 재계를 전혀 지키지 아니한 것과 같으니라〉고 결정되었기 때문입니다. 이상이 저희들의 방법이올시다. 그렇지만 신부님, 당신과 비교하면 이런 것쯤 아무것도 아닙니다.」 하고 수도사는 약간 자신이 붙은 어조로 말을 이었다. 「당신은 일 년 내내, 심지어는 부활절에도 빵과 물밖엔 드시지 않을 뿐만 아니라 저희들이 이틀 동안 먹을 빵을 당신은 일 주일 동안의 양식으로 삼고 계시다니 말입니다. 참으로 그 위대하신 고행에는 놀라지 않을 수 없답니다.」

「자네 버섯 먹을 줄 아나?」 하고 페라폰트 신부는 불쑥 물었다. 그의 〈버〉음은 목구멍에서 밀어내는 것 같은 〈허〉에 가까운 발음이었다.

「버섯 말씀입니까?」 수도사는 어안이 벙벙하여 이렇게 반문했다.

「음 그래. 나는 그자들의 빵 같은 것은 거절해 버릴 생각이야. 그런 건 조금도 필요 없으니까. 숲속에 들어가서 버섯과 산딸기나 먹고 연명할 작정이지. 한데 여기 있는 자들은 아직도 빵에 미련이 남아 있거든. 말하자면 마귀와 손을 끊지 못하고 있는 거야. 요즈음은 더러운 녀석들이 나타나서 그렇게까지 금식을 할 필요는 없다고 주둥이를 놀리고 있지만 녀석들의 그런 생각이야말로 교만하고 더러운 사고방식이라고 하지 않을 수 없어.」

「예, 정말 옳으신 말씀입니다.」하고 수도사는 탄식조로 말했다.

「한데 자네는 그자들에게서 마귀를 보았나?」하고 페라폰트 신부는 물었다.

「그자들이라니 누구 말씀인지요?」하고 수도사는 조심스런 어조로 물었다.

「나는 지난해 오순절에 수도원장한테 가 보고는 그 뒤론 한번도 가 본 일이 없네. 내가 마귀를 본 건 바로 그때였어. 가슴팍에 들어붙어 법의 속에 숨어서 뿔만 내밀고 있는 놈이 있는가 하면 호주머니 속에서 살그머니 내다보고 있는 놈도 있더군. 눈치가 빠른 놈들이라 나를 무서워하고 있는 거야. 어떤 놈은 뱃속으로 기어들어가서 그 더러운 뱃속에 아주 자리를 잡고 들어앉아 있는가 하면 또 어떤 놈은 목을 휘어감고 대롱대롱 매달려 있는데 본인은 그것도 모르고 마냥 마귀 새끼를 달고 다니더라니까!」

「그럼 신부님께선 그걸 직접 보셨단 말씀인가요?」하고 수도사는 물었다.

「보았다지 않나! 어느 구석에 숨어 있어도 죄다 볼 수 있어. 내가 원장실에서 나오려니까 마귀 한 마리가 나를 피해 얼른 문 뒤에 숨는 것이 보이더군. 키가 일 미터는 족히 될 만큼 큼직한 놈이야. 굵고 기다란 다갈색 꼬리를 가진 놈인데, 마침 그 꼬리 끝이 문틈으로 비죽 나와 있지 않겠나? 나도 그리 우둔한 인간은 아닌지라 느닷없이 방문을 꽝 닫아 그놈의 꼬리를 문틈에 끼워 버렸지. 그랬더니 깽깽거리고 나가려고 버둥거리는 놈을 내가 십자가를 들고 성호를 세 번 그으니까 짓밟힌 개미 새끼처럼 그 자리에 뻗어 버리더군. 지금쯤은 한쪽 구석에서 악취를 발산하면서 썩고 있을 테지만 그자들은 그걸 보지도 못하고 냄새를 맡지도 못하는 모양이더군. 그 뒤 나는 일 년이 넘도록 다시는 가 보지 않았네. 자네는 먼데서 왔다니 하는 말이네만……」

「거 참 무서운 말씀이십니다! 그건 그렇고, 신부님.」수도사는 점점 대담해져서 말했다.

「신부님에 관해서 놀라운 소문이 먼 곳에까지 퍼져 있는데 과연 그건 사실입니까? 신부님은 끊임없이 성령과 관계를 맺고 계시다더군요?」

「이따금 날아온다네. 」

「날아온다니, 어떤 모양으로?」

「새의 모양이지. 」

「그러니까 비둘기 모양의 성령이로군요?」

「성령일 때도 있고, 천사일 때도 있지. 천사일 경우에는 다른 새의 모양을 하고 내려오는 수도 있다네. 어떤 때는 제비, 어떤 때는 방울새, 또 어떤 때는 참새의 모양으로지. 」

「참새를 보고 어떻게 그걸 알아보십니까?」

「말을 하니까.」

「말을 하다니, 어떤 말입니까?」

「사람의 말이지.」

「그래 무슨 말을 합니까?」

「오늘은 이런 말을 해주더군. 이제 곧 바보 녀석이 하나 찾아와서 부질없는 질문을 할 것이라고 말이야. 자넨 알려고 하는 것이 너무 많아.」

「참으로 두려운 말씀입니다, 신부님!」하며 수도사는 고개를 흔들었다. 그러나 그 겁먹은 두 눈에는 의혹의 빛이 나타나 있었다.

「한데 자네 이 나무가 보이나?」잠시 말을 끊었다가 페라폰트 신부는 이렇게 물었다.

「보입니다, 신부님.」

「자네 눈엔 느릅나무로 보일 테지만 내 눈에 딴 것으로 보인다네.」

「그럼 무엇으로 보인다는 말씀이십니까?」하고 수도사는 초조한 기대 속에서 잠시 입을 다물고 대답을 기다렸다.

「이런 일은 대개 밤에 일어나곤 하지. 자네 저기 가지가 두 개 뻗어 있는 게 보이나? 밤이 되면 저 가지가 마치 그리스도께서 손을 벌리시고 그 손으로 나를 찾고 계신 것같이 보인단 말일세. 너무나 똑똑히 보이기 때문에 후들후들 몸이 떨릴 지경이야. 두려워, 참말로 두려워!」

「그게 정말로 그리스도라면 두려울 건 조금도 없지 않겠읍니까?」

「나를 붙잡아 데리고 가실 테니까.」

「죽기도 전에 데려가신단 말씀인가요?」

「성령과 엘리야(기원전 약 4세기쯤의 헤브라이의 예언자)의 영광으로 말이야. 그런 말을 들어 본 적이 있나? 나를 팔에 안으시고 그대로 데려가 버리실 걸 세…….」

이런 이야기를 나누고 난 뒤 옵도르스크의 수도사는 자기에게 지정된 수도사의 방으로 돌아왔다. 그는 적지 않은 의혹을 느끼긴 했지만 그래도 그의 마음은 조시마 장로에게보다는 페라폰트 신부에게 더욱 기울어져 있었다.

옵도르스크의 수도사는 무엇보다 단식을 중요하게 생각하는 사람이었으므로 페라폰트 신부와 같이 위대한 고행자가 여러 가지 기이한 것을 직접 본다고 해도 결코 이상하게 여길 것은 아니라고 생각했던 것이다. 신부의 말은 물론 터무니없는 소리인 것 같기도 했지만, 오히려 그런 말 속에 어떤 오묘한 뜻이 숨어 있을는지도 모르는 일이었다. 더욱이 신들린 사람들이란 모두가 그보다 훨씬 괴

상한 언동을 하고 있지 않은가. 꼬리를 잡힌 마귀의 이야기 같은 것은 비단 비유
로서뿐만 아니라 사실 그대로라도 기꺼이 믿고 싶은 심정이었다. 게다가 그는
훨씬 전부터 그때까지 말로밖에 듣지 못했던 이 수도원의 장로 제도에 관하여
많은 편견을 품고 있었기 때문에 다른 사람들의 견해에 좇아 무조건 유해한 새
제도라고 단정하고 있었다. 이 수도원에서 하루를 머무는 동안에 장로 제도를
반대하는 몇몇 경솔한 수도사들이 뒤에서 수군거리는 불평 불만을 그는 재빨리
알아챘던 것이다. 더욱이 그는 원래가 모든 일에 호기심이 강해서 날쌔게 돌
아다니며 아무 데나 얼굴을 들이미는 그런 종류의 인간이었다. 조시마 장로가
행한 새로운 기적에 관한 놀라운 소식에 그가 격심한 심적 동요를 느낀 것도 실
은 이 때문이었다.

나중에 가서 알료샤는 호기심 많은 옵도르스크의 수도사가 장로의 암자 안팎
에 모여든 수도사들 사이를 왔다갔다하면서 여기저기 목을 들이밀고는 사람들
이 하는 얘기에 귀를 기울이는가 하면, 아무에게나 무엇을 묻고 돌아다니던 일
이 생각났다. 그러나 그때 알료샤는 별로 주의를 돌리지 않았었고 나중에 가서
야 모든 것을 상기했던 것이다. 하기는 그런 사람한테 관심을 기울일 여유가 그
당시에는 없었다. 조시마 장로는 다시 피로를 느껴 침대에 돌아가 누웠으나 눈
을 감으려다 갑자기 생각이 나서 알료샤를 불러 달라고 했다. 알료샤는 급히 달
려왔다. 이미 장로 옆에는 파이시 신부와 이오시프 신부, 그리고 수습 수사인
포르피리밖에는 없었다. 장로는 피로한 눈을 뜨고 물끄러미 알료샤의 얼굴을
쳐다보고 있다가 불쑥 이렇게 물었다.

「집안 사람들이 널 기다리고 있겠지?」

알료샤는 머뭇거렸다.

「가 봐야 하지 않겠니? 오늘 누구와 만나기로 약속했겠지?」

「약속했읍니다……. 아버지하고……형님들하고……그리고 또 딴 사람들하고
도…….」

「그렇겠지. 약속대로 가 봐야 한다. 뭐 근심할 건 없어. 나는 네가 있는 자리
에서 이 세상에서의 마지막 말을 하고 난 뒤에야 죽어도 죽을 테니까, 나는 그
말을 너한테 하려는 거야. 유언으로 너한테 남겨 두고 가려는 거다. 딴 사람 아
닌 너한테. 그건 네가 나를 아끼고 사랑해 주었기 때문이지. 그러니까 지금은
마음놓고 약속한 사람들에게 갔다 오너라.」

알료샤는 그 자리를 떠나기가 마음이 아팠지만 즉시 그의 말에 복종했다.

그러나 장로가 이 세상에서의 마지막 말, 더욱이 자기에 대한 유언을 들려 주
겠다고 한 약속은 그의 가슴을 환희에 떨게 했다.

그는 시내에 나가 볼일을 보고 한시바삐 되돌아와야겠다고 생각하고 외출 준비를 서둘렀다.

그때 파이시 신부도 그에게 축복의 말을 해주었는데 그의 말은 알료샤에게 뜻하지 않은 강렬한 감명을 주었던 것이다. 그것은 두 사람이 장로의 방에서 밖으로 나온 뒤의 일이었다.

「네가 깊이 명심하고 끊임없이 상기해야 할 일이 있다.」하고 파이시 신부는 아무런 서론도 없이 갑자기 말하기 시작했다.

「속세의 과학은 이미 하나의 커다란 세력으로 통합되어 신에 의하여 주어진 책 속에 약속된 모든 것을 해명했다. 특히 전 세기에 이르러 그것이 현저해졌지. 속세의 학자들의 무자비한 해부 분석의 결과 여태까지 신성시되던 모든 것이 그림자도 없이 소멸되어 버렸다. 그러나 그들은 세부의 해명만을 서둘렀기 때문에 전체라는 것을 미처 보지 못했던 거야. 왜 그렇게 눈들이 멀었는지 참으로 놀라지 않을 수 없어. 그런데 그 전체는 옛날이나 마찬가지로 그들의 눈앞에 미동도 않고 버티고 서 있어서 지옥의 문도 그걸 정복할 수는 없는 거야. 과연 그것은 천 구백 년이라는 오랜 세월 동안 줄곧 존재를 계속해 오지 못했다는 것일까? 그리고 오늘날에도 개개인의 정신의 움직임 속에, 대중의 움직임 속에 생존해 있지 않다고 할 수 있을까? 아니 그것은 모든 것을 파괴한 그 무신론자들의 정신의 움직임 속에서도 전과 마찬가지로 엄연히 생존을 계속하고 있어! 왜냐하면 그리스도교를 부정하고 그리스도교에 반기를 쳐든 사람들조차도 그 본질에 있어서는 자기 자신 속에 그리스도와 똑같은 모습을 그대로 지니고 있으니까. 그 증거로는 오늘날에 이르기까지 그들의 지혜도, 그들의 정열도, 일찍이 그리스도에 의해 제시된 이상(理想) 이외에 인간과 인간의 존엄에 적합한 더 높은 이상을 창조해 내지는 못했기 때문이지. 하기는 그런 시도가 전혀 없었던 것은 아니지만 결과는 언제나 기형적(畸形的)인 것에 지나지 않았어. 알료샤, 이 점은 특히 잘 기억해 두어야 한다. 왜냐하면 너는 이제 곧 세상을 떠나실 장로님의 분부에 따라 속세로 나가야 할 몸이니까. 앞으로 이 위대한 날을 상기할 때면, 너를 내보내며 내가 너에게 진심으로 한 이 말을 너는 기억해 주리라 믿는다. 내가 이런 말을 하는 것은, 너는 아직도 어린데 세상의 유혹은 너무나 강해서 너의 힘만으로는 좀처럼 감당하기 어려운 것이기 때문이야. 자, 그럼 잘 다녀오너라.」

이렇게 말하고 파이시 신부는 그를 축복해 주었다. 수도원 문을 나서며 이 뜻하지 않은 훈화의 뜻을 되씹던 알료샤는 여태까지 자기에게 그처럼 엄하고 냉정하기만 했던 이 신부가 실은 자기를 열렬히 사랑해 주는 새로운 친구, 새로운 지도자라는 것을 깨닫게 되었다. 그리고 혹시 조시마 장로가 죽음을 앞두고 유언으로써 이 사람에게 자기를 위탁하지나 않았나 하는 생각까지 들었다.

『어쩌면 두 분 사이에 실제로 그런 이야기가 오갔는지도 모른다』하고 알료샤는 생각했다. 방금 자기에게 들려 준 뜻하지 않은 학문적 훈화, 이 훈화야말로 자기에 대한 파이시 신부의 뜨거운 애정을 증명하는 것이리라.

그는 되도록 빨리 알료샤의 젊은 두뇌를 세상의 유혹과 싸울 수 있도록 무장시키고, 장로의 유언에 의해 그에게 맡겨진 이 젊은 영혼을 위해 더할 수 없이 견고한 방벽(防壁)을 구축해 주려고 했음에 틀림없었을 것이다.

2. 아버지의 집에서

알료샤는 가장 먼저 아버지네 집으로 갔다. 도중에 그는 어제 아버지가 이반의 눈에 뜨이지 않게 살그머니 들어오라고 몇 번이나 다짐하던 말을 상기했다. 『왜 그럴까?』알료샤는 이제야 갑자기 이상하다는 생각이 들었다. 『아버지가 나에게만 하실 말이 있더라도 내가 몰래 들어가야만 할 것까지는 없을 텐데? 어제 무언가 다른 말을 하시려다가 너무 흥분해서 미처 그 말을 못하신 게 분명해.』하고 그는 혼자서 결론짓고 말았다. 그러나 마르파 할멈이 그에게 대문을 열어 주며(그리고리는 몸이 편치 않아 딴 채에 누워 있었다), 이반 표도로비치는 벌써 두 시간 전에 외출했다고 말했을 때는 어쩐지 무척 다행이다라는 생각이 들었다.

「그럼 아버지는?」

「일어나셔서 커피를 드시고 계십니다.」마르파 할멈은 좀 퉁명스럽게 대답했다.

알료샤는 안으로 들어갔다. 노인은 슬리퍼를 신고 낡은 외투를 걸친 채로 식탁에 혼자 앉아서 무료한 시간을 보내기 위함인지 별로 마음이 내키지 않는 얼굴로 무슨 장부 같은 것을 뒤적거리고 있었다. 이 넓은 집에는 표도르 한 사람밖엔 아무도 없었다. 스메르쟈코프 역시 점심거리를 사러 시장에 가고 없었다. 그러나 그는 회계 장부에 정신이 팔려 있는 것은 아니었다.

그는 아침 일찍 일어나서 원기를 회복해 보려고 했지만 그래도 피로의 빛이 역연하여 기운이 없어 보였다. 지난밤 사이에 커다란 자주빛 멍이 생긴 이마에는 붉은 천을 붕대삼아 동여매고 있었다. 콧등 역시 하룻밤 사이에 무섭게 부어 올라 과히 눈에 뜨이지는 않았지만 조그마한 반점이 여기저기 나타나 있었는데,

그것이 또한 얼굴 전체에 무언가 적의에 찬 초조한 표정을 나타내 주고 있었다. 노인 자신도 이것을 알고 있었으므로 알료샤가 방안에 들어왔을 때도 몹시 못마 땅한 눈초리로 힐끗 바라보았다.

「냉커피야.」하고 그는 찢어지는 듯한 목소리로 말했다. 「그러나 군이 권하지 는 않겠다. 나는 오늘 소재(小齋)를 지키는 뜻에서 생선 수프 한 가지만 시켰기 때문에 아무도 식사에 부르지 않기로 했지. 그래 무슨 일로 왔니?」

「잠깐 문안을 드리려고요.」하고 알료샤가 대답했다.

「음, 그리고 어제 내가 너더러 집으로 오라고 했으니까……. 그러나 그건 실 없는 소리였어. 공연한 걱정을 하게 했구나. 하긴 나도 네가 곧 어정어정 찾아 오리라고는 생각하고 있었지만 말이야…….」그는 노골적인 적의를 드러내 보 이며 이렇게 말했다. 그 사이에 그는 의자에서 일어나, 아무래도 마음에 걸린다 는 듯이 거울 앞으로 가서(어쩌면 아침부터 벌써 마흔 네 번쯤은 되었는지도 모 른다) 자기 코를 들여다보았다. 그리고는 이마에 두른 붉은 붕대를 보기 좋도록 고쳐매었다.

「붉은 붕대가 좋아. 흰 건 병원 냄새가 나거든.」그는 약간 익살스럽게 말 했다. 「그래 수도원은 별일 없니? 너의 장로는 좀 어떠냐?」

「매우 위독하셔요. 어쩌면 오늘을 넘기시지 못할 것 같아요.」하고 알료샤는 대답했다. 그러나 아버지는 별로 귀담아 들으려는 것 같지 않았고 금새 자기가 한 말을 잊어버린 모양이었다.

「이반은 나가고 없다.」하고 그는 불쑥 말했다.

「그 녀석은 어떻게 해서든 미챠의 색시를 가로채 보려고 아주 열심이야. 그 녀석이 여기에 살고 있는 건 그 때문이지.」그는 입을 씰룩거리며 말하고 알료 샤의 얼굴을 바라보았다.

「이반 형이 아버지한테 정말 그런 말을 했던가요?」하고 알료샤는 물었다.

「암 말하고말고. 벌써 꽤 오래 되었다. 너는 어떻게 생각하는지 모르지만, 그 런 말을 한 지가 벌써 삼 주일은 되었을 거야. 설마 몰래 나를 죽이려고 그 녀석 이 이 집에 온 건 아닐 테지. 그렇다면 도대체 무엇하러 왔겠니?」

「아니, 아버지! 무슨 말씀을 그렇게 하셔요?」알료샤는 몹시 당황했다.

「하긴 그 녀석은 나한테 돈을 내놓으란 소린 하지 않거든. 어차피 나한테선 동전 한 닢 긁어내지 못할 걸 알고 있을 테니까. 난 말이다, 알렉세이야, 이 세 상에서 되도록이면 오래오래 살고 싶어. 이 점은 너도 알아 두는 게 좋을 게다. 그래서 내게는 단 돈 한 푼이라도 소중한 거야. 오래 살면 살수록 돈은 더욱더 필요하게 될 테니까.」그는 누런 체크 무늬 나사로 만든 때묻은 여름 외투 호주

머니에 두 손을 찔러 넣고 이 구석에서 저 구석으로 방안을 거닐면서 말을 계속
했다.

「나는 이제 쉰 다섯밖에 안 되었으니까 아직은 사내 구실을 할 수 있어. 그러
나 앞으로 적어도 이십 년은 사내로서 현역에 남아 있고 싶다. 하지만 아무래도
나이가 나이니까 점점 꼬락서니가 누추해질 수밖에. 그렇게 되면 계집들이 자진
해서 나한테 달라붙을 리는 만무하지. 그때 필요한 게 바로 돈이야. 그래서 나
는 지금 되도록 많은 돈을 거둬 모으려고 애쓰고 있는 거야. 이건 물론 나 한 사
람을 위해서 하는 일이지. 알겠니, 알렉세이야? 이 점도 잘 알아 두어라. 나는
끝까지 나의 추악한 세계에서 살고 싶단 말이다. 이 점은 잘 기억해 두는 게 좋
을 거야. 추악한 세계에 사는 편이 훨씬 유쾌하거든. 모두들 추악한 세계를 욕
하고 있지만, 실은 누구나가 다 그 속에서 살고 있지 않느냐 말이다. 다만 딴 놈
들은 뒷구멍에서 그런 생활을 하고 있는 데 비해 나는 그걸 공공연하게 하고
있다는 게 다를 뿐이야. 그런데 나의 솔직한 태도를 가지고 그 더러운 놈들은 나
를 공격하고 있지. 얘, 알렉세이, 나는 너의 그 천국에는 가고 싶지가 않다. 이
점도 잘 기억해 다오. 설혹 천국이 있다손 치더라도 의젓한 인간이 그런 데 간다
는 건 도대체 어울리지가 않아! 내가 생각하기엔 일단 눈을 감고 잠들어 버리
면 다시는 깨어나지 못한다는 것뿐이야. 그것 이외에는 아무것도 없어. 기어이
하고 싶다면 내 명복을 빌어 줘도 좋지만 그럴 생각이 없다면 안 해줘도 좋아.
이것이 내 철학이야. 이반 녀석 어제는 여기서 곧잘 지껄이더라. 하긴 나나 그
녀석이나 다 취해 있었지만 말이다. 이반은 자만에 빠져 있는 모양이지만 그
렇다고 해서 이렇다 할 학식이 있는 건 아니야. 도대체 특별히 교육이라는 걸 받
아 본 일이 없는 녀석이니까. 아무 말 않고 남의 얼굴을 바라보며 그저 능글맞게
웃고만 있거든……. 그 녀석은 그걸로 한몫 보고 있는 거야.」

알료샤는 말없이 듣고만 있었다.

「왜 그 녀석은 나하고 말을 하려 들지 않을까? 간혹 말을 한다 해도 공연히
거드름만 피우거든. 못된 녀석 같으니라고! 나는 하려고만 생각하면 지금 당장
이라도 그루세니카하고 결혼할 수도 있어. 돈만 가지고 있으면 무엇이든 원하는
대로 할 수 있는 거야. 이반 녀석은 그게 두려워서 내가 결혼하지 못하도록 감시
를 하고 있지. 그리고 드미트리를 부추겨 그루세니카한테서 멀리 떼어 놓으려는
속셈이야. 응, 내가 그루세니카와 결혼하지 않으면 자기한테 돈이라도 남겨 줄
것으로 아는 모양이지! 그리고 또 한편으로는 드미트리가 그루세니카와 결혼
하면 돈 많은 형의 색시를 자기가 차지하려는 뱃심이지. 그 녀석은 바로 그걸 노
리고 있는 거란다. 이반 녀석은 정말 비열한 놈이라니까!」

「몹시 흥분하고 계신 것 같군요, 아버지. 어제 일 때문에 그럴 거예요. 가서 좀 누워 계시는 게 좋지 않을까요?」하고 알료샤가 말했다.

「그래, 네가 그런 말을 하면.」하고 이제야 비로소 머리에 떠오르기라도 한 것처럼 노인은 갑자기 이렇게 말했다. 「나는 괘씸하다는 생각이 조금도 들지 않아. 그러나 이반이 만일 그런 말을 했다면 나는 틀림없이 화가 났을 거야. 너하고 말을 하고 있을 때만은 언제나 마음이 누그러지는구나. 원래가 나는 악한 인간이지만 말이야.」

「악한 사람이 아니라 비뚤어진 사람이겠죠.」하고 알료샤는 싱긋 웃었다.

「한데 나는 오늘 그 강도 놈을, 그 미챠 놈을 당장 감옥에 처넣어 버릴까 생각했지만 아직도 결정을 내리지 못하고 있단다. 그야 물론 유행을 좇는 요즘 세상에서는 이미 아비같은 건 편견(偏見) 덩어리처럼 여기게 되었지만, 그러나 아무리 세상이 개화되었기로서니 늙은 아비의 머리를 움켜쥐고 구둣발로 얼굴을 걷어차서 마룻바닥에 동댕이쳐도 괜찮다는 법은 없겠지! 그것도 다른 데서가 아니라 바로 제 아비 집에서 말이다! 그리고는 다시 와서 아주 숨통을 끊어버리고 말겠다고 증인이 있는 앞에서 호통을 치니, 그래 세상에 이럴 수가 있겠니? 내가 그렇게 하려고만 든다면 어제 일만 가지고도 당장에 그놈을 감옥에 처넣을 수 있는 거야.」

「그럼 형을 고발하실 생각은 없단 말씀이군요? 그렇죠, 네?」

「이반이 말리더구나. 하긴 그까짓 이반 녀석이 무슨 소릴 한대도 상관없지만 실은 내게도 생각이 있어서…….」이렇게 말하며 그는 알료샤에게 몸을 굽히고 무슨 비밀이라도 말하는 것처럼 음성을 낮추었다. 「가령 내가 그 악당 놈을 감옥에 처넣었다고 하자. 그래서 내가 그놈을 감옥에 넣었다는 소식을 들으면 그 계집은 곧장 그놈한테로 달려갈 거야. 그러나 그놈이 이 약한 노인한테 손찌검을 해서 반쯤 죽여 놓았다는 말을 들으면, 아마 그놈을 버리고 나를 위로하러 오든가 할 거야. 그년은 매사에 반대로만 나가려는 성질이 있으니까. 나는 그 계집의 성격을 환하게 꿰뚫고 있거든! 한데 어떠냐, 꼬냑이라도 좀 마시지 않겠니? 냉커피를 가져오거든 유리 잔에 사분의 일쯤 타서 주마. 그게 아주 별미라더라.」

「아니 필요없읍니다. 나는 이 빵이나 가지고 가겠읍니다. 괜찮겠죠?」하며 알료샤는 삼 코페이카짜리 프랑스 빵을 집어 수도복 주머니에 넣었다.

「아버지도 이젠 꼬냑을 그만 드시는 게 좋을 것 같군요.」

알료샤는 노인의 얼굴을 들여다보면서 조심스런 어조로 충고했다.

「네 말이 옳다, 공연히 신경만 날카롭게 할 뿐이지. 마음을 가라앉혀 주진 않으니까. 하지만 꼭 한 잔만 하는 거니까……. 그럼 찬장을 열고…….」그는 열쇠를 꺼내 찬장을 열더니 유리 잔에 술을 따라 쭉 들이켠 다음 찬장 문을 닫고 열쇠를 다시 호주머니 속에 넣었다. 「이거면 됐어, 한 잔쯤 했다 해서 죽지는 않을 테지.」

「아버진 전보다 훨씬 상냥해지셨군요.」하며 알료샤는 싱긋 웃었다.

「음! 나는 꼬냑을 안 마셨을 때도 네가 좋아. 그렇지만 상대가 악당일 때에는 나도 악당이 되는 거야. 이반 놈은 체르마쉬냐에 가려고 하지 않는데, 왜 그런지 아니? 혹시 그루세니카가 오면 내가 많은 돈을 주지 않을까 하고 그걸 염탐할 필요가 있기 때문이지. 어째서 모두 그런 악당 놈들만 모였을까! 그러나 나는 이반 같은 건 전혀 안중에도 없다. 도대체 어디에서 그런 게 나왔을까? 그 녀석은 우리하곤 정신이 아주 딴판이거든. 그런데도 내가 무슨 유산이라도 남겨 줄 것으로 아는 모양이지? 하지만 나는 유산 같은 건 아예 남기지 않을 생각이야. 너도 이 점을 잘 알아 두는 게 좋을 게다. 미챠 같은 놈은 벌레 새끼처럼 짓밟아 버리고 말 테다! 나는 밤중에 곧잘 슬리퍼로 바퀴 벌레 새끼를 짓밟아 죽이곤 한단다. 그건 발을 대기만 하면 우직 소리를 내며 터져 버리거든. 너의 미챠도 이젠 우직 소리를 내게 될 게다. 내가 너의 미챠라고 한 건 네가 그놈을 사랑하고 있기 때문이야. 하긴 네가 그놈을 사랑한다고 해도 나는 하나도 두렵지 않다. 만일 이반이 그놈을 사랑한다면 나도 나 자신을 위해 약간 걱정이 될는지도 모르지만. 그러니 이반은 아무도 사랑하지 않아. 이반은 우리하곤 딴판이니까. 이반 같은 인간은 우리하곤 종류가 달라. 그건 인간이 아니라 공중에 떠오른 티끌이야……. 바람이 불면 사라져 버리는 티끌이지……. 내가 어제 너더러 오늘 와 달라고 말한 건 바로 그때 문득 바보 같은 생각이 떠올랐기 때문이었어. 다름이 아니라 너를 통해 미챠 놈의 생각을 탐지하려 했던 거야. 만일 내가 지금 그놈에게 천이나 이천 루블리 정도를 나누어 주면 그 더러운 거지놈은 여기서 완전히 자취를 감춰버리겠다고 할까? 적어도 앞으로 오년 쯤 아니면 삼십오 년 쯤이면 더욱 좋겠지만……. 그 대신 그루세니카는 남겨 두고 가는 거야. 그 계집과는 깨끗이 손을 끊어야 해. 어떨까, 그놈이 들어 줄까?」

「제가……제가 형한테 한 번 물어보죠…….」알료샤는 중얼거리듯 말했다. 「삼천 루블리를 돌려주신다면 아마 형도 동의할는지 모르지요.」

「바보 같은 소리! 그런 건 물어볼 필요도 없어! 이젠 나도 생각이 달라졌으니까. 어제 잠깐 그런 어리석은 생각이 떠올랐었다는 것뿐이야. 그놈한테는 동전 한닢도 줄 수 없어. 정작 돈이 필요한 사람은 바로 나란 말이야!」하고 노인은 손을 내저었다. 「그렇지 않아도 그런 놈은 벌레처럼 짓밟아 주고 말 작정이야. 그놈한텐 그런 말을 하지 말아라. 했다가는 또 행여나 하고 기대할는지 모르니까. 그리고 너도 이젠 여기 있어 보아야 소용없으니 어서 가 봐라. 이건 그놈의 약혼자 카테리나 이바노브나 얘긴데, 그놈은 어떻게 해서든지 내 눈에 보이지 않게 숨기려고만 들거든. 도대체 그 여자는 미챠 놈과 결혼할 생각일까 아닐까? 어제 너는 아마 그 집에 갔었지?」

「형을 포기할 생각은 결코 없을 거예요.」

「대체로 마음씨 착한 아가씨들이란 으레 건달 같은 놈팡이를 좋아하게 마련이거든! 얼굴이 창백한 그런 종류의 아가씨만큼 처치 곤란한 것도 없을 거야. 거기에 비하면……아니 이 얘긴 그만두자. 만일 내게 그놈만한 젊음이 있고 그놈 나이 때의 내 얼굴이 있다면 그야말로 나도 그놈 못지않게 계집들을 홀려 줄 텐데……. 내 나이가 스물 여덟 살이었을 때엔 지금 그놈보다는 훨씬 근사한 얼굴을 가지고 있었거든! 암 그렇고 말고, 그깐 놈쯤은 문제가 아니지! 좌우간 그루세니카만큼은 머리가 두 쪽이 나더라도 양보하지 않을 테야. 절대로 안 되지, 안 돼! 내 어디 그놈을 그냥 놔두나 봐라!」이 마지막 말을 하면서 그는 또 미친 사람처럼 흥분했다.

「너도 이젠 가 봐라. 오늘은 여기 있어 봐야 소용없을 테니.」하고 불쑥 그는 말했다.

알료샤는 작별 인사를 하려고 가까이 다가가서 아버지의 어깨에 입을 맞췄다.

「무엇 때문에 이런 짓을 하는 거냐?」노인은 약간 놀라는 눈치였다. 「앞으로 또 만나게 될 텐데 이제는 다시는 못 만나게 될까 봐 그러니?」

「아뇨. 그런 뜻으로가 아니라 그저 나는…….」

「뭐 별다른 뜻으로 한 말은 아니야. 나도 그저 좀…….」하며 노인은 그의 얼굴을 바라보았다. 「애, 잠깐만!」하고 그는 알료샤의 등에 대고 소리쳤다. 「생선 수프나 먹으러 일간 다시 오너라. 내가 생선 수프를 특별히 만들도록 해주지. 알겠니, 꼭 와야 한다! 옳지, 내일이 좋겠군. 내일 꼭 오너라!」

이렇게 말하고는 알료샤가 문 밖으로 사라지자마자 찬장으로 달려가 술을 반 잔쯤 따라서 단숨에 마셔 버렸다.

「이젠 정말 그만해야겠군!」하고 중얼거리면서 그는 꿀꺽 군침을 삼키고 다시 찬장을 잠근 다음 열쇠를 호주머니에 넣었다. 그리고 침실로 가서 맥없이 침대에 몸을 던지더니 그대로 이내 잠이 들어 버렸다.

3. 국민학생들과 함께

『아버지가 그루세니카 이야기를 묻지 않으셔서 천만 다행이었어.』하고 알료샤는 알료샤대로 아버지 집을 나와 호흘라코바 부인네 집을 향해 걸어가면서 생각했다. 『그 얘길 물어보면 별도리 없이 어제 그루세니카와 만났던 일을 얘기하지 않을 수 없었을 텐데.』알료샤는 두 사람의 원수가 하룻밤 사이에 새로 원기를 회복하고 날이 새자 다시금 그 마음이 굳어져 버린 것을 가슴 아프게 생각했다. 『아버지가 잔뜩 흥분하여 적개심에 불타고 있는 걸 보니, 필시 무언가 생각하는 바가 있어서 그러는 게 분명해. 그런데 큰형 드미트리는? 드미트리 역시 어젯밤에 마음이 바뀌어 초조하게 적개심을 느끼고 있을 거야. 그리고 속으로 뭔가 열심히 궁리하고 있겠지……. 어쨌든 무슨 일이 있어도 오늘중으로 꼭 형님을 찾아내야만 하겠는데…….』그러나 알료샤는 이런 생각에 오래 골몰할 수가 없었다. 도중에 뜻하지 않은 사건이 일어났던 것이다. 그것은 겉보기엔 그리 대수로운 일이 아니지만 그에게는 깊은 충격을 준 사건이었다. 개천 하나를 사이에 두고(읍내는 종횡으로 뻗은 무수한 개천으로 그물처럼 얽혀 있었다) 큰 거리와 평행하는 미하일로프스키 거리로 나가려고 광장을 지나 골목길을 접어들었을 때, 그는 조그만 다릿목에 몰려 서 있는 한 떼의 국민학교 학생들을 발견했다. 모두가 아홉 살에서 열 두 살까지의 어린애들로서 마침 학교에서 집으로 돌아오는 길인지 등에 가방을 멘 아이도 있었고 가죽 가방을 어깨에서 밑으로 늘어뜨린 아이도 있었다. 짧은 자케트를 입은 아이도 있고, 외투를 입은 아이도 있었고, 또 어떤 아이는 돈 많은 부모를 가진 응석받이들이 특히 좋아하는 무릎 근처까지 오는 긴 장화를 신고 있었다. 이 한 떼의 국민학생들은 무엇을 의논하고 있는지 열심히 재잘거리고 있었다. 알료샤는 어린애들 옆을 무관심하게 그냥 지나쳐 버린 적이 한 번도 없었으며 이것도 모스크바에 있을 때부터의 습관이었다. 그가 가장 좋아하는 건 역시 서너 살짜리 어린애들이지만 열 두어 살된 국민학생도 그는 무척 좋아했다. 그래서 지금도 여러 가지 걱정거리가 있음에도 불구하고 그는 갑자기 아이들한테 달려가서 그들의 대화에 끼어들고 싶어졌다. 가까이 다가가서 생기발랄한 장미빛 얼굴을 들여다보다가 그는 문득 아이들이 손에 손에 돌을 한 개씩 쥐고 있는 것을 발견했다. 개중에는 두 개씩이나 들고 있는 아이도 있었다. 개천 건너편에는 이 아이들이 있는 곳에서 서른 걸음 가량 떨어진 울타리 옆에 사내아이가 또다시 서 있었는데 역시 어깨에 가방을 멘 국민학생이었다. 키를 보니 기껏해야 열 살이나 되었을까, 얼굴빛은 병적으로 창백한데 새까만 눈만이 이상하게 반짝이고 있었다. 그 아이는 이쪽에 있는 여섯 명의 국민학생들을 주의 깊게 노려보고 있었다. 그들은 모두 같은 학교의 동무들로서 방금 학교 문을 함께 나왔지만 평소부터 저쪽 아이와는 사이가 좋지 않은 모양이었다. 알료샤는 검은 자케트를 입은 혈색이 좋은 아이한테 다가가서 말을 걸었다. 곱슬곱슬한 금발을 가진 소년이었다.

「내가 너희들처럼 책가방을 메고 다닐 때에는 모두 가방이 왼쪽으로 오게 메고 다녔지. 오른손으로 얼른 책을 꺼낼 수 있게 말이야. 그런데 너는 오른쪽으로 오게 가방을 메었구나. 그래도 불편하지 않니?」

알료샤는 일부러 접근하기 위한 기교 같은 걸 전혀 부리지 않고 대뜸 이러한 실제적인 화제를 가지고 말을 걸었다. 하기는 어른이 어린애, 특히 한 떼의 어린이 전체의 신용을 얻는 데는 이런 방법 이외에는 없는 것이다. 진지한 태도로 실제적인 말을 어디까지나 대등한 입장에서 시작하는 것이 무엇보다도 필요한 것이다. 알료샤는 본능적으로 그것을 이해하고 있었다.

「저앤 왼손잡인 걸요.」하고 활발하고 건강해 보이는 열 한 살쯤 난 다른 소년이 얼른 대답했다. 나머지 다섯 아이들은 유심히 알료샤를 바라보고 있었다.

「저앤 돌을 던질 때도 왼손으로 던져요.」하고 또 다른 소년이 말했다.

바로 그때 돌멩이 하나가 이쪽으로 휙 날아오더니 왼손잡이 소년을 조금 스치며 옆으로 빗나가 떨어졌다. 그것은 제법 능숙하고도 당찬 팔매질이었다. 그것을 던진 것은 개천 건너편에 있는 소년이었다.

「스무로프, 한 대 까줘라, 까줘!」하고 소년들은 외쳤다. 그렇지 않아도 스무로프라고 불리운 왼손잡이 소년은 기다리고 있었다는 듯이 건너편 소년을 향해 재빨리 돌을 던졌다. 그러나 그 돌은 빗나가서 땅에 떨어졌다. 그러자 건너편 소년은 이쪽을 향해 얼른 돌을 한 개 또 던졌다. 이번에는 알료샤에게 명중하여 꽤 세게 그의 어깨를 때렸다. 개천 건너편 소년의 호주머니에는 미리 준비해 둔 돌이 가득 들어 있었다. 외투 주머니가 볼록한 것으로 보아 서른 걸음 가량 떨어진 이쪽에서도 그것을 당장 알 수 있었다.

「저 자식은 당신을 겨누었어요. 일부러 당신을 겨누고 던지는 거예요. 당신은 카라마조프니까요, 카라마조프!」아이들은 깔깔 웃어대면서 소리쳤다.「자! 이번에는 우리 모두 한꺼번에 던지자, 한꺼번에! 자 던져!」여섯 개의 돌이 한꺼번에 이쪽에서 날아갔다. 그 가운데 한 개가 저쪽 소년의 머리에 맞았다. 소년은 그 자리에 쓰러졌지만 다시 벌떡 일어나더니 이쪽 아이들을 상대로 맹렬히 응전하기 시작했다. 쌍방에서 쉴새없이 돌이 날아가고 날아왔다. 이쪽에도 호주머니에 돌을 가득 준비해 가지고 있는 아이가 많았다.

「애들아, 이게 무슨 짓이냐! 부끄럽지도 않니! 여섯이서 하나하고 싸우다니, 저애를 죽일 셈이냐!」하고 알료샤는 소리쳤다.

그는 앞으로 달려나가 자기 몸으로 저쪽 소년을 보호하려고 날아드는 돌 앞에 우뚝 섰다. 그 가운데 너댓 아이는 잠시 돌던지는 손을 멈췄다.

「저 자식이 먼저 싸움을 걸었는데요, 뭐!」빨간 셔츠를 입은 소년이 몹시 흥분한 소리로 외쳤다. 「아주 나쁜 놈이에요. 아까 교실에서 크라소트킨을 칼로 찔러 피까지 나오게 했는 걸요. 크라소트킨은 선생님한테 일러 바치기 싫어서 그냥 놔뒀지만, 저런 놈은 단단히 혼을 내줘야 해요.」

「왜 그랬을까! 너희들이 먼저 저애를 놀려 준 모양이구나?」

「저런, 또 당신 잔등에 돌을 던지네요! 저 자식은 당신이 누구인가를 알고 있는가 봐요.」하고 아이들은 소리쳤다.

「저 자식은 지금 우리들이 아니라 당신한테 돌을 던지고 있어요. 자! 또 한꺼번에 돌을 던지자. 스무로프, 바로 맞혀야 한다!」

그래서 다시금 돌싸움이 시작되었는데 이번에는 좀더 악착스러웠다. 마침내 돌 한 개가 저쪽 소년의 가슴팍에 명중했다. 소년은 비명을 지르며 울음을 터뜨리더니 미하일로프스키 거리 쪽 언덕으로 그냥 도망쳐 올라갔다. 그걸 보고 이쪽 아이들은 한꺼번에 놀려댔다.

「하하하, 겁이 나서 도망치는구나! 썩은 파뿌리 같은 자식!」

「카라마조프 씨, 저 자식이 얼마나 악질인지 당신은 아직 몰라요. 죽여도 시원찮은 놈이지요.」자케트를 입은 소년이 눈을 번쩍이면서 말했다. 보아하니 이 아이가 우두머리격인 모양이었다.

「어떤 앤데?」하고 알료샤는 물었다. 「저애가 고자질이라도 했단 말이냐?」

소년들은 어이가 없다는 듯이 서로 쳐다보았다.

「당신도 미하일로프스키 거리 쪽으로 가는 길이죠?」하고 자케트를 입은 소년이 다시 말했다. 「그럼 어서 저 자식을 쫓아가 보세요. 가지 않고 저기 서서 당신을 노려보고 있네요.」

「응, 그래. 정말 노려보고 있구나!」하고 다른 아이들이 맞장구를 쳤다. 「가서 저 자식한테 물어보세요. 너는 땟국물에 담근 파뿌리를 좋아한다지? 하고 말이에요. 꼭 그렇게 물어야 해요, 아셨죠?」아이들은 또 한바탕 웃어댔다. 알료샤는 아이들의 얼굴을, 아이들은 알료샤의 얼굴을 바라보았다.

「가지 마세요. 잘못하다간 그 자식한테 다쳐요.」하고 스무로프가 경고했다.

「애들아, 나는 파뿌리니 뭐니 하는 건 묻지 않겠어. 너희들이 그걸 가지고 그애를 놀려주는 모양이니까. 그 대신 어째서 너희들이 그애를 미워하는지 그걸 직접 그애한테 물어봐야겠다.」

「물어보세요. 어서 물어보세요.」하고 아이들은 또 웃어댔다. 알료샤는 다리를 건너 울타리 옆 언덕을 따라 곧장 외톨이 소년을 향해 걸어 올라갔다.

「조심하세요.」하고 등 뒤에서 아이들이 소리쳤다. 「당신이라고 그 자식이 무서워할 줄 아세요? 칼을 꺼내서 느닷없이 찌를지도 몰라요……. 크라소트킨을 찌른 것처럼.」

소년은 그 자리에 꼼짝 않고 서서 알료샤가 다가오기를 기다리고 있었다. 알료샤의 눈앞에 서 있는 이 아이는 기껏해야 아홉 살밖엔 안 된 창백하고 갸름한 얼굴을 가진 작달막한 소년으로서 크고 검은 눈이 증오에 찬 표정으로 이쪽을 응시하고 있었다. 다 헐어 떨어진 괴상한 모양의 외투를 입고 있는데 소매 끝으로는 빨간 팔목이 길게 드러나 보였다. 바지 오른쪽 무릎 위에는 커다란 헝겊 조각을 대고 기운 자리가 있고, 오른쪽 장화는 엄지발가락 부분에 구멍이 뚫어져서 그 자리를 잉크로 칠한 흔적이 보였다. 불룩한 외투 양쪽 호주머니에는 돌이 가득 들어 있었다. 알료샤는 두어 걸음 앞에 멈춰 서서 무언가 묻고 싶은 얼굴로 소년을 바라보았다. 소년은 알료샤의 눈빛을 보고 자기를 때리려는 것이 아니라는 것을 눈치채고 약간 누그러진 태도로 먼저 말했다.

「저 자식들은 여섯이나 되고 난 혼자지만, 혼자서도 다 해치울 수 있어!」하고 소년은 눈을 번쩍거리면서 말했다.

「그렇지만 지금 한 대 맞지 않았니, 몹시 아팠을 텐데?」하고 알료샤는 말했다.

「나도 스무로프 놈의 대가리를 맞혀 줬는걸!」하고 소년은 악을 썼다.

「저애들한테 들었는데, 너는 나를 알고 일부러 나한테 돌을 던졌다면서?」하고 알료샤는 물었다.

소년은 음침한 눈초리로 그의 얼굴을 쳐다보았다.

「나는 너를 모르는데 너는 정말 나를 알고 있니?」알료샤는 거듭 물었다.

「귀찮게 굴지 말아요!」소년은 발끈 성을 내며 소리쳤다. 그러나 여전히 무언가를 기다리는 듯 그 자리를 움직이지도 않고 다시금 적의를 품은 눈을 번득이고 있었다.

「알았다. 그럼 난 가겠다.」하고 알료샤는 말했다. 「그렇지만 나는 네가 누군지도 모르고 또 너를 놀리려는 것도 아니야. 저애들은 무턱대고 너를 곯려 주겠다고 벼르더라만 나는 너를 곯려 줄 생각은 조금도 없으니까. 그럼 잘 가거라.」

「수도사라는 게 비단 옷이나 입고 다니고 뭐야?」소년은 여전히 적의를 품은 도전적인 눈초리로 알료샤를 지켜보며 이렇게 외치고는 이번엔 알료샤가 꼭 달려들 줄 알았는지 얼른 방어 태세를 취했다. 그러나 알료샤는 얼굴을 돌려 소년 쪽을 한 번 바라보고는 그냥 저쪽으로 발길을 돌렸다. 그가 세 걸음도 채 내딛기 전에 소년이 던진 돌이 그의 등을 세차게 때렸다. 그 돌은 소년의 호주머니 속에 들어 있는 돌 가운데서 제일 큰 것이었다.

「그렇게 뒤에서 치는 법이 어디 있니? 저쪽 아이들이 네가 언제나 느닷없이 달려든다고 하더니 그게 사실인가 보구나?」하고 알료샤는 뒤를 돌아보며 말했다. 그러나 소년은 악에 받쳐 또다시 돌을 던졌다. 이번엔 얼굴 한복판을 겨누었지만 알료샤가 재빨리 비켰기 때문에 돌은 그의 팔꿈치에 맞았다.

「애, 너 부끄럽지도 않니? 내가 너한테 뭘 잘못했다는 거냐?」하고 그는 소리쳤다.

소년은 이번에야말로 알료샤가 틀림없이 자기에게 덤벼들려니 생각하고 말없이 몸을 도사리고 있었다. 그러나 이번에도 알료샤가 가만히 있는 것을 보자 소년은 화가 머리끝까지 치밀어올라 마치 한 마리의 야수 새끼처럼 오히려 자기 쪽에서 먼저 달려들었다. 그리고는 알료샤가 미처 몸을 비킬 사이도 없이 두 손으로 그의 왼손을 붙잡더니 손가락을 꽉 깨문 채 십 초 가량이나 놓아 주지 않았다. 알료샤는 있는 힘을 다하여 손가락을 빼려고 애를 썼으나 너무 아파서 그만 비명을 지르고 말았다. 소년은 손가락을 놓아 주고 얼른 뒤로 물러나서 아까와 같은 간격을 두고 마주섰다.

알료샤의 손가락은 손톱 바로 밑이 이빨이 뼈에 닿았을 만큼 깊이 물려서 피가 줄줄 흘러내렸다. 알료샤는 손수건을 꺼내 상처를 꼭 동여매었다. 그러느라고 거의 일 분 가량이 걸렸지만 소년은 꼼짝 않고 서서 기다리고 있었다. 이윽고 알료샤는 그쪽으로 부드러운 시선을 돌렸다.

「이제 됐어.」하고 그는 말했다. 「하지만 어지간히 물었구나. 그래 이것으로 직성이 좀 풀렸니? 그럼 이젠 말해 보렴. 내가 대체 너한테 무슨 짓을 했다는 거냐?」

소년은 놀란 눈으로 그의 얼굴을 쳐다보았다.

「나는 네가 누군지도 모르고, 너를 만난 것도 오늘이 처음이지만.」하고 알료샤는 여전히 침착한 어조로 말을 계속했다. 「네가 아무 까닭없이 나한테 이렇게 대할 리가 없을 게 아니냐? 그러니까 내가 무슨 짓을 했는지, 너한테 무슨 잘못을 저질렀는지 그걸 말해 달란 말이다.」

대답 대신 소년은 별안간 큰소리로 울음을 터뜨리더니 알료샤한테서 도망쳐 달아났다.

알료샤는 그 뒤를 쫓아 미하일로프스키 거리 쪽으로 천천히 걸어갔다.

그리고 뒤도 돌아보지 않고 빠른 걸음으로 멀리 도망쳐 가고 있는 소년의 뒷모습을 한참 동안 지켜보았다.

소년은 여전히 소리를 내어 울면서 뛰어가고 있었다.

그는 기회를 보아 그 소년을 찾아내어 이 이상한 수수께끼를 꼭 풀어야겠다고 생각했으나 사실 지금은 그럴 만한 시간이 없었다.

4. 호흘라코바네 집에서

알료샤는 곧 호흘라코바 부인의 집에 도착했다. 그 집은 부인의 소유로 되어 있는 이층의 석조 가옥이었는데 고을에서도 손꼽힐 만큼 아름다운 건물이었다. 호흘라코바 부인은 다른 현(縣)에 있는 자기 영지에서가 아니면 자기 소유의 집이 있는 모스크바에서 대부분의 시간을 보냈다. 이 고을에는 대대로 내려오는 집이 있었고 또 이 지방에 있는 영지로 말하면 그녀의 세 군데 영지 가운데 제일 큰 것인데도 불구하고, 그녀가 이 고을에 오는 것은 여태까지 아주 드문 일로 되어 있었다. 그녀는 문간방까지 달려나와 알료샤를 맞아들이었다.

「받으셨어요? 새로운 기적에 대해서 적어 보낸 내 편지를 받으셨겠죠?」하고 부인은 호들갑을 떨기 시작했다.

「네, 받아 보았읍니다.」

「모든 사람들에게 알렸나요? 모든 사람들에게 그걸 보여 드렸나요? 장로님께선 불쌍한 어머니에게 아들을 돌려보내 주셨답니다!」

「장로님께선 오늘중으로 돌아가실지도 모릅니다.」하고 알료샤는 말했다.

「네, 나도 들었어요. 알고 있어요. 아아, 정말 나는 당신과 얘기하고 싶어요! 당신 아니면 누구 딴 사람하고라도 이 모든 일에 대해 얘기하지 않으면 안 되겠어요! 아니, 아무래도 당신이래야만 하겠어요! 그렇지만 다시는 장로님을 뵈올 길이 없으니 유감천만이군요! 온 고을 사람들이 모두 흥분해서 커다란 기대를 걸고 있답니다. 그건 그렇지만……카테리나 이바노브나가 지금 여기에 와 있는 걸 아세요?」

「그래요? 그거 마침 잘되었군요!」하고 알료샤는 소리쳤다. 「그럼 댁에서 그분을 만나뵙도록 하겠읍니다. 그분은 오늘 꼭 자기한테 와 달라고 어제 저한테 신신 당부를 했으니까요.」

「그건 나도 알고 있어요. 죄다 알고 있죠. 어제 그 집에서 일어난 일에 대해서도 자세히 들었어요……. 그리고 그……더러운 계집의 간사한 행동도 다 들었죠. C'est tragique.(정말 비극이에요). 만약 내가 그런 꼴을 당했다면 무슨 일을 저질렀을지 몰라요! 하지만 당신 형님 드미트리 표도로비치는 어쩌면 그럴 수가 있어요? 아니 참, 알렉세이 씨, 내가 깜박 잊고 있었군요. 지금 저기 당신 형님이, 어제의 그 무서운 형님이 아니라 둘째 형님 이반 표도로비치가 저기서 지금 그 아가씨와 얘기를 하고 있어요. 그런데 그것이 또 굉장히 심각한 대화거든요……. 지금 두 사람 사이에서 무슨 일이 일어나고 있는지 아마 당신은 도저히 믿을 수 없을 거예요. 참으로 무서운 일이에요. 그야말로 감정의 격발이라니까요! 좀처럼 곧이들을 수 없는 무서운 이야기죠. 두 사람이 다 무엇 때문인지도 알 수 없는 일로 자기 자신을 파멸로 이끌려고 하고 있거든요. 글쎄, 그들 자신도 그것을 알고 있으면서 오히려 거기서 어떤 쾌감을 느끼는 눈치라니까요. 나는 당신을 얼마나 기다렸는지 몰라요. 목이 빠지게 기다렸지요! 저런 일을 나는 그냥 보아 넘길 수가 없거든요. 여기에 대해서는 곧 자세히 말씀드리겠지만 지금은 아는 얘기부터 해야겠어요. 그것이 더욱 중요한 일이니까요. 아아, 내가 어쩌자고 이것을 가장 중요한 일이라는 것조차 잊고 있었을까! 다름 아니라, 도대체 뭣 때문에 우리 리즈는 히스테리만 일으키는 걸까요? 당신이 오셨다는 말을 듣기가 무섭게 벌써 히스테리부터 일으키니 말이에요!」

「엄마! 지금 히스테리를 일으키고 있는 건 내가 아니고 엄마예요.」 갑자기 옆방으로 통하는 문틈 사이로 리즈의 아양 섞인 목소리가 들려 왔다. 문틈은 조금밖에 벌어져 있지 않았으나 억지로 억누른 것 같은 그 목소리는 당장 웃음이 터져나오려는 것을 간신히 참고 있는 듯한 느낌이었다. 알료샤는 곧 문틈으로 알아챘다. 리즈는 틀림없이 그 안락의자에 앉아서 문틈으로 이쪽을 내다보고 있을거라고 생각했지만, 그것까지는 그도 확인할 수가 없었다.

「당연하지 뭐냐, 리즈야……. 네가 그렇게 변덕을 부리는데 난들 어찌 히스테리를 안 일으키겠니? 그렇지만 알렉세이 씨, 저앤 몸이 몹시 불편한 모양이에요. 간밤엔 밤새도록 열이 높아 끙끙 앓는 소릴 했다니까요. 빨리 날이 새서 게르첸슈트베 선생이 와 주기를 나는 얼마나 기다렸는지 모른답니다. 그런데 그 의사가 말하기를 원인이 무엇인지 전혀 알 수 없다면서 좀더 기다려 봐야겠다는 거예요! 게르첸슈트베 선생은 올 때마다 언제나『글쎄요, 전혀 모르겠읍니다.』라는 말밖엔 하지 못한다니까요. 그건 그렇고, 당신이 우리집으로 오고 있다는 걸 알자, 저애는 곧 고함을 지르며 발작을 일으켰답니다. 그리고는 전에 자기 방이었던 이 방으로 의자를 밀고가 달라고 사뭇 야단을 하지 않겠어요!」

「엄마, 나는 알렉세이 표도로비치가 우리집에 온다는 건 전혀 모르고 있었어요. 내가 이 방에 오고 싶다고 한 건 그것 때문이 아니예요.」

「또 거짓말을 하는구나, 리즈야. 율리야가 달려들어와서 알렉세이 씨가 이리로 오고 있다고 너한테 보고하지 않았니! 그앨 파수병으로 세워 둔 건 바로 네가 아니냐?」

「엄만, 왜 그런 얼토당토않은 말만 하시죠? 명예를 회복하기 위해서 뭐 좀 그럴 듯한 말을 하시고 싶으면 지금 들어온 알렉세이 표도로비치한테 이렇게 말해 보세요. 『어제 그렇게까지 조롱을 당하고도 아무렇지도 않다는 듯이 오늘 우리 집에 찾아온 것 한 가지만으로도 당신이 얼마나 얼빠진 사람인지를 증명하고 있지 않으냐?』고 말이에요.」

「리즈야, 말이 너무 지나친 것 같구나, 미리 말해 두지만 너 그러다가는 나한테 혼이 날 줄 알아라. 대체 누가 이분을 조롱한다는 거냐? 나는 이분이 와 주셔서 얼마나 기쁜지 모르겠는데, 나한텐 지금 이분이 필요해. 없어서는 안 될 분이야. 아아! 알렉세이 씨, 나처럼 불행한 사람은 세상에 또 없을 거예요!」

「엄마! 갑자기 그건 또 무슨 말씀이세요?」

「아아, 리즈야. 너의 변덕과 그 침착치 못한 언동, 너의 발병과 밤새도록 계속된 그 무서운 고열, 그리고 언제나 답답하기만 한 게르첸슈트베……언제까지나 한결같이 그 모양 그 꼴인 게르첸슈트베! 그 밖에도 여러 가지가 모두 내 속을 태우는구나……. 게다가 또 그런 기적까지 일어나지 않았니! 알렉세이 씨, 그 기적이 나를 얼마나 놀라게 하고 감동시켰는지 모른답니다! 게다가 지금 저쪽 객실에서는 차마 내 눈으로 볼 수 없는 비극이 벌어지고 있거든요. 암, 볼 수 없고말고요. 당신한테 미리 말해드리지만 나는 도저히 그것을 보고 있을 수가 없어요. 그러나 어쩌면 비극이 아니라 희극인지도 모르죠. 그건 그렇고 조시마 장로님은 내일까지 연명하실까요? 네, 연명하실 수 있을까요? 아아, 정말 내가 왜 이럴까! 이렇게 눈만 감으면 모든 게 다 무의미하게만 생각되니 말이에요!」

「제가 한 가지 청이 있는데요.」하고 갑자기 알료샤는 부인의 말을 가로챘다. 「손가락을 싸맬만한 깨끗한 헝겊을 하나 주실 수 없을까요? 손가락을 몹시 다쳤는데 그게 자꾸 아파 오는군요.」

알료샤는 아까 소년한테 물린 손가락을 끌러 보았다. 손수건엔 검붉은 피가 잔뜩 배어 있었다.

호흘라코바 부인은 비명을 지르며 눈을 찔끔 감았다. 「어머나, 어디서 다치셨어요? 끔찍도 해라!」

그러나 이때 문으로 엿보고 있던 리즈가 알료샤의 손가락을 보자마자 홱 문을 열어 젖뜨렸다. 「들어오셔요, 이리 들어오셔요.」리즈는 명령조로 외쳤다. 「그런 쓸데없는 소릴 주고받고 있을 때가 아니예요! 그렇게 다치고서도 왜 아무 소리도 않고 멍청히 서 계셨어요? 하마터면 피를 많이 흘려 빈혈을 일으킬 뻔했군요. 도대체 어디서 이런 상처를 입으셨어요! 무엇보다 물이 있어야겠어. 물을 가져와요, 물! 상처를 씻어야 하니까. 아니 그것보다 냉수에 가만히 손을 담그고 있는 편이 좋을 거예요. 그렇게 하고 있으면 아픔이 사라지거든요……. 빨리, 빨리 물을 갖다 줘요, 엄마! 양치질에 쓰는 컵에다……빨리 갖다 달라니까요!」그녀는 신경질적으로 소리쳤다. 그녀는 어찌 할 바를 모르고 허둥거렸다. 알료샤의 상처에 그녀는 몹시 강한 충격을 받은 모양이었다.

「게르첸슈트베 선생을 부르러 보낼까?」하고 호흘라코바 부인이 외쳤다.

「엄마는 내가 죽는 꼴을 보려고 그러세요? 게르첸슈트베가 와 봐야『글쎄요, 전혀 모르겠웁니다.』란 말밖에 더 하겠어요? 물, 물! 엄마! 제발 좀 엄마가 가서 율리야를 재촉해 주셔요. 그앤 느림보가 되어서 심부름을 시켜도 빨리 오는 법이 없다니까요! 빨리요, 엄마! 그렇게 꾸물거리시면 난 죽어요!」

「그렇지만 이건 아무것도 아닙니다!」하고 알료샤는 그들 모녀가 호들갑을 떠는 데 깜짝 놀라 이렇게 소리쳤다.

율리야가 물을 떠 가지고 들어왔다. 알료샤는 그 물에 손가락을 담갔다.

「엄마, 붕대! 붕대 좀 가져오세요! 그리고 상처에 바르는 걸죽한 물약 있죠? 냄새가 지독한……이름이 뭐였더라? 아무튼 우리집에 그 약이 있어요……. 엄만 그 약이 어디에 있는지 아시죠? 아 참, 엄마, 침실 오른쪽 약장이에요. 거기 그 약병과 붕대가 있어요…….」

「리즈야, 곧 가져올 테니 너무 덤비지 말아. 그렇게까지 걱정할 건 없어. 알렉세이 씨를 좀 보렴! 저렇게 다치고서도 꿈쩍도 않고 참고 있지 않니! 알렉세이 씨, 그런데 어디서 그렇게 무섭게 다쳤어요?」

호흘라코바 부인은 황급히 나갔다. 리즈는 어서 어머니가 나가기만 기다리고 있었던 것이다.

「우선 이것부터 대답해 주세요.」하고 리즈는 빠른 소리로 말했다. 「어디서 이렇게 다치셨어요? 먼저 그걸 듣고 나서 당신한테 딴 이야기를 해야 하니까, 어서 대답하세요!」

부인이 되돌아올 때까지의 시간이 리즈에게 얼마나 귀중한 것인가를 알료샤는 본능적으로 깨달았다. 그는 되도록 지엽적인 이야기는 생략하고 아까 그 국민학생과 만났던 수수께끼 같은 경위를 간단명료하게 설명했다. 이야기를 다 듣고 난 리즈는 어이가 없다는 듯이 손뼉을 딱 쳤다.

「아니, 당신은 그런 옷까지 입고 있으면서 그따위 코흘리개들과 어울려도 괜찮단 말인가요!」 그녀는 마치 자기가 알료샤에 대해 무슨 권리라도 있는 것처럼 성난 어조로 외쳤다. 「그런 짓을 하는 걸 보니 당신도 어린애군요! 그렇지만 그 괘씸한 꼬마 녀석에 관한 일은 어떻게든지 꼭 알아내야 해요. 그러고 나서 그걸 나한테 죄다 들려 주세요. 거기엔 반드시 무슨 곡절이 있을 테니까요. 자, 그럼 다음 이야기로 넘어가기 전에 먼저 물어볼 일이 있어요. 알렉세이 표도로비치, 상처가 아프실 텐데 나하고 부질없는 이야기를 좀 하실 수 있겠어요? 물론 부질없는 이야기이긴 하지만 그래도 어디까지나 진지한 태도로 말해야 해요.」

「그럼요. 지금은 그리 아픈 것 같지도 않습니다.」

「그건 손가락을 물에 담그고 있으니까 그럴 거예요. 이젠 물을 갈아야겠군요. 곧 미지근해질 테니까. 율리야, 지하실에 가서 얼음 조각을 꺼내 다른 컵에 담아 가지고 와! 이젠 저애도 나가 버렸으니 할 이야기를 해야겠군요. 알렉세이 표도로비치, 어제 내가 당신에게 보낸 그 편지, 지금 곧 돌려 주세요. 지금 빨리 내놔요. 엄마가 곧 돌아오실는지 모르니까요. 나는 이젠…….」

「그 편지는 지금 가지고 있지 않은데요.」

「거짓말 마세요. 분명히 갖고 계실 거예요. 하긴 나도 당신이 그렇게 대답하실 줄 알았어요. 그 호주머니 속에 있죠? 나는 어째서 그런 바보 짓을 했을까 하고 밤새껏 후회했어요. 자 어서 돌려 주세요. 빨리 돌려 달라니까요!」

「그 편지는 수도원에 두고 왔읍니다.」

「아마 당신은 내 그 어리석은 편지를 읽고 틀림없이 나를 철없는 계집애라고 생각했을 거예요! 그런 바보 짓을 한데 대해서는 당신한테 미안하기 짝이 없지만 편지만은 꼭 돌려 주세요. 지금 정말 안 가지고 계시면 오늘중으로 꼭 갖다 주세요. 꼭 갖다 주셔야 해요, 네!」

「오늘중으로는 안 되겠는데요. 수도원에 돌아가면 앞으로 이삼 일, 아니 나흘은 여기에 올 수가 없을 겁니다. 조시마 장로께서…….

「나흘이라니, 그것도 말이라고 하세요! 당신은 내 편지를 보고 한바탕 웃으셨겠죠?」

「아니 조금도 웃지 않았읍니다.」

「그 이유는?」

「당신의 말을 전적으로 믿었기 때문이죠.」

「당신은 나를 모욕하시려는 거군요!」

「천만에, 나는 그 편지를 읽고 즉시 이렇게 생각했어요. 정말로 이 편지에 씌어 있는 대로 될 것이라고……. 왜냐하면 조시마 장로님께서 돌아가시면 나는 곧 수도원에서 나오기로 되어 있거든요. 그렇게 되면 나는 다시 학교에 돌아가서 학업을 끝마칠 생각입니다. 그리고 법정 연령에 달하면 우리 결혼합시다. 나는 언제까지나 당신을 사랑할 거예요. 아직 충분히 생각할 여유는 없었지만 나는 당신 이상으로 좋은 아내를 얻을 수는 없을 거라고 생각했어요. 더욱이 조시마 장로님께서도 나더러 결혼을 하라고 분부하셨으니까요.」

「그렇지만 나는 의자를 타고 끌려다녀야 하는 병신인 걸요.」리즈는 두 볼을 발그레하게 물들이면서 웃었다.

「내 손으로 직접 당신을 끌고 다니겠읍니다. 그러나 그때까지는 틀림없이 완쾌될 겁니다.」

「머리가 돌아버리신 모양이군요.」리즈는 신경질적인 어조로 말했다.「그런 농담을 진담으로 알고 별안간 얼토당토 않은 말을 끄집어내시니 말예요!……아, 저기 엄마가 오시네요. 어쩌면 꼭 알맞은 때에 오시는군요. 엄마, 엄만 왜 그렇게 동작이 느려요! 뭣 때문에 그렇게 시간이 걸렸죠? 율리야는 벌써 저렇게 얼음을 가져오는데!」

「애, 리즈야, 제발 좀 조용히 하렴. 그렇게 소리만 빽빽 지르지 말고. 나는 그 소리만 들어도 그만……네가 딴 데다 붕대를 처박아 두었으니 난들 할 수 없잖니……. 그걸 찾아내느라고 얼마나 애를 먹었는지 모른다……. 아무래도 네가 일부러 그렇게 감춰 둔 것 같구나.」

「그렇지만 이분이 손가락을 물려 가지고 올 줄 어떻게 알 수 있었겠어요? 하긴 그걸 미리부터 알고 있었더라면 정말 일부러 그랬을지도 모르지만 말예요. 엄마도 이젠 말솜씨가 대단해지셨네요.」

「그래 내 말솜씨가 대단해졌다고 하자. 그러나 리즈야, 알렉세이 씨의 손가락에 대해서나 그 밖의 모든 일에 대해서나, 너는 도대체 어떻게 생각하기에 그런 소리를 하는 거냐! 아아, 알렉세이 씨, 나를 괴롭히는 것은 결코 어떤 개인적인 일이 아니예요. 게르첸슈트베니 뭐니 하는 문제가 아니라, 이것저것 모든 것이 한데 겹쳐서 나를 괴롭히고 있는 거죠. 이건 정말 참아낼 수가 없어요!」

「그만두세요, 엄마! 게르첸슈트베 이야기는 듣기도 싫어요.」하며 리즈는 재미있는 듯이 웃었다.「그보다도 붕대와 약을 빨리 주세요. 알렉세이 표도로비치, 이건 보통 연당수(鉛糖水)예요. 이제야 이름이 생각나는군요. 그렇지만 아주 좋은 약이에요. 그런데 엄마, 이분은 여기에 오는 길에 조그만 어린애하고 싸움을 했다지 않겠어요? 그래서 그 꼬마 녀석한테 깨물렸다는 거예요. 그러니까 이분 역시 조그만 어린애가 아니겠어요? 그런 어린애가 과연 결혼을 할 수 있을까요, 엄마? 그런데도 이분은 결혼할 생각이거든요. 이분이 남편 노릇을 한다고 생각해 보세요. 엄마, 우습잖아요? 아니, 보기에도 딱할 거예요!」

리즈는 장난스런 눈으로 알료샤를 바라보며 거의 발작적으로 깔깔거리며 웃어대는 것이었다.

「결혼이라니? 리즈야, 무엇 때문에 그런 엉뚱한 소릴 하는 거냐! 그런 소릴 지껄이고 있을 때가 아냐……. 그 꼬마가 혹시 광견병(狂犬病)에 걸린 아인지도 모르잖니!」

「원 엄마도, 광견병에 걸린 아이가 어디에 있어요?」

「왜 없다는 거냐? 사람을 아주 바보로 만들려는구나! 혹시 그애가 미친개한테 물렸다면 그애도 옆에 있는 사람을 닥치는 대로 물 게 아니냐? 그렇지만 알렉세이 표도로비치, 리즈는 붕대를 참 잘 감아 드렸군요. 나도 그렇게 모양있게 감지는 못할 거예요. 아직도 아픈가요?」

「이젠 그리 아프지 않습니다.」

「혹시 물이 무섭지 않으세요?」하고 리즈가 물었다.

「애, 리즈야, 이제 입을 닥치고 있어! 내가 그만 엉겁결에 광견병 이야길 했더니 너는 대뜸 그런 바보 같은 소릴 하는구나. 그보다도 알렉세이 표도로비치, 카테리나 이바노브나는 당신이 여기 와 있다는 말을 듣기가 무섭게 나한테 와서 한시바삐 당신을 만나보고 싶다면서…….」

「엄마도 참! 그 방에 가시려거든 엄마 혼자 가세요. 이분은 지금은 갈 수 없어요. 저렇게 아파하는데 어떻게 가겠어요!」

「조금도 아프지 않습니다. 얼마든지 갈 수 있어요.」하고 알료샤는 말했다.

「뭐요! 가시겠다고요? 그럼 당신은?」

「왜 그러시죠? 저기 가서 볼일을 보고 다시 이리로 돌아오면 될 게 아닙니까? 그때는 당신이 만족할 만큼 얼마든지 이야기를 할 수 있을 텐데요. 나는 지금 한시바삐 카테리나 아가씨를 만나봐야 합니다. 무슨 일이 있어도 오늘만은 될 수 있는 대로 빨리 수도원에 돌아가야 하니까요.」

「엄마, 빨리 이분을 데리고 가세요. 알렉세이 표도로비치, 카테리나 아가씨를 만난 뒤에 일부러 나한테 들를 필요는 없어요. 곧장 수도원으로 돌아가세요. 당신이 가야 할 곳은 역시 거기니까요. 나는 잠을 좀 자야겠어요. 간밤에 한잠도 자지 않았거든요!」

「애, 리즈, 그건 물론 농담으로 하는 말이겠지? 그렇지만 정말로 네가 한잠 자 주었으면 좋겠구나!」하고 호흘라코바 부인은 외쳤다.

「모르겠는데요, 어째서 내가……그럼 삼 분만 더 여기에 있겠읍니다. 아니,

오 분이라도 괜찮아요…….」하고 알료샤는 중얼거리듯 말했다.

「오 분이라고요! 엄마, 빨리 이분을 데리고 가시라니까요! 이분은 괴물이에요! 괴물!」

「리즈야, 너 미쳤니? 자 갑시다, 알렉세이 씨. 저애가 오늘은 변덕이 너무 심해서 공연히 마음을 건드리게 될까 봐 겁이 나는군요. 신경이 과민한 여자를 상대하는 것처럼 어려운 일도 아마 없을 거예요. 하지만 저애는 당신 같은 사람과 함께 있으니까 정말로 졸음이 오는지도 모르죠. 어쨌든 그렇게 빨리 저애를 졸립게 해주어 천만 다행이군요!」

「엄마도 이젠 제법 애교가 있는 말을 하시네요. 그런 뜻에서 엄마한테 키스를 해드리죠.」

「그럼 나도 너한테 키스해 주마, 리즈야. 그런데 알렉세이 씨.」하고 알료샤와 함께 방안에서 나오며 부인은 무슨 대단한 비밀이라도 말하듯 빠른 소리로 소곤거렸다.

「나는 당신한테 아무런 암시도 주고 싶지 않아요. 그리고 내 손으로 막을 올려 주고 싶지도 않고요. 그러나 저기 들어가시면 무슨 일이 벌어지고 있는지 당신 눈으로 직접 볼 수 있을 거예요. 참으로 어처구니 없는 일이에요. 그야말로 환상적인 희극이죠. 그 아가씨는 당신의 둘째 형 이반 표도로비치를 사랑하고 있으면서도 자기 자신은 맏형 드미트리 표도로비치를 사랑하고 있노라고 열심히 우기고 있거든요. 그러니 이게 어디 예삿일인가요? 나도 당신과 함께 들어가서 쫓겨나지만 않는다면 끝까지 앉아서 지켜보겠어요.」

5. 객실에서의 감정의 격빌

그러나 객실에서의 대화는 이미 끝나 가고 있었다. 카테리나는 단호한 태도였지만 몹시 흥분해 있었다. 알료샤와 호흘라코바 부인이 방안에 들어갔을 때에 이반은 막 돌아가려고 자리에서 일어서는 참이었다. 그의 얼굴은 약간 창백한 것 같았다.

알료샤는 마음속으로 불안감을 느끼며 그를 바라보았다. 그것은 지금 알료샤에게 하나의 의혹이, 언제부터인가 그를 괴롭혀 온 하나의 불안스러운 수수께끼가 풀리려 하고 있었기 때문이다. 벌써 달포 전부터 그는 여러 사람들로부터 둘째 형 이반이 카테리나한테 반한 나머지 정말로 미챠로부터 그녀를 가로챌 속셈이라는 소문을 몇 번이나 들은 바 있었다. 그러나 바로 최근까지만 해도 알료샤에게는 이 소문이 도저히 있을 수 없는 해괴한 것으로 생각되었다. 그러나 한편으로는 그래도 몹시 불안스러웠던 것만은 사실이었다. 그는 두 형을 몹시 사랑하고 있었으므로 두 사람 사이에 이런 사연이 있다는 것은 생각만 해도 몸서리쳐지는 일이었다.

그런데 어제 뜻밖에도 드미트리가 자기는 이반이 라이벌로 등장하는 것을 오히려 기쁘게 생각하고 있으며 그것이 여러 가지 점에서 자기에게 도움이 된다고 언명했던 것이다. 어째서 도움이 된다는 것일까? 그루세니카와 결혼하는데? 그러나 그것은 자포자기에서 오는 자학적인 수단이라고밖엔 생각되지 않았다.

알료샤는 또한 어제 저녁까지도 카테리나 역시 드미트리를 열렬하고도 끈기 있게 사랑하고 있다고 굳게 믿고 있었다(하기는 이 신념도 어제 저녁까지밖엔 계속되지 못했지만). 뿐만 아니라 아무래도 그녀가 이반과 같은 타이프의 남자를 사랑할 리는 없으며 그 사랑이 비록 괴이하게 보일는지는 모르지만, 어쨌든 현재 그대로의 드미트리를 사랑하고 있는 것만은 틀림없다는 생각이 그의 마음을 지배했던 것이다.

그러던 것이 어제 그루세니카와의 장면을 목격하자, 문득 이와는 다른 생각이 그의 머리속에 떠올랐다. 방금 호흘라코바 부인의 입에서 나온 감정의 격발이란 말에 그는 거의 소스라칠 듯이 놀랐다. 왜냐하면 그는 이날 새벽녘에 반쯤 잠이 깨어 저도 모르게 「격발이다, 감정의 격발이야!」하고 소리를 질렀던 것이다. 아마도 그것은 자기가 꾼 꿈에 대한 대답이었는지 모른다. 그는 밤새도록 카테리나네 집에서 벌어졌던 그 무서운 장면을 그대로 꿈에 본 것이었다.

그래서 지금 호흘라코바 부인이 자신있게 딱 잘라서 한 말, 즉 카테리나는 사실은 이반을 사랑하고 있으면서도 그 어떤 감정의 발작 때문에, 감정의 격발 때문에 일부러 자기 자신을 기만하고 있다는 말이 그에게 커다란 충격을 주었다. 또한 아버지의 명예를 구해준 데 대한 감사의 정이 사랑으로 변했다는 그럴 듯한 미명 아래 드미트리에 대한 억지투성이인 사랑으로 스스로를 괴롭히고 있는 것이라는 해석 역시 그에게는 놀라운 말이었다.

『그렇다, 정말로 그 말 속에 모든 진실이 포함되어 있는지도 모른다!』하고 그는 생각했다. 그러나 만일 그것이 사실이라면 이반의 처지는 어떠한 것일까? 알료샤가 일종의 본능에 의해 직감한 것은 카테리나와 같은 성격의 여성은 언제나 상대방인 남성을 지배하지 않고는 견딜 수 없는 성미인데 그녀가 지배할 수 있는 것은 드미트리와 같은 남성이지 결코 이반과 같은 남성이 아니라는 점이었다. 왜냐하면 비록 오랜 시간이 걸릴는지는 몰라도 드미트리 같으면 결국은 자기 자신의 행복을 위해 그녀 앞에 굴복할 수도 있을 것이지만(이것은 오히려 알료샤가 바라는 바였다), 이반은 결코 그녀 앞에 굴복할 수도 없으려니와 설사 굴복한다 하더라도 그 굴복이 그에게 행복을 갖다 줄 리는 만무할 것이기 때문이다. 언젠가부터 알료샤는 무의식중에 이반에 대하여 이러한 고정 관념을 품고 있었다. 그러나 그가 지금 객실에 발을 들여놓은 순간 그의 머리속에 퍼뜩 떠오르는 것은 이러한 생각과 마음의 동요였다.

그리고 또 『만일 카테리나가 두 형 가운데 어느 쪽도 사랑하고 있지 않다면?』하는 생각도 문득 그의 머리에 떠올랐다. 여기서 특히 지적해 두지만, 알료샤는 자기의 이런 생각을 부끄럽게 여기고 지난 한 달 동안 이런 생각이 떠오를 때마다 자기 자신을 꾸짖어 왔다. 『내가 과연 사랑이니 여성이니 하는 걸 조금이라도 안단 말인가? 어떻게 내가 감히 이런 결론을 내릴 수가 있겠는가?』하고 그는 이런 생각이나 추측을 하고 난 뒤에는 반드시 이렇게 자기 자신을 책하곤 했다. 그렇다고 해서 그 문제를 전혀 생각지 않는다는 것도 불가능한 일이었다. 알료샤는 이제 두 형의 운명에 있어서 이 경쟁은 너무나 중대한 문제이며 그 해결 여하에 따라 결과가 크게 달라지리라는 것을 본능적으로 알고 있었던 것이다. 『두 마리의 독사가 서로 잡아먹으려고 하는 거야.』어제 이반은 아버지와 드미트리를 두고 홧김에 이런 말을 했었다. 그러고 보면 이반의 눈으로 볼 때 드미트리는 독사인 것이며 어쩌면 벌써 오래 전부터 독사라고 생각해 왔는지도 모른다. 그것은 이반이 카테리나를 처음 만났을 때부터의 일이 아닐까?

물론 그 말은 이반이 어제 무심코 입 밖에 낸 것이겠지만 무심코 나온 말이기 때문에 한층더 중대한 뜻을 지니고 있는 것이다. 만일 그렇다면 이러한 경우에 가정의 평화란 있을 수 없고 오직 증오와 적의(敵意)의 새로운 도화선이 나타날 뿐이다. 그러나 알료샤에게 있어 가장 절실한 문제는 두 형 중에서 도대체 누구한테 동정해야 옳은가, 두 형을 위해 각각 무엇을 희망할 것인가 하는 점이었다. 그는 두 형을 다 똑같이 사랑하고 있었으나 이 무서운 모순 속에서 그들한 사람 한 사람을 위해 도대체 무엇을 바라면 좋단 말인가? 아마 이러한 혼돈 속에 빠지면 누구든 어리둥절해서 어찌할 바를 모르게 되는 것이 오히려 당연한 일일지도 모른다. 그러나 알료샤의 마음은 분명치 못한 것을 그냥 참고 견딜 수가 없었다. 왜냐하면 그의 사랑은 항상 실천적인 성격을 띠고 있었기 때문이다.

소극적인 사랑은 그에겐 불가능한 것이었다. 일단 누구를 사랑하게 되면 그는 지체없이 그 사람에게 구원의 손길을 뻗어야만 했다. 그러기 위해서는 확고한 목표를 설정하고 상대방에게 무엇이 필요하며 어떻게 해주어야 옳은가를 정확히 알아야 할 필요가 있었다. 그리하여 그 목표가 정확하다는 것을 확인한 뒤에야 비로소 자연스런 방법으로 각자에게 도움을 줄 수가 있는 것이다.

그런데 지금은 정확한 목표 대신에 불명과 혼돈밖에 찾아볼 수가 없지 않은 가. 방금 격발이란 말이 나왔지만, 그러나 이 격발이란 말을 대체 어떻게 해석 하면 좋단 말인가? 이 혼돈 속에서는 최초의 의미있는 한 마디조차 이해할 수 가 없었다.

카테리나는 알료샤가 들어온 것을 보자, 돌아가려고 이미 자리에서 일어선 이 반에게 무슨 반가운 일이라도 있는 것 같은 어조로 재빨리 말을 걸었다.

「잠깐만! 잠깐만 기다려 주세요! 나는 진심으로 내가 신뢰하고 있는 이분의 의견을 듣고 싶어요. 그리고 부인께서도 여기에 그냥 남아 계세요.」하고 그녀 는 호흘라코바 부인을 향해 덧붙였다. 부인은 그 맞은편에 이반과 나란히 자리 를 잡고 앉았다.

「이 자리에 계신 분들은 모두 나의 친구들입니다. 내가 이 세상에서 절친한 친구로 사귀고 있는 분들 뿐입니다.」하고 카테리나는 열성적인 태도로 입을 열 었다. 그 음성에는 거짓없는 고뇌의 눈물이 느껴졌다.

알료샤는 마음이 다시금 그녀에게로 확 쏠리는 것을 어쩔 수가 없었다.

「알렉세이 씨, 당신은 어제 있었던 그⋯⋯무서운 장면을 직접 목격하셨지 요? 그리고 그때 내가 어떤 태도를 취했는가도 알고 계실 겁니다. 이반 표도로 비치, 당신은 그걸 보시지 못했지만 이분은 죄다 보셨어요. 어제 이분이 나를 어떻게 생각하셨는지 모르겠지만 다만 한 가지 내가 알고 있는 것은 오늘 지금 이 자리에서 그러한 일이 다시 되풀이된다 하더라도, 나는 필시 어제와 똑같은 감정을 나타낼 것이라는 점이지요. 그럼요, 틀림없이 똑같은 감정을 나타내고, 똑같은 말을 하고, 똑같은 동작을 취할 거예요. 당신은 내가 취한 동작을 기억 하시겠죠? 알렉세이 씨, 당신은 어제 나의 동작 가운데 하나를 제지해 주시기 까지 하셨으니까요⋯⋯.」이렇게 말하면서 그녀는 얼굴을 붉혔으나 그 눈은 갑 자기 광채를 띠기 시작했다. 「분명히 말씀드리지만 알렉세이 씨, 나는 무엇과도 타협할 수가 없어요. 알렉세이 씨, 나는 내가 지금 그이를 과연 사랑하고 있는 지 어쩐지 그것조차 알 수가 없어요. 지금 나는 그이가 불쌍하게 느껴졌어요. 이것은 사랑의 증거로서는 그리 탐탁한 것이 못됩니다. 만일에 내가 그이를 사 랑하고 있다면 또 한결같이 사랑해 왔다면, 이제 와서 그이를 가엾이 여기기 보다는 반대로 그이를 증오하게 되었을 테니까요⋯⋯.」

그녀의 음성은 떨려 나오고, 속눈썹에는 눈물이 반짝이기 시작했다.

알료샤는 가슴이 덜컥 내려앉는 것을 느꼈다. 『이 아가씨는 정직하고 성실한 여성이다.』하고 그는 생각했다. 『그리고⋯⋯그리고 이제는 이미 드미트리를 사랑하지 않고 있는 것이다.』

「그래요! 그건 옳은 말씀이에요!」하고 호흘라코바 부인이 외쳤다.

「잠깐만 기다려 주세요. 나는 아직 중요한 점을 말하지 않았으니까요. 간밤에 내가 결심한 것을 아직 죄다 이야기하지 않았어요. 어쩌면 나의 결심은 정말 무서운 것일지도 모르지만 그러나 나는 어떠한 일이 있어도 한평생 이 결심만은 절대로 바꾸지 않을 것이라는 예감이 드는군요. 또 틀림없이 그대로 될 거예요. 이반 표도로비치는 친절하고 관대하고 언제나 변함없는 나의 충고자이며, 인간의 심리를 깊이 통찰할 수 있는 분으로 세상에서 둘도 없는 나의 친구시지만, 이 분도 나의 생각에 전적으로 찬동하시고 나의 결심을 칭찬해 주셨읍니다……. 이 분은 모든 것을 다 알고 계십니다.」

「그렇습니다, 나는 찬성이에요.」하고 낮으면서도 확고한 목소리로 이반이 말했다.

「그렇지만 나는 알료샤한테서도 어머, 용서하세요, 알렉세이 씨. 알료샤라고 마구 불러서 미안합니다. 알렉세이 표도로비치한테서도 지금 나의 두 친구가 있는 자리에서 나의 생각이 옳은지 어떤지 의견을 듣고 싶어요. 나는 전부터 본능적으로 그렇게 느끼고 있었거든요. 이봐요, 나의 사랑하는 동생 알료샤, 당신은 정말로 나의 귀여운 동생인걸요.」하고 그녀는 뜨겁게 달아오른 손으로 그의 차가운 손을 잡고 흥분한 어조로 계속했다. 「나의 고뇌가 아무리 크더라도 당신의 결정, 당신의 동의는 나의 마음에 평안을 주리라고 나는 전부터 느끼고 있어요. 당신의 말을 듣고 있노라면 내 마음은 가라앉고 평온한 기분을 느끼게 되거든요. 그래서 나는 전부터 그렇게 느끼고 있었던 거예요.」

「나한테 무엇을 물으실지 잘 모르겠읍니다만.」하고 알료샤는 얼굴을 붉히며 말했다. 「내가 알고 있는 것은 다만 내가 당신을 사랑한다는 것, 그리고 이 순간 당신의 행복을 나 자신의 행복보다 더욱 열망하고 있다는 것뿐입니다!……그렇지만 그런 문제에 대해선 아무것도 모릅니다.」하고 그는 무엇 때문인지 황급히 이렇게 덧붙였다.

「이런 문제에 있어서는 알렉세이 씨, 이런 문제에 있어서 지금 무엇보다도 중요한 것은 명예와 의무예요. 그리고 또 한 가지 그보다 더 고귀한 것, 어쩌면 의무 그 자체보다 더욱 고귀한 그 무엇이 있다는 말이죠. 그것이 무엇인지는 나 역시 잘 모르지만 어쨌든 그러한 억제할 수 없는 감정이 있다는 것을 내 마음이 가르쳐 주고 있어요. 그 감정은 나를 휘어잡아서 끌고 갑니다 그러나 나의 모든 마음은 결국 이렇게 요약할 수 있겠죠. 나는 이미 결심했어요. 비록 그이가 그 여자와……나로서는 절대로 용서할 수 없는 그 더러운 계집과 결혼한다 하더라도.」하고 그녀는 엄숙한 어조로 말했다. 「나는 여전히 그이를 버리지 않을 생각입니다! 오늘 이 순간부터 나는 절대로 그이를 버리지 않을 결심입니다!」

그녀는 억눌렸던 감정을 일시에 쥐어짜는 것 같은 환희가 넘치는 어조로 이렇게 말했다.

「그렇다고 해서 그이의 뒤를 쫓아다니거나 쉴새없이 그이의 눈앞에서 얼씬거려 그이를 괴롭힐 생각은 없읍니다. 아니 그이가 원한다면 나는 오히려 어디로든지 딴 고장으로 떠나겠읍니다. 그 대신 나는 한평생 죽는 날까지 끈기있게 그이를 지켜보겠어요. 그이가 그 여자와 결혼하여 불행해진다면 하긴 반드시 그렇게 될 테지요. 그러면 그때는 서슴지 않고 나한테 오면 되겠죠. 그러면 그이는 거기서 자기의 친구, 자기의 누이를 발견하게 될 겁니다……. 그것은 물론 그저 단순한 누이에 지나지 않지만 그 관계는 영원히 변하지 않을 것이며 결국은 그이도 그 누이가 자기를 사랑하고 있다는 것, 그리고 자기를 위해 일생을 희생한 진짜 누이동생이라는 것을 깨닫게 되겠지요. 나는 반드시 이 목적을 달성하고야 말겠읍니다!」하고 그녀는 극도의 흥분 속에서 외쳤다.

「나는 그이의 신(神)이 될 것이고, 그이는 나한테 기도를 드리게 될 거예요. 이것은 그이가 나를 배반함으로써 내가 어제 같은 일을 겪지 않을 수 없게 한 데 대해, 그이가 마땅히 치러야 할 대가이니까요. 비록 그이는 신의를 지키지 않고 나를 배반했지만 나는 한평생 신의를 지키고 그이에게 약속한 말을 충실히 이행한다는 것을, 그이의 눈으로 똑똑히 보게 하려는 거예요. 그래서 나는……나는 그이의 행복을 위한 수단이 되겠어요. 뭐라고 하면 좋을까요. 그이의 행복을 위한 도구가 되겠어요. 그이의 행복을 위한 기계가 되겠어요. 그리고 이것은 죽을 때까지 변함이 없을 겁니다. 나는 일생을 통해 바로 이것을 그이에게 보여 주려고 합니다! 이것이 나의 결심의 전부입니다. 이반 표도로비치도 이 결심에 대해서는 대찬성이지요.」

그녀는 사뭇 숨을 헐떡이고 있었다. 좀더 위엄있게, 좀더 능숙하고 자연스럽게 자기 생각을 표현하려 했던 모양이지만, 결과는 너무나 성급하고 너무나 노골적인 것이 되고 말았다. 어떻게 보면 젊은 혈기 때문에 자제력을 잃은 것 같기도 했고 또는 어제의 울분이 계속되고 있거나 억지로 허세를 부리는 것 같기도 했다. 그녀 자신도 그 점을 느꼈음인지 얼굴에 갑자기 어두운 빛을 띠고 눈의 표정 또한 험상스러워졌다.

알료샤는 그러한 변화를 금새 눈치챘다. 그의 가슴속에서는 그녀에 대한 동정이 뭉클 솟아올랐다. 그러나 바로 이때 그의 형 이반이 불쑥 입을 열었다.

「나는 다만 내 생각을 발표한 것뿐입니다. 다른 여성의 입에서 그런 말이 나왔다면 억지로 꾸며 댄 병적인 것이라고 생각할 수도 있겠지요. 그러나 당신의 경우는 다르지요. 다른 여성이라면 옳지 않았겠지만, 당신의 경우는 어디까지나 정당한 것입니다. 그것을 어떻게 설명하면 좋을지 나도 잘 모르겠군요. 다만 내가 알 수 있는 것은 당신이 지극히 진지하다는 것, 따라서 당신은 어디까지나 정당하다는 것뿐입니다……」

「하지만 그것은 이 한순간뿐이죠. 그렇다면 이 순간이란 대체 무엇을 말하는 것일까요? 이 순간이 지니고 있는 뜻이란 오로지 어제 받은 모욕에 관한 것뿐일걸요.」하고 호홀라코바 부인이 참지를 못하고 불쑥 끼어들었다. 그녀는 될 수 있는 대로 이 대화에 끼어들지 않기로 결심하고 있었던 모양이었으나 끝내 참아내지 못하고 자기로서는 지극히 정당한 견해를 표명하였던 것이다.

「그렇습니다, 옳은 말씀이에요.」이반은 자기 말을 가로챈 데 기분이 상했는지 갑자기 퉁명스런 어조로 부인의 말을 막았다. 「물론 이것이 다른 여성이었다면 이 순간은 단지 어제 받은 인상의 계속에 불과하겠지만, 카테리나 이바노브나와 같은 성격의 여성에게는 이 순간이 평생토록 계속된다는 말입니다. 즉 다른 사람에게는 단순한 약속에 지나지 않는 것도 카테리나에게는 영원한 의미를 지니고 있는 거죠. 비록 그것이 참을 수 없이 고통스러운 것이라고 하더라도 말입니다. 이분은 평생을 그 의무를 다했다는 기분만을 위안으로 삼고 살아가겠지요! 카테리나 이바노브나, 당신의 생활은 지금은 자기의 감정이나 영웅심, 또는 자기의 비애 등 괴로운 의식의 연속일지도 모릅니다. 그러나 나중에 가서는 그 괴로움도 점점 가벼워지고 확고하고도 자랑스러운 목적을 기어이 달성하고야 말았다는 감미로운 의식의 연속으로 되어 버릴 것입니다. 사실 이것은 어떤 의미에 있어서는 자랑스러운 일이기도 하지만 어쨌든 자포자기적인 것만은 틀림없겠지요. 그러나 당신은 그것을 정복했기 때문에, 그 의식은 마침내 당신에게 충분한 만족을 주어 그 밖의 모든 고통을 잊게 할 것입니다……」

그는 무엇인가 독기를 품은 것 같은 어조로 이렇게 단정했다. 그것은 아마도 의식적인 태도, 즉 일부러 냉소적인 어조를 감추려 하지 않는 것 같기도 했다.

「오, 그건 당치도 않은 말이에요!」하고 호홀라코바 부인이 또다시 소리쳤다.

「알렉세이 씨, 당신의 의견을 좀 말씀해 주세요! 당신이 무슨 말씀을 하실지 궁금해 죽겠군요!」카테리나는 이렇게 외치더니 갑자기 주르르 눈물을 흘렸다.

알료샤는 벌떡 소파에서 일어났다. 「아니, 아무것도 아녜요, 괜찮아요!」카테리나는 울음 섞인 음성으로 말을 계속했다. 「간밤에 여러 가지 생각 때문에 잠을 못 잤더니 머리가 좀 이상해졌나 봐요. 그렇지만 당신이나 당신의 형님 같은 친구가 곁에 있어 주시니 한결 마음이 든든하군요. 당신들 두 분은 결코 나를 버리지 않으시리라는 걸 나는 알고 있으니까요…….」

「유감스럽게도 나는 내일이라도 영원히 당신을 버리고 모스크바로 떠나야 합니다. 섭섭한 일이긴 하지만 이것은 변경할 수 없는 일입니다…….」하고 이반은 뜻밖의 말을 했다.

「내일 모스크바로 떠나신다고요?」별안간 카테리나의 얼굴이 일그러져 버렸다. 「하지만……하지만, 천만 다행이로군요!」하고 그녀는 외쳤으나 그 어조는 순식간에 변해 있었다. 그리고 눈물 역시 흔적도 없이 사라지고 말았다. 눈깜짝할 사이에 그녀에게 일어난 이 무서운 변화는 알료샤를 극도로 놀라게 했다. 조금 전까지도 그 어떤 감정의 격발(激發)에 지배되던 여인이 별안간 자신만만한 여인으로, 무슨 기쁜 일이라도 생긴 듯이 지극히 만족한 표정을 띠고 있는 여인으로 표변한 것이다.

「뭐, 당신과 헤어진다는 것이 다행이라는 뜻은 절대로 아네요. 하긴 새삼스럽게 말할 필요도 없는 얘기지만.」하고 그녀는 갑자기 사교적인 상냥한 미소를 띠우며 이렇게 자기 말을 정정했다. 「당신같이 이해심 많은 친구분이 설마 그렇게 생각하실 리는 없겠죠. 당신을 잃는다는 건 나에게는 더없는 불행이니까요.」그녀는 느닷없이 이반에게 달려들어 그의 두 손을 열정적으로 움켜쥐었다. 「내가 다행이라고 말한 것은 당신이 모스크바에 가시면 현재의 나의 무서운 처지를 우리 이모님과 아가피야 언니에게 직접 전해주실 수 있겠기에 한 말이랍니다. 하지만 아가피야 언니에게는 사실 그대로를 숨김없이 전해주셔도 좋지만 이모님에게는 당신의 재량에 따라 적당히 가감해서 얘기해 주세요. 나는 이 무서운 사연을 어떻게 적어 보내면 좋을까 하고 엊저녁과 오늘 아침 내내 얼마나 괴로워했는지 모릅니다. 아마 당신은 상상도 못할 거예요……. 원래 이런 일을 편지로 전한다는 건 도저히 불가능한 일이니까요. 하지만 이젠 편지쓰기가 한결 수월해진 것 같군요. 당신이 이모님과 언니를 직접 만나서 잘 설명해 주실 테니까 말입니다. 정말 잘됐어요. 그렇지만 이건 어디까지나 지금 말한 그런 뜻에서 잘됐다는 것뿐이에요. 거듭 말씀드리지만 나에게는 당신이 누구와도 바꿀 수 없는 귀중한 분이라는 것을 믿어 주세요. 그럼 난 곧 달려가서 편지를 써야겠어요.」그녀는 말을 마치자 별안간 방에서 나가려는 듯이 한 걸음 앞으로 내디뎠다.

「그럼 알료샤는? 당신이 꼭 듣고 싶다던 알렉세이 씨의 의견은 듣지도 않고요?」하고 호흘라코바 부인이 소리쳤다. 그 말투에는 자못 짜증스러운 듯한 기색이 섞여 있었다.

「나는 결코 잊은 게 아네요.」카테리나는 성큼 멈춰 섰다. 「그런데 부인께서

는 왜 하필 이런 때에 나와 맞서려고만 드시는 거죠?」하고 카테리나는 퉁명스
럽게 쏘아 붙였다. 「나는 내 입으로 말한 것은 어김없이 실행합니다. 내게는 이
분의 의견이 꼭 필요해요. 뿐만 아니라 이분의 명령이 필요한 거예요. 나는 이
분이 말하는 대로 실행할 테니까요. 알렉세이 씨, 나는 이렇게까지 당신의 말을
갈망하고 있답니다……. 아니, 갑자기 왜 그러시죠?」

「나는 이런 일은 미처 생각지도 못했읍니다. 나로서는 상상조차 할 수 없는
일이에요!」하고 알료샤는 서글프게 뇌까렸다.

「대체 무엇을 상상치도 못했다는 말씀이죠?」

「형님이 모스크바로 간다고 하니까 당신은 천만 다행한 일이라고 하셨읍
니다. 그러나 당신은 일부러 그런 말을 한 거예요! 그리고는 이내 친구를 잃
는다는 것은 더없는 불행이라고 실토를 하신 겁니다. 그건 당신이 일부러 연극
을 하신 거예요……. 마치 희극 배우처럼 연극을 하신 거예요!」

「연극이라고요? 어째서요?……대체 무슨 뜻이죠?」카테리나는 얼굴을 확
붉히고 눈살을 찌푸리면서 몹시 놀란 듯이 이렇게 소리쳤다.

「당신이 형님 같은 친구를 잃는다는 것은 참으로 유감스러운 일이라고 하는
그 자체가 결국은 형님이 떠나시는 게 싫다고 본인에게 맞대놓고 말하는 것과
같은 뜻이니까요…….」알료샤는 숨을 헐떡거리면서 말했다. 그는 탁자 옆에 선
채 앉으려고도 하지 않았다.

「무슨 말을 하시는 거예요? 그건 대체 무슨 뜻인지…….」

「하긴 나 자신도 잘 모르겠읍니다만 무언가 머리속에 문득 떠오르는 게 있어
서요……. 물론 나도 이런 말을 하는 게 좋지 않은 일이라는 건 알고 있읍니다.
그렇지만 역시 해야 할 말은 모두 해야겠읍니다.」알료샤는 떨리는 목소리로 띄
엄띄엄 말을 이었다. 「머리속에 떠올랐다는 것은 바로 당신이 드미트리 형님을
처음부터 전혀 사랑하지 않았는지도 모른다는 생각입니다. 또 드미트리 형님 역
시 당신을 사랑했던 것은 결코 아니었다고요. 사실 두 분은 처음부터 그저 존경
하고 있었을 뿐이었죠. 내가 지금 어떻게 감히 이런 대담한 말을 할 수 있는지
정말 나 자신조차도 이상할 지경입니다만 그래도 누구든 한 사람쯤은 진실을 말
하는 사람이 있어야 하지 않겠읍니까? 여기선 아무도 진실을 말하려는 사람이
없으니 말입니다.」

「진실이라니, 그건 무슨 말이죠?」하고 카테리나는 부르짖었다. 그 목소리
에는 어딘가 히스테리컬한 것이 섞여 있었다.

「그럼 말씀드리죠.」알료샤는 될 대로 되라는 심정으로 입을 열었다. 「지금
곧 드미트리를 부르십시오. 내가 찾아 드릴 테니까요. 그리고 큰형님이 여기 오

거든 당신의 손을 잡게 하고 그 다음엔 이반 형님의 손을 잡게 하십시오. 그렇게 해서 당신들 두 사람의 손을 끌어다 서로 맞잡게 해 달라고 하십시오. 왜냐하면 당신은 이반 형님을 사랑하고 있다는 그것만으로 오히려 이반 형님에게 고통을 주고 있기 때문입니다. 그것은 드미트리에 대한 당신의 사랑이 발작적인 것이기 때문이죠……. 그것은 거짓된 사랑입니다……. 왜냐하면 당신은 억지로 자기 자신을 설복하여…….」 여기서 알료샤는 갑자기 말을 끊고 입을 봉해 버렸다.

「당신은……당신은 정말 하잘것 없는 광신자로군요. 그 이상의 아무것도 아녜요.」 하고 카테리나는 내뱉듯이 말했다. 그녀의 얼굴은 이미 창백해지고 입술은 분노로 말미암아 파들파들 떨고 있었다. 이때 이반이 느닷없이 커다란 소리로 웃으며 자리에서 일어났다. 그의 손엔 모자가 쥐어져 있었다.

「애, 알료샤, 너는 오해를 하고 있어.」 그는 여태껏 알료샤가 한 번도 본 일이 없는 특별한 표정을 띄우며 이렇게 말했다. 그것은 청년다운 성실성과 강렬한 감정에 넘치는 표정이었다. 「카테리나 이바노브나는 결코 나를 사랑한 일이 없어! 물론 나는 한 번도 사랑을 입 밖에 내서 고백한 적은 없지만 내가 자기를 사랑하고 있다는 것은 처음서부터 잘 알고 있었을 거야. 그렇지만 그걸 알고 있기는 했으나 나를 사랑한 일은 없었어. 아니, 도대체 나는 이분의 친구였던 적도 없으니까. 정말 단 하루도 없었어. 자존심이 강한 여성에게 나 같은 놈의 우정이 필요할 리가 없지. 이분이 나를 가까이하고 있었던 것은 순전히 복수를 하기 위해서였어. 이분은 드미트리와 처음으로 만난 그때부터 드미트리한테서 끊임없이 받아 온 모욕에 대한 분풀이를 나한테 하고 있었던 거야. 사실 두 사람의 최초의 해후(邂逅) 그 자체가 이분의 가슴에는 모욕으로밖엔 남아 있지 않으니까. 이분은 바로 그런 마음을 지닌 사람이야! 도대체 나는 이분한테서 형에 대한 자기의 사랑 얘기밖엔 아무것도 들은 적이 없을 정도니까. 카테리나 이바노브나, 나는 이곳을 떠나겠읍니다. 그러나 실제에 있어 당신은 드미트리 형 한 사람만을 사랑하고 있었다는 걸 알아야 합니다. 뿐만 아니라 당신의 사랑은 형이 당신을 모욕하면 할수록 더욱더 강해질 뿐입니다. 그것이 바로 당신의 격렬한 요구이니까요. 당신은 현재 그대로의 형을 사랑하고 있는 것이며 만일에 형이 몸가짐을 고친다면 당신은 곧 사랑이 식어 형을 내버리고 말겠지요. 당신은 항상 자기의 절개와 부덕을 의식하면서 형의 불성실을 책망하고 싶은 그런 심정이 작용하고 있지요. 그리고 어쩌면 그것 때문에 형이라는 사람이 당신에게 필요한 것인지도 모릅니다. 이것은 모두가 당신의 자존심에 기인하는 거죠. 물론 거기에는 자신에 대한 의무감이나 자기 비하(卑下)의 감정도 적지 않겠지요. 그렇지만 어쨌든 이 모든 것은 자존심에서 나온 것입니다……. 나는 너무나 젊었고 또 지나치게 당신을 사랑했읍니다. 하긴 이런 말은 전혀 할 필요가 없는 것이 겠지요. 그저 말없이 당신 곁을 떠나 버리는 편이 나 자신의 품위도 보존할 수 있거니와 당신한테도 모욕을 주지 않게 될 테니까요. 그 점은 나도 잘 알고 있읍니다. 그러나 나는 멀리 떠나 버리고 다시는 돌아오지 않을 것이며, 이것이 당신과의 영원한 이별입니다……. 또 미치광이와 같은 감정의 격발을 옆에서 보고 싶지도 않고요. 하지만 이제는 더 말할 수 없읍니다. 할 말은 다 했읍니다. 안녕히 계십시오, 카테리나 이바노브나! 나는 당신보다 백 배 이상이나 심한 벌을 받고 있으니까 내게 화를 내지는 마세요. 이제는 영원히 당신을 만날 수 없다는 것만으로도 나에게는 더할 수 없이 가혹한 형벌이 내려진 것이니까……. 그럼 안녕히 계십시오. 악수는 필요없읍니다. 당신은 너무나 의식적으로 나를 괴롭혔기 때문에 지금은 당신을 용서할 마음이 없군요. 나중에는 용서하겠지만 지금은 악수를 청하고 싶지도 않습니다.」

Den Dank, Dame, begehr ich nicht!
(그대, 나는 감사를 바라지 않는다.)

그는 일그러진 미소를 띄우면서 이렇게 덧붙였다. 이것으로서 그는 자기도 실러의 시를 암송할 수 있을 만큼 많이 읽었다는 뜻밖의 사실을 증명한 셈이다. 그전 같으면 알료샤는 도저히 그것을 믿을 수 없었을 것이다. 이반은 집주인인 호홀라코바 부인한테조차 아무런 인사도 않은 채 방에서 나가 버렸다.

알료샤는 엉겁결에 두 손을 탁 쳤다. 「형님!」하고 그는 얼빠진 사람처럼 이반의 등 뒤에 대고 소리쳤다. 「돌아와요, 이반! 아아, 이젠 틀렸다, 형은 절대로 돌아오지 않을 거야!」그는 다시금 서글픈 예감이 머리속에 떠오르는 것을 느끼며 이렇게 부르짖었다. 「그렇지만, 이건 모두 내 잘못이에요. 내가 공연한 애길 했기 때문입니다! 형은 악의를 품고 일부러 짓궂은 태도로 말했지만 그건 그의 진심이 아닙니다. 형은 다시 이리로 돌아와야만 합니다.」알료샤는 자제심을 잃고 부르짖었다. 카테리나는 갑자기 옆방으로 나가 버렸다.

「당신한텐 아무 잘못도 없어요. 당신은 천사처럼 훌륭하게 행동했으니까요.」 호홀라코바 부인은 자못 감탄했다는 듯이 슬픔에 잠긴 알료샤에게 속삭였다. 「내가 어떻게 해서든지 이반 표도로비치가 떠나지 않도록 노력해 보지요…….」

부인의 얼굴에 기쁨의 빛이 넘치는 것을 보자 알료샤는 한층더 슬퍼졌다. 그러나 바로 이때 카테리나가 황급히 돌아왔다. 그녀의 손에는 무지개빛 지폐(100 루블리짜리 지폐) 두 장이 쥐어져 있었다.

「실은 당신에게 좀 어려운 부탁이 있어요, 알렉세이 씨.」하고 그녀는 알료샤를 보고 말했다. 마치 아무 일도 없었다는 듯한 고요하고 침착한 어조였다.「아마 일 주일이나 되었을까? 그래요, 일 주일 전이죠……. 드미트리 표도로비치가 흥분 끝에 점잖지 못한 참으로 창피한 일을 저질렀답니다. 이 읍내엔 좋지 못한 장소, 다시 말해서 선술집이 한 군데 있는데 거기서 그이가 바로 그 퇴역 장교를 만났다는 거예요. 언젠가 당신의 아버님께서 무슨 사건과 관련하여 대리인으로 내세웠던 그 퇴역 대위 말이지요. 그런데 무엇 때문인지는 모르지만 그이가 그 퇴역 대위한테 화를 내어 그 사람의 턱수염을 움켜쥐고 여럿이 보고 있는데서 한길로 끌고 나와 한참 동안이나 그런 모욕적인 방법으로 끌고다녔다는 겁니다. 소문을 들으니 그 대위한테는 국민학교에 다니는 조그만 아들이 있는데 이애가 그 장면을 보고는 끝까지 아버지 곁에 붙어다니며 엉엉 울면서 아버지 대신 용서를 빌기도 하고 아무나 붙잡고 아버지를 도와 달라고 애걸하기도 했답니다. 그렇지만 모두들 웃고만 있었다지 뭡니까? 미안한 말이지만 알렉세이 씨, 나는 그이가 저지른 그 창피스런 행위를 상기할 때마다 노여움을 느끼지 않을 수 없어요. 그런 짓은 분노와 격정에 사로잡힌 드미트리 표도로비치가 아니면 엄두도 낼 수 없는 행위지요! 나는 드미트리에게 차마 이 얘기를 물어볼 수가 없었어요. 첫째, 그럴 기력도 없거니와 뭐라고 적당한 말을 찾아낼 수도 없었으니까요. 그래서 봉변을 당한 사람에 대해서 알아봤더니 형편없이 가난한 사람이라고 하더군요. 이름은 스네기료프라고 하는데 군대에서 무슨 과오를 저질러 파면된 모양이지만 자세한 사정은 나도 잘 모르겠어요. 그 사람은 지금 불행한 가족을, 병든 애들과 실성한 아내를 거느리고 이루 말할 수 없는 빈곤 속에서 허덕이고 있답니다. 꽤 오래 전부터 이 고장에 와서 살면서 한때는 무슨 서기 노릇을 한 일도 있지만 요즘은 수입이 딱 끊어져 버렸다는 거예요. 나는 당신의 얼굴을 보고……실은 그래서 생각이 났지만……. 왜 얘기가 이렇게 자꾸 헛갈릴까? 하여튼 당신에게 한 가지 부탁드리고 싶은 게 있어요. 알렉세이 씨, 그 사람을 찾아가서 어떻게 해서든지 적당한 구실을 붙여 그 집에, 즉 그 대위네 집에 들어가도록 하세요. 아아, 내가 왜 이렇게 요령 부득인 말만 할까요. 들어가면 상대방의 기분을 상하지 않도록 상냥하고 조심스럽게 행동해야 해요. 이건 당신이 아니면 안 되는 일이지만요. (이 말에 알료샤는 얼굴을 확 붉혔다). 그리고 이 돈을 전해 주시면 고맙겠어요. 여기에 이백 루블리가 있으니까요. 아마 받으리라고 생각합니다. 아니 꼭 받도록 당신이 설득해 주셔야겠어요……. 그런데 혹시 받지 않겠다면 어떡하죠? 그 사람은 고소를 제기할 모양인 것 같아요. 그렇지만 이건 고소를 취하시키기 위한 보상금은 아녜요. 그저 동정의 표시로 내

가, 드미트리의 약혼자인 내가 그 사람을 도우려는 성의의 표시로 보내는 것이
지 장본인인 그이가 보내는 것은 결코 아니니까……. 어쨌든 당신이면 원만히
처리하실 줄 믿어요. 내가 직접 찾아가도 좋지만 나보다는 당신이 훨씬 잘 처리
해 주실 것 같아서 부탁드리는 거예요. 그 사람은 오제르나야 거리에 있는 칼므
이코바라는 여자의 집에 세들어 있다고 합니다. 알렉세이 씨, 제발 나를 위해
이 일을 맡아 주세요. 그럼 이만 실례하겠읍니다, 약간 피로한 것 같군요…….」
하고 그녀는 재빨리 몸을 돌려 또다시 커튼 뒤로 사라져 버렸다. 그래서 알료샤
는 하고 싶던 말을 결국 한 마디도 못하고 말았다. 사실 그는 자신을 꾸짖고 용
서를 빌고 싶었고 가슴에 가득 찬 것을 몇 마디라도 하지 않고는 견딜 수가 없을
지경이었다. 그는 좌우간 이런 상태 속에서는 이대로 방에서 나가고 싶지 않
았다. 그러나 호흘라코바 부인이 그의 손을 잡고 밖으로 끌어냈다. 현관 홀에
나오자 부인은 아까처럼 다시 그를 멈춰 세웠다.

「자존심이 강한 여자가 지금 자기 자신과 싸우고 있는 거죠. 그렇지만 저만큼
친절하고 아름답고 너그러운 아가씨도 세상에 없을 거예요!」호흘라코바 부인
은 속삭이는 듯한 어조로 탄성을 올렸다. 「나는 정말 저 아가씨가 좋아요! 어
떤 땐 견딜 수 없을 만큼 좋다니까요! 나는 지금 이것도 저것도 모든 것이 다 기
뻐요! 알렉세이 씨, 당신은 모르시겠지만 실은 우리들 모두, 즉 나와 저 아가
씨의 두 이모와 심지어 우리 리즈까지도 모두가 지난 한 달 동안 오직 한 가지 일
만을 바라고 있었답니다. 즉 저 아가씨의 존재를 인정하려고도 않을 뿐만 아니
라 저 아가씨를 털끝만큼도 사랑하고 있지 않은 당신의 큰형 드미트리를 버리
고, 세상의 누구보다도 그 아가씨를 사랑하는 교양있고 훌륭한 청년인 이반 표
도로비치와 결혼하게 되기를 말이지요. 우린 거기에 대해 완전한 계획을 세웠답
니다. 내가 여기에 계속해서 머물러 있는 것도 어쩌면 그 일 때문인지도 모르
죠.」

「그렇지만 그 아가씨는 또다시 모욕을 당하지 않았읍니까!」하고 알료샤는
외쳤다.

「여자의 눈물 같은 것은 믿지 마세요. 알렉세이 씨, 이런 경우에 나는 언제나
여자 편이 아니라 남자 편을 들곤 하거든요.」

「엄마, 엄마는 그분한테 나쁜 것을 가르쳐서 타락시키려는 군요!」리즈의 가
냘픈 목소리가 방문 저쪽에서 들려 왔다.

「아닙니다. 이것은 모두가 나에게 원인이 있어요. 나는 참으로 무서운 과오를
범했읍니다!」알료샤는 자기의 행위에 대한 괴로운 수치심의 발작에 휩싸여 두
손으로 얼굴을 가리며 처량한 심정으로 같은 말을 되풀이했다.

「아니 오히려 정반대예요. 당신의 행위는 천사와 같았어요. 그야말로 천사와 같았다니까요! 나는 천 번, 만 번이라도 이 말을 되풀이할 용의가 있어요.」

「엄마, 뭐가 천사와 같은 행위라는 거죠?」또다시 리즈의 목소리가 들려왔다.

「나는 지금 일을 보고 문득 이런 생각이 들었읍니다.」리즈의 목소리 같은 것은 귀에 들리지도 않는다는 듯이 알료샤는 자기 말을 계속했다.「그 아가씬 이반을 사랑하고 있다고 말입니다. 그래서 그만 그런 어리석은 소리를 했던 거예요……. 그렇지만 대체 앞으로 어떻게 될까요!」

「그건 누구 얘기예요, 네? 누구 얘기냔 말예요!」하고 리즈가 외쳤다.「엄마, 엄마는 정말 날 죽일 작정인가 봐. 내가 묻는데도 아무 대꾸도 안 해주시고!」

이때 하녀가 달려들어왔다.

「카테리나 아가씨가 몸이 몹시 편치 않으신가 봐요……. 마구 몸부림을 치면서 울고 계십니다……. 히스테리 발작이 일어난 것 같아요.」

「뭐라고!」리즈는 몹시 근심스런 어조로 이렇게 소리쳤다.「엄마, 히스테리는 그 아가씨보다도 내가 일으킬 것 같아요!」

「리즈야! 제발 그렇게 빽빽 소리를 지르지 말아 다오. 그 소릴 들으면 난 금방 숨이 넘어갈 지경이니까. 너는 아직 어리니까 어른들이 하는 일을 죄다 알아야 할 건 없어. 내 곧 갔다와서 너한테 말해도 무방할 만한 것은 모두 이야기해 줄 테니까. 아아, 이거 참 야단이군! 그래, 간다, 곧 간다니까! ……히스테리를 일으킨다면 그건 좋은 징조예요. 알렉세이 씨, 저 아가씨가 히스테리를 일으키는 건 그야말로 다행한 일입니다. 오히려 그래야만 하는 것이니까요. 나는 이런 경우엔 언제나 여성과는 반대의 입장을 취하기 때문에, 그따위 히스테리니 여자의 눈물이니 하는 것과는 반대거든요. 애, 율리야! 얼른 가서 내가 곧 간다고 전해라. 그건 그렇고, 이반 표도로비치가 아까 그런 식으로 여기에서 나가 버린 것은 카테리나 아가씨 자신에게 책임이 있어요. 그러나 이반 표도로비치는 이 고장을 떠나 버리지는 않을 겁니다. 리즈야, 제발 소리 좀 지르지 말아! 아니 지르고 있는 것은 네가 아니고 나였구나! 이 어미를 용서해라. 하지만 나는 너무 기뻐서 어쩌면 좋을지 모르겠다! 알렉세이 씨, 당신도 느끼셨는지 모르겠지만 아까 이반 표도로비치가 여기서 나갈 때의 그 젊음에 넘치는 늠름한 태도, 할 말을 다 하고 나서 주저없이 나가 버린 그 태도는 정말 훌륭했어요! 나는 그저 유식한 학자라고밖엔 생각하지 않았었는데, 뜻밖에도 그처럼 열렬하고 솔직하게, 그야말로 젊은이다운 태도를 보여주지 않았겠어요! 순수한

젊은이다운 그 멋지고 훌륭한 태도는 당신과 똑같더라니까요……. 그리고 독일
시 한 구절을 읊는 대목 같은 건 정말 당신과 흡사했어요. 그렇지만 나는 이젠
가 봐야겠군요. 빨리 가 봐 줘야죠. 알렉세이 씨, 당신도 지금 부탁받은 일을 빨
리 해치우세요. 그리고 곧 이리로 돌아오세요. 리즈야, 너 뭐 필요한 것 없니?
제발 알렉세이 씨를 억지로 붙잡진 말아라. 일 분이라도 지체하게 되면 안 돼.
어차피 너에게로 곧 돌아오실 테니까…….」
  호홀라코바 부인은 드디어 카테리나에게로 달려갔다. 알료샤는 리즈를 힐끔
보고 나서 가려고 문을 열려고 했다.
  「안 돼요!」하고 리즈가 빽 소리를 질렀다.「지금은 절대로 안 돼요! 문 밖
에서 그냥 말하세요. 그런데 어떻게 했기에 당신은 천사란 말을 듣게 되었죠?
내가 알고 싶은 것은 그것뿐이에요.」
  「어리석기 짝이 없는 짓을 했기 때문이죠. 그럼 리즈, 나는 가 보겠읍니다.」
  「그렇게 돌아가는 법이 어디 있어요!」하고 리즈는 소리쳤다.
  「리즈, 지금 나에게는 참으로 슬픈 일이 있어요! 곧 돌아오긴 하겠지만, 나
에겐 정말 기막히게 슬픈 일이 있다니까요!」이렇게 말하고 그는 밖으로 달려
나갔다.

6. 오막살이집에서의 감정의 격발

  사실 그는 여태까지 경험하지 못한 크나큰 비애를 느끼고 있었다. 그는 공연
한 말을 입 밖에 내어 그만 어리석은 짓을 저지르고 말았던 것이다. 게다가 그것
은 남녀간의 사랑에 관한 문제가 아닌가!『도대체 내가 무엇을 안단 말인가?
그런 문제에 대해 내가 무엇을 이해할 수 있단 말인가?』그는 얼굴을 붉히며 마
음속으로 거듭 되풀이하는 것이었다.『부끄러운 것쯤은 문제가 아니야. 부끄러
움을 느끼는 건 마땅히 내가 받아야 할 대가에 지나지 않지. 무엇보다 곤란한 것
은 나 때문에 새로운 불행이 일어날 것이라는 점이거든. 장로님은 우리 집안의
화해와 결속을 위해 나를 내보내지 않았던가! 한데 이런 식의 결속이 어디에
있단 말이냐?』여기서 문득 그는 자기가 두 사람의 손을 맞잡게 하려던 일을 상
기했다. 그러자 또다시 참을 수 없을 만큼 부끄러운 생각이 들었다.『이 모든 것
이 나로서는 진정으로 한 일이긴 하지만 앞으로는 좀더 신중하게 행동할 필요가
있어.』하고 그는 결론을 내렸다. 그러나 그 결론에 대해 만족한 미소를 띄울 기
분은 도저히 되지 않았다.

카테리나가 찾아가 달라고 부탁한 곳은 오제르나야 거리였는데, 사실은 큰형 드미트리도 오제르나야에서 멀지 않은 뒷골목에 살고 있었다. 알료샤는 퇴역 대위의 집에 가기 전에 우선 형한테 들러 봐야겠다고 결심했다. 그러나 어쩐지 형을 만나지는 못하리라는 예감이 들었다. 어쩌면 형은 일부러 자기를 피하려 드는지도 모른다. 그러나 무슨 일이 있더라도 형을 찾아낼 필요가 있었다. 시간은 자꾸만 지나간다. 더욱이 임종이 가까운 장로에 대한 생각은 수도원을 나섰을 때부터 한시도 그의 머리에서 떠나지 않고 있었다.

카테리나의 부탁과 관련하여 무척 그의 흥미를 끄는 일이 한 가지 있었다. 그것은 대위의 아들인 조그마한 국민학교 학생이 엉엉 울면서 자기 아버지 옆을 뛰어다녔다는 얘기였다. 카테리나로부터 처음 그 말을 들었을 때 알료샤의 머리에는 어떤 생각이 문득 떠올랐다. 그것은 아까 『내가 너한테 무슨 짓을 했다는 거냐?』고 따져 물었을 때 자기의 손가락을 깨문 아이가 바로 그 대위의 아들이 아닌가 하는 생각이었다. 알료샤는 어째서인지는 자기도 알 수 없었지만 그것이 거의 틀림없다는 확신을 가졌다. 이렇게 딴 생각에 정신이 팔려 있노라니 한결 마음이 가벼워졌다. 그래서 그는 방금 자기가 저지른 잘못만을 뉘우치며 자신을 괴롭히고 있을 게 아니라 자기가 할 일만 잘하면 그만이라고 스스로 마음을 위로했다. 이렇게 마음을 정하니 훨씬 기운이 났다. 드미트리 형이 사는 뒷길로 접어들었을 때 그는 시장기를 느껴 아까 아버지에게서 얻어 온 빵을 호주머니에서 꺼내 먹으며 걸어갔다. 그러는 동안에 그의 몸도 원기를 회복했다. 드미트리는 집에 없었다. 그 집 사람들, 즉 늙은 목수 부부와 그 아들은 이상한 눈초리로 알료샤를 훑어보았다. 「벌써 사흘째나 들어오시지 않습니다. 혹시 어디로 가버리셨는지도 모르겠군요.」 노인은 알료샤가 캐묻는 말에 이렇게 대답했다. 알료샤는 노인이 미리 지시받은 대로 대답하고 있다는 것을 알아챘다.

「그럼 그루세니카에게 가 있는 게 아닐까요? 아니면 또 포마네 집에 숨어 있는지도 모르겠군요?」 하고 알료샤는 일부러 허물없는 태도로 솔직하게 물어보았다. 그러자 이 집 사람들은 모두 눈을 휘둥그렇게 뜨고 불안한 얼굴로 묵묵히 그를 바라보기만 했다. 『그러고 보니 모두들 형님을 사랑하여 형님 편을 들어 주고 있는 모양이군.』 하고 알료샤는 생각했다. 『어쨌든 그건 반가운 일이야.』

마침내 그는 오제르나야에 있는 칼므이코바네 집을 찾아냈다. 그것은 한길 쪽으로 창문이 세 개밖에 없는 다 쓰러져 가는 낡아빠진 오막살이집이었다. 집 앞에는 지저분한 마당이 있고, 그 한가운데 암소 한 마리가 홀로 서 있었다. 현관으로 들어가서 왼쪽으로는 주인 노파와 딸이 함께 살고 있었다. 딸 역시 이미 할머니가 다 된 여자였는데 둘 다 귀머거리 같았다. 퇴역 대위에 대해 몇 번이나 되풀이해서 물었더니, 그때서야 그 중 하나가 자기네 셋방에 든 사람을 찾는가 보다고 눈치를 채고 현관 맞은편에 있는 초라한 문을 가리켜 주었다. 대위네 셋방은 그야말로 글자 그대로의 오막살이였다. 알료샤는 문을 열려고 쇠로 된 손잡이에 손을 대려다가 문 안쪽이 이상하리만큼 고요한 데 흠칫 놀랐다. 그는 카테리나의 말을 통해서 대위가 처자를 거느린 사람이라는 것을 알고 있었던 것이다. 『모두들 자고 있나? 아니면 내가 온 기척을 알고 문이 열리기를 기다리고 앉아 있는 것인지도 모르지. 하여간 우선 문을 두드리는 게 좋겠군.』 이렇게 생각하고 그는 문을 두드렸다. 한참만에야 안에서 대답하는 소리가 들렸다. 십초 가량은 족히 걸렸을 것이다.

「거 누구요?」 누군가의 몹시 화난 듯한 고함 소리가 울려 나왔다. 알료샤는 문을 열고 안으로 들어갔다. 그가 들어간 오막살이는 제법 넓기는 했지만 너저분한 가재 도구며 사람들로 뒤죽박죽이 되어 있었다. 왼쪽으로 커다란 러시아식 벽난로가 있고 그 벽난로에서 왼쪽 창문까지 방안을 가로질러 빨랫줄이 매여 있는데 빨랫줄에는 갖가지 누더기가 걸려 있었다. 왼쪽과 오른쪽 벽 밑에는 털실로 짜서 만든 담요로 덮인 침대가 하나씩 놓여 있었다. 왼쪽 침대에는 옥양목 베개가 네 개 크기에 따라 가지런히 쌓여 있었으나 오른쪽 침대에는 아주 조그만 베개가 한 개 보일 뿐이었다. 그리고 맞은편 구석에는 역시 엇비슷하게 매어 놓은 줄에 커튼인지 홑이불인지 분간 못할 물건을 드리워 간막이를 해놓았다. 이 간막이 뒤에는 역시 한쪽 옆으로 긴 의자에 의자를 맞붙여 만든 침대가 하나 눈에 띄었다. 아무 칠도 하지 않아 볼품없는 네모난 목재 식탁은 원래 맞은편 구석에 있던 것을 가운데 창문 옆으로 옮겨 놓은 것 같았다. 곰팡이가 낀 것처럼 푸르스름한 유리를 넉 장씩 넣은 창문은 셋 다 뿌옇게 흐려있는 데다가 꽉 닫혀 있어서 방안은 숨이 막힐 듯했고 어둠침침했다. 식탁 위에는 먹다 남은 달걀부침이 들어 있는 프라이팬이며 먹다 만 빵 조각 따위가 아무렇게나 널려 있으며 아직도 몇 방울 남은 지상의 행복(보드카) 병까지 놓여 있었다.

왼쪽 침대 옆에 놓인 의자에는 포플린 옷을 입은 어딘지 품위있어 보이는 부인이 앉아 있었는데 그 얼굴은 몹시 여위고 낯빛은 누르스름했다. 푹 꺼져들어간 두 볼은 그녀가 병자라는 것을 첫눈에 말해 주고 있었다. 그러나 무엇보다도 강하게 알료샤에게 충격을 준 것은 이 가련한 부인의 시선, 무언가를 묻고 싶어 하는 것 같은, 그러면서도 한편으로는 터무니없이 거만해 보이는 그 시선이었다. 그러나 부인은 알료샤가 이 집 주인과 이야기하고 있는 동안 자기 쪽에서는 입을 떼려 하지 않고 여전히 의욕에 찬 거만한 표정이 어린 커다란 갈색 눈으로 두 사람을 번갈아 바라보고만 있었다. 이 부인과 나란히 왼쪽 창가에 갈색 머리털에 얼굴이 좀 못생긴 젊은 처녀가 하나 서 있었는데 초라해 보이기는 했으나 제법 깨끗한 옷차림을 하고 있었다. 그녀는 방안에 들어온 알료샤를 경계하는 듯한 눈초리로 훑어보았다. 오른쪽에는 역시 침대 옆에 또 하나의 여자가 앉아 있었다. 이 여자 또한 스무 살쯤 되어 보이는 젊은 처녀였지만 얼른 보기에도 가엾은 병신 같았다. 나중에 알료샤가 들은 바에 의하면 이 처녀는 곱사등이에다가 다리마저 못 쓰는 앉은뱅이라는 것이었다. 그녀의 쌍지팡이는 방 한쪽 구석 침대와 벽 사이에 놓여 있었다. 이 가엾은 처녀의 유난히 아름답고 유순한 눈은 침착하고도 상냥한 표정을 띠고 알료샤를 바라보고 있었다. 식탁 앞에는 마흔 대여섯 가량 된 남자가 앉아서 달걀부침을 먹고 있었다. 키는 그리 크지 않고 여위고 약한 체격의 사내였는데 머리털은 불그스름하고 숱이 적은 턱수염 역시 불그스름한 빛이었으나, 그것은 흡사 물에 젖은 파뿌리를 연상시켰다 나중에 생각난 일이지만 이 파뿌리란 말이 무엇 때문인지 그를 보자마자 알료샤의 머리에 퍼뜩 떠올랐던 것이다. 방안에는 이 사람 이외엔 남자가 없는 것으로 보아 지금 「거 누구요!」하고 소리를 지른 것은 바로 이 사람이었음이 분명했다. 그러나 알료샤가 방안에 들어서자, 그는 앉았던 자리에서 후닥닥 뛰어일어나 구멍이 숭숭 뚫린 냅킨으로 황급히 입술을 닦으면서 알료샤 앞으로 달려나왔다.

「수도사가 동냥을 하러 왔나 본데, 번지수를 잘못 알고 찾아왔군요!」왼쪽 구석에 서 있던 처녀가 커다란 소리로 말했다. 그러나 알료샤에게로 달려나온 남자는 그녀 쪽으로 홱 돌아서며 이상스레 흥분하여 떨리는 음성으로 대꾸했다.

「아니야, 바르바라 니콜라예브나, 그건 네가 잘못 생각했다! 그러면 제가 한 마디 여쭈어 보겠읍니다만.」하며 그는 다시 알료샤한테 몸을 돌렸다.「도대체 무슨 생각으로 이런 누추한 곳에 오셨는지요?」

알료샤는 주의 깊게 상대방을 바라보았다. 그는 처음으로 이 사람을 보았던 것이다. 이 사람에겐 어딘지 딱딱하고 성급하고 신경질적인 데가 있었다. 방금 한 잔 들이켠 것만은 틀림이 없는 것 같은데 그렇다고 결코 취해 있지는 않았다. 그 얼굴은 어쩐지 지극히 뻔뻔스러우면서도 어딘가 겁먹은 듯한 표정을 띠고 있었다. 이것은 몹시 기이한 일로서, 이를테면 오랫동안 참고 견디며 복종만을 일삼아 오다가 어쩌다 갑자기 일어서서 자기의 존재를 과시하려 드는 사람 같기도 했고, 아니면 상대방을 때려 눕히고 싶어 죽을 지경이면서도 혹시 상대방한테 얻어맞지나 않을까 전전긍긍하고 있는 사람같이 보이기도 했다. 그가 하는 말투나 꽤 날카로운 그 음성의 억양에서는 어딘가 미치광이 같은 유머가 느껴졌지만 그것이 때로는 겁먹은 듯한 어조로 자꾸만 바뀌어지곤 해서 도무지 갈피를 잡을 수가 없었다. 누추한 곳 운운 했을 때도 그는 사뭇 몸을 떨며 두 눈을 부릅뜨고 알료샤한테 바싹 다가서는 바람에 알료샤는 무의식중에 한 걸음 뒤로 물러서지 않을 수 없었다. 그는 낡아빠진 무명 겉옷을 걸치고 있었는데 헝겊을 대고 너덕너덕 기운 데다가 여기저기 얼룩이 져 있었다. 바지는 굉장히 밝은 색깔의 체크 무늬가 있는 아주 얇은 천으로 된 것인데 아마 요즘 세상에 그런 옷을 입고 다니는 사람은 아무도 없을 것이다. 게다가 바지 가랑이가 형편없이 구겨져 그 끝이 위로 말려올라가서 어린애처럼 정강이가 드러나 보였다.

「나는……알렉세이 카라마조프라는 사람입니다만…….」 알료샤는 그의 질문에 대답할 양으로 이렇게 서두를 꺼냈다.

「그건 잘 알고 있읍니다.」 하고 그는 얼른 말을 가로챘다. 그것은 새삼스럽게 그런 말을 하지 않아도 찾아온 사람이 누구라는 것쯤은 이미 다 알고 있다는 것을 과시하려는 듯한 태도였다. 「제가 바로 스네기료프 대위란 사람입니다만, 그보다도 제가 여쭙고 싶은 것은 대체 무슨 생각이 나서 여길 방문하여 주셨는지…….」

「아니, 그저 잠깐 들렀을 뿐입니다. 실은 당신한테 한 가지 말씀드릴 일이 있긴 합니다만 들어 주실는지 어떤지…….」

「그러시다면 여기 의자가 있으니 착석해 주시기를 바라마지 않습니다. 이건 옛날 희극에 곧잘 나오는 대사지요. 〈착석해 주시기를 바라마지 않습니다.〉라고 말입니다…….」

이렇게 말하며 퇴역 대위는 재빠른 동작으로 겉에 아무것도 씌우지 않은 나무만으로 된 딱딱한 빈 의자를 집어들더니 그것을 거의 방 한가운데다 옮겨 놓았다. 그러고 나서 자기가 앉을 의자까지 갖다 놓은 다음 알료샤와 마주 앉았다. 그러나 너무 바싹 다가앉았기 때문에 무릎이 거의 맞닿을 지경이었다. 「제가 니콜라이 일리이치 스네기료프라는 사람이올시다. 러시아 보병 이등 대위, 비록 스스로의 실책 때문에 명예를 더럽히긴 했지만 이등 대위인 것만은 틀림없읍니다. 그러나 스네기료프라기 보다는 이등 대위 슬로보예르소프라고 하는 편이 더 적절하겠지요. 왜냐하면 인생의 후반기에 접어들면서부터 나는 항상 슬로보예르스(러시아에서 비굴에 가까운 경의를 표하는 접미사 S를 가리킴)를 붙여 말을 하게 되었으니 말입니다. 슬로보예르스란 것은 몰락하게 되면 으레 입버릇처럼 되게 마련이니까요.」

「그건 그렇겠지요.」 하고 알료샤는 싱긋 웃었다. 「그런데 그 입버릇은 무의식중에 저절로 그렇게 된 것입니까, 아니면 일부러 시작한 것입니까?」

「솔직히 말씀드려서 무의식중에 그렇게 된 것입니다. 이전까지는 난 슬로보예르스를 붙여서 말해 본 적은 한 번도 없었지만, 갑자기 고꾸라졌다가 다시 일어났을 때는 어느새 슬로보예르스가 입에 붙어 버리고 말았지요. 이건 인간의 힘으론 어쩔 수 없는 일입니다. 댁에서는 아마 현대의 문제에 대해서 관심이 꽤 많으신 모양이군요. 그건 그렇고 어떻게 저 같은 인간에게 호기심을 느끼게 되셨는지요? 손님 대접 같은 건 도저히 불가능한 환경에서 살고 있는 저 같은 놈에게 말입니다.」

「다름이 아니라, 나는……그 일 때문에 왔읍니다…….」

「그 일 때문이라니요?」하고 대위는 성급히 말을 가로챘다.

「내 형 드미트리와 당신이 상면했었던 일 말입니다.」하고 알료샤는 어색한 어조로 말했다.

「상면이라니, 대체 무슨 말씀이신지? 그럼 바로 그 사건을 두고 하는 말씀인가요? 다시 말해서 그 파뿌리 사건, 물에 젖은 파뿌리에 관한 사건이 아닙니까?」그가 갑자기 앞으로 몸을 내미는 바람에 이번엔 정말로 무릎이 마주치고 말았다. 그의 입술은 빳빳하게 긴장되어 있었다.

「파뿌리라니, 그건 대체 무슨 뜻입니까?」하고 알료샤는 중얼거리듯이 물었다.

「아빠! 저 사람은 아빠한테 나를 일러 바치려고 온 거예요!」알료샤에게는 이미 귀에 익은 아까 그 소년의 음성이 간막이 커튼 뒤쪽에서 들려 왔다. 「아까 내가 저 사람의 손가락을 깨물어 주었거든요!」

커튼이 걷혔다. 알료샤는 방 한쪽 구석의 성상 밑에 긴 의자와 의자를 맞붙여서 만들어 놓은 침대 위에, 아까 길에서 달려들었던 그 소년이 누워 있는 것을 발견했다. 소년은 아까 입었던 그 허술한 외투와 낡은 솜이불을 덮고 누워 있었다. 어디가 괴로운 듯, 번들거리는 그 눈빛으로 보아서 몹시 열이 높은 것 같았다. 아까와는 달리 소년은 두려워하는 기색도 없이 알료샤를 노려보고 있었다. 마치 여긴 우리집이니까 겁날 것 없다고 생각하는 모양이었다.

「뭐, 손가락을 깨물었다고?」대위는 엉거주춤 의자에서 일어나며 말했다. 「그럼 저애가 당신의 손가락을 깨물었단 말씀인가요?」

「바로 그렇습니다. 아까 저 아이가 한길에서 다른 아이들을 상대로 돌을 던지고 있더군요. 여섯 명이나 되는 아이들을 저애 혼자서 상대하고 있었읍니다. 그래서 내가 저애한테 가까이 가려니까, 글쎄 저애가 나에게까지 돌을 던지지 않겠어요? 두 번째 던진 돌이 내 머리에 맞았읍니다. 그래서 나는 내가 너한테 무얼 잘못했기에 그러느냐고 물어보았지요. 그랬더니 느닷없이 달려들어 무엇 때문인지 내 손가락을 사정없이 깨물더군요.」

「지금 곧 혼을 내주겠읍니다! 당장에 두들겨 주겠어요!」이등 대위는 벌떡 자리에서 일어났다.

「나는 그런 걸 일러 바치려고 여기 온 것은 아닙니다. 그저 그런 일이 있었다는 걸 얘기했을 뿐이죠……. 그러니까 당신에게 저애한테 벌을 주라고 할 생각은 조금도 없읍니다. 게다가 저애는 지금 몹시 편치 않은 것 같군요…….」

「그럼 제가 정말로 저애를 두들겨 패줄 줄로 아셨읍니까? 제가 저 일류샤를 당장 끌어내다가 당신 앞에서, 당신을 만족시키기 위해 두들겨 패줄 줄로 아셨읍니까? 당장에 그렇게 해야만 마음이 편하시겠읍니까?」대위는 금새 달려들기라도 할 듯이 알료샤 쪽으로 홱 몸을 돌리며 말했다.「그야 물론 당신의 손가락에 대해서는 심히 유감스럽게 생각합니다. 그러나 우리 일류샤 놈을 혼내 주기 전에 당장 당신의 눈앞에서 여기 있는 이 나이프로, 당신이 충분히 만족하실 수 있도록 저 자신의 손가락 네 개를 몽땅 잘라 버리면 어떻겠읍니까? 손가락 넷이면 당신의 복수욕을 만족시키기에 충분하리라고 생각합니다만, 설마 나머지 하나까지조차 자르라고 요구하지는 않으시겠지요?」그는 숨이 막히기라도 한 듯이 갑자기 말을 끊었다. 그 얼굴은 근육 하나하나가 경련을 일으키고, 두 눈에는 도전적인 빛이 떠올랐다. 그는 극도의 흥분 상태에 빠져 있었다.

「이제서야 비로소 모든 사정을 알 수 있을 것 같군요.」알료샤는 여전히 자리에 앉은 채 슬픔 어린 조용한 어조로 대답했다.「그러고 보니 저애는 착한 마음씨를 가진 아이로군요. 아버지인 당신을 사랑하기 때문에 그 아버지를 모욕한 원수의 동생이라는 생각에서 나한테 덤볐던 거예요……. 나는 이제야 비로소 그것을 알았읍니다.」하고 그는 생각에 잠기며 말했다.「그러나 우리 형 드미트리는 자기가 한 일을 후회하고 있읍니다. 나는 그걸 잘 알고 있어요. 그래서 만일 형님이 이리로 당신을 찾아뵐 수 있다면, 아니 그보다도 그때 그 장소에서 다시 당신을 만나뵐 수 있다면 형님은 모든 사람이 보는 앞에서 당신에게 용서를 빌 겁니다……. 만일 당신이 그것을 원하신다면 말씀입니다.」

「그러니까 뭡니까? 남의 수염을 잡고 마구 끌고다녔으면서도 나중에 용서를 빌기만 하면 그것으로 모든 건 끝나고 상대방의 마음도 풀어 줄 수 있다는 말씀인가요?」

「아니, 천만의 말씀입니다. 그와는 반대로 형님은 당신이 원하신다면 무슨 일이든, 그야말로 무슨 일이든 다 할 겁니다!」

「그렇다면 당신의 형님한테 바로 그 술집, 〈수도집〉이라는 이름의 술집입니다만, 그 술집에서든지 아니면 읍내의 네거리에서 제 앞에 무릎을 꿇라고 하면 과연 무릎을 꿇을까요?」

「물론 무릎을 꿇을 것입니다.」

「오오, 감격했읍니다. 감격한 나머지 눈물이 나올 지경입니다. 정말이지 가슴에 찔리는 바가 있읍니다. 그러면 저의 가족을 소개하게 해주십시오. 여기 있는 것이 저의 가족입니다. 딸 둘과 아들 하나로, 모두가 한 배에서 난 제 자식들입니다. 제가 죽으면 도대체 누가 저애들을 귀여워해 주겠읍니까? 또한 제가 살아 있는 동안 저애들 말고 도대체 누가 저 같은 너절한 인간을 사랑해 주겠읍니까? 이것은 저 같은 모든 인간들을 위해 하느님께서 정해 주신 위대한 사업입니다. 사실 저 같은 인간도 누구한테든 사랑을 받을 수 있어야 할 게 아닙니까⋯⋯.」

「오오, 참으로 옳은 말씀이십니다.」하고 알료샤는 외쳤다.

「이젠 제발 어릿광대 짓은 그만하세요! 어디서 바보 같은 인간이 찾아오기만 하면 아버진 언제나 그런 창피스런 소릴 한다니까!」뜻밖에도 창가에 서 있던 처녀가 아버지에게 얼굴을 찌푸려 보이면서 경멸 어린 표정으로 이렇게 소리쳤다.

「잠깐만 기다려 주렴, 바르바라 니콜라예브나. 말을 일단 시작한 이상 끝까지 해야 할 게 아니냐?」하고 아버지는 소리쳤다. 비록 그것은 명령하는 듯한 어조였으나 그 시선은 딸의 말을 전적으로 시인하고 있었다. 「저애는 원래가 저런 성격이랍니다.」하고 그는 다시 알료샤를 향해 말했다.

> 그는 이 세상의 아무것도
> 축복하려 하지 않았더라. (푸시킨의 장시〈악마〉의 한 구절)

「아니, 이건 주어(主語)를 여성형으로 고쳐서『그 여자는 아무것도 축복하려 하지 않더라』라고 해야겠군요. 그건 그렇고, 이번엔 저의 아내를 소개하게 해주십시오. 여기 이 사람이 아리나 페트로브나인데 올해 마흔 세 살로서 다리가 없답니다. 아니 걷기는 걷습니다만 조금밖엔 못 걷지요. 원래가 비천한 집안의 출신이랍니다. 아리나 페트로브나, 그렇게 얼굴을 찡그리는 게 아니야! 이분은 알렉세이 표도로비치 카라마조프 씨. 일어서십시오, 알렉세이 표도로비치.」그는 느닷없이 알료샤의 팔을 잡더니 전혀 뜻밖일 만큼 세찬 힘으로 일으켜 세웠다. 「당신은 지금 부인을 소개받고 계시니까 일어서는 게 당연합니다. 이분은 말이야, 마누라, 나한테 그런 짓을 한 그 카라마조프가 아니라 그 사람의 동생 되는 분인데, 더할 수 없이 얌전하고 훌륭한 분이지. 그보다도 아리나 페트로브나, 우선 당신의 손에 입을 맞추게 해주구료.」이렇게 말하더니 그는 자못 공손하고도 상냥스런 태도로 아내의 손에 입을 맞췄다. 창가의 처녀는 화가 나서 등을 돌려버리고 말았다. 무언가 경계하는 것 같은 오만스럽기만 하던 부인의 얼굴에 별안간 비할 데 없이 상냥한 표정이 떠올랐다.

「반갑습니다, 체르노바조프(얼굴빛이 검다는 뜻) 씨. 어서 앉으세요.」하고 그녀는 말했다.

「여보! 카라마조프야, 카라마조프라니까! 저희는 원래가 비천한 집안의 출신이지요.」하고 그는 또다시 속삭였다.

「카라마조프인지 뭔진 모르겠지만 아무튼 나는 체르노바조프라 부르겠어요. 자, 어서 앉으십시오. 저 양반은 또 뭣 때문에 당신을 일으켜 세웠을까요? 저 보고 다리 없는 병신이라고 했지만 다리는 분명히 있습니다. 그저 다리가 물통처럼 퉁퉁 부어오르고 그 대신에 몹시 빼빼 말랐다 뿐이죠. 전에는 뚱뚱한 편이었는데 보시다시피 이제는 바늘이라도 삼킨 사람처럼 되어 버렸읍니다…….」

「저희들은 비천한 집안의 출신입니다. 원래가 비천한 집안의 출신이에요.」대위는 또 한 번 속삭였다.

「아버지! 아버진 참!」여태까지 잠자코 의자에 앉아 있던 곱사등이 처녀가 갑자기 이렇게 외치며 손수건으로 얼굴을 가렸다.

「정말 어릿광대라니까!」이번엔 창가의 딸이 내뱉듯이 말했다.

「보십시오, 저희 집은 이렇답니다.」하고 어머니가 두 딸을 가리키며 말했다. 「마치 구름이 움직이고 있는 것과 같다고나 할까요. 구름이 지나가 버리면 언제나 판에 박은 듯한 입씨름이 시작됩니다. 전에 저이가 군대에 있을 때엔 훌륭한 손님들이 많이 찾아와 주셨지요. 그렇다고 해서 뭐 지금과 비교하려는 건 아니지요, 그렇지만 남이 이쪽을 사랑하면 이쪽에서도 그 사람을 사랑해야 하거든요. 그 당시 보제(補祭)의 부인이 찾아와서 이런 말을 하더군요. 『알렉산드르 알렉산드로비치는 마음씨가 아주 착한 분이지만, 나스타샤 페트로브나는 보기만 해노 속이 메스꺼워진다니까.』그래서 저는 이렇게 대꾸했지요. 『그야 사람에 따라 저마다 좋아하는 사람이 따로 있는 법이니까. 그렇지만 당신 같은 여잔 공연히 수선만 떨고 다니며, 게다가 퀴퀴한 냄새까지 풍기고 있지 않느냐.』그랬더니 『너 같은 여자는 꼼짝 못하게 버릇을 가르쳐 줘야 해.』라는 거예요. 『무슨 소리야, 이 악당 년아, 네가 누굴 설교하러 왔느냐?』하고 저도 대들었지요. 그랬더니 이번엔 『나는 깨끗한 공기를 마시고 있지만, 너는 불결한 공기를 마시고 있지 않느냐.』라는 거예요. 『그럼 장교님들한테 모조리 돌아가며 물어봐, 내 몸 안에 불결한 공기가 들어가 있는가 없는가!』그 뒤부터 어쩐지 그것이 마음에 걸려 견딜 수가 없었어요. 그런데 얼마 전에, 제가 지금처럼 여기 이렇게 앉아 있노라니까 전에 오셨던 바로 그 장군께서 들어오시지 않겠어요? 부활절을 지

내려고 이 지방에 오셨다더군요. 그래서 저는 『각하, 어엿한 귀부인이 바깥 공기를 마셔도 괜찮을까요?』라고 물어보았읍니다. 그랬더니 『그렇소, 창문이나 방문을 좀 열어 봐야 하겠소. 방안의 공기가 그리 신선한 것 같지가 않으니까.』라고 대답하시더군요. 그런데 누구에게 물어봐도 모두 똑같은 대답뿐이라니까요! 어째서 모두들 저의 집 공기에 신경을 쓰는 걸까요? 송장 냄새보다 더 고약하다느니 어쩌니 하면서 말예요! 그래서 저는 『당신네들의 공기를 더 이상 더럽히고 싶진 않으니까 신발을 마춰 신고 어디 먼데로 가버리겠다.』라고 말하고 있지요. 애들아, 제발 이 어미를 꾸짖지 말아라! 여보, 당신은 내가 마음에 들지 않나요? 저한테 유일한 기쁨은, 우리 일류세니카가 학교에서 돌아와 저를 위로해 주는 것뿐이랍니다. 어제도 사과를 한 개 갖다 주더군요. 애들아, 이 어미를 용서해 다오. 이 외롭고 쓸쓸한 어미를 용서해 주렴. 그런데 어째서 내 공기를 그처럼 싫어하게 되었을까요!」이렇게 말하더니 가련한 부인은 별안간 소리를 내어 울기 시작했다. 눈물이 한없이 쏟아져 내렸다. 대위는 황급히 아내의 곁으로 달려갔다.

「여보, 마누라, 이젠 그만둬요, 그만 울라니까! 당신은 혼자가 아니야. 모두들 당신을 사랑하고 있어!」그는 또입을 맞추고 손바닥으로 부드럽게 아내의 얼굴을 쓰다듬어 주기 시작했다. 그러고 나서 냅킨을 집어 눈물까지 닦아 주었다. 알료샤는 대위 자신의 눈에서도 눈물이 번쩍이기 시작한 것을 알 수 있었다. 「그래 어떻습니까, 보셨지요? 들으셨지요?」하고 그는 가엾은 정신병 환자를 가리키며 알료샤에게 몸을 돌렸다.

「보았읍니다, 그리고 들었읍니다.」하고 알료샤는 중얼거렸다.

「아버지, 아버지! 그래 아버진 저런 놈하고……저런 놈은 상대도 하지 마세요, 아버지!」하고 침대 위에 일어나 앉아서, 타는 듯한 눈초리로 아버지를 쏘아보며 소년이 갑자기 소리를 질렀다.

「그런 어릿광대 같은 우스꽝스런 짓은 그만두세요! 그래봐야 아무 소용도 없어요!……」화가 머리끝까지 치민 바르바라가 한쪽 구석에서 발을 구르며 이렇게 고함을 쳤다.

「바르바라 니콜라예브나, 네가 그렇게 성을 내는 것도 이번엔 지극히 당연한 일이라고 생각한다. 그럼 나도 순순히 너의 말을 따르기로 하지. 자 알렉세이 표도로비치, 모자를 쓰십시오. 저도 이렇게 모자를 들고……밖으로 나갑시다. 당신한테 한 가지 중요한 얘기를 해야겠는데 이 집 안에서는 거북하군요. 아참, 여기 앉아 있는 아이가 제 딸 니나 니콜라예브나올시다. 소개하는 걸 그만 잊고 있었읍니다만, 이애는 인간 세계에 내려온……즉 인간의 육신을 지닌 천사입니다. 무슨 뜻인지 알아들으시겠읍니까?」

「갑자기 염병이라도 걸렸나, 왜 저렇게 온 몸을 떨고 있지 !」하고 여전히 성
난 어조로 바르바라가 말했다.

「그리고 방금 저기서 발을 구르며 나더러 어릿광대라고 쏘아붙인 저애도 역시
육신을 지닌 천사랍니다. 나더러 어릿광대라 부른 것도 당연한 일이지요. 자,
이젠 나가십시다, 알렉세이 표도로비치. 어쨌든 용건을 끝마쳐야 하니까요
…….」

7. 그리고 신선한 외기(外氣) 속에서

「신선한 공기로군요. 저희 집으로 말하면 어느 의미로 보나 그리 신선하다고
는 할 수 없읍니다. 천천히 걷기로 하시지요. 한 가지 흥미있는 얘기를 당신에
게 들려 드리겠읍니다.」

「나 역시 한 가지 중요한 용건이 있읍니다만…….」하고 알료샤는 말을 받
았다.「그런데 어떻게 말을 시작하면 좋을지 알 수가 없군요.」

「저에게 무슨 용건이 있다는 걸 제가 모를 리 있겠읍니까 ! 용건이 없다면야
저희 집 같은 데는 들여다보지도 않으셨을 테니까요. 그보다 정말로 우리 아이
의 일 때문에 오신 건 아닙니까? 아무래도 그런 것 같지는 않지만요. 이왕 말이
나온 김에 그애 얘기를 좀 하지요. 집에서는 모든 것을 이야기할 수가 없었지
만, 여기서 그때의 광경을 자세히 말씀드리기로 하지요. 보십시오, 이 파뿌리는
일 주일 전만 해도 좀더 숱이 많았읍니다. 제 턱수염 말입니다. 제 수염엔 파뿌
리란 별명이 붙어 있거든요. 그렇게 부르는 건 주로 국민학교 학생들입니다만
……. 그런데 말입니다, 그때 당신 형님 드미트리 표도로비치가 다짜고짜 이 수
염을 움켜쥐지 않았겠읍니까 ! 제게 잘못이 있다면 그건 당신 형님이 격분해 있
는 그 순간에 재수 없게도 제가 나타났다는 것뿐이지요. 수염을 잡혀 술집에서
네거리로 끌려나갔을 때 마침 국민학교 학생들이 학교에서 돌아오고 있었지요.
그런데 그 속에 우리 일류샤가 끼어 있었단 말입니다. 제가 그런 꼴을 당하고 있
는 것을 보자 그애는 저한테 달려와서『아버지, 아버지 !』하고 울부짖으며 저를
부둥켜 안고는, 어떻게 해서든지 저를 떼어 놓으려고 바둥거리더군요. 그러면
서 제 수염을 붙잡고 있는 사람에게『놓아 주세요 ! 놓아 주세요. 네 ! 이분은
우리 아버지예요, 용서해 주세요 !』라고 애걸했단 말입니다. 그리고는 그 조그
만 손으로 당신 형님 손을 잡고 입을 맞추더란 말입니다. 그 순간에 그애가 어떤

얼굴을 하고 있었는지 아직도 저는 기억하고 있읍니다. 잊어버릴 수가 없어요. 물론 앞으로도 결코 잊지 못할 것입니다!」

「나는 맹세할 수 있읍니다!」하고 알료샤는 외쳤다. 「형님은 진심으로, 그야말로 성의를 다하여 당신한테 유감의 뜻을 표할 것입니다. 바로 그 광장에서 무릎을 꿇으라면 그것도 마다하지 않을 겁니다……. 내가 꼭 그렇게 하게 하고야 말겠읍니다. 그렇게 하지 않는다면 더 이상 형이라고 부르지도 않겠읍니다!」

「아하, 그렇다면 그건 아직 그럴 계획이라는 것뿐이군요. 그분 자신의 생각이 아니라, 당신의 그 고결하고도 착한 마음에서 우러나온 생각이란 말씀이지요? 그럼 그렇다고 처음부터 말씀하시지 않고……. 아니, 그러시다면 저도 당신 형님이 기사도적인 장교이며 훌륭한 정신의 소유자라는 것을 증명해 드리겠읍니다. 당신 형님은 그때 그것을 유감없이 발휘하셨으니까요. 이 파뿌리를 실컷 끌고다닌 다음 절 놓아 주시면서『너도 장교라면 나도 장교다. 결투를 위한 적당한 증인을 구하면 곧 나한테 보내도록 해. 너는 더러운 놈이긴 하지만 어쨌든 상대만은 해줄 테니!』라고 말씀하시더군요. 분명히 그렇게 말씀하셨읍니다. 이것이야말로 기사도적인 정신이 아니고 무엇이겠읍니까! 저는 일류샤를 데리고 그 자리를 떠나왔읍니다만, 저희 집 족보의 장식물이 될 만한 그 광경은 영원히 일류샤의 가슴속에 깊이 새겨지고 말았읍니다. 사실 이런 꼴을 해 가지고 어떻게 저희가 귀족 행세를 할 수 있겠읍니까! 당신도 한 번 생각해 보십시오. 당신은 방금 저희 집에 들르셨으니 말입니다. 도대체 거기서 무엇을 보셨읍니까? 귀부인이 셋 앉아 있었지만, 하나는 다리를 못 쓰는 정신병 환자, 하나는 앉은 뱅이에다 곱사등이, 그리고 또 하나는 다리도 성하고 지나칠 만큼 영리하기도 하지만, 아직은 여학생에 지나지 않습니다. 이애는 다시 페테르스부르크로 달려가서 네바 강가에서 러시아 여성의 권리를 찾는 운동에 참가하겠다고 합니다. 일류샤에 대해서는 말할 필요도 없겠지요. 이제 겨우 아홉 살, 그야말로 이 넓은 세상에 의지할 곳이라곤 한 군데도 없는 처량한 신세입니다. 그러니 만일에 제가 죽는다면 저희 집 식구들은 도대체 어떻게 되겠읍니까? 제가 묻고 싶은 건 이것뿐입니다. 제가 당신 형님한테 결투를 신청했다가 그 자리에서 죽어 버리게 되면, 저희 집 식구들은 다 어떻게 되겠느냐 말입니다! 아니, 그보다도 제가 아주 죽어 버리지 않고 병신이 되는 정도로 그친다면? 그땐 그야말로 큰일이 아니겠어요! 일은 하지 못하면서 입만은 여전히 남아 있게 된다면, 도대체 누가 제 입에 먹을 것을 넣어 주겠읍니까? 그리고 누가 저희 식구를 먹여 살리겠읍니까? 일류샤를 학교에 보내지 말고 거리에 내보내서 구걸이나 해 오라고 할까요? 아시겠어요, 당신 형님한테 결투를 신청하는 데는 나로서는 이만한 의미가 내포되어 있단 말입니다. 그리고 결투란 도대체가 어리석은 수작에 지나지 않지요.」

「형님은 당신한테 반드시 사죄를 할 겁니다. 광장 한가운데 서서 당신의 발밑에 머리를 숙일 것입니다!」알료샤는 다시 눈을 빛내며 외쳤다

「재판소에 고소라도 제기할까 하는 생각도 해보았지만.」하고 대위는 말을 계속했다.「그러나 러시아의 법전(法典)을 한 번 펼쳐 보십시오. 제가 받은 개인적 모욕에 대하여 가해자로부터 대체 얼마만큼의 보상을 받을 수 있을까요? 게다가 그때 갑자기 아그라페나 알렉산드로브나(그루세니카)가 저를 불러 이렇게 호통을 치지 않겠읍니까!『그런 생각은 아예 하지도 말아요! 만일 그이를 고발하면, 그이가 당신을 때린 건 당신이 사기를 했기 때문이라고 모든 사람에게 폭로하고 말겠어요. 그렇게 되면 오히려 당신이 재판소에 끌려갈 걸요!』라고 말입니다. 도대체 누구 때문에 그런 사기 행위를 했는지, 누구의 명령으로 제가 그따위 비겁한 짓을 했는지 아마 하느님만은 그것을 잘 알고 계시겠지요. 모든 것은 바로 그 여자와 표도르 파블로비치가 시킨 일이 아니냐 그 말입니다! 그 여자는 또 이런 말까지 덧붙이더군요.『그뿐인 줄 아세요! 앞으로 당신 같은 건 나한테서 한 푼도 벌지 못하게 영영 쫓아 버리겠어요. 그리고 우리 상인한테도 그렇게 말해서 당신을 쓰지 못하게 하겠어요.』그 여자는 삼소노프 노인을 우리 상인이라고 부르고 있읍니다. 그래서 저도 생각해 보았읍니다만 만일 그 상인까지도 저를 써 주지 않는다면 도대체 누구한테 가서 벌어먹나 하고 말입니다. 사실 저한테 벌이를 시켜 주는 건 그 두 사람밖엔 없으니까요. 그도 그럴 것이 당신의 아버지 표도르 파블로비치는 어떤 특별한 이유가 있어서 저를 신용하시지 않고 있을 뿐만 아니라, 제가 서명한 영수증을 손에 넣어 가지고 오히려 저를 재판소로 끌고 가려는 눈치거든요. 이런 모든 일 때문에 저도 그만 기가 죽어 버리고 말았지요. 당신도 저희 집 꼴을 다 보시지 않았읍니까? 그건 그렇고, 여기서 한 가지 묻겠읍니다만 그애는, 그 일류샤 놈은 아까 당신의 손가락을 몹시 물어 뜯었던가요? 집에서는 그애가 있어서 자세히 물을 수가 없었읍니다만.」

「예, 아주 호되게 물렸읍니다. 그애도 몹시 성이 났던 모양이에요. 카라마조프네 형제라 해서 나한테 복수를 한 것이겠죠. 이제는 그 사정을 나도 잘 알았읍니다. 그러나 그애가 학교 동무들하고 돌싸움을 하고 있는 것을 당신이 보았다면 얼마나 놀랐을까요! 참으로 위험한 짓입니다. 그애들한테 맞아 죽을는지도 모르지 않습니까? 철없는 아이들이 하는 짓이라 돌에 맞아 머리가 깨질는지도 모르니까요.」

「아니! 벌써 맞았읍니다. 머리는 아니지만, 가슴을 심장 바로 위를 한 대 맞았읍니다. 오늘 돌에 맞았다면서 시퍼렇게 멍이 들어 돌아와 가지고는 앓아눕고 말았읍니다.」

「그런데 그애가 먼저 다른 아이들에게 덤볐단 말입니다. 당신 일로 그애들한테 화풀이를 한 모양이더군요. 아이들의 말을 들으니, 오늘 그애가 크라소트킨인가 하는 아이의 옆구리를 칼로 찔렀다고 하더군요.」

「그 얘기도 들었읍니다만 정말 위험한 짓입니다. 찔린 아이의 아버지 크라소트킨은 이곳 관리니까, 또 시끄러운 문제가 일어날는지 모르겠읍니다…….」

「이건 당신에게 충고삼아 하는 말이지만.」하고 알료샤는 열심히 말을 계속했다. 「당분간 학교엔 아주 보내지 않는 편이 좋을 것 같습니다. 그러노라면 그애의 마음도 가라앉을 것이고 가슴의 분노도 사라지겠지요…….」

「분노라고요!」하고 대위는 되뇌었다. 「맞았읍니다, 분노지요! 조그만 어린애지만 그건 굉장한 분노입니다. 그러나 당신은 아직 여기에 대해서는 잘 모르실 겁니다. 그럼 이 얘기를 좀 자세하게 설명해 드리기로 하지요. 다름 아니라 그때 그 일이 일어난 뒤로부터 학교 동무들이 모두들 그애를 파뿌리라고 놀려대기 시작한 모양입니다. 학교에 다니는 아이들이란 정말 무자비하거든요. 하나하나 떼어 놓고 보면 모두 천사 같지만, 한데 모이면 특히 학교 같은 곳에서는 잔인하게 되기가 일수이지요. 그렇게 모두들 놀려대니까 일류샤의 가슴속에 고귀한 정신이 머리를 쳐들고 일어난 것입니다. 여느 아이 같으면 그만 기가 죽어 오히려 자기 아버지를 부끄럽게 여겼을 것이지만, 그애는 아버지를 위해 혼자서 모든 아이를 상대로 분연히 일어섰읍니다. 아버지를 위해, 진리를 위해서! 아시겠읍니까? 진리를 위해 일어섰단 말입니다. 당신 형님의 손에 입을 맞추며 『아버지를 용서해 주세요. 네, 용서해 주세요.』라고 애원했을 때의 그애 마음은 얼마나 쓰라렸겠읍니까? 그것을 아는 것은 하느님하고 저밖엔 없읍니다. 가난한 우리네 아이들은, 당신네 아이들이 아니라 우리네 아이들은, 비록 사람들에게 멸시를 받고는 있지만 마음만은 고결합니다. 저희들 가난뱅이 자식들은 겨우 아홉 살밖에 안 된 나이에 벌써 이 세상의 진실을 알게 됩니다. 돈 많은 사람들은 어림도 없지요. 그야말로 일생을 걸려도 그렇게 깊은 데까지는 도저히 알 까닭이 없읍니다. 그렇지만 우리 일류샤는 그 네거리에서 당신 형님의 손에 입을 맞추던 바로 그 순간에 이 세상의 모든 진리를 깨달았던 것입니다. 그리고 그 진리는 그애를 사정없이 후려갈겨 영원히 회복할 수 없는 깊은 상처를 입혔단 말입니다!」대위는 다시금 극도의 흥분 상태에 빠진 듯 열띤 음성으로 이렇게 말하고는, 그 진리가 어떻게 일류샤를 후려갈겼는가를 똑똑히 보여 주려는 듯이 그애는 무섭게 열이 나서 밤새껏 헛소리만 하더군요. 그날은 온종일 저하고도 별로 말을 하려 들지 않고 입을 딱 봉하고 있었읍니다. 그러나 제가 가만히 보고 있노라니까, 한쪽 구석에서 열심히 저를 바라보고 있는 거예요. 창문쪽으로 엎디어 공부를 하는 체하고 있었읍니다만 공부 같은 것은 염두에도 없다는 것을 저는 잘 알 수 있었읍니다. 그 이튿날은 한 잔 들이켰기 때문에 별로 기억에 없읍니다. 슬픔을 잊으려고 마시긴 했지만 생각해 보면 저도 죄 많은 놈입니다. 그래서 마누라도 그만 울음을 터드리고 말았지요. 저는 마누라를 극진히 사랑하고 있읍니다. 그러면서도 슬픔을 잊으려고 주머니를 털어 술을 마셔버리고 말았답니다. 저를 너무 경멸하지는 말아 주십시오. 우리 러시아에서는 술꾼들이 제일가는 호인이랍니다. 그리고 우리 나라에서 제일가는 호인들은 예외없이 모두 술꾼이지요. 아무튼 저는 그날 술을 마시고 누워 있었기 때문에 일류샤에 대해서는 별로 기억에 남은 것이 없지만, 바로 그날 아침부터 학교 아이들이 그애를 웃음거리로 삼기 시작했읍니다. 『야, 파뿌리의 자식아, 너희 아버지가 파뿌리를 움켜잡혀 술집에서 끌려나왔는데, 넌 그 앞을 왔다갔다하며 용서해 달라고 빌었다면서?』하면서 놀려댔다는 겁니다. 사흘째 되는 날, 그애가 학교에서 돌아오는 걸 보니 얼굴이 창백한 게 그야말로 사색이 다 되어 있었읍니다. 『무슨 일이냐?』하고 물어봤지요. 대꾸가 없었읍니다. 하긴 집에선 어머니나 누이들이 귀찮게 끼어들어서 자꾸만 캐물으려 들기 때문에 얘기를 하려 해도 할 수가 없읍니다. 더욱이 딸들은 사건이 일어난 바로 그날중으로 모든 걸 알아 버렸거든요. 바르바라는 『지지리도 못난 어릿광대 같으니, 도대체 아버지가 하는 일에 한 가지라도 이치에 닿는 일이 있느냔 말예요?』하고 투덜거리기 시작했지요. 그래서 저는 이렇게 대꾸해 주었읍니다. 『그래, 네 말이 맞았다. 우리가 하는 일에 이치에 닿는 일이라곤 아마 하나도 없을 거야.』그때는 이렇게 얼버무려 버리고 말았읍니다. 그날 저녁에 저는 일류샤를 데리고 산책을 하러 나갔읍니다. 여기서 잠깐 말씀드려 두겠읍니다만 전에도 저는 그애를 데리고 저녁마다 지금 당신과 함께 걷고 있는 이 길을 거닐곤 했읍니다. 저희 집 대문에서 저기 울타리 밑 길가에 쓸쓸히 놓여 있는 저 커다란 바윗돌까지가 저희들의 산책 코스입니다. 저기서부터는 이 읍의 목장이 시작되는데 참으로 한적하고 아름다운 곳이지요. 저와 일류샤는 언제나처럼 손을 맞잡고서 걷고 있었읍니다. 그애의 손은 아주 조그맣고 손가락은 가느다랗고 차갑습니다. 그애는 가슴을 앓고 있거든요. 그런데 갑자기 『아빠, 아빠!』하고 부르지 않겠어요. 『왜 그러니?』하며 그애를 보니까 눈이 번들번들 빛나고 있었읍니다. 『아빠, 그놈이 감히 아빠한테 그럴 수가 있어요?』『할 수 없잖니, 일류샤야.』하고 저는 말했읍니다.『그놈하고 화해를 하면 안 돼요, 아빠. 절대로 화해하지 마세요! 학교 아이들이 그러는데 그 일 때문에 아빠가 십 루블리를 받았다는 거예요.』『아니다, 일류샤야, 이젠 무슨 일이 있어도 그놈한테 돈을 받지는 않겠다.』하고 저는 말했지요. 그랬더니 그애는 온 몸을 떨며 그 조그만 손으로 제 손을 왈칵 움켜쥐고는 입을 맞추는 것입니다.『아빠, 아빠, 그놈한테 결투를 신청하세요, 네! 학교에선 모두들 아빠가 겁장이가 되어서 결투를 신청하지 못하고 오히려 그놈한테 십 루블리를 받았다고 막 놀려대고 있어요.』『일류샤야, 나는 그놈한테 결투를 신청할 입장이 못된단다.』저는 이렇게 대답하고 나서, 지금 당신한테 말씀드린 것과 같은 사정을 대강 이야기해 주었읍니다. 그애는 끝까지 열심히 듣고, 나더러『아빠, 그렇더라도 그놈하고 절대로 화해는 하지 말아요. 내가 어른이 되면 결투를 신청해서 그놈을 꼭 죽여버릴 테야!』하고 말하더군요. 그애의 눈은 불길처럼 이글거리고 있었읍니다. 그렇지만 저로서는 아버지의 입장에서 바른 말을 해주어야 하겠기에 이렇게 말했읍니다.『아무리 결투라 해도 사람을 죽인다는 건 죄가 되는 짓이야.』그랬더니『아빠, 그럼 난 어른이 되면 그놈을 때려 눕힐 테야. 내 칼로 그놈의 칼을 쳐서 떨어뜨리고 그놈한테 덤벼들어 그놈을 넘어뜨릴 테야. 그리고는 그놈의 머리 위에 칼을 높이 쳐들고 이렇게 말해 줄 테야. 당장 네놈을 죽일 수도 있지만, 목숨만은 살려 주마, 알겠니! 라고 말예요.』이렇게 말하더군요. 어떻습니까, 지난 이틀 동안 그 조그만 머리속에서 이런 계획이 짜여졌단 말입니다. 그애는 밤낮없이 이런 방법으로 복수할 생각만을 하고 있음이 틀림없읍니다. 그렇지만 그애가 학교에서 되게 얻어맞고 집에 돌아온다는 건 그저께야 비로소 알게 되었읍니다. 당신 말씀대로 그애를 앞으로 무슨 일이 있어도 학교에 보내지 않을 생각입니다. 그애가 혼자서 자기 반 학생 전부를 상대로 하여 마치 심장에 불이라도 붙은 듯이 아무에게나 닥치는 대로 싸움을 건다는 말을 들었을 때 저는 무엇보다 그애의 몸이 염려되어 견딜 수가 없었읍니다. 하여튼 우리는 다시 산책을 계속했읍니다! 그러자 이번엔『아빠, 이 세상에선 돈 많은 부자가 가장 힘이 세지?』하고 묻지를 않겠읍니까.『그렇단다, 일류샤야, 부자보다 힘이 더 센 사람은 이 세상에 없단다.』『그럼 아빠! 나는 부자가 될 테야. 장교가 되어 적을 모조리 쳐 무찌르겠어요. 그러면 임금님이 많은 상금을 주실 테니까 그걸 가지고 돌아오면 그땐 아무도 우릴 깔보지 못할 거예요.』그리고는 잠깐 입을 다물고 있다가 또 이런 말을 했읍니다만 그 조그만 입술은 여전히 가늘게 떨리고 있었읍니다.『아빠, 이 고장은 정말 나쁜 곳이에요!』『음, 일류세니카, 그다지 좋은 곳이라곤 할 수 없다.』『그럼 아빠, 우리 다른 데로 이사가요, 네! 아무도 우리를 모르는 좋은 곳으로 가야 해요!』『그래 우리 이사가자, 일류샤. 돈이 좀 벌리면 곧 이사를 가기로 하자.』
하고 저는 말했읍니다. 저는 어두운 생각을 털어 버리기에 마침 잘됐다 싶어서
그애와 함께 다른 고장으로 이사가는 얘기며 말과 마차를 사는 얘기며, 그 밖에
여러 가지 공상을 이야기하기 시작했읍니다. 『엄마와 누나들을 마차에 태우고
그 위에다 지붕도 만들어 주자! 너하고 아빠는 마차 옆을 걸어가기로 하고
……. 아니 너만은 가끔 태워 줄께. 그렇지만 아빠는 걸어가겠다. 우리 말이니
까 아껴야 할 게 아니냐. 우리 식구가 다 탈 수는 없지. 이렇게 해서 우리는 이사
를 가는 거야.』이 말을 듣고 그애는 미칠 듯이 좋아했읍니다. 무엇보다도 자기
집에 말이 있어서 자기가 그걸 타고간다는 게 기뻤던 모양입니다. 아시다시피
우리 러시아의 아이들은 말과 함께 세상에 태어난다고 해도 과언이 아니니까요.
저희들은 오랫동안 이런 얘기로 시간을 보냈읍니다. 저는 이것으로 그애의 마음
을 풀어 주고 위로해 줄 수 있어서 참으로 다행이었다고 생각했지요. 이것이 바
로 그저께 저녁의 일이었읍니다. 그애는 어제 아침에도 학교에 갔었는데 돌아오
는 걸 보니 얼굴이 말이 아니었읍니다. 무서울 만큼 침울한 얼굴이었읍니다. 저
녁에 저는 그애 손을 잡고 산책을 하자고 나왔읍니다만 입을 봉한 채 좀처럼 말
을 하려 들지 않더군요. 산들바람이 일기 시작하고 해는 아주 떨어졌는데, 그야
말로 가을빛이 완연했읍니다. 게다가 주위는 점점 어두워졌읍니다. 저희들은
그냥 걸음을 옮기고 있었지만 마음은 서글퍼지기만 했읍니다. 『애, 일류샤야,
길 떠날 준비는 어떻게 하면 좋을까?』하고 제가 먼저 말을 꺼냈읍니다. 전날의
화제를 다시 꺼내려는 생각에서였지요. 그러나 대답이 없었읍니다. 다만 그애
의 가느다란 손가락이 저의 손 안에서 가늘게 떨고 있는 걸 느낄 수 있을 뿐이었
읍니다. 『음, 또 무슨 다른 일이 생긴 모양이군.』하고 저는 생각했읍니다. 그러
는 동안에 저희들은 지금처럼 이 돌이 있는 데까지 와 있었읍니다. 저는 돌 위에
걸터앉았읍니다. 하늘에는 연이 가득 떠올라서 펄럭펄럭 소리를 내고 있었읍
니다. 아마 서른 개 가량은 되었을 겁니다. 요즘은 연을 띄우는 계절이니까요.
저는 그애한테 이렇게 말했지요……. 『애 일류샤야, 우리도 작년에 띄우던 연을
꺼내서 띄워 보지 않겠니? 아빠가 고쳐 줄께. 그 연은 어디다 넣어 두었니?』
그래도 그애는 저한테 외면을 하고 선 채 아무 대꾸도 없었읍니다. 바로 그때 바
람이 휙 불며 뽀얗게 먼지를 날렸읍니다. 그러자 그애는 갑자기 저한테 달려들
어 그 조그만 손으로 제 목을 잡고 저를 꼭 껴안지 않겠읍니까! 아시다시피 말
수가 적으면서 자존심이 강한 아이들은 오랫동안 눈물을 꼭 참고 있지만, 그
러다가 커다란 슬픔이 닥쳐오면 한꺼번에 그것이 폭발하기 때문에 그때는 눈물
이 흐른다기 보다는 그야말로 폭포처럼 쏟아져 내리는 법입니다. 그애의 뜨거운

눈물 방울로 말미암아 제 얼굴은 흠뻑 젖어 버리고 말았읍니다. 그애는 온 몸을 떨며 마치 경련을 일으키듯이 흑흑 흐느껴 울면서, 저를 힘껏 껴안는 것이었읍니다. 저는 그냥 돌 위에 앉아 있었지요. 『아빠, 아빠!』하고 그애는 외쳤읍니다. 『글쎄, 그놈이 아빠한테 그런 모욕을 줄 수가 있어요!』저도 참지를 못하고 흐느껴 울었읍니다. 저희들은 돌 위에 앉아, 서로 껴안은 채 후들후들 떨고 있었지요. 『아빠, 아빠!』하고 그애가 부르면『오냐, 일류샤야, 일류세니카야!』하고 제가 대답합니다. 그때 저희들을 본 사람은 아무도 없었읍니다. 하느님께서 혼자 보시고 제 기록부에 기록해 두실 겁니다. 알렉세이 표도로비치, 형님에게 감사하다고 전해 주십시오. 그렇지만 안 될 말씀입니다. 당신의 마음이 풀리게 그애를 두들겨 패준다는 건 어림도 없는 말씀이지요!』그는 다시금 아까처럼 독기 품은 미치광이 같은 어조로 이렇게 말을 맺었다. 그러나 알료샤는 그가 이미 자기를 신용하고 있다는 것을 알았다. 그리고 만일 그의 상대가 자기 아닌 다른 사람이었다면, 결코 이렇게 긴 이야기도 하지 않았을 뿐더러 지금 자기에게 말한 것 같은 사정을 고백하지도 않았으리라고 느꼈다. 이런 생각이 들자 알료샤는 적이 마음이 놓이기는 했으나, 그 가슴엔 눈물이 가득 괴어 있었다.

「아아, 어떻게 해서든지 그애와 꼭 화해를 하고 싶군요!」하고 알료샤는 외쳤다. 「당신이 어떻게 좀 힘을 써 주신다면.」

「참으로 지당한 말씀이십니다.」하고 대위는 중얼거렸다.

「그러나 이젠 그와는 전혀 다른 얘기를 좀 해야겠읍니다.」하고 알료샤는 말을 이었다. 「잘 들어 주십시오. 당신에게 전해드릴 것이 있어서 왔읍니다. 우리 형 드미트리는 자기 약혼녀에게까지 모욕을 주었어요. 그분은 더할 수 없이 고결한 아가씨입니다. 그분에 대해선 당신도 아마 들었을 줄 믿습니다만 나도 그분이 받은 모욕을 당신에게 말씀드릴 권리를 갖고 있읍니다. 아니, 그렇게 해야 할 의무가 있다고 하는 편이 옳을 것 같군요. 왜냐하면 그분은 당신이 모욕을 당했다는 얘기를 듣고 즉 당신의 불행한 처지를 알고 방금……아니 조금 전에…… 자기의 명의로 이 돈을 당신에게 전해달라고 나한테 부탁하였기 때문입니다. 그렇지만 이건 어디까지나 그분이 혼자서 하는 일입니다. 그분은 자기의 원조의 손길을 당신이 꼭 받아들이시기를 진심으로 바라고 있읍니다. 그분과 당신은 동일한 사람으로부터 모욕을 받았으니까요……. 그분이 당신의 일을 상기한 것도 실은 자기가 당신과 똑같은 모욕을, 다시 말해서 같은 정도의 모욕을 당했을 때였읍니다. 그러니까 이건 이를테면 누이가 오빠를 도우려는 것과 다를 바가 없는 것입니다……. 그분은 당신의 어려운 처지를 알고 있기 때문에, 자기를 누이라고 생각하고 이 이백 루블리를 받아 주도록 당신을 설득시켜 달라고 나에게 부탁한 것입니다. 여기에 대해선 아무것도 아는 사람이 없으니까, 실없는 소문이 날 염려는 조금도 없읍니다. 자, 이것이 그 이백 루블리입니다. 당신은 이것을 꼭 받아야만 합니다. 만일 거절한다면……거절한다면 세상 사람은 모두가 서로 원수지간이 되어야 하지 않겠읍니까? 그러나 세상에는 역시 형제로 지내는 사람들도 있읍니다……. 당신은 훌륭한 마음을 가지신 분입니다. 당신은 이 점을 이해하셔야 됩니다. 반드시 이해하셔야 합니다!」 이렇게 말하고 알료샤는 무지개빛 백 루블리짜리 새 지폐 두 장을 꺼내 그에게 내주었다. 이때 두 사람은 바로 울타리 가까이에 있는 커다란 돌 옆에 서 있었으므로, 근처에는 사람의 그림자도 없었다. 그 지폐는 대위에게 강렬한 인상을 준 모양이었다. 그는 흠칫 몸을 떨었으나 처음엔 단지 놀람 때문인 것 같았다. 그는 이런 일을 생각해 본 적도 없었거니와 그들의 대화가 이런 결과에 이르리라고는 전혀 예기치도 못했던 것 같았다. 또한 누구한테건 무슨 원조를, 그것도 이렇게 막대한 금액을 받을 수 있으리라고는 정말로 꿈도 꾸지 못했던 것 같았다. 그는 돈을 받아들긴 했으나 잠시 동안 대답할 바를 몰랐다. 여태까지와는 비슷하지도 않은 새로운 표정이 그의 얼굴을 스치고 지나갔다.

「이걸 저한테 주시는 겁니까! 저한테 이렇게 큰 돈을, 이백 루블리씩이나! 아아, 이건 꿈이 아닐까요! 정말이지 이렇게 큰 돈은 벌써 사 년 동안이나 구경도 못했읍니다. 더욱이 누이가 주는 것이라고 생각하고 받으라고요?」

「맹세코 지금 내가 말한 것은 모두 정말입니다!」하고 알료샤는 소리쳤다. 대위는 약간 얼굴을 붉혔다.

「그렇지만 제 얘기를 들어 보십시오. 제가 만일 이걸 받는다면 비열한 놈이 되는 게 아닐까요? 당신의 눈으로 보아서 말입니다. 알렉세이 표도로비치, 제가 과연 비열한 놈이 되지 않겠읍니까? 아니, 알렉세이 표도로비치, 우선 제 얘기를 들어 주십시오! 끝까지 들어 주세요.」그는 두 손을 뻗어 연방 알료샤의 몸을 건드리며 급히 말을 이었다. 「이건 누이동생이 보내는 것이니 그렇게 알고 받으라고 당신은 주장하고 계시지만, 내심으로는, 마음속으로는 저를 비굴한 놈이라 생각하시는 게 아닙니까? 만약에 제가 이걸 받는다면 말입니다.」

「아니, 절대로 그렇지 않습니다! 목숨을 걸고라도 맹세하지요. 절대로 그렇게는 생각하지 않습니다. 뿐만 아니라 이일은 아무에게도 알려질 염려가 없지 않습니까? 나와 당신, 그리고 그분, 또 한 사람 그분과 절친한 어떤 부인밖에는 아무도…….」

「그까짓 부인 같은 건 문제가 아니예요! 이거 보세요, 알렉세이 표도로비치,

끝까지 제 얘기를 들어 주십시오. 이제는 제 얘기를 죄다 들어 주셔야 할 때가 온 것 같습니다. 왜냐하면 이 이백 루블리라고 하는 돈이 지금 제게 어떤 의미를 갖고 있는지 당신은 도저히 이해하시지 못하겠기에 말입니다.」이 불행한 인간은 점점 이성을 잃고 거의 괴이할 만큼 열광적인 어조로 말을 계속했다. 그는 자기가 할 말을 다 하지 못하게 되지나 않을까 두려워하는 사람처럼 몹시 당황하여 급히 서둘러 대고 있었다.「이 돈이 더없이 거룩하고 존경할 만한 누이동생으로부터 보내온 지극히 떳떳한 것이라는 점은 그만두고라도 전 당장 이 돈으로 마누라와 니노치카를, 곱추 천사인 제 딸을 치료해 줄 수 있다는 걸 당신은 아십니까? 실은 게르첸슈트베라는 의사 선생이 친절하게도 저희 집에까지 와서 두 사람을 한 시간 동안이나 진찰해 주셨지만『도무지 모르겠는 걸.』하고 고개를 저으시더군요. 그러나 이곳 약국에서 파는 광천(鑛泉)이 반드시 효과가 있을 거라면서 마누라한테 처방전을 써 주셨읍니다. 그리고 다리를 찜질하는 데 쓰는 약도 처방해 주셨읍니다. 광천은 삼십 코페이카씩 하지만 적어도 마흔 병쯤은 먹어야 효과가 있겠지요. 그래서 저는 그 처방을 받아 성상 아래 선반에 놓은 채 지금까지 그대로 버려 두고 있는 형편입니다. 그리고 니노치카에게는 무슨 약인지 뜨겁게 데워서 그것으로 목욕을 시키라고 하셨지만 날마다 아침 저녁으로 두 번씩이나 해야 한다니 어디 저희 같은 처지에 엄두나 낼 수가 있겠읍니까? 저희 집엔 식모도 없고 누가 거들어 줄 사람도 없을 뿐 아니라, 목욕을 시킬 그릇도, 물도 없으니까요! 게다가 니노치카는 지독한 류마티스에 걸려 있읍니다. 이 얘긴 아직 당신한테 하지 않았읍니다만 그애는 밤마다 바른쪽 반신이 온통 쑤셔서 몹시 고통을 당하고 있읍니다. 그런데도 그 천사 같은 애는 식구들에게 걱정을 끼치지 않으려고 그걸 꾹 참고 저희들을 깨울까 봐 신음 소리 하나 내지 않는단 말입니다. 식사를 할 때도 저희들은 아무거나 가리지 않고 집어먹지만, 그애는 그 중에서도 제일 맛없는, 그야말로 개한테 던져 주어야 할 부분만 골라 먹거든요.『나 같은 건 그런 걸 먹을 자격이 없어요. 그렇게 하면 다른 식구들 것을 가로채는 거나 마찬가지지요. 나는 집안 식구들의 짐이 되고 있을 뿐인걸요.』그애의 천사와 같은 눈은 이렇게 말하고 있는 것 같습니다. 저희들이 시중을 들어 주는 것도 그애는 얼마나 미안해 하는지 모릅니다.『나는 그럴 자격이 없어요. 아무 소용도 없는 병신인 걸요.』라는 겁니다. 자격이 없다니 천부당만부당한 말이지요. 그애는 천사와 같은 아름다운 마음으로 저희들을 위해 하느님께 기도해 주고 있으니까요. 그애가 없으면, 그애의 부드러운 말이 없으면 저희 집은 지옥과 다를 바가 없을 겁니다. 그 극성스런 바랴(바르바라의 애칭)까지도 그애 말이면 금새 마음이 누그러질 정도니까요. 그러나 바르바라도 그리 나쁘게 생각하진 말아 주십시오. 그애 역시 천사랍니다. 모욕을 당한 천사라고나 할까요. 그애가 집에 돌아온 것은 지난 여름이었는데, 그때 그애는 십 육 루블리라는 돈을 갖고 있었읍니다. 가정 교사를 해서 번 돈인데 구월에, 즉 지금쯤 페테르스부르크에 다시 돌아갈 여비로 따로 떼어 놓았던 것이죠. 그러나 저희들이 그 돈을 받아 생활비로 써버렸기 때문에 그애는 지금 돌아갈 여비조차 없는 형편입니다. 또한 그애는 지금 저희들을 위해 죄수처럼 일을 해야 하는 형편이니 더욱 돌아갈 수가 없게 되었지요. 마치 여윈 말에 짐을 싣거나 마차를 끌리거나 해서 혹사하고 있는 거나 다를 것이 없읍니다. 집안 식구들의 시중을 들어 주고 바느질을 하고, 빨래를 하고, 숙제를 하고, 어머니를 자리에 뉘어 드리고……. 그런데 그 어머니라는 게 변덕이 몹시 심한 데다가 걸핏하면 눈물을 쥐어짜는 정신 병자란 말입니다……. 하지만 이제는 이 이백 루블리로 식모를 고용할 수도 있지 않겠읍니까? 알렉세이 표도로비치, 이 돈으로 사랑하는 가족을 치료해 줄 수도 있고, 여학생인 딸애를 페테르스부르크로 보낼 수도 있읍니다. 고기를 사다가 식생활을 개선할 수도 있읍니다. 아아, 이건 정말 꿈 같은 얘기가 아닙니까!」

알료샤는 자기가 그에게 이러한 행복을 가져다 줄 수 있었고 또한 이 불행한 인간도 그 행복을 받아들이기로 했으므로 끓어오르는 기쁨을 억제할 수가 없었다.

「잠깐만 기다려 주십시오, 알렉세이 표도로비치.」하고 대위는 갑자기 머리 속에 떠오른 새로운 공상을 놓칠세라 또다시 열광적인 어조로 급히 말을 계속했다.「어찌 그뿐이겠읍니까, 그렇게 되면 저와 일류샤와 공상도 어쩌면 지금 당장에 실현될 수 있을는지 모릅니다. 귀엽게 생긴 말 한 필과 포장 마차를 사 가지고, 한데 말은 검정 말이라야만 합니다. 그애가 꼭 검정 말을 사자고 하니까요. 그리고 그저께 저희가 계획한 대로 이곳을 떠난단 말입니다. K현(縣)에 옛친구인 변호사가 하나 있는데 그 친구가 믿을 만한 사람을 통해서 제가 그곳으로 가면 자기 사무실에 서기로 써 줄 수 있다는 말을 전해 온 일이 있읍니다. 그러니까 어쩌면 지금이라도 써 줄지 모릅니다……. 아무튼 마누라를 마차에 태우고, 니노치카도 태우고, 일류세니카는 마부석에 앉히고, 저는 터벅터벅 걸어서 집안 식구들을 모두 데리고 가겠읍니다……. 아아, 만약에 제가 받을 빚을 한 군데서나마 돌려받을 수만 있다면, 이런 것쯤 다 하고도 오히려 돈이 남으련만!」

「문제 없읍니다, 문제 없어요!」하고 알료샤는 외쳤다. 「카테리나 이바노브나가 또 얼마든지 보내 줄 것입니다. 그리고 나도 돈을 좀 갖고 있으니까요. 필

요한 대로 얼마든지 써 주십시오. 형제라고 생각하고 써 주십시오. 나중에 갚아
주시면 되는 거니까요……. 당신은 돈을 많이 벌게 될 겁니다. 암 벌고말고요!
그리고 다른 현으로 이사를 가겠다는 건 참으로 좋은 생각입니다. 그런 생각은
쉽사리 머리에 떠오를 수 있는 계획이 아닙니다. 그렇게 되면 당신도 잘 살 수
있고 특히 그애를 위해서도 좋을 것입니다. 어쨌든 되도록 빨리 겨울이 되어 추
위가 닥쳐오기 전에 떠나도록 하십시오. 그리고 거기 가시면 편지를 보내 주서
야 합니다. 앞으로도 우리 형제처럼 지내기로 합시다……. 이건 결코 꿈이 아닙
니다.」알료샤는 더할 나위 없이 마음이 흡족하여 그를 포옹하려 했다. 그러나
상대방의 얼굴을 보자 그는 멈칫 물러서지 않을 수가 없었다. 대위는 목을 길게
뽑고 입술을 비죽 내민 채 몹시 흥분한 듯 창백한 얼굴을 하고 서 있었다. 그는
무언가 말하려는 듯이 입술을 들썩거리고 있었으나 소리는 들리지 않았다. 그러
면서도 연방 입술을 움직거리는 폼이 어쩐지 심상치가 않았다.

「왜 그러십니까!」하고 알료샤는 몹시 놀란 어조로 물었다.

「알렉세이 표도로비치……저는, 아니 당신은…….」대위는 마치 낭떠러지에
서 뛰어내리려고 결심한 사람처럼 괴이하고도 험상궂은 눈초리로 알료샤를 응
시하면서 입가에는 야릇한 미소를 띄운 채 더듬더듬 중얼거렸다.

「저는 말씀입니다……. 아니, 당신은……그보다도 어떻습니까, 저는 이 자리
에서 요술을 한 번 보여드리고 싶은데요!」갑자기 그는 확고한 어조로 조금도
더듬지 않고 속삭이듯 말했다.

「요술이라뇨?」

「요술이지요, 간단한 요술입니다.」대위는 여전히 속삭이는 듯한 어조로 말
했다. 그의 입은 왼쪽으로 비뚤어지고 왼쪽 눈은 유난히 가늘어졌다. 그는 알료
샤에게서 눈을 떼지 않고 뚫어질 듯 바라보고 있었다,.

「대체 무슨 일입니까, 별안간 요술이라니?」알료샤는 어리둥절해서 이렇게
외쳤다.

「자, 이겁니다, 보십시오!」하고 대위는 버럭 소리를 질렀다. 그리고는 여태
까지 얘기하고 있는 동안 오른쪽 엄지손가락과 집게손가락으로 한쪽 끝을 쥐고
있던 두 장의 무지개빛 지폐를 앞으로 쑥 내밀어 보이더니 별안간 맹렬한 기세
로 그것을 마구 구겨 가지고 오른쪽 주먹 속에 꽉 움켜쥐었다.

「보셨지요, 보셨지요!」그는 극도로 흥분된 창백한 얼굴로 알료샤를 향해 부
르짖었다. 그리고는 움켜쥔 주먹을 홱 펴면서 구겨진 두 장의 지폐를 힘껏 땅 위
에 던져 버렸다. 「어떻습니까?」그는 지폐를 가리키며 또다시 소리를 질렀다.
「자, 저걸 보십시오!……」그러더니 이번엔 오른발을 번쩍 들어 야수 같은 증

오의 표정을 띠면서 구두 뒤축으로 지폐를 짓밟기 시작했다. 그리고 한 번 짓밟을 때마다 씨근덕거리며 이렇게 부르짖었다. 「당신의 돈 따위는 이렇게! 이런 돈은 이렇게! 이렇게! 이렇게!」

그는 갑자기 한 걸음 뒤로 물러서더니 알료샤의 앞에 우뚝 버티고 섰다. 그의 몸 전체에서는 무어라고 말할 수 없는 자부심이 넘쳐 흐르고 있었다. 「당신을 여기 보낸 분에게 이 파뿌리는 결코 자기의 명예를 파는 사람이 아니라고 전해 주십시오!」하고 그는 허공을 향해 주먹을 휘두르면서 소리쳤다. 그리고는 홱 몸을 돌려 달려가기 시작했으나, 다섯 걸음도 채 못 가서 몸을 돌려 알료샤에게 한 손을 흔들어 보였다. 그리고 또 달렸으나 이번에는 다섯 걸음이 못되어 다시 몸을 돌이켰다. 그의 얼굴에는 이미 일그러진 웃음의 빛은 말끔히 사라지고 오히려 얼굴 전체가 눈물로 뒤범벅이 되어 있었다. 그는 파르르 떨리는 울음 섞인 목소리로 목메어 소리쳤다. 「난 도대체 아들녀석에게 뭐라고 말할 수 있겠읍니까? 그런 모욕을 받고서도 그 대가로 당신네한테서 돈을 받는다면 말입니다 …….」이렇게 중얼거리고 나더니 이번엔 뒤도 돌아보지 않고 그대로 달려가 버렸다. 알료샤는 무어라고 표현할 수 없는 슬픔에 싸여 그의 뒷모습을 묵묵히 지켜보았다. 아아, 그 대위 자신도 마지막에 돈을 구겨 버리게 될 줄은 전혀 몰랐으리라는 점을 너무나도 잘 알고 있었던 것이다. 대위는 달려가면서 한 번도 뒤를 돌아보려고 하지 않았으며, 또 그가 결코 돌아보지 않으리라는 것을 알료샤는 알고 있었다. 그렇다고 대위의 뒤를 쫓아가서 불러 세우고 싶지도 않았고, 그리고 싶지 않은 이유 또한 알료샤는 알고 있었다. 대위가 시야에서 아주 사라져 버린 다음에야 알료샤는 두 장의 지폐를 주워올렸다. 지폐는 구두에 짓밟혀 모래 속에 반쯤 묻혀 있었는데, 몹시 구겨지긴 했지만 구김살을 펴보니 찢어진 곳은 단 한 군데도 없었고 새 돈처럼 빳빳했다. 그는 지폐를 잘 손질해서 반으로 곱게 접어 주머니에 넣은 다음 부탁받은 일의 결과를 알리기 위해 카테리나 이바노브나의 집을 향해 걷기 시작했다.

제5장 긍정(肯定)과 부정(否定)

1. 약   속

이번에도 역시 호흘라코바 부인이 가장 먼저 알료샤를 맞아주었다. 부인이 수선을 피우는 것으로 보아 무언가 예사롭지 않은 일이 벌어진 모양이었다. 카테리나의 히스테리는 결국 졸도로 끝나기는 했지만 그 다음이 큰 문제였다.

「그러고 나선 말할 수도 없을 만큼 무서운 쇠약 증세를 일으켜서 자리에 눕자마자 눈을 까뒤집고 헛소리를 해대지 않겠어요! 게다가 지금은 열까지 높아져서 게르첸슈트베 선생을 부르러 사람을 보내고 이모님들도 모셔 오라고 했었죠. 이모님들은 벌써 와 계시지만 아직 게르첸슈트베 선생은 오지 않았어요. 모두들 그 아가씨가 있는 방에서 기다리고 있는 중이에요. 아가씨가 정신을 통 못 차리고 있는데 그러다가 혹시 심한 열병이라도 되면 어떡하죠?」

이렇게 큰소리로 떠들어 대면서도 호흘라코바 부인은 정말 겁에 질린 것처럼 보였다.「정말 큰일났어요!」하고 말끝마다 덧붙이는 폼이 여태까지 있었던 일 중에서 그만큼 큰일은 없었다는 듯한 말투였다. 알료샤는 걱정스런 표정으로 부인의 말에 끝까지 귀를 기울이고 있었다. 그러고 나서 자기한테 일어난 일을 설명하기 시작했으나 말을 꺼내기가 무섭게 부인이 가로막았다. 그런 걸 듣고 있을 여유가 없다는 것이다. 부인은 그에게 리즈한테 가서 그 곁에 붙어 앉아 자기가 올 때까지 기다려 달라고 했다.

「그런데 리즈가 말예요, 알렉세이 표도로비치.」하고 부인은 귀에 입이 닿을 정도로 가까이 대고 소곤거렸다.「글쎄, 리즈가 나를 깜짝 놀라게 했지 뭐예요? 하지만 한편으로 나를 아주 감격시켰어요. 그래서 그애 일이라면 무엇이든 용서를 해주고 싶은 심정이에요. 다름 아니라, 아까 당신이 집에서 나가자마자 그애는 갑자기 어제 오늘 당신한테 빈정거린 것을 진심으로 후회하기 시작했거든요. 뭐 악의를 가지고 그런 것은 아니고 그저 장난기로 그랬던 것이었지만요. 그런데 그애가 울 듯이 진정으로 뉘우치는 바람에 난 깜짝 놀랐어요. 그애는 나를 비웃고 나서도 한 번도 뉘우쳐 본 적이 없고 언제나 농담으로 얼버무려 버리기가 일쑤였거든요. 당신도 아시다시피 그애는 줄곧 나를 비웃고 있답니다. 그런데 이번엔 진정이에요. 정말로 진심에서 그런 거예요. 알렉세이 표도로비치, 그애는 당신의 의견을 아주 존중하고 있어요. 그러니까 될 수 있으면 고집을 부리지 마시고 그애의 기분을 상하게 하지 않도록 해주세요. 난 언제나 그애에겐 관대하게 대하려고 하고 있어요. 원래 영리한 아이니까요. 안 그래요? 조금 전에도 그애는 당신이 자기 소꿉동무였다고 말했어요. 『어릴 적부터 사귀어 온 가장 참된 친구예요.』라고 말이죠. 글쎄 가장 참된 친구라는 거예요. 『그런데도 나는?』하고 그애는 자기 행동을 뉘우치고 있어요. 그애는 이런 면에 있어서는 매우 진지한 감정과 추억을 지니고 있답니다. 그런데 정말 놀랄 만한 것은, 예기치도 못한 때에 깜짝깜짝 놀랄 만큼 묘한 말들이 그애 입에서 연방 튀어 나오곤 하는 거예요. 예를 들어, 바로 얼마 전의 소나무 얘기만 하더라도 그래요. 그애가 아주 어렸을 때 우리집 정원에 소나무가 하나 서 있었어요. 하긴 지금도 서 있을 테니까 구태여 서 있었다고 과거형을 쓸 필요는 없겠군요. 알렉세이 표도로비치, 소나무는 사람하곤 달라서 세월이 흘러도 쉽게 변하지 않거든요. 그런데 그애는 이런 말을 했어요. 『어머니, 난 그 소나무를 꿈 속에서 본 듯 기억하고 있어요.』라는 거예요. 즉 소나무(러시아어로 소스나)를 꿈 속에서 (역시 러시아어로 소스나)처럼이란 말인데 그애는 좀 다르게 표현했던 것 같아요. 꽤 복잡한 표현이었거든요. 소나무란 말 자체는 조금도 신통할 게 없지만 그애는 그것과 결부시켜 그야말로 기발하기 짝이 없는 말을 나한테 했어요. 하도 묘한 말이어서 내 재간으로는 도저히 그대로 옮길 수가 없을 지경이에요. 하긴 벌써 다 잊어버렸지만, 그럼 이따가 또 만나요. 나는 너무 놀라서 그냥 미쳐 버릴 것만 같아요. 알렉세이 표도로비치, 나는 벌써 두 번이나 정신 이상에 걸려 치료를 받은 적이 있답니다. 그럼 리즈한테 가서 그애를 돌봐 주세요, 그애가 기운을 차리도록. 당신이라면 그애를 기운 차리게 하는 것쯤은 문제도 아닐 테니까. 애, 리즈야!」부인은 방문 앞으로 다가가며 소리쳤다. 「자, 여기 네가 그렇게 모욕을 준 알렉세이 표도로비치를 모셔 왔다. 그러나 조금도 화를 내시지 않으니까 안심해. 오히려 네가 그렇게 생각하고 있는 걸 이상하게 여기실 정도니까.」

「Merci, maman(고마워요, 엄마). 들어오세요, 알렉세이 표도로비치.」

알료샤는 방으로 들어갔다. 리즈는 어쩐지 조금 당황한 표정으로 그를 쳐다보다가 갑자기 얼굴을 확 붉혔다. 무언가 몹시 부끄러워하는 눈치였다. 그리고 이런 경우에 흔히 그렇듯 그녀는 전혀 상관도 없는 이야기들을 마구 지껄이기 시작했다. 마치 그 순간에 그녀가 생각하고 있는 건 그것뿐이라는 듯이. 「알렉세이, 엄마가 무슨 생각을 했는지. 방금 나에게 그 이백 루블리 얘기랑, 당신이 그 가난한 장교한테 심부름을 갔었다는 얘기랑 모두 해주었어요……. 그 장교가 모욕을 당했다는 얘기도……엄마 얘기는 도무지 두서가 없었지만서도요…….
엄마는 한 가지 말을 미처 자세히 얘기하기도 전에 자꾸만 서둘러 얘기하는 버릇
이 있거든요……. 그래도 나는 그 얘기를 듣고 그만 눈물을 흘렸어요. 그래 어
떻게 됐지요? 돈은 전해 주셨나요? 그 사람은 지금 어떻게 지내고 있나요?」
「사실은 돈을 주지 못했읍니다. 얘기를 하자면 퍽 길어질 걸요.」
알료샤는 그 나름대로 돈을 주지 못한 것이 무엇보다도 마음에 걸린다는 듯이
이렇게 대답했다. 그가 자꾸만 옆으로 눈길을 돌리며 상관도 없는 이야기를 하
려고 애쓰는 것이 리즈의 눈에도 명백히 드러나 보였다.
알료샤는 탁자를 향해 앉아서 이야기를 시작했다. 그러나 일단 말을 시작하자
당황한 빛은 완전히 사라지고 이번에는 오히려 리즈의 흥미를 온통 집중시키기
까지 했다. 지금까지도 그는 조금 전에 받은 강렬한 감동과 깊은 인상에 빠져 있
었으므로 모든 것을 일일이 자세하게 이야기할 수 있었던 것이다. 전에 모스크
바에 있을 적에도 그는 아직 어린애였던 리즈를 자주 찾아와서는 자기에게 새로
생겨난 사건이며, 책에서 읽은 것, 또는 자기의 어린 시절의 추억 같은 걸 얘기
하곤 했었다. 때로는 둘이 함께 공상에 잠겨 여러 가지 소설 같은 것을 꾸며내기
도 했는데 그것은 주로 신이 나고 우스운 얘기들뿐이었다. 그래서 지금 그들은
이 년 전의 모스크바 시절로 갑자기 되돌아간 것 같은 기분에 빠졌다. 리즈는 알
료샤가 뜨거운 동정심을 갖고 일류샤의 모습을 그려 보여 주었기 때문에 그의
말에 몹시 감동이 되었다. 불행한 퇴역 대위가 돈을 짓밟은 광경을 상세하게 말
하고 났을 때, 리즈는 끓어오르는 감정을 억제하지 못하고 두 손바닥을 탁 치며
소리쳤다.
「그럼 돈을 주지도 못하고 그 사람을 그냥 놓쳐 버렸군요! 아이 참, 쫓아가
서 붙잡지 않으시고…….」
「그렇잖아요, 리즈. 쫓아가지 않기를 잘했읍니다.」
알료샤는 의자에서 일어서더니 무언가 생각하는 것이 있다는 표정으로 방안을
한 바퀴 돌았다.
「어째서 잘하셨다는 거예요? 그이들은 지금 먹을 게 떨어져 당장 굶어 죽을
지경일 텐데요.」
「죽지는 않을 거예요. 하여튼, 그 이백 루블리는 그 사람들 것이니까요. 내일
은 아마 그 돈을 받을 겁니다. 틀림없이!」 알료샤는 생각에 잠겨 걸음을 옮기
면서 이렇게 말했다. 「그런데, 리즈.」하고 그는 리즈 앞에 갑자기 멈춰 서서 말
을 계속했다. 「아까 내가 실수를 했어요. 그러나 오히려 그래서 잘되었군요.」
「실수라니요? 무슨 말씀이세요? 그리고 그래서 잘되었다니요?」

「딴 게 아니라 그 사람은 아주 겁이 많고 소심한 사람이에요. 갖은 고생을 다 맛본 선량한 사람이지요. 나는 지금 그 사람이 무슨 까닭에 갑자기 화를 내며 그 돈을 짓밟았는지 하는 것을 이모저모 생각해 보았는데, 아마 그 사람 자신도 아까 그 돈을 짓밟으리라고는 마지막 순간까지도 생각지 않았을 겁니다. 곰곰이 생각해 보니 그때 그 사람은 여러 가지 일 때문에 화가 치밀어 있었읍니다……. 그 사람 입장이라면 그럴 수밖에 없었겠지요……. 우선 내 앞에서 돈을 보자마자 기뻐서 어쩔 줄 몰라하며 그런 기색을 나한테 숨기려고도 하지 않은 자기 자신에 대해 화가 났던 거예요. 마음속으로는 기뻤다 할지라도 그렇게까지 노골적으로 드러내지 않고 딴 사람처럼 태연히 뻔뻔스런 얼굴을 할 수 있었더라면 그래도 그 돈을 그냥 받았을지도 모르지요. 그런데 그 사람은 너무나 솔직하게 기쁨을 드러내 보였거든요. 바로 그 사실에 자기 자신이 굴욕감을 느꼈던 겁니다. 아아, 리즈, 그 사람은 정말 착하고 정직한 사람이에요. 그래서 그런 불행한 사태가 벌어진 거지요! 그 사람은 말을 하는 동안 계속 맥빠진 가느다란 음성으로 소곤거리는 데다가 말도 굉장히 빨리 하더군요. 그리고 또 쉴새없이 킥킥 웃는가 하면 울기도 하고……정말 울었어요. 그만큼 기뻤던 거예요……. 그리고 자기 딸들 이야기도 하고……다른 고장으로 이사가면 취직할 수 있다는 이야기도 하고……그렇게 자기 속을 모두 털어놓고 나서는 갑자기 나한테 그렇게 자기 가슴속을 송두리째 열어 보였다는 것이 부끄러워졌던 것입니다. 그러자 견딜 수 없을 만큼 내가 미워졌던 것 같애요. 그는 역시 부끄럼 많은 가난뱅이였거든요. 그러나 그것보다 더 중요한 것은 나를 너무 갑작스레 친구 대하듯 함으로써 지나치게 빨리 나한테 굴복해 버린 데 대해 스스로 굴욕감을 느꼈다는 사실입니다. 처음엔 내게 막 덤벼들 듯이 큰소리를 치다가 그 돈을 보기가 무섭게 나를 껴안으려 했으니까요. 정말 나를 껴안았어요. 쉴새없이 두 손을 내 몸에 갖다 대었으니까요. 그래서 바로 그 사람은 자기 자신에 대한 모멸감을 뼈아프게 느꼈을 거예요. 게다가 내가 그만 커다란 실수를 하고 말았거든요. 갑자기 내가 이런 소리를 했거든요. 만일 다른 고장으로 이사가는데 여비가 모자란다면 돈을 더 받을 수도 있고, 나도 내가 가진 돈에서 얼마든지 필요한 만큼 떼어 드릴 수도 있다고 말이지요. 그랬더니 이 말이 그의 폐부를 찔렀던 모양이에요. 무엇 때문에 너까지 나를 도와 주겠다고 나서는 거냐는 것이겠지요. 리즈, 모욕을 받으며 살아온 사람은 다른 사람들이 무슨 커다란 은인이라도 되는 것 같은 눈으로 자기를 쳐다보면 참을 수 없는 고통을 느끼는 법이니까요……. 나도 이건 들은 이야긴데요, ……장로님께서 그런 말씀을 하셨어요. 어떻게 설명하면 좋을지 몰라도 나 자신 그런 경우를 여러번 내 눈으로 보았지요. 더욱이 나 자신 그와 똑같은 느낌을 받은 적도 있고요. 그러나 무엇보다 중요한 점은 최후의 순간까지 돈을 짓밟으려는 생각은 꿈에도 없었지만 그래도 어쩐지 그런 걸 예감하고 있었다는 점이에요. 이 점은 틀림없어요. 그걸 예감하지 않았더라면 그렇게까지 기뻐 날뛸 까닭이 없었을 테니까요……. 이런저런 모든 일이 그리 좋다고는 할 수 없지만 어쨌든 잘 되어 나갈 거예요. 더 바랄 나위도 없을 만큼 잘 되어 갈 거라고 생각되는군요…….」

「더 바랄 나위도 없을 만큼 잘 되어 나간다고요? 」 리즈는 영문을 모르겠다는 듯이 알료샤의 얼굴을 보며 이렇게 소리쳤다.

「그건 말이죠, 리즈. 만약 그 사람이 그 돈을 짓밟지 않고 그대로 받아들이고 집에 갔었다면 한 시간도 못돼서 자신의 굴욕스러움을 느끼고 울음을 터뜨리고 말았을 겁니다. 틀림없어요. 실컷 울고 나서 내일 아침 날이 새기가 무섭게 나한테 달려와서 그 돈을 내 앞에 내동댕이치고 아까 그런 것처럼 그렇게 짓밟아 버릴지도 몰라요. 그렇지만 오늘은 비록 자살 행위나 다름없는 짓을 했다는 걸 알고 있다손 치더라도 아무튼 커다란 자부심으로 의기양양해서 집으로 돌아갔을 것입니다. 그러니까 내일이라도 그 이백 루블리를 받아들이게 하는 것쯤은 손쉬운 일이지요. 그 사람은 이미 자신의 결백함을 충분히 증명해 보인 셈이니까요. 돈을 내동댕이치고 그것을 발로 짓밟았으니까요……. 내가 내일이라도 그 돈을 다시 자기한테 가져오리라고는 생각지 않고 그랬을 테니까요. 그렇지만 그 돈은 정말 그 사람에게는 절대 필요한 돈이에요. 지금 현재는 물론 의기양양해 있겠지만 커다란 도움의 기회를 놓쳐 버렸다고 오늘 당장 후회스럽게 생각될 것입니다. 밤이 되면 더욱 돈 생각이 간절해져서 꿈까지 꾸겠지요. 아마도 내일 아침엔 내게로 달려와서 오히려 잘못했으니 용서해 달라고 말하고 싶은 심정이 될 것입니다. 바로 그럴 때 내가 나타나서『당신은 참으로 자부심이 강한 분입니다. 그걸 당신은 충분히 증명하셨으니까요. 자, 이제는 이 돈을 받아 주십시오. 그리고 나를 용서해 주십시오.』하고 말한단 말입니다. 그러면 그 사람도 돈을 받지 않을 수 없지 않겠어요? 」

알료샤는 환희에 넘친 어조로「그러면 그 사람도 돈을 받지 않을 수 없지 않겠어요? 」라고 거듭 말했다. 리즈는 저도 모르게 손뼉을 탁 쳤다.

「아, 정말 그렇군요! 이제 알겠어요. 알료샤, 당신은 어떻게 그런 것까지 죄다 알고 계시지요? 그렇게 젊은 나이에 남의 마음 구석구석까지 다 들여다보실 줄 아시다니……. 나 같은 건 정말 어림도 없어요…….」

「이제부터 중요한 것은 설사 그 사람이 우리에게서 돈을 받는다 할지라도 우리와 완전히 대등한 위치에 서 있다는 자부심을 갖게 하는 일이지요.」 여전히 기쁨에 들뜬 어조로 알료샤는 말을 계속했다. 「아니 대등하다기보다는 보다 더 높은 위치에서…….」

「보다 더 높은 위치라는 말이 참 그럴 듯하군요. 알렉세이, 어서 계속하세요!」

「내 말의 표현이 좀 서툴렀나 보군요……. 보다 높은 위치라는 것은……하지만 그런 건 문제가 아니예요……왜냐하면…….」

「그럼요, 문제가 아니고말고요! 내가 이렇게 말한다고 화내지 마세요. 네, 알료샤……난 지금까지 당신을 별로 존경하지 않았어요……. 아니 존경하기는 했지만 어디까지나 대등한 위치에서였어요. 그러나 앞으로는 더 높이 우러러보겠어요……. 제발 화내지 마세요, 말을 좀 재치있게 한다고 하는 것이 그만 이렇게 되었군요.」하고 그녀는 걱정에 휩싸여 얼른 말을 이었다. 「나는 이렇게 우스꽝스런 어린 소녀에 지나지 않지만 당신은……당신은……알렉세이 표도로비치, 우리들의, 아니 당신의……. 역시 우리들이라고 말하는 게 낫겠군요……. 우리들의 이러한 판단 속에는 그 사람을, 그 불행한 사람을 멸시하는 요소는 없을까요? 마치 높은 곳에서 내려다보듯이 우리가 지금 그 사람 마음속을 이리저리 파헤쳐 해부하는 것 말예요. 그 사람이 틀림없이 돈을 받을 것이라고 단정지어 본 것 말예요, 그렇지 않을까요?」

「아니예요, 리즈. 멸시 같은 것은 털끝만큼도 없어요.」알료샤는 딱 잘라서 대답했다. 마치 그런 질문을 미리 예상하고 있기라도 한 듯이 「여기로 오는 도중에 벌써 생각해 보았어요. 우리는 그 사람과 똑같은 인간인데, 누구나가 그 사람과 똑같은 인간인데 멸시고 말고가 어디 있겠읍니까? 우리도 그 사람보다 더 나은 것이 하나도 없어요. 설사 나은 점이 있다손 치더라도 그 사람과 같은 입장에 처하게 되면 그와 똑같이 되고 말 것입니다. 당신은 어쩐지 모르지만 나 자신은 여러 모로 보아 천박한 마음의 소유자라고 여겨집니다. 하지만 그 사람은 천박하기는커녕 아주 고상한 영혼을 지닌 사람입니다……. 그러니까 리즈, 그 사람에 대해 멸시 같은 건 조금도 있을 수 없어요! 조시마 장로님께서 이런 말씀을 하신 적이 있어요. 『인간이란 어린 아이 돌보듯 늘 돌봐 줘야 한다, 개중에는 입원한 환자와도 같이 늘 세심하게 간호해 줘야 할 사람도 있다』고 말입니다…….」

「아아, 알렉세이, 정말 좋은 일이에요. 우리 함께 환자들을 간호하듯 인간들을 돌봐 줘요!」

「그럽시다, 리즈. 나도 그럴 생각이에요. 다만 나 자신이 그런 마음의 준비가 완전히 되어 있지 못해서 걱정이에요. 나는 때때로 참을성이 없어지고 또 전혀 사리 판단을 분명히 하지 못하곤 하니까요. 하지만 당신은 그렇지 않아요.」

「어머나, 별말씀을! 하지만 알렉세이, 난 정말 행복해요!」

「그렇게 말씀하시니 나도 참 기쁘군요, 리즈.」

「알렉세이, 당신은 이루 말할 수 없을 만큼 좋은 분이에요. 어떤 때는 어딘지 학자 같은 냄새를 풍기는 것 같지만 그러나 자세히 살펴보면 그런 점은 전혀 없어요. 문 밖을 좀 보고 오세요. 문을 살짝 열고 어머니가 엿듣고 있지나 않나 보세요.」 갑자기 리즈는 짜증 섞인 성급한 어조로 소곤거렸다.

알료샤는 가서 문을 열어 보고 엿듣는 사람이 없다고 말했다.

「그럼 이리 오세요, 알렉세이.」 하고 리즈는 얼굴을 점점더 붉히면서 말을 계속했다. 「손을 좀 잡게 해주세요. 네, 그렇게. 당신에게 중대한 사실을 고백해야겠어요. 어제 드린 편지는 실은 농담이 아니라 진심으로 써 보낸 것이었어요……….」

이렇게 말한 다음 그녀는 한 손으로 눈을 가렸다. 그것을 고백하기가 매우 부끄러웠던 것 같았다. 별안간 그녀는 알료샤의 손을 잡아당겨 세 번 힘껏 입을 맞췄다.

「아아, 리즈, 그건 참 반가운 일이군요!」 하고 알료샤는 기쁜 듯이 외쳤다. 「당신이 그걸 진심으로 써 보냈다는 걸 나도 확신하고 있었어요.」

「뭐라고요? 확신하고 있었다고요?」 그녀는 그의 손에서 입술을 떼었으나, 여전히 손은 놓지 않은 채 얼굴을 빨갛게 물들이면서 행복에 겨운 듯 짤막짤막 끊어지는 웃음으로 웃어댔다. 「내가 손에다 키스해 드리니까 겨우 한다는 말이 『참 반가운 일이군요!』라니요?」 그러나 그녀의 비난은 당치도 않은 것이었다. 알료샤 역시 그다지 태연하지는 못했던 것이다.

「나는 언제나 당신 마음에 들고 싶어하지만 어떻게 하면 좋을지 모르겠어요.」 알료샤도 얼굴을 붉히며 겨우 이렇게 중얼거렸다.

「알료샤, 당신은 정말 냉정하고도 비위가 좋은 분이군요. 제멋대로 나를 자기의 색시감으로 정해 놓고는 마음을 턱 놓고 계시다니 말예요! 그리고 내가 그 편지를 진심으로 썼다고 확신하고 있었다니, 그런 법이 어디 있어요. 그러니 비위가 좋다고 할 수밖엔 없잖아요?」

「하지만 그걸 확신했다는 게 그렇게 나쁜 일인가요?」 알료샤는 껄껄 웃었다.

「아니예요, 알료샤, 나쁘기는커녕 오히려 좋은 일이에요.」 하며 리즈는 행복스러운 듯이 부드러운 눈으로 그를 바라보았다. 알료샤는 여전히 그녀에게 손을 내맡긴 채 그 자리에 서 있었다. 그러다가 갑자기 몸을 굽혀 그녀의 입술에 키스했다.

「아니, 왜 갑자기 그러시죠?」하고 리즈는 소리쳤다. 알료샤는 몹시 당황했다.

「혹시 내가 잘못했다면 용서하세요……. 내가 어쩌면 굉장히 어리석은 짓을 했는지도 모르겠읍니다……. 하지만 당신이 나더러 냉정한 인간이라고 했기 때문에 그만 키스를 해버린 거예요……. 아무래도 좀 쑥스럽게 된 것 같군요…….」

리즈는 웃음을 터뜨리며 손으로 얼굴을 가렸다.

「게다가 그런 수도사의 옷을 입고서!」하고 말이 웃음 소리 사이로 튀어 나왔다. 그러나 그녀는 갑자기 웃음을 멈추더니 진지함을 넘어 거의 준엄한 표정이 되었다.

「알료샤, 키스는 좀더 기다리기로 해요. 우린 아직 그런 걸 할 때가 아니잖아요? 앞으로 오랜 시일을 기다려야 할 형편이니까요.」하고 그녀는 갑자기 결론을 내렸다.「그보다도 당신한테 한 가지 물어보고 싶은 게 있어요. 당신처럼 영리하고 생각이 깊고 눈치 빠른 분이 어째서 나같이 멍청한 바보를 골랐을까요? 아아, 알료샤, 나는 정말 터질 듯이 행복해요. 나 같은 건 당신의 사랑을 받을 만한 가치가 없는 여자예요!」

「아니 그렇지 않습니다! 리즈, 나는 며칠내로 수도원에서 아주 나와 버릴 겁니다. 속세에 나오면 결혼을 해야지요. 이건 나도 잘 알고 있읍니다. 그분께서도 그렇게 말씀하셨으니까요. 그렇게 되면 내게는 당신보다 더 훌륭한 상대는 없을 게고……그보다도 당신을 빼놓고는 누가 나 같은 놈을 택하겠어요? 나는 이 문제에 대해서 깊이 생각해 보았읍니다. 첫째, 당신은 나를 어릴 때부터 잘 압니다. 둘째, 당신은 내게는 전혀 없는 여러 장점들을 지니고 있어요. 나보다 훨씬 명랑하고, 그리고 무엇보다도 당신은 훨씬 순결합니다. 나는 이미 너무나 많은 일을 경험해 버렸읍니다.……아아, 당신은 잘 모르겠지만 나도 역시 카라마조프네 핏줄을 이어받은 인간이니까요! 당신이 누굴 비웃거나 놀리는 것쯤은 아무 문제가 아니예요. 내게도 마찬가지입니다. 아니 얼마든지 비웃어 주세요. 나는 오히려 그것이 기쁠 정도니까요……. 당신은 어린애처럼 웃고 까불지만, 속으로는 순교자와 같은 생각을 지니고 있으니까요…….」

「순교자와 같은 생각이라니요? 그건 무슨 말이에요?」

「그래요, 리즈. 조금 전에도 당신은 이렇게 물었죠, 그 사람의 마음속을 이리저리 파헤쳐 해부해 보는 데는 그 불행한 사람을 멸시하는 마음이 숨어 있는 게 아니냐고요. 그것이 바로 순교자다운 질문이에요……. 무어라고 말하면 좋을지 모르겠지만 그런 질문을 할 수 있는 사람은 스스로 고난을 견딜 수 있는 사람이지요. 당신은 그렇게 안락의자에 앉아 있는 동안에도 벌써 수많은 일들을 곰곰 깊이 생각했던 것이 분명합니다…….」

「알료샤, 손을 이리 주세요. 왜 그렇게 손을 빼세요?」너무나 커다란 행복에 젖어 맥빠진 듯한 가냘픈 목소리로 리즈는 말했다.「그보다는 알료샤, 수도원에서 나오시면 어떤 옷을 입으시겠어요? 웃지 말고 화내지도 마세요……. 이건 나한테 아주 중요한 문제니까요.」

「의복에 대해선 아직 생각해 본 일이 없지만 당신이 좋다면 어떤 옷이든 입지요.」

「나는 당신이 곤색 빌로도 저고리에 흰 능직(綾織) 조끼를 받쳐 입고 부드러운 회색 펠트 모자를 쓰시면 좋겠어요……. 그건 그렇고, 아까 내가 어제 써 보낸 편지는 거짓말이라고 했을 때 당신은 내가 정말 당신을 사랑하지 않는다고 생각하셨나요?」

「아니, 그렇게는 생각지 않았어요.」

「아이 참, 당신 같은 사람하곤 말도 못하겠군요!」

「실은 당신이 나를……좋아하는 것 같다는 건 알고 있었지만 당신이 나를 싫어한다는 그 말을 그대로 믿는 체 했을 뿐이지요. 그러는 편이 당신에게 좋을 것 같아서…….」

「그건 더 나빠요! 더 나쁘기도 하고 더 좋기도 하고……. 알료샤, 나는 당신이 이루 말할 수 없이 좋아요. 아까 당신이 오시기 전에 나는 점을 치기도 했어요. 어제 보낸 편지를 돌려달라고 해서 만일 당신이 태연한 얼굴로 그걸 꺼내 주면, 당신이라면 능히 그럴 수 있을 것 같았거든요. 그건 나를 조금도 사랑하고 있지 않을 뿐더러 아무것도 느낄 줄 모르는 우둔하고 더 쓸모없는 소년에 지나지 않는다는 뜻이니까 나는 영영 파멸이다라고 말예요. 그런데 당신이 그 편지를 암자에다 두고 왔다고 해서 얼마나 기뻤는지 몰라요. 당신은 내가 편지를 돌려달라고 할 줄 알고 일부러 그걸 암자에게 두고 오셨죠? 그렇잖아요? 편지를 돌려주기가 싫어서 그러셨죠? 네, 안 그래요?」

「천만에, 그렇지 않아요, 리즈. 그 편지는 지금도 여기 가지고 있는걸요. 아까도 여기 이 호주머니 속에 들어 있었죠. 자, 보세요.」

알료샤는 웃으면서 편지를 꺼내, 멀찍이 떨어져 들고서 그녀에게 보여 주었다.「그렇지만 당신한테 돌려주진 않을 테니 거기서 구경만 하세요.」

「뭐라고요? 그럼 아까는 거짓말을 하셨군요? 수사님이 거짓말을 하다니!」

「거짓말을 했는지도 모르죠.」하고 알료샤는 웃었다.「당신한테 편지를 내어 주지 않으려고 그랬던 거예요. 이건 나한텐 아주 귀중한 것이니까요.」갑자기 열정적인 목소리로 이렇게 덧붙이고는 또다시 얼굴을 붉혔다.「이건 앞으로 영원히 누가 뭐라 해도 내줄 수 없어요.」

리즈는 감격과 환희에 넘쳐 그를 바라보았다.「알료샤!」그녀는 다시 속삭이듯 말했다.「문 밖에서 어머니가 엿듣고 있지 않나 보고 오세요.」

「그래요, 리즈. 그렇지만 그러지 않는 게 좋지 않을까요? 설마 어머님이 그런 점잖지 못한 행동을 하실라고요?」

「뭐가 점잖지 못한 행동이에요? 어머니가 딸의 일을 걱정하여 엿듣는 건 점잖지 못한 짓이 아니라 어머니로서의 당연한 권리예요.」하고 리즈는 발끈해서 말했다.「미리 말해 두지만요 알렉세이, 내가 나중에 어머니가 되어 나 같은 딸을 두게 되면 나는 꼭 그 딸애가 하는 일을 몰래 살펴볼 거예요!」

「정말이에요, 리즈? 그건 좋지 않은 일인데.」

「아니 뭐가 안 좋아요? 그저 보통 세상 이야기나 하고 있는 걸 엿듣는다면 몰라도, 만약 자기 딸이 젊은 남자와 단 둘이서 문을 닫고 방에 들어앉아 있는 경우라면 다르잖아요……. 잘 들어 두세요, 알료샤. 나는 결혼식을 올리기만 하면 당신이 하는 일도 죄다 몰래 감시할 테니까요. 그리고 당신에게 오는 편지도 모두 뜯어서 읽어 보겠어요……미리부터 그런 줄 알아 두세요…….」

「그야 물론이지요. 그렇게 하고 싶다면야…….」하고 알료샤는 중얼거렸다. 「하지만 그건 좋지 않은 일이에요…….」

「사람을 그렇게 깔보기예요, 알료샤! 우린 처음부터 싸우지 않기로 해요, 네? 내 입으로 솔직히 말씀드리겠어요. 물론 엿듣는다든가 몰래 감시한다든가 하는 건 아주 좋지 않은 일이죠. 내가 그르고 당신이 옳다는 것도 잘 알아요. 그래도 역시 나는 당신을 몰래 감시할 거예요.」

「어디 맘대로 해봐요. 그렇지만 나한테서는 아무것도 얻어내지 못할걸요?」하고 알료샤는 웃었다.

「알료샤, 당신은 내 말에 복종하시겠어요, 안하시겠어요? 이것도 미리 다짐을 받아 둬야겠군요.」

「기꺼이 복종하지요, 리즈, 정말. 그렇지만 근본적인 문제에 대해서만은 다르죠. 근본적인 문제에 대해선 서로의 의견이 상반되더라도 나는 의무가 명령하는 대로 행동할 것입니다.」

「물론 그래야죠. 그렇지만 나는 근본적인 문제에 대해서도 언제나 당신을 따를 뿐만 아니라 다른 모든 일에 있어서도 역시 당신이 하자는 대로 할 생각이에요. 지금 여기서 맹세하겠어요. 매사에 있어서, 그리고 죽는 날까지!」리즈는 열정적으로 외쳤다.「그리고 나는 그것을 다시 없는 행복으로 생각하겠어요! 그뿐만 아니라 나는 절대로 당신이 하는 일을 몰래 감시하는 짓 따위는 하지 않겠어요. 어떤 일이 있더라도 그렇게 하지 않겠다고 맹세하겠어요. 편지도 절대 읽지 않겠어요! 당신은 어디까지나 옳고 나는 그렇지 못하니까요. 사실은 당신이 하는 일을 감시하고 싶어 안달이 나겠지만 그렇게 하지 않기로 하겠어요. 당신이 좋지 않다고 하시니까요. 이제 당신은 나를 이끌어 주는 하느님 같은 존재예요……. 그런데, 알렉세이, 왜 요며칠 동안, 어제도 오늘도 그렇게 슬픈 얼굴을 하고 계시죠? 당신에게 여러 가지 걱정거리와 불행한 일이 있는 건 알지만 그것 말고도 또 커다란 슬픈 일이 있는 것 같아요. 혹시 무슨 말 못할 슬픔이라도 있나요?」

「그래요, 리즈. 남에게 말 못할 슬픔이 있어요.」알료샤는 침울한 목소리로 말했다.「그것을 알아맞히는 걸 보니 정말 나를 사랑하는군요.」

「무슨 슬픔이지요? 도대체 어떤 일이에요? 말해 주실 수 없어요?」리즈는 조심스럽게 애원하듯 말했다.

「나중에 말하기로 하죠. 리즈……나중에…….」알료샤는 당황한 목소리로 대답했다.「지금 말한다 해도 아마 이해할 수 없을 거예요. 그리고 나 스스로도 제대로 설명할 수도 없을 거고…….」

「나도 알만 해요. 아버님과 형님들이 당신을 괴롭히는 거죠?」

「그래요, 형들까지도…….」알료샤는 생각에 잠기는 듯이 중얼거렸다.

「나는 당신 형님, 이반은 어쩐지 싫어요.」하고 리즈는 불쑥 말했다.

이 말에 알료샤는 약간 놀랐으나 거기에 대해 아무 대꾸도 하지 않았다.

「우리 형님들은 스스로 파멸의 길을 걷고 있어요.」그는 다시 말을 계속했다.「아버지도 마찬가지예요. 그리고 자기 자신만이 아니라 다른 사람까지도 파멸시키고 있어요. 요전에 파이시 신부님께서 말씀하신 것처럼 거기에는 카라마조프적인 원시적 힘이 작용하고 있는 거예요. 마치 대지(大地)와도 같은 흉포(凶暴)하고 난폭한 힘이지요……. 이런 힘 위에 하느님의 의지가 과연 작용하고 있는지 아닌지 그런 것조차 나로서는 알 수 없는 일이에요……. 내가 아는 것은 단지 나 자신도 카라마조프라는 것뿐이에요……. 과연 내가 수도사일까? 리즈, 과연 나를 수도사라고 할 수 있을까? 당신이 방금 나보고 수도사라고 했지요?」

「네, 그랬어요.」

「하지만 어쩌면 나는 하느님을 믿지 않는지도 모르겠어요.」

「당신이 믿지 않는다고요! 왜 갑자기 그런 말씀을 하시죠?」리즈는 작은 소리로 조심스레 물었다. 그러나 알료샤는 대답하지 않았다. 너무나도 돌발적인 알료샤의 이 말 속에는 무언가 엄청나게 신비스럽고 또 엄청나게 주관적인 무엇이 숨어 있었다. 그것은 어쩌면 알료샤 자신도 분명히 알 수 없는 것인지도 모르지만 아무튼 그를 괴롭히고 있는 것이라는 점만은 의심할 여지가 없었다.

「게다가 지금 나의 마음의 벗이며 또 이 세상에서 첫째가는 인간이 이 세상을 막 하직하고 떠나려 합니다. 내 마음이 그분의 영혼과 얼마나 밀접하게 결합되어 있는지! 아아, 리즈, 그걸 당신이 안다면! 그분이 떠나면 난 외롭게 홀로 남게 되거든요……. 나는 당신에게 오겠어요, 리즈……앞으로 언제나 함께 있어요.」

「네, 함께 있어요. 언제나 함께! 앞으로 한평생을 둘이 함께 살아요. 알료샤, 나한테 키스해 주시지 않겠어요? 허락할 테니까.」

알료샤는 그녀에게 키스했다.

「그럼, 그만 가 보세요. 안녕!」하고 리즈는 그를 향해 성호를 그었다. 「그분이 돌아가시기 전에 어서 가 보세요. 내가 당신을 너무 오래 붙들고 있었던 것 같군요. 오늘 나는 그분과 당신을 위해 기도하겠어요! 알료샤, 우린 행복할 거예요! 그래요, 행복하게 되고말고요! 그렇지요, 네?」

「그렇게 될 거예요, 리즈.」

리즈의 방에서 나온 알료샤는 호흘라코바 부인한테는 들르지 않는 편이 낫겠다고 생각하고 그냥 밖으로 나가려고 했다. 그러나 문을 열고 층계로 나서자 어디서 나타났는지 호흘라코바 부인이 그의 앞을 가로막았다. 부인이 하는 첫마디를 듣자, 알료샤는 그녀가 일부러 거기서 자기를 기다리고 있었다는 것을 알았다.

「알렉세이 표도로비치, 이거 정말 큰일이에요. 그건 철딱서니 없는 아이들의 어리석은 잠꼬대에 지나지 않아요. 설마 당신까지 그따위 터무니없는 공상을 하진 않겠죠……. 정말 어리석은 일이에요, 어리석기 짝이 없어요!」하고 부인은 그에게 대들었다.

「그렇지만 리즈에게만은 그런 말씀은 하지 마세요.」하고 알료샤는 말했다. 「그런 말을 했다가는 또 흥분할 거예요. 지금 리즈에겐 그게 가장 해로우니까요.」

「분별있는 젊은 분의 분별있는 말씀이라고 들어 두겠어요. 그러니까 이렇게 해석해도 상관 없지요? 당신이 그애의 말에 동의한 것은 그애의 건강을 염려하여 그애 신경을 건드리지 않으려고 배려해서 그런 것이라고요.」

「아니, 결코 그렇지는 않아요. 나는 어디까지나 진심으로 리즈에게 이야기했으니까요.」알료샤는 딱 잘라 말했다.

「진심으로 그랬다니요? 그건 말도 안 돼요. 생각할 수도 없어요. 앞으로 절대로 당신을 우리집에 들이지도 않으려니와 그애를 데리고 난 여길 떠나 버릴 테니 그리 아세요.」

「그렇게까지 하실 필요는 없지 않아요?」알료샤는 말했다.「이건 아직도 먼 앞일인걸요. 적어도 일 년 반이나 기다려야 할지도 모르는데요.」

「그야 그렇지요. 알렉세이 표도로비치, 그건 옳아요. 그 일 년 반 사이에 당신은 그애와 천 번은 싸우고, 헤어지고 하겠지요. 그렇지만 나는 불행해요. 정말 불행해요! 물론 그게 터무니없는 일이라는 건 알지만 나한테는 너무 커다란 충격이에요! 나는 지금 마지막 장면의 파무소프(그리보예도프의 희곡《지혜의 슬픔》의 등장 인물)이고 당신은 차즈키, 그리고 그애는 소피야라고 하면 좋겠군요. 그뿐인가요? 나는 당신을 만나려고 일부러 이 층계 위로 달려나왔는데, 그 연극에서도 비극은 모두 층계 위에서 일어나거든요. 당신과 그애가 하는 얘기를 모두 들었는데요, 나는 너무나 기가 막혀 쓰러질 것만 같았어요. 그러고 보니, 어젯밤의 그 무서운 소동이라든지 아까 그애가 히스테리를 부린 것도 이제 까닭을 알겠어요. 〈딸에겐 달콤한 사랑일지는 몰라도 어머니에겐 죽음이나 다름 없다〉는 말(《지혜의 슬픔》의 소피야의 어머니의 대사)은 일리가 있어요. 그리고 또 그애가 써 보냈다는 편지 말예요. 도대체 무슨 편지인지 지금 당장 내게 보여 줘요, 지금 당장!」

「아니, 그럴 필요는 없어요. 그보다도 카테리나 이바노브나는 좀 어때요? 그게 궁금하군요.」

「여전히 헛소리를 하며 누워 있어요. 아직 제정신을 못 차리고 있지요. 이모님들은 그저 한숨만 푹푹 쉬고, 공연히 나한테 거드름만 피우고 있어요. 게르첸슈트베 선생도 오긴 왔지만 놀라서 어쩔 줄 모르고 있으니 나도 그 사람을 어떻게 도와야 할지 모르겠어요. 그래서 다른 의사를 또 불러 오려고까지 했다니까요. 별 수 없이 그 사람은 우리집 마차로 돌려보내고 말았지요. 그런 데다가 느닷없이 당신이 나타나서 편지니 뭐니 하고 법석을 떨게 하니 어쩌면 좋아요. 하긴 아직 일 년 반 뒤의 일이긴 하지만 모든 위대하고 성스러운 이름 앞에 맹세할 테니 제발 그 편지를 내게 보여 줘요. 알렉세이 표도로비치, 난 그애의 어머니란 말예요! 정 그러시다면 당신 손가락으로 들고서 보여만 주세요. 그냥 한 번 읽어 보기만 할 테니.」

「아니, 보여 드릴 수 없어요. 리즈가 허락한다고 해도 나로서는 안 됩니다. 내일 다시 올 테니 원하신다면 그때 여러 가지로 의논하기로 하시지요. 오늘은 이만 실례해야겠읍니다.」

이렇게 말하고 나서 알료샤는 층계에서 한길로 달려나갔다.

2. 기타를 든 스메르쟈코프

사실 알료샤에겐 시간이 없었다. 조금 전에 리즈와 작별 인사를 할 때 어떤 생각이 이미 머리속에 퍼뜩 떠올랐던 것이다. 그것은 다름 아니라, 분명히 자기를 피하려고만 하는 큰형 드미트리를 무슨 수로 지금 곧 찾아낼 수 있을까 하는 것이었다. 이제는 시간도 꽤 지나 오후 두 시가 넘었다. 알료샤는 지금 곧 수도원에서 숨을 거두려하고 있는 그의 〈위대한 인간〉한테 온 정신이 쏠리기는 했지만 드미트리 형을 만나야 하겠다는 욕구가 그를 사로잡고 말았다. 무언가 피할래야 피할 수 없는 무서운 파국(破局)이 곧 일어나고야 말 것이라는 확신이 시시각각으로 그의 머리속에서 커 가고 있었던 것이다. 그러나 구체적으로 말해서 그 파국이 어떠한 것일지, 그리고 지금 이 순간 드미트리 형을 만나 무슨 얘기를 하려는 건지 그것은 알료샤 자신도 분명하게 설명할 수 없는 것이다. 『비록 내가 없는 사이에 나의 은인이 세상을 떠난다 할지라도 내 손으로 능히 구해 낼 수 있는 사람을 구해 주지 않고 그냥 그 옆을 지나쳐 급히 돌아와 버렸다는 자책감만은 적어도 한평생 느끼지는 않을 것이다. 또 그렇게 하는 것이 그분의 위대한 가르침을 받드는 것이 될 테니까……』

알료샤가 품은 생각은 부지불식간에 드미트리 형을 습격하여 그를 붙잡자는 것이었다. 즉 어제처럼 울타리를 뛰어넘어 그 정자에 잠복할 작정이었다. 『만약에 형이 거기 오지 않는다면?』하고 알료샤는 생각했다. 『포마에게나 집 주인 노파에게는 아무 말 말고 밤이 될 때까지 정자에 숨어 기다리기로 하자. 만약 형이 여전히 그루셰니카가 오는가 망을 보고 있다면 반드시 그 정자에 올 게 아닌가……』그러나 알료샤는 자기의 계획을 더 이상 곰곰이 생각해 보기도 전에, 비록 오늘중으로 수도원에 돌아가지 못하게 되더라도 이 계획을 곧바로 실행에 옮기기로 결심했다.

만사가 아무 탈 없이 잘 되어 나가서 그는 어제와 거의 같은 지점에서 울타리를 넘어 살그머니 정자에까지 갔다. 그는 아무에게도 안 들키기를 바랐다. 주인 노파건 포마건(만일 거기서 만난다면) 형의 편을 들어 그의 명령에 따르고 있는지도 모른다. 정자에는 아무도 없었다. 알료샤는 어제 앉았던 자리에 앉아 기다리기로 했다. 그는 정자를 둘러보았다. 어쩐지 어제 보기 보다는 훨씬더 초라하고 낡아 보였다. 그러나 어제와 다름없이 화창한 날씨였다. 녹색 탁자 위에는 어제 꼬냑 잔이 엎어졌는지 둥그런 반점이 나 있었다. 사람을 기다릴 때면 으레 경험하게 되는 아무 의미없고 쓸데없는 자잘한 상념들이 살며시 고개를 쳐들었다. 예컨대, 왜 나는 이 정자에 들어와서 다른 자리에 앉지 않고 하필이면 어제와 똑같은 자리에 앉았을까? 하는 따위의 생각이었다. 마침내 그는 매우 서글픈 기분에 빠져 버렸다. 그것은 앞의 일을 예측할 수 없는 불안함에서 기인하는 서글픔이었다.

그러나 정자에 자리잡고 앉아 십오 분이 미처 지나기 전에 갑자기 어딘가 매우 가까운 곳에서 기타 치는 소리가 들려 왔다. 그전부터 거기 앉아 있었는지 아니면 방금 그곳에 와서 앉았는지, 아무튼 정자에서 스무 발짝도 안 되는 수풀 속에 누군가가 있는 것이 분명했다. 알료샤는 문득 생각나는 것이 있었다. 어제 드미트리 형과 헤어져 이 정자에서 나갈 때 왼쪽 울타리 옆 수풀 속에 낡은 초록빛 정원용 긴 의자 같은 것이 눈에 띄었었다. 그렇다, 누군가 바로 그 긴 의자 위에 지금 앉아 있구나, 하지만 도대체 누굴까? 그때 갑자기 일부러 꾸민 듯이 달콤한 남자의 노랫소리가 기타에 맞춰 들려 오기 시작했다.

> 억누를 수 없는 힘으로
> 나는 그님을 사모하노라.
> 오 주여, 긍휼히 여기소서
> 사랑하는 그녀와 나를!
> 사랑하는 그녀와 나를!
> 사랑하는 그녀와 나를!

노래 소리는 뚝 끊어졌다. 듣기에도 천한 테너였고 가락 역시 저속한 것이었다. 그런데 이번에는 그것과는 다른, 부끄러워하면서도 비위를 맞추려는 듯한 여자의 목소리가 들려 왔다.

「파벨 표도로비치, 왜 그렇게 오랫동안 우리집에 안 오셨어요? 정말 우릴 항상 업신여기시나요?」

「천만에요.」 하고 남자는 공손히, 그러면서도 어디까지나 위엄을 잃지 않겠다는 듯한 목소리로 대답했다. 짐작컨대, 남자가 우위에 서 있고 여자가 그 비위를 맞추고 있는 입장인 모양이었다. 『남자는 스메르쟈코프 같은 걸.』 하고 알료샤는 생각했다. 『목소리만 들어도 알 수 있어. 그리고 여자는 틀림없이 이 집 딸일 거야, 모스크바에서 돌아왔다는 그 요란한 꼬리가 달린 치마를 입고 마르파에게 수프를 얻으러 다니는 딸일 거야……』

「나는 시라면 어떤 종류이건 다 좋아해요, 그럴 듯하게 된 것이라면.」 여자의 목소리가 계속 들려 왔다. 「왜 그 뒤를 이어서 부르지 않으세요?」

　남자가 다시 노래부르기 시작했다.

　　왕관과도 바꾸지 않으리
　　나의 귀여운 그 님.
　　오 주여, 긍휼히 여기소서
　　사랑하는 그녀와 나를!
　　사랑하는 그녀와 나를!
　　사랑하는 그녀와 나를!

　「요전에 불러 주신 구절이 더 좋았어요.」여자의 목소리가 말했다. 「전번엔 〈나의 어여쁜 그 님〉이라고 하셨죠? 그렇게 부르는 편이 훨씬더 부드럽게 들려요. 오늘은 아마도 그 구절을 잊어버리셨나 봐요?」

　「시라는 건 아무 데도 쓸데없는 겁니다.」하고 스메르쟈코프는 딱 잘라 말했다.

　「어머, 무슨 말씀이세요! 나는 시를 참 좋아하는 걸요.」

　「시라고 하니까 괜히 뭣처럼 생각되지만 사실은 아무것도 아니지요. 생각해 봐요, 도대체 운(韻)을 맞춰 말하는 사람이 어디 있읍니까? 만일 정부에서 그런 명령이 내려와 모든 사람이 운에 맞춰 말을 한다면 아마 하고 싶은 말도 제대로 못할 거예요. 시란 도대체가 아무짝에 쓸모없는 것이란 말예요, 마리야 콘드라치예브나.」

　「어쩜, 그렇게 모든 걸 다 알고 계실까? 정말 당신은 모르는 게 없군요!」여자의 목소리는 점점더 교태를 띠어 갔다.

　「어릴 때부터 그런 운명을 타고 나지 않았더라면 좀더 많은 걸 할 수 있고 좀더 많은 걸 알 수 있었을 겁니다. 누가 나를 스메르쟈스챠야(악취를 풍기는 여자)의 뱃속에서 태어난 아비 없는 자식이라고 헐뜯는 놈이 있으면 당장에 결투를 신청하여 권총으로 쏘아 죽이고 싶은 심정입니다. 모스크바에서 그런 욕을 하는 놈이 있었어요. 그리고리 덕분에 그런 소문이 거기까지 퍼졌거든요. 그리고리는 내가 내 자신의 출생을 저주한다고 욕하면서 『네가 억지로 그 여자의 자궁을 찢고 나온 거야.』라고 말합니다. 내가 자궁을 찢었건 아니건 상관 없지만 나로서는 뱃속에 있을 때 그냥 자살해 버리지 못한 게 한이 될 지경이니까요. 아예 이 세상 빛을 보지 않게 말입니다. 시장에 나가면 사람들이, 네 에미는 머리를 새둥지같이 하고 돌아다녔다느니, 키는 아주 쪼끄매서 넉 자 반이 될까 말까

했다느니 하고 떠듭니다. 당신 어머니까지 나한테 그런 소리를 한다니까요. 도대체 무엇 때문에 쪼끄맣다고 말해야만 하지요? 모두들 흔히 말하듯이 작다고 해도 될 것을 말입니다. 표현을 좀 애처롭다는 식으로 하려는 것이겠지만 이런 따위의 표현은 말하자면 무지막지한 농민들의 눈물, 농민들의 감정이라는 겁니다. 도대체 러시아의 농민들이 교육받은 사람들과 같은 감정을 지닐 수 있을까요? 그런 무지몽매한 인간들에겐 아무런 감정도 있을 수 없어요. 나는 어릴 때부터 그 쪼끄맣다는 말을 들을 때마다 마치 벽에 머리가 부딪치는 것 같은 느낌이 들곤 했어요. 마리야 콘드라치예브나, 나는 러시아 전체를 증오합니다.」

「그렇지만 만약 당신이 육군 사관 후보생이라든가 젊은 경기병(輕騎兵)이었다면 아마 그런 말씀을 하시진 않을 거예요. 장검을 빼어들고 러시아를 지키려고 나서겠지요.」

「나는 말예요, 마리야 콘드라치예브나. 육군의 경기병 따위가 되고 싶은 생각은 추호도 없어요. 도리어 군인이라는 것들은 모조리 없애버리고 싶은 심정입니다.」

「그럼 적군이 쳐들어올 때에는 누가 우리를 지켜 주지요?」

「도대체 지킬 필요가 어디 있어요? 1812년에 프랑스의 황제 나폴레옹 1세——지금 황제의 아버지지요——의 러시아 대원정이 있었는데 차라리 그때 프랑스 사람들한테 완전히 정복되었더라면 좋았을 겁니다. 현명한 민족이 우매한 민족을 정복해서 병합해 버려야 하는 거예요. 그랬더라면 지금쯤은 사정이 전혀 달라졌을지도 모르죠.」

「그럼 그 사람들이 우리보다 낫다고 생각하세요? 나는 우리 러시아의 멋쟁이 한 사람과 영국 청년 세 사람과를 바꾸라고 해도 절대 바꾸지 않겠어요.」 하고 마리야는 상냥스럽게 말했다. 이렇게 말하면서 그녀는 분명히 애가 타는 눈길로 상대방을 바라보고 있었을 것이다.

「그야 사람은 제각기 취향이 다르니까요.」

「그렇지만 당신은 외국 사람과 똑같아요. 좋은 집안에 태어난 외국 사람 같은 걸요……. 당신에게 이런 소릴 하는 것은 부끄러운 일이지만요…….」

「듣고 싶다면 더 말씀드리지요. 도덕적 타락이라는 점에서 보면 외국 사람이나 러시아 사람이나 조금도 다를 게 없읍니다. 모두가 하나같이 악당들이니까요. 다만 저쪽 친구들은 번쩍번쩍하는 에나멜 구두를 신고 있는 데 비해 이쪽 친구들은 거지처럼 악취를 풍기고 있으면서도, 그걸 아무렇게도 생각지 않는다는 점이 다를 뿐이지요. 어제 표도르 파블로비치가 말한 것처럼, 러시아 놈들은 그저 두들겨 패야 해요. 하긴 그 사람 자신을 비롯해서 그 아들들도 모두가 머리가 돈 친구들이지만요.」

「그래도 이반 표도로비치만은 매우 존경하신다고 당신이 말하지 않았어요 ?」

「하지만 그 사람은 나를 더러운 머슴 놈으로 취급하고 있어요. 내가 무슨 모반이라도 일으킬 놈인 것처럼 생각하는 모양이지만 그건 나를 잘못 생각한 거고, 내 주머니에 얼마만큼의 돈만 있었다면 벌써 옛날에 이곳을 뜨고 말았을 겁니다. 드미트리 표도로비치로 말하면, 그 행동 거지나 두뇌나 빈털터리라는 점으로 보나 어느 머슴 놈보다도 못한 인간이고 또 무엇 하나 제대로 할 줄 모르는 위인인 데도 불구하고 모든 사람들로부터 존경을 받고 있어요. 나 같은 건 그저 요리사에 지나지 않지만, 혹시 재수가 트이면 모스크바의 페트롭카 거리에서 까페를 겸한 레스토랑을 벌일 수도 있지요. 난 특별한 요리법을 알고 있으니까요. 모스크바에는 외국 사람을 빼놓고는 그런 특수한 기술을 지닌 사람이 하나도 없어요. 그런데 드미트리 표도로비치는 가난뱅이라고는 하지만 한다하는 백작(伯爵) 집의 아들이라도 그 사람이 결투를 신청하는 경우 수치감을 느끼지 않을 겁니다. 하지만 그 사람이 어느 점에서 나보다 낫읍니까 ? 나보다 낫다면 그건 나와는 비교할 수도 없을 만큼 멍청이이기 때문이겠죠. 그는 아무 소용도 없는 일에 얼마나 많은 돈을 낭비했는지 모르거든요.」

「결투라는 건 참 멋있을 것 같아요.」 하고 마리야가 불쑥 말했다.

「뭐가 멋있어요 ?」

「스릴 있고 용감하잖아요 ? 특히 두 사람의 젊은 장교가 한 여자 때문에 서로 권총을 겨누고 쏘아 대는 장면은, 그야말로 한 폭의 그림 같을 거예요. 여자들에게도 구경을 시켜 준다면 꼭 한 번 보고 싶어요.」

「이쪽에서 상대편을 겨누고 있을 때야 좋겠지만 저쪽에서 이쪽의 이마빡을 똑바로 겨누고 있는 차례라면 그야말로 후회하는 생각이 들 겁니다. 당장 그 자리에서 도망치고 싶어지겠지요, 마리야 콘드라치예브나.」

「당신이라면 도망치시겠어요 ?」

그러나 스메르쟈코프는 그녀의 질문에 대꾸하지 않았다. 잠시 침묵이 계속된 뒤에 또다시 기타를 치는 소리가 나더니 아까처럼 일부러 꾸민 것 같은 목소리가 마지막 구절을 부르기 시작했다.

　　뭐라고 그대가 말리신다 해도
　　기어이 나는 이곳을 떠나리.
　　나의 일생을 즐기리
　　화려한 수도 거리에서 !

나의 슬픔이여, 안녕.
영원히 안녕, 나의 슬픔이여
내 영원히 슬퍼하지 않으리니!

이때 뜻밖의 일이 일어났다. 알료샤가 갑자기 재채기를 했던 것이다. 긴 의자에서 들려 오던 노래소리가 뚝 끊어졌다. 알료샤는 자리에서 일어나 그들이 있는 곳으로 걸어갔다. 남자는 과연 스메르쟈코프였다. 멋있는 옷으로 차려 입고, 다리미질 한 것 같은 머리에 포마드를 바르고, 번쩍거리는 에나멜 구두를 신고 있었다. 기타는 긴 의자 위에 놓여 있었다. 여자는 역시 짐작했던 것과 같이 이집 딸인 마리야인데 일 미터 반이나 되는 긴 꼬리가 달린 엷은 하늘빛 옷을 입고 있었다. 아직도 나이가 어린 데다가 얼굴 생김새도 제법 괜찮은 편인데 아깝게도 얼굴이 너무 동그랗고 게다가 주근깨투성이였다.

「드미트리 형님은 곧 돌아오실까?」알료샤는 될 수 있는대로 침착하게 말을 건넸다. 스메르쟈코프는 천천히 긴 의자에서 일어났다. 마리야도 따라 일어섰다.

「내가 드미트리 표도로비치에 대해서 알 턱이 있읍니까? 내가 그분의 문지기라면 또 몰라도 말이지요.」스메르쟈코프는 차근차근 분명한 목소리로 퉁명스럽게 대답했다.

「혹시 알고 있는지 해서 한 번 물어본 거야.」하고 알료샤가 변명했다.

「나는 그분이 어디 계신지 전혀 알지 못할 뿐더러 알려고도 하지 않습니다.」

「그렇지만 형님 말을 들으니, 자네는 집 안에서 일어나는 일을 모두 형님에게 알리기로 되어 있다면서? 그리고 그루세니카가 오면 곧 알려 주겠다고 약속했다던데.」

스메르쟈코프는 천천히 눈을 들어 태연한 표정으로 그를 쳐다보았다.

「그건 그렇지만 도대체 지금 어떻게 이리로 들어오셨죠? 대문은 한 시간 전에 빗장을 질러 놨을 텐데요.」그는 알료샤의 얼굴을 응시하며 이렇게 물었다.

「골목길에서 저쪽 울타리를 넘어 곧장 정자 쪽으로 걸어왔어.」알료샤는 마리야를 보고 다시 말했다.「함부로 넘어들어와 미안하오. 한시바삐 형님을 만나봐야 하기 때문에……..」

「아아뇨, 저희들에게 미안하고 말고가 어디 있어요!」알료샤가 사과하는 바람에 기분이 좋아진 마리야가 말꼬리를 길게 끌며 말했다.「드미트리 표도로비치는 곧잘 울타리를 넘어서 정자 쪽으로 가시곤 하는 걸요. 저희들도 모르는 사이에 어느 틈엔가 정자에 가 앉아 계시곤 하는 걸요.」

「나는 지금 이리저리 형님을 찾아다니는 중인데, 어떻게 해서든지 형님을 꼭 만나든지, 아니면 형님이 어디 계신지 당신네에게 물어봐야겠어요. 실은 형님 자신을 위해 매우 중대한 용건이 있기 때문이오.」

「그분은 저희들에겐 아무 말씀도 하시지 않아요.」 마리야는 더듬더듬 대답했다.

「바로 이웃이어서 나는 그저 놀러 오곤 하는데요.」 스메르쟈코프가 다시 입을 열었다. 「그분은 이런 데서까지 주인 영감님께 대해 꼬치꼬치 캐물으시며 날 못 살게 굴어요. 집에서 무슨 일이 있었느냐, 누가 왔다간 사람은 없었느냐, 그것 말고 또 뭐 알려 줄 만한 일은 없느냐, 등등 귀찮을 정도로 물으십니다. 벌써 두 번이나 죽여 버리겠다고 협박을 하시기까지 했으니까요.」

「뭐, 죽여 버리겠다고?」 알료샤의 눈이 휘둥그래졌다.

「그분 성격이라면 그만한 일쯤 능사로 하실 겁니다. 아까도 직접 보시지 않았어요? 만약에 내가 그루세니카를 집 안에 들여 놓아 자고 가게만 하는 날이면 가장 먼저 나부터 없애 버리겠다고 하시더군요. 무서워 견딜 수가 없어요. 더 이상 이런 무서운 꼴을 당하지 않으려면 경찰에 고발할 수밖에 없을 것 같습니다. 정말 그분이 무슨 일을 저지를지 모르거든요.」

「요전에도 이분을 보고 『절구에 넣어 빻아 버리겠다.』 라고 하셨어요.」 마리야가 덧붙였다.

「뭐 그냥 하는 말이겠지…….」 알료샤가 말했다. 「지금 바로 형님을 만날 수만 있다면 그런 이야기는 형님께 적당히 말씀드리겠는데…….」

「다른 건 몰라도 한 가지만은 알려 드릴 수가 있지요.」 그제서야 마음을 정했는지 스메르쟈코프가 갑자기 입을 열었다.

「나는 그저 이웃 친구로서 여기에 오곤 하는 건데요. 이웃에 놀러 다니지 말라는 법은 없지 않습니까? 그건 그렇고 오늘 아침 일찍 나는 이반 표도로비치의 분부로 오제르나야 거리에 있는 드미트리 표도로비치 댁으로 심부름을 갔었읍니다. 편지 같은 건 없었고, 단지 함께 식사를 하고 싶으니 광장 근처의 요리집으로 나와 주셨으면 좋겠다고 내 입으로 해 달라는 분부였읍니다. 그래서 그리로 갔더니, 드미트리 표도로비치는 마침 댁에 안 계시더군요. 아마 여덟 시가량 되었을 땐가요? 『예, 여기 계셨는데 방금 나가셨읍니다.』 하고 그 집 주인이 말하더군요. 두 분 사이에 미리 약속이 되어 있던 게 아닌가 하는 생각이 들었어요. 그러니까 지금쯤은 어쩌면 그 요리집에서 이반 표도로비치와 마주 앉아 계실지도 모르죠. 이반 표도로비치는 식사하러 집에 돌아오시지는 않았으니까요. 영감님은 한 시간 전에 혼자 점심을 잡수시고 지금은 누워서 쉬고 계십니다. 그렇지만 내 얘기나, 내가 이런 소릴 하더라는 말 같은 건 절대로 하지 마십시오. 그랬다가는 나는 틀림없이 그분 손에 죽고 맙니다.」

「그러니까 오늘 이반 형님이 드미트리 형님을 요리집으로 초대했단 말이지?」알료샤가 재빨리 되받아 물었다.

「예, 그렇습니다.」

「광장에 있는 〈수도집〉이라는 요리집 말이야?」

「바로 그 집입니다.」

「그럴 수도 있겠지!」알료샤는 매우 흥분한 목소리로 외쳤다.「고마와, 스메르쟈코프. 참 중요한 걸 알았어. 그럼 지금 곧 가 봐야겠군.」

「제발 내 말은 하지 마세요.」스메르쟈코프가 등 뒤에 대고 말했다.

「괜찮아, 염려 말고 있어. 우연히 요리집에 들른 것처럼 할 테니까.」

「아니, 어디로 가세요? 제가 문을 열어 드리지요!」마리야가 외쳤다.

「아닙니다, 이쪽으로 가는 편이 가까워요. 아까처럼 울타리를 넘어가지요.」

이 정보에 알료샤는 심하게 충격을 받았다. 그는 요리집을 향해 걸음을 재촉했다. 수도사 복장으로 요리집에 들어가기는 좀 거북살스러운 일이겠으나 현관 밖에서 형들이 있는지 확인한 뒤 그리로 불러내는 방법이 있을 것 같았다. 그러나 그가 요리집 가까이 왔을 때 갑자기 한 창문이 열리더니 다른 사람 아닌 바로 이반이 얼굴을 내어밀어 밑에 있는 그에게 소리쳤다.

「알료샤, 너 지금 곧 이리로 들어와 줄 수 없겠니? 들어와 주면 고맙겠다.」

「들어가고 싶지만 이런 옷을 입고 있으니 어떡하지요?」

「마침 내가 별실에 자리잡고 있으니 그냥 현관으로 들어오렴, 내가 곧 아래로 내려갈 테니.」

일 분 뒤에 알료샤는 형과 나란히 자리잡고 앉아 있었다. 이반은 혼자서 식사를 하고 있었던 것이다.

3. 서로 인식을 새로이 하는 형제

그러나 이반이 앉아 있었던 곳은 따로 떨어진 별실이 아니라 간막이로 막아 놓은 창가의 좌석에 지나지 않았다. 그래도 간막이 때문에 홀 안의 다른 손님들에겐 보이지 않게 되어 있었다.

이 방은 출입구에서 첫번째 방으로 옆 벽에는 술병을 늘어 놓은 선반이 있었다. 보이들이 쉴새없이 왔다갔다하고 있었다. 손님이라고는 퇴역 장교처럼 보이는 노인 한 사람이 구석진 자리에서 차를 마시고 있을 뿐이었다. 그러나 여관 겸 요리집인 이 집의 다른 방들은 이와 비슷한 영업 장소가 으레 그렇듯 온갖 소음이 가득 차 시끄러웠다. 보이를 부르는 소리, 술병 마개를 따는 소리, 당구 치는 소리 등등이 들려오는가 하면 한쪽에서는 풍금 소리가 붕붕 울려 나오고 있었다. 알료샤는 이반이 이 요리집에 잘 드나들지 않는다는 것을, 도대체 요리집이라는 것을 좋아하지 않는다는 것을 잘 알고 있었다.『그렇다면 이반이 지금 여기 와 있는 것은 드미트리 형님과의 약속 때문이겠지.』하고 알료샤는 생각했다. 그러나 드미트리는 그 자리에 와 있지 않았다.

「생선 수프든지 뭘 좀 시킬까? 너라고 해서 차만 마시고 살지야 않겠지!」 이반이 큰소리로 말했다. 그는 알료샤를 불러들인 게 기분 좋았던 것 같았다. 그는 이미 식사를 마치고 있었던 것이다.

「생선 수프를 시켜 주세요. 그리고 차도 한 잔 마시지요. 마침 배가 고프던 참인데 잘됐군요.」알료샤는 유쾌한 듯이 말을 받았다.

「버찌잼은 어때? 이 집에 있는데. 생각나니? 어릴 때 플레노프네 집에서 살던 시절에 너는 버찌잼을 무척 좋아했었지.」

「그런 것까지 기억하고 계셔요? 그럼 잼도 주세요. 지금도 아주 좋아하지요.」

이반은 보이를 불러 생선 수프와 차, 그리고 잼을 주문했다.

「난 이것저것 다 기억하고 있지. 알료샤, 네가 열 한 살되던 해까지는 기억해. 그때 나는 열 다섯 살이었지. 열 다섯과 열 한 살이라는 나이 차 때문에 그때는 형제끼리도 친구가 될 수 없었지. 그때 내가 너를 좋아했었는지 어떤지를 모를 정도니까. 모스크바를 떠나 온 뒤 처음 몇 해 동안은 네 생각은 전혀 하지 않았거든. 그 뒤 네가 모스크바에 온 뒤에도 어디선가 한 번 겨우 만났을 뿐이고, 내가 여기 돌아온 시노 벌써 석 날이 지났지만 여태 우린 한번도 흉금을 털어놓고 얘기해 본 적이 없지 않니? 내일이면 난 이곳을 떠날 거야. 지금 여기 앉아서 어떻게 너를 좀 만나서 작별 인사라도 할 수 없을까 하고 생각하던 참인데 잘됐지 뭐냐? 네가 마침 이 앞을 지나가다니.」

「그럼 형님은 나를 무척 만나고 싶었군요?」

「그럼, 무척 만나고 싶었지. 나는 여기 와서 너와 가까이 지내면서 나라는 인간을 네게 알려 주고 싶었어. 그러고 나서 너와 작별하고 싶었던 거야. 내 생각으로는 이별을 앞두고 서로 가까이 사귀는 게 가장 좋을 것 같구나. 지난 석 달 동안 네가 나를 어떤 눈으로 보고 있었는지 나도 잘 안다. 네 눈속에는 뭔가 끊임없는 기도와도 같은 표정이 서려 있었거든. 나로선 그걸 도저히 참을 수 없었고, 그래서 너를 가까이하려고 하지 않았던 거지. 그러나 마침내는 너를 존경하게 됐어. 젊은 녀석이 제법 확고한 태도를 몸에 굳게 지니고 있구나 하고 생각했지. 사실 너는 정말 확고한 생활 태도를 지니고 있어. 안 그러냐? 나는 그처럼 확고한 토대 위에 서 있는 사람을 좋아하거든. 비록 그 토대라는 것이 어떤 성질의 것이든간에, 그리고 비록 그것이 너같이 애송이든간에 말이야. 나중에는 무엇을 기대하는 것 같은 네 눈초리도 그리 싫게 느껴지지가 않고 마침내는 그 눈이 도리어 좋아졌어. 너도 무엇 때문에 그런지는 몰라도 나를 좋아하고 있는 것 같았지 그렇잖아, 알료샤?」

「좋아하고 말고요. 드미트리 형님은『이반은 무덤이다.』라고 하시지만 나는 『이반 형님은 수수께끼다.』라고 말하지요. 지금도 형님은 나한테는 수수께끼 같은 존재예요. 그러나 오늘 아침 그 수수께끼가 조금은 풀린 것 같아요.」

「그건 또 무슨 말이지?」

「화를 내시진 않겠죠?」 알료샤도 따라 웃었다.

「어서 말해 봐.」

「형님 역시 스물 네 살짜리의 다른 청년과 조금도 다를 것이 없는 사람이라는 점입니다. 역시 젊디젊은, 귀여운 도련님이에요. 좀더 심하게 말하면 젖비린내 나는 애송이에 지나지 않는다는 말이에요! 이렇게 말하면 형님을 모욕하는 게 되지나 않을까요?」

「천만의 말씀, 오히려 내 생각과 우연히 딱 일치하는 게 놀랍군!」이반은 열띤 음성으로 유쾌한 듯 소리쳤다.「이렇게 말하면 너는 잘 안 믿을지도 모르겠다만 아까 그 여자 집에서 한바탕 소란을 피우고 난 뒤 내가 속으로 생각하고 있었던 게 바로 그거였어. 나는 스물 네 살 먹은 젖비린내 나는 애송이라고 말이야. 그런데 내 창자 속을 빤히 꿰뚫어보듯이 네가 대뜸 그런 소릴 하다니 놀라지 않을 수가 있겠니? 내가 지금 여기 앉아서 내 자신에게 무슨 소릴 지껄이고 있었는지 아니? 내가 비록 인생에 대한 자신을 잃고 사랑하는 여성을 믿지 못하고 우주 만물의 질서조차 믿지 못하게 되더라도, 그래도 나는 끝내 살기를 원할 것이다. 일단 이 커다란 술잔에 입을 댄 이상 마지막 한 방울까지 다 마셔 버리기 전엔 결코 입을 떼지 않겠어! 하기는 나이 삼십이 되면 죄다 마셔 버리지 않았더라도 아마 그 잔을 내던지고 떠나갈 거야. 어디로 갈는지는 모르지만……그러나 이것만은 확실해. 내가 서른 살이 될 때까지는 나의 젊음이 모든 것을, 온갖 환멸과 인생에 대한 온갖 혐오를 결국 정복하고 말 거야. 나는 내 자신에게 이런 질문을 던져 본 적이 한두 번이 아니야. 내가 가지고 있는 것과 같은 광적인 난폭한 생활력을 때려부술 만한 절망이 과연 이 세상에 있을 수 있을까? 결국 그런 절망은 있을 수 없다는 결론을 내렸지. 하지만 이것 역시 서른 살이 되기 전의 이야기고, 서른 살이 지나서는 나 자신이 그런 욕망을 느끼지 않게 될 것 같지만 말이야. 폐병쟁이 같은 도학자(道學者)들은 그런 생활의 의욕을 가리켜 지극히 저열한 것이라고 곧잘 말하고들 있지. 시인이라는 친구들은 더욱 그래. 이 생활욕은 다름 아니라 어떤 의미에 있어서는 카라마조프적인 특질이야. 사실이 그런 걸 어떡하니? 아무리 아니라고 우겨도 이건 네 핏속에도 틀림없이 숨어 있어. 하지만 왜 그게 저열하다고들 하지? 알료샤, 우리가 사는 지구 위에는 구심력이라는 것이 아직도 굉장히 많이 존재하고 있는 거야. 나는 살고 싶어. 그러니까 논리에 맞든 안 맞든 살아갈 뿐이야. 내가 비록 삼라 만상의 질서를 믿지 않는다 할지라도, 봄이 오면 싹이 터서 솟아오르는 끈끈한 새 잎이 나에게는 귀중해. 푸르디푸른 하늘이 소중하고, 어떤 때는 아무 이유도 알지 못하면서 사람을 사랑하는 그런 종류의 인간이 내게는 소중하게 여겨질 때가 있어. 그리고 어떤 때는 인간이 이룩한 어떤 종류의 인간이 내게는 소중하게 여겨질 때가 있어. 그리고 어떤 때는 인간이 이룩한 어떤 종류의 업적을 나는 소중하게 생각해. 비록 오래 전에 그 의의마저 믿지 않게 되었다 할지라도, 그저 낡은 관습 때문에 감정적으로 그걸 존중하는 거야. 자, 생선 수프가 나왔구나. 몸을 생각해서 많이 먹어라, 맛이 제법 괜찮으니까. 요리 솜씨가 제법 쓸만하거든. 난 말이야, 알료샤. 유럽 여행을 하고 싶어. 여기서 곧장 출발할 거야. 내가 가는 곳은 결국 묘지에 지나지 않는다는 건 나도 잘 알고 있어. 하지만 그것은 무엇보다도, 이 세상의 무엇보다도 고귀한 묘지란 말이야. 내 말 알겠니? 거기에는 고귀한 인간들이 잠들고 있어. 그들 위에 세워진 묘비들은 그 하나하나가 과거의 불타는 듯한 생활을 말해 주고 있지. 자기의 위대한 공적, 자기의 진리, 자기의 투쟁, 과학에 대한 자기의 열렬한 신앙을 말해 주고 있어. 미리 말해 두지만 나는 반드시 땅바닥에 엎드려 그들의 묘비에 입을 맞추며 눈물을 흘릴 거야. 그러나 한편으로는, 이런 건 이미 오래 전부터 그저 묘지일 뿐 그 이상의 아무것도 아니라는 것을 확신하게 되겠지. 그리고 또 내가 눈물을 흘린다 해도 그건 절망 때문이 아니라 내 자신이 흘린 눈물로써 행복감을 맛보려는 데 지나지 않아. 이를테면 자신의 감동에 도취되어 보자는 것이지. 나는 봄날의 끈끈한 새 잎을, 푸르디푸른 하늘을 사랑해. 그저 그것뿐이야! 여기엔 지성도 논리도 없어. 있는 것은 다만 내부로부터 솟구쳐 오르는 불가항력적인 사랑이 있을 뿐이야…… . 어때, 알료샤, 내 넋두리의 뜻을 조금은 이해하겠지?」이렇게 말하고 이반은 갑자기 웃어댔다.

「알아듣고 말고요, 형님. 내부로부터 솟구쳐 오르는 불가항력적인 사랑이란 말은 정말 멋진 표현이에요. 형님에게 그렇게까지 삶에 대한 욕망이 있다는 건 참 반가운 일이군요!」알료샤는 소리쳤다.「모든 사람은 이 지상에서 무엇보다 먼저 삶을 사랑하지 않으면 안 된다고 생각해요.」

「삶의 의의 이상으로 삶 그 자체를 사랑해야 한다는 말이지?」

「물론이죠. 형님 말씀대로 논리고 뭐고 할 것 없이 우선 사랑하는 거예요. 반드시 그것이 논리보다 앞서야 해요. 그때 비로소 삶의 의의를 깨닫게 되지요. 이건 벌써 오래 전부터 내 머리속에 떠올라 있던 거예요. 형님의 일은 이미 반쯤 다 이루어지고 있는 셈입니다. 그 나머지 반을 이룩하기 위해 노력하십시오. 그러면 형님은 구원을 받게 될 겁니다.」

「구제 사업이 시작되었군. 하지만 나는 아직 파멸의 길에 들어서지 않았는지도 모르잖아? 그 나머지 반이란 건 또 뭐냐?」

「그건 형님이 말씀하시는 그 죽은 자들을 소생시키는 일이죠. 하기는 전혀 죽지 않은 사람들인지도 모르지만요. 그럼 이제 차나 한 잔 들겠읍니다. 이렇게 둘이 이야기할 수 있어 참 기뻐요, 형님.」

「아주 신이 나는 모양인데. 나도 너 같은 수습 수사의 Professions de foi(신앙 고백)를 듣길 무척 좋아해. 알렉세이, 너는 참 성실한 사람이구나. 그런데 수도원에서 나오려고 한다는데 그게 정말이냐?」

「정말이에요. 장로님께서 나를 속세로 보내시는 거죠.」

「그럼 속세에서 또 만날 수 있겠구나. 내가 삼십이 되어 술잔에서 입을 떼기 시작할 무렵에 다시 만나기로 하지. 그런데 아버지는 칠십이 되어도 잔에서 입을 떼지 않을 거야. 아니 팔십이 되어도 그냥 붙잡고 있는 꿈을 꾸고 있을는지도 모르지. 자기 입으로 그런 말을 했으니까. 이건 본인에겐 참 심각한 문제야. 아버지가 비록 어릿광대에 지나지 않더라도 말이야. 아버지는 욕정 위에 발을 딛고 서 있으면서도 자기 딴엔 반석 위에 서 있다고 생각하고 있거든, ……하기는 누구나 삼십이 지나면 그 밖엔 딛고 설 발판이 없을 테니까……. 하지만 칠십까지는 아무래도 추하지. 그저 삼십까지가 적당할 거야. 그때까지라면 스스로 기만하면서라도 〈인간다운 모습〉만은 간직할 수 있을 테니까. 그런데 너 오늘 드미트리 형을 만났니?」

「아니, 못 만났어요. 스메르쟈코프는 보았지만.」알료샤는 스메르쟈코프와 만난 경위를 간단히 그러나 비교적 상세하게 이야기했다. 이반은 갑자기 심각한 표정이 되어 귀를 기울이고 있다가 이야기 도중에 몇 마디 묻기까지 했다.

「그런데 스메르쟈코프는 자기가 나한테 한 말을 드미트리 형님에게 절대로 하지 말라고 부탁하더군요.」알료샤는 덧붙였다.

이반은 이마를 찌푸리고 무언가 깊이 생각하고 있었다.

「스메르쟈코프 때문에 이마를 찌푸리시는 거예요?」알료샤가 물었다.

「응, 그놈 때문이야. 하지만 그까짓 놈이야 아무려면 어때? 사실은 드미트리 형을 좀 만났으면 하는데 이젠, 그럴 필요가 없을 것 같군……」이반은 좀 시무룩한 목소리로 말했다.

「그런데 정말 그렇게 갑작스레 떠날 작정이세요?」

「응.」

「그럼 드미트리 형님이나 아버지는 어떻게 될까요? 두 분 사이의 일은 어떻게 결말이 나지요?」알료샤는 불안한 듯이 중얼거렸다.

「또 그 진절머리 나는 얘기구나! 그게 도대체 나하고 무는 상관이 있단 말이냐? 내가 드미트리 형의 감시인이라도 된단 말이냐?」이반은 화를 벌컥 내며 이렇게 말했으나 그의 얼굴에는 곧 쓸쓸한 웃음이 떠올랐다. 「이건 동생을 죽인 카인이 하느님한테 한 대답 그대로구나. 그렇지 않니? 아마 너는 지금 그렇게 생각했을 거야. 그러나 그런 건 아무래도 좋아. 어쨌든 내가 그 사람을 감시하기 위해 일부러 여기 남아 있을 수는 없는 일 아니냐? 나는 내 볼일을 다 보았으니까 떠나는 것뿐이야. 너는 내가 드미트리 형을 질투하며, 지난 석 달 동안 형의 아름다운 약혼녀 카테리나 이바노브나를 가로채려고 눈이 시뻘개져 있었다고 생각하지는 않겠지? 흥, 어림없는 이야기야. 난 내 볼일이 있었을 뿐이지. 볼일을 다 보았으니 떠나는 것뿐이고. 일은 아까 다 끝을 냈어. 너도 보았으니 알겠구나.」

「그럼 아까 카테리나 아가씨하고 말인가요?」

「응, 그래, 난 아주 깨끗이 손을 떼었어. 그런데 그 소동은 도대체 무슨 법석이냐 말이야? 드미트리하고 내가 무슨 상관이 있기에? 나는 드미트리하고는 아무런 관계도 없어. 단지 카테리나에게 내 나름의 일이 있었던 것뿐이지. 그런데 너도 알다시피 드미트리는 오히려 나와 사전에 무슨 약속이라도 한 것처럼 행동하지 않았니? 내가 부탁도 하지 않았는데 제멋대로 카테리나를 나한테 넘겨 주고 엄숙하게 축복까지 해주었으니 말이다. 정말 우스운 얘기지. 사실 말이야, 알료샤, 넌 잘 모를 거야. 내 마음이 지금 얼마나 홀가분한지! 나는 여기 앉아서 식사를 하면서 비로소 자유롭게 된 내 시간을 축하하기 위해 샴페인이라도 터뜨릴까 하고 생각했을 정도야. 왜 내 말이 곧이들리지 않니? 푸우! 거의 반 년이나 질질 끌던 문제를 한꺼번에 다 결판을 내고 보니 왜 마음이 가볍지 않겠어? 결심만 하면 이렇게 쉽사리 결판을 낼 수 있는 일을 가지고 어제까지만 해도 그렇지 못했으니!」

「그건 형님 자신의 연애 문제를 말하는 거예요?」

「연애라도 좋아, 그렇게 부르고 싶다면……. 나는 그 여학생 아가씨에게 홀딱 빠져 있었으니까. 그래서 무척 괴로워도 했고 사실 그 아가씨도 나를 괴롭혔지. 나는 그 아가씨에게 열중해 있었지만……이제는 한꺼번에 모든 게 획 하고 날아가 버리고 말았어. 아까는 터무니없이 감격해서 막 지껄여 댔지만 밖으로 나와 한길 위에 서자마자 껄껄 웃어 버렸어. 정말이야, 사실 그대로야.」

「지금도 역시 신이 나서 말하고 계신 것 같군요.」갑자기 명랑해진 것 같은 형의 얼굴을 보며 알료샤가 말했다.

「그리고 말이야, 실은 내가 그 아가씨를 조금도 사랑하지 않는다는 걸 나 자신도 좀처럼 알지 못했던 거야. 후훗! 아까 내가 연설조로 한바탕 떠들어 댔을 때도 역시 그 아가씨가 좋다고 생각했어. 그리고 솔직히 말해서 지금도 그 아가씨가 좋다는 생각이 들어. 그런데도 그 아가씨 곁을 떠난다는 게 얼마나 날아갈 것 같은 기분인지 모르겠단 말이야. 내가 괜히 허세를 부린다고 생각하니?」

「아뇨. 하지만 그렇다면 그건 연애가 아니었는지도 모르지요.」

「알료샤.」이반은 껄껄거리며 말했다.「연애론은 그만두기로 하자, 너한테는 어울리지 않으니까. 아까 거기서도 네가 갑자기 말참견을 하더구나. 정말 놀랐다니까! 네게 고맙다고 키스한다는 걸 까맣게 잊어버렸었군……. 좌우지간 나는 그 아가씨 때문에 이만저만 괴로워한 게 아니야! 무서운 폭발물 옆에 앉아 있는 거나 마찬가지였지. 아아, 그 아가씨도 내가 자기를 사랑한다는 것을 눈치채고 있었어! 그 아가씨 역시 나를 사랑했지. 드미트리를 사랑한 게 아니야.」이반은 기분 좋은 듯 주장했다.「그 아가씨에게 있어 드미트리는 다만 감정 발작의 대상이었을 뿐이야. 아까 내가 그 아가씨에게 한 말은 모두 진실이야. 그러나 무엇보다 중요한 점은, 그 아가씨 자신이 드미트리 같은 건 추호도 사랑하지 않고 도리어 자기가 괴롭혀 주고 있는 나를 사랑한다는 사실을 스스로 깨달으려면 적어도 십오 년이나 이십 년은 걸릴 거라는 것이지. 아니 어쩌면 평생 깨닫지 못할지도 몰라. 아까와 같은 교훈을 받고도 말이야. 하지만 그래도 좋아. 나는 그저 조용히 일어나 영영 떠나 버리면 그만이니까. 그런데 그 아가씨는 지금 어떤가? 내가 나온 뒤에 어떻게 됐어?」

알료샤는 카테리나가 히스테리를 일으킨 얘기를 하고 나서 아마 지금은 의식을 잃은 채 헛소리를 하고 있을 거라고 설명했다.

「호흘라코바 부인이 거짓말을 하는 건 아닐까?」

「그런 것 같진 않아요.」

「잘 알아봐야지. 하지만 히스테리로 죽었다는 사람은 하나도 없어. 히스테리를 일으킨대도 상관할 바 아니지. 히스테리라는 건 하느님이 여자들을 불쌍히 여겨서 내려 주신 선물이니까. 하여간에 난 이제 거기 두 번 다시 안 갈 거야. 새삼스레 머리를 내밀 필요가 어디 있겠니?」

「그런데 아까 형님이 그 아가씨에게 이런 말을 했지요? 그 아가씨는 한 번도 형님을 사랑한 적이 없다고 말예요.」

「그건 일부러 한 소리야. 알료샤, 샴페인이라도 시켜서 내 자유를 축하하는 의미에서 한 잔 들기로 하자. 어쨌든 내 마음이 지금 얼마나 유쾌한지 넌 잘 알 수 없을 거야!」

「아녜요, 형님. 술은 마시지 않는 편이 좋을 것 같아요.」 알료샤가 갑자기 말했다. 「게다가 어쩐지 기분이 우울해지는군요.」

「응, 네 기분이 오래 전부터 침울하다는 건 나도 알고 있어.」

「그럼 내일 아침에 기어코 떠나실 건가요?」

「아침에? 아침이라고는 말하지 않았어……. 그렇지만 아침이 될지도 모르지. 내가 오늘 여기서 식사를 한 것은 단지 영감과 함께 식사하기가 구역질나서 그런 거야. 영감 얼굴이 보기 싫어서라도 벌써 떠나 버렸어야 하는 건데. 그런데 내가 떠난다고 해서 네가 그렇게 걱정할 것까지는 없잖아? 출발하기까지는 우리 둘을 위한 시간이 아직 얼마든지 있어. 그야말로 영겁의 시간이, 영생의 시간이!」

「내일 출발하시면서 영겁 운운하시는 건 이상하군요.」

「말이야 어쨌든 무슨 상관이 있니?」 이반은 웃었다. 「하여튼 우리들 자신의 얘기를 할 시간은 충분히 있어. 우리는 우리들 자신의 얘기를 하러 여기 온 거니까. 왜 그렇게 놀란 얼굴을 하지? 자, 대답해. 무엇 때문에 우리가 여기 온 거지? 카테리나 이바노브나에 대한 애정 문제를 이야기하러 온 건가? 아버지나 드미트리 형 얘기를 하러 온 건가? 아니면 외국 얘기? 비참한 러시아의 현실에 대해 얘기하러 온 건가? 아니면 나폴레옹 황제 얘길 하려고? 어때? 그런 얘길 하려고 온 거야?」

「물론 그런 얘길 하려고 온 건 아니죠.」

「그럼 뭣 때문에 왔는지 너 자신은 알겠지. 다른 사람들에겐 그들 나름대로의 화제가 있겠지만, 우리 같은 풋나기들에겐 그것과는 다른 화제가 있어. 우리는 무엇보다도 천지 개벽 이전부터 내려온 영원한 문제를 해결해야만 해. 바로 그것이 우리의 관심사이니까. 오늘날 러시아의 젊은 세대는 오직 영원에 관해서만 논의하고 있어. 노인들은 모두 한결같이 실제적인 문제에만 열중하고 있는 바로 지금 이 시대에 있어서 말이야. 도대체 너는 무슨 까닭에서 석 달 동안 그처럼 무언가 기대에 찬 눈초리로 나를 바라보고 있었니? 그것은 다름 아니라『너는 어떤 신앙을 가지고 있느냐』라는 질문을 하기 위해서였겠지. 지난 석 달 동안의 너의 응시는 결국 그런 뜻이 아니었을까? 그렇잖아, 알렉세이?」

「어쩌면 그런지도 모르죠.」알료샤는 미소했다.「하지만 형님이 설마 나를 비웃고 있는 건 아닐 테죠?」

「내가 널 비웃어? 석 달 동안 그처럼 기대에 찬 눈초리로 나를 바라보고 있던 귀여운 동생을 내가 왜 상심시키겠니? 알료샤, 내 얼굴을 똑바로 쳐다봐! 나도 역시 너와 조금도 다를 게 없는 어린애에 지나지 않아. 단지 너처럼 수습 수사가 아닐 뿐이지. 그런데 러시아의 어린애들이 여태까지 해 온 게 무엇이었다고 생각되니? 물론 어떤 종류에 국한된 일이긴 하지만, 예를 들어 이 퀴퀴한 냄새가 나는 요리집에서 그들이 한구석에 모여 자리잡고 앉았다고 치자. 서로 여태까지 한 번도 만난 일이 없을 뿐더러 일단 이 집을 나서면 사십 년이 지나도 다시는 만날 수 없는 친구들이 말이야. 그런데도 그들은 이 요리집에서의 짧은 시간을 이용해서 도대체 어떤 종류의 토론들을 하는지 아니? 전인류에 관한 문제를 논하는 거야. 즉 신은 있느냐 없느냐, 영생이란 있느냐 없느냐라는 문제를 말이야. 신을 믿지 않는 친구들은 사회주의니 무정부주의니 하는 문제를 끄집어 내어 새로운 조직에 의한 전인류의 변혁에 대해 떠벌리는 거야. 그러나 결론은 매한가지여서 마침내는 같은 문제로 귀착하고 말지. 다만 출발점만이 서로 다를 뿐이야. 이처럼 수많은 러시아의 어린애들—— 가장 독창적 재능을 지닌 수많은 러시아의 청년들은 지금 영원에 관한 문제에만 열중하고 있어. 그렇지 않니?」

「그러나 진짜 러시아 사람에겐 신이 있느냐 없느냐, 영생이 있느냐 없느냐 하는 문제들, 또는 형님이 말한 것처럼 출발점만이 틀릴 뿐인 동일한 문제들이, 다른 모든 문제보다 앞서는 가장 중요한 문제인 것은 물론이지요. 그리고 또 당연히 그래야만 하지요.」알료샤는 여전히 상대방의 마음속을 살펴보려는 듯한 조용한 미소를 띠운 채 형의 얼굴을 쳐다보며 대꾸했다.

「그런데 알료샤, 도대체 러시아 사람으로 태어났다는 것 자체가 때로는 현명할 수가 없는 일이긴 하지만, 러시아의 젊은 애들이 요즘 하는 짓보다 더 어리석은 짓은 상상하기조차 어려울 정도야. 하지만 알료샤라는 러시아 청년 하나만은 내가 굉장히 좋아하지.」

「아주 그럴 듯하게 얘기를 끌고 가시는군요.」알료샤는 갑자기 소리를 내어 웃었다.

「자, 그렇다면 말해 봐. 어떤 것부터 시작하는 게 좋을지 내가 결정해. 신은 존재하느냐 하는 문제부터 시작할까, 어때?」

「좋을 대로 하세요. 형님 말대로 틀린 출발점에서부터 시작해도 좋고요. 하지만 형님은 어제 아버님 댁에서 신은 없다고 분명히 선언하셨죠?」알료샤는 힐끗 형의 눈치를 살폈다.

「어제 아버지 집에서 식사중에 내가 그렇게 말한 건 널 놀려 주고 싶어서였어. 그러니까 아니나 다를까, 네 눈동자에서 금방 불똥이 튀는 것 같더군. 하지만 지금은 너하고 토론하는 걸 회피할 생각은 추호도 없어. 정말 이건 내 진심이야. 난 너하고 친하고 싶다, 알료샤. 내겐 친구가 없어. 그래서 한 번 너하고 친구가 돼 보고 싶단 말이야. 그리고 어쩌면 나도 신을 인정하고 있는지도 모르잖니?」이반은 웃었다. 「아마 이런 소린 네겐 뜻밖이었을 거야. 그렇지?」

「물론 그래요. 그 말이 농담이 아니라면…….」

「농담이라고? 어저께 장로의 암자에서도 나보고 농담한다고들 말했지. 그런데 말이다, 십팔 세기에 어떤 죄 많은 한 노인이 만약 신이 존재하지 않는다면 일부러라도 만들어 낼 필요가 있을 것이다. S'il n'existait pas Dieu, il faudrait l'inventer(프랑스 사상가 볼테르의 《세 위군자에 관한 書》의 저자에게 보낸 편지에서의 인용)라고 말한 적이 있어. 그래서 정말 인간은 신이라는 걸 만들어냈지. 그러나 이상하고도 놀라운 것은 신이 실제로 존재한다는 사실이 아니라 그런 생각, 신은 반드시 필요한 것이라는 생각이 인간과 같이 야만적이고 못돼먹은 동물의 머리속에 용하게도 떠올랐구나 하는 점이야. 그렇기 때문에 이 생각은 그만큼 성스럽고 감동적이고 현명한 생각이며 인간에겐 명예가 될 만한 일이야. 나 자신으로 말할 것 같으면 인간이 신을 만들어 냈느냐, 신이 인간을 만들어 냈느냐 하는 문제는 오래 전에 벌써 더 이상 생각하지 않기로 작정했지. 그래서 나는 이 문제에 대해 러시아의 젊은 애들이 요즘 세워 놓은 모든 공리(公理)에 대해선 왈가왈부하지 않겠어. 그런 공리들은 죄다 유럽의 가설(假說)에서 끄집어낸 것들이야. 그도 그럴 것이 저쪽에서는 가설에 지나지 않는 것도 러시아의 젊은 애들에겐 금방 공리가 되어 버리거든. 이건 젊은 애들에게만 국한된 이야기가 아니라 대학 교수들한테도 해당되는 이야기야. 오늘날 러시아의 대학 교수는 거의 전부 젊은 애들과 하나도 다를 게 없는 친구들이니까. 그러니 가설에 대해선 일절 언급하지 않기로 하겠다. 그렇다면 이제 우리가 논해야 할 문제는 무엇이겠니? 그것은 어떻게 하면 내가 되도록 빨리 나 자신의 본질을, 다시 말해 내가 어떤 인간이며, 무엇을 믿고, 무엇에 희망을 걸고 있는가를 네게 설명할 수 있을까 하는 점이야. 어때, 그렇지 않니? 네게 분명하게 말해 두지만, 나는 솔직히 말해 신을 인정하고 있다. 하지만 한 가지 유의해야 할 것이 있어. 만약에 신이라는 것이 존재하여 정말 이 지구를 창조했다면, 신이 유클리드 기하학의 원리에 따라서 그것을 창조했고, 인간의 두뇌에겐 겨우 공간의 삼차원을 이해할 수 있는 능력만을 부여했음이 틀림없어. 이건 이미 우리가 다 알고 있는 사실이지. 그런데도 불구하고 우주 전체가, 아니 좀더 넓혀서 생각하면 전존재가 오직 유클리드 기하학에 의해서만 창조되었다는 설을 의심하는 기하학자나 철학자들이 있었고 또 현재도 있단 말이야. 가장 우수한 학자들 중에도 그런 사람들이 있거든. 유클리드에 의하면 이 지상에선 절대로 서로 만날 수 없다는 두 개의 평행선도 무한 속 어느 지점에 가서는 서로 마주칠는지도 모른다는 대담한 공상을 하는 자까지 있을 정도니까. 그래서 난 말이야, 그런 것조차 알 수 없는 내가 어떻게 신의 문제를 이해할 수 있으랴 하는 결론에 도달하고 말았어. 내게는 그런 문제를 해결할 만한 아무 능력도 없다는 걸 솔직히 인정한 거야. 내 두뇌는 유클리드 적이지, 지상적인 것이야. 그러니 이 지상의 문제 이외에 어떤 문제를 내가 풀 수 있겠느냔 말이야? 너한테도 충고하지만, 알료샤, 그런 문제는 아예 생각지도 말아라. 특히 신의 문제, 신의 존재 여부에 관한 문제는 아예 생각지도 말아라. 특히 신의 문제, 신의 존재 여부에 관한 문제는 말이야. 이런 모든 문제는 삼차원의 이해력밖에 지니지 못한 인간의 두뇌로서는 엄두도 낼 수 없는 문제야. 그래서 나는 신을 인정한다는 거야. 기꺼이 인정할 뿐만 아니라 우리가 전혀 알 수 없는 신의 예지와 그 목적까지도 인정해. 생명의 질서와 의미도 믿고 있으며, 우리들이 언젠가는 하나로 융합된다는 영원한 조화(調和)도 또한 믿고 있지. 그리고 그것을 우주가 궁극의 목표로 삼고 있으며 그 자체가 〈신에게 통하고〉 그 자체가 신이기도 한 로고스(삼위 일체의 제2위인 그리스도의 말씀)를 믿는다. 또 그와 비슷한 모든 무한한 것을 믿지. 이 점에 관해서 정말 숱하게 많은 말들이 만들어져 있지만 어때? 나도 좋은 길을 걷고 있는 것 같지 않니? 그렇지만 놀라지는 말아라. 나는 최후의 결론으로서는 이 신의 세계를 인정하지 않는다. 그것이 존재한다는 것은 알고 있지만, 그래도 그것을 절대로 받아들일 수가 없어. 내 말을 오해하지 말아라. 신을 인정하지 않는다는 게 아니야. 나는 신이 창조한 세계를, 신의 세계라는 것을 절대로 인정할 수 없다는 거야. 미리 말해 두지만 나는 어린애같이 이런 걸 믿고 있지. 언젠가는 이 고뇌와 상처도 아물 것이고 인간적 모순이 빚어 내는 온갖 굴욕적인 희극도 가련한 신기루처럼 무력하고 조그만 존재인 인간의 유클리드적 두뇌의 한갓 원자(原子)로서 자취도 없이 사라지고, 마침내는 세계의 종국인 영원한 조화의 순간에 이르러 무언가 더할 수 없이 고귀한 현상이 일어나는데, 그것은 모든 사람의 가슴을 채워 주고 모든 원한을 풀어 주고, 인간의 모든 악행과 그들이 서로 흘리게 했던 피를 보상하고도 남음이 있을 것이다라고. 또한 그것은 인간 관계에서 야기된 모든 일을 용서할 수 있을 뿐만 아니라 그런 일들을 변호하기에도 충분한 거야. 그러나 설사 모든 것이 그렇게 된다 하더라도 나는 그것을 받아들이지 않겠어. 받아들이고 싶지가 않은 거야! 비록 두 개의 평행선이 서로 마주친다 하더라도, 그것을 내 눈으로 직접 보게 된다 하더라도, 나는 역시 그것을 인정하지 않을 거야. 이것이 바로 나의 본질이야. 알료샤, 이것이 바로 나의 명제란 말이다. 이것은 진정으로 하는 말이야. 일부러 너하고 대화를 매우 어리석은 논법으로 시작했지만 결국은 이런 고백을 하고 말았군. 하긴 네가 원하는 게 바로 이런 것이었을 테니까. 너는 신에 관한 것을 듣고 싶었던 것이 아니라 단지 네가 사랑하는 형이 무엇에 의하여 살고 있는가를 알고 싶었을 뿐이야. 그래서 나는 네게 그걸 이야기한 거지.」

이반은 갑자기 일종의 독특한, 전혀 예상치 못했던 감정을 느끼며 장황한 이야기의 끝을 맺었다.

「그런데 무엇 때문에 형님은 매우 어리석은 논법으로 이야기를 시작했죠?」 알료샤는 생각에 잠긴 눈으로 형을 바라보며 물었다.

「그건 첫째로, 러시아적인 논법을 존중하는 뜻에서 그런 거야. 러시아 사람들이란 이런 문제를 놓고 이야기할 때 매우 어리석은 논법으로 풀어 나가게 마련이니까. 그리고 둘째, 그것이 어리석으면 어리석을수록 그만큼 근본적인 문제에 접근할 수 있기 때문이지. 어리석을수록 문제가 명확해지니까. 우직한 것은 단순하고 소박하지만 현명한 것은 항상 모호하여 정체를 숨기려고만 들거든. 현명이 비열한 것이라면 우직은 곧바른 것이지. 결국 나는 절망이라는 결론에 도달하고 말았으니까 어리석은 논법으로 이야기를 풀어 나가는 편이 훨씬 유리하거든.」

「무엇 때문에 형님이 이 세계를 받아들이지 않는지 그 이유를 설명해 주실 수 없어요?」 알료샤는 말했다.

「물론 설명해 줄 수 있지. 뭐 비밀이 있는 것도 아니고 사실은 그것 때문에 일부러 얘기를 여기까지 끌고 온 거니까. 그런데 알료샤, 나는 너를 타락시키거나 너의 그 견고한 입장에서 너를 끌어내리려는 건 절대로 아니야. 아니, 어쩌면 내가 너한테서 치료를 받고 싶어하는 건지도 모르지.」 이반은 아주 얌전한 소년이 된 것처럼 싱긋 웃어 보였다. 알료샤는 여태까지 형의 얼굴에 그런 미소가 떠오른 것을 한 번도 본 적이 없었다.

4. 반 역(反逆)

「솔직히 말해서 너한테 한 가지 고백할 게 있어.」하고 이반은 말을 시작했다. 「나는 사람이 어떻게 자기에게 가까운 사람을 사랑할 수가 있는지 도무지 알 수가 없어. 내 생각으로 멀리 떨어져 있는 사람은 사랑할 수 있어도 가까이 있는 사람은 도저히 사랑할 수 없을 것 같아. 언젠가 나는 어떤 책에서 〈자비로운 요한〉이라는 성인의 이야기를 읽은 적이 있어. 어떤 한 굶주린 나그네가 얼어 죽게 되어 그를 찾아와서 몸을 녹이게 해 달라고 애원하자, 이 성인은 그 나그네와 함께 침대로 들어가 누워서 그를 꼭 껴안고, 어떤 무서운 병으로 썩어 문들어져 고약한 냄새를 풍기는 그의 입에다 입김을 불어 넣어 주기 시작했다는 거야. 그러나 이 성인이 그런 짓을 한 것은 알시적인 발작적 감격, 즉 허위적인 감격 때문이며, 자기에게 부과된 고행으로서 의무가 명한 사랑 때문이라고 나는 확신해. 인간을 사랑하기 위해서는 그 상대방이 숨어 있어야만 할 필요가 있어. 그 인간이 조금이라도 얼굴을 드러냈다가는 사랑 같은 건 당장 날아가 버리고 마는 법이야.」

「조시마 장로님도 여러번 그런 말씀을 하셨어요.」알료샤는 말했다. 「장로님 역시 인간의 얼굴은 사랑의 경험이 깊지 못한 많은 사람들에게 흔히 사랑의 장애가 된다는 말을 하셨지요. 하지만 인간성 속에는 많은 사랑이 포함되어 있읍니다. 거의 그리스도의 사랑과 같은 것조차 있어요. 이것은 나 자신 잘 알고 있는 거예요.」

「하지만 나는 여태까지 그런 건 본 일도 없을 뿐더러 이해할 수도 없어. 수많은 대부분의 사람들 역시 나와 마찬가지일 거야. 문제는 이것이 악한 성질 때문이냐, 아니면 본시부터 인간의 본성이 그 모양으로 돼먹었기 때문이냐 하는 점에 있어. 내가 생각하기에는 인간에 대한 그리스도의 사랑 같은 건 이 지상에선 있을 수 없는 일종의 기적이야. 하기는 그리스도는 신이었으니까. 그러나 우리는 신이 아니거든. 가령 예를 들어, 내가 깊은 고뇌를 경험할 수 있다 하더라도 과연 내가 어느 정도의 고뇌를 맛보고 있는지 타인은 절대로 알 수 없는 일이야. 왜냐하면 그것은 어디까지나 타인이지 내가 아니기 때문이지. 게다가 인간은 타인을 고행자로 인정하는 걸 그다지 좋아하지 않거든. 그게 무슨 자랑이나 되는 듯이 말이야. 무엇 때문에 인정하려 들지 않는지 아니 ? 그건 이 사람의 몸에서 고약한 냄새가 풍긴다든가, 못난이 같은 얼굴을 하고 있다든가, 또는 언젠가 이 사람한테 발을 밟혔다든가 하는 이유 때문이야. 게다가 고뇌라고 해도 거기엔 여러 종류가 있거든. 자기 가치를 떨어뜨리는 굴욕적인 고뇌, 예를 들면 굶주림 같은 고뇌라면 아마 자선을 하는 사람이 인정해 줄 테지만, 좀더 고상한 고뇌, 예컨대 사상을 위해 겪는 고뇌라고 할 것 같으면 극소수의 예외적인 경우를 제외하고는 좀처럼 인정해 주지 않게 마련이지. 그것은 이 사람의 얼굴이 여태까지 그가 상상하고 있던 얼굴, 사상을 위해 고뇌를 겪고 있는 인간은 필시 이럴 것이라고 상상하고 있던 얼굴과 비슷도 하지 않다는 이유 때문이지. 그러면 그는 금방 이 사람에게 호의를 베푸는 걸 중지해 버리거든. 그렇다고 해서 나쁜 마음에서 그러는 건 물론 아니야. 거지들은, 특히 점잖은 거지들은 절대 사람 앞에 나타나지를 말고 신문 지상을 통해서 구걸해야 마땅할 거야. 추상적인 경우라면 가까운 인간을 사랑할 수도 있을 것이고 때로는 멀리 떨어져 있는 인간도 사랑할 수 있을 것이지만, 아주 가까이 있는 사람을 사랑한다는 건 거의 있을 수 없는 일이야. 만약에 모든 것이, 발레에서 하듯이 무대 위에서 거지가 비단으로 된 누더기에 갈기갈기 찢어진 레이스를 걸치고 우아하게 춤을 추며 나타나서 구걸하는 식이라면, 잠자코 앉아서 구경할 순 있겠지. 그러나 그때도 그저 구경이나 할 뿐이지 사랑을 할 수는 없는 거야. 이런 얘긴 그만두기로 하자. 나는 다만 네게 내 견해만 밝혀 두면 되는 거니까. 나는 인류 전반의 고뇌에 대해 이야기할 작정이었으나 그보다도 아이들의 고뇌에 대해서만 얘기하기로 하자. 물론 나한테는 그만큼 불리하긴 하지만 말이야. 그건 그렇고, 첫째로 아이들은 가까이 다가오면, 누추하건 미운 얼굴을 하고 있건 모두 사랑할 수가 있어. 하긴 얼굴이 미운 아이는 하나도 없을 테지만. 둘째로, 내가 어른들의 얘기를 그만두기로 한 또 하나의 이유는 그들이 추악해서 사랑을 받을 자격이 없을 뿐만 아니라 그들에게는 천벌이라는 것이 있기 때문이야. 그들은 선악과(善惡果)를 따먹음으로써 선과 악을 가릴 줄 알게 되었고, 그리하여 하느님처럼 되어 버렸거든. 그리고 지금도 여전히 그 파실을 먹고 있어. 그러나 아이들은 아무것도 먹지 않았으니까 아직은 아무런 죄에도 물들지 않았지. 알료샤, 넌 아이들을 좋아하지? 그건 나도 잘 알고 있어. 그러니까 너는 내가 왜 너한테 아이들 얘기만을 하려 하는지 알 수 있을 게다. 그건 그렇고, 만약 아이들 또한 이 세상에서 무서운 괴로움을 겪고 있다고 한다면 그것은 물론 그 아버지 때문일 거야. 선악과를 따먹은 자기 아버지 대신에 벌을 받는 셈이지. 그러나 이러한 논의는 저 세상에서나 할 것이지 이 지상에 사는 인간의 생각으로선 도저히 이해할 수 없는 일이야. 죄 없는 자가, 그것도 죄하고는 인연이 먼 어린애가 다른 사람 때문에 고난을 받는다는 건 도대체 말이 되지 않거든! 너는 깜짝 놀랄지도 모르겠다만 알료샤, 나도 또한 아이들을 무척 좋아해. 한 가지 주목해야 할 점은 잔인한 인간, 정열적이고 욕정이 왕성한 카라마조프적 인간은 이따금 굉장히 아이들을 좋아할 때가 있다는 사실이야. 아이들이 어릴 때는, 일곱 살 정도까지는, 어른들과는 너무나 다르기 때문에 전혀 다른 성질을 가진 별개의 생물인 것처럼 생각되지. 감옥살이를 하고 있는 강도를 내가 하나 알고 있었는데, 그는 밤마다 강도질을 하고 다니며 일가족을 몰살하기도 하고 아이들을 몇 명씩이나 한꺼번에 베어 죽이기도 한 인간이야. 그런데 감옥살이를 하는 동안 그는 이상할 정도로 아이들에게 애정을 느끼게 되었다는 거야. 그는 감옥 안뜰에서 놀고 있는 아이들을 철창 너머로 바라보는 것이 일과처럼 되어 버렸어. 그래서 조그만 어린애 하나를 사귀어 창 밑에까지 오게 했고, 그래서 그애하고 아주 친해졌다는 거야……. 알료샤, 이상하게 골치가 아프고 기분이 우울해지는 것 같구나.」

「정말 형님 얼굴이 이상한데요.」알료샤가 불안한 듯 말했다. 「마치 정신 나간 사람 같아요.」

「이왕 말이 나왔으니 하는 얘긴데 최근에 모스크바에서 어떤 불가리아 사람한테서 이런 이야길 들은 적이 있어.」이반은 동생의 말 같은 건 귀에 들어오지도 않는듯이 그대로 말을 계속했다. 「거기서는, 즉 불가리아에서는 터키 인들과 체르케스 인들이 슬라브 족의 폭동이 두려워서 가는 곳마다 잔학한 행위를 자행하고 있다는 거야. 마을에 불을 지르고, 사람을 죽이고, 부녀자들에게 폭행을 자행하고 있다는 거야. 마을에 불을 지르고, 사람들을 죽이고, 부녀자들에게 폭행을 하고 체포된 사내들은 귀를 나무 울타리에 대고 못을 박은 채 다음 날 아침까지 그대로 내버려 두었다가 아침이 되면 교수형에 처하고……. 도저히 상상조차 할 수 없는 짓들을 하고 있다더군. 사실 인간의 잔인한 행위를 가리켜 〈야수적〉이라는 말을 가끔 사용하지만 이쯤 되면 오히려 야수에겐 대단히 불공평하고도 모욕적인 말이라 할 수 있지. 야수는 결코 인간처럼 잔인할 수는 없으니까. 그처럼 예술적 기교를 부려 가며 잔인한 행위를 하지는 못하니까 말이야. 호랑이는 물어 뜯는 재주밖엔 없거든. 설사 호랑이가 사람 귀에다가 밤새도록 못을 박아 둘 수 있다손 치더라도 도저히 그런 걸 생각해 내지는 못할 거야. 그런데 이 터키 인들은 사람을 괴롭히는 데에 거의 관능적인 기쁨을 느끼는 모양이야. 칼로 어머니의 배를 가르고 태아를 끄집어내는 것쯤은 아무것도 아니고, 심한 경우엔 어머니가 보는 앞에서 젖먹이를 공중에 던져 올렸다가 떨어져 내려오는 것을 총검으로 받는다는 거야. 어머니가 그걸 보고 있다는 사실이 주로 놈들의 쾌감을 만족시켜 주는 거겠지. 그런데 또 한 가지 매우 흥미있는 장면이 있어. 후들후들 떠는 어머니의 팔에 안긴 젖먹이가 있고, 그 주위에는 마을에 침입해 온 터키 인들이 둘러서 있다고 생각해 봐. 놈들은 재미있는 장난을 하나 생각해 냈어. 그들은 어떻게 해서든 어린애를 한 번 웃겨 보려고 열심히 아이를 얼르는 거야. 마침내 성공해서 아이가 웃기 시작하면서 바로 그 순간에 터키 인 하나가 아이 얼굴에서 한 자도 안 되는 데다 권총을 갖다 대지. 그러면 아이는 깔깔 웃어대며 권총을 잡으려고 그 조그만 손을 내밀거든. 이때 이 〈예술가〉 놈은 아이의 얼굴에다 대고 방아쇠를 당겨서 조그만 머리를 산산이 박살내고 만다는 거야 ……. 그야말로 예술적이라 할 수 있지. 안 그래? 그런데 말이야, 터키 인들은 단 것을 몹시 좋아한다고 해.」

「형님, 무슨 까닭에 그런 얘길 하시죠 ?」 알료샤가 물었다.

「내 생각엔 말이다, 만약 악마가 존재하지 않는다면 결국 인간이 그걸 만들어 낸 것이 되는데, 분명히 인간은 자기 모습과 비슷하게 그걸 만들어 냈을 거야.」

「그렇다면 신의 경우도 마찬가지겠죠.」

「이건 마치《햄릿》에 나오는 폴로니어스의 대사 같군. 너는 말을 돌려 대는 솜씨도 보통이 아니구나.」 이반은 소리내어 웃었다. 「그만 네게 말꼬리를 잡혀 버리고 말았지만 아무튼 좋아, 반가운 일이야. 그런데 인간이 자신의 모습에 따라 신을 만들어 냈다면 너의 하느님이란 것도 꽤 잘생겼을 거야. 넌 방금 왜 내가 그런 이야길 하느냐고 물었었지 ? 사실은, 나는 어떤 종류의 사실들을 수집하는 취미를 가지고 있지. 신문이라든가 사람들의 얘기 중에서 그러한 일화들을 닥치는 대로 베끼곤 한 것이 이제 꽤 많이 수집되었지. 물론 지금 말한 터키 인 얘기도 그 중의 하나야. 하지만 이런 건 모두 외국인의 얘기고, 우리 나라 것도 많이 알고 있는데, 그 중에는 이 터키 인 얘기보다 더 걸작품도 있어. 너도 알다시피 우리 나라 사람들은 무조건 두들겨 패기를 좋아하지 않니. 그것도 채찍이나 회초리로 때리는 수가 많은데 이 점은 순전히 민족적인 풍습이지. 우리 나라에선 귀에다 못을 박는 따위 짓은 엄두도 못 낼 일이지. 우리도 역시 유럽 사람이긴 하지만 채찍이니 회초리니 하는 건 이상하게 러시아적인 것으로 되어 버려서 이미 우리에게서 떼어 놓을 수 없는 것이 되었지. 외국에서는 요즈음 사람을 두들겨 패는 일은 아주 없어졌다더라. 풍습이 개선되었는지 아니면 사람이 사람을 때려서는 안 된다는 법률이라도 제정되었는지는 몰라도 그 대신 그들은 우리와 마찬가지로 자기들 나름의 아주 국수적인 다른 방법들을 쓰고 있다는 것 뿐이야. 그건 그 나라 특유의 것이나 우리 나라에선 불가능하다고 생각될 만큼 민족적인 것이지. 하긴 우리 나라에서도, 특히 상류 사회에서 종교 운동이 시작된 뒤부터 점차로 전파되고 있는 것 같지만 말이야. 프랑스에서 번역된 아주 재미있는 팜플렛을 내가 한 권 갖고 있는데, 그건 최근에 불과 사오 년 전 제네바에서 어떤 살인범 하나를 사형에 처한 얘기지. 리샤르라는 스물 네 살된 청년이 자

314

기 죄를 뉘우쳐, 단두대에 오르기 직전에 그리스도교에 입교했다는 거야. 리샤르는 본시 누군가의 사생아였는데 여섯 살밖에 안 되었을 때 부모가 스위스 어느 산 속의 목장주에게 그를 〈선사〉했다는 거야. 목장주는 그를 키워 부려먹을 셈이었겠지. 그애는 마치 짐승처럼 목동들 사이에서 자랐는데 그들은 그에게 아무것도 가르쳐 주지 않았을 뿐만 아니라 일곱 살 때부터는 벌써 양을 치러 내보내곤 했어. 비가 오건 날씨가 춥건 입을 것도 제대로 주지 않고 먹일 것도 제대로 먹이지 않았어. 물론 이처럼 학대하면서도 조금도 뉘우치거나 머뭇거리지 않았어. 오히려 그럴 만한 권리가 자기들에게 있다고 생각했었겠지. 왜냐하면 리샤르는 무슨 물건이나 마찬가지로 그들이 선사받은 것이므로 먹을 것도 줄 필요가 없다고 생각했을 테니까. 리샤르 자신이 증언한 바에 의하면 그 당시 그도 마치 성경에 나오는 방탕한 아들처럼 돼지를 먹이는 사료라도 좋으니 한 번 실컷 배부르게 먹어 보았으면 하는 생각뿐이었다는군. 하지만 그것조차 먹여 주지 않고 돼지 먹이를 훔쳐 먹었다고 사정없이 두들겨 팼다는 거야. 이렇게 소년, 청년 시절을 보낸 다음 어른이 되어 힘께나 쓰게 되자 이번엔 도둑질을 하려고 나섰어. 이 야만인은 제네바에서 막벌이 노동을 하며 돈을 벌어선 한 푼 안 남기고 술을 퍼마시고 인간 이하의 생활을 하다가 결국은 강도질을 하다가 어떤 노인을 죽이기에 이르렀어. 그는 체포되어 재판에서 사형 선고를 받았지. 저쪽 사람들은 감상적인 동정심 따윈 없는 족속들이니까 당연하지. 그런데 감옥에 들어가자마자 교회 목사님이니, 무슨 기독교 단체의 회원이니, 자선가인 귀부인이니 하는 자들이 몰려와 그를 둘러쌌어. 그들은 감옥 속에서 그에게 글을 가르쳤고 성경 강의를 시작했지. 그리고는 그를 얼르고 타이르고 귀찮을 정도로 설교를 하고 압력을 가하고 하는 바람에 그는 마침내 자기 죄를 진심으로 자각하게 되어 세례까지 받았어. 그리고는 자진해서 재판소에 편지를 썼지. 자기는 인생의 쓰레기이긴 하지만 덕분에 이제야 겨우 눈을 떠서 하느님의 은총을 받게 되었다고 말이야. 그러자 제네바 시 전체가, 제네바의 모든 자선가와 모든 신앙 깊은 사람들이 법석을 떨기 시작했어. 상류 사회의 사람들, 교양 있는 사람들이 모두 그를 면회하기 위해 감옥으로 몰려가는 거야. 그들은 리샤르를 포옹하고 키스하면서 『당신은 우리의 형제다, 당신은 하느님의 은총을 받았다.』라고 소리쳤어. 리샤르는 그저 감격해서 울 따름이지. 『그렇습니다, 저는 하느님의 은총을 받았읍니다! 소년 시대와 청년 시대를 통해서 저는 돼지 먹이만 얻어도 기뻐했읍니다만 이제는 저 같은 놈에게도 하느님께서 은혜를 내려 주셨으니 저는 주님의 품안에 안겨 죽겠읍니다.』『그렇고말고, 리샤르. 너는 주님의 품안에서 죽어야 해. 네가 돼지 먹이를 탐내 그것을 훔쳐 먹고 얻어맞았을 때에 네가 한 일은 아주 나쁜 짓이야. 어쨌든 훔친다는 건 하느님께서 금지하신 거니까. 하지만 그때 네가 하느님을 전혀 몰랐다는 건 네 잘못이 아니겠지만 어쨌든 너는 남의 피를 흘리게 했으니까 마땅히 죽어야지.』 그리하여 드디어 최후의 날이 왔어. 지칠 대로 지쳐 버린 리샤르는 눈물을 흘리면서『오늘은 내 생애에 있어서 가장 복된 날입니다. 나는 주님에게로 갑니다!』라고 쉴새없이 되풀이했어. 그러면 목사님이니, 재판관이니, 자선가니, 귀부인이니 하는 자들이『그렇고말고, 네 생애에서 가장 복된 날이고말고. 오늘은 주님 앞으로 가는 날이니까!』하고 맞장구를 치는 거야. 그들은 모두 리샤르를 태운 죄수 마차의 뒤를 따라서 처형장까지 갔어. 드디어 처형장에 도착하자마자, 그들은『자, 그럼 죽어라, 형제여.』하고 그를 향해 소리쳤지.『주님의 품안에서 죽어라, 주님께서 네게 은혜를 내렸으니까!』그리하여 형제들의 빗발치는 키스를 받고 리샤르는 단두대로 끌려가서 작두날 밑에 모가지를 들이대고는 그가 하느님의 은혜를 받았다는 이유로 해서 지극히 이해 깊은 방법으로 목을 싹둑 잘리고 만 거야. 이건 정말 의미 심장한 이야기지. 이 팜플렛은 러시아의 상류 사회에 속하는 루터파 자선가들에 의해 러시아어로 번역이 되어 러시아 민족의 교화를 목적으로 신문 잡지의 부록으로 찍혀 무료로 배부 되었지. 이 얘기에서 흥미있는 점은 그것이 그 나라의 국민성을 여실히 말해 주고 있다는 거야. 우리 나라에서라고 한다면 어떤 친구 하나가 우리의 형제가 되어 하느님의 은혜를 받았다는 이유만으로 그 형제의 목을 잘라 버린다는 건 생각조차 할 수 없지 않겠니. 하지만 거듭 말하지만 우리 나라에도 이보다 더하면 더했지 결코 못하지 않은 독특한 것이 있다는 걸 알아야 해. 우리 나라에선 남을 매질하여 고통 주는 것이 옛적부터 내려오는 가장 손쉽고도 직접적인 쾌락으로 되어 있어. 네크라소프(1821~1878 러시아의 시인)의 시에 농부가 채찍으로 말의 눈을, 그 유순한 눈을 후려치는 구절이 있는데, 그런 광경은 누구나 흔히 볼 수 있는 것으로, 이거야말로 러시아적인 것이라 할 수 있을 거야. 이 시인은 보기에도 가엾을 만큼 여위어 빠진 말이 힘에 겨운 무거운 짐을 실은 짐마차를 끌다가 진흙탕에 빠져 헤어나지 못하고 허우적거리는 장면을 그리고 있지. 농부는 채찍으로 사정없이 말을 때리고, 또 때리고 나중엔 때린다는 동작에 취해 버려 무슨 짓을 하고 있는지조차 잊고 악을 쓰며 채찍질을 하지.『힘에 겨워도 끌라며 끌어야지. 죽어도 좋으니 끌어 보란 말이야!』말이 비틀거리고 있으면 농부는 가엾게도 그 울고 있는 것 같은 무방비 상태인 유순한 눈을 채찍으로 후려치기 시작하지. 그러면 말은 미칠 듯이 몸부림치며 있는 힘을 다해 간신히 마차를 끌고 움직이는 거야. 온 몸을 떨면서 숨도 제대로 못 쉬고 몸을 이상 야릇하게 뒤틀면서 경련을 일으키는 것 같은 보기 싫은 걸음걸이로 걸어가지. 이 네크라소프의 시를 읽으면 정말 머리칼이 곤두서는 것 같아. 말은 때리라고 하느님께서 주신 거다라고 타타르 인들은 우리들에게 이렇게 설명해 주고, 이것을 명심해 잊지 말라고 말채찍까지 선물로 주었거든.

그러나 사람에게도 역시 매질을 할 수 있는 거야. 교육받은 인텔리 신사와 그 부인이 겨우 일곱 살밖에 안 되는 자기 딸에게 나뭇가지로 매질을 한 예가 실제로 있었으니까. 이 얘길 자세하게 적어 둔 게 나한테 있는데 말이야, 아버지란 자는 회초리에 울퉁불퉁한 마디가 많은 걸 보고 이게 더 효과적일 거라고 좋아하면서 자기 핏줄인 친딸에게 매질을 시작하는 거야. 이건 내가 확실하게 알고 있는 건데, 이렇게 매질을 하는 사람들 중엔 회초리나 채찍을 한 번씩 휘두를 때마다 육체적 쾌감을, 문자 그대로의 육체적인 쾌감을 느낄 만큼 열중하는 사람도 있어. 그 쾌감은 매질을 계속함에 따라 기하 급수적으로 증가하게 마련이야. 매질을 하는 것이 일 분, 이 분, 오 분, 십 분, 이렇게 시간이 경과하면 경과할수록 매질은 더욱더 빨라지고, 더욱더 모질어져서 아이는 비명을 지르며 울어 대지. 나중에는 울지도 못하고 그저 『아빠아……아빠아……』하고 숨넘어가는 소리를 낼 뿐이야. 이 사건은 결국 사회적인 스캔들로 되어 마침내 법정에서까지 문제가 되었어. 변호사가 지정되었지. 러시아의 민중은 오래 전부터 변호사를 〈돈에 고용된 양심〉이라 부르고 있지만 아무튼 변호사는 자기의 의뢰인을 변호하기 위해 열변을 토해 내는 거야! 『본건은 흔히 있을 수 있는 가정 내에서의 단순한 사건이올시다. 아버지가 자기 딸의 버릇을 가르친 것에 지나지 않으니까요. 그런데도 이런 일이 법정에까지 와서 논의된다는 것은 그야말로 우리 시대의 일대 수치가 아닐 수 없읍니다!』배심원들은 이 열변에 감동해서 일단 별실로 물러갔다가 다시 나와선 무죄를 선고하지. 사람들은 가해자가 무죄 석방이 되었다고 해서 기쁨에 넘쳐 소리지르는 거야. 정말 그때 그 자리에 내가 없었던 게 유감일 정도야. 그 자리에 있었더라면 그 가해자를 표창하는 뜻에서 장려금을 모으자고 제안했을 텐데! 참 듣던 중 희한한 얘기지?

그러나 아이들에 관한 얘기는 그보다 더 재미있는 게 한 두 가지가 아니야. 나는 러시아의 아이들에 관한 이야기들을 굉장히 많이 수집해 놓았지.

어떤 다섯 살 먹은 한 계집애가 교육을 받은 교양있는 의젓한 관리인 그 부모의 미움의 대상이 되었다는 얘기도 있지. 다시 한번 분명히 말해 두지만, 많은 사람에겐 일종의 특이한 성질이 있는데 그것은 바로 어린애를 학대하는 취미야. 그 학대하는 취미도 하필이면 어린애에 한정되어 있지. 그런 학대자들은 어린이를 제외한 다른 모든 사람들에 대해서는 교양있고 인정 많은 유럽 사람과 같은 얼굴을 하고 그보다 더 겸손하고 친절할 수가 없지만 그러면서도 어린애를 학대하는 것만은 무척 좋아하지. 그런 점에서 보면 오히려 아이들 자체를 사랑하고 있다고 해도 지나친 말은 아닐 거야. 바로 어린애들의 무방비 상태가 학대자의 마음을 유혹하는 거라고 말할 수 있지. 다른 아무 곳으로도 갈 수 없는, 누구에게도 의지할 데가 없는 조그만 어린애들의 천사와도 같이 순진무구한 마음, 바로 그게 학대자들의 더러운 피를 끓게 하는 거야. 물론 모든 인간의 마음속에는 야수가 숨어 있어. 걸핏하면 성을 내는 야수, 자기의 독이빨에 물린 희생자들의 비명 소리에 욕정적인 쾌감을 느끼는 야수, 음탕한 생활로 해서 풍병이니 간장병이니 하는 병에 걸린 야수, 이러한 야수들이 말이야. 그래서 그 다섯 살 먹은 가엾은 계집아이를 그 교육받았다는 부모는 갖은 방법을 다해 고문했다는 거야. 무엇 때문인지 자기들도 모르면서 둘이서 한꺼번에 덤벼들어 치고 때리고 발로 차고 하여 그애는 온 몸이 시퍼렇게 멍이 들어 버렸지. 그러나 그 짓도 나중에는 싫증이 났던지 교묘한 기교까지 동원하게 되었어. 엄동 설한에 아이를 밤새도록 변소에 가둬 두는 거야. 그것도 단지 아이가 밤에 뒤를 보겠다고 변소에 데려다 달라고 하지 않았다는 대수롭지 않는 이유 때문이야. 도대체 천사처럼 고이 잠든 다섯 살밖에 안 먹은 어린애가 그런 걸 어떻게 부모에게 알릴 수가 있겠나? 그래서 잘못해서 똥을 싼 모양인데 그 똥을 아이의 얼굴에 칠하는가 하면, 억지로 입 안에 처넣어 먹이기도 했는데 이런 짓을 바로 그애의 친어머니라는 여편네가 했단 말이야! 그리고 이 여편네는 한밤중에 변소에 갇혀 있는 불쌍한 애의 신음 소리를 들으며 태평스럽게 잠을 잤다는 거야. 이런 걸 이해할 수 있겠니? 자기가 무슨 변을 당하고 있는지조차 분명히 알지 못하는 조그만 어린애가 춥고 어두운 변소 속에서 조그만 주먹으로 터질 것만 같은 가슴을 두드리기도 하고 아무도 원망할 줄 모르는 순진한 눈물을 줄줄 흘리며 〈하느님 아버지〉께 구원을 빌기도 하는 이 기막힌 일을? 알료샤, 그래 너는 이 불합리한 얘기를 설명할 수 있겠어? 너는 내 친구이자 내 동생이야. 또 하느님께 봉사하는 겸손한 수도사지. 도대체 무슨 필요가 있어 이런 불합리한 일이 일어나는 건지 설명을 해봐! 『이런 불합리 없이는 지상에서 인간은 생활할 수 없다. 왜냐하면 선악을 인식할 수가 없었을 테니까.』 이렇게 사람들은 말하지만, 이런 대가를 치뤄 가면서까지 그 저주스런 선악의 인식 따위를 해야 할 필요가 어디 있어? 만약 그렇다면, 인식의 세계를 통틀어 봐도 이 어린애가 〈하느님 아버지〉께 흘린 눈물만한 가치도 없지 않느냔 말이다. 나는 어른들의 고뇌에 대해선 말하지 않겠다. 어른들은 금단의 과실을 따먹었으니까 아무렇게나 된다 해도 상관 없어. 모두 다 악마의 밥이 된다 해도 무방해. 하지만 이 어린애들, 이 어린애들만은 방관할 수가 없단 말이야! 알료샤, 내가 너를 괴롭히고 있는 것 같구나. 넌 몹시 심란해 보이는데 듣고 싶지 않다면 그만두겠어.」

「괜찮아요, 나 역시 괴로움을 느끼고 싶으니까요.」알료샤는 중얼거렸다.

「그럼 하나만, 한 가지만 더 이야기하지. 이것도 굉장히 진기한 얘기야. 그래서 그저 호기심으로 하는 얘기지만, 그것보다도 이 얘기를 러시아《고담집(古談集)》같은 데서 바로 얼마 전에 읽었기 때문이야. 《고기록(古記錄)》이었는지 《고사록(古事錄)》이었는지 다시 들춰 보기 전엔 알 수 없지만 아무튼 십구 세기 초 농노제가 가장 심하던 암흑 시대의 이야기야. 우리는 사실, 농민의 해방자(알렉산드로2세. 1861년에 농노제를 철폐)에게 감사드려야 할 거야. 그 시대에 즉 십 구 세기 초에 장군이 한 사람 있었다. 그 당시의 많은 세도가를 친구로 두고 있는 돈 많은 지주였는데, 퇴직하고 은퇴 생활로 들어가자 자기네 하인들의 생살 여탈권(生殺與奪權)을 가지고 있다고 확신하는 그런 족속 중의 하나지. 하긴 그 당시에도 그런 족속이 그리 많은 건 아니었던 것 같지만, 그래도 그런 자들이 더러 있긴 했어. 그런데 그 장군이라는 작자는 근 이천 명이나 되는 농노가 딸린 자기 영지에서 살고 있었기 때문에 근방의 조그만 지주 같은 것은 자기 집 식객이나 어릿광대만도 못하게 취급하면서 기세가 대단했었던 모양이야. 이 장군 집의 개집에는 수백 마리의 개가 있었는데 백 명 가까이 되는 개 기르는 하인들은 모두 제복을 입고 사냥을 나갈 때는 말을 타고 다녔어. 그런데 하루는 여덟 살 먹은 농노의 아들놈이 돌팔매질을 하다가 잘못되어 그만 장군 애견의 다리뼈를 상하게 했어. 『어째서 내가 귀여워하는 저 개가 다리를 저는 거냐?』하는 장군의 물음에 『실은 저기 저 아이가 던진 돌에 맞아 그렇게 됐읍니다.』라고 고해 바쳤지. 『응, 네놈이 그랬겠다.』장군은 아이를 돌아보더니 『저놈을 잡아라!』 하고 소리쳤지. 그러자 하인들은 그애를 어머니 손에서 빼앗아다가 하룻밤을 가둬 두었어. 다음날 아침 일찌기 장군은 말을 타고 사냥 차림으로 마당에 나타났어. 그 옆에는 식객들, 사냥개들, 개 기르는 하인들, 몰이꾼들이 모두 말을 타고서 장군을 호위하듯 늘어서고, 주위에는 본보기를 보여 주려고 모이게 한 남녀 농노 전원이 둘러서 있었다. 그 맨 앞줄에는 나쁜 짓을 한 아이의 어머니가 서 있는 거야. 이윽고 그 아이가 옥(獄)에서 끌려나왔다. 안개 낀 을씨년스런 가을날이어서 사냥하기엔 아주 적합한 날씨였다. 장군은 아이를 발가벗기라고 명령했어. 벌거숭이가 된 아이는 오들오들 떨면서 어찌나 무서운지 넋이 빠져 우는 소리도 내지 못할 지경이었어. 『자, 저놈을 쫓아라!』 하고 장군이 명령하자 『뛰어, 뛰어!』 하고 몰이꾼들이 소리치는 바람에 그 아이는 뛰어 달아나기 시작했어……. 그러자 장군은 『저놈 잡아라!』 소리치며 사냥개들을 한꺼번에 풀어 주었지. 그래서 그 아이의 어머니가 보는 앞에서 개들이 무슨 짐승이라도 쫓

듯이 아이를 쫓아가서는 순식간에 갈기갈기 찢어 버리고 말았다는 거야 ! ……
결국 그 장군은 금치산(禁治産) 선고인가 뭔가 하는 걸 받았다더군. 그래, 이런
놈을 어떻게 하면 좋겠니 ? 총살형에 처해야지 ? 도덕적 감정을 만족시키기 위
해서라도 총살형에 처해야 할 게 아니냔 말이다. 말해 봐. 알료샤 !」

「총살형에 처해야죠 !」 알료샤는 창백하고 일그러진 미소를 띄우고 형을
쳐다보며 나직이 말했다.

「브라보 !」 이반은 환성을 올렸다. 「네가 그렇게 말하다니……아니, 넌 정말
대단한 수도사님이구나 ! 그러니까 네 가슴속에도 악마의 새끼가 숨어 있는 거
야. 알료쉬카 카라마조프 !」

「그만 내가 어리석은 소릴 했군요. 하지만…….」

「바로 그거야. 그 하지만이 문제지…….」 하고 이반은 소리쳤다.

「이봐, 수습 수사님, 이 지상에는 바로 그 어리석은 소리가 지나칠 정도로 많
이 필요한 거야. 이 세상은 어리석은 소리, 어리석은 일을 발판으로 하고 서 있
거든. 만일 그것이 없다면 아마 이 세상에는 아무 일도 일어나지 않았을 테니
까. 우리는 단지 우리가 알고 있는 범위 내의 것만을 알고 있을 뿐이야 !」

「그럼 형님은 대체 무엇을 알고 있죠 ?」

「난 아무것도 이해하지 못해.」 이반은 헛소리라도 하는 듯한 어조로 말을 이
었다. 「그리고 이제는 아무것도 이해하고 싶지 않아. 다만 사실에만 충실할 작
정이야. 벌써 오래 전부터 나는 일체를 이해하려 들지 않기로 결심했지. 무언가
를 이해하려 들면 곧 사실을 왜곡하게 되거든. 그래서 사실에만 충실하기로 결
심한 거야.」

「무엇 때문에 형님은 내 속을 떠보려고 하는 거지요 ?」 알료샤는 슬픔에 떨리
는 목소리로 소리쳤다. 「그만하고 이제는 정말로 이야기해 주시는 게 어때요 ?」

「물론 말하고 말고. 그걸 이야기하려고 여기까지 끌고왔으니까. 너는 나한테
귀중한 존재야, 난 너를 놓지고 싶지 않아. 너를 그 조시마 장로 따위에게 양보
할 수는 없어 !」

이반은 잠시 말을 끊었으나 그의 얼굴은 갑자기 침통한 표정으로 변했다.

「그럼 내 말을 들어 봐. 나는 문제를 보다 선명하게 하기 위해서 어린애들의
얘기만을 예로 들었을 뿐이야. 이 지구의 지표(地表)에서 중심에 이르기까지를
온통 축축하게 적시고 있는 나머지 인간들의 눈물에 대해서는 한 마디도 않
겠다. 일부러 논제를 좁힌 셈이지. 나는 빈대 같은 존재에 지나지 않으니까 어
째서 만사가 이 꼬락서니로 되어 버렸는지 도무지 이해할 수 없다는 걸 깊은 굴
욕감을 느끼며 통감하고 있어. 결국 잘못은 인간 자신에게 있는 거지. 인간에게

원래 낙원이 주어졌는데 자기들이 불행해질 것을 뻔히 알면서도 자유를 찾으려고 하늘 나라에서 불을 훔쳐냈거든. 그러니까 그들을 불쌍히 여길 필요는 없어. 내 가여운 지상적인 유클리드적 두뇌에 의하면, 다만 고통이 있을 뿐이지. 죄인은 없다는 것, 모든 것은 단순하게, 그리고 직접적으로 하나의 사건이 다른 한 사건의 원인이 되고, 그 사건은 또 다른 사건의 원인이 되면서 쉴새없이 흘러 평형을 유지한다는 것——이런 따위를 알 뿐이야. 그러나 이것은 유클리드적인 엉터리에 지나지 않아. 나도 그렇게 된다는 걸 알고 있기 때문에 그런 엉터리 사고방식에 따라 살아간다는 것엔 도저히 찬성할 수가 없어! 사실 말이야, 죄인은 하나도 없다. 모든 건 단순하게 직접적으로 하나의 사건이 다른 사건을 낳을 뿐이다 라는 사실이 나한테 무슨 도움이 있을 수 있겠니! 내게 필요한 건 응보(應報)야. 그게 없으면 나는 자멸해 버릴 수밖에 없어. 그리고 그 응보도 언제인지는 몰라도 무한 속의 어느 곳에 가서 이루어진다는 식의 가정은 곤란해. 이 지상에서, 바로 내 눈앞에서 이루어져야만 해. 나는 그것을 믿어 왔으니까 내 두 눈으로 똑똑히 보고 싶다는 거야. 만약 그때 내가 죽어 있으면 나를 다시 소생시켜 주어야 해. 왜냐하면 내가 죽어 없을 때 그것이 이루어진다는 건 너무 억울한 일이 아니냐? 사실 말이지, 내가 고뇌를 겪는 건 나 자신을 희생하고 나의 악행과 온갖 고뇌를 밑거름으로 하여 어디서 굴러먹던 개뼈다귀인지도 모를 놈들을 위해, 미래의 우주 조화를 가꾸기 위해서가 아니야. 나는 사슴이 사자 곁에 태평하게 누워 있고, 살해된 자가 일어나서 자기를 죽인 자를 포용하는 장면을 내 눈으로 직접 보고 싶다는 거야. 즉 무엇 때문에 모든 것이 이렇게 되어 있는가를 모든 사람이 문득 깨닫게 될 때 나도 그 자리에 있고 싶단 말이야. 이 지상의 모든 종교는 이러한 희망 위에 세워져 있어. 그리고 나도 그것을 믿는 사람이야.

이것은 역시 아이들에 관한 문제인데, 그런 경우에 대체 그 아이들을 어떻게 하면 좋겠니? 이건 내가 해결할 수 있는 문제가 아니야. 또 한 번 되풀이해 말하지만, 그 밖에도 문제는 얼마든지 쌓여 있지만 나는 단지 어린애들의 경우만 예를 들었어. 그 이유는 내가 말하고자 하는 바가 그 속에 의심할 여지없이 명료하게 요약되어 있기 때문이야. 그런데 말이다, 모든 인간이 고뇌를 겪어야 하는 이유는 그 고뇌로써 영원한 조화를 이루기 위해서라고 할지라도, 무엇 때문에 어린애들까지 거기 끌려들어가야만 한다는 것일까? 넌 그걸 내게 말해 줄 수 없겠니? 무엇 때문에 어린애들까지 고뇌를 겪어야 하는 건지, 어째서 어린애들까지 영원한 조화를 위해 괴로움을 당해야 하는 건지 그 까닭을 도무지 알 수가 없어! 무엇 때문에 어린애들까지 그런 재료 속에 함께 끼어들어 어느 개뼈다귀인지도 모르는 자들을 위해 영원한 조화를 가꿔야 한다는 거지? 인간 상호간의 죄악의 연대 관계는 나도 이해할 수 있어. 응보의 연대 관계는 이해할 수 없는 건 아니야. 그러나 어린애들과의 사이에 죄악의 연대 관계가 있다고는 생각할 수가 없어. 만일 아버지의 모든 악행에 대하여 그 자식도 아버지와 연대 관계가 있다는 것이 진실이라면 그런 진실은 이 세상에 속하는 것이 아니니까 나 같은 놈은 이해할 수가 없지. 혹시 어떤 익살맞은 친구가, 아이들도 어차피 자라서 어른이 되면 나쁜 짓을 할 게 아니냐고 말할는지도 모르지만, 실제로 그 아이는 아직 어른이 되지 않았으니 그건 이치에 닿지 않는 소리야. 실제로 겨우 여덟 살밖에 안 된 어린애가 개한테 물려 갈기갈기 찢기지 않았느냔 말이다. 오오, 알료샤, 나는 결코 신을 비방하려는 건 아니다 ! 만약에 하늘 위와 땅 밑에 있는 모든 것이 하나의 찬송가가 되고 삶을 누리고 있는 모든 것과, 전에 삶을 누렸던 모든 것이 합하여 『주여, 당신의 말씀은 옳았나이다. 이는 당시의 길이 열렸기 때문입니다 !』라고 부르짖을 때, 이 우주 전체가 얼마나 떨리며 감동할 것인가는 나도 잘 알고 있어. 그리고 그 어머니가 자기 아들을 개한테 물어 뜯기게 한 폭군과 얼싸안고, 셋이 다 같이 눈물을 흘리며, 소리를 합하여 『주여, 당신의 말씀은 옳았나이다 !』라고 외칠 때 그때야말로 인식의 승리가 도래하여 모든 것이 명백하게 해명될 것이 틀림없어.

그러나 여기에서 또 단서가 붙어야 해. 요컨대 나는 그러한 조화를 용인할 수가 없는 거야. 그래서 나는 이 지상에 살고 있는 동안에 나대로의 응급 조치를 강구할 수밖에 없어. 알료샤, 어쩌면 나도 자기 아들의 원수와 포옹하고 있는 어머니의 모습을 직접 내 눈으로 보고, 『주여, 당신의 말씀은 옳았나이다.』라고 외칠 수 있을 때까지 살 수 있을지도 몰라. 아니면 그것을 보려고 일부러 다시 살아날는지도 모르지. 그러나 나는 그때 가서야 비로소 〈주여〉 하고 외치고 싶지는 않단 말이야. 아직도 시일의 여유가 있는 동안에 재빨리 나 자신의 방비를 견고히 할 생각이야. 그래서 그런 최고의 조화 같은 건 깨끗이 포기하겠어. 그 따위 조화는 구린내 나는 변소에 갇혀 조그만 주먹으로 자기 가슴을 두드리며, 보상받을 길 없는 눈물을 흘리면서 〈하느님 아버지〉께 기도를 드린 그 학대받은 어린애의 눈물 한 방울만한 가치도 없기 때문이야. 왜 그만한 가치도 없느냐 하면 그 눈물은 영원히 보상받지 못한 채 버려졌으니까. 그 눈물은 마땅히 보상받아야 해. 그렇지 못하면 조화고 뭐고 있을 수 없지. 그러나 무엇을, 무엇을 갖고 그것을 보상할 수 있겠니? 도대체 그 보상이 가능한 일일까? 학대자에게 복수를 해서? 그러나 우리에겐 그따위 복수 같은 건 필요하지가 않아. 학대자를 위한 지옥 같은 건 소용 없어. 이미 죄 없는 자가 학대를 당하고 난 다음에야 지옥 같은 게 무슨 소용이냔 말이다. 그리고 또 지옥이 있는 곳에 조화가 있을 리도 없지. 나는 그저 용서하고 싶을 뿐이야. 포옹하고 싶을 뿐이야. 나는 더 이상 인간에게 괴로움을 맛보게 하고 싶지 않을 뿐이야. 나는 만약에 어린애들의 고뇌가 진리의 대가로 치러야 할 고뇌의 정량(定量)을 채우는 데 꼭 필요하다고 한다면, 미리 단언해 두지만, 모든 진리를 통틀어도 그만한 대가를 치를 값어치가 안 나간다고 말하겠어. 그런 대가를 치러야만 한다면 나는 아이를 개에게 물어뜯기게 해서 죽인 폭군을 그 아이의 어머니가 포옹하기를 결코 원하진 않겠다. 그 아이의 어머니라고 해서 그 폭군을 용서할 권리는 없는 거니까. 굳이 용서하기를 원한다면 자기 몫만은 용서해도 좋아. 아이의 어머니로서 끝없이 괴로워한 데 대해서만 용서해 주란 말이야. 그러나 갈기갈기 찢어진 그 아이의 고통을 용서해 줄 권리는 그 어머니에겐 없어. 설사 그애가 스스로 용서해 주겠다고 해도 어머니는 결코 감히 그 폭군을 용서해 줄 수는 없는 거야! 만약에 그렇다고 한다면 만약 아무도 감히 용서해 줄 권리를 갖지 못했다고 한다면 어떻게 용서해 줄 수 있고 또 용서해 줄 권리를 가진 사람이 있을까? 나는 조화 따위는 원하지 않아. 그런 인류에 대한 사랑 때문에 원하지 않는 거야. 차라리 보상받을 수 있는 고뇌 속에 남아 있기를 바라지. 비록 내 생각이 틀렸다 하더라도 보상받을 길 없는 고뇌와 풀 수 없는 분노를 품은 채 나는 그대로 남아 있겠어. 더욱이 그러한 조화의 대가는 너무나 비싸서 나 같은 놈의 호주머니를 가지고는 그처럼 비싼 입장료를 지불할 수가 없어. 난 그래서 내 입장권을 빨리 돌려보내는 거야. 만일 내가 정직한 인간이라면 한시바삐 그 입장권을 돌려보낼 의무가 있어. 그래서 난 그것을 실천에 옮기고 있는 중이지. 알료샤, 그렇다고 내가 신을 인정하지 않는다는 건 아니야. 다만 신에게 〈조화〉의 입장권을 정중히 반환하는 것뿐이지.」

「그건 반역(反逆)이에요.」알료샤는 눈을 내리깔며 낮은 소리로 말했다.

「반역이라고? 네게서 그런 소릴 듣고 싶진 않았는데.」이반이 심각한 목소리로 말했다.「반역으로 세상을 살 수야 없잖아? 난 살고 싶은 놈이야. 그건 그렇고, 그보다 네게 한 마디 묻고 싶은 게 있는데, 여기서 분명하게 대답해 줘. 가령 네가 말이다, 궁극에 가서 인간을 행복하게 하고 또한 평화와 안정을 줄 목적으로 인류의 운명의 탑을 쌓아 올린다고 하자. 그런데 이 일을 위해서 단지 하나의 보잘것 없는 생물, 예컨대 조그만 주먹으로 자기 가슴을 두드린 그 가여운 아이를 괴롭혀야 하고, 그 아이의 보상받을 길 없는 눈물 없이는 도저히 그 탑을 세울 수 없다고 가정한다면, 너는 과연 그런 조건 아래서 그 탑의 건축 기사가 될 수 있겠니? 자, 솔직하게 말해 봐!」

「아뇨, 그럴 수 없을 겁니다.」알료샤가 낮게 대답했다.

「또 내가 공들여 탑을 세워 줄 그 인류가 이 조그만 희생자의 보상받을 길 없는 피 위에 이루어진 행복을 기꺼이 받아들여 영원히 행복을 누릴 것이라는 생각을 너는 용납할 수 있어?」

「아니, 그럴 수 없어요, 형님.」알료샤는 갑자기 눈을 번득이며 말했다.「형님은 방금 용서할 수 있는 권리를 가진 사람이 과연 이 세상에 있겠느냐고 말씀하셨죠? 그렇지만 그런 사람은 있어요. 그분은 모든 일에 있어서 모든 인간을 용서할 수 있읍니다. 왜냐하면 그분은 모든 사람을 대신하여 스스로 자기의 무고(無辜)한 피를 흘리셨으니까요. 형님은 그분을 잊고 계셨군요. 바로 그분을 향하여 우리는『주여, 당신의 말씀은 옳았나이다. 이는 당신의 길이 열렸기 때문입니다!』라고 외치는 거예요.」

「아아, 그건 〈죄 없는 유일한 사람〉과 그이의 피를 말하는 것이로구나! 하지만 천만에, 그 사람을 내가 결코 잊은 건 아니야. 잊다니, 오히려 나는 네가 왜 그 사람 이야길 안 들추나 하고 줄곧 이상하게 생각하고 있던 참인데. 너희들은 무슨 논쟁을 할 때가 되면 으레 그 사람을 가장 먼저 내세우곤 하니 말이야. 알료샤, 그런데 비웃지 말고 들어 줘. 내가 일 년 전쯤 서사시를 한 편 지은 게 있는데, 어때, 나하고 십 분 정도 더 이야기할 수 있다면 그걸 네게 말해 주고 싶은데?」

「형님이 서사시를 쓰셨다고요?」

「아니 사실상 다 쓴 건 아니야.」이반은 웃었다.「나는 여태까지 시라곤 단 두 줄도 써 본 일이 없어. 그러나 그 서사시는 머리속에서 구상했던 것이기 때문에 지금도 잘 기억하고 있어. 그걸 아주 열심히 구상했거든. 그러니까 너는 내 시의 최초의 독자, 아니 경청자가 되는 셈이다. 사실 작자로서는 단 한 사람의 경청자도 놓치기가 아까운 법이거든.」이반은 히죽 웃었다.「어때, 들어 보겠어?」

「예, 어서 얘기하세요.」알료샤가 대답했다.

「대심문관(大審問官)이라는 게 내 서사시의 제목이지. 우스꽝스러운 것이긴 하지만 너한테는 꼭 들려 주고 싶어지는구나.」

5. 대심문관(大審問官)

「그런데 이것은 또한 서문이 없을 수 없지. 이를테면 문학적 서문이라고나 할까? 후훗!」이반은 또 웃었다.「격식만은 제법 그럴 듯하게 꾸며 놨지. 그런데

324

내 서사시의 무대는 십육 세기야. 너도 이런 건 학교에서 배워 알겠지만, 십육
세기란 바로 시작(詩作) 속에서 하늘 위의 주인공들을 지상으로 끌어내리는 게
널리 유행하던 시대야. 단테는 말할 것도 없고 프랑스에서는 재판소 서기니, 수
도원의 수도사니 하는 친구들이 여러 가지 연극들을 보여 주곤 했었는데 그 연
극이란 모두 마돈나니, 천사니, 성도(聖徒)니, 그리스도니 심지어는 하느님까지
도 무대에 끌어내는 것들뿐이야. 하긴 그 시대에는 이런 게 매우 자연스럽게 다
루어지던 때이긴 하지만, 빅토르 위고의《노트르담의 꼽추(Notre Dame de Paris)》
속에는 루이 11세 시대에 황태자의 탄생을 축하하여 파리의 시공회당(市公會堂)
에서 〈지극히 성스럽고 정숙한 동정녀 마리아의 이름다운 재판〉(Le bon jugeme-
nt de la trés sainte et gracieuse Vierge Marie)이란 제목의 교훈극이 시민에게 무료로
상연되었다는 얘기가 씌어져 있지. 이 극에서는 성모님께서 몸소 무대로 왕림하
시어 그 아름다운 재판을 주재하시는 거야. 러시아에선 표트르 대제(1672~1725.
서구적인 국가의 기초를 쌓은 러시아의 황제) 이전에 모스크바에서, 주로 구약에서
줄거리를 따온, 거의 그와 비슷한 연극들이 간혹 상연되곤 했어. 그러나 이런
연극 이외에도 필요에 따라 성도와 천사 등 천상의 주인공들이 종횡으로 활약하
는 여러 가지 소설이며 〈종교적 민요〉가 세상에 널리 퍼져 있었어. 러시아의 수
도원에서도 수도사들 중에 번역을 한다든가, 남의 것을 베낀다든가 개중에는 그
러한 내용의 서사시를 창작한다든가 하는 사람이 있었는데 그것이 타타르의 침
입 시대(13세기 중엽부터 15세기 말까지 러시아는 타타르 족에 의해 통치되었다)였으니
정말 놀라운 일이야. 예를 하나 들면, 어느 수도원에서 만든(물론 그리스어에서
번역한 것이긴 하지만) 서사시에 〈성도의 고난의 편력〉이란 게 있는데 여기엔
단테의 묘사 못지않게 대담한 광경이 나오지. 이것은 성모 마리아가 대천사(大
天使) 미카엘의 인도를 받아 지옥을 방문하여 〈고난의 편력〉을 하면서 많은 죄인
들과 그들의 고통을 몸소 목격한다는 이야기야. 그 가운데서 특히 주목을 끄는
것은 불바다 속에 떨어진 한 떼의 죄인들이야. 그들 중에서도 영원히 떠오를 수
없을 만큼 바다 속 깊이 가라앉아 버린 자들은 이미 하느님께서도 잊어버리신
존재들이야. 정말 심각하고도 힘 있는 표현이거든, 여기서 깊은 충격을 받은 성
모 마리아는 하느님의 보좌 앞에 엎드려 눈물을 흘리면서 지옥에 빠져 있는 모
든 사람들——자기가 보고 온 모든 사람들에 대하여 아무런 차별 없는 자비를
베풀어 주십사 하고 애원했지. 성모와 하느님과의 대화는 참으로 흥미진진한 데
가 있어. 성모는 하느님 앞을 떠나지 않고 애원을 계속하지. 그러니까 하느님은
십자가에 못박힌 자기 아들 그리스도의 손과 발을 가리키며『저렇게 가혹한 짓
을 한 자들을 어찌 용서할 수 있겠는가?』라고 물었어. 성모는 모든 성인들, 순

교자들, 천사들과 대천사들에게 자기와 함께 하느님 앞에 엎드려 모든 죄인들에 대한 차별 없는 자비를 애원하자고 부탁했어. 그리하여 결국 성모는 매년 성금요일(聖金曜日)부터 성신 강림절(聖神降臨節)까지 오십 일 동안 모든 고통을 중지한다는 허락을 받게 되었어. 그러자 죄인들은 지옥으로부터 일제히 주님께 감사드리며『오, 주여! 이 같은 심판을 내리신 당신은 의로우시도다.』라고 외치는 거야.

그건 그렇고, 내 서사시도 그 당시에 나타났더라면 아마 그와 비슷한 종류의 것이었을 거야. 내 서사시에는 그리스도가 무대에 등장하지. 하긴 한 마디도 하지 않고 그저 나타났다가 사라져 버리고 말지만 말이야. 그때는 그가 자기의 왕국인 지상에 와서 나타날 것을 약속한 뒤 십오 세기가 지났을 때야. 〈보라, 그는 곧 오시리로다.〉라고 예언자가 기록했고, 또 그리스도 자신도 지상에 있을 때 〈그날과 그때는 아무도 모르나니 하늘의 천사들도, 아들도 모르고 오직 아버지만 아시느니라.〉(마태 복음 24장 36절)라고 말한 그때부터 십오 세기가 지난 뒤의 일이야. 그러나 인류는 전과 같은 신앙, 전과 같은 감격을 가지고 그의 재림(再臨)을 기다리고 있어, 왜냐하면 하늘로부터 인간에게 주어지는 보증이 중단된 뒤 벌써 십오 세기라는 세월이 흘렀으니까 말이야.

> 믿을지어다, 가슴속의 속삭임을 ——
> 이제는 하늘의 보증도 없도다. (실러의 시〈원망〉에서)

즉 가슴속의 속삭임을 믿을 수밖엔 없었던 거야! 물론 그 당시엔 여러 가지 기적이 있었지. 기적으로 난치의 병을 고친 성인들도 있었고, 성모의 방문을 받은(그들의 전기에 의하면) 복된 사람들도 있었어. 그러나 악마도 잠을 자고 있진 않았으므로, 이러한 기적의 진실성에 대한 의혹이 인류 속에 싹트기 시작했지. 바로 그때, 독일의 북쪽에 무서운 사교(邪敎)가 새로 일어났어. 〈횃불과 비슷한〉(즉 교회와 비슷한) 커다란 별이 〈물의 원천 위에 떨어져 그 물맛이 써졌다〉(요한 계시록 8장10~11절 참조)고 할 수 있겠지. 이러한 사교가 대담하게도 그러한 기적을 부정하려 들었거든. 그러나 신앙을 간직한 사람들은 한층더 열렬히 믿었어. 인류의 눈물은 그전과 변함없이 그리스도를 향해 하늘로 올라갔고, 그를 사랑하고, 그를 기다리며 변함없이 희망을 걸고, 변함없이 그를 위해 고난을 당하고, 그를 위해 죽기를 열망했던 거야. 이리하여 몇 세기에 걸쳐 인류가 신앙과 열정을 가지고 〈오 주여, 하루 속히 우리에게 나타나소서〉 하고 기도하고, 오랜 세월 동안 애타게 그의 이름을 불렀기 때문에, 끝없이 자비로운 그리스도는 마침내 이토록 기도를 드리는 사람들에게 내려오기로 했던 거야. 그전에도 그는 천국에서 내려와 지상에 살고 있는 몇몇 성인들, 순교자들, 고행자들을 방문한 일이 있는데, 이것은 그들의 전기 속에 기록되어 있어. 우리 나라에서도 자기 말의 진실성을 굳게 믿고 있던 츄체프(1803~1873. 러시아 상징주의의 시조라 일컬어지는 시인) 가 이렇게 노래한 게 있지.

  하늘 나라 임금님은 노예의 차림으로
  십자가의 무거운 짐 지고 허덕이면서
  우리의 어머니 땅에 축복을 주고자
  방방 곡곡 두루 다니시는도다. (〈이 가난한 시골에서〉의 한 구절)

  그건 정말 그랬을 거야. 그렇다고 나는 단언할 수 있어. 그래서 그리스도는 잠깐 동안이나마 사람들 속에 나타나기로 했던 모양이야. 괴로워하고 슬퍼하고, 어두운 죄악에 싸여 있으면서도 항상 어린애처럼 자기를 사랑해 주는 인간들 사이에 말이야. 내 서사시의 무대는 스페인의 세빌랴, 때는 바로 하느님의 영광을 위해 날마다 국내 곳곳에서 장작더미가 타오르고 또한

  활활 타오르는 화형장에서
  이교도들은 불타 죽었다.

고 노래 불리워진 이른바 심판 시대(즉 종교 재판이 성행하던 시대)라는 무서운 때야. 물론 여기에서의 그리스도의 강림은 일찍기 그가 약속했던 것처럼, 하늘의 영광에 싸여져 이 세상 끝나는 날에 〈동쪽에서 서쪽까지 번갯불이 번쩍이듯〉(마태 복음 24장)홀연히 나타나는 것과는 성격이 전혀 다른 거야. 그리스도는 그저 잠깐 동안 자기 자식들을 찾아보고 싶었던 것이니까. 그래서 그는 특별히 이교도들을 불태우는 무섭게 타오르고 있는 지방을 골랐어. 끝없이 자비로운 그리스도는 십오 세기 전에 삼십삼 년 동안 사람들 사이를 돌아다녔을 때와 마찬가지로 인간의 모습을 빌어 다시 한번 사람들 사이에 나타나신 거야. 그는 남국의 도시의 뜨거운 광장에 내려왔는데, 마침 그것은 활활 불타오르는 화형장에서 거의 백 명 가까운 이교도들이 ad majorem gloriam Dei(라틴어. 하느님의 크신 영광을 위하여란 뜻) 국왕을 비롯한 조정의 신하들, 기사들과 추기경들, 그리고 이름다운 궁녀들과 세빌랴의 전주민이 지켜보는 가운데 대심문관인 추기경의 지휘 아래 한꺼번에 화형에 처해진 바로 그 이튿날이었어. 그리스도는 눈에 뜨이지 않게

슬그머니 나타났지. 그런데 이상스럽게도 모두 그것이 주님인 걸 알아챘단 말이
야. 여기가 바로 내 서사시 중에서 가장 훌륭한 대목 중의 하나가 될 곳이지. 즉
어떻게 모두가 그것을 알아챘느냐 하는 이유가 제법 그럴 듯하거든. 사람들은
불가항력적인 어떤 힘에 이끌려 그에게로 달려가서 그를 겹겹이 에워싸고 그의
뒤를 따라다니는 거야. 그는 한없이 자비로운 연민의 미소를 띄우며 아무 말없
이 군중 속을 걸어가지. 사랑의 태양이 그의 가슴속에서 타오르고 하느님의 광
명과 교화(敎化)의 힘을 지닌 빛이 그의 눈에서 흘러나와 사람들 머리 위를 비추
면서 사람들 가슴속에 사랑의 반응을 일으키게 했어. 그는 군중에게 손을 뻗어
축복을 내렸는데 그의 몸은 말할 것도 없고 그 옷자락에만 닿아도 모든 병을 고
치는 힘이 솟아나는 거야.
　이때, 어려서부터 장님인 노인 하나가 군중 속에서『주여, 저를 고쳐 주십시
오. 그러면 저도 당신을 뵈올 수 있겠나이다.』하고 소리쳤어. 그러자 마치 눈에
붙었던 비늘이 떨어지기라도 한 듯이 장님은 당장 그 자리에서 눈을 떠 주님의
얼굴을 볼 수 있게 됐지. 군중들은 눈물을 흘리며 그가 밟은 땅에 입맞추었고,
아이들은 그의 앞에 꽃을 던지고 노래를 부르면서〈호산나〉를 외치는 거야.『이
분은 예수님이다, 틀림없는 예수님이야.』하고 사람들은 쉬지 않고 떠들어 댔
어.『이분은 틀림 없는 예수님이야. 예수님이 아니면 누구겠어？』
　그가 세빌랴 성당 현관 앞에서 발을 멈췄을 때 마침 뚜껑을 덮지 않은 조그마
한 흰빛 관이 슬피 곡(哭)하는 울음 소리와 함께 성당으로 운반되어 들어가고 있
었어. 그 관 속에는 이 마을의 이름 있는 시민의 외동딸인 일곱 살 난 소녀의 시
체가 꽃에 덮여 누워 있는 거야.『저분은 당신 딸을 다시 살아나게 하실 거요.』
하고 군중 속에서 슬픔에 빠져 있는 어머니를 향해 외치는 소리가 들렸어. 관을
맞으러 현관에 나온 신부는 눈썹을 쫑긋 세우고 의혹에 가득 찬 눈으로 지켜보
고 있는 거야. 그러나 이때 죽은 아이의 어머니의 외침 소리가 울려 퍼졌어. 여
인은 주님의 발 밑에 몸을 던지고는『만약 당신이 예수님이시라면 내 딸을 다시
살려 주십시오.』하고 주님에게 두 손을 내밀며 소리쳤어. 장례 행렬이 멈춰 서
고, 관이 그의 발 밑 현관 층계에 내려졌지. 그는 연민 어린 눈으로 바라보고
있다가 조용히 입을 열어『딸리따 꾸미』(소녀여, 일어나라).』하고 외쳤어(마태복
음 9장 25절 참조). 그러자 소녀는 관 속에서 일어나 앉더니, 이상하다는 듯 눈을
크게 뜨고 미소를 지으며 사방을 둘러보는 거야. 손에는 관에 덮였던 흰 장미꽃
한 다발을 들고서 말이야. 군중 속에서는 혼란과 환성과 통곡이 터져나왔지. 바
로 이 순간에 성당 옆 광장을 대심문관인 추기경이 지나가고 있었어.
　이 대심문관은 나이가 거의 아흔에 가까웠지만 키가 크고 허리가 꼿꼿했으며,

얼굴은 여위고, 움푹꺼져 들어간 두 눈에서는 아직도 불꽃과 같은 광채가 번득이는 노인이었어. 그는 바로 어제 로마 교회의 적들을 불태울 때 민중 앞에 입고 나왔던 찬란한 법의(法衣)가 아니라 낡아빠진 허름한 수도복을 걸치고 있었어. 그의 뒤에는 음울한 얼굴의 보좌 신부들, 노예들 그리고 성스러운 호위병들이 일정한 거리를 두고 따라오고 있었어. 대심문관은 군중 앞에서 발걸음을 멈추고 멀리서 바라보았어. 모든 장면을 다 보았지. 사람들이 그리스도의 발 밑에 관을 내려놓는 것도 보았고, 소녀가 다시 살아나는 장면도 보았지. 그러자 그의 얼굴빛은 흐려졌고, 숱 많은 흰 눈썹은 험상궂게 찌푸려지고, 두 눈알에서는 불길한 광채가 번뜩이기 시작했어. 그는 호위병들에게 손가락을 들어 가리키며 『저자를 체포하라.』하고 명령했어. 그의 권세는 너무도 강해서 사람들은 그 앞에서 항상 벌벌 떨며 그의 명령에 순순히 복종하도록 길들여져 있었으므로 군중은 호위병들에게 얼른 길을 비켜 주었지. 그래서 별안간 내습한 죽음과 같은 침묵 속에서 호위병들은 그를 잡아 끌고 갔어. 군중들은 마치 한 사람의 인간이 움직이듯 한결같이 늙은 대심문관 앞에 이마가 땅에 닿도록 절을 하는 거야. 대심문관은 말없이 손을 들어 사람들에게 축복을 내리고 그 자리를 떠났어. 호위병들은 죄인을 신성 재판소(神聖裁判所)로 사용하는 낡은 건물 안에 있는 어둡고 좁다란 반원형 천장의 감방으로 끌고 가서 그 속에 가둬 버렸지.

하루가 다 지나고, 이윽고 어둡고 무더운 숨 막히는 세빌랴의 밤이 찾아왔어. 공기는 온통 〈월계수와 레몬의 향기〉(푸시킨의 시 〈돌의 나그네〉에서)로 가득 차 있었어. 갑자기 캄캄한 어둠 속에서 감방 문이 열리더니, 늙은 대심문관이 손에 불을 들고 감방으로 들어왔어.

그는 아무도 거느리지 않고 혼자 들어왔는데 그가 들어오자 감방 문은 곧 닫혀 버렸어. 그는 문 옆에 선 채 일이 분 동안이나 그리스도의 얼굴을 뚫어지게 바라보고 있더니, 이윽고 조용히 다가와서 탁자 위에 불을 내려놓고 이렇게 입을 열었어.

『당신이 정말 예수요? 예수냔 말이오?』 그러나 대답을 듣기도 전에 그는 얼른 말을 이었어. 『대답은 필요 없소, 잠자코 있으시오. 하기는 대답할 말도 없을 테지! 난 당신이 무슨 말을 하려는지 너무나도 잘 알고 있소. 더욱이 당신은 옛날에 자기가 말한 것에 더 이상 아무것도 덧붙여 말할 권리가 없단 말이오. 그런데 무엇 때문에 당신은 우리를 방해하러 왔소? 나는 당신이 누구인지도 알지 못하고 또 알고 싶지도 않소. 당신이 진짜 예수건 가짜건간에 나는 내일이면 당신을 재판에 회부하여 가장 악질적인 이교도로서 화형에 처해 버릴 거요. 오늘 당신의 발에 입을 맞춘 민중이, 내일이면 내가 손가락 하나만 움직여도 앞을 다투어 달려나와 당신을 태우는 장작더미에 불을 지를 거요. 그걸 당신은 알고 있소? 하긴 당신도 아마 알고 있을 거요.』대심문관은 한시도 죄수에게서 눈을 떼지 않고 무언가 골똘히 생각하는 것 같은 어조로 이렇게 덧붙였지.」

「난 뭐가 뭔지 통 모르겠는데요, 형님? 도대체 그건 무슨 뜻인가요?」처음부터 잠자코 말없이 듣고만 있던 알료샤는 미소를 지으며 물었다.「그건 터무니없는 망상인가요, 아니면 그 노인의 오해였나요? 그건 도저히 있을 수 없는 quiproquo(당착)가 아닙니까?」

「그럼 그 중의 나중 것으로 생각하렴.」하고 이반은 껄껄 웃었다.「너도 현대의 현실주의에 물들어 있어서 공상적인 요소를 조금도 인정할 수가 없으니까 이 이야기를 quiproquo라고 생각하고 싶다면 그래도 좋아.」하며 그는 또 웃었다. 「사실 말이야, 그 노인은 아흔 살이나 되었으니까 벌써 오래 전부터 비정상인 사고방식에 젖어 있었는지도 모르지. 더욱이 그 〈죄수〉의 용모만으로도 그 노인은 심한 충격을 받았을 테니까 말이야. 아니, 어쩌면 그것은 아흔 살 노인의 망령이나 환상에 지나지 않았는지도 몰라. 아마 그 전날 백여 명이나 되는 이교도들을 화형에 처해 죽인 뒤니까 대단히 흥분해 있었겠지. 그러나 네게나 내게나 그것이 quiproquo건 망상이건 결국은 마찬가지가 아니냐? 요컨대 이 노인은 자기 마음속에 있는 것을, 구십 년 동안이나 아무에게도 말하지 않고 혼자서만 생각해 온 것을 입 밖에 내어 말한 것뿐이니까.」

「그런데 그 죄수는 여전히 잠자코 있었나요? 노인의 얼굴만 쳐다보며 한 마디도 말을 하지 않았나요?」

「그야 별수 없이 그럴 수밖에 없었지.」이반은 또 한 번 웃었다.「그 노인도 그리스도는 옛날에 자기가 말한 것에 무엇 하나 덧붙일 권리가 없다고 단언하고 있으니까 말이야. 내 생각으론 적어도 바로 이 점에 로마 카톨릭의 가장 근본적인 성질이 숨어 있다고 말할 수 있을 것 같애.『당신은 이미 모든 것을 교황에게 넘겨 주지 않았소! 따라서 지금은 모든 것이 교황의 수중에 있단 말이오. 그러니 이제는 제발 다시 나타나지 말았으면 좋겠소. 적어도 어느 시기가 올 때까지는 우리 일을 방해하지 말아 주시오.』라는 거지. 이런 뜻을 그들은 입으로만 지껄이는 것이 아니라 책에까지 쓰고 있거든. 적어도 예수회 친구들은 말이야. 나 자신 예수회 신학자가 쓴 책을 읽어 본 적이 있어서 하는 말이지만.

『도대체 당신은 당신이 방금 떠나 온 저 세계의 비밀을 한 가지만이라도 우리에게 전해 줄 권리를 지니고 있소?』하고 대심문관은 그리스도에게 묻고는 곧 자기가 대신 대답하는 거야.『아니, 그럴 권리는 없소. 그것은 당신 자신이 옛날에 한 말에 아무것도 더 보태지 않기 위해서도 그렇거니와 당신이 이 지상에 왔을 때 그처럼 강력하게 주장했던 자유를 민중에게 빼앗지 않기 위해서도 그렇소. 당신이 지금 새로이 전하려고 하는 것은 전적으로 민중의 신앙의 자유를 위협하는 것뿐이오. 왜냐하면 그것은 기적으로 나타나기 때문이오, 그런데 민중의 자유야말로 이미 천 오백 년 전인 그 당시부터 당신에게는 가장 귀중한 것이 아니었냔 말이오. 그 당시에는 당신은 곧잘 〈나는 너희를 자유롭게 해주기를 원하노라〉 하고 말했소. 그러나 이제야 당신은 그들의 자유로운 모습을 볼 수 있게 된 거요.』여기서 노인은 갑자기 생각에 잠기는 표정으로 빙긋이 웃으며 이렇게 덧붙이는 거야. 『사실 우리는 이 사업을 위해 얼마나 비싼 대가를 치렀는지 모르오.』준엄한 눈초리로 상대방을 쏘아보며 노인은 다시 말을 계속하지. 『그러나 우리는 당신의 이름으로 마침내 이 사업을 완성했소. 지난 십오 세기 동안 우리는 이 자유를 위해 갖은 고초를 다 겪었으나 이제는 그것을 완성한 거요. 견고하게 완성해 놓고야 말았소. 당신은 그것이 견고하게 완성되었다는 걸 믿지 않소? 당신은 부드러운 눈초리로 나를 쳐다보며 내게 화를 낼 가치조차 없다는 표정을 하고 있지만 그러나 이것만은 알아두시오. 민중은 지금 그 어느 때보다도 자기들이 완전한 자유를 누리고 있다고 믿고 있소. 하지만 그들은 그 자유를 스스로 자진해서 우리에게 바쳤소. 겸손하게 우리의 발 밑에다 그것을 가져다 바쳤단 말이오. 그것을 완성한 건 바로 우리요. 당신이 원한 것은 이게 아니었소. 이러한 자유는 아니었단 말이오 !』」

「무슨 말인지 또 모르겠는데요.」알료샤가 형의 말을 가로막으며 말했다.「노인은 비꼬아 말하는 건가요, 비꼬는 건가요 ?」

「천만에, 그들이 마침내 자유를 정복함으로써 민중을 행복하게 해주었다는 것을 자기와 동료의 공적이라 생각하고 있는 거야. 『그것은 이제야 비로소 민중은 자기네 행복을 생각할 수 있게 되었기 때문이오(대심문관은 여기서 이단자를 처단하는 종교 재판을 옹호하기 위해 말하고 있는 거야). 인간은 원래가 반역자로 창조되었는데, 반역자가 어떻게 행복할 수가 있겠소. 당신은 여러번 경고를 받은 바 있었소.』하고 노인은 그리스도에게 말하는 거야. 『당신은 경고와 지시를 받는 데 부족함이 없음에도 불구하고 그 경고에 귀를 기울이려 하지 않고 인간을 행복하게 할 수 있는 단 하나의 방법을 거부해 버린 거요. 그러나 다행히도 당신은 이 세상을 떠날 때 자기의 사업을 우리에게 인계하고 갔소. 당신은 그것을 자기의 입으로 확실하게 약속했고, 우리에게 인간을 묶고 풀고 하는 권한을 넘겨 주었던 거요. 그러니까 이제 와서 그 권리를 우리에게서 다시 빼앗을 수는 물론 없는 일이오. 그렇다면 무엇 때문에 당신은 지금 우리 일을 방해하러 나타났소 ?』」

「경고와 지시를 받는 데 부족함이 없었다는 건 대체 무슨 뜻이지요?」알료샤는 물었다.

「그게 바로 이 노인이 말하려는 가장 중요한 대목이야.『무섭고도 지혜로운 악마(마태복음 4장 참조), 자멸(自滅)과 허무의 악마.』하고 노인은 말을 계속하지.『위대한 악마가 광야에서 당신과 말을 주고받은 적이 있었소. 성경이 전하는 바에 의하면 그 악마가 당신을 시험한 것으로 되어 있는데 그게 사실이오? 그러나 그 악마가 세 가지 물음으로 당신에게 고했던 그 말, 당신에 의해 거부당해 성경에서 시험이라 불려지는 그 말보다 더 참된 말이 과연 있을 수 있겠소? 만약에 언젠가 이 땅 위에 참으로 위대한 기적이 이루어진 적이 있었다면 그것은 바로 이 세 가지 시험이 행하여진 그날일 거요. 이 세 가지 시험 속에 다름 아닌 바로 기적이 포함되어 있었기 때문이오. 만약 여기서, 이 무서운 악마의 세 가지 물음이 성경 속에서 자취도 없이 사라져 버려 그것을 다시 써 넣기 위해 새로 궁리해서 창작하지 않으면 안 된다고 칩시다. 그러기 위해 세계의 모든 지혜 있는 사람들——정치가, 고위 성직자, 학자, 철학자, 시인 등등을 모아 놓고『이 세 가지 물음을 머리를 짜내서 만들어 내되 그것을 광야에서의 사건의 규모에 상응할 뿐더러 불과 세 마디의 말, 세 마디의 인간의 말로, 세계와 인류의 미래사를 남김없이 표현하는 것이어야 한다.』고 의뢰해 보시오. 이렇게 이 지상의 모든 지혜를 한데 묶어 짜낸다고 해서, 그때 광야에서 무섭고 지혜로운 악마가 실제로 당신에게 던진 세 마디 물음만큼 힘 있고 깊이 있는 것을 꾸며낼 수 있을 것 같소? 이 세 가지 물음만으로 판단하더라도, 그 실현의 기적만으로 판단하더라도, 당신이 상대해야 할 것은 덧없이 흘러가는 인간의 지혜가 아니라, 영원하고 절대적인 예지라는 걸 알 수 있을 거요. 왜냐하면 이 세 가지 물음 속에 인간의 전미래사가 하나의 완전한 형태로 요약되고 예언되어 있을 뿐 아니라, 지상에 있어서의 인간성의 역사적 모순을 모조리 집약한 세 가지 이미지가 나타나 있기 때문이오. 물론 미래를 예측할 수 없으므로 그 당시만 하더라도 이런 점을 잘 몰랐을 것이지만, 그로부터 십오 세기라는 세월이 흐른 오늘날에 이르러서는, 이 세 가지 물음 속에, 무엇 하나 증감할 수 없을 만큼 모든 것이 정확히 예언되었고 또한 그 예언이 모두 적중하고 있음을 알 수 있소. 도대체 어느 쪽이 옳은가 당신 자신이 판단해 보시오. 당신이 옳은가, 아니면 그때 당신을 시험한 자가 옳은가? 첫째 질문을 생각해 보시오. 말은 좀 다를는지 몰라도 뜻은 이런 것이었소.『너는 지금 세상으로 나가려고 하고 있다. 그것도 자유의 약속이니 뭐니 하는 것만 지녔을 뿐 맨손으로 나가려고 한다. 그러나 워낙 어리석고 비천한 인간들은 그 약속의 뜻을 이해하지 못하고 오히려 두려워하고 있다. 왜냐하면 인간이나 인간 사회에서 자유보다 더 견디기 어려운 것은 없었으니까! 이 메마른 벌거숭이의 광야에 뒹구는 돌들을 보라. 만일 네가 이 돌들을 빵으로 변하게 할 수만 있다면 전인류는 유순하고 은혜를 아는 양떼처럼 네 뒤를 따를 것이다. 그리고 네가 혹시 빵이나 주지 않을까 하여 영원토록 전전긍긍하리라.』그러나 당신은 사람들에게서 자유를 빼앗기를 원치 않았으므로 이 제의를 거부해 버렸던 거요. 당신의 생각으로는, 만약에 그 순종이 빵으로 살 수 있는 것이라면 어떻게 거기 자유가 존재할 수 있겠느냐는 것이었소. 그때 당신은『사람은 빵만으론 살 수 없다.』라고 대답했지만, 그러나 다름 아닌 그 빵의 이름으로 이 지상의 악마는 당신에게 반기를 들고 당신에게 도전하여 마침내는 승리를 거두게 될 것이며 모든 사람들은『이 짐승을 닮은 자야말로 하늘에서 불을 훔쳐다가 우리에게 준 자다.』라고 부르짖으면서 그 악마의 뒤를 따라가리라는 걸 당신은 알고 있소? 수백 년이 지난 뒤에 인류는 자기의 지혜와 과학의 입을 빌어『범죄라는 것도 없고 따라서 죄악이라는 것도 없다. 다만 굶주린 인간이 있을 뿐이다.』라고 공언하게 되리라는 걸 당신은 알고 있소?『먼저 우리에게 먹을 것을 달라, 그러고 나서 착한 행위를 요구하라!』고 쓴 깃발을 치켜 들고 사람들은 당신에게 육박할 것이며, 그 깃발에 의해 당신의 교회는 파괴되어 버릴 거란 말이오. 그리하여 당신의 교회가 서 있던 자리에 새로운 건축물이, 다시금 그 무시무시한 바벨의 탑이 세워질 것이오. 물론 옛날 것과 마찬가지로 이 탑도 완성되지는 못할 것이지만, 그렇다 하더라도 당신은 이 새로운 탑의 건설을 사전에 미리 막음으로써 사람들의 고통을 천 년은 줄일 수 있었던 거요. 왜냐하면 그들은 천 년 동안 그 탑을 세우느라 고생을 겪은 뒤에 결국은 우리에게로 틀림없이 돌아올 것이기 때문이오! 그럴 때 그들은 땅 속 묘지(로마의 카타콤을 비유한 말) 속에 숨어 있는 우리들을 찾아낼 거요(우리는 그때 또다시 박해를 받아 고난의 길을 걷고 있을 테니까). 그들은 우리를 찾아내서『우리에게 먹을 것을 주십시오, 우리들에게 하늘의 불을 가져다 주겠다고 약속한 자들이 거짓말을 했읍니다.』라고 외칠 거요. 그러면 그때 우리가 비로소 그들의 탑을 완성시켜 줄 것이오. 왜냐하면, 그들에게 먹을 것을 주는 자만이 그 탑을 완성시킬 수 있는 것인데 바로 우리가 당신의 이름으로 그들에게 먹을 것을 줄 것이기 때문이오. 그러나 당신의 이름으로라는 건 단지 거짓말에 지나지 않소. 사실상 우리가 없다면 그들은 영원토록 먹을 것을 얻을 수 없을 것이오! 그들이 자유로운 동안은 어떠한 과학도 그들에게 빵을 줄 순 없소! 하지만 결국에 가서는 그들도 자기의 자유를 우리의 발 밑에 갖다 바치고『우리를 노예로 삼아도 좋으니 제발 먹을 걸 좀 주십시오.』하고 애원하게 될 거요. 즉 자유와 지상의 빵과는 어떠한 인간에게나 양립할 수 없다는 것을 그들 자신이 깨닫게 될 거란 말이오. 자기네들끼리 그것을 공평하게 분배할 수는 도저히 없기 때문에! 또한 그들은 자기네들이 너무나 무력하고 너무나도 사악할 뿐만 아니라 한 푼의 가치도 없는 반역자들이기 때문에 절대로 자유를 누릴 수 없다는 것도 깨닫게 될 거요. 당신은 그들에게 하늘의 양식을 약속했소. 그러나 거듭 말하지만, 그 힘 없고 죄 많은 비열한 인간들의 눈으로 볼 때, 과연 하늘의 빵이 지상의 빵만 할 수 있겠느냐 말이오? 설사 수천 수만의 인간이 하늘의 빵을 얻기 위해 당신 뒤를 따른다 하더라도, 하늘의 빵 때문에 지상의 빵을 멸시할 수는 도저히 없는 그런 수백만 수천만의 인간은 도대체 어떻게 된다는 거요? 아니면 당신에겐 위대하고 힘찬 의지를 지닌 수만 명의 인간만이 귀중할 뿐, 약한 의지를 가지긴 했지만 당신을 사랑하는 수백만 명의 인간들은, 아니 바닷가의 모래알처럼 수없이 많은 인간들은 조금도 귀중하지 않다는 거요? 그들은 단지 위대하고 힘찬 의지를 지닌 인간들을 위한 재료에 불과하단 말이오? 아니오, 우리에겐 무력한 인간도 귀중하오. 그들은 죄 많은 반역자들이긴 하지만, 나중에 가서 오히려 이런 인간들이 온순하게 되기 마련이오. 그들은 우리를 보고 경탄의 눈을 크게 뜰 것이며, 우리를 신으로 받들 것이오. 왜냐하면 우리는 그들의 선두에 서서, 그들이 그처럼 두려워하는 자유를 달갑게 참아내고 그들 위에 군림하는 것에 동의했기 때문이오. 그리하여 그들에겐 마침내 자유롭게 된다는 것이 가장 커다란 공포로 되어 버릴 거란 말이오. 그러나 우리는 그들에게 〈우리도 역시 그리스도의 종이며, 너희들 위에 군림하는 것도 그리스도의 이름으로 하는 것이다〉라고 말할 거요. 이렇게 우리는 다시 한번 그들을 기만할 것이지만 이제는 어떤 일이 생겨도 당신을 우리들 근처에 오지 못하게 할 테니까 문제가 될 건 하나도 없소. 그러나 이러한 기만 속에 바로 우리의 고민이 존재하는 셈이오. 왜냐하면 우리는 영원토록 거짓말만 하게 될 것이니까. 광야에서의 첫번째 물음은 이와 같은 뜻을 지니고 있었소. 그런데 당신은 당신 자신이 무엇보다도 존중하는 자유의 이름으로 그것을 거부했던 거요. 그러한 뜻 이외에도 이 물음 속에는 현세(現世)의 위대한 비밀이 숨어 있소. 만약 당신이 〈지상의 빵〉을 받아들였다면 개개의 인간들과 또 전인류의 영원하고도 공통된 고민거리에 대해 해답을 줄 수 있었을 것이오. 고민거리란 바로 〈누구를 숭배할 것이냐?〉 하는 의문이오. 자유를 누리는 인간에게 있어 가장 괴롭고 해명하기 어려운 문제는, 한시바삐 자기가 숭배할 인물을 찾아내는 데 있소. 그런데 인간이란 언제나 무어라 말할 수 없을 만큼 확고부동한 인물을 숭배의 대상으로 찾게 마련이오. 그 까닭은, 이 불쌍한 생물들은 제각기 자기가 숭배할 대상을 찾는 것이 아니라 만인이 신앙하고 그 앞에 무릎을 꿇는 그런 대상을 찾기 때문이오. 즉 모든 사람과 함께 숭배해야만 하겠다는 거요. 이런 숭배의 공통성의 요구야말로 세상이 열린 그날부터 각각의 인간 및 전인류의 가장 근본적인 고민거리가 되어 왔소. 숭배의 공통성이라는 것 때문에 그들은 칼을 들고 서로 살육을 해 왔소. 그들은 자기네들 나름으로 신을 창조해 가지고는 서로 도전하는 것이었소. 즉〈너희들의 신을 버리고, 이리 와서 우리의 신 앞에 무릎을 꿇어라. 그렇지 않으면 너희들의 신과 함께 너희들을 죽여 버리겠다!〉라고. 이러한 싸움은 이 세상이 끝날 때까지, 이 세상에서 신이라는 신은 모두 사라진 뒤에까지도 계속될 거요. 신이 없으면 그들은 우상 숭배까지도 서슴지 않을 테니까. 당신은 이 인간성의 근본적인 비밀을 알고 있었을 거요. 아니, 몰랐을 리가 없지. 그런데도 당신은 모든 인간을 당신 앞에 무릎을 꿇게 하기 위하여 악마가 당신께 권한 절대적인 단 하나의 깃발, 즉 지상의 빵이라는 깃발을 거부했소. 더욱이 하늘의 빵과 자유의 이름으로 그것을 거부하지 않았느냐 말이오.

그리고 그 다음 당신이 무슨 일을 했었는지 잘 생각해 보시오. 무슨 일이건 으레 자유라는 걸 들고 나오지 않았소. 거듭 말하지만, 인간이라는 가련한 생물들에겐 타고난 자유라는 선물을 넘겨 줄 사람을 한시바삐 찾아내야만 한다는 것이 가장 큰 고민거리란 말이오. 그러나 그들의 양심을 편안케 해줄 수 있는 사람만이 그들 인간의 자유를 넘겨 받을 수 있소. 당신에겐 빵이라는 절대적인 깃발이 주어졌으니까, 빵을 주기만 하면 사람들은 당신의 발 아래 엎드릴 거요. 빵보다 더 확실한 것은 없으니까. 하지만 만약 그때 당신 말고 누구든지 인간의 양심을 지배하는 자가 나타난다면 오오, 그때는 당신의 빵을 내던지고서라도 인간은 자기의 양심을 사로잡는 자의 뒤를 따를 것임이 틀림없소. 이 점에 있어선 당신이 옳았소. 왜냐하면 인생의 비밀은 그저 사는 것뿐이 아니라, 무엇을 위해 사느냐 하는 데 있기 때문이오. 무엇 때문에 사느냐 하는 굳건한 의식이 없다면 설사 빵이 산더미같이 쌓여 있더라도 인간은 결코 살기를 바라지 않을 것이며 이 땅 위에 남아 있기 보다는 차라리 자살을 택할 것임에 틀림없소. 그러나 실제는 어떻게 되어 있소? 당신은 인간의 자유를 지배하기는커녕 오히려 더욱 커다란 자유를 그들에게 주지 않았냔 말이오! 당신은 그래, 인간이 선악을 의식하는 데 있어서 자유로운 선택보다 평안함을(심지어 죽음까지도) 더욱 귀중하게 여긴다는 걸 몰랐던 거요? 물론 인간에겐 양심의 자유보다 더 매력적인 것이 없겠지만 그러나 그것만큼 괴로운 것도 또한 없소. 그런데도 당신은 인간의 양심을 영원토록 편안케 하는 굳건한 기반을 주는 대신 이상스럽고 수수께끼 같은, 인간의 힘에는 너무나도 벅찬 것만을 주었소. 그러므로 당신의 행위는 인간을 전혀 사랑하지 않는 것과 마찬가지의 결과를 낳았소. 그들을 위해 자신의 생명을 내던지러 온 당신의 행위가 그렇게 되었단 말이오 ! 당신은 인간의 자유를 지배하려 하지 않고 오히려 그 자유를 더욱 부풀려, 그 괴로움으로 말미암아 인간의 정신적 왕국에 영원토록 무거운 짐을 지워 주었던 거요. 당신은 당신에게 매혹되어 사로잡힌 인간이 자유 의지로써 당신을 따라올 수 있도록 인간의 자유로운 사랑을 바랐소. 옛날부터 내려오는 엄격한 율법 대신에, 인간은 그 뒤부터는 어떤 게 선이고 어떤 게 악인가 하는 걸 자유로운 마음으로 혼자서 결정지어야만 하게 됐소. 더욱이 당신의 모습〔像〕 이외에는 아무 지도자도 없이 말이오. 그러나 선택의 자유라는 무서운 짐이 인간을 억누를 때 그들은 당신에게 등을 돌리고 당신의 모습에도 당신의 진리에도 등을 돌릴 것이라는 걸 당신은 생각해 본 적이 있소? 그들은 마침내는 〈진리는 그리스도 안에 있지 않다.〉고 외치게 되고 말 거요. 왜냐하면 당신이 그처럼 많은 걱정거리와 해결할 수 없는 문제들을 그들에게 지워 줌으로써 그들을 혼란과 고통 속에서 허우적거리도록 했기 때문이오. 아마 그보다 더 잔인한 것은 있을 수 없을 거요.

　그렇게 해서 당신 자신이 당신의 왕국이 붕괴할 기초를 마련한 것이니까 어느 누구도 비난하거나 원망할 수 없을 거요. 하지만 당신이 권고받은 게 과연 그런 것이었을까요? 여기 세 가지 힘이 있소. 그 세 가지 힘이란 바로——기적과 신비와 권위요. 당신은 이 세 가지를 모두 거부함으로써 스스로 모범을 보여 주었소. 그때 그 무섭고도 지혜로운 악마가 당신을 성전(聖殿) 꼭대기에 세워 놓고 〈만약에 네가 하느님의 아들인가 아닌가를 알고 싶거든 여기서 뛰어내려 보아라. 도중에 천사들이 받아 줘서, 밑에 떨어지거나 팔 다리가 부러지거나 하지 않을 것이라는 말이 성경에 씌여져 있으니 말이다. 그러니까 여기서 뛰어내리면 네가 하느님의 아들인가 아닌가를 알게 될 것이고, 또 하느님 아버지에 대한 너의 믿음이 얼마나 큰가 하는 너의 믿음도 증명될 것이다.〉(마태 복음 4장 5~6절 참조)라고 말했소. 그러나 당신은 이 권고를 물리쳤고 술책에 빠져 밑으로 뛰어내리거나 하지 않았소. 물론 당신은 신으로서의 긍지를 지켜 훌륭하게 행동했던 거요. 그러나 인간은 저 무력한 반역자의 무리들의 신이 아니지 않소? 아아, 그때 만일 당신이 한 걸음이라도 앞으로 나서서 뛰어내릴 자세를 취하기만 했어도, 당신은 하느님을 시험한 것으로 되어 당장에 모든 신앙을 잃고, 당신이 구원하러 온 그 대지에 부딪쳐서 온 몸이 산산이 부서져 그 지혜로운 악마를 기쁘게 해주었을 것임이 틀림없소. 당신은 그것을 금새 알아 차렸던 거요. 그러나 거듭 말하지만, 도대체 당신 같은 사람이 이 세상에 얼마나 있겠소? 그런 유혹을 이겨낼 수 있는 힘이 다른 사람에게도 있을 것이라고 한순간이나마 생각해 본 적이 있소? 인간의 본성이란 기적을 부정할 수 있도록 되어 있지는 못하오. 더욱이 생사가 걸린 그런 무서운 순간에——가장 무섭고 가장 심각하고 가장 괴로운 정신적 의혹의 순간에 오직 자기 양심의 자유로운 결정에 따라서만 행동할 수는 없게 되어 있소. 물론 당신은 자기의 이 위대한 언행이 역사에 길이 기록되어 세상이 끝날 때까지 영원토록 전해지리라는 걸 알고 있었으므로, 다른 사람들도 모두 당신을 본받아 기적을 구하지 않고 하느님과 함께 있을 것이라고 기대했던 거요. 그러나 기적을 부정할 때 인간은 신까지도 함께 부정한다는 걸 당신은 몰랐었소. 다시 말해서 인간은 신보다도 오히려 기적을 바라기 때문이오. 인간이란 기적 없이는 살 수 없소. 그래서 그들은 제멋대로 기적을 만들어 내고, 결국에 가서는 기도사(祈禱師)의 기적이나 무당의 요술까지도 믿게 되는 거요. 다른 사람보다 몇 배나 더한 반역자요, 이교도요, 불신자라 할지라도 이 점에서는 다 똑같을 것이오. 당신은 많은 사람들이 〈십자가에서 내려와 봐라, 그럼 네가 하느님의 아들이라는 걸 믿겠다.〉라고 희롱하며 소리쳤을 때도 십자가에서 내려오지 않았소. 이것 역시 기적에 의해 인간을 노예로 삼기를 바라지 않고, 기적에 의하지 않은 자유로운 신앙을 갈망했기 때문이었소. 당신이 갈망한 것은 무시무시한 힘에 의한 인간의 노예적인 기쁨이 아니라 자유스런 인간이었던 것이오.

　하지만 이 점에서도 당신은 인간을 너무 높게 평가했었소. 왜냐하면 그들은 애초에 반역자로 태어났음에도 불구하고 역시 노예임에 틀림없기 때문이오. 잘 관찰한 뒤에 판단하도록 하시오. 그때부터 이미 십오 세기나 지났으니, 당신이 자기의 높이에까지 끌어올린 상대가 대체 어떤 존재들인지 직접 확인해 보시구려. 나는 단언할 수 있소. 인간이란 당신이 생각했던 것보다는 훨씬 약하고 훨씬 비열하단 말이오. 도대체 당신처럼 그런 일을 인간이 해낼 수 있다고 생각하시오? 그들을 그런 따위로 존경함으로써 오히려 당신의 행위는 그들에게 동정을 품지 않는 것으로 되어 버렸소. 그것은 당신이 그들에게 너무나 많은 걸 요구했기 때문이오. 인간을 자신보다 더욱 사랑했노라는 당신이 해야 할 일이 그런 것이라고 생각하시오? 만약에 당신이 그렇게까지 그들을 존경하지 않았던들 그들에게 그렇게까지 많은 것을 요구하지는 않았을 거요. 그러면 인간의 부담도 가벼웠을 게고, 오히려 그들을 사랑하는 결과가 되었겠죠——인간은 원래 무력하고 비겁한 족속이니까. 지금 그들은 도처에서 우리의 권위에 대하여 반기를 들고 있으며, 또 그것을 자랑으로 삼고 있지만 그런 건 문제도 아니오. 그따위는 아이들의 자랑에 지나지 않소. 국민학생들의 자랑에 불과하단 말이오. 그것은 교실에서 소동을 일으켜 선생을 몰아내는 유치한 어린애 짓과 다를 게 없소.

하나 얼마 안 가서 아이들의 환희는 사라질 것이며, 그들은 이 때문에 값비싼 대가를 치러야만 하겠죠. 그들은 성전(聖殿)을 파괴하고, 대지를 피로 더럽힐 것이지만, 나중에는 이 아이들도 그네들이 반항아(反抗兒)이기는 하지만, 그 반항을 끝까지 계속할 수 없는 의지 박약한 반항아라는 것을 깨닫게 될 거요. 드디어는 자기네들을 반항아로 만든 자는 자기들을 우롱하려고 했음이 틀림없다는 것을 우둔한 눈물을 흘리면서 자각하게 될 것이란 말이오. 그들은 절망에 빠져 이런 소리를 지껄이지만, 일단 지껄인 말은 그대로 신에 대한 저주가 되어, 그 때문에 그들은 한층더 불행해질 것임에 틀림없소. 왜냐하면 인간의 본성은 신에 대한 저주를 이겨내지 못하게 되어 있으니까, 결국은 그런 본성이 자기 스스로에게 복수를 할 것이기 때문이죠.

　따라서 불안과 환란과 불행 따위가 바로 지금 우리들의 운명이오. 당신이 그들의 자유를 위해 그처럼 고난을 겪고 난 뒤에도 역시 인간의 운명은 요모양 요꼴이란 말이오. 당신의 위대한 예언자(세례 요한)는 그 환상과 비유로 이루어진 예언 가운데 최후의 심판인 부활의 첫날에 참석한 모든 자들을 자기가 보았는데, 그 수가 각 종족(種族)마다 각각 일만 이천 명씩이었다고 말했었소. 그러나 그들의 수가 그쯤밖에 안 된다면 그들은 인간이라기 보다는 신이라고나 해야 될 거요. 그들은 당신의 십자가를 짊어지고 몇 십 년 동안을 메뚜기와 풀뿌리만으로 연명하면서 먹을 것도 없는 광야에서 인내하였소. 따라서 당신은 물론 이들 자유의 아들, 자유로운 사랑의 아들, 당신의 이름을 위해 스스로 원하여 거룩한 희생을 바친 아들을 자랑스레 가리켜 보여 줄 수도 있을 거요. 그러나 그건 몇천 명에 불과한, 거의 신과 마찬가지의 인간들뿐이라는 걸 알아야 할 거요. 도대체 그 나머지 인간들은 어떻게 하라는 거요? 그런 위대한 인간들이 참고 견디어낸 바를, 그 밖의 약한 인간들이 인내하지 못했다 하여 연약한 영혼들을 책망할 수는 없는 일이 아니오? 그와 같은 무서운 선물을 받아들이지 못했다 하여 연약한 영혼들을 책망할 수는 없지 않느냔 말입니다. 그렇지 않다면 당신은 선택된 자들만을 위하여 선택된 자들에게만 왕림한 데 지나지 않겠소? 자신이 만약에 그렇다면 그건 곧 신비(神秘)이며 따라서 우리로서는 도무지 이해할 수 없는 영역이오. 그러나 그게 참으로 신비라면, 우리도 신비를 선전하여 〈우리 인간에게 중요한 것은 그들 마음의 자유스런 판단이나 사랑이 아니라, 자기 양심에 어긋나는 한이 있어도 맹목적으로 복종해야 할 신비다.〉라고 설교할 권리가 있소! 사실 우리는 그렇게 했소. 우리는 당신의 위업(偉業)을 고쳐서 그것을 기적과 신비와 권위 위에 세워 놓았지요. 그랬는데 사람들은 또다시 자기네를 양떼같이 이끌어 주고, 자기들에게 크나큰 고통을 안겨 준 그 무서운 선물을 마침내 없애 줄 사람이 나타났다고 해서 기뻐 어쩔 줄 몰라 했던 거요. 우리가 그렇게 가르치고 그 식으로 실행한 게 옳은 일인지 아닌지, 어디 한 마디 말해 보시오. 우리가 그처럼 겸허하게 인간의 무력함을 인정하고 사랑하는 마음으로 그 무거운 힘을 덜어 주고 그들의 연약한 본성을 용납하여, 우리의 허락을 얻으면 그들의 죄까지도 용서받을 수 있게 한 이상, 우리도 인류를 사랑했다고 할 수 있지 않으냔 말이오! 도대체 당신은 뭣 때문에 우리를 방해하러 이제 나타난 거요? 무슨 까닭에 당신은 그 부드러운 눈으로 내 마음속을 들여다보기라도 할 듯이 내 얼굴을 바라보고 있는 거요? 성을 내고 싶거든 어서 내보시구료. 나는 당신의 사랑 따위는 원하지도 않으니까……. 나 역시 당신을 사랑하지 않으니까 당신에겐 아무것도 숨길 필요가 없소. 당신이 어떤 인간인지 내가 모를 줄 아시오? 그건 당신의 눈을 보면 알 수가 있단 말이오. 그러니 내가 당신께 우리들의 비밀을 감춰 봤자 무슨 소용이 있겠소? 어쩌면 당신은 그걸 내가 직접 말하기를 바라는지 모르지. 그렇다면 내가 들려드리리다.

우리는 당신과 손을 잡고 있는 게 아니라 그 악마와 손을 잡고 있소. 이게 바로 우리의 비밀인 셈이지. 우리는 이미 오래 전부터 당신을 버리고 그와 한패가 되어 왔었소. 벌써 팔 세기 전부터의 일이지. 옛날에 당신이 분연히 거부했던 것을……그가 이 지상의 왕국을 손가락질하며 당신에게 권했던 그 마지막 선물을……팔 세기 전에 우리는 그 악마에게서 받았던 거요. 우리는 악마의 손에서 로마와 시저의 검(劍)을 받아 쥐고, 우리만이 이 지상의 유일무이한 왕자라고 선언했지. 하기는 오늘에 이르도록 이 사업이 완전히 성취되지는 못했지만, 그것은 우리의 잘못이 아니오. 비록 이 사업이 아직 초기의 상태에 있기는 하지만, 어쨌든 이미 착수된 것만은 사실이오. 아직도 완성되려면 오랜 세월을 기다려야 하고, 이 지구는 아직도 많은 고통을 겪어야 하겠지만 그래도 우리는 끝내 목적을 관철하여 시저가 될 것이며, 그때에 비로소 우리는 인류의 세계적인 행복을 생각할 수 있을 것이오. 그렇지만 당신은 그때 이미 시저의 검을 손에 잡을 수 있었는데 어째서 그 마지막 선물을 거부했소? 그때 그 위대한 악마의 제3의 권고를 받아들였던들, 당신은 지상의 인류가 구하고 있는 모든 것을 충족시켜 주었을 거요. 인류는 누구를 숭배할 것이며 누구에게 양심을 맡길 것인가, 그리고 모든 인간이 한 가지 공통된 개미집같이 세계적으로 결합하는 방법은 무엇인가 하는 문제를 해결해 줄 수 있었을 거란 말이오. 세계적 결합의 요구야말로 인류의 제3의 고민거리이며, 마지막 고민거리이기 때문이오. 전세계적으로 보건대, 인류는 어떻게 해서든 전세계적인 통합을 이뤄 보려고 항시 노력해 왔소. 위대한 역사를 가진 위대한 국민은 많이 있었지만, 이들 국민은 높은 위치를 차지하면 할수록 더욱더 불행하게 되어 왔었소. 왜냐하면 남보다 월등하게 강한 자일수록 인류의 세계적 결합의 요구를 더욱 강하게 느끼기 때문이란 말이오. 티무르나 징기스칸과 같은 위대한 정복자들은 우주 전체를 정복하려고 선풍처럼 이 지상을 휩쓸었지만, 그들 역시 무의식중에 인류의 그와 같은 세계적 결합의 요구를 표현한 것이었소. 전세계와 시저의 홍포(紅布)(옛 로마의 황제와 추기경만이 착용하던 복장으로 帝位의 상징)를 손 안에 넣었을 때, 그때야 비로소 세계적 왕국을 건설할 수도 있고, 세계적인 안식을 줄 수도 있는 것이오. 왜냐하면 인간의 양심을 지배하고 그들의 빵을 손아귀에 쥐고 있는 사람이 아니고서는 아무런 인간을 지배할 수가 없기 때문이오.

우리는 시저의 것을 취했소. 그걸 취했으니 물론 당신을 버리고 그를 따라갔소. 오오, 인간의 자유로운 지혜, 그 과학, 그리고 인육(人肉) 탐식의 무법 시대가 앞으로도 몇 세기는 더 계속될 거요. 그도 그럴 것이 그들은 우리의 힘을 빌지 않고 바벨탑을 건설하기 시작했기 때문에, 결국은 인육 탐식에까지 이르게 될 테니까. 하지만 결국에 가서는 이 야수(野獸)가 우리에게로 기어와서 우리의 발을 핥으며 그 눈에서 피와 눈물을 쏟을 것임에 틀림없소. 그러면 우리는 그 야수를 타고 앉아 잔을 높이 들 것인데, 그 잔에는 〈신비〉라는 글자가 씌어 있을 거요. 그러나 그때야 비로소 인류는 평화와 행복의 왕국을 맞이하게 되는 것이오. 당신은 자기의 선택된 사람들을 자랑하지만, 그 대신 당신에겐 그 선택된 사람들밖엔 없지 않소? 그러나 우리는 모든 사람들에게 안식을 줄 것이오. 그뿐 아니라 그 선택된 사람들, 선택된 사람이 될 수 있을 만큼 강한 힘을 지닌 사람들 가운데서도 대다수의 사람들은 당신을 기다리기에 지쳐서 그 정신력과 정력은 전혀 다른 분야에 쏟아 버렸고, 또 앞으로도 그렇게 할 거요. 그래서 드디어는 당신을 향해 자유의 반기를 높이 쳐들게 될 거란 말이오. 하기는 당신 자신도 그런 깃발을 높이 쳐들었던 적이 있었으니까……. 이에 반해 우리 쪽은 모든 사람이 행복하게 되어 당신의 소위 자유로운 세계에서는 도처에서 행해지고 있는 그러한 반란이나 살육 행위가 근절되고 말겠지. 그렇소, 그들이 우리를 위해서 자기의 자유를 버리고 우리에게 복종할 때, 그때 비로소 그들은 참으로 자유롭게 될 것이라고 우리는 설복할 거요. 우리의 말이 옳을 건가, 또는 거짓말이 될 것인가……아니, 그들은 꼭 우리의 말이 옳다고 확신하겠죠. 왜냐하면 당신의 그 자유 덕분에 얼마나 무서운 노예 상태와 혼란 속에 빠졌던가를 그들은 상기할 테니 말이오. 자유니 자유로운 지혜니 과학이니 하는 것은 그들을 무서운 밀림 속으로 끌어들여 굉장한 기적과 해결지을 수 없는 신비 앞에 세움으로써, 그들 중에서 가장 사납고 반항적인 자들은 자살을 택하게 될 것이고, 반항적이긴 하지만 겁 많은 자들은 서로를 죽이게 될 것이며, 나머지 제삼의 부류에 속하는 무력하고 가련한 자들은 우리의 발 밑으로 기어와서 이렇게 외치게 될 거요. 『그렇습니다. 당신네들이 옳았어요. 하느님의 신비를 지배하고 있는 것은 오직 당신네들 뿐이에요. 그래서 우리는 당신네들에게로 돌아오기로 했으니 제발 우리들을 우리 자신으로부터 구해 주십시오.』라고. 그들은 우리가 주는 빵을 받으면서, 그것이 우리가 그들 자신의 손으로 획득한 빵을 거둬들였다가 아무런 기적도 행함이 없이 그들에게 도로 나눠 주는 것이라는 점을 분명히 깨닫게 될 거요. 또한 그들은 우리가 돌을 빵으로 변하게 하지 않았다는 것도 알게 될 거요. 그러나 그들은 그 빵 자체보다도 그것을 우리의 손에서 받는다는 데 더욱 많은 기쁨을 느끼는 것이오. 전에 우리가 없을 때는 그들 자신이 획득한 빵이 그들의 손 안에서 돌로 변해 버렸었지만, 우리의 품안에 돌아왔을 때는 그 돌이 그들의 수중에서 다시 빵으로 변한 것을 그들은 결코 안 잊을 것이기 때문이오. 영원히 복종한다는 일이 어떤 의미를 갖는 건지 그들은 참으로 뼈저리게 느끼게 될 거요. 이걸 이해하지 못하는 한, 인간은 언제까지나 불행에서 벗어날 수 없는 법이니까. 그러나 이런 몰이해를 조장한 건 도대체 누구였소? 말해 보시오. 양떼를 흩어지게 하여 이리저리 낯선 길로 쫓아버린 것은 대체 누구였소? 그러나 그 양떼는 다시 한데 모여, 이번에는 영원히 복종하게 될 것인데, 그때 우리는 그들에게 대단치는 않지만 그래도 조용한 행복을 줄 것이란 말이오. 그렇소! 우리는 기어코 그들을 설복하여 자부심을 품는 일이 없도록 만들어 보이겠소. 왜냐하면 당신은 그들의 지위를 끌어올림으로써 자부심을 갖도록 가르쳐 주었기 때문이오. 우리는 무력하고 불쌍한 어린애에 지나지 않으며, 어린애의 행복이야말로 가장 감미롭다는 것을 그들에게 증명해 보이겠소. 그러면 그들은 겁쟁이가 되어 마치 암탉의 품안으로 모여드는 병아리처럼 두려움에 온 몸을 떨며 우리들의 곁에 들러붙어 우리를 우러러보게 될 거요. 그들은 경탄의 눈으로 우리를 쳐다보며 공포에 떨면서도, 그처럼 날뛰던 수억의 양떼를 자랑으로 여기게 될 것이오. 우리가 성을 내면 그들은 전전긍긍하여 가련하게 몸을 떨면서 아녀자들같이 금방 눈물을 흘릴 게고, 우리가 웃는 낯으로 손짓을 하기만 하면 그들은 기쁨과 웃음에 싸여 어린애다운 행복한 노래를 부르며 희희낙락할 것이오. 물론 우리는 그들에게 노동을 시키겠지만, 여가가 있을 때에는 어린애처럼 유희와 노래와 합창과 순진한 춤으로 시간을 즐기게 할 것이오. 그렇소, 우리는 그들의 죄까지도 용서해 주겠소. 그들은 무력하고 의지가 박약한 자들이므로 죄를 범하는 것을 허용하여 어린애같이 우리를 따르게 할 작정이오. 어떤 죄든지 우리의 허락만 받으면 모두 속죄될 것이라고 우리는 그들에게 말할 셈이오. 죄악을 허용하는 것은 우리가 그들을 사랑하기 때문이며 그 죄에 대한 벌은 우리가 떠맡겠다고 일러 주겠단 말이오. 그러면 그들은 하느님 앞에서 자기들의 죄를 대신 맡아 준 은인이라 하여 우리를 숭배하게 될 것이며, 우리에게 무엇 하나 숨기려 들지 않게 될 거란 말이오. 아내 있는 자가 첩을 거느리는 행위도, 아이를 배고 안 배는 일도, 모든 행동의 그 복종의 정도에 따라 허가하기도 하고 금지하기도 할 것이오. 이리하여 그들은 즐거운 마음으로 기꺼이 우리에게 복종하게 될 것이오. 그들은 가장 괴로운 양심의 비밀까지도 하나도 숨김없이 우리에게 털어놓을 것이고 우리는 그 모든 문제를 해결해 줄 거요. 그러면 그들은 우리의 해결을 어김없이 믿을 것이오. 그도 그럴 것이 지금처럼 모든 것을 그들 자신이 자유롭게 해결지어야만 하는 커다란 부담과 심각한 고민으로부터 해방될 수 있기 때문이오.

이리하여 모든 인간, 수백만의 모든 인간은 행복하게 될 거요. 다만 그들을 통솔하는 몇 만의 사람들만은 여기서 제외될 것인즉 비밀을 알고 있어야 하는 우리들만은 불행을 감수해야 하겠지요. 그렇지만 그 대신에 몇 십억의 행복한 유아들과 선악을 판별하는 저주를 받은 몇 만 명의 수난자가 있게 되는 것이오. 그들은 당신의 이름을 위해 조용히 죽어 갈 것이지만 관(棺) 너머에는 오직 죽음만이 그들을 기다릴 것이오. 그러나 우리는 비밀을 감추고 그들의 행복을 위해서는 천국의 영원한 환희를 미끼로 하여 그들을 유혹해야 할 것이오. 왜 미끼라는 말을 쓰는가 하면 비록 저 세상에는 무언가 있다 하더라도 그들과 같은 인간들에게는 차례가 안 갈 게 뻔한 일이니까 말이오. 사람들의 말이나 예언에 의하면 당신은 다시 이 세상으로 돌아오게 될 것이고, 또다시 모든 것을 지배할 것이며, 선택받은 훌륭하고 강한 자들을 거느리고 오리라고 했소. 그러나 그들은 다만 자기 자신을 구원했을 뿐이지만 우리는 모든 사람들을 구원해 주었다고 말할 수 있을 거요. 또 이런 예언도 있지요. 〈결국은 그 야수를 타고 앉아서 신비를 손에 쥐고 있는 간부(姦婦)는 창피를 당할 것이며 약한 자들이 또다시 봉기하여 그 홍포를 찢으므로 추한 몸뚱이는(요한 계시록 8장 참조) 벌거벗겨서 사람들에게 보일 것〉이라고. 그러나 그때는 우리가 일어나 죄 없는 몇 십억의 행복한 아이들을 당신에게 가리켜 보여 줄 것이오. 그들의 행복을 위해 그들의 죄를 떠맡은 우리는 당신의 앞을 가로막고 〈자, 우리를 심판할 수 있거든 어서 심판해 보시오!〉 하고 말할 수 있을 거요. 알겠소? 나는 당신 같은 건 두렵지 않소. 나 역시 황량한 광야에 나가 메뚜기와 풀뿌리로 연명해 본 일이 있단 말이오. 당신은 자유라는 걸 내걸고 인류를 축복했지만 나도 그런 자유를 축복한 적이 있었소. 나 역시 수효를 채우기를 갈망한 나머지 소위 당신의 선택된 사람들 사이에, 위대하고 강한 사람들 사이에 한몫 끼려고 한 적이 있었으니까. 그러나 나는 일단 그 허황된 꿈에서 깨어나 버렸으므로 그따위 미치광이를 섬기기가 싫어졌소. 그래서 나는 광야에서 돌아와 당신의 위업에 비판을 가한 사람들 편에 서게 되었던 거요. 즉 거만한 자들의 무리를 떠나 겸손한 사람들의 행복을 위해 그들에게로 돌아왔단 말이오. 멀지 않아 내가 말한 일들은 실현될 것이며 우리의 왕국은 결국 건설되고 말 것이오. 다시금 되풀이 말하지만 내일이면 당신도 그 온순한 양떼를 보게 될 거요. 내가 조금 손을 들어 보이기만 해도 그들은 앞을 다투어 달려나와 당신을 불태울 장작더미에 시뻘건 숯덩어리를 던져 넣을 거요. 우리가 마땅히 화형에 처할 사람이 있다면, 그것은 바로 당신이오! 어쨌든 나는 내일 당신을 불태워 죽이고 말 것이오. Dixi(내가 할 말은 다 했소).』

이반은 말을 멈추었다. 그는 이야기에 열중하여 정신없이 지껄이고 있었으나 말을 마치자 갑자기 히죽 웃었다.

줄곧 말없이 듣고 있던 알료샤는 이야기가 끝날 때쯤에는 몹시 흥분하여 몇 번이나 형의 말을 가로채려 하다가 억지로 참고 있는 눈치였다. 그는 마침내 둑이 터지듯이 입을 열었다.

「그렇지만……그건 말도 안 되는 얘깁니다!」그는 사뭇 얼굴까지 붉히면서 소리쳤다. 「형님의 서사시는 형님이 의도했던 것과는 반대로 그리스도에 대한 찬미가 될 수 있을지언정 비난은 될 수 없읍니다. 그리고 형님이 말하는 그 자유론(自由論)를 믿을 사람이 어디 있겠어요! 도대체 자유라는 걸 우선 그런 식으로 해석할 수 있을까요? 그것이 과연 러시아 정교의 해석일 수 있을까요? 그것은 바로 카톨릭의 해석이, 아니, 로마 카톨릭 전체도 아니고 그 중에서도 가장 옳지 못한 종교 재판의 심문관이라든가 예수회 회원이라든가 하는 사람들의 사상일 뿐이란 말입니다! 더욱이 형님이 말씀하신 심문관과 같은 그런 황당무계한 인간은 절대로 있을 수가 없읍니다. 자기가 대신 떠맡았다는 인간의 죄란 대체 무엇입니까? 인류의 행복을 위해 비밀을 감춘 채 스스로 저주를 짊어진 사람이란 대체 누구를 말하는 겁니까? 그런 사람이 도대체 언제 있었다는 말입니까? 우리도 예수회에 대해서는 알고 있어요. 예수회 사람들이 악평을 듣고 있는 건 사실이지만 그래도 형님이 생각하고 있는 것과는 다릅니다. 다르고 말고요! 아니, 전혀 비슷한 데도 없읍니다……. 그들은 다만 로마 교황을 제왕(帝王)으로 섬기고 미래의 세계적 왕국을 위해 분투하는 로마의 군대에 지나지 않습니다. 이것이 그들의 유일한 이상으로 거기에는 아무런 신비도 고상한 비애도 없어요……. 권력과 더러운 속세의 영화, 그리고 민중의 노예화 따위를 목적으로 하는 지극히 단순한 야망을 가진 집단에 불과하지요. 그 노예화라는 것은 미래의 농노제와 같은 것으로 지주(地主)는 그들 자신이 될 셈이지요. 그들의 사상이란 고작 이런 정도에 불과합니다. 아마 어쩌면 그들은 하느님조차 믿지 않을 거예요. 그러니까 형님이 말씀하는 고뇌하는 심문관이란 건 단순한 환상에 지나지 않습니다…….」

「얘, 좀 가만 있거라.」하고 이반은 웃으면서 말했다. 「그렇게 흥분할 건 없어. 네가 환상이라고 우긴다면 환상이라고 해두자! 물론 환상인 것만은 사실이긴 하지만 말이다. 너는 정말로 최근 몇 세기에 걸친 모든 카톨릭 운동이 단지 더러운 영화만을 추구하는 권력에의 야망에 불과하다고 생각하는 거냐? 파이시 신부가 네게 그런 소릴 하더냐?」

「아니, 그런 건 아닙니다. 오히려 파이시 신부님은 형님과 비슷한 말씀을 하신 적이 있어요……. 그렇지만, 물론 골자는 다르지요. 그것과는 전혀 다른 의미에서였어요.」하고 알료샤는 황급히 고쳐 말했다.

「네가 아무리 전혀 다른 의미에서였다고 변명한대도 어쨌든 그건 귀중한 정보임에 틀림없군. 그런데 네게 또 하나 물어볼 게 있다. 어째서 너는 예수회 회원이나 심문관이 오직 더러운 행복만을 위해 단합했다고 우기느냔 말이다. 어째서 그들 중에는 위대한 비애와 고뇌를 안고서도 인류를 사랑하는 수난자가 한 사람도 없다는 거냐? 더러운 물질적 행복만을 추구하고 있는 자들 중에도 적어도 한 명쯤은 내가 얘기한 늙은 심문관 같은 사람이 있음직하다고 상상할 수 있는 게 아니냐? 그는 광야에서 풀뿌리로 연명하면서 자기 자신을 자유롭고 완전한 것으로 해탈하기 위해 자신의 육욕을 제압하려고 필사적 노력을 계속했지만 인류를 사랑하는 마음만은 한평생 변함이 없었던 거야. 그러나 그는 갑자기 눈이 틔어, 의지의 완성에 도달하는 정신적 행복도 그다지 위대한 것이 못됨을 깨달았어. 왜냐하면 자기 혼자만이 의지의 완성에 도달한다면 신의 창조물인 수억이나 되는 나머지 인간은 다만 조소를 받고자 창조된 것임을 어쩔 수 없이 인정해야 하기 때문이지. 사실 그들은 모두 주어진 자유를 누릴 능력조차 없으며, 그러한 가엾은 반역자들 중에는 바벨탑을 완성할 초인(超人)이 나올 리도 만무하고, 또 저 위대한 이상가가 조화의 세계를 꿈꾸었던 것은 결코 이들 어리석은 인간들을 위해서가 아니라는 점을 깨달았기 때문에 그는 광야에서 돌아와 현명한 사람들 편에 가담했던 거야. 그래 너는 이런 일이 있을 수 없다는 거냐?」

「누구 편에 가담했다는 겁니까? 현명한 사람들이란 대체 누구를 말합니까?」알료샤는 극도로 흥분하여 외쳤다. 「그들에겐 그런 지혜 같은 건 털끝만큼도 없습니다. 신비니 비밀이니 하는 그런 건 없단 말이에요……. 있다면 다만 무신론 뿐입니다. 그것이 고작 그들의 비밀의 전부지요. 형님이 말씀하는 늙은 심문관은 하느님을 믿는 사람이 아니예요. 그것이 그 노인의 비밀의 전부입니다!」

「그렇다고 해도 마찬가지야! 너도 좀 알아듣는 모양이구나. 사실 그의 모든 비밀은 오직 거기에 포함되어 있는 거야. 그러나 그렇다 해도 그와 같은 인간에게는 그것이 커다란 괴로움이 아닐 수 없거든. 그는 광야에서 고행을 하느라고 일생을 희생하면서도 인류에 대한 사랑이라는 불치의 병을 고칠 수 없었던 거야. 그는 자기 생애의 막판에 가서야 그 위대하고도 무서운 성령(聖靈)의 힘만이 연약한 반역자들, 즉 조소의 대상으로 창조된 미완성된 시험적 생물들을 얼마간이나마 견디기 쉬운 처지에 놓아 둘 수 있다는 사실을 확신하게 되었던 거지. 이렇게 되자 그는 지혜로운 성령, 죽음과 파괴의 무서운 성령의 지시에 따르는 것이 합당하다는 걸 깨달았지. 그러기 위해서는 거짓말과 속임수는 솔선해서 받아들여 의식적으로 인간들을 죽음과 파괴로 이끄는 것이 당연하며, 또한 그들이 어디로 끌려가는지 알아채지 못하도록 유의하면서 그 동안만이라도 그 가련한 장님들이 얼마만큼의 행복을 느낄 수 있도록 할 필요가 있다고 생각한 거야. 그런데 특히 지적하고 싶은 것은, 이런 속임수 역시 노인이 일생 동안 그 이상을 열렬히 신봉해 온 바로 그 그리스도의 이름으로 계속 행해진다는 점이야! 이것은 불행이 아니겠니? 만약 그 더러운 행복만을 위해 권력을 추구하는 군대 전체의 지도자로서 단 한 사람이라도 그런 사람이 있다면, 그 한 명으로도 비극을 낳는 데 충분한 것이 아니겠어? 뿐만 아니라 그런 사람이 단 하나라도 우두머리가 된다면 그 군대와 예수회를 포함한 전체 로마 카톨릭의 사업에 대한 참으로 지도적이며 고상하고 원대한 이념을 낳는 데 충분하지 않겠느냔 말이다. 나는 이와 같은 〈유일한 인간〉은 모든 운동의 선두에 섰던 사람들 가운데 언제나 존재하고 있었을 거라고 너에게 단언하고 싶다. 나는 이것을 확신하고 있어. 어쩌면 역대 로마 교황 중에도 그런 유일한 인간이 있었는지도 모르는 거야. 아니, 이렇게 제멋대로 집요하게 인류를 사랑하고 있는 이 저주할 노인의 정신은 자기와 같은 〈유일한 인간〉의 대집단 속에 현재도 엄연히 존재하고 있는지도 모르지. 그런데 이런 류의 집단은 결코 우연한 내일이 아니라 오래 전부터 비밀을 지키기 위해 조직된 종파나 비밀 결사로서 존재할 것이 분명해. 약하고 불행한 인간들로부터 그 비밀을 지켜 주는 것은 그들의 행복을 위한 것이니까. 따라서 이것은 반드시 존재할 것이고 또한 존재해야만 되는 거야. 내가 보기엔 프리메이슨[共濟組合] 같은 단체도 그 조직의 심층에는 이와 비슷한 비밀이 있는 것 같아. 카톨릭 교도들이 프리메이슨을 미워하는 까닭은 그것을 자기들의 경쟁자 내지는 자기네 이념의 단일성을 파괴하는 자들이라고 보기 때문이지. 양떼도 하나, 목자도 하나이어야 한다는 원리지……. 그런데 내가 이렇게 자기 사상을 변호하다 보니 마치 너의 비평에 쩔쩔매게 된 꼴이 되었구나. 그러니 이젠 그만큼 해두기로 하지.」

「형님 역시 프리메이슨의 일원인지도 모르겠군요!」하고 알료샤는 불쑥 이렇게 말했다.「형님은 하느님을 믿고 있지 않아요.」하고 다시 덧붙여 말했으나 그의 음성은 몹시 서글프게 들렸다. 그는 형이 냉소적인 시선으로 자기를 보는 것처럼 느껴졌기 때문이다.

「그런데 형님의 그 서사시의 결말은 어떻게 되는 겁니까?」하고 알료샤는 잠깐 눈을 내리깔며 물었다.「그냥 그것으로 끝인가요?」

「나는 이렇게 끝을 맺을 작정이지. 대심문관은 말을 마치고 나자 한참 동안 죄수의 대답을 기다렸지. 그는 상대방의 침묵이 견딜 수 없이 괴로웠으나 죄수는 조용히 노인의 눈을 들여다보며 아무런 대꾸도 하려는 기색도 없이 그냥 계속 귀만 기울이고 있을 뿐이야. 노인은 아무리 무섭고 혹독한 말이라도 좋으니 뭐든지 말해 주기를 기다렸어. 그러나 죄수는 갑자기 소리도 없이 노인에게 다가오더니 아흔 살이나 먹어 핏기조차 없는 그 입술에 조용히 입을 맞췄지. 그게 대답의 전부였어. 노인은 부르르 몸을 떨고 그의 입술 언저리는 경련이 일어난 듯했어. 그는 곧 철문 쪽으로 가서 문을 열어젖뜨리고는 죄수를 보고『자, 어서 나가시오. 그리고 다시는 오지 마시오. 무슨 일이 있어도 영영 오지 말란 말이오!』하고 말하는 거야. 그리하여 도시의 어두운 광장으로 풀려 나온 죄수는 조용히 그곳을 떠나 버렸지.」

「그래서 그 노인은 어떻게 됐죠?」

「그때의 키스는 노인의 가슴속에서 꺼지지 않고 있었지만 그래도 여전히 자기의 이념을 고수했지.」

「그리고 형님 역시 그 노인과 한패지요, 형님도?」하고 알료샤는 슬픈 듯이 외쳤으나 이반은 소리를 내어 웃었다.

「이거 봐, 알료샤, 이건 모두 잠꼬대 같은 소리야. 시라고는 단 두 줄도 못 써 본 엉터리 시인의 시에 불과한데 너는 무엇 때문에 그처럼 심각하게 생각하는 거냐? 그래 너는 정말로 내가 예수회 사람들을 찾아가서 그리스도의 위업에 수정 비판을 가하는 자들과 함께 어울릴 거라고 생각하니? 천만에. 그런 건 나하곤 조금도 상관없는 일이야! 언젠가 너에게 난 서른 살까지만 살면 그만이라고 말하지 않았더냐? 서른 살이 되면 그때는 술잔을 마룻바닥에 내던지는 거야. 정말 그것뿐이야!」

「그렇지만 햇빛을 받아 끈적거리는 새 잎사귀들은 어떡하고요? 그리고 귀중한 무덤들은? 감청색 하늘은? 사랑하는 여성은? 그럼 형님은 앞으로 어떻게 살아가겠다는 겁니까? 어떻게 그런 것들을 사랑할 수 있겠느냔 말입니다!」하고 알료샤는 슬픔에 젖은 어조로 소리쳐 물었다. 「가슴과 머리속에 그와 같은 지옥을 안고서 과연 그렇게 될 수 있을까요? 형님은 틀림없이 예수회 사람들을 만나려고 여길 떠나는 게 분명해요……. 그게 아니면 자살이라도 할지 몰라요. 그렇지 않고서는 도저히 견디어낼 수 없을 테니까요!」

「무엇이든 견디어낼 만한 힘은 있어!」하고 이번엔 정말 냉소적인 어조로 이반이 대꾸했다.

「그건 무슨 힘이죠?」

「카라마조프적인 힘이지……. 카라마조프적인 저열한 힘 말이야.」

「음탕 속에 빠져들고, 타락으로 영혼을 질식시키는 힘 말인가요? 그렇죠, 형님?」

「그럴는지도 모르지……그러나 그것도 역시 서른 살까지야. 어쩌면 거기서 벗어날 수 있을지도 모르지. 그때는…….」

「어떻게 무슨 방법으로 벗어난단 말입니까? 형님 같은 사상으로는 불가능합니다.」

「그것 역시 카라마조프 식으로 하면 되겠지.」

「그건 어떤 짓을 해도 상관 없다는 뜻인가요? 정말 어떤 짓을 해도 상관 없을까요, 형님?」

이반은 눈썹을 찌푸렸으나 갑자기 창백한 얼굴빛으로 변했다.

「음, 너는 어저께 미우소프의 분통을 터뜨렸던 그 말을 끌어 대는구나……. 그때 드미트리 형이 순진하게 끼어들어서 그 말을 몇 번이나 거듭해서 물었었지.」그는 일그러진 미소를 지었다. 「하긴 어떤 짓을 해도 상관 없다라고 해도 무방할 거야. 일단 터뜨려 논 말이니 굳이 취소할 것도 없지. 그러고 보니 미챠가 한 주장을 변형한 것도 제법 쓸 만한데.」

알료샤는 말없이 그를 쳐다보았다.

「얘, 알료샤, 나는 출발을 앞두고 이 넓다란 세상에서 그래도 너만큼은 내 친구라고 생각했었는데.」이반은 갑자기 예기치 않은 격렬한 감정에 사로잡힌 듯 말했다. 「하지만 이제는 네 가슴속에도, 귀여운 은둔자의 가슴속에도 내가 설 만한 장소가 없다는 걸 알았어. 그렇지만 어떤 짓을 해도 상관 없다는 공식은 부정하지 않겠어. 어때, 너는 이 공식 때문에 나를 버릴 거지, 그렇지?」

알료샤는 자리에서 일어나 형에게로 다가가서 말없이 그 입술에 입을 맞췄다.

「이건 문학적 표절인데!」이반은 갑자기 어떤 기쁨에 휩싸여 소리쳤다. 「넌 내 서사시에서 그 키스를 훔쳐냈구나! 어쨌든 고마워. 그럼 알료샤, 그만 일어나자. 이젠 가 봐야 할 시간이야. 너도 그렇고 나도 그렇고.」

그들은 밖으로 나오다가 요리집 현관에서 발을 멈췄다.

「얘, 알료샤.」이반은 확고한 목소리로 입을 열었다.「만약 내가 정말 끈끈한 새 잎사귀에 마음이 끌린다 해도 널 생각하는 마음을 통해서만 그걸 진심으로 사랑할 수 있을 거야. 네가 이 세상 어느 곳에 있다는 그 한 가지 생각만으로도 내 삶을 단념하지 않을 수 있어. 하지만 이런 얘기는 더 이상 듣기 싫지? 내 사랑의 고백이라고 생각해도 무방해. 어쨌든 그만 헤어지기로 하자. 너는 오른쪽으로 가고 나는 왼쪽으로 가고. 우린 더 이상 할 얘기도 없는 것 같아. 그렇지 않아? 만일 내일 내가 안 떠나고 떠나기는 분명히 떠나겠지만, 어쩌다가 또 너하고 만나게 되더라도 이런 따위의 문제는 더 이상 건드리지 말았으면 좋겠다. 정말 이것만은 꼭 부탁한다. 그리고 드미트리 형에 대해서도 제발 아무 말 말아 다오.」그는 갑자기 빠른 목소리로 이렇게 덧붙였다.「이젠 모든 걸 속시원히 털어놓은 셈이니까 더 이상 할 말이 없을 거야, 그렇지? 그리고 또 너하고 약속할 게 하나 있어. 내가 서른 살이 되어 술잔을 마룻바닥에 내동댕이치고 싶어졌을 때, 그때 나는 네가 어디에 있건 다시 한번 너하고 이야기하러 찾아오겠어. 설령 내가 그때 미국에 가 있더라도 꼭 찾아올 테니까. 너하고 얘기하기 위해 일부러 오는 거야. 네가 그때 어떤 인간이 되어 있을 것인지 한 번 만나보는 것만으로도 정말 유쾌한 일일 거야. 어때 굉장히 엄숙한 약속이지? 그러나 우리는 정말 이렇게 이별하여 앞으로 칠 년이나 십 년쯤은 못 만나게 될지도 몰라. 자, 어서 너의 Pater Seraphicus(세라픽스 신부. 괴테의 《파우스트》에서 인용)에게로 가 보렴. 거의 죽어 간다니 말이야. 만약 네가 없는 사이에 그 사람이 죽으면 내가 공연히 너를 잡아 뒀다고 나를 원망할 게 아니냐. 그럼 잘 가라, 한 번만 더 키스해 주고. 그래, 됐어……이제 가 봐…….」

이반은 몸을 홱 돌리더니 뒤도 돌아보지 않고 성큼성큼 걸어갔다. 그것은 물론 어저께하고는 전혀 성질이 틀린 이별이긴 했지만 어제 맏형 드미트리가 알료샤에게서 떠나가던 때의 모습과 매우 비슷한 데가 있었다. 이 기묘한 인상은 때마침 음울한 슬픔에 사로잡힌 알료샤의 머리속에 화살처럼 스치고 지나갔다. 형의 뒷모습을 바라보며 그는 잠깐 그 자리에 그대로 서 있었다. 그는 불현듯 이반이 웬일인지 휘청거리는 것 같은 동작으로 걸어간다고 느꼈다. 그것은 뒤에서 보면, 오른쪽 어깨가 왼쪽 어깨보다 조금 처져 내려간 것 같은 동작이었다. 그 점은 전에는 미처 알 수 없었다.

아무튼 알료샤 역시 몸을 홱 돌려, 수도원을 향해 거의 달려가다시피 걷기 시작했다. 날은 벌써 상당히 저물어 무시무시한 기분이 느껴질 정도였다. 그의 마음속엔 무언가 어떻게 설명할 수 없는 괴로움이 슬며시 고개를 들고 일어나기 시작했다. 그가 수도원 숲에 들어섰을 때, 어젯 저녁처럼 바람이 일기 시작하더니 수백 년 묵은 늙은 소나무를 음산하게 흔들어 대기 시작했다. 그는 뛰어가다시피 걸어갔다. 『Pater Seraphicus──형님은 어디서 이 이름을 끌어낸 것 같은데 도대체 어디서 끌어낸 걸까?』하는 생각이 알료샤의 머리속에 떠올랐다. 『이반 형은 정말 불쌍한 사람이야. 언제 또 그 형을 만날 수 있을까?……아아, 벌써 암자로군! 그래, 바로 저기 계신 분이 Pater Seraphicus이다. 그분이 나의 영혼을 구원해 주실 거다. 악마로부터 영원토록!』

그 뒤 알료샤는 일생을 통해서 몇 번씩이나 이때의 일을 회상하며 의아스럽게 생각했었는데 그것은 다른 게 아니라, 이반 형과 헤어졌을 때 어떻게 해서 그처럼 드미트리 형에 대해 까마득히 잊어버리고 있을 수 있었나 하는 생각이었다. 그날 낮, 그러니까 불과 몇 시간 전까지만 해도, 그는 무슨 일이 있어도 드미트리를 꼭 찾아내야 하며, 만약 그렇지 못하면 그날밤 안으로 수도원에 돌아가지 못하는 한이 있어도 결코 읍내를 떠나지 않겠다고 굳게 결심하고 있었는데…….

6. 아직은 매우 희미한 것이지만

한편 알료샤와 헤어진 이반은 그의 아버지 표도르의 집을 향해 걷고 있었다. 이상하게도 그는 별안간 견딜 수 없는 우울증에 사로잡혀서 아버지의 집이 한 걸음 한 걸음 가까와짐에 따라 그 우울증은 더욱더 심해지는 것이었다. 그러나 정작 이상한 것은 우울증이 생겨서가 아니라, 그 우울증의 원인이 무엇인지조차 이반 자신도 납득할 수가 없다는 점이었다. 하기는 그전에도 우울증을 느끼는 때가 더러 있었으니까 이런 순간에 그런 기분이 든다고 해서 별로 이상할 것은 없었다. 사실 그는 내일이 되면 그 자신을 이 집으로 끌어당긴 모든 것과 깨끗이 인연을 끊고 일대 전환을 해서 종전과 마찬가지로 앞날을 예측할 수 없는 새로운 길을 혼자 외로이 떠날 작정인 것이다. 희망도 없진 않았으나 그 희망이 과연 무엇인지 자기 자신도 알 수가 없었다. 인생에 대한 기대도 지나칠 만큼 컸지만 그 기대나 희망이 무엇인지 자기 자신도 분명하게 설명할 수가 없는 것이었다. 이러한 새로운 미지의 세계에 대한 불안감이 그의 마음속에 자리잡고 있었던 것은 사실이었으나 지금 이 순간 그를 괴롭히고 있는 것은 그와는 전혀 다른 것이었다.

『혹시 아버지 집에 대한 혐오감은 아닐까?』하고 이반은 생각해 보았다. 『아무래도 그런 것 같아. 이젠 그 집 생각만 해도 지긋지긋하니까. 하긴 그 더러운 문지방을 넘어다니는 것도 오늘로써 마지막이겠지만 그래도 불쾌하기는 마찬가지지……. 아니, 그것 때문만은 아닐 거다. 그럼 알료샤와 헤어졌기 때문일까? 그애하고 그런 얘기를 했기 때문일까? 벌써 몇 년간이나 온 세상에 대해 침묵을 지키면서 말할 가치조차 없다고 생각하던 나로서 어쩌다 갑자기 그런 쓸데없는 소리를 지껄여 버렸으니 그럴 수도 있겠지.』사실 그것은 청년으로서의 무경험과 허영심에 대한 자기 불만이었는지도 모른다. 다시 말해서 알료샤와 같은 어린애한테 자기가 생각하고 있는 바를 제대로 표현하지 못한 것에 대한 자기 불만이었을 것이다. 더욱이 알료샤는 그 자신 마음속으로 은근히 점찍어 놓았던 상대가 아닌가. 그렇다, 이러한 자기 불만도 틀림없이 있었을 것이다. 그러나 결국은 이것도 저것도 모두 아닌 것 같았다. 『우울증 때문에 가슴이 답답하지만, 대체 내가 무엇을 원하고 있는지 없는지조차 알 수 없다니, 차라리 아무 생각도 않는 편이 낫겠다…….』

이반은 아무 생각도 않으려고 애썼으나 그것마저 소용이 없었다. 무엇보다 중요한 것은 이 우울증이 그 어떤 우발적이면서도 전혀 외부적인 성질을 띠고 있기 때문에 한층더 사람의 마음을 초조하게 한다는 것이었으며 이반 자신도 그 점은 분명히 느낄 수 있었다. 그것은 마치 자기가 눈치채지도 못한 가운데 어떤 물건이 툭 비어져 나와 있는 느낌 같은 것이었다. 예를 들면 얘기를 하거나 일하는 데 몰두하여 어떤 물건이 눈앞에 비죽 나와 있는 것을 오랫동안 알아채지 못하고 있다가 어쩐지 마음이 불안하여 살펴보고는 마침내 그 방해물을 제거해 버리지만, 대개의 경우 그것은 아주 보잘것 없는 우스꽝스런 물건인 경우가 많다. 가령 엉뚱한 곳에 놓아 둔 채 잊고 있었던 것이라든가 책꽂이에서 빠져 나와 있는 책이라든가 하는 물건이기가 일쑤인 것이다. 이반은 마침내 더없이 불쾌하고 초조한 기분이 되어 아버지 집에 당도했다. 그러자 대문에서 열 다섯 걸음쯤 되는 곳에서 집 쪽을 보았을 때 갑자기 그는 이제껏 자기 마음을 그토록 괴롭히고 불안케 한 원인이 무엇인가를 알아낼 수 있을 것 같았다. 대문 앞 긴 의자에는 하인 스메르쟈코프가 신선한 저녁 바람을 쐬고 앉아 있었는데, 이반은 그를 보는 순간 이 하인 스메르쟈코프가 자신의 마음 한구석에 도사리고 있었던 탓으로, 그것 때문에 그처럼 자기 마음이 우울했었음을 직감했다. 갑자기 모든 사실이 태양 광선 앞에 환하게 드러난 것처럼 투명해지기 시작했다. 좀전에 알료샤가 스메르쟈코프를 만났다는 얘기를 한 순간에도 무언가 어둡고 불길한 그림자 같은 생각이 그의 가슴을 푹 찔러 반사적으로 증오감을 일으켰었다. 계속 이야기에 열중하는 바람에 스메르쟈코프에 대한 생각은 잠시 잊혀졌으나 그때도 가슴 한 군데에 여전히 남아 있다가 이반이 알료샤와 헤어져 혼자 집 쪽으로 걷기 시작하자마자 잊혀졌던 이 무서운 감각이 다시 살아나 꿈틀거리기 시작했던 것이다.『저런 하잘것 없는 녀석 때문에 내가 이토록 불안해 하다니!』이렇게 생각하자 그는 화가 치밀어 견딜 수 없게 되었다.

사실 요즘에 와서 이반은 스메르쟈코프가 무척 싫어졌는데 특히 최근 이삼 일 동안은 더욱 심했다. 거의 증오에 가까운 그에 대한 감정이 날이 갈수록 더해 가는 것은 이반 자신도 느끼게 되었다. 이러한 증오의 감정이 이렇게까지 자라게 된 것은 이반이 이 집에 처음 돌아왔을 때 그것과는 전혀 반대되는 현상이 일어났기 때문인지도 모른다. 그 당시만 해도 이반은 스메르쟈코프에게 각별한 관심을 표시했을 뿐 아니라 그자를 무척 기발한 인간이라고까지 생각한 적이 있었다. 이 하인으로 하여금 자기와 이야기를 나누도록 한 것은 이반 자신이었지만, 그럴 때마다 그의 조리가 닿지 않는 말투에서 그의 생각이 아주 불안정한 것을 알고서 번번이 놀라곤 했다. 그리고 이 사색가(思索家)의 마음을 그처럼 쉴새없이 짓궂게 괴롭히는 원인이 무엇인지 이반은 알지 못했다.

이반은 그자와 철학적인 문제에 대해서도 이야기했고 창세기에서 태양과 달과 별들은 나흘째 되는 날에야 만들어졌다고 되어 있는데 그렇다면 어떻게 해서 첫날에 빛이 있을 수 있었느냐, 그리고 이 사실을 어떻게 해석해야 할 것이냐 하는 문제까지도 화제에 올린 적이 있었다. 그러나 이반은 얼마 뒤에는 결코 태양이나 달이나 별 같은 데 문제가 있는 것이 아님을 깨달았다. 물론 태양이나 달이나 별 같은 것이 흥미있는 문제인 것만은 사실이지만, 스메르쟈코프에게 있어서는 그런 것들이 어디까지나 제이차적(第二次的)인 것에 지나지 않으며, 그에게 중요한 것은 그런 것과는 전혀 다른 문제였다. 하여튼 이 하인의 얼굴에는 한없는 자존심이, 그것도 모욕당한 듯한 자존심이 때에 따라 정도의 차이는 있지만 역력히 나타나는 것이었다. 이반은 그 점이 몹시 마음에 들지 않았으며 그에 대한 혐오감은 여기서 싹트기 시작했던 것이다.

그 뒤 가정 불화가 일어나서 그루세니카가 등장하고 드미트리 형과의 문제가 터지기도 하여 여러 가지 골치 아픈 일들이 계속되었을 때, 그런 문제에 대해서도 두 사람은 서로 이야기한 적이 있었다. 하기야 이런 이야기를 할 때면 스메르쟈코프는 언제나 몹시 흥분한 빛을 감추지 않았지만, 그런 문제가 과연 어떤 방법으로 해결되기를 그가 바라고 있는지 좀처럼 파악할 수가 없었다. 스메르쟈코프는 늘 미리 생각해 놓고 있던 암시적인 질문을 던져 무언가를 캐내려는 듯했지만 그 목적이 무엇인지는 설명하려고 하지 않았다. 그리고는 언제나 자기 질문의 가장 중요한 대목에 가서는 갑자기 입을 다물어 버리든가 전혀 다른 화제를 끄집어내든가 하는 것이었다.

그러나 극도의 혐오감이 들 정도로 이반의 마음을 뒤흔들어 놓은 것은 스메르쟈코프가 거리낌없이 드러내기 시작한, 구역질날 만큼 뻔뻔스런 태도였다. 그렇다고 해서 그는 이반에게 무슨 실례가 되는 짓을 하지는 않았다. 그는 오히려 언제나 더없이 공손한 태도로 얘기를 했고 게다가 무엇 때문인지 자기와 이반 사이에는 어떤 유대 관계라도 있는 듯이 생각하는 눈치였다. 즉 두 사람 사이에는 이미 어떤 밀약과 같은 것이 맺어져 있으므로 두 사람은 서로 통하지만 주위의 잡다한 속물(俗物)들은 알아챌 수 없을 것이라는 태도로 말하는 것이었다. 하기는 그때까지만 해도 이반은 자기 마음속에서 나날이 커져 가고 있는 혐오감의 진정한 원인을 오랫동안 깨닫지 못하다가, 요즘에 와서야 그것이 무엇 때문인가를 겨우 알아챌 수 있는 것 같았다.

이반은 몸서리칠 듯한 혐오감 때문에 스메르쟈코프를 못 본 체하고 말없이 대문을 들어서려는 순간 스메르쟈코프가 벌떡 긴 의자에서 일어났다. 그 동작 하나만 보더라도 이반은 이자가 지금 자기에게 무슨 특별한 얘기를 건네려 한다는 것을 대번에 알 수 있었다. 이반은 멈칫 선 채 힐끗 그쪽으로 시선을 보냈다. 방금 작정한 대로 모르는 체하고 그냥 지나치지를 못하고 여기서 갑자기 걸음을 멈추게 된 자신을 의식하자 이반은 치가 떨리도록 화가 치밀었다. 그는 거세(去勢) 당한 사람처럼 여윈 스메르쟈코프의 얼굴이며 빗으로 깨끗이 빗어 닭의 볏처럼 된 앞머리를 분노와 혐오에 휩싸여 노려보았다. 약간 가늘어 보이는 그자의 왼쪽 눈은 마치 『어디를 가시는지, 그냥 지나쳐 버리지 않는 걸 보니 역시 우리들처럼 현명한 인간들은 서로 얘기할 것이 있는가 보군요.』라는 듯이 깜박이며 미소를 띄우고 있었다.

이반은 순간 부르르 몸이 떨렸다. 『비켜, 이 자식! 내가 너 같은 놈하고 상대할 줄 알아, 바보새끼!』하고 으름장을 놓으려 했으나, 실제로는 전혀 다른 말이 입 밖으로 나와 버린 데 그 자신도 스스로 놀라고 말았다.

「아버지는 아직 주무시는가? 아니면 일어나 계신가?」그의 어조는 뜻밖에도 조용하고 부드러웠다. 그러면서 그도 곧 긴 의자에 걸터앉았다. 이런 행동 역시 자신도 전혀 뜻하지 않은 일이었다. 나중에야 생각난 일이지만 그 순간에 그는 거의 공포에 가까운 기분을 느꼈던 것이었다. 스메르쟈코프는 이반 앞에 뒷짐을 지고 마주 서서는 자신에 넘치고도 엄숙한 시선으로 그를 바라보고 있었다.

「아직 주무시고 계십니다.」하고 그는 자못 침착한 어조로 대답했는데, 그것은 마치『먼저 말을 건넨 쪽은 당신이지 내가 아닙니다.』라는 듯한 말투였다. 그리고 잠시 말을 멈추었다가 일부러 그러하듯이 눈을 내리뜨며「저는 도련님에게 정말 놀랐읍니다.」하며 덧붙였다. 그리고는 오른쪽 발을 앞으로 내밀더니 번쩍거리는 구두코 끝을 요리조리 움직였다.

「놀라긴 뭣 때문에 놀라?」이반은 자신을 억제하듯이 무뚝뚝한 어조로 이렇게 말했지만, 문득 자기 자신이 강한 호기심에 사로잡혀 있음을 느끼고, 그것을 만족시키기 전에는 좀처럼 그 자리를 뜰 수 없을 것 같아, 저도 모르게 자신에게서 정이 떨어지는 기분이었다.

「체르마쉬냐에는 왜 안 가십니까?」스메르쟈코프는 갑자기 눈을 치켜뜨며 허물없는 듯한 태도로 싱긋 웃었다.『내가 왜 웃는지를 당신이 현명한 분이라면 곧 알 수 있을 겁니다.』가늘게 뜬 그의 왼쪽 눈은 이렇게 말하는 것 같았다.

「내가 체르마쉬냐엔 뭣 하러 가니?」이반은 놀라서 물었다.

스메르쟈코프는 잠시 동안 말이 없었다.

「주인 어른께서 도련님한테 간청하다시피하지 않았읍니까!」하고 한참 만에 그는 천천히 대꾸했으나 말하는 자신도 이런 대답이 그리 중요하다고 생각하지는 않는 눈치였다.『그냥 무슨 말이든 해야 되니까 이런 대수롭지 않은 문제라도 꺼내서 얼버무리는 셈이죠.』라는 듯한 표정이었다.

「망할 자식 같으니, 할 말이 있거든 똑똑히 말할 것이지!」하고 이반은 마침내 온순한 태도에서 우악스런 모습으로 돌변하여 성을 내며 소리쳤다. 스메르쟈코프는 앞으로 내밀었던 오른발을 왼발에 갖다 붙이며 자세를 바로잡았으나 여전히 침착한 태도로 여유있는 미소를 띄운 채 상대방의 얼굴에서 눈을 떼지 않고 있었다.

「뭐 대단한 건 아니고요, 그저 말이 나온 김에…….」

두 사람은 다시 거의 일 분 가량이나 말이 없었다. 이반은 자리를 박차고 일어나서 단단히 화를 내 보여야겠다고 생각했으나 스메르쟈코프는 그 앞에 버티고 선 채 무슨 말을 기다리고 있는 눈치였다. 그 태도는 이반에게 마치『당신이 화를 낼 수 있는지 어떤지 어디 좀 봅시다.』하는 이런 인상을 주었다. 마침내 이반은 몸을 움직여 일어나려 했다. 그러자 스메르쟈코프는 기다리기나 한 듯이 이 순간을 이용하여 다시 말을 시작했다.

「도련님, 저는 참으로 난처한 입장에 빠져 있는데 어떡하면 좋을지 알 수가 있어야죠.」그는 한 마디 한 마디 분명하게 잘라 말하고는 한숨을 내쉬며 입을 다물었다. 그래서 이반은 다시 긴 의자에 주저앉고 말았다.

「그 양반들은 두 분 모두 제정신을 잃고 어린애처럼 되어 버렸거든요.」하고 스메르쟈코프는 말을 이었다. 「즉 도련님의 아버님과 드미트리 형님 두 분 말씀입니다요. 주인 어른께서는 지금이라도 곧 잠이 깨시면 나를 붙잡고 『그래, 그 여자는 안 왔니? 왜 여태 오지 않지?』하며 귀찮게 물어보실 겁니다. 자정이 될 때까지, 아니 자정이 넘어서도 같은 말을 되묻곤 합니다. 그런데 결국 그루세니카가 오시지 않으면 그분은 어쩌면 아주 안 올 생각인지도 모르지요. 이튿날 아침이 되기가 무섭게 또 제게 덤벼드시며 『왜 안 왔니? 어째서 안 온단 말이냐? 대체 언제쯤 온다는 게냐?』하고 마치 제가 그걸 알고 있기나 한 듯 야단을 치시거든요. 한편 드미트리 형님께선 날이 저물기가 무섭게, 아니 날이 저물기도 전에 손에 흉기를 들고 이웃집 정원에 나타나서는 『이 악당 놈아, 만일 그 여자가 여기 찾아오는 걸 제때에 발견해서 내게 즉시 알리지 않으면 그때 누구보다도 네놈을 먼저 죽여 줄 테다.』라고 하시며 사뭇 으름장을 놓으십니다. 그러다가 밤이 새고 아침이 되면 이번엔 주인 어른께서 나를 들볶으시는 겁니다. 『왜 안 왔니? 이제 곧 올 것 같으냐?』하고 마치 그분께서 안 오시는 것이 내 책임이라도 되는 듯이 말입니다. 이렇게 그 두 분의 역정이 날이 가고 시간이 지날수록 심해지기만 해서 저는 무서워서 견디다 못해 자살이라도 해버릴까 하는 생각조차 듭니다. 정말 그분들한테 진절머리가 날 지경입니다.」

「그런데 무엇 때문에 네가 끼어들었지? 어째서 드미트리 형에게 정보를 알려 주기 시작을 했느냔 말이다!」라고 이반은 화가 나서 툭 쏘아붙였다.

「끼어들지 않을 도리가 있어야죠. 하지만 사실대로 말씀드린다면 제가 끼어든 건 결코 아닙니다. 나는 처음부터 말 한 마디 못하고 줄곧 벙어리 노릇만 하고 있었읍니다. 그저 그분께서 제멋대로 나를 자기의 심복 즉 〈리챠드〉로 삼아 버린 것일 뿐이지요. 그 뒤로 드미트리님은 나만 보시면 『이 악당 놈아, 그 여자가 찾아오는 것을 놓치면 너를 죽여 버릴 테니 가오해라!』는 말씀만 되풀이하십니다. 도련님, 아무래도 내일쯤은 제가 틀림없이 심한 발작을 일으킬 것만 같습니다.」

「심한 발작을 일으키다니 그게 무슨 말이지?」

「간질병의 발작이 오랫동안 계속된단 말씀입니다. 몇 시간, 아니 어쩌면 하루 이틀쯤 계속될지도 모릅니다. 언젠가는 사흘 동안이나 계속된 적도 있으니까요. 그때는 다락방에서 굴러 떨어져서 그랬는데 끝나는가 하면 또 시작되곤 해서 사흘 동안이나 제정신을 못 차렸읍니다. 주인 어른께서 게르첸슈트베라는 의사 선생을 불러 주셨는데, 의사 선생이 머리에 얼음 찜질도 해주고 약도 한 가지 지어 주었읍니다만……정말 그땐 죽을 뻔했읍니다.」

「그렇지만 간질병은 본래 언제 발작이 일어날지 예측할 수 없는 병이 아니냐? 그런데 넌 어떻게 내일쯤 발작이 일어날 것을 알고 있지?」그 어떤 초조한 호기심을 느끼며 이반은 이렇게 물어보았다.

「그건 그렇습니다. 미리 알 수야 없지요.」

「게다가 그때 발작이 일어나게 된 것은 다락방에서 떨어졌기 때문이라면서?」

「다락방에야 매일 오르내리니까 내일도 거기서 또 떨어질는지 모르지요. 만일 다락방에서 떨어지지 않는다면 지하실 계단에서 떨어질지도 모르죠. 지하실에도 날마다 오르내리는 일이 있으니까요.」

이반은 한참이나 그의 얼굴을 들여다보았다.

「허튼 소리를 되는 대로 늘어놓고 있군! 내가 다 알아. 네가 하는 소리는 도무지 알아들을 수 없단 말야.」그의 목소리는 나직했으나 어딘가 위협적인 어조가 스며 있었다. 「그러니까 너는 내일부터 한 사흘쯤 간질병 발작이 있는 것처럼 보이겠다는 말이로군, 그렇지?」

스메르쟈코프는 땅을 내려다보며 다시 오른쪽 구두 끝을 내밀어 움직거리고 있다가 다시 제자리를 찾아 바로 서더니 이번에는 왼쪽 발을 앞으로 내밀고는 얼굴을 쳐들며 빙긋 웃었다.

「설사 제가 그런 식으로 앓는 흉내를 낸다고 하더라도 그것은 경험해 본 사람이라면 그다지 어려운 일은 결코 아니지지요. 그리고 저로서는 자기 생명을 보존하기 위해서 그런 방법도 생각할 수 있는 충분한 권리가 있을 겁니다. 내가 앓아 누워 있다면 그루세니카가 주인 어른을 찾아오는 경우에도 『왜 알리지 않았느냐.』고 병자인 저에게 따질 수는 없을 테니까요. 드미트리님도 설마 그렇게까지 나오실 수는 없지 않겠읍니까?」

「예끼, 못난 자식 같으니라고!」증오로 하여 얼굴을 일그러뜨리며 이반은 벌떡 일어났다. 「무엇 때문에 너는 밤낮 자기 목숨 걱정만 하는 거냐? 비록 드미트리 형이 그런 협박을 했다 해도 그건 단지 홧김에 하는 말에 불과한 거야. 드미트리 형은 너 같은 건 절대 죽이지 않아. 혹시 사람을 죽이는 경우가 생긴대도 너 같은 인간은 해당이 안 된단 말이야.」

「아니 파리 새끼처럼 제가 가장 먼저 그분 손에 죽을 겁니다. 그러나 그보다도 더욱 걱정이 되는 점이 있지요. 그건 만약에 그분이 주인 어른한테 무슨 짓을 저지르는 경우에 저까지 공범으로 몰리게 되지나 않을까 하는 겁니다.」

「네가 왜 공범으로 몰린다는 거야?」

「왜냐하면 제가 그분에게 신호 방법을 몰래 고해 바쳤기 때문입니다.」

「신호라니 무슨 신호? 그걸 누구에게 일러 바쳤다는 거야? 답답하게 굴지 말고 똑똑히 얘기해 봐!」

　「이렇게 된 이상 죄다 고백할 수밖에 없군요.」스메르쟈코프는 거드름을 피우듯이 말꼬리를 길게 빼며 말했다. 「실은 저와 주인 어른 사이에 한 가지 묵약이 있었읍니다. 도련님도 알고 있다시피 아마 틀림없이 알고 있으실 겁니다. 주인 어른께서는 요즘 며칠 동안 밤이 되면, 아니 어떤 날에는 저녁만 되어도 안에서부터 방문을 잠가 버리시거든요! 하기는 요즘 도련님이 저녁에는 일찍 이층 도련님 방으로 올라가 버릴 뿐더러 어저께 같은 날에는 온종일 방안에 들어앉아 계시니까 주인 어른께서 별안간 문단속을 철저히 하게 된 것을 모르시고 있을지도 모릅니다만, 그래서 주인 어른께선 그리고리 바실리예비치가 문 밖에 와 있다 해도 본인의 음성을 확인하지 않고서는 절대로 문을 열어 주지 않습니다. 그렇지만 그리고리는 요즘 안채에 들어올 일이 없기 때문에 방안에서 직접 주인 어른의 시중을 드는 것은 저 하나뿐이지요. 이건 그루세니카 때문에 생긴 그 소동 이후로 주인 어른께서 직접 지시해 준 일이지요. 그러나 밤이 되면 주인 어른의 분부에 따라 나는 한밤중까지 망을 보느라고 바깥채로 나와 있어야 됩니다. 즉 한밤중까지 잠도 안 자고 이따금 뜰안을 한 바퀴씩 돌며 그루세니카가 오기를 기다리고 있어야 되는 거지요. 주인 어른께서 벌써 며칠째나 미친 사람처럼 되어 그분이 오시기를 기다리고 계시니까 말입니다. 주인 어른의 생각으로는 그분이 드미트리님을(주인 어른께선 언제나 미치카라 부릅니다만) 두려워하고 있는 터라 밤이 꽤 깊어서야 뒷골목으로 해서 오실 거라는 생각입니다. 『그러니까 너는 자정까지는, 아니 자정이 넘어서라도 망을 보고 있다가 그 여자가 오거든 내 방문을 두드리든가 뜰에서 창문을 두드리든가 해야 한다. 처음에는 천천히 두 번을, 그러다가 빠르게 세 번 이렇게 연달아 두드리면 그 여자가 온 것으로 알고 내가 살그머니 문을 열어 주마.』하고 주인 어른께서 일러 주셨읍니다. 그리고 제가 혹시 급히 알려 드릴 일이 발생할 경우에 대비해서 또 한 가지 신호를 알려 주시더군요. 그것은 먼저 두 번을 빠르게 두드린 다음 또 한 번 쾅 하고 세게 두드리는 방법입니다. 그러면 무슨 급한 일이 생겨 내가 주인 어른을 뵙고 싶어하는 걸로 아시고 즉시 문을 열어서 내가 들어가 보고하기로 되어 있읍니다. 이것은 그루세니카가 직접 오실 수 없어 심부름꾼을 시켜 소식을 전할 경우를 생각해서입니다. 그리고 또 드미트리님이 찾아올지도 모르니까 그때도 그분이 와 있다는 걸 주인 어른께 알려야 합니다. 비록 그루세니카가 찾아와서 주인 어른과 단 둘이 문을 잠그고 방안에 들어앉아 계실 때라도 드미트리님이 가까이 와 있다면 주인 어른께선 그분을 몹시 두려워하는 까닭에 저는 곧 연거푸 문을 세 번 두드려 그 사실을 주인께 알려드려야 하지요. 그러니까 다섯 번 두드리는 첫째 신호는 그루세니카가 오셨읍니다라는 뜻이고, 먼저 두 번하고 나중에 한 번, 이렇게 세 번 두드리는 둘째 신호는 급히 알려 드릴 일이 있읍니다라는 뜻이지요. 이건 주인 어른께서 몇 번이나 실제로 제게 해보이며 가르쳐 주신 신호 방법입니다. 이 넓은 세상에서 이 신호를 알고 있는 건 주인 어른과 저 단 둘뿐이니까 주인 어른께선 누구냐고 소리칠 필요도 없지요. 주인 어른께선 큰소리를 내는 걸 아주 싫어하고 계시거든요. 아무런 의심도 않고 얼른 문을 열어 주실 겁니다. 그런데 이 중대한 비밀을 이제는 드미트리님이 알게 되고 말았거든요.」

「어떻게 해서 알게 됐지? 네가 고해 바쳤겠지? 어떻게 감히 그런 짓을 했나?」

「너무나 무서운 나머지 그랬읍니다. 그분한테는 말하지 않을래야 않을 수 없었어요. 그분은 늘 저를 붙잡고는『넌 나를 속이는 게 있지? 무언가 나에게 숨기고 있는 게 틀림없어. 바른 대로 불지 않으면 두 다리를 몽땅 부러뜨려 놓을 테다!』하고 윽박지릅니다. 그래서 하는 수 없이 그 신호를 그분에게 알려주게 된 것입니다. 그렇게 해서 제가 그분에게 노예처럼 순종한다는 걸 보여 드리고 그분을 속이기는커녕 오히려 뭐든지 죄다 고해 바친다고 믿게 하려 했던 것입니다.」

「만약에 앞으로 드미트리 형이 그 신호를 써서 방안으로 들어가려는 기색이 엿보이거든 그땐 네가 가로막고 못 들어가도록 해야 돼.」

「그야 저도 그분이 난폭한 짓을 할 것 같은 눈치면 어떻게든 용기를 다해 못 들어가도록 노력하겠읍니다만, 만약에 내가 발작이라도 일으켜 누워 있게 되면 도저히 그럴 수는 없는 일이 아니겠읍니까?」

「망할 자식 같으니! 무엇 때문에 너는 자꾸 발작을 일으킬 거라고 생각하지? 너는 나를 놀리려고 그러는 거냐?」

「제가 도련님을 놀리다니, 어찌 감히 그런 짓을 한단 말입니까? 더욱이 이런 무서운 일이 일어날 걱정이 눈앞에 닥치고 있는데 어디 농담을 할 생각이 나겠읍니까? 그저 어쩐지 발작이 일어날 것 같은 예감이 든다는 거죠. 발작은 무섭다는 생각 하나만으로도 충분히 일어날 수 있는 것이니까요.」

「돼먹지 않은 소리 작작 해! 만일 네가 드러눕게 되면 너 대신 그리고리가 망을 볼 게 아니냐. 미리 알려주기만 하면 그리고리는 절대로 형님을 방안에 들여보내지 않을 거야.」

「주인 어른의 분부 없이는 그리고리에게 절대로 그 신호법을 알려줄 수 없읍니다. 그리고 그리고리가 형님을 들여 보내지 않을 거라고 말씀하시는데 공교롭게도 그 사람은 어제부터 몸이 불편해서 내일은 마르파에게 치료를 받기로 내정이 되어 있읍니다. 그런데 그 치료라는 게 퍽 재미있더군요. 마르파는 물약을 손수 만들 줄 아는 모양인지 언제나 물약이 떨어지지 않게 그것을 상비해 놓고 있지요. 무슨 약초를 보드카에 담가서 만든다는데 아주 고약한 약입니다. 그런 비방을 그 노파가 알고 있어서 그리고리가 해마다 세 번 정도 무슨 중풍에라도 걸린 것처럼 허리를 못 쓸 때가 생기면 이 약으로 치료를 하지요. 일 년에 세 번 씩은 꼭 그런다고 합니다. 그때마다 마르파는 이 물약을 적신 수건으로 반 시간 가량 영감님의 등을 벌겋게 될 때까지 문지른 다음 무슨 주문을 외우면서 병에 남아 있는 약마저 영감님에게 마시게 한답니다. 하기는 언제나 나머지를 죄다 마시게 하지는 않고, 어떤 때는 얼마쯤은 자기도 함께 마셔 버리지요. 그런데 두 사람 모두 술은 입에도 못 대는 터라 그대로 그 자리에 곤드라져서 오랫동안 일어나지 못하고 잠을 잡니다. 그리고리는 잠이 깨면 언제나 병이 나아 버리지 만, 마르파는 잠이 깬 뒤 오히려 골치가 아프다고 합니다. 사정이 이런 정도니 까 내일 그들이 정작 치료를 시작한다 해도 그 사람들이 드미트리님이 찾아오는 것을 막을 수 있으리라고는 도저히 기대할 수 없는 일일 겁니다. 두 사람 모두 정신없이 자고 있을 테니까요.」

「그런 어처구니 없는 얘긴 그만둬. 일부러 꾸민 듯이 그런 일들이 동시에 일 어나다니……. 넌 지랄병 발작을 일으키고 그 사람들은 둘 다 정신없이 잠들 고!」하고 이반은 소리쳤다. 「네가 일부러 그렇게 말을 꾸미고 있는 게 아니 냐?」불쑥 이렇게 말하고 이반은 무섭게 이맛살을 찌푸렸다.

「제가 어떻게 그런 일을 꾸미겠읍니까? 게다가 무슨 이유로 그런 일을 꾸미 겠어요? 모든 일은 오직 드미트리님의 생각 하나에 달려 있는 게 아니겠읍니 까? 그분은 무슨 짓이든 하려고만 한다면 해치우고 말 테니까요. 정말이지 내 가 그분을 불러다가 수인 어른 방에 띠밀이 넣을 이유가 어디 있겠읍니까?」

「그렇다면 뭣 때문에 형님이 아버지한테 찾아온다는 거냐? 그것도 꼭 몰래 와야만 할 까닭이 어디 있어? 네 말대로 그루세니카가 절대로 오지 않는다면 말이야.」이반은 화가 치밀어 얼굴이 파래지며 말을 계속했다. 「나는 여기 와서 지내는 동안 네 말마따나 그 더러운 계집은 절대로 오지 않을 것이라는 확신을 얻었어. 그건 단순히 아버지의 공상에 불과한 거야. 그 계집이 오지도 않는데 뭣 때문에 형이 아버지 방에 들어가 행패를 부린다는 말이냐? 말해 봐! 나는 아무래도 네놈의 뱃속을 알아야겠단 말이다!」

「그분이 무슨 목적으로 오실는지는 도련님 자신도 잘 아시고 있을 텐데, 구태 여 제게까지 물으실 건 없지 않습니까? 그분은 그저 홧김에 오시겠지만 혹시 제가 앓아 누운 것을 알면 그때는 괜한 의심이 생겨서 어제처럼 참지 못하고 집안을 온통 뒤질지도 모릅니다. 혹시 그 여자가 자기 눈을 피해서 몰래 와 있지나 않을까 하고 말이죠. 더욱이 그분은 주인 어른께서 돈 삼천 루블리를 넣어 봉해 놓은 큼직한 봉투가 있다는 것도 잘 알고 계십니다. 그 봉투는 세 겹이나 봉한 뒤 노끈으로 묶은 다음 〈나의 천사 그루세니카에게, 만일 그대가 내게 온다면.〉 이라고 주인 어른께서 직접 써 넣은 데다가 다시 사흘 뒤에는 〈귀여운 병아리에게〉라고 덧붙여 써넣었읍니다. 바로 이 점이 수상쩍단 말씀입니다.」

「개수작 말아!」이반은 거의 미친 듯이 소리를 질렀다.「드미트리 형은 돈 같은 것을 강탈할 사람이 아니야. 어제 같은 경우에는 원래 성미가 급한 우직한 사람이 극도로 격분했으니까, 혹시 그루세니카로 해서 아버지를 죽일 수도 있었는지 모르지만, 강도질을 계획하고 오다니! 그건 말도 안 돼!」

「그렇지만 도련님, 그분으로서는 지금 돈이 무척 아쉬울 겁니다. 그분은 지금 돈 때문에 말못할 곤경에 빠져 있어요. 도련님은 그분이 얼마나 곤란을 받고 있는지 모르실 겁니다.」스메르쟈코프는 어디까지나 침착을 잃지 않고 지극히 분명하게 설명하기 시작했다.「뿐만 아니라 그분 생각으로는 그 삼천 루블리라는 돈이 마치 자기 돈인 양 알고 계십니다.『아버지는 아직도 내게 일금 삼천 루블리를 지불할 의무가 있어.』라고 저한테 직접 말하신 적이 있으니까요. 그리고 또 한 가지 틀림없는 사실이 있읍니다. 도련님 자신이 한 번 판단해 보십시오. 다름 아니라 그루세니카는 자기가 하고만 싶다면 주인 어른 표도르님을 설득하여 자기하고 결혼하도록 할 수 있을 거란 말입니다. 그 여자가 원하기만 한다면 이건 틀림없는 애깁니다. 어쩌면 그 여자는 그걸 원할지도 모릅니다. 그 여자가 오지 않을 거라고 제가 말씀드렸읍니다만 오고 안 오고는 별 문제라 하더라도, 이 집 주인인 어른의 정식 부인이 되고 싶어하는 심정이 생길지도 모르지 않습니까? 삼소노프라는 그 여자의 서방이라는 장사치가 아주 노골적으로 그 여자한테 그렇게 하는게 약은 짓이라고 말하면서 웃어댔다는 말을 저도 들어 알고 있읍니다. 그리고 그 여자도 무척 영리하니까 드미트리님처럼 무일푼인 남자하고 결혼할 리는 없지요. 도련님도 이런 사정을 한 번 고려해서 판단해 보시면 주인 어른이 일단 돌아가신 뒤에 드미트리님이나 도련님이나 알렉세이께서는 단일 루블리도 받을 수 없다는 걸 알게 될 겁니다. 왜냐하면 그루세니까가 주인 어른과 결혼하는 것은 모든 재산을 자기 명의로 바꾸어 혼자서 가로채자는 데 목적이 있을 테니까요. 그러나 일이 그렇게 성사되기 전에 주인 어른께서 돌아가신다면 도련님들에겐 각기 사만 루블리라는 돈이 돌아가게 될 겁니다. 주인 어른께서 그처럼 미워하는 드미트리님까지도 유언장이 아직 마련되어 있지 않으니까 똑같은 금액을 물려받게 될 겁니다…… 이 점을 그분은 잘 알고 계신단 말입니다.」

이반의 안면 근육이 이상하게 일그러지며 바르르 경련하는 듯하더니 갑자기 얼굴이 벌개졌다.

「그럼 도대체 네놈은 뭣 때문에.」하고 그는 얼른 스메르쟈코프의 말을 가로챘다. 「그런 걸 알면서도 나더러 체르마쉬냐에 가라고 권했니? 무슨 속셈으로 그런 소릴 지껄였어? 내가 떠나 버리면 그 사이에라도 무서운 일이 일어날 게 아니냐?」이반은 가쁜 숨을 간신히 견디고 있었다.

「그건 틀림없읍니다.」하고 스메르쟈코프는 명확하면서도 나직한 소리로 말했다. 그렇지만 한편으로는 이반의 눈치를 열심히 살피고 있었다.

「뭐가 틀림없어?」간신히 자신을 억제하고 있는 이반은 눈을 무섭게 번쩍이면서 되물었다.

「저는 도련님을 동정해서 그렇게 권고했던 겁니다. 제가 만일 도련님의 입장이라면 이런 일에 개입하느니 차라리 모든 걸 포기하고 떠나 버릴 테니까요…….」노골적인 표정으로 번쩍이는 이반의 눈을 정시하며 스메르쟈코프는 이렇게 대답했다. 두 사람 다 잠시 말이 없었다.

「너는 아무래도 천치 바보인 것 같아. 게다가 지독한 악당임이 분명해.」하고 이반은 긴 의자에서 벌떡 일어났다. 그리고는 곧 문 안으로 들어가려다가 갑자기 걸음을 멈추고 스메르쟈코프를 돌아다보았다. 그러자 갑자기 분위기는 미묘하게 변하고 말았다. 이반은 얼굴에 경련이 일어난 듯이 이를 악물고 주먹을 불끈 쥐더니 당장 스메르쟈코프에게 덤벼들 것 같은 기세였다. 스메르쟈코프는 재빨리 그것을 눈치채고 주춤 뒤로 물러났으므로 그는 이 순간을 무사히 넘길 수 있었다. 이반은 무언가 망설이듯 말없이 문 쪽으로 몸을 돌려 버렸다.

「나는 내일 모스크비로 떠난다. 미리 말해 두는데 내일 아침 일찍 떠나겠어……이것이 마지막이야!」그는 증오의 빛을 감추지 않고 한 마디 한 마디를 커다란 소리로 똑똑히 말했다. 나중에 그는 자기가 뭣 때문에 그때 이런 말을 스메르쟈코프에게 했었는지 스스로 이상하게 여겼다.

「그게 상책입니다.」스메르쟈코프는 기다리기나 한 것처럼 얼른 말을 받았다. 「하긴 집에서 무슨 일이 일어날 경우, 모스크바에 전보를 쳐서 내려오시도록 할지도 모르겠읍니다만.」

이반은 또다시 걸음을 멈추고 하인 쪽으로 홱 돌아섰다. 그러자 그 순간 스메르쟈코프에게 어떤 변화가 일어난 것이다. 여태까지의 뻔뻔스럽고 퉁명스런 표정이 순식간에 사라지고 얼굴은 오직 극도의 조심과 기대를 나타내면서도 무엇엔가 겁에 질린 것 같은 비굴한 기색이 엿보였다. 『더 할 말씀은 없읍니까? 덧붙일 말은 없어요?」뚫어질 듯이 이반을 응시하는 그의 눈에서는 이런 낌새를 느낄 수 있었다.

「체르마쉬냐라면 전보를 쳐서 나를 부를 수 있겠지?……무슨 일이 일어날 경우에 말이야?」스스로도 이유를 알지 못하면서 이반은 갑자기 음성이 높아져 이렇게 소리쳤다.

「물론 체르마쉬냐에 가 계시더라도……역시 알려 드려야지요…….」스메르쟈코프는 당황한 듯이 거의 속삭이는 듯한 목소리로 중얼거렸으나 그러면서도 여전히 이반의 얼굴을 뚫어지게 응시하고 있었다.

「그러니까 네가 나한테 체르마쉬냐로 가기를 자꾸 권하는 건 모스크바는 멀고 체르마쉬냐는 가까우니까 여비를 아끼라는 생각에선가 보군. 아니면 내가 공연히 먼길을 오가는 게 가엾게 느껴져서 그러는 거냐?」

「사실은 그렇습니다…….」하고 스메르쟈코프는 음침한 웃음을 지으며 띄엄띄엄 중얼거리다가 또다시 경련적인 몸짓으로 얼른 뒤로 물러설 준비를 하는 것이었다.

그러자 이반은 느닷없이 웃음을 터뜨려서 스메르쟈코프를 놀라게 했다. 그는 연신 껄껄거리면서 급히 문 안으로 들어가 버렸다. 그 순간에 그의 얼굴을 본 사람은 누구든지 그가 유쾌해서 웃는 게 아님을 쉽게 알아챘을 것이다. 이반 자신도 역시 그 순간에 자기 마음속에 떠오른 바를 좀처럼 설명할 수 없었을 것이다. 그의 몸짓이나 걸음걸이는 마치 경련이라도 일으킨 것처럼 보였다.

7 현명한 자와는 얘기가 통한다

그의 말하는 태도 역시 마찬가지로 신경질적이었다. 이반은 넓은 응접실로 들어가 표도르를 만나자마자, 느닷없이 두 손을 내저으며 「나는 이층 내 방으로 가는 길입니다. 아버님 방에 가려는 게 아니예요, 이따 뵙겠읍니다.」하고 말하고는 얼굴도 쳐다보지 않고 그대로 지나쳐 버렸다. 이 순간 이반이 노인에 대해 심한 증오를 느꼈다는 것은 얼마든지 있을 수 있는 일이기는 하지만, 그토록 증오감을 노골적으로 표시하는 것을 보고는 표도르로서도 당황하지 않을 수 없었다. 더욱이 노인은 그에게 급히 할 얘기가 있어서 일부러 그를 만나고자 응접실까지 나와 있었던 것이다. 그처럼 통명스런 인사를 받고 노인은 할 말이 없어 그대로 서서 위층으로 올라가는 아들이 보이지 않을 때까지 그의 뒷모습을 한심하다는 눈길로 지켜보았다.

「저 녀석이 왜 저래 ?」뒤따라 들어온 스메르쟈코프에게 노인은 성급히 물어보았다.

「무슨 화나는 일이 있는 모양인데, 어디 도련님의 심중이야 알 수 있어야죠.」하고 스메르쟈코프는 회피하는 투로 중얼거렸다.

「망할 녀석 같으니 ! 실컷 화를 내보라지 ! 너도 사모바르나 갖다 놓고 어서 나가 봐. 그런데 뭐 별다른 일은 없었니 ?」

그리고는 방금 스메르쟈코프가 이반에게 호소했듯이 여러 가지 질문을 연달아 퍼붓기 시작했다. 그것은 노인이 고대하고 있는 그 여자에 대한 질문들이니까 여기서 새삼스레 그것을 되풀이할 필요는 없을 것이다.

반 시간 뒤에 집은 완전히 문단속이 끝났다. 그리고 이 정신 나간 영감은 뛰는 가슴을 안고 약속된 신호인 문 두드리는 소리가 다섯 번 들리기를 간절히 기다리면서 이따금 어두운 창밖을 내다보곤 하는 것이었다. 그러나 캄캄한 암흑 이외엔 눈에 띄는 것이라곤 아무것도 없었다.

벌써 꽤 늦은 시간이 되어도 이반은 잠 못 이루고 생각에 잠겨 있다가 아주 늦게 새벽 두 시쯤에야 잠자리에 들었다. 그러나 지금 그의 이러한 복잡한 심정을 자세히 얘기하지 않기로 하겠다. 더욱이 지금은 그의 영혼을 깊숙이 들여다볼 때가 아니기 때문이다. 그의 영혼에 대해서는 앞으로도 얘기할 기회가 있을 뿐만 아니라 지금 독자들에게 전달하고 싶어도 그것은 퍽 어려운 일일 것이다. 왜냐하면 지금 그의 머리속에는 그 어떤 생각이라기 보다는 무언가 걷잡을 수 없이 모호하고 뒤죽박죽 엉켜 있는 것들로 가득 차 있었기 때문이다. 이반 자신도 자기 마음이 갈피를 잡을 수 없을 만큼 혼란되고 있음을 느끼고 있었다. 게다가 전혀 뜻하지 않았던 온갖 이상 야릇한 욕망이 솟아올라 그를 괴롭히고 있었다. 예를 들면 이미 자정이 지난 시각에 별안간 아래층으로 뛰어내려가 바깥채로 달려나가 스메르쟈코프를 죽도록 패주고 싶은 생각이 불현듯 치미는 것이었다. 그러나 무엇 때문에 그런 충동을 느끼냐고 누가 묻는다면, 그 하인이 이 세상에 두 번 다시 없을 심한 모욕을 자기에게 주었기 때문이란 것밖엔 아무런 타당한 이유를 댈 수 없었을 것이다.

그리고 한편으로는 이날밤의 그는 무어라 형언키 어려운 비열한 공포에 사로잡혀 있었기 때문에 갑자기 육체적인 힘마저 빠진 듯이 느꼈으며 골치가 아프고 현기증까지 났다. 마치 누구에게 복수라도 하려는 것처럼 증오심이 그의 가슴을 찌르는 것이었다. 좀전에 알료샤와 주고받은 얘기가 생각나서 동생에게까지 증오감이 갔고 때로는 자기 자신이 견딜 수 없이 미워지기도 했다. 그런데 카테리나 이바노브나에 대해서는 생각조차 나지 않았다. 그는 아까 낮에 그녀를 만나

『내일은 모스크바로 떠나 버리겠다.』고 큰소리를 치며 단언했을 때에도 마음속으로는 『쓸데없는 소리, 네가 가기는 뭘 가. 지금 네가 큰소리를 치듯 그렇게 섭사리 떠날 수는 없을 걸.』하고 자기 자신에게 속삭이던 것을 똑똑히 기억하고 있었는데도 이렇게 그녀에 대해 까맣게 잊을 수 있었던 것이 오래도록 이상하게 여겨졌다.

꽤 오랜 시일이 지난 뒤에도 그날밤 일을 회상할 때마다 이반의 마음에 참을 수 없는 혐오감이 드는 사실이 한 가지 있었다. 그것은 다름 아니라 그날밤 자기는 이따금 소파에서 벌떡 일어나서는 누가 몰래 엿보지나 않나 겁이라도 나는 듯이 살그머니 방문을 열고 층계까지 나가 귀를 바짝 기울이고는 아래층 방에서 서성거리는 아버지의 동정을 살피곤 했다는 사실이다. 그는 한참 동안, 거의 오분 가량이나 그 어떤 알지 못할 호기심에 사로잡혀 두근거리는 가슴으로 숨을 죽여 가며 귀를 기울이곤 했다. 그러나 그가 무엇 때문에 그러는지 무엇 때문에 귀를 기울이고 있는지는 물론 이반 자신도 알 수가 없었다. 그 뒤 일생 동안 그는 이것을 비열한 짓으로 여겼으며 이것이야말로 자기 생애에서 가장 비열한 행위였다고 마음속 깊이 명심했다. 그땐 아버지 표도르에 대해서는 증오 같은 것은 전혀 느끼지 않았고 다만 비상한 호기심만이 작용했을 뿐이었다. 지금 아버지는 아래층 자기 방에서 어떤 꼴을 하고 서성거리고 있을까, 지금 혼자서 대체 뭘 하는 것일까 하고 생각하기도 하고, 지금쯤 아버지는 필시 어두운 창밖을 내다보다가는 갑자기 방 한가운데 우뚝 걸음을 멈추고 누가 찾아와서 두드리지는 않을까 하고 초조하게 기다리고 있을 거라고 상상되기도 했다. 이런 심정에서 이반은 아버지의 동정을 엿들으려고 두 번이나 층계에까지 나가 보았다. 두 시쯤 되어 세상이 쥐죽은 듯 조용해지고 표도르까지도 잠자리에 들었을 때에야 이반은 몹시 피로감을 느끼고 자기도 빨리 잠을 자야겠다고 마음을 먹고 자리에 누웠다.

과연 그는 꿈 한 번 꾸지 않고 깊은 잠을 잤다. 그는 새벽 일찍 날이 샐 시간인 일곱 시쯤에는 잠이 깨었다. 눈을 뜨자 이상하게도 온 몸이 놀라운 활력으로 충만돼 있음을 느끼고 얼른 일어나 옷을 갈아 입은 다음 트렁크를 꺼내서 즉시 짐을 꾸리기 시작했다. 내의 따위도 마침 어제 세탁소에서 모두 찾아다 놓았으므로 모든 일이 순조롭게 진행되어 이 급작스런 출발을 방해할 것이 하나도 없다고 생각하니 절로 미소가 떠오를 지경이었다. 사실 그의 출발은 자기로서도 갑작스런 기분이었다. 비록 그가 어제 카테리나와 알료샤 앞에서, 그리고 스메르쟈코프에게조차 오늘의 출발을 확언했다고는 하지만 어젯밤 잠자리에 들 때까지도 출발이란 전혀 생각조차 하지 않았던 것이다. 아침에 눈을 뜨자마자 트렁크를 꺼내 짐을 꾸려야겠다는 생각은 적어도 간밤에는 염두에도 없었다는 것을 그는 분명히 기억하고 있었다.

어쨌든 그는 트렁크와 룩색을 다 꾸렸다. 그러자 아홉 시쯤 되어 마르파가 올라와서 「차는 어디서 드시겠읍니까? 방에서 드시겠어요, 아래층으로 내려오시겠어요?」하고 여느 때처럼 물어보았다. 이반은 아래층으로 내려갔다. 그의 언동에는 어딘지 심란하고 초조한 빛이 엿보였으나 그래도 겉보기엔 제법 유쾌한 듯 보였다. 이반은 부친을 보자 상냥하게 인사를 하고 건강 상태가 어떠냐는 것까지도 물은 다음 대답도 미처 듣기 전에 한 시간 뒤엔 자기가 모스크바로 영영 떠나 버릴 작정임을 얘기하고 마차를 불러 주도록 부탁했다. 그러나 노인은 아들의 출발에 대해 인사 치레로나마 섭섭해 하는 것도 잊고 놀라는 기색도 없이 듣고만 있었다. 출발을 섭섭해 하는 대신 오히려 자기 자신의 어떤 중요한 용건이 생각난 듯 수선을 떨기 시작했다.

「너도 참, 그런 법이 어디 있니! 어제 말해 줄 것이지……. 하지만 아무래도 상관은 없어, 지금이라도 늦지는 않았으니까. 그런데 애야, 너 이 애비한테 효도하는 셈치고 체르마쉬냐에 들러 주지 않겠니? 볼로비야역에서 왼편으로 구부러져서 불과 십이 킬로만 가면 체르마쉬냐야.」

「죄송하지만 안 되겠읍니다. 철도까지 나가려면 팔십 킬로나 되는데 모스크바행 열차는 오늘 저녁 일곱 시에 있으니까 기차 타기도 바쁩니다.」

「그렇다면 내일이나 모레 차를 타도록 하고 오늘만은 체르마쉬냐에 들르도록 해라. 조금만 수고해 주면 애비가 안심이 될 텐데! 여기 볼일이 없다면 벌써 내가 갔다왔을 테지만, 그쪽 일도 퍽 급하게 돼 있어. 하지만 이쪽 사정 때문에 난 꼼짝도 못하는 형편이 아니냐? 그러니까 거기 있는 내 임야는 두 구역, 베기체프와 자치킨에 걸쳐 있는데 거긴 그야말로 무인지경이나 다름없는 곳이다. 그런데 그 지방의 상인인 마슬로프 부자(父子)가 있는데, 이들이 임야의 나무를 벌채하겠다면서 재목값을 고작 팔천 루블리밖에 안 내겠다는 거야. 작년엔 일만 이천 루블리로 사려는 작자도 있었는데 그만 흥정이 깨져 버렸지. 하긴 그자는 지방 사람이 아니라서 흥정이 쉽게 붙었지만 말이야. 지금은 그 지방 사람으로서 흥정을 하려는 자는 아무도 없지. 그 지방에서는 백만 장자인 마슬로프 부자를 상대로 경쟁할 만한 자가 하나도 없으니까. 그들은 자기네가 부른 값으로 사고 말겠다는 심보야. 그런데 지난 목요일에 갑자기 일린스키 신부한테서 고르스트킨이라는 새 상인이 나타났다는 기별이 왔어. 고르스트킨은 나도 전부터 잘 아는 친구인데, 무엇보다 그자는 그 지방 출신이 아닌 포그레보프 사람이라는 점이 중요하지. 그러니까 마슬로프를 두려워할 건 없을 거라는 말이지. 아무튼 고르스트킨이 그 임야를 일만 일천 루블리로 사겠다는 거야. 알아듣겠어? 신부의 편지로는 그자가 앞으로 일 주일밖엔 그곳에 머물러 있지 않을 모양이니, 네가 가서 그자를 만나보고 흥정을 해보란 말이다……」

「그렇다면 아버지가 신부에게 직접 편지를 하면 그 신부가 흥정을 붙여 줄 게 아닙니까?」

「그 신부라는 친구는 워낙 장삿속이 없는 사람이라 그런 건 통 할 줄 모르니 탈이지. 사람됨이야 틀림없지. 그 사람이라면 당장에라도 이만 루블리쯤 영수증 없이 맡길 수 있으니까. 하지만 장삿속엔 캄캄해서 까마귀한테도 속아 넘어갈 위인이지. 그 주제에 학자라니 참 놀랄 수밖에 없지. 그런 반면 그 고르스트킨은 겉보기엔 소매 없는 푸른 외투 같은 걸 입고 다니는 게 순진한 농사꾼 같지만, 속은 더할 나위 없는 악당이야. 난 바로 그 점이 걱정스러운 거야. 게다가 그놈은 형편없는 거짓말도 한단 말이야. 어떤 땐 무엇 때문에 거짓말을 하는 건지 알 수 없는 그런 거짓말을 태연히 한다니까! 재작년엔가, 그때도 마누라가 죽어서 후취를 얻어 산다고 들었는데 알고 보니 그것도 새빨간 거짓말이었어. 정말 어이가 없을 정도야. 마누라가 죽기는커녕 시퍼렇게 살아서 지금도 사흘에 한 번씩은 그자를 못 살게 군다는 거야. 그러니까 이번에 일만 일천 루블리로 그자가 내 임야를 사겠다는 것도 참말인지 아닌지 알아내야 한단 말이다.」

「그렇다면 나 같은 건 소용 없읍니다. 나도 그 방면엔 통 눈이 어두우니까요.」

「가만 있어 봐, 너는 소용이 된다니까. 내가 그자의 습성을 죄다 가르쳐 주마. 나는 그 고르스트킨이란 자하고 벌써 오래 전부터 거래해 왔기 때문에 잘 알고 있는 편이지. 우선 그자의 수염을 잘 보면 불그스름한 게 초라한 듯 보이지만, 그 수염을 떨며 성을 내고 말을 하면 정말 흥정할 생각이 있어 그러는 거니까 일은 제대로 돼 가는 거야. 그러나 반대로 왼손으로 수염을 쓰다듬으며 싱글거리고 있으면 그때는 너를 속이려고 간계를 꾸미려는 게 분명해. 그자의 눈은 아무리 들여다보고 있어도 속이 시커먼 악당이라서 아무것도 간파할 수 없어. 그러니 너는 그자의 수염만 관찰해 보란 말이야. 내가 그자한테 보내는 편지를 써 줄 테니 그걸 갖고 가서 그자에게 보여라. 그자의 이름은 고르스트킨이지만 정말은 랴가브이(사냥개의 일종. 빈틈 없는 사람이라는 뜻)야. 그렇다고 그자를 만나 랴가브이라고 부르진 말아라. 그랬다간 화를 낼 테니까. 만일 그자하고 얘기를 해봐서 일이 잘 되어 갈 것 같거든 나한테 곧 편지를 해 다오. 그저 『거짓말은 아닌 것 같습니다.』라고만 써 보내면 돼. 처음엔 일만 일천 루블리로 계속 버티다가 나중에 가서 일천 루블리쯤 양보해도 좋아. 그러나 그 이하로는 절대로 안 된다. 너도 생각 좀 해봐. 팔천 루블리와 일만 일천 루블리라면 무려 삼천 루블리나 차이가 있지 않니. 그런 차액은 잘만 하면 그저 얻는 거나 다름없는 돈이지. 사실 살 작자는 쉽게 안 나타나고 나는 돈에 딸려 죽을 지경이거든. 하여간 그자가 진정으로 그런다는 기별만 받으면 그땐 내가 어떻게든지 시간을 내서 직접 그리로 가서 결말을 낼 테다. 하지만 아직은 그 신부 혼자 생각인지도 모르고 하니 내가 거기까지 달려갈 필요가 없단 말이야. 그래 내 말대로 가 주겠지?」

「그렇지만 난 시간이 없어요, 용서하십시오.」

「그러지 말고 애비를 좀 도와 주렴, 네 은혜는 잊지 않으마! 너희들은 하나같이 인정이 없어 탈이야! 하루나 이틀쯤 안 될 게 뭐냐? 지금 너는 어디로 간다는 거냐? 베니스라도 가는 거냐? 네가 좀 늦는다고 그 베니스가 하루 이틀 사이에 모두 허물져 버릴 리는 없지 않니? 알료샤를 보내도 되지만 이런 일에 그애가 무슨 소용 있겠니? 네게 부탁하는 건 그래도 현명한 인간이기 때문이야. 네가 현명하다는 것쯤 내가 모를 줄 알아? 임야를 팔고 사는 데는 문외한일지 몰라도 너는 그래도 눈치가 빨라. 정말로 그자가 살 생각이 있는지 없는지만 확인하면 되는 거야. 내 말대로 그자 수염만 보고 수염이 떨리면 정말이라는 걸로 생각하면 돼.」

「아버지는 그 저주할 체르마쉬냐로 나를 강제로 쫓으시려는 건가요, 네?」하고 이반은 적의를 품은 듯한 미소를 지으며 소리쳤다.

표도르는 아들의 적의를 눈치채지 못했는지, 아니면 일부러 눈치 못 챈 척했는지 다만 그 미소만을 잡고 늘어졌다.

「그럼 가는 거지, 응? 가는 거야. 내 곧 편지를 한 장 써 주마.」

「모르겠읍니다. 가게 될지 안 갈지 모르겠어요. 가는 도중에 결정하겠어요.」

「도중에라니, 지금 결정해. 그러지 말고 아예 여기서부터 결정해라, 응! 거기 가서 얘기가 제내로 되거든 몇 지 적어 신부에게 맡기면 그 사람이 즉시 내게 그 편지를 부쳐 줄 테니까. 그 다음에야 너를 절대로 붙잡지 않을 테니까 베니스건 어디건 너 갈 데로 가 보려무나. 볼로비야역까지는 신부가 자기 마차로 너를 태워다 줄 거다……」

노인은 기뻐 어쩔 줄 모르며 편지를 쓰고, 마차를 부르고 하면서 이반에게 꼬냑과 간단한 안주를 권했다. 그는 기쁠 때면 으레 말수가 많아졌지만 오늘만은 웬일인지 자제하려는 듯 보였다. 예를 들면, 드미트리에 대해서도 한 마디도 안 하는가 하면 아들과의 이별을 서운해 하는 기색조차 조금도 안 보일 뿐더러 무슨 말을 해야 할지 모르는 눈치인 듯했다. 이반도 그 기미를 똑똑히 알아채고 『하긴 아버지도 내게 어지간히 싫증을 느꼈을 거야.』하고 생각했다. 아들을 배웅하러 현관까지 나왔을 때야 노인은 약간 수선을 떨며 아들에게 입을 맞추려고 다가서려 했으나 이반은 키스를 피하려는 듯 얼른 손을 내밀어 악수를 청했다. 노인도 대번 그 눈치를 채고 금새 점잔을 뺐다.

「그럼 잘 가거라, 잘 가!」 그는 층계 위에서 이렇게 말했다. 「내 살아 있는 동안에 또 오겠지? 꼭 오너라, 언제든지 반갑게 맞아 주마. 부디 몸조심하고 잘 가거라.」

이반은 여행용 마차에 올라탔다.

「잘 가거라, 이반! 이 애비를 너무 욕하지 말아!」 마지막으로 노인은 이렇게 외쳤다.

스메르쟈코프와 마르파와 그리고리 등 모든 집안 식구들이 작별 인사를 하러 나왔다. 이반은 그들에게 각기 십 루블리씩 쥐어주고 마차 안에 자리를 잡고 앉았을 때, 스메르쟈코프가 양탄자를 바로잡아 주려고 뛰어올라왔다.

「알고 있겠지……. 결국 나는 체르마쉬냐로 가게 되었어.」하고 이반은 어째서인지 불쑥 이런 말을 입 밖에 내고 말았다. 엊저녁처럼 자기도 모르게 말이 흘러나오고 만 것이다. 게다가 이상하게 신경질적인 웃음까지 나왔다. 나중에도 오랫동안 그는 이때 일을 기억하고 있었다.

「그럼 현명한 사람과는 애기가 통한다는 말이 맞군요.」하고 스메르쟈코프는 이반의 얼굴을 빤히 쳐다보며 자신있는 어조로 대꾸했다.

마차는 집을 떠나자 쏜살같이 달리기 시작했다. 나그네의 심정은 뿌옇게 흐려져 있었으나, 그래도 그는 주위의 들과 언덕이며 수목들과 맑게 갠 하늘, 높이 날아가는 기러기 떼를 열심히 바라보았다. 그러자 그는 갑자기 기분이 좋아져서 마부에게 말을 건네 보았다. 그는 순간 이 농사꾼의 대답에 굉장히 흥미를 느낀 듯싶었으나 잠시 뒤에 생각해 보니 농사꾼의 얘기는 그저 귀를 스치고 지나갔을 뿐 실제로는 하나도 듣고 있지 않았던 자신을 깨달았다. 그는 입을 다물어 버렸으나 공기는 신선하고 시원했으며 하늘도 맑게 개어 있었으므로 그래도 기분은 상쾌했다. 문득 알료샤와 카테리나의 모습이 눈에 떠올랐으나 그는 부드럽게 웃으며 조용히 입김을 불어 그 정다운 환상을 날려 보내고 말았다. 『앞으로 그들의 시대가 찾아올 날이 있을 거야.』하고 그는 생각했다.

그는 역참(驛站)에서 말을 바꾼 뒤 곧 다시 볼로비야를 향해 달렸다. 『현명한 사람과는 얘기가 통한다는 말은 대체 무슨 뜻으로 했을까?』문득 이런 생각이 떠오르자 그는 숨이 콱 막히는 듯싶었다. 『그리고 또 나는 무엇 때문에 그 녀석에게 체르마쉬냐로 간다고 일러 주었을까?』

이윽고 볼로비야역에 도착했다. 이반은 마차에서 내리기가 무섭게 역마차로 마부들에게 둘러싸였다. 그는 체르마쉬냐까지 십이 킬로의 시골길을 사설(私設)

역마차로 가기로 하고 곧 마차를 준비하도록 일렀다. 그리고는 역참 안으로 들어가서 주위를 둘러보다 역참지기 마누라 얼굴을 힐끔 들여다보고는 갑자기 현관으로 되돌아나왔다.

「여봐, 체르마쉬냐엔 가지 않겠어. 그보다도 일곱 시까지 철도역에 댈 수 있겠나?」

「댈 수 있고 말고요. 마차를 끌어낼까요?」

「빨리 끌어내오게. 그리고 내일 누가 읍내로 들어갈 사람은 없나?」

「없긴 왜 없어요, 여기 이 미트리도 내일 들어가는데요.」

「그럼 미트리, 내 심부름 좀 해주겠나? 다름 아니라, 우리 아버지 표도르 파블로비치 카라마조프한테 들러서 내가 체르마쉬냐에 가지 않았다는 말을 전해 주게나. 그렇게 할 수 있겠지?」

「있고 말고요. 꼭 들르죠. 저는 표도르 파블로비치를 오래 전부터 잘 알고 있는걸요.」

「자, 이건 술값으로 주는 돈이니 받아 두게. 보나마나 아버지에게서는 받지 못할 게 분명하니까!」하며 이반은 쾌활하게 웃었다.

「물론 주실 리가 만무하죠.」하고 미트리도 따라 웃었다. 「고맙습니다. 틀림없이 그렇게 전해 드리겠읍니다.」

오후 일곱 시 이반은 기차에 몸을 싣고 모스크바로 떠났다. 『지나간 일들은 모두 잊어버리자. 과거의 세계로부터는 아무런 소식이나 기별도 들려 오는 일이 없도록 영영 떠나 버리자. 뒤를 돌아보지 말고 오직 새로운 세계만을, 새로운 고장만을 향해 가야 한다!』

그러나 그의 영혼은 환희를 느끼기는커녕 여태까지 몰랐던 어둠에 휩싸였고 그의 가슴은 깊은 슬픔에 짓눌리는 듯했다. 그가 밤새도록 생각에 잠겨 있는 동안에도 기차는 마냥 달리기만 했다. 새벽녘 기차가 모스크바 시내로 들어설 무렵에야 그는 퍼뜩 제정신이 나는 것 같았다.

『나는 비열한 인간이다!』하고 문득 그는 마음속으로 뇌까렸다.

한편, 표도르는 아들을 떠나 보내고 난 뒤 지극히 만족스런 기분이었다. 그는 행복감에 잠겨 거의 두 시간 동안이나 꼬냑 잔을 기울이고 있었다. 그런데 별안간 더없이 난처하고 불쾌한 사건이 발생하여 표도르와 온 집안 식구들의 마음을 극도로 혼란하게 했다. 그것은 다름 아니라 스메르쟈코프가 무엇 때문인지 지하실에 갔다가 층계 꼭대기에서 아래로 굴러 떨어진 것이다. 마침 마르파가 뜰안에 있다가 이내 그 소리를 들었기 때문에 그래도 다행한 편이었다. 마르파는 그가 떨어지는 것을 직접 보지는 못했지만, 그가 소리지르는 것을 들었던 것이다.

그것은 오래 전부터 여러번 들어 왔던 소리로서 발작을 일으켜 졸도하는 간질병 환자의 독특하고도 괴상한 부르짖음이었다. 그는 층계를 내려가려다 발작이 난 것일까? 그렇다면 그대로 의식을 잃고 밑으로 굴러 떨어지는 것이 당연하다. 아니면 발을 헛디뎌 떨어지는 순간에 충격을 받아서 원래가 간질병 환자인 그가 발작을 일으켰는지는 알 수 없는 일이지만, 어쨌든 마르파는 그가 지하실 밑바닥에서 입에 거품을 문 채 온 몸에 경련을 일으켜 몸부림치고 있는 것을 발견했다. 처음에 집안 사람들은 그가 팔이나 다리를 다치고 전신에 타박상을 입었을 것으로 생각했으나 마르파의 말대로 하느님 덕분에 아무 일 없이 무사했다. 다만 지하실에서 그를 속세로 끌어내기가 쉽지 않아서 이웃 사람들의 도움을 빌려야만 했다.

이 소동은 표도르도 줄곧 지켜보고 있었는데, 그는 몹시 놀라 어쩔 줄 몰라하는 얼굴로 직접 거들려고까지 했다.

그러나 병자는 좀처럼 의식을 회복하지 못한 채 발작은 때때로 멈추었다가는 또다시 일어나곤 했다. 그래서 사람들은 작년에 그가 어쩌다 다락방에서 떨어졌을 때와 같은 사태가 되리라고 결론지었다. 작년에 머리에다 얼음 찜질을 했던 일을 기억하고 마르파는 아직도 지하실에 좀 남아 있던 얼음을 꺼내 왔다. 표도르는 저녁때쯤 게르첸슈트베 선생을 부르러 사람을 보냈다. 의사는 곧 왕진을 와서 병자를 자세히 진찰한 뒤(이미 소개한 바와 같이 그는 이 지방에서 가장 자상하고 친절한 의사로서 아주 존경받는 노인이었다)『이건 상당히 심한 발작이니까 위험한 결과를 초래할지도 모른다.』라고 말했다. 그리고 지금은 게르첸슈트베 선생 자신도 증세를 확실히 판단할 수는 없으며 만약 내일 아침까지 약의 효과가 없으면 또 다른 약을 써보는 수밖에 없다고 말했다. 병자는 그리고리와 마르파가 쓰고 있는 방과 접해 있는 바깥채의 방으로 옮겨졌다.

이런 일이 있은 뒤에도 표도르는 온종일 여러 가지 시련을 연달아 겪어야 했다. 식사는 마르파가 대신 요리해 왔는데 스메르쟈코프의 훌륭한 솜씨에 비하면 마르파의 수프는 마치 구정물이나 다름 없었고 닭고기는 지나치게 질겨서 도저히 씹을 수조차 없었다. 마르파는 주인 어른의 심한 꾸지람(하긴 당연한 꾸지람이긴 하나)에 대해 닭이 원래 묵은 닭이었고 또 자기는 요리 공부라곤 해본 일이 없으니 그럴 수밖에 없지 않느냐고 항의했다. 저녁때가 되자 또 한 가지 걱정거리가 생겼는데 그것은 벌써 이틀 전부터 몸이 불편하던 그리고리가 하필이면 이런 때 허리를 못 쓰게 되어 그만 자리에 눕게 되었다는 보고를 받은 것이었다.

표도르는 되도록 일찍 차를 마신 뒤 안채에 혼자 틀어박혀 있었다. 그는 무섭고 불안한 기대에 싸여 있었다. 그것은 바로 오늘밤엔 그루세니카가 틀림없이 올 것으로 믿고 있었기 때문이다. 그는 오늘 아침에 스메르쟈코프로부터『그분께서 오늘 꼭 오시겠다고 약속하셨읍니다.』라는 전갈을 받았던 것이다. 이 끈질긴 노인은 초조한 마음 때문에 심장까지 뛰어 빈 방들을 돌아다니며 연방 귀를 기울이곤 했다. 어디선가 드미트리가 망을 보고 있는지도 모르니까 귀를 바싹 세우고 있어야 했다. 그리고 그 여자가 창문을 두드리면(스메르쟈코프는 그 여자에게 문 두드리는 방법을 가르쳐 주었다고 이틀 전에 보고했다) 단 일 초라도 밖에서 지체하지 않도록 얼른 문을 열어 주어야 하는 것이다. 혹시 그 여자가 무엇에 놀라 도망쳐 버리면 큰일이라고 생각하자 표도르는 마음이 몹시 어수선해졌지만, 그래도 이처럼 달콤한 희망에 젖어 본 적이 아직 한 번도 없었다. 이번에야말로 그 여자가 틀림없이 찾아올 것이라고 그는 확신하고 있었던 것이다.

제 6 장 러시아의 수도사

1. 조시마 장로와 그의 손님들

　알료샤는 불안감으로 고통스러운 심정을 간직한 채 장로의 암자에 들어섰다. 그러나 그는 이미 의식을 잃고 빈사 상태에 놓여 있으리라고 믿었던 환자가 뜻밖에도 안락의자에 앉아 있는 것을 보고 깜짝 놀라 그 자리에 우뚝 서버리고 말았다. 장로는 몹시 쇠약하고 기진해 있기는 했지만, 그래도 제법 쾌활한 얼굴로 그를 찾아온 손님들에게 둘러싸여 즐거운 대화를 나누고 있는 침이었다. 그러나 장로가 자리에서 일어난 것은 알료샤가 도착하기 불과 십오 분 전의 일로서, 손님들은 이미 그 전부터 암자에 모여 장로가 깨어나기를 기다리고 있었던 것이다. 그것은 파이시 신부가『장로님께서는 오늘 아침 친히 약속한 바와 같이 사랑하는 사람들과 마지막 이야기를 나누시기 위해 다시 한번 꼭 일어나실 것입니다.』라고 확고한 태도로 예언한 바가 있었기 때문이다. 파이시 신부는 죽어 가는 장로의 모든 약속과 모든 말을 절대 믿어 의심치 않았으므로, 비록 의식 불명 정도가 아니라 호흡까지 멎어 버린다 해도 장로가 다시 한번 일어나 작별을 고하겠다는 약속을 반드시 지킬 것이라고 확신하고 있었다. 아마도 그는 장로가 이미 운명한 것을 자기 눈으로 보았다 하더라도 죽은 사람이 다시 소생하여 약속을 이행할 것은 믿고 언제까지라도 기다리고 있었을 것이다. 사실 그날 아침 조시마 장로는 잠이 들기 전에 그에게 『진심으로 사랑하는 여러분들과 만나 다시 한번 즐거운 이야기를 나누고, 당신들의 정다운 얼굴을 보면서 다시 한번 내 마음을 털어놓기 전에는 절대로 죽지 않을 거요.』라고 분명하게 말했던 것이었다.

최후의 기회가 될는지도 모르는 조시마 장로와의 이 담화를 들으려고 모여든 수도사들은 모두 네 명으로 오래 전부터 장로를 정성껏 섬겨 온 그의 친구들이었다. 그 중에는 이오시프 신부와 파이시 신부, 그리고 암자의 책임자인 미하일 신부도 끼어 있었는데, 이 사람은 그리 나이도 많지 않았고 학식도 별로 없는 보통 수도사에 지나지 않았으나 강한 의지의 소유자로 소박하고 굳건한 신앙을 가진 사람이었다. 그는 겉으로는 무뚝뚝하게 보이지만 이미 마음속으론 깊은 오성*(悟性)을 체득한 사람으로서 그러한 자기의 신앙 성취에 대하여 남에게 알려지는 것을 무척 부끄럽게 생각하고 있었다. 또 한 사람은 가난한 농가 출신인 안핌 신부인데, 그는 몹시 늙고 키가 작았으며 거의 문맹이나 다름없는 사람이었다. 또한 조용하고 과묵한 성질이어서 다른 사람과는 별로 말을 하는 일이 없었다. 그는 겸허한 사람들 중에서 특히 겸허하다고 할 수 있는 사람으로, 자기의 지혜로서는 도저히 미칠 수 없는 그 어떤 위대하고도 무서운 존재에 영원히 겁을 먹고 있는 것 같은 태도였다. 조시마 장로는 언제나 두려움에 떨고 있는 것 같은 이 늙은 수도사를 몹시 사랑하여 일생 동안 각별한 존경심으로서 그를 대해 주었다. 그러나 이전에 장로 자신이 이 늙은 수도사와 함께 몇 해 동안 러시아 전국의 성지를 편력한 일까지도 있었음에도 불구하고, 이 늙은 수도사에게 말을 건네는 일은 어느 누구에게보다도 적었다. 러시아 전국을 편력하였다는 것은 오랜 옛날 즉 사십 년 전 조시마 장로가 코스트로마의 조그만 수도원에서 처음으로 수도 생활을 시작한 무렵의 일이었는데, 수도사가 된 지 얼마 안 되어서 그 빈약한 수도원을 위해 성금을 모으려고 안핌과 함께 전국 순례의 길에 오른 적이 있었던 것이다.

이들 주객(主客) 모두는 장로의 침대가 놓여 있는 둘째 방에 자리잡고 앉아 있었다. 앞에서도 말한 바와 같이 이 방은 몹시 좁았기 때문에 네 사람의 손님은 첫째 방에서 의자를 가져다가 장로의 안락의자에 바싹 다가앉을 수밖에 없었으며 시중을 맡은 수습 수사 포르피리는 줄곧 서 있었다. 날은 이미 어둡기 시작하여 성상 앞에 켜놓은 램프와 촛불이 방안을 밝혀 주고 있었다. 어리둥절하여 문턱에 서 있는 알료샤를 보자, 장로는 기쁜 듯이 미소를 지으며 손을 내밀었다.

「어서 오너라, 잘 왔다, 잘 왔어. 우리 얌전이가 이제야 돌아왔구나. 나는 네가 오리라는 것을 알고 있었지.」

장로에게로 다가간 알료샤는 이마가 땅에 닿을 만큼 공손하게 절을 하고 나서 느닷없이 울음을 터뜨렸다. 가슴속에서 무언가 솟구쳐 오르며, 영혼이 떨기 시작하는 것 같은 느낌이었다. 그는 목을 놓아 통곡하고 싶은 심정이었다.

「왜 그러느냐, 아직 울기엔 너무 이른 편인데.」하고 장로는 오른손을 알료샤의 머리 위에 얹고 빙그레 웃었다. 「나는 이렇게 의자에 일어나 앉아 이야기를 하고 있지 않니? 지금 같아선 아직 이십 년쯤은 더 살 수 있을 것 같다. 어제 브이세고리예에서 어린 딸을 안고 온, 그 착한 부인이 말한 것처럼 말이다. 오오, 주여, 그 어머니와 귀여운 딸에게 축복을 주시옵소서!」하며 그는 성호를 그었다. 「그런데 포르피리, 그 부인이 바친 성금을 내가 일러 준 곳에 갖다 주었느냐?」

이것은 어제 왔던 장로의 숭배자인 그 쾌활한 여인이 『나보다 더 가난한 사람에게 전해 주십시오.』하고 내놓은 육십 코페이카의 일이 생각나서 한 말이었다. 이러한 종류의 성금은 제각기 자기 자신에게 부과한 일종의 속죄의 형식으로 바쳐지는 것인데, 그것은 반드시 자기의 노동으로써 번 돈이라야만 했다. 장로는 이미 엊저녁에 포르피리를 시켜서 바로 얼마 전에 화재로 집을 몽땅 태우고 아이들과 함께 구걸 행각에 나선 어느 과부에게 전하도록 했던 것이다. 포르피리는 장로의 분부대로 이름을 밝히지 않는 자선가의 이름으로 그 돈을 분명히 전했노라고 급히 보고했다.

「자, 알료샤, 이젠 일어나거라.」장로는 말했다. 「네 얼굴을 좀 보여 다오. 집에 가서 형님을 만나보았니?」

알료샤에게는, 장로가 그냥 형님들이라고 하지 않고 형님이라고 명확하게 한 사람만을 지적하여 물어보는 것이 이상하게 생각되었다. 그러나 어느 형을 가리키는 것일까? 아무튼 장로가 어제와 오늘 자기를 읍내로 내보낸 것은 그 중 한 사람의 형 때문인 것만은 틀림없었다.

「둘 중의 한 사람밖엔 만나지 못했읍니다.」하고 알료샤는 대답했다.

「내가 말하는 건 어제 내가 이마를 땅에 대고 절한 큰형 얘기다.」

「그 형님은 어제 만나보았을 뿐, 오늘은 찾을 수가 없었읍니다.」하고 알료샤는 대답했다.

「빨리 찾도록 해라. 내일 또 나가서 빨리 찾아봐라. 다른 일은 모두 제쳐 두고라도 그 일부터 속히 서둘러야 해. 아직은 그 어떤 무서운 변고를 미리 방지할 수도 있을는지도 모른다. 나는 어제 그 사람이 앞으로 겪어야 할 위대한 고난에 대해 머리를 숙였던 거야.」

장로는 갑자기 입을 다물고 생각에 잠기는 듯했다. 이상한 말이었다. 어제 그 광경을 목격한 이오시프 신부는 파이시 신부와 서로 시선을 교환하였다. 알료샤는 더 이상 참을 수가 없었다.

「스승님.」하고 그는 몹시 흥분한 어조로 말을 꺼냈다. 「장로님의 말씀은 너무나 막연해서……대체 어떤 고난이 형님을 기다리고 있단 말입니까?」

「너무 캐고 싶어하진 말아라. 어제 난 어떤 무서운 것을 예감했던 거야……. 어제 그 사람의 눈초리는 마치 자기의 운명을 말해 주고 있는 것 같았어. 그 사람의 눈초리가 어찌나 심상치 않았던지……나는 그 눈을 본 순간 그가 자기 자신에게 가하려는 재앙을 즉각적으로 알아채고 가슴이 써늘해짐을 느꼈거든. 나는 일생 동안에 한두 번 자기의 운명을 그대로 드러내고 있는 눈초리를 본 적이 있지만, 그들의 운명은 슬프게도 내 예상대로 맞아들어갔어. 알렉세이, 내가 너를 읍내로 보낸 것은 형제로서의 네 얼굴이 그 사람에게 도움이 될 것이라고 생각했기 때문이야. 그러나 모든 것은 다 하느님의 뜻에 달려 있으니까, 우리의 운명 역시 예외일 수는 없지. 『한 알의 밀이 땅에 떨어져 죽지 아니하면 한 알 그대로 있고, 죽으면 많은 열매를 맺느니라.』라고 하신 말씀을 잘 기억해 두어라. 그런데 알렉세이, 난 여태까지 여러 차례 마음속으로 그런 얼굴을 가진 너를 축복해 왔다. 이것도 알아 두는 게 좋을 거야.」장로는 다정스런 미소를 지으며 말을 계속했다. 「나는 너에 대해 이렇게 생각하고 있단다. 너는 이 수도원 담 밖으로 나가더라도, 역시 속세에서 수도사처럼 살아갈 것이라고. 너는 수많은 것을 가지게 되겠지만, 그 적들조차도 너를 사랑하게 될 거야. 또한 인생은 너에게 많은 불행을 가져다 주겠지만 그 불행 속에서 행복을 찾을 수도 있을 것이고, 인생을 축복할 수도 있을 것이며, 다른 사람들로 하여금 인생을 축복하게 하여 줄 수도 있는 거야. 이것이 무엇보다도 중요하지. 알겠느냐? 너는 이러한 인간이란 말이다. 그런데, 여러분.」하고 그는 즐거운 미소를 띠우고 손님들에게로 말머리를 돌렸다. 「나는 이 젊은이의 얼굴이 어째서 그렇게까지 사랑스러운 것이 되었는가를, 오늘날까지 본인인 알렉세이에게 말한 일이 없었지요. 지금에야 비로소 하는 얘기지만 이 젊은이의 얼굴은 내게는 마치 추억과도 같고 또한 예언과도 같은 것입니다. 내 인생의 동틀 무렵이라 할 수 있는 어린 시절에 나에게는 형님이 한 분 계셨는데 불과 열 여덟 살밖에 안 되는 나이에 바로 내 눈앞에서 죽어 갔지요. 그런 뒤 점점 나이를 먹어 감에 따라 나는 그 형이야말로 내 운명에 있어 하느님에의 길잡이이며 숙명이었다는 것을 확신하게 되었읍니다. 그것은 만약 그 형이 내 생활 속에 나타나 있지 않았고, 또 그 형이 처음부터 존재하지 않았더라면 나는 수도사가 되지도 못했을 것이고, 이런 보람있는 길에 들어서지도 못했을 것이기 때문이지요. 그가 처음 나타난 것은 나의 어린 시절의 일이었지만 이제 내 순례의 마지막 시기에 와서 이제 그의 재현이라고도 할 만한 것이 내 눈앞에 나타난 것입니다. 여러분, 이상하게도 나는 알렉세이가 나의 형과 용모는 그다지 닮은 곳이 없는데도 정신적으로는 너무도 닮은 것만 같아서, 알렉세이를 바로 그 젊은이, 즉 나의 형으로 착각한 적이 한두 번이 아니었지요. 신비스럽게도 내 순례의 마지막 순간에 이르러 그 어떤 추억과 영감을 주기 위해 나를 찾아온 형인 것만 같은 생각이 들었단 말입니다. 사실은 이처럼 이상한 공상에 사로잡힌 나 자신에 대하여 스스로도 놀랄 정도였읍니다. 포르피리, 내가 지금 한 이야기를 들었겠지 ?」하고 그는 곁에 서 있는 수습 수사에게 고개를 돌려 물었다. 「내가 너보다 알렉세이를 더 사랑하고 있다고 해서, 네 얼굴에 실망의 그림자가 깃들이는 것을 나는 여러번 보아 왔지만, 이제는 너도 그 까닭을 알 수 있겠지 ? 그렇지만 나는 너도 역시 사랑하고 있다, 알겠느냐 ? 나도 네가 실망하는 것을 보고 얼마나 마음이 아팠는지 모른다. 그럼 여러분, 나는 이제 그 젊은이, 즉 내 형의 이야기를 좀 해야 하겠읍니다. 왜냐하면 내 생애에 있어 그만큼 예언적이며 감동적인 고귀한 일은 두 번 다시 없었고 내 가슴이 깊은 감동을 받았기 때문입니다. 지금 이 순간 마치 내 생애를 다시 한번 되풀이하는 것처럼 지나간 모든 일이 눈앞에 생생하게 떠오르고 있군요…….」

　여기서 미리 말해 두어야 할 것은, 장로가 그 생애의 마지막 날에 자기를 찾아온 손님들에게 한 이야기는 부분적으로 기록되어 보존되고 있다는 사실이다. 이것은 알료샤가 장로가 이 세상을 떠난 지 얼마 안 되어 자기의 기억을 더듬어 기록해 둔 것이다. 그러나 그것이 그날의 이야기만을 기록한 것인지, 혹은 그 이전의 이야기에서도 임의로 뽑아내어 덧붙인 것인지는 무어라고 단언하기 어렵다. 뿐만 아니라, 이 기록을 보면, 이 이야기는 지극히 유창한 것이어서 마치 장로가 친구들에게 자기의 생애를 소설체로 들려 준 것같이 생각되었지만, 이것은 사실과는 약간 다르게 기록되었던 것이다. 왜냐하면 그날밤의 담화는 주객이 함께 나눈 것이었으므로, 비록 손님들이 주인의 말을 가로채는 일이 별로 없었다 하더라도, 그들 역시 이야기에 끼어들어 몇 마디 자기들의 의견을 말했을 것이며, 때로는 자기 자신들의 이야기도 늘어놓았을 것이기 때문이다. 더구나 장로는 가끔 숨이 차서 말이 막히고, 잠시 쉬기 위해 자리에 누운 일까지도 있었으므로, 그의 이야기가 그처럼 유창하게 진행되었을 리는 만무한 일이다. 물론 장로가 아주 침대에 누워 버린 것은 아니고 손님들도 자리를 떠나지 않았던 것만은 사실이었다. 하기는 한두 번 성경 봉독을 하느라고 이야기가 중단된 일이 있었는데, 봉독하는 일은 파이시 신부가 맡아서 하였다. 또 하나 여기서 주목할 만한 사실은, 그들 중의 아무도 그날밤에 장로가 죽으리라고는 꿈에도 상상하지 못했다는 점이다. 장로는 낮에 잠을 푹 자고 났기 때문에 그 생애의 마지막 날 밤, 친구들을 상대로 이야기를 나눌 수 있을 만한 힘을 새로 얻은 것같이 보였다. 그것은 그의 체내에 그의 믿을 수 없을 만한 활력을 부여해 준 최후의 법열(法悅)이라고도 할 만한 것이었다. 그러나 그것도 오래 계속되지는 못했다. 그의 생명을 잇고 있던 줄이 갑자기 뚝 끊어져 버렸기 때문이다……. 그러나 여기에 관해서는 다음으로 미루기로 하고, 지금은 다만 알렉세이 표도로비치 카라마조프의 기록에 의해 장로의 이야기를 전하는 것으로 그치겠다. 그렇게 하는 것이 비교적 간결하고 읽는 데도 힘이 덜 들겠기에 말이다. 그러나 다시 되풀이 하거니와 알료샤가 이전의 이야기 속에서 많은 부분을 떼어다가 여기에 덧붙였다는 것은 더 말할 필요도 없다.

2. 조시마 장로의 전기(前記)에서

수도사이며 사제인 고(故) 조시마 장로 자신의 말을 토대로 하여
알렉세이 카라마조프가 이를 엮었음.

가) 조시마 장로의 젊은 형

사랑하는 동료 여러분, 나는 먼 북부 지방 어떤 현(縣)의 B시(市)에서 태어났다. 아버지는 귀족이기는 했으나 그리 명문 출신도 아니었고 높은 관등(官等)을 가지고 있지도 못했다. 그는 내가 겨우 두 살이 되었을 때 세상을 떠났기 때문에, 나에게 아버지에 대한 기억은 하나도 없다. 그가 어머니에게 남기고 간 것은 보잘것 없는 목조 가옥 한 채와 약간의 재산이었다. 대단한 것은 아니었지만, 그래도 어머니가 아이들을 거느리고 별로 군색함이 없이 지내기에는 충분한 것이었다. 우리는 단 두 형제로서 지노비라고 불리우던 나 자신과 형인 마르케르뿐이었다. 나보다 여덟 살 위인 형은 무슨 일에나 곧잘 열중하고 성미가 급한 편이긴 했으나, 마음씨가 착하고 남을 비웃거나 하는 일은 전혀 없었으며 이상하리 만큼 과묵하였다. 특히 집에서 어머니나 나나 하인들을 대할 때는 더욱 그러했다. 중학교에서의 성적은 좋은 편이었고, 친구들과도 싸우는 일은 없었으나 그렇다고 누군가와 친하게 사귀거나 하는 일은 좀처럼 없었다. 적어도 어머니의 기억에 의하면 형은 그런 사람이었다는 것이다.

형은 세상을 떠나기 반 년 전, 그러니까 만 열 일곱 살이 되었을 때 자유 사상

때문에 모스크바에서 우리 고장으로 유배되어 온 정치범인 유형수(流刑囚) 한 사람을 자주 찾아다니기 시작했다. 그 정치범은 이름 있는 학자로서 대학에서도 철학가로 두각을 나타낸 인물이었다. 무엇 때문인지 그는 마르케르를 사랑하여 자기 처소에 드나들 수 있도록 허락하였던 것이다. 형은 그해 겨울을 매일 밤 그와 함께 지내다시피했는데, 얼마 뒤 이 유형수는 진정서가 받아들여져서 관직에 복귀하게 되어 페테르스부르크로 소환되었다. 그의 뒤에는 몇몇 유력한 보호자들이 붙어 있었던 것이다.

그런 뒤 사순절(四旬節)이 돌아왔을 때, 마르케르는 단식을 지키려 하지 않았다. 그는 오히려「그런 건 모두 엉터리 같은 잠꼬대야, 하느님 따위는 절대로 없어.」라고 버릇없이 욕설과 조소를 퍼부었고 그 때문에 어머니와 하인들뿐만이 아니라 어린 나까지도 겁을 집어먹게 했다. 나는 그때 겨우 아홉 살밖에 안 되었지만, 그래도 그런 말을 듣고는 얼마나 놀랐는지 모른다. 우리집에는 하인이 넷 있었는데, 그들은 모두 우리집에서 사들인 농노(農奴)들이었다. 어머니는 이 넷 중에서 요리 일을 맡아 보고 있던 아피미야라는 절름발이 노파를 육십 루블리에 다시 팔고, 그 대신으로 해방 농노인 하녀를 하나 고용했던 일을 나는 아직까지도 기억하고 있다. 그런데 사순절 제6주에 들어섰을 때, 갑자기 형이 병에 걸렸다. 형은 평소에도 그리 건강한 편은 아니었고, 키가 크고 여위어 나약해 보이는 것이 폐병에 걸리기 쉬운 체격이었다. 그러나 생김새는 무척 단정한 편이었다. 처음에는 감기이겠거니 생각하였는데, 의사가 와서 진찰을 하고 나서 어머니의 귀에다 대고 급성 폐결핵이기 때문에 봄을 제대로 넘길 수 있을는지 모르겠다고 속삭였다. 어머니는 눈물을 흘리면서, 형을 붙잡고 조심스러운 어조로(그것은 형을 놀라게 하지 않으려는 마음에서였다), 제발 단식을 지키고 교회에 가서 성찬(聖餐)도 받아 달라고 애원하였다. 그때만 해도 형은 굉장히 화를 내며 교회에 대해 마구 욕설을 퍼부었으나, 그러면서도 무언가 깊이 생각에 잠기는 듯하였다. 그는 곧 자기의 병이 몹시 중하다는 것과, 그렇기 때문에 어머니가 자기에게 기력이 남아 있는 동안 단식을 지켜 성찬을 받게 하려는 것이라는 점을 대번에 알아챘다. 물론 그도 자기의 병이 몹시 중하다는 것을 벌써부터 알고 있었다. 이것은 그보다 일 년 전의 일이지만, 한 번은 식사 때 형이 나와 어머니에게 침착한 어조로「나는 어머니나 동생과 함께 이 세상에서 살 수 없는 사람이에요. 앞으로 일 년 이상 더 살 것 같지가 않군요.」라고 말한 적이 있는데, 그것이 결국 예언처럼 들어맞고 만 것이다. 사흘이 지나서 수난 주간(부활절 전 주간. 수난절의 끝 주간)이 다가왔다. 그 주간의 화요일 아침부터 형은 교회에 나가기 시작했다.「어머니, 나는 다만 어머니를 위해서, 어머니를 기쁘게 해드리고 안심시키기 위해서 가는 거예요.」하고 형은 어머니에게 말했다. 어머니는 슬픔과 기쁨이 복받쳐 그만 울음을 터뜨리고 말았다. 『저애가 갑자기 저렇게 변한 걸 보니, 아마 얼마 살지 못할 모양이다.』하고 어머니는 생각했던 것이다.

그러나 형은 교회에 오래 다니지를 못하고 곧 자리에 드러눕게 되었으므로 참회식과 성찬식을 집에서 거행할 수밖에 없게 되었다. 날씨는 맑게 빛났고 향기가 온누리에 충만해 있었다. 그해에는 예년보다 부활절이 늦게 왔다. 형은 밤새도록 기침을 해 가며 잠도 제대로 못 이루는 모양이었으나, 그래도 아침이 되면 언제나 옷을 단정히 차려 입고 안락의자에 앉아 있던 것을 나는 기억한다. 병을 앓고 있으면서도 즐겁고 명랑한 얼굴로 조용히 앉아서 미소짓던 그 모습이 지금도 눈에 선하다. 정신적으로도 형은 완전히 변모하고 있었다. 별안간 그 마음속에 신기한 변화가 일어났던 것이다! 늙은 유모가 형의 방에 들어가「도련님, 성상 앞의 등불에 불을 켤까요?」하면, 전에는 그런 일을 허락하기는커녕 켜놓은 등불을 일부러 불어 끄기까지 하던 형이「어서 켜요, 할멈. 어서 켜줘요. 전에는 성등(聖燈)까지 못 켜게 하였으니, 나는 참 못된 놈이었어. 할멈이 불을 켜고 기도를 드리면 나도 할멈을 보며 기쁜 마음으로 기도를 드리겠어요. 그러면 우리는 둘이서 함께 하느님 앞에 기도를 드리는 게 아니겠수?」

우리들에게는 이런 말을 하는 형이 이상하게 느껴졌다. 어머니는 자기 방에 들어앉아 흐느껴 울기만 했으나, 그래도 형의 방에 들어갈 때면 눈물을 닦고 쾌활한 얼굴을 지어 보이려고 애쓰는 것이었다.

「어머니, 울지 마세요.」형은 늘 이렇게 말하곤 했다.「나는 앞으로 오래오래 살 수 있을 거예요. 인생이란 정말 기쁘고 즐거운 것이에요!」

「애야, 무슨 말을 그렇게 하느냐. 밤마다 가슴이 터질 듯이 기침을 하고 온 몸에 열이 펄펄 끓어오르는데 무엇이 그리 즐겁단 말이냐?」

「어머니, 울지 마세요.」하고 형은 이렇게 대답하는 것이었다.「인생은 낙원이에요. 우리들은 모두 낙원에서 살고 있는 거예요. 다만 우리가 그것을 알려고 하지 않을 따름이지요. 만약에 우리가 그것을 알려고만 한다면, 당장 내일이라도 이 땅 위에는 낙원이 이루어질 겁니다.」

형의 말투가 너무도 이상하고 너무도 확고한 것에 우리는 모두 깜짝 놀랐으며, 그 말에 감동해서 눈물을 흘리기까지 했다. 친지들이 집에 찾아오거나 하면 형은 이렇게 말하는 것이었다.「당신들은 모두 진실한 분들입니다. 대체 내가 무엇을 했다고 여러분들이 이처럼 나를 사랑해 주는 겁니까? 무엇 때문에 나 같은 인간을 사랑해 주십니까? 또 난 왜 이제까지 그걸 모르고 있었을까요? 왜 이전에는 그것을 고맙게 느끼지 못했을까요?」

그리고 자기 방에 드나드는 하인들에게 형은 늘 이런 말을 했다. 「너희들은 참으로 친절한 사람들이야. 왜 너희들은 이렇게까지 정성껏 내 시중을 들어 주는 거지? 내게 과연 그런 정성을 받을 만한 자격이 있을까? 만약 내가 하느님의 은혜로 살아나기만 한다면, 이번에는 내가 너희들의 시중을 들어 주겠어. 사람이란 서로 돕고 시중을 들어 주어야 하니까.」

어머니는 이런 말을 들을 때마다 고개를 흔들었다.

「애, 마르케르, 네가 그런 말을 하는 것은 병 때문이다.」

「어머니, 사랑하는 어머니.」하고 형은 말하는 것이었다. 「그야 물론 세상에는 주인과 하인의 구별이 완전히 없어지지는 않겠지요. 그렇지만 내가 우리집 하인들의 시중을 들어선 안 된다는 법은 없잖아요? 그들이 나를 위해 주었던 것처럼 나도 그들을 위해 주겠어요. 어머니, 나는 이렇게 말하고 싶어요. 우리들은 누구나 다른 사람에 대하여 죄를 짓고 있다고요. 그 중에서도 나는 가장 죄가 많은 인간이지요.」

이 말을 듣고 어머니는 어이 없다는 듯 웃음을 띠기까지 했다. 그것은 눈물 어린 웃음이었다.

「애야, 어째서 네가 누구보다도 가장 죄가 많으냐? 세상에는 살인범이라든가 강도 같은 죄인도 많은데, 도대체 네가 어떤 나쁜 일을 했기에 누구보다도 죄가 많다고 하는 거냐?」

「어머니, 어머니는 나의 귀중한 피와도 같은 분이에요 (형은 그 당시 뜻밖에도 이런 애정이 넘치는 말들을 쓰기 시작했다). 어머니, 내 사랑, 내 기쁨, 내 피처럼 소중한 어머니, 우리는 누구나 모든 사람에 대해, 모든 일에 대해 죄가 있는 거예요. 뭐라고 설명해야 좋을지 모르겠지만, 그것이 사실이라는 것을 나는 괴로울 정도로 느끼고 있어요. 우리들은 이제까지 살아 오면서 어째서 그것을 모르고 화를 내곤 했을까요?」

이렇게 형은 점점 강한 감격과 환희에 휩싸여, 매일 아침 사랑이 가득 찬 마음으로 잠에서 깨어나는 것이었다. 의사(늙은 독일인으로 에이젠슈미트라는 사람이었다)가 오면 형은 곧잘 농담 비슷하게 이렇게 묻기도 하였다.

「의사 선생님, 나는 아직 하루 더 이 세상에서 살 수 있을까요?」

「하루라니, 아직도 여러 날 더 살 수 있을 거야.」하고 의사는 대답했다. 「아직도 몇 달은 아니 몇 년이고 더 살 수 있단다.」

「몇 달은 뭐고, 몇 년은 뭡니까!」하고 형은 소리쳤다. 「무엇 때문에 날수를 계산할 필요가 있어요! 인간이 온갖 행복을 모두 경험하기에는 하루면 충분해요. 그런데 여러분, 어째서 우리는 싸움을 하고, 서로 무안을 주고, 서로 남에게서 받은 모욕을 마음에 품고 있는 것일까요? 그러느니보다는 차라리 뜰로 나가 산책을 즐기기도 하고, 서로 사랑하고 칭찬하고 키스라도 하며 우리들의 삶을 축복하는 것이 좋지 않을까요?」

「댁의 아드님은 오래 갈 것 같지 않군요.」하고 의사는 현관까지 배웅 나간 어머니에게 말했다. 「병 때문에 정신 착란까지 일으켰어요.」

형의 방 창문은 뜰 쪽으로 나 있었는데, 뜰에는 이미 가지에 봄의 여린 싹이 움트기 시작한 고목들이 그늘을 드리우고 늘어져 있었다. 형은 철 이른 새들이 벌써 가지에 날아와 창가에서 지저귀며 노래하는 것을 사랑에 넘치는 눈으로 바라보다가 문득 새들을 향하여 용서를 빌기 시작하는 것이었다.

「하느님의 새들아, 행복한 새들아, 나를 용서해 주렴. 나는 너희들에게도 많은 죄를 지었구나.」그 당시 우리들 중에 이 말을 이해하는 사람은 아무도 없었으나 형은 환희에 넘쳐 눈물까지 흘리고 있었다. 「아마, 내 주위에는 이렇게 하느님의 영광이 넘치고 있다. 새들과 나무와 풀밭과 하늘……그런데도 나만이 홀로 치욕 속에 살면서, 이 모든 것을 더럽히고 그 아름다움과 영광을 모르고 있었구나.」

「애야, 너는 너무 지나치게 자기에게 죄를 뒤집어씌우고 있어.」하고 어머니는 울면서 말했다.

「어머니, 내 소중한 어머니, 나는 슬퍼서 우는 것이 아니라 기뻐서 우는 거예요. 어머니에게 뭐라고 설명할 수는 없지만, 내가 모든 사람에 대해 죄인이 되는 건 내 자신이 그것을 원하고 있기 때문이에요. 나는 어떻게 하면 모든 사람을 사랑할 수 있는지조차 아직 모르고 있는 형편이니까요. 비록 내가 모든 사람에게 죄가 있다고 할지라도, 그들은 모두 나를 용서해 주지 않습니까? 이것이 바로 천국이지요. 지금 난 천국에 있는 게 아닐까요?」

이 밖에도 여러 가지 일들이 있었지만 나는 일일이 기억하고 있지도 못하거니와 여기 기록할 수도 없다. 그러나 한 가지, 이런 일이 있었던 것이 기억난다. 어느날 내가 혼자서 형의 방에 들어가 보니, 마침 형밖에는 아무도 없었다. 맑게 개인 저녁 나절이어서 기울어진 태양이 비스듬히 방안을 가로질러 빛을 던지고 있었다. 형이 손짓으로 나를 불렀으므로 나는 그 옆으로 가까이 갔다. 그러자 형은 내 어깨에 두 손을 올려 놓고, 감격 어린 사랑스러운 눈으로 내 얼굴을 들여다보는 것이었다. 형은 아무 말없이 일 분 가량 나를 그렇게 보고만 있다가 마침내 입을 열었다.

「자, 그럼 이제 나가서 놀아라. 부디 내 몫까지 살아 주렴.」

그래서 나는 밖으로 놀러 나갔지만 그 뒤 일생 동안 몇 번이나 자기 몫까지 살

아 달라고 하던 형의 말을 눈물로 회상하곤 했다. 그 당시 우리들에겐 잘 이해가
되지 않았으나 그 밖에도 형은 경탄할 만한 아름다운 말을 많이 남겨 놓고 갔던
것이다. 형은 부활절이 지난 뒤 세 주일 만에 죽고 말았다. 말은 하지 못하였지
만 의식은 분명하여 최후의 순간까지도 조금도 변함이 없었다. 그는 여전히 행
복한 듯이 보였고, 눈은 희색을 띠고 있었으며, 시선을 돌리다가 우리들의 모습
을 발견하고는 미소를 지어 보이며 가까이 오라는 시늉을 하여 보이는 것이
었다. 이 때문인지 읍내에는 형의 죽음에 대해서 많은 소문이 퍼지기까지 했다.
이런 일들이 그 당시 나의 마음에 깊은 충격을 주었으나, 그렇다고 그다지 대단
스런 일은 못되었다. 나는 물론 형의 장례식에서 몹시 울었다. 나는 아직 나이
어린 소년에 불과했지만, 이런 일들은 나에게 씻을 수 없는 인상을 남겼고, 마
음속에 그 어떤 깊은 감동을 심어 주었다. 이러한 감동의 싹은 때가 오면 갑자
기 고개를 쳐들고 부름에 응하게 마련이며, 과연 그대로의 사실이 일어났던 것
이다.

나) 조시마 장로의 생애에 있어서 성서가 가지는 의의

이렇게 하여 나는 어머니와 단 둘이 남게 되었다. 그러던 중 우리가 아는 친절
한 사람들이 어머니에게 이제 아들이라곤 하나밖에 남지 않았는데 살림이 그리
궁색한 편도 아니고 또 약간의 재산도 있는 터이니 남들처럼 아들을 페테르스부
르크로 보내라고 권해 왔다. 즉 이런 시골에 나를 붙들어 두는 것은 아들의 출세
를 방해하는 것밖에 아무것도 안 된다는 것이었다. 이렇게 말하면서 그들은 나
를 페테르스부르크에 있는 예비 사관학교에 보내어 뒤에 근위 사단(近衛師團)에
들어갈 수 있도록 길을 터주라고 어머니를 설득하였다. 어머니는 하나밖에 없는
아들을 놓기가 두려워서 오랫동안 망설였으나, 많은 눈물을 흘리고 난 뒤 이윽
고 나의 장래를 위해 결심을 하기에 이르렀다. 어머니는 나를 데리고 페테르스
부르크로 가서 예비 사관학교에 입학시켜 주었는데, 그후 나는 영영 어머니를
뵙지 못하게 되고 말았다. 어머니는 삼 년 동안 아들을 생각하며 슬픔과 탄식으
로 세월을 보내다가 그만 세상을 떠나고 말았던 것이다.

내가 유년 시절에 집에서 얻은 것은 오직 소중한 추억뿐이었다. 그것은 인간
에겐 유년 시대에 부모의 집에서 얻은 추억보다 더 귀중한 것이 없기 때문이다.
가정에 조금이라도 애정과 화합이 있는 한 이것은 누구에게나 그런 법이다. 아
니, 가장 화목하지 못한 가정에 있어서도 그 사람의 마음이 귀중한 것을 찾아낼
힘만 가지고 있다면, 얼마든지 많은 귀중한 추억을 간직할 수 있을 것이다. 여
기서 나는 우리 가정에 대한 여러 추억 가운데 성서에 관한 추억도 포함시켜야

만 하겠다. 부모의 집에 있었을 때 나는 아직 어린 나이였지만, 그래도 무척 흥미를 가지고 성서를 읽었다. 그 당시에 나는 《신약 및 구약 성서에서 추려낸 백네 가지의 이야기》라는 표제로 아름다운 삽화가 가득 들어있는 책 한 권을 가지고 있었는데, 나는 이 책으로 독서를 배웠다. 지금도 이 책은 내 방 선반 위에 얹혀 있다. 나는 그 책을 과거의 귀중한 기념품으로 보존하고 있는 것이다.

그러나 그보다도 나는 아직 글을 읽을 줄 모를 때, 즉 내가 겨우 여덟 살밖에 안 되었을 무렵에 처음으로 깊은 정신적 감동 같은 것을 느꼈던 일을 지금도 기억하고 있다. 그해 수난 주간 월요일에 어머니는 나 하나만을 데리고(그때 형이 어디에 있었는지는 기억이 나지 않는다), 미사에 참례하러 갔다. 지금도 그때 일을 회상하면 모든 것이 눈에 선하다. 매우 맑게 개인 날씨여서, 향로에서 일어나는 향의 연기가 가물거리며 위로 피어오르고, 둥근 천정에 달린 조그만 창문에서 햇빛이 교회당 안으로 비쳐 들고 있었다. 향 연기는 너울너울 위로 올라가 둥근 천정 아래에 감돌며 그 햇빛 속으로 섞이는 것이었다. 그것을 감격 어린 눈으로 바라보면서 나는 난생 처음으로 비로소 의식적으로 하느님의 말씀의 씨앗을 내 영혼 속에 받아들였다. 조그마한 소년 하나가 커다란 책을 들고(그때 내게는 그 소년이 그 커다란 책을 간신히 들어 옮긴다고 생각되었다) 교회당 한가운데로 나오더니 그것을 성서대(聖書臺) 위에 올려 놓고 책장을 들추며 읽기 시작하였다. 그러자 그때 비로소 나는 깨달았다. 하느님의 교회에서 읽는 것이 어떤 것이라는 것을 처음으로 알았던 것이다.

우스 땅(《구약 성서》 욥기 1장 참조)에 욥이라는 정직하고 신앙심 깊은 사람이 살고 있었다. 그는 굉장한 부자여서, 낙타와 양과 나귀를 헤아릴 수 없을 만큼 많이 갖고 있었다. 그의 아이들은 언제나 즐겁게 뛰어놀았고, 그도 그 아이들을 무척 사랑하여 아이들을 위해 늘 하느님께 기도를 드렸다. 어쩌면 아이들이 장난을 치다가 무슨 죄를 지었을지도 모르기 때문이다. 그런데 어느날 악마가 하느님의 아들들과 함께 주님 앞으로 나아가 땅 위와 땅 밑을 두루 돌아보고 왔노라고 말씀드렸다.

「네가 내 종인 욥을 만나보았느냐?」주님께서는 이렇게 물으시며 위대하고 거룩한 자기의 종 욥을 악마에게 자랑하셨다. 그 말을 들은 악마는 히죽히죽 웃으며「그 사람을 내게 맡겨 주십시오. 그러면 당신의 거룩한 종이 당신에게 불평을 말하며 당신의 이름을 저주하는 것을 보여 드리겠읍니다.」라고 장담했다.

이리하여 하느님께서는 자기의 사랑하는 종을 악마에게 내 맡기셨다. 그러자 악마는 욥의 자식들과 가축을 모두 죽여 없애 버리고, 마치 벼락이 내리친 것처럼 재빨리 그의 막대한 재산을 순식간에 탕진시켜 버리고 말았다. 욥은 자기 옷을 갈가리 찢으며 땅바닥에 엎드려 큰소리로 외쳤다.

「내가 어머니 뱃속에서 벌거숭이로 나왔으니, 역시 벌거숭이로 땅에 돌아가리로다. 주님께서 주신 것을 주님께서 도로 가져가셨을 뿐이니, 주님의 이름이 영원히 찬송을 받을지니이다 ! 」

친애하는 동료 여러분, 지금 내가 눈물을 보인 것을 용서하시라. 이 눈물은, 내 유년 시절이 지금 다시금 내 눈앞에 선하게 떠오르고, 그 당시 여덟 살짜리 어린아이의 작은 가슴으로 호흡하던 것과 마찬가지의 호흡을 지금 나는 이 가슴으로 느끼고, 그 당시와 마찬가지로 경이와 혼란과 희열을 또렷이 느끼고 있기 때문이다. 그 당시 낙타 떼와, 하느님에게 말을 건 악마와, 자기의 종을 시련의 길로 몰아 넣은 하느님과 「오오 주여, 주님은 내게 벌을 내리셨나이다. 그러나 주님의 이름이 영원히 찬송을 받을지니이다 ! 」라고 외친 그 종——이러한 것들이 나의 상상을 가득 채워 버렸던 것이다. 그리고 〈나의 기도를 받아 주소서〉라는 성가가 조용하고도 감미롭게 교회당 안에 울려 퍼지고 신부가 들고 있는 향로에서는 다시 향의 연기가 피어올랐다. 이윽고 사람들은 무릎을 꿇고 엎드려 기도를 올리기 시작했다. 그때부터 나는 이 거룩한 이야기(바로 어제도 나는 이 책을 손에 들었지만)를 읽을 때마다 감동의 눈물을 흘리지 않을 수가 없었다. 이 이야기 속에는, 그 얼마나 위대하고 신비하고 헤아릴 수 없는 것들이 들어 있는가 ! 그 뒤 나는 그것을 조소하고 비방하는 자들의 말을 들었지만, 그것은 모두 교만하기 짝이 없는 말들이었다. 「어째서 하느님은 자기의 성자 중에서도 가장 사랑하는 자를 악마의 노리개감으로 내어주고, 그 아이들을 빼앗고, 그 자신도 질병과 악성 종기 때문에 사금파리로 고름을 짜내야 하는 그런 무서운 벌을 주었느냐? 도대체 그 목적이 무엇인가? 단지 악마에게 〈봐라, 나의 성자는 나를 위해 저런 고통에도 견디어내지 않느냐 ! 〉하고 자랑하고 싶어서 그런 것뿐이지 않는가 ! 」

그러나 바로 여기에 신비가 있는 것이다. 순간적으로 나타났다 스러지는 땅 위의 것이 영원한 진리와 하나가 된다는 점에 바로 위대함이 있는 것이다. 여기서는 조물주가 〈내가 창조한 것은 선(善)하도다.〉라는 찬탄으로 우주 창조의 며칠 동안에 하루하루의 일을 완성하신 것과 마찬가지로 하느님께서는 욥이 하느님을 찬양한 것은 비단 하느님 한 분에 대한 봉사일 뿐만 아니라, 하느님의 영원한 창조물에 대한 봉사이기도 했다. 그것은 그가 애초부터 그러한 사명을 지니고 있었기 때문이다. 아아, 이 얼마나 위대한 책이며, 이 얼마나 위대한 교훈이냐 ! 이 성서란 얼마나 고마운 책이며 얼마나 위대한 기적이냐 ! 그리고 이 책은 얼마나 큰 힘을 인간에게 부여해 주는 것일까 ! 여기에는 세계와 인간, 그리고 인간의 성질이 마치 돌에 새긴 것처럼 똑똑히 나타나 있다. 뿐만 아니라, 일체의 것의 이름이 영원히 지적되어 있지 않은가. 그리고 이 책으로 하여 얼마나 많은 신비가 해결되고 또 계시되었는가! 하느님께서는 욥을 다시 재기케 하여 그에게 다시 재산을 돌려 주신 것이다. 그리하여 다시 오랜 세월이 지나가고, 그에게는 다시 새 아이들이 생기고, 그는 그들을 사랑하게 되었다. 하지만 사람들은 『아아, 그럴 수가 있을까! 전의 아이들을 모두 빼앗기고서도, 전의 아이들을 모두 잃고서도, 어찌 새 아이들을 사랑할 수 있단 말이냐! 비록 아무리 새로 난 아이들이 귀엽다 하더라도, 전의 아이들을 생각할 때, 그는 과연 그처럼 완전한 행복을 누릴 수가 있을까!』하고 생각할는지도 모른다. 그러나 그것은 가능한 일이며 얼마든지 행복해질 수가 있는 것이다. 옛날의 낡은 슬픔은 점차 고요하고 부드러운 기쁨 속으로 변모해 간다는 바로 이것이 인생의 위대한 신비이다. 젊은 날의 피끓는 정열 대신에 온화하고 청명한 노년기가 찾아드는 것이다. 날마다 나는 솟아오르는 아침 태양을 축복하고, 이전과 마찬가지로 내 마음은 아침 햇살을 향하여 노래를 부르건만, 그러나 이제는 오히려 떨어져 가는 저녁 해를, 비스듬히 기울어 가는 저녁 햇살을 더욱 사랑한다. 그리고 그 햇살과 더불어 조용하고 부드러운 감격에 찬 추억을, 나의 길고도 축복받은 생애 중에서 떠오르는 그리운 사람들의 모습을 사랑한다. 그런 모든 것 위에는 사람의 마음을 감동시키고, 화해시키고, 용서해 주는 하느님의 진리가 있는 것이다. 나의 생애는 바야흐로 끝나려 하고 있다. 나는 그것을 잘 알고 있으며 또 느끼고 있다. 그러나 얼마 남지 않은 하루가 찾아올 때마다, 나의 이 지상에서의 생활이 이미 새롭고, 끝없고, 아직 알 수 없는, 그러나 멀지 않아 찾아올 생활과 서로 연결되고 있음을 나는 느낀다. 그러한 새로운 생활을 예감할 때, 나의 영혼은 환희에 떨리고, 지성(知性)은 밝게 빛나고, 감정은 희열에 넘쳐 흐느끼는 것이다…….

사랑하는 여러분, 나는 이런 말을 들은 적이 한두 번이 아니었다. 특히 최근에 이르러서는 더욱 자주 듣게 되었다. 다름 아니라, 우리 나라의 성직자들, 특히 시골의 성직자들이 도처에서 자기들의 수입이 적은 것과 지위가 낮은 것에 대하여 불평을 늘어놓고 있을 뿐더러, 나아가서는 신문 잡지의 힘을 빌어——나도 직접 읽은 적이 있지만——너무나 수입이 적어서 이제는 성서를 민중들에게 가르칠 수도 없다, 비록 루터 파(派)나 그 밖의 이교도들이 양떼를 빼앗아간다 하더라도 우리들의 수입이 이렇게 적으니 제멋대로 빼앗아가도록 내버려두는 수밖에 없다고 공언하기를 서슴지 않는 자들까지 있는 형편이다. 「오오, 주여, 그들에게 그토록 귀중한 수입을 다소나마 늘려 주시옵소서!」하고 나는 기도드렸다. 왜냐하면 그들의 불평도 일리가 있으니까. 그러나 진실을 말하면, 만약 이 문제에 대하여 누구에겐가 죄가 있다고 한다면, 그 죄의 태반은 우리들 자신에게 있는 것이다. 왜냐하면 비록 여가가 없어 줄곧 노동과 예배에 시달리고 있다는 그들의 말에 일리가 있다 할지라도 밤낮없이 그런 것은 아닐 것이고 일 주일에 단 한 시간쯤은 하느님을 상기할 수 있는 여유는 있을 것이기 때문이다. 더욱이 일 년 내내 줄곧 일에 몰릴 일은 실제로 없지 않은가! 처음에는 어린 아이들뿐만이라도 좋으니, 일 주일에 한 번쯤 저녁때라도 자기 집에 모이게 하면 어떨까? 그러노라면 어머니들도 이 소문을 듣고 차차 모여들게 될 것이다. 이 일을 하기 위해 구태여 커다란 집 같은 것을 세울 필요는 없다. 그저 자기 집을 더럽힐까 염려할 것도 없다. 고작해야 한 시간쯤의 모임이니까. 사람들이 모이면 이 책을 펼쳐 놓고, 어려운 말을 쓰거나 불손한 태도를 보이지 말고 다정하고 친절하게 읽어 주면 된다. 이때 자기가 읽어 주고 있다는 것을, 그리고 사람들이 정신을 가다듬어 그것을 듣고 이해한다는 것을 기쁘게 생각하며, 자기 자신도 이 책의 말씀에 귀를 기울여야 할 것이다. 그리고 이따금 읽기를 멈추고 그들이 이해하지 못하는 말들을 설명해 주어야 한다. 염려할 것은 조금도 없다. 그들은 무엇이든 알아들을 테니까. 정교(正敎)를 믿는 백성들은 무엇이든지 다 알아들을 수 있을 것이다. 아브라함과 사라의 이야기, 이삭과 리브가의 이야기에 대해서 읽어 줄 것이며, 또 야곱이 어떻게 하여 라반한테로 가게 되었는가 하는 이야기와 그가 꿈에 하느님과 싸운 이야기며, 〈이곳은 무섭다〉라고 한 이야기(《구약 성경》 창세기 참조)도 읽어 주어, 민중의 경건한 마음에 깊은 감명을 주어야 할 것이다. 그리고 또 민중들에게, 특히 어린 아이들에게 다음 이야기를 들려 주면 좋을 것이다. 형들이, 피를 나눈 동생 요셉을 —— 해몽(解夢)을 잘하고 위대한 예언자였던 귀여운 소년 요셉을 노예로 팔아 먹고는 아버지에게로 돌아가 들짐승이 동생을 잡아 먹었다고 말하며 피투성이가 된 옷을 보여 준다. 그 뒤 형들이 곡물을 사려고 이집트로 갔더니, 그때는 이미 형들이 몰라볼 만큼 훌륭한 통치가가 되어 있던 요셉이 그들을 괴롭히고 죄를 씌워 형제 중의 하나인 베냐민을 잡아 가두어 버린다. 그러나 이런 모든 일은 그가 형들을 사랑하기 때문이었다. 「나는 형님들을 사랑합니다. 사랑하면서도 괴롭히는 것입니다.」그도 그럴 것이, 그는 옛날에 자기가 타는 듯한 사막 어느 우물가에서 장사치들에게 노예로 팔렸던 일이며, 그때 형들에게 제발 낯선 땅으로 노예로 팔지 말아 달라고 두 손 모아 애원하였던 일을 언제까지나 잊을 수가 없었지만, 이렇게 오랜 세월이 지나고 난 뒤에 서로 만나보니 다시금 그들에게 무한한 사랑이 용솟음쳐 올랐기 때문이다. 그러나 요셉은 사랑을 느끼면서도 그들을 힐난하고 괴롭히는 것이었다. 드디어 요셉이 터질 듯한 마음의 고통을 견딜 수 없어, 그들의 곁을 떠나 침소로 들어가 몸을 내던지고 울음을 터뜨리고 만다. 잠시 뒤 그는 눈물을 닦고 밝은 얼굴로 그들 앞에 나타나서 「형님들, 내가 당신들의 동생 요셉입니다.」하고 자기를 밝히는 것이다. 그 다음엔 늙은 아버지 야곱이 사랑하는 아들 요셉이 아직도 살아 있다는 소식을 듣고 얼마나 기뻐했는지, 그 이야기도 읽어 주는 것이 좋을 것이다. 야곱은 그 소식을 듣자 곧 고향을 떠나 이집트로 갔는데, 결국은 낯선 이국 땅에서 죽어 버리고 만다. 그때 그는 일생을 두고 자기의 경건하고도 소심한 가슴속에 남몰래 간직하고 있던 위대한 말을 영원한 유언으로 이 세상에 남겨 놓았는데, 그것은 다름이 아니라 그 자손, 즉 유대 민족으로부터 이 세상의 위대한 희망이며 화해자(和解者)인 구세주가 출현할 것이라는 예언이었던 것이다 !

친애하는 동료 여러분, 이런 얘기들은 이미 여러분들이 옛날부터 잘 알고 있을 뿐만 아니라, 또 나보다 몇 배나 더 능숙하고 요령있게 말할 수 있는 내용들이다. 그러나 그것을 내가 마치 어린애처럼 신이 나서 이야기하고 있다고 해서 불쾌하게 생각지 말고 용서해 주기 바란다. 나는 다만 감격에 넘쳐 이야기를 하고 있는 것이다. 그리고 이 거룩한 성서를 몹시 사랑하기 때문에 흘리는 내 눈물도 용서해 주기 바란다. 이 책을 민중들에게 읽어서 들려 주는 하느님의 사도들에게도 역시 눈물이 있는 편이 좋겠다. 그러면 듣고 있는 사람들의 가슴에도 반드시 반응이 일어나 떨리기 시작하는 것을 알게 될 것이다. 필요한 것은 단지 조그마한 한 알의 씨앗뿐이다. 이것을 민중들 가슴에 뿌리면 그 씨앗은 죽지 않고 그 가슴속에 살아 남아서 마치 반짝이는 한 점의 빛과 같이 어떠한 암흑, 어떠한 죄악 속에서도 살아 남게 될 것이다. 그러나 번거롭게 설명을 늘어놓거나 설교를 할 필요는 없다. 그들은 모든 것을 소박하게 이해할 테니까 그것은 조금도 필요 없는 것이다. 여러분은 민중에게 그것을 이해할 능력이 없다고 생각하는가 ? 그렇다면 아름다운 에스더와 거만한 와스디의 애처롭고도 감동적인 이야기를 들려 주는 것이 좋을 것이다. 아니면, 고래 뱃속에 들어갔던 예언자 요나의 기적적인 이야기도 좋다. 그리고 또 우리 주 그리스도의 이야기도 잊지 않도록 얘기해 주어야 할 것이다. 이것은 주로 누가 복음에서 택하도록 하는 것이 좋다(나도 그렇게 해 왔다). 그리고 사도 행전 중에서는 사울(사도 바울의 본명)이 개종(改宗)한 이야기(이것은 어떤 일이 있어도 꼭 읽어 주어야 한다)를, 마지막으로《순교자 열전》중에서는 하느님의 아들 알렉세이의 생애와, 가장 위대하고 행복한 순교자이며 하느님을 직접 본 그리스도의 숭배자인 이집트의 마리아(젊었을 땐 행실이 나빴으나 뒤에 신앙을 갖게 되어 황야에서 47년을 지낸 성녀)의 생애도 읽어 주는 것이 좋을 것이다. 그렇게 하면, 이런 단순한 이야기로 민중의 마음에 능히 감명을 줄 수 있을 것이다. 그것도, 일 주일에 단지 한 시간이면 족하다. 자기의 수익이 적은 것 같은 것엔 개의치 말고 단지 한 시간만 희생하면 되는 것이다. 그러면 우리 나라의 민중들이 얼마나 자비심이 많고 감사하는 마음을 지닐 줄 아는 사람인가를 깨닫게 될 것이다. 민중들은 성직자들의 열성과 감격에 넘치는 그 말들을 언제까지나 기억하고 있다가 백 배나 후하게 보답할 것이다. 그들은 자진해서 성직자의 밭일이나 집안일을 기꺼이 도와 줄 것이며, 전보다 훨씬더 그를 존경하게 될 것이다. 그것만으로도 벌써 그의 수입은 증가되는 셈이다. 이런 것은 너무도 단순한 착상이어서 가끔 무슨 돼먹지 않는 어리석은 소릴 하느냐고 웃음거리가 될까 두려워 남에게 얘기하는 것을 주저할 정도이지만, 그러나 이것이 무엇보다도 부끄럽지 않은 진리인 것이다! 하느님을 믿지 않는 자는 하느님의 사도도 믿지 않는다. 일단 하느님의 사도를 믿게 된 자는 비록 이제까지 전혀 믿지 않았다 할지라도 민중들이 신성시하는 것에 눈을 뜨게 될 것이다. 오직 민중과 그들의 미래의 정신력만이 어머니인 대지(大地)로부터 떨어져 나간 우리 나라의 무신론자들을 올바른 길로 다시 인도할 수 있다. 사실 그리스도의 말씀일지라도, 실례를 들지 않는다면 대체 무슨 소용이 있겠는가? 하느님의 말씀이 없다면 민중에겐 다만 멸망이 있을 따름이다. 왜냐하면 민중들의 영혼은 하느님의 말씀을 애타게 원하고 있으며 모든 아름다운 것에 굶주리고 있기 때문이다.

내가 젊었던 시절이니까 거의 사십 년 전의 옛날 이야기지만, 나는 안핌 신부와 함께 러시아 전국을 편력하면서 우리 수도원을 위하여 성금을 모으러 돌아다닌 일이 있다. 어느 날, 우리는 배가 지나다니는 큰 강 기슭에서 어부들과 함께 하룻밤을 새우게 되었다. 그때 얼굴이 말끔하게 생긴 젊은 농부 하나가 우리와 나란히 자리를 잡고 앉았다. 보아하니, 열 여덟 살 가량 된 젊은이였는데, 그는 이튿날 아침 어느 장사치의 짐 실은 배를 끌기 위해(상류로 가는 짐배는 여러 명의 인부들이 끌어올렸다) 목적지를 향해 급히 가는 중이었다. 나는 그 젊은이가 감동 어린 맑은 눈으로 자기 앞을 바라보고 있는 것을 발견했다. 맑고 고요하고 따뜻한 칠월의 밤이어서 넓은 수면에서는 물안개가 피어올라 사람의 마음을 상쾌하게 해주었다. 이따금 물고기들이 철버덕거리는 소리가 들릴 뿐 새들도 잠들고 주위는 죽은 듯이 고요하며, 마치 만물이 하느님에게 기도를 드리고 있는 것 같았다. 그날밤, 잠을 자지 않은 사람은 나와 그 젊은이뿐이었다. 우리는 하느님의 세계의 아름다움과 그 위대한 신비에 관해서 이야기를 나누었다. 한 오라기의 풀잎, 한 마리의 곤충, 한 마리의 개미, 한 마리의 꿀벌——지성(知性)을 갖지 못한 이러한 모든 것들이 신기하리 만큼 자기네들의 길을 알고 있어, 하느님의 신비를 증명하고, 한편으로는 끊임없이 그것을 실천하고 있는 것이다! 이런 이야기를 하고 있는 동안 나는 귀여운 그 젊은이의 마음이 점점 감동되어 가는 것을 알 수 있었다. 그는 숲과 숲속의 새들을 무척 좋아한다고 말했다. 그리고 자기는 사냥꾼이어서 새들의 지저귀는 소리를 하나하나 분간할 수 있고, 어떤 새라도 가까이 부를 줄 안다고 말했다.

「나는 숲속에 있을 때가 가장 행복해요.」하고 그는 말했다. 「그렇지만 나는 모든 것이 다 즐겁기만 해요.」

「그렇고 말고.」하고 나는 대답했다. 「모든 것이 다 즐겁고 아름답지. 왜냐하면 모든 것이 다 진리이니까. 저 말을 보게나, 저렇게 큰 짐승이 인간 곁에 아무렇지도 않은 표정으로 서 있으니 말이네. 또 소를 보게, 언제나 생각에 잠긴 듯이 고개를 숙이고 사람에게 우유를 주고 또 사람들을 위해 일도 해준단 말이야. 말이나 소의 얼굴을 보게, 얼마나 경건한 표정들인가! 걸핏하면 무자비하게 채찍으로 때리는 인간을 그처럼 따를 수가 있을까! 악의라곤 털끝만큼도 없는 저 표정, 인간을 한결같이 믿고 있는 저 아름다운 얼굴! 그런 짐승들에겐 조금도 죄가 없어. 이런 것을 생각만 해도 가슴이 벅차오르지. 왜냐하면 모든 것, 인간을 제외한 모든 것에는 죄가 없기 때문이야. 그리스도께서는 우리 인간들보다 먼저 그들과 함께 계셨던 거야.」

「정말 그럴까요?」하고 그 젊은이는 물었다.

「그럼, 소나 말에게도 그리스도가 함께 계신다는 말인가요?」

「함께 계시고 말고.」하고 나는 말했다. 「왜냐하면 하느님의 말씀은 모든 창조물을 위하여 있는 것이니까. 세상 만물은 비록 잎사귀 하나에 이르기까지 그 말씀을 순종하여 나아가면서 하느님의 영광을 노래하고 그리스도를 위해 환희의 눈물을 흘리고 있는 걸세. 그러나 자기 자신은 그것을 의식하지 못하고 있지. 다만 죄를 모르고 일상 생활의 신비에 의하여 그것이 행하여지고 있을 뿐이거든. 저기 숲속에는 무서운 곰들이 배회하고 있네. 곰은 사납고 흉악한 짐승이긴 하지만, 그것은 결코 곰의 죄가 아니라네.」이렇게 말하고 나는 그에게, 숲속 조그만 암자에 은둔하여 수도를 하고 있던 어떤 위대한 성자에게 어느날 곰 한 마리가 나타난 이야기를 들려 주었다. 그 위대한 성자는 곰을 가엾이 여겨 서슴지 않고 그 곁으로 다가가 빵 한 덩이를 주며「자, 이제는 가거라. 그리스도께서 너와 함께 계시니까.」라고 말했더니 그 사나운 짐승은 조금도 성자를 해치지 않고 순순히 그곳을 떠나갔다는 것이다. 젊은이는 곰이 조금도 성자를 해치지 않고 떠나갔다는 것과 곰에게도 그리스도가 함께 계신다는 말을 듣고 몹시 감동한 것 같았다. 「아아, 정말 좋은 이야기로군요! 하느님께서 만드신 것은 모두가 훌륭하고 아름다워요!」 젊은이는 조용하고 감미로운 생각에 잠긴 채, 꼼짝 않고 앉아 있었다. 내 얘기를 잘 이해하는 듯 싶었다. 이윽고 그는 내 곁에서 가볍고 순진한 마음으로 잠들고 말았다.

『주여, 이 젊은이에게 축복을 내리옵소서!』 나는 잠자기 전에 그 젊은이를 위해 기도를 드렸다. 『주여, 당신이 창조하신 인간들에게 평안과 광명을 주옵소서!』

다) 수도사가 되기 전 조시마 장로의 청년시절의 회상(回想)——결투

페테르스부르크에 있는 예비 사관학교에서는 꽤 오래, 거의 팔 년이란 긴 세월을 보냈다. 그리고 환경이 새로워짐에 따라 유년 시절에 받았던 인상은 대부분 점점 희미해져 갔다. 물론 그 귀중한 추억을 송두리째 잊어버린 것은 결코 아니었으나 그 대신 여러 가지 새로운 습성과 설익은 의견을 섭취한 결과 나는 거의 야수라고 할 정도로 잔인하고 어리석은 인간으로 변해 버렸다. 우리는 겉치레만의 예절이나 사교술, 또는 프랑스어 따위는 열심히 배우면서도 우리들의 시중을 들어 주고 있는 사병들 같은 것은 개돼지만도 못하게 생각했다. 물론 나도 그렇게 생각했으며 어쩌면 그 중에서도 내가 가장 혹심했을 것이다. 그도 그럴 것이 모든 일에 있어서, 나는 이 동료들 중에서도 가장 감수성이 예민하였기 때문이다. 장교가 되어 우리가 학교를 떠날 무렵에는, 자기 연대(聯隊)의 명예를 위해서는 자기의 생명까지도 내던질 듯한 기세였으나 참다운 명예란 과연 어떤 것인지 그것을 아는 사람은 우리들 중에 거의 아무도 없었다. 비록 알고 있었다 할지라도 나 자신이 그것을 가장 먼저 비웃었을 것이다. 음주와 방탕과 무모한 용기, 주로 이런 것들이 우리의 자랑거리였었다.

그렇다고 해서, 우리들이 모두 본성이 더러운 인간이었다는 말은 결코 아니다. 이들 젊은이는 모두 선량한 인간들이었으나 소행이 나빴을 따름이다. 그 중에서도 내가 가장 나빴다. 나를 나쁘게 만든 가장 큰 원인은 내가 마음대로 처리할 수 있는 재산이 생겼다는 사실이었다. 그리하여 나는 젊은 혈기가 이끄는 대로 거침없이 쾌락만을 향해 돌진하였다. 다시 말해서 나는 있는 대로의 돛을 모두 달아 올리고 배를 달리게 했던 것이다. 그런데 여기에 한 가지 이상한 점은 그 당시에도 나는 책을 읽고 있었을 뿐만 아니라 독서에서 커다란 만족을 느끼고 있었다는 사실이다. 그러나 성서만은 펼쳐 본 일이 한 번도 없었다. 그러면서도 나는 어디를 가나 그것을 항상 몸에 지니고 다녔다. 사실 이 책만큼은 무의식중에서도 소중히 간직하고 있었다. 그것은 한 시간만 더 있다가, 하루만 더 있다가, 한 달만, 한 해만 더 있다가 다시 읽어 보겠다는 심정이었던 것이다.

이런 생활을 사 년 동안 계속하고 난 뒤, 나는 그 당시 연대가 주둔하고 있던 K시에서 살게 되었다. 이 K시의 사교계에는 색다른 일들이 많았고 사람들도 꽤 많아서 흥겨울 뿐만 아니라 손님 대접도 퍽 좋았고 호화로웠다. 나는 어디를 가나 정중한 환영을 받았다. 나는 천성이 쾌활한 성격인 데다, 또 돈도 제법 잘 쓴다는 소문이 널리 퍼져 있었기 때문이다. 사실 이런 점은 사교계에서 적지 않은 효과를 가지는 법이다. 그런데 바로 그 무렵, 훗날 모든 일의 발단이 된 어떤 사건이 일어났던 것이다.

나는 젊고 아름다운 아가씨 하나와 가까이 사귀게 되었다. 그 지방 명사의 딸인 그 여자는 슬기롭고 품격이 있으며 명랑한 성격이었다. 그 아가씨의 양친은 지위와 재산이 있고 상당한 권세도 지닌 사람들로서 언제나 나를 정중하고도 친절한 태도로 맞아 주곤 했다. 그래서 나는 그 아가씨가 나에게 호의를 갖고 있음을 알아채고 내 마음은 황홀한 상상으로 끝없이 불타오르기 시작했다. 그러나 나중에야 깨닫게 된 것이지만, 나는 실제로 그 아가씨를 열렬하게 사랑했던 것이 아니라 그 아가씨의 고상한 성격과 지성을 존경한 데 불과한 것이었다. 이것은 나로서도 깨닫지 못하고 있던 일이었다. 아무튼 그 당시에는 나 자신의 이기심이 앞서서 결혼 신청까지는 하지 못하고 말았다. 그때만 해도 나는 아직 혈기가 왕성한 나이였었고 돈도 꽤 많이 가지고 있었기 때문에 자유스럽고 방종한 독신 생활의 유혹을 물리쳐 버린다는 것은 한없이 괴롭고 두려운 일이었으리라. 나는 물론 상대방에게 어느 정도 내가 그녀를 좋아한다는 암시를 주기는 했지만, 하여튼 결단성 있는 행동은 일단 보류하고 있었다.

그런데 그때 갑자기 나는 두 달 동안 다른 지방으로 파견 명령을 받았다. 두 달 뒤에 돌아와 보니 그녀는 이미 결혼한 후였다. 상대방은 교외에 사는 부유한 지주로서 아직 젊었고(물론 나보다는 나이가 위였지만) 게다가 나와는 달리 페테르스부르크의 상류 사회에 많은 친지들을 가지고 있었다. 또한 그는 내가 전혀 받지 못한 훌륭한 교육을 받았으며 성격도 상냥한 사람이었다. 나는 이 뜻하지 않은 사실에 심한 충격을 받아 정신이 얼떨떨할 정도였다. 그러나 무엇보다도 가장 큰 충격은 그 젊은 지주가 이미 오래 전부터 그녀의 약혼자였다는 것을 그때 비로소 알았다는 사실이다. 나 자신도 전에 여러번 그녀의 집에서 그 남자와 만났음에도 불구하고 자신의 자만심 때문에 눈이 어두워, 그 사실을 전혀 모르고 있었던 것이다. 『누구나 다 알고 있는 사실을 어째서 나 혼자만 모르고 있었단 말인가!』 무엇보다도 이런 생각이 나에게 굴욕을 느끼게 했다. 나는 문득 억누를 수 없는 증오심에 사로잡혔다.

나는 혼자서 얼굴을 붉히며 지난 일들을 돌이켜 생각해 보았다. 그녀가 알아들을 만큼 거의 노골적으로 나의 사랑을 고백하였던 일이 얼마나 여러번 있었던가. 그때 그녀가 나를 제지하거나 자기 입장을 밝히려 하지 않았던 것을 보면 분명 여태까지 나를 조롱하고 있었던 것이 틀림없다. 마침내 나는 이런 결론에 도달하였다. 물론 훨씬 뒤에 여러 모로 반성해 본 결과 나는 그녀가 결코 나를 조롱한 것이 아니라 오히려 반대로 그런 말이 나올 때마다 화제를 다른 데로 옮겨 농담으로 돌려 버리려고 애썼다는 것을 깨닫게 되었다. 그러나 그 당시 나는 그런 것을 생각할 만한 마음의 여유가 없었기 때문에 마음속에서 복수심만이 불타오르고 있었다. 지금도 그때 일을 상기할 때마다 이상하게 여겨지곤 하지만, 이러한 나의 분노와 복수심은 나 자신에게도 몹시 고통스러운 것이었을 뿐더러 결코 유쾌한 것이 아니었다. 나는 천성적으로 쾌활한 성격이어서 그 누구에 대해서도 오래 화를 내고 있을 수 없는 인간이었기 때문에 그것은 더욱 고통스러웠다. 그러니만큼 나는 의식적으로 그들을 증오하기 위해 나 자신을 줄곧 격려해야만 했고, 그 결과 나는 마침내 어리석고 구역질나는 인간이 되고 말았던 것이다.

나는 기회가 오기만을 노리고 있었다. 그러다가 어느날 많은 사람들이 있는 자리에서, 그야말로 당치도 않은 트집을 잡아 나의 연적(戀敵)에게 모욕을 주는 데 성공하였다. 즉 그 당시의 중대한 사건(1825년 12월 14일에 일어난 〈12월 당원〉의 봉기)에 관한 그의 의견을 비웃는 것이었다. 사람들의 말에 의하면, 나의 조소가 제법 교묘하게 신랄하였다는 것이었다. 이렇게 그를 조소하고 나서 나는 무리하게 그에게 설명을 강요했는데, 그때 내가 너무도 무례한 태도를 취하였기 때문에, 드디어 그는 우리 두 사람 사이의 현격한 차이에도 불구하고——사회적 지위로 보거나, 관등으로 보거나, 연령으로 보거나——나의 도전에 응하지 않을 수 없게 되었던 것이다. 이것은 나중에야 알게 된 일이지만, 그 역시 나에 대한 질투심에서 나의 도전에 응했던 모양이다. 그는 이전에, 즉 자기 아내가 아직 처녀였던 시절에 나를 어느 정도 질투하고 있었으므로 만일 나에게 모욕을 받고서도 과감하게 결투를 신청하지 못했다는 말이 아내의 귀에 들어가 자기가 멸시를 받게 되면 자연히 남편에 대한 애정도 흔들리게 될 것이라고 생각하였다는 것이다. 나는 곧 친구들 중에서 나와 같은 연대에 근무하고 있던 중위 한 사람을 결투의 입회인으로 선택했다. 그 당시에도 결투는 엄격하게 단속되고 있기는 했지만 그래도 우리 장교들 중에서는 그것이 마치 일종의 유행처럼 되어 있었다. 이처럼 인간의 야만적인 편견이 극도로 성장하여 억센 행동력의 뿌리를 마음속에 박는 일은 종종 있게 마련이다.

때는 유월 하순으로 우리 두 사람의 결투는 다음날 아침 일곱 시, 장소는 그 도시의 교외로 결정되었다. 그런데 바로 그때 나의 모든 운명을 전환시킨 그 어떤 숙명적인 일이 일어난 것이다. 다툼이 있은 날 저녁, 성난 짐승처럼 추악한 꼴을 하고 숙소로 돌아온 나는 당번병인 아파나시에게 분통을 터뜨려 있는 힘을 다하여 두 번이나 그의 얼굴을 후려갈겼다. 그의 얼굴은 당장 온통 피투성이가 되고 말았다. 그는 내 밑에서 근무하게 된 지가 그리 오래 되지는 않았으나, 전에도 나는 걸핏하면 그를 두들겨 패곤 했었다. 그러나 이날처럼 잔인하게 때린 일은 아직 한 번도 없었던 것이다. 이렇게 말하면 여러분은 도저히 믿지 않을는지 모르지만, 이미 사십 년이 지난 오늘날에 있어서도 그 일을 상기할 때마다 나는 수치스러움과 고통을 느낀다.

나는 잠자리에 들었다, 세 시간쯤 자고 나서 눈을 떠보니 이미 날이 밝아 오고 있었다. 별로 더 이상 자고 싶은 생각도 없었으므로, 몸을 일으켜 창가로 다가가서 창문을 열었다. 내 방 창문은 정원으로 나 있었는데. 창밖을 내다보니 마침 아침 해가 떠오르고 있어 모든 것이 따뜻하고 아름답게 보였고 어디선가 새들이 우짖고 있었다. 『이건 대체 어찌 된 일일까?』하고 문득 나는 생각했다. 『어째서 내 마음속에는 추악하고 비열한 것이 느껴질까? 이제부터 내가 남의 피를 흘리게 하려고 하고 있기 때문일까? 아니, 그런 것 같지는 않아. 그러면 죽는 것이 두려워서, 상대방의 손에 죽게 될까 겁이 나서일까? 아니다, 그렇지 않다, 그와는 전혀 다르다…….』그러나 나는 곧 그것이 무엇 때문인지를 깨달았다. 그것은 어젯밤에 아파나시를 때린 것이 마음에 걸려 있기 때문이었다. 그러자 엊저녁의 모든 광경이 다시 한번 나의 머리속에 분명하게 떠올랐다. 아파나시가 내 앞에 와 서고, 나는 다짜고짜 있는 힘을 다하여 그의 얼굴을 후려갈긴다. 그는 대열 속에서 있을 때처럼 부동 자세를 취하고 꼿꼿이 서서 손을 드리운 채 고개를 젖히고 눈을 부릅뜨고 있다. 한 차례 때릴 때마다 비틀거렸으나 손을 들어 막으려고도 하지 않는다. 아아, 이것이 과연 인간이 할 수 있는 짓일까? 인간이 인간을 때리다니, 이러한 범죄가 또 어디 있으랴! 나는 마치 날카로운 바늘에 영혼이 꿰뚫린 듯한 기분이었다. 나는 얼빠진 사람처럼 멍하니 서 있었다. 창밖에서는 햇살이 눈부시게 빛나고, 나뭇잎들은 기쁨에 넘쳐 하늘거리고, 새들은 하느님을 찬양하는 노래를 부르고 있다……. 나는 두 손으로 얼굴을 감싸고 침대에 엎드려 흐느껴 울기 시작하였다. 그때 나는 형 마르케르의 모습과 그가 죽기 직전에 하인들에게 한 말을 기억해 내었다. 『너희들은 참으로 친절한 사람들이야. 왜 너희들은 이렇게까지 정성껏 내 시중을 들어 주는 거지? 내게 과연 그런 정성을 받을 만한 자격이 있을까?』

『그렇다, 과연 나에게 그럴 만한 자격이 있는 것일까?』이런 생각이 내 머리 속을 스치고 지나갔다. 『도대체 나는 무슨 자격이 있길래, 자기와 똑같은 인간을, 하느님의 모습을 본떠서 창조된 다른 인간을 내게 시중들게 한단 말인가?』이런 의문이 난생 처음으로 내 마음을 꿰뚫었던 것이다. 『어머니, 내 사랑, 내 기쁨, 내 피처럼 소중한 어머니, 우리는 누구나 모든 사람에 대해, 모든 일에 대해 죄가 있는 거예요. 다만 사람들이 그것을 모르고 있을 따름이에요. 만일 사람들이 그걸 알기만 한다면 당장에 이 땅 위에는 낙원이 이루어질 거예요.』라고 하던 형의 말을 상기하고 나는 눈물을 흘리며 생각했다. 『오오, 하느님! 이것이 정말입니까? 진실로 나는 다른 모든 사람들에게 대하여 어느 누구보다도 죄가 많습니다. 이 세상의 어느 누구보다도 나쁜 인간인 것입니다.』이렇게 생각한 바로 그 순간, 홀연 모든 진리가 밝은 빛을 받아 환히 떠올랐다. 대체 지금 나는 무슨 짓을 하려는 건가? 나에게 아무런 잘못도 없는, 선량하고 총명하고 고결한 신사를 죽이려고 하는 게 아닌가? 그리고 그의 아내로부터 영원히 행복을 빼앗고 고통을 줌으로써 그 여자까지 죽여 버리려는 게 아닌가?

나는 침대에 엎드려 베개에 얼굴을 파묻고 시간이 가는 줄도 모르고 있었다. 나의 친구인 중위가 권총 두 자루를 들고 나를 데리러 왔다.

「아, 벌써 일어나 있었군. 잘 됐어, 가 봐야 할 시간일세. 어서 가세.」

나는 갑자기 당황하여 허둥지둥 어쩔 줄을 몰랐으나, 어쨌든 마차를 타기 위해 밖으로 나갔다.

「잠깐만 기다려 주게.」하고 나는 그에게 말했다. 「곧 돌아오겠어, 지갑을 잊고 왔으니.」나는 혼자서 숙소로 되돌아와 곧장 아파나시의 작은 방으로 뛰어들어갔다.

「아파나시, 어제 내가 네 얼굴을 두 번이나 때린 것을 제발 용서해 다오!」하고 나는 말했다.

그는 겁을 집어먹은 듯 눈이 휘둥그래져서 나를 바라보았다. 그러나 나는 그것만으로는 부족한 것 같아, 마침 예복을 입고 있었는데도 개의치 않고 그의 발아래 몸을 던져 이마를 바닥에 대고「제발 나를 용서해 줘!」라고 말했다. 이런 나의 행동에 아파나시는 정말 소스라치게 놀라지 않을 수 없었던 모양이다.

「중위님, 아니 나리님, 이게 도대체 무슨 짓입니까! 제가 어찌 감히 용서를 …….」

그는 아까 내가 했던 것처럼 두 손으로 얼굴을 감싸고 창문 쪽으로 홱 돌아서서 온 몸을 떨며 흐느껴 우는 것이었다. 나는 친구에게로 달려나와 마차에 뛰어오르며「가세!」하고 소리쳤다.

「자넨 승리자의 모습을 본 적이 있나?」하고 나는 친구에게 물었다. 「바로 여기 자네 앞에 있는 내가 그 승리자란 말일세!」

나는 말할 수 없는 환희에 넘쳐 줄곧 큰소리로 웃으며 지껄여댔으나 무슨 말을 했는지 통 기억이 나지 않는다.

친구는 내 얼굴을 쳐다보며 이렇게 말했다.

「자넨 정말 훌륭해! 그만하면 군복의 명예를 지킬 수 있을 걸세.」

이리하여 우리는 지정된 장소에 도착하였다. 상대방은 이미 그곳에 와서 우리들을 기다리고 있었다. 나와 상대방은 서로 열 두 발짝의 거리를 두고 마주 섰다. 상대방이 먼저 쏘게 되어 있었다. 나는 쾌활한 얼굴로 눈 한 번 깜짝이지 않고 그의 앞에 서서 다정스럽게 그를 바라보고 있었다. 나는 내가 해야 할 일을 잘 알고 있었던 것이다. 이윽고 권총이 불을 뿜었다. 그러나 총탄은 내 뺨을 스치고 귀를 조금 다쳤을 뿐이었다.

「아아, 정말 잘됐소!」하고 나는 소리쳤다. 「당신은 사람을 죽이는 일을 하지 않아도 좋게 되었군요.」이렇게 말하고 나는 내 권총을 집어 들고 숲속 멀리로 힘껏 내던졌다. 「네가 있을 곳은 거기야!」하고 나는 소리쳤다. 그리고는 상대방에게로 돌아서서 「용서하십시오, 이 어리석은 젊은 놈을 용서해 주십시오. 나는 까닭없이 당신을 모욕했을 뿐더러 내게 권총을 쏘지 않을 수 없게끔 강요하였읍니다. 나는 당신보다 열 배나 더 나쁜 놈입니다. 아니, 그 이상으로 더 나쁜 인간일는지도 모르지요. 이 말을 당신이 이 세상에서 가장 사랑하는 그분에게 전해 주십시오.」

내가 이 말을 미처 끝나기도 전에 그들 세 사람은 소리 높이 고함을 쳤다.

「그건 말도 안 되오.」하고 상대방은 벌컥 화를 내었다. 「싸울 생각이 없다면 무엇 때문에 나를 여기까지 불러낸 거요?」

「어제만 해도 나는 바보였읍니다만 오늘은 조금 영리해진 것 같습니다.」하고 나는 그에게 유쾌한 어조로 대답하였다.

「어제 일은 나도 믿을 수 있지만, 오늘 일은 당신의 말만으론 좀처럼 이해할 수가 없군요.」

「그럴 겁니다!」나는 손뼉이라도 칠 듯이 열띤 목소리로 소리쳤다. 「나도 그 점에서는 당신과 동감입니다. 당연한 일이니까요!」

「대체 당신은 쏠 작정이오, 안 쏠 작정이오?」

「그만두겠읍니다. 만일 원하신다면 한 번 더 쏘십시오. 하지만 쏘지 않으시는 것이 당신에게도 좋을 것입니다.」

그러자 양편의 입회인들, 특히 나의 입회인이 떠들어 대기 시작했다.

「결투장에서 적에게 사죄를 하다니, 연대의 명예를 더럽혀도 분수가 있지! 에잇, 이럴 줄은 정말 꿈에도 몰랐어!」

비로소 나는 웃음을 거두고 그들 앞으로 나섰다.

「여러분, 요즘 세상에 자기의 어리석음을 뉘우치고 여러 사람 앞에서 자기의 잘못을 사죄하는 인간을 본다는 것이 그렇게도 당신네들에겐 이상합니까?」

「그렇지만 하필 결투장에서 그럴 것이 뭐냔 말이야!」 나의 입회인이 또다시 소리쳤다.

「그게 바로 중요한 점입니다.」 하고 나는 그들에게 대답했다. 「왜냐하면 나는 이곳에 도착하자마자 당연히 상대방의 총을 발사하기 전에, 즉 상대방이 무서운 살인죄를 저지르기 전에 나의 죄를 사죄했어야 할 것입니다. 그러나 그런 일은 실제로 거의 불가능한 일이 아닙니까? 왜냐하면 이 사회 조직은 이미 우리들 자신의 손에 의해 지극히 추악한 것으로 변해 있기 때문입니다. 그러니까 열 두 발짝의 거리를 두고 상대방의 총탄을 받은 뒤에라야 비로소 내 말이 세상 사람들에게 어떤 의미를 주게 됩니다. 만일 내가 여기에 도착하자마자 상대방이 총을 쏘기도 전에 그런 짓을 했다면 세상 사람들은 무턱대고 겁쟁이 같으니, 권총을 보고 무서워진 거야. 저런 놈의 변명은 들을 필요도 없다라고 단정해 버릴 게 아닙니까? 그런데 여러분…….」나는 갑자기 이렇게 외쳤다. 그것은 진심에서 우러나오는 소리였다. 「우리 주위에 있는 하느님의 선물을 보십시오. 맑게 개인 하늘, 신선한 공기, 부드러운 풀, 귀여운 새들……. 그야말로 자연은 아름답고 더없이 순결하지 않습니까! 그런데 우리는 단지 우리들만이 어리석게도 하느님을 믿지 않고, 인생이 낙원이라는 것을 모르고 있습니다. 우리가 그것을 이해하려고만 하면 당장이라도 아름답게 꾸민 낙원이 나타날 것이며, 우리는 서로 얼싸안고 울게 될 것입니다…….」

나는 말을 더 계속하고 싶었으나 할 수가 없었다. 내 목소리에는 무언가 감미롭고도 싱싱한 감격이 서렸고, 마음속은 일찍이 경험해 보지 못한 행복감으로 가득 찼다.

「당신의 말은 모두 이치에 맞는 훌륭한 것입니다.」 하고 상대방은 나에게 말했다. 「그렇지만 어쨌든 당신은 참으로 이상한 분이로군요.」

「저를 비웃어 주십시오.」 하고 나도 역시 웃으면서 말했다. 「그렇지만 뒷날에 가서는 당신도 인정해 주실 겁니다.」

「아니, 나는 지금이라도 서슴지 않고 찬동할 용의가 있읍니다. 자, 나와 악수를 해주십시오. 당신이 진실한 분이라는 것을 나는 믿기 때문입니다.」

「아닙니다, 지금은 안 됩니다. 앞으로 내가 좀더 훌륭한 인간이 되었을 때, 정말로 당신의 존경을 받을 만하게 되었을 때 악수를 하기로 합시다. 그러는 편이 당신에게도 유쾌할 테니까요.」

우리들은 집으로 돌아왔다. 내 입회인은 집으로 돌아오는 도중 줄곧 나를 맹렬히 비난하였으나, 그럴 때마다 나는 그에게 키스를 해주었다. 나의 동료들이 곧 이 소식을 듣고 그날로 나를 재판하기 위해 모였다.

「군복을 더럽혔으니 곧 제대 신청을 해야 한다.」라고 그들은 떠들어 댔다. 그러나 나를 변호하여「그렇지만 어쨌든 상대방의 총탄 앞에 태연히 서 있지 않았는가?」라고 말하는 사람도 있었다.「그건 그렇지만, 그 다음 총알이 무서워 결투장에서 용서를 빌었던 거야.」그러자 내 편을 드는 동료들은 이렇게 반박했다.「만일 정말로 그가 탄환을 무서워했다면 용서를 빌기 전에 자기 편에서 먼저 쏘았을 것이 아닌가? 그런데도 그는 장전이 다 되어 있는 권총을 숲속으로 내던져 버렸어. 그러고 보면 거기에는 다른 무엇이, 우리가 알 수 없는 어떤 특별한 사정이 있었을 거야.」

나는 잠자코 듣고만 있었으나 그들을 바라보고 있는 동안 오히려 유쾌해지기까지 했다.

「여러분!」하고 나는 말했다.「제대 신청건에 관해선 염려하실 것 없읍니다. 나는 이미 수속을 끝마쳤으니까요. 나는 오늘 아침 연대 본부로 제대 신청서를 발송했읍니다. 제대 발령이 나는 대로 곧 수도원에 들어갈 작정입니다. 실은 내가 연대를 떠나는 이유도 거기에 있는 셈이지요.」

내가 이렇게 말하자마자 모두가 일제히 폭소를 터뜨렸다.

「그렇다면, 애초부터 그렇게 말할 게지……. 그럼 이 문제는 해결이 되었네. 수도사를 재판할 수는 없는 일이니까.」

그들은 좀처럼 웃음을 그칠 줄 몰랐다. 그러나 그것은 결코 비웃음이 아니라, 다정스럽고 유쾌한 웃음이었다. 모두들은 나를 가장 과격하게 비난하던 사람들까지도 곧 나에게 친절하게 대해 주기 시작했다. 퇴직 발령이 나오기까지 한 달 동안은 모두들은 나를 떠받들듯이 하고 다녔다. 누구든지 만나는 사람마다「여보게, 수도사!」하고 다정하게 말을 건네 주었으나 개중에는 나를 아끼는 마음으로 결심을 돌리라고 권고하는 사람도 있었다.「자네 도대체 어쩌려고 그러나?」하는 사람이 있는가 하면「아냐, 저 친구는 우리 동료들 중에서도 용감한 축에 드는 사나이이기 때문에 적의 사격을 태연히 받을 수 있었으나 자기 권총을 쏠 수 없었던 것은 바로 그 전날 수도사가 되라는 꿈을 꾸었기 때문일 거야.」하는 사람도 있었다.

그 고장 사교계에서도 역시 같은 일이 일어났다. 전에는 단지 친절하게 대해 주었을 뿐 별로 관심을 두지 않던 사람까지 갑자기 나와 다투어 사귀려고 했고, 또 기를 쓰고 나를 자기 집으로 초대하기도 했다. 사람들은 모두 내 행위를 웃음거리로 받아들이면서도 한편으로는 나를 사랑해 주었던 것이다. 여기서 한 가지 미리 말해 둘 것은, 모든 사람들이 우리의 결투 이야기를 공공연하게 떠들어 대고 있었으나, 부대 본부에서는 모르는 척하고 있었다는 사실이다. 그 이유는, 나의 상대방이 우리 부대의 장군과 가까운 친척 관계에 있었다는 사실과, 또 사건이 피를 흘리지 않고 마치 장난같이 끝나버리고 말았다는 것, 그리고 내가 제대 신청서를 제출하였으므로 모든 일을 농담으로 돌려버리고 말았기 때문이었다. 나는 세상 사람들의 조소 따위에는 개의치 않고 이 사건에 대해 거리낌없이 큰소리로 지껄여댔다. 그것은 그들의 웃음이 악의에서 나오는 것이 아니라, 선량한 마음에서의 웃음이었기 때문이다. 이런 이야기는 주로 저녁 야회석상의 부인네들이 모이는 자리에서 벌어지곤 했다. 부인네들이 유난히 내 이야기에 흥미를 가지고, 남자들에게까지도 귀를 기울여 듣도록 강요하는 것이었다.

「그렇지만 어떻게, 나는 모든 사람에게 죄를 범했노라고 말할 수 있어요?」하고 사람들은 나에게 맞대놓고 빈정거리며 말했다. 「예를 들어, 나도 당신에게 죄를 저질렀단 말씀인가요?」

「그것을 당신네들이 알 까닭이 없지요.」하고 나는 대답하곤 했다. 「오랜 옛날부터 세상 전체가 그릇된 길로 떨어져 들어가, 허무 맹랑한 거짓을 진리라 믿고, 다른 사람에게까지 거짓을 요구하고 있는 형편이니까요. 그러니만큼 나는 마음을 굳게 먹고, 생전 처음으로 진심에서 우러나는 행동을 취했읍니다. 그랬더니 여러분들은 나를 미친 사람으로 취급하기 시작했읍니다. 그야 물론 여러분들은 나를 사랑해 주시는 것이겠지만, 그래도 역시 나를 웃음거리로 여기고 있지 않느냔 말입니다.」

「어째서 우리가 당신 같은 분을 사랑하지 않을 수 있겠어요?」하고 그 집 안주인이 웃으며 나에게 말했다. 그 자리에는 사람들이 가득 차 있었는데, 이때 갑자기 여자 손님들 가운데에서 젊은 부인 하나가 일어섰다. 그 부인이야말로 나로 하여금 결투를 청하게 한 원인이 된 여자, 얼마 전까지도 미래의 나의 아내로 점찍고 있던 바로 그 여자였다. 나는 그녀가 이 야회에 온 것을 전혀 알지 못하고 있었다. 그녀는 일어나서 나에게로 다가와 손을 내밀고 「실례의 말씀 같지만, 나야말로 당신을 비웃지 않은 첫번째 사람이라는 것을 말씀드리고 싶어요. 아니, 오히려 그때 당신이 취하신 행동에 눈물로써 감사드리는 동시에 당신에게 깊은 존경의 뜻을 표하고 싶습니다.」

그녀의 남편도 역시 내게로 가까이 다가왔다. 그러자 그 자리에 모인 사람들 모두가 내게로 몰려와 나에게 입이라도 맞출 듯한 기세였다. 내 마음은 환희에 넘쳤으나, 이때 갑자기 다른 사람들과 함께 나에게로 다가오고 있는 어떤 나이 지긋한 신사의 모습이 누구보다도 내 주의를 끌었다. 나는 전부터 그의 이름은 알고 있었으나, 별로 안면이 있는 사이도 아니었으므로 그날 저녁까지 한 번도 말을 나눈 일조차 없었다.

라) 수수께끼의 방문객

그는 이미 오래 전부터 그 도시에서 관리 생활을 해 온 사람으로, 사회적인 위치도 높았으며 모든 사람들로부터 존경을 받고 있었을 뿐만 아니라 돈이 많았고 자선가로서의 명성도 자자하였다. 그는 양로원과 고아원에 막대한 돈을 기부하였으며, 그 밖에도 그의 사후에 밝혀진 사실이지만 익명으로 많는 자선을 베푼 사람이었다. 그때 나이는 쉰 살 가량, 용모는 좀 엄격해 보였고 별로 말이 없는 편이었다. 그가 결혼한 것은 불과 십 년 전의 일이었으므로 그의 부인은 아직 젊었는데, 두 사람 사이에는 어린 아들이 셋 있었다. 그런데 앞서 말한 야회에 내가 있었던 다음날 저녁때, 혼자 방에 앉아 있노라니까 갑자기 문이 열리더니 바로 그 신사가 들어오는 것이었다.

여기서 한 가지 미리 말해 둘 것은, 그때 나는 이미 전에 살고 있던 곳에서 집을 옮겼었다는 사실이다. 제대 신청을 낸 뒤 나는 곧 관리의 미망인인 어떤 늙은 부인의 방을 빌어서 그 집 하녀에게 내 시중을 들게 하고 있었다. 내가 이 집으로 옮겨 온 이유는 그날 결투장에서 돌아온 길로 아파나시를 곧 연대로 돌려보냈기 때문이었다. 그런 일이 있은 뒤부터는 그의 얼굴을 쳐다보기가 부끄러웠던 것이다. 사실 마음의 준비가 되어 있지 않은 속세의 인간들이란 자기가 올바른 행위를 하고서도 부끄러움을 느끼기 일쑤인 것이다.

「나는.」하고 방에 들어온 신사는 말을 꺼냈다. 「나는 요즈음 며칠 동안 여러 곳에서 매일처럼 당신에 관한 이야기를 듣고 무척 호기심을 느꼈읍니다. 그래서 오늘은 직접 만나서 좀더 친밀하게 이야기를 하고 싶어서 찾아왔읍니다. 미안하지만 나의 이 커다란 희망을 이루어 주실 수 있겠읍니까?」

「물론이지요. 나로서도 그것은 매우 기쁜 일일 뿐더러 더없는 영광으로 생각합니다.」 나는 이렇게 말하긴 하였으나 어쩐지 몹시 당황하지 않을 수 없었다. 그만큼 그의 태도는 처음부터 나에게 깊은 충격을 주었던 것이다. 그때까지는 모두들 호기심을 가지고 내 애기를 들어주긴 하였으나, 이렇게까지 진지하고 심각한 태도로 나에게 주의를 집중하고 접근해 온 사람은 아무도 없었기 때문이다. 게다가 그는 자진하여 나의 숙소에까지 찾아온 것이다. 그 사람은 의자에 앉았다.

「나는 당신한테서.」하고 그는 말을 이었다. 「위대한 정신력을 발견할 수 있었읍니다. 왜냐하면 당신은 모든 사람으로부터 조소를 받을 것도 무릅쓰고 감연히 진리를 위해 봉사하였으니까요.」

「칭찬이 너무 과장된 것 같습니다.」하고 나는 말했다.

「아니, 절대로 과장이 아닙니다.」하고 그는 대답했다. 「사실 말이지, 그런 일을 감행할 수 있다는 것은 당신이 생각하기 보다 훨씬 어려운 일입니다. 내가 이렇게 찾아뵈온 것도 실은 그 사실에 깊이 감동하였기 때문이지요. 도대체 결투장에서 상대방에게 용서를 빌려고 결심하셨을 때 어떤 심장이었는지요? 만일 이런 무례한 질문에 화를 내지 않으신다면, 그리고 그때 일을 기억하고 계신다면, 그 점을 자세하게 들려주실 수 없으실까요? 내 질문을 경솔한 동기에서 나온 것이라고는 생각지 말아 주십시오. 내가 이렇게 묻는 것은 오히려 나대로의 말 못할 동기가 있기 때문입니다. 하느님께서 만일 우리들을 좀더 가까이 사귈 수 있게 하여 주신다면, 앞으로 설명해 드릴 기회가 있으리라고 생각합니다만.」

그가 말하고 있는 동안 나는 줄곧 그의 눈을 응시하고 있었다. 그러자 이번엔 내 편에서 그 신사에 대한 강한 신뢰감과 이상한 호기심을 느끼게 되었다. 나는 이 사람의 마음속에도 어떤 심상치 않은 비밀이 숨어 있구나 하는 것을 직감했던 것이다.

「내가 상대방에게 용서를 빌려고 마음먹었을 때 어떤 심정이었느냐고 물으십니다만.」하고 나는 대답했다. 「그보다는 차라리, 이제까지 어느 누구에게도 이야기하지 않았던 것을 처음부터 말씀드리는 것이 더 나을 것 같습니다.」하고 나는 아파나시와 나 사이에 있었던 일이며, 이마를 바닥에 대고 그에게 절을 한 일까지 죄다 이야기해 주었다. 「이만큼 말씀드리면 선생께서도 짐작하시겠지만.」하고 나는 말을 맺었다. 「집에서 이미 결심한 일이었기 때문에, 정작 결투장에 나갔을 때는 마음이 가뿐하였읍니다. 일단 결심하고 발을 내딛고 보니, 그때부터는 별로 두렵지도 않을 뿐더러 오히려 유쾌하고 즐겁더군요.」

내 이야기를 다 듣고 나자 그는 말할 수 없이 호감 어린 눈초리로 나를 바라보았다.

「정말 재미있었읍니다. 앞으로 종종 찾아뵙도록 하지요.」

그때부터 그는 거의 매일 저녁 나를 찾아왔다. 만일 그가 자신의 이야기도 했더라면 우리는 더욱 친숙해졌을 것이다. 그러나 그는 자기 이야기는 한 마디도 하지 않고 언제나 나에 관해서만 꼬치꼬치 캐고 들었다. 그럼에도 불구하고 나는 그를 무척 좋아했고, 진심으로 그를 신뢰하여 나의 모든 감정을 숨기지 않고 그에게 모두 이야기하여 주었다. 『그 사람의 비밀 같은 건 알아서 무엇하랴. 그 사람이 선량한 인간이라는 것이 틀림없는데.』라는 생각이 들었기 때문이었다. 더욱이 그는 사회적 지위도 높은 사람이었고, 연령으로 보아도 나와는 많은 차이가 있었음에도 불구하고 일부러 나 같은 애송이를 찾아다녔고, 또 내 앞에서 추호도 거드름을 피우는 일이 없었다. 뿐만 아니라 그는 무척 현명한 사람이었기 때문에 나는 그로부터 여러 가지로 유익한 것을 많이 배웠다.

「인생이 낙원이라는 것은.」하고 그는 불쑥 나에게 말을 걸어 왔다. 「나도 오래 전부터 생각하고 있었읍니다.」그리고는 얼른 이렇게 덧붙였다. 「실은 나는 거기에 대해서만 생각해 오고 있으니까요.」하며 나를 쳐다보고 상냥하게 미소를 지었다. 「그 점에 대해서 나는 당신 이상으로 확신을 가지고 있지요. 그 이유는 차차 이야기하겠읍니다.」

이런 말을 듣고 나는 그가 분명 나에게 무언가 고백하고 싶어하는 것을 알았다.

「낙원은 우리들 하나하나 마음속에 숨어 있는 것입니다. 지금 이렇게 말하는 내 마음속에도 숨어 있지요. 따라서 만일 내게 그럴 마음만 있다면, 내일이라도 당장 그 낙원은 틀림없이 나타나 영원히 사라지지 않을 것입니다.」

그는 몹시 감격한 어조로 말하며, 마치 나의 반응이라도 살피고 있는 듯이 신비스런 눈초리로 나를 응시하는 것이었다.

「그러니까.」하고 그는 말을 이었다. 「인간은 누구나 자기 자신의 죄 이외에도 모든 사람에 대해 죄가 있다는 당신의 생각은 절대로 옳습니다. 그처럼 한순간에 돌연히 당신이 그 사상을 완전히 터득할 수 있었다는 것은 참으로 경탄할 만한 일입니다. 사람들이 그 사상을 이해할 수 있는 순간부터 하늘 나라는 그들에게 있어 이미 한낱 공상이 아니라 생동하는 현실로 나타나는 것입니다. 이것은 절대적인 진리입니다.」

「아아, 그렇지만 언제 그렇게 된단 말씀입니까?」하고 나는 고통스런 목소리로 외쳤다. 「과연 언젠가는 그것이 실현될 수 있을까요? 그것은 한낱 우리들의 공상이 아닐까요?」

「그럼, 당신 역시 그것을 믿지 않으시는군요. 자신의 입으로 그렇게 설교는 하고 있으면서도 스스로는 믿지 않는 것이군요. 잘 들으십시오, 당신이 말하는 그 꿈은 반드시 실현됩니다. 그렇게 믿어도 틀림이 없을 거예요. 그러나 지금 당장에 실현되지는 않을 것입니다. 모든 일에는 저마다의 특수한 법칙이 있으니까요. 이것은 워낙 정신적이고 심리적인 문제이기 때문에, 전세계를 새로 뜯어 고치기 위해서는 우선 인간 자신이 심리적으로 새로운 길로 들어서야만 합니다. 인간이 모든 인간에 대해서 정말로 참된 형제가 되기 전에는 진정한 화목이 이루어지지 않을 것입니다. 어떠한 과학의 힘으로도 또한 어떤 이익을 내세우고 유혹하여도 결코 모든 인류에게 공평하게 재산이나 권리를 분배할 수는 없읍니다. 언제나 자기의 몫이 적다고 불평을 호소하고, 서로 원망하고 질투하며 다툴 것입니다. 당신은, 언제 실현되겠느냐고 물으셨지만, 실현되기는 반드시 실현됩니다. 다만 인간의 고립(孤立) 시대라는 것이 먼저 종말을 고해야만 됩니다.」

「고립이라니요?」하고 나는 물었다.

「그것은 지금——특히 현대에 있어서 도처에 군림하고 있는 형편이어서 아직 한계점에 다다르지 못했을 뿐더러 종말을 고해야 될 시기도 아직 도래하지 않았읍니다. 왜냐하면 지금은 모든 사람들이 제각기 되도록이면 떨어져서 각자의 개성을 확립하려고 추구하고 있고, 가능한 한 자기 혼자서만 충족한 삶을 향유하려 애쓰고 있기 때문입니다. 그러나 그들의 그러한 노력에도 불구하고, 그 결과로서 충족한 삶을 향유하기는커녕 결과는 완전한 자살 행위일 뿐입니다. 왜냐하면 그들은 완전한 자아(自我)의 실현 대신으로 오히려 극도의 고립 상태에 빠져 버리고 말기 때문입니다. 현대의 인간은 모두가 개개의 단위로 분열하여, 제각기 자기 구명 속에 숨어 있는 것입니다. 모든 인간이 서로 멀찍이 떨어져서 자기 자신을 숨기고 소유물도 서로 감추고 있읍니다. 그리하여 결국은 자기가 자기 자신을 다른 사람으로부터 물리침으로써, 다른 사람으로 하여금 자기를 물리치게 만드는 것입니다. 혼자서 남몰래 재산을 끌어모으고는 나는 이제 이만큼 강해졌다. 나는 이렇게 물질적인 보장을 받고 있다 라고 생각하고 있지만, 사실 인슥 어리석게도 재신을 모으면 모을수록 무력(無力)의 구렁텅이 속으로 빠져들어가고 있다는 것을 알지 못하고 있단 말입니다. 왜냐하면 자기 한 사람의 힘만을 믿고, 하나의 개체로서 전체에서 떨어져 나가 다른 사람의 도움도, 자기 이외의 인간이나 인류 전체까지도 믿지 않도록 자기 자신을 길들임으로써 오직 자기의 돈과 자기가 획득한 권리를 잃지나 않을까 두려워 전전긍긍하고 있기 때문입니다. 참다운 생활의 보장은 결코 개개의 인간의 노력에 의해서가 아니라, 인류 전체의 결합에 의해서만 이루어지는 것인데도 불구하고, 오늘날의 세계 어느 나라에서나 인간의 이성은 이 사실을 일소에 붙이고 부정하려 드는 경향이 있읍니다. 그러나 이런 무서운 고립 상태도 필연적으로 그 종말을 고하고, 모든 사람은 인간이 제각기 떨어져 산다는 것이 얼마나 부자연스런 일인가를 일제히 깨닫게 될 때가 반드시 찾아올 것입니다. 시대 사조(思潮) 역시 그렇게 변천하여,

사람들은 자기들이 얼마나 오랫동안 암흑 속에 도사리고 앉아 전혀 빛을 보지 못하고 살아 왔는가를 생각하고 깜짝 놀라게 되겠지요. 그리고 그때야말로 〈사람의 아들〉의 깃발이 휘날릴 것입니다……. 하긴 물론 그렇더라도 그때까지는 그 깃발을 소중히 여겨야 합니다. 비록 자기 혼자만일지라도 또 자기의 행동이 미친 사람의 짓같이 보일지라도 자진하여 모범을 보여줌으로써 인간의 영혼을 고립 상태로부터 동포애적인 결합의 길로 이끌어야 할 것입니다. 그렇게 함으로써만이 이 위대한 사상이 소멸되지 않을 테니까요.」

우리 두 사람은 저녁마다 이런 정열적이고 감격에 찬 대화를 주고받으면서 시간을 보냈다. 이미 나는 사교계에 발길을 끊었고 이웃을 방문하는 일도 별로 없게 되었으며 이제는 사람들도 나에 대한 열이 점점 식어 가고 있었다. 나는 그들을 비난하는 의미에서 이런 말을 하는 것은 아니다. 그들은 여전히 나를 사랑해 주었고 또한 유쾌히 대해 주었다. 그러나 유행이라는 것이 사교계를 적지 않게 지배하고 있다는 사실만은 부인할 수 없을 것이다. 마침내 나는 나의 이 이상한 방문객을 환희에 가까운 눈으로 바라보게 되었다. 그것은 그의 높은 교양이 나에게 즐거움을 주었을 뿐만 아니라, 그가 마음속에 어떤 계획을 지니고 있고 또 어떤 위대한 고행을 준비하고 있는지도 모른다는 것을 예감하기 시작하였기 때문이다. 아마도 그는 내가 자기의 비밀에 관하여 노골적인 호기심을 표시하거나 단도직입적인 질문이나 암시로써 그것을 알아내려고 꾀하지 않은 것에 호감을 갖게 되었는지도 모른다. 그러나 드디어 나는 그 자신이 내게 무언가를 고백하고 싶어 무척 괴로와하고 있다는 것을 알아차렸다. 적어도 그가 나를 방문하기 시작한 지 약 한 달 가량 지났을 무렵에는 그런 기색이 완연해졌다.

「당신은 알고 계십니까?」하고, 어느날 그는 나에게 물었다. 「사람들은 요즘 우리 두 사람에 대해 비상한 관심을 집중시키고 있답니다. 내가 어째서 이렇게 자주 댁으로 찾아오는가 하는 것을 이상하게 생각하고 있는 모양이에요. 그러나 맘대로 생각하도록 내버려둡시다. 멀지 않아 모든 것을 알 수 있을 테니까요.」

그는 이따금 갑자기 무서운 흥분 상태에 빠져들어가는 때가 있었는데, 그럴 때면 거의 언제나 자리에서 일어나 자기 집으로 돌아가 버리곤 했다. 또 어떤 때는 오랫동안 나를 뚫어지게 바라보는 일도 있었다. 그러나 『이제 곧 무슨 말을 하려는 모양이군.』내가 이렇게 생각하고 있노라면 그는 갑자기 마음이 변한 듯이 아무것도 아닌 평범한 세상 이야기를 꺼내는 것이었다. 또 그는 머리가 아프다는 소리를 자주 하게 되었다. 그런데 한 번은 오랫동안 열을 올려 이야기를 하고 난 뒤, 갑자기 그의 얼굴이 창백해지며 경련이라도 일어난 듯 얼굴을 일그러뜨리는 것을 보았다. 그리고는 내 얼굴을 뚫어지게 쳐다보는 것이었다.

「왜 그러십니까?」하고 나는 물었다. 「어디가 편찮으신가요?」

그것은 바로 조금 전에 또 두통이 난다고 그가 말했기 때문이었다.

「나는 말입니다……사실은……나는……사람을 죽인 일이 있읍니다.」이렇게 말하고 그는 히죽이 미소를 지어 보였으나 그 얼굴은 마치 백지장처럼 창백했다.

『이 사람은 왜 웃고 있는 것일까?』미처 다른 생각을 해볼 여지도 없이 이런 생각이 퍼뜩 내 가슴을 뚫고 지나갔다. 나 역시 얼굴이 창백해지는 것만 같았다.

「무슨 말씀이십니까?」하고 나는 소리쳤다.

「아시겠읍니까?」여전히 창백한 얼굴에 미소를 띄운 채 그는 말을 계속했다. 「나는 이 처음의 한 마디를 입 밖에 내는 데 얼마나 힘이 들었는지 모릅니다. 그러나 이제 겨우 그 말을 하고 나니까, 나도 바른 길로 들어선 것 같은 느낌이 드는군요. 이제는 그냥 앞으로 밀고 나가기만 하면 되겠지요.」

나는 한참 동안 그 말을 믿을 수가 없었다. 물론 끝내는 나도 그 말을 믿게 되었지만, 그것은 그가 계속 연이어 사흘을 찾아와서 모든 사정을 자세히 이야기하고 난 다음의 일이었다. 처음에 나는 그가 미치지나 않았나 생각하였으나, 마침내 더없는 슬픔과 놀라움으로써 그 사실을 확신하지 않을 수 없게 되었다.

십사 년 전 그는 어떤 부인, 젊고 아름다운 부유한 지주의 미망인에게 그처럼 큰 죄를 범했던 것이다. 그 부인은 시골에서 나왔을 때의 거처로 시내에 집을 한 채 가지고 있었다. 그는 그 미망인을 열렬히 사랑한 나머지 이윽고는 자기의 사랑을 고백하고 자기와 결혼해 주기를 간청하기에 이르렀다. 그러나 그 미망인은 그때 이미 다른 남자에게 마음을 허락하고 있었다. 그 남자는 명문 출신의 상당히 계급이 높은 군인으로 그 당시 일선 근무를 하고 있었으나 멀지 않이 곧 돌아올 것으로 그녀는 기대하고 있었다. 그래서 그녀는 그의 구혼을 거절하고 앞으로는 자기 집에 오지 말아 달라고 부탁했던 것이다. 그는 그 여자 집에 더 이상 드나드는 것은 그만두었으나 그 집 구조를 잘 알고 있었으므로, 어느날 대담하게도 들킬 위험을 무릅쓰고 정원으로 해서 그 집 지붕으로 기어올라갔다. 그러나 이것은 흔히 있는 일이지만, 가장 대담하게 행하는 범죄는 그 어떤 범죄보다 훨씬 성공하기 쉬운 법이다. 천정으로 난 창문을 통해 다락방으로 들어간 그는 다시 사다리를 타고 내려가 거실로 들어갔다. 그는 사다리 밑에 있는 쪽문이 하인들의 부주의로 말미암아 가끔 자물쇠가 채워지지 않는 채 있는 것을 알고 있었던 것이다. 그날도 그는 그 부주의를 기대하고 있었는데, 과연 그가 바라던 대로였다.

아래로 내려온 그는 어둠을 타고 아직 등불이 켜진 채 있는 그 미망인의 침실로 다가갔다. 마침 하녀들이 모두 주인의 허락도 얻지 않고 이웃집 생일 잔치에 가고 집에 없었다. 다른 하인들은 아래층 하인 방과 부엌에서 자고 있었다. 잠든 그 여자의 모습을 보는 순간 그의 마음속에는 정욕이 불타올랐으나, 다음 순간 복수와 질투의 분노에 사로잡히어 마치 술취한 사람처럼 제정신을 잃고 그 여자 곁으로 다가가서 그 심장 한가운데를 단도로 푹 찔렀다. 여자는 비명 소리조차 내지 못하고 죽어 버렸다. 그러고 나서 그는 악마같이 무섭고 교활한 솜씨로 하인들에게 혐의가 씌워지도록 꾸며 놓았다. 그는 비열하게도 우선 여자의 지갑을 훔쳤고, 베개 밑에서 열쇠를 꺼내어 장롱을 열어젖뜨리고 물건을 훔쳤으나 귀중한 서류에는 손도 대지 않고 현금만 훔쳐냄으로서, 어느 모로 보나 무식한 하인이 한 것처럼 만들었다. 그는 또 비교적 부피가 큰 금붙이를 몇 개 훔쳐 내면서도 그보다 열 갑절이나 값이 나가더라도 부피가 작은 것은 그대로 남겨 두었다. 그리고 자기가 기념으로 가질 물건을 몇 가지 가져왔으나, 이것에 관해서는 뒤에 이야기하기로 하겠다. 이처럼 무서운 범죄를 저지르고 나서 그는 다시 자기가 들어왔던 길을 더듬어 바깥으로 나왔다.

다음날 큰 소동이 벌어졌을 때는 물론, 그 뒤 그의 일생을 통하여 그를 진범이라고 감히 의심하는 자는 아무도 없었다. 뿐만 아니라, 그가 그 여자에게 애정을 품고 있었다는 것에 대해서도 아는 사람이 아무도 없었다. 그는 언제나 말이 적었고, 자기의 심정을 털어놓을 만한 친구 하나 없었기 때문이다. 그는 살인 사건이 일어나기 전 이 주일 동안은 한 번도 그 여자를 방문한 일이 없었으므로, 사람들은 그를 단지, 피해자와 그저 알고 지낼 뿐 그다지 가까운 사이가 아닌 사람인 정도로밖엔 생각하지 않았다.

그리하여 농노 출신인 하인 표트르가 곧 꼼짝없이 혐의를 뒤집어쓰게 되었다. 공교롭게도 이 혐의를 확증하는 사실이 연이어 나타났다. 죽은 그 부인은 자기 영지에서 차출해야 할 신병(新兵)으로 이 하인을 군대에 내보내려고 하였는데, 그 이유는 이 하인이 홀몸인 동시에 품행이 나빴기 때문이다. 여주인은 자기의 이러한 의향을 별로 숨기려고도 하지 않았고 물론 표트르 자신도 그 사실을 잘 알고 있었다.

이 일 때문에 격분한 나머지 술집에서 잔뜩 술이 취해서 자기 주인을 죽여 버리겠다고 커다랗게 소리지르는 것을 목격한 사람들도 있었다. 더구나 그는 주인 여자가 살해되기 이틀 전에 집에서 도망쳐 나가 시내에서 아무도 모르게 숨어 있었다. 그리고 살인 사건이 있은 다음날 그는 교외로 나가는 길가에서 술이 만취되어 쓰러져 있는 것이 발견되었는데, 그때 그의 주머니에는 단도가 들어 있었고, 오른손에는 우연히도 피가 묻어 있었다. 그는 코피라고 변명하였으나 아무도 곧이들으려 하지 않았다. 그리고 하녀들은 자기들이 잔칫집에 갔었기 때문에 돌아올 때까지 현관을 그냥 열어 두었었다고 자백했다. 그 밖에도 이와 비슷한 증거가 여러 가지 드러나서 드디어 그 무고한 하인은 구속되고 말았다. 그는 곧 재판을 받게 되었는데, 구속된 지 일 주일 만에 피고는 열병에 걸려 의식을 잃은 채 병원에서 죽고 말았다. 이것으로 그 사건은 끝장이 나고, 그 뒷일은 하느님께 맡겨지게 되었다. 재판관이나 검찰이나 일반 시민이나 할 것 없이 모든 사람들이 범인은 병원에서 죽은 그 하인이 틀림없다고 확신하고 말았다. 그때부터 하느님의 벌이 내리기 시작했던 것이다.

이상한 방문객, 이제는 이미 나의 친구인 그는 나에게 다음과 같이 설명해 주었다. 처음 얼마 동안은 전혀 양심의 가책 따위는 느끼지 않았다. 물론 그도 오랫동안 괴로웠던 것만은 사실이었지만, 그것은 양심의 가책 때문이 아니라 다만 자기가 사랑하는 여자를 죽여 버렸으니 그 여자는 이미 세상에 없다, 정욕의 불길은 여전히 혈관 속에서 불타고 있음에도 불구하고, 그 여자를 죽여 버림으로써 자기의 사랑마저 죽여 버린 것이라는 절망감 때문이었다. 그러나 자기가 아무 죄도 없는 사람의 피를 흘렸다거나 자기 손으로 사람을 죽였다거나 하는 데 대한 후회는 거의 염두에도 없었다. 그보다는 자기가 죽인 여자가 만약 그대로 살아 남아 있다면 필경 다른 사람의 아내가 되었을 것이라는 생각이 그에게는 도저히 견딜 수 없는 일이었으므로, 그는 오랫동안 자기 양심에 비추어 보아 그럴 수밖에는 다른 방법이 없었다고 확신하고 있었던 것이다.

처음 얼마 동안은 그 하인이 체포되었다는 사실이 그의 마음을 괴롭혔으나, 피고의 갑작스런 발병과 사망은 완전히 그의 마음을 안심시켜 주었다. 왜냐하면 그의 죽음은 분명 체포라는가 공포에 기인하는 것이 아니라, 주인 집을 뛰쳐나온 뒤 술에 만취되어 밤새도록 축축한 땅 위에서 뒹굴고 있었을 때 걸린 감기가 원인이 되어 죽은 것이라고 그 당시에 그는 판단하였기 때문이다. 훔친 물건이나 돈도 그를 그다지 괴롭히지 않았다. 왜냐하면 그것은 물건이 탐이 나서 훔친 것이 아니라 단지 혐의를 받지 않기 위한 방편에 지나지 않았었기 때문이다. 훔친 금액은 그리 많지 않은 것이었으므로 그는 그 돈 전부를, 아니 그보다 더 많은 돈을 당시 이 도시에 설립된 고아원에 기부했다. 이것은 그것들을 훔친 데 대한 자기의 양심을 편하게 하기 위해 일부러 한 일이었으나 이상하게도 얼마 동안, 아니 퍽 오랫동안 그는 정말로 마음의 안정을 얻었다. 이것은 그가 자신의 입으로 나에게 한 말이었다.

그 뒤부터 그는 자기의 맡은 바 일에 전력을 기울이기로 했다. 자진하여 어려운 일과 힘드는 일을 도맡아 하다시피하는 동안 이 년이라는 세월이 지나갔다. 그는 원래가 강한 성격의 소유자였기 때문에 과거의 일을 죄다 잊다시피했으며 어쩌다 기억이 되살아날 때에는 아예 그것을 생각지 않으려고 노력하였다. 그는 자선 사업에도 있는 힘을 다 기울여 그 도시에 여러 가지 시설을 마련하기도 하고 또 원조도 아끼지 않았다. 뿐만 아니라 양쪽 수도(페테르스부르크와 모스크바)에서도 많은 일을 하여 모스크바와 페테르스부르크의 자선가 협회 위원으로 선출되었다.

그러나 과거에 대한 고민이 다시 시작되어, 마침내 그의 힘으로는 더 이상 어찌 할 수 없는 상태까지 이르게 된 것이었다. 마침 바로 그 즈음 그는 아름답고 총명한 어느 아가씨에게로 마음이 끌려 곧 그 아가씨와 결혼을 하게 되었다. 그것은 자기 나름대로 결혼을 하고 나면 고독한 우울증을 몰아낼 수 있겠거니, 새로운 길로 들어가 열심히 처자에 대한 의무를 다함으로써 무서운 추억에서 벗어날 수 있겠거니, 하는 기대가 있었기 때문이었다. 그러나 사실은 그의 기대와는 정반대의 결과가 나타났다. 결혼한 지 한 달도 못되어 벌써 『아아, 아내는 이토록 나를 사랑해 주건만, 만일 아내가 그 일을 알게 되면 어떡하나?』라는 생각이 줄곧 그를 괴롭히기 시작했다. 아내가 처음으로 임신했다는 사실을 알렸을 때 그는 몹시 괴로웠다. 『나는 지금 하나의 새로운 생명을 부여하려 하고 있으나, 전에는 하나의 생명을 빼앗은 일도 있지 않은가!』 이윽고 아이들이 계속 셋이나 태어났다. 『나 같은 자가 어찌 감히 그들을 사랑하고 양육하고 교육할 수 있단 말이냐! 어떻게 감히 내가 아이들에게 덕행을 가르칠 수 있으랴? 나는 살인을 한 자가 아닌가!』 무럭무럭 자라나는 아이들을 보고 힘껏 애무해 주고 싶은 마음이 일어날 때에도 『나는 저 아이들의 천진난만한 얼굴을 쳐다볼 수가 없다. 나는 그럴 만한 가치가 없는 인간이다.』라는 생각에서 한시도 떠날 수가 없었다.

이윽고 그는 자기에게 희생된 자의 피가, 자기가 죽인 젊은 생명의 복수를 부르짖는 그 피가, 무서운 형상을 띠고 그의 마음을 엄습하기 시작하여 도저히 견딜 수 없게 되었다. 매일 밤 그는 무서운 꿈에 시달리기 시작하였으나, 원래가 강건한 기질의 인간이었으므로 오랫동안 이 고통을 참고 견디었다. 『이 남모르는 고통으로 나는 모든 것을 속죄할 수 있으리라.』고 그는 생각했지만 그 소망도 결국은 헛된 것이었다. 시간이 흐르면 흐를수록 고통은 점점더 심해져만 갔다. 세상 사람들은 그의 엄격하고 음울한 성격을 두려워하면서도 그의 자선 사업 때문에 그를 존경하고 있었다. 그러나 사람들의 존경을 받으면 받을수록 그는 더욱 견디기가 어려웠다. 그가 나에게 고백한 바에 의하면, 그는 차라리 자살해 버릴까 하는 생각까지 했었다는 것이다. 그러나 자살 대신에 그와는 또 다른 공상이 그의 뇌리에 떠오르기 시작했다. 그것은 처음에는 도저히 불가능하고 생각조차 할 수 없는 일같이 생각되었으나, 점점 그의 마음속으로 파고들어 떨쳐 버릴 수 없게 되었다. 그 공상이란 다름이 아니라 분연히 일어나 대중 앞으로 나아가 자기가 살인자라는 것을 고백하는 것이었다. 삼 년 동안이나 이 공상은 여러 가지 형태로 나타났다가는 사라져 없어지곤 했다. 마침내 그는 만일 자기의 범죄를 고백하기만 하면 자기의 영혼은 완쾌될 수 있고 영원한 평안을 얻을 수 있을 것이라고 진심으로 확신하게 되었다. 그러나 이것을 어떻게 실천할 것인가? 이것을 생각하면 그의 마음속은 당장에 공포로 가득 차 버리는 것이었다. 바로 이때 나의 결투 사건이 일어났던 것이다. 「당신을 사귀고 난 뒤 나는 겨우 결심을 하게 되었읍니다.」

나는 그의 얼굴을 쳐다보았다. 「아니 그게 정말입니까?」 나는 손뼉을 탁 치며 이렇게 소리쳤다. 「그런 대수롭지 않은 사건이 당신의 마음속에 그런 결심을 낳게 하다니…….」

「이 결심은 벌써 삼 년 전부터 했던 것입니다.」 하고 그는 대답했다. 「당신의 사건은 거기에 단지 자극을 주었을 따름입니다. 당신을 가까이하는 동안 나는 얼마나 나 자신을 힐책하고 또 당신을 부러워했는지 모릅니다.」 그는 거의 엄숙에 가까운 표정으로 말했다.

「그렇지만 아무도 당신의 고백을 곧이듣지 않을 겁니다.」 하고 나는 말했다. 「벌써 십사 년 전의 일이니까요.」

「증거가 있읍니다. 나는 아주 확실한 증거를 가지고 있지요. 그것을 그들에게 제시하겠읍니다.」

나는 눈물을 흘리며 그에게 키스했다.

「그런데 꼭 한 가지만, 한 가지만 당신의 의견을 말씀해 주십시오.」 하고 그는 마치 모든 것이 내 말 한 마디에 달려 있는 듯이 애원했다. 「아내와 아이들을 대체 어떻게 하면 좋겠읍니까? 아내는 슬픔을 이기지 못해 죽어 버릴는지도 모릅니다. 그리고 아이들도 비록 그들의 신분과 재산은 잃지 않을지는 모르지만 영원히 죄수의 자식이라는 낙인이 찍힐 게 아닙니까. 나라는 인간이 아이들의 가슴속에 어떠한 기억을 남기게 될지 생각 좀 해보십시오!」

나는 아무 말도 하지 않았다.

「그래 그들과 헤어져야만 합니까? 영원히 그들을 버려야만 합니까? 영원히, 당신도 아시다시피, 영원히 말입니다!」

나는 말없이 앉아서 침묵의 기도만을 되풀이하고 있었다. 이윽고 나는 자리에서 일어섰다. 어쩐지 무서워졌던 것이다. 「어떻게 하면 좋을까요?」하고 그는 나를 쳐다보았다.

「가십시오.」나는 말했다. 「가서 모든 사람들에게 고백을 하십시오. 모든 것이 물에 흘러가 버리고 오직 진실만이 남게 될 겁니다. 아이들도 성장하면 당신의 결심이 얼마나 훌륭한 것이었는지 이해하게 될 것입니다.」

그때 그는 결심을 한 듯이 내 앞을 떠나갔다. 그러나 그 뒤에도 여전히 실천을 못하고 이 주일 동안 매일처럼 저녁마다 나를 찾아와서는 언제까지나 마음의 준비만을 되풀이하는 것이었다. 이러한 그의 태도에 내 마음은 아주 지쳐 버릴 지경이었다. 그런가 하면 어떤 때는 단호하게 결심을 한 듯한 얼굴로 나를 찾아와 감격 어린 어조로 이렇게 말할 때도 있었다.

「이제야 알겠읍니다. 내게 천국이 찾아오려 하고 있읍니다. 천국이, 내가 고백하는 것과 동시에 찾아올 것입니다. 십사 년 동안이나 나는 지옥에서 살아 왔읍니다만 이제야말로 정말 그 고통을 감수하고 싶어졌읍니다. 나는 나의 벌을 달게 받고 참된 생활을 시작하렵니다. 인간이란 악한 짓을 하며 이 세상을 살아 나갈 수도 있지만, 그래서는 본래대로 되돌아갈 수가 없읍니다. 이제 나는 이웃은 고사하고라도 내 아이들조차 사랑할 용기가 없어졌읍니다. 아아, 아이들도 나의 고통이 얼마만한 가치가 있었는지를 이해하고 나를 책망하지 않겠지요! 하느님께서는 힘 속에 계시는 것이 아니라 진리 속에 계시니까요.」

「이해하고 말고요. 모두들 당신의 위대한 행위를 이해할 것입니다.」하고 나는 그에게 말했다. 「지금 이해하지 못한다 해도 나중에는 반드시 이해하게 됩니다. 왜냐하면 당신은 진리에 봉사하셨으니까요. 이 세상의 것이 아닌 보다 높은 진리에 말입니다…….」

이럴 때는 적이 마음의 위로를 받은 듯한 표정으로 돌아갔으나, 다음날이 되면 그는 다시 창백하고 고통스런 얼굴로 나를 찾아와 비웃듯이 말하는 것이었다.

「내가 여기 찾아올 때마다 당신은 마치 『아직도 고백하지 않았군!』하는 듯이 호기심에 불타는 눈으로 나를 바라보는군요. 그러나 조금만 더 기다려 주십시오. 그리고 나를 너무 멸시하지 마십시오. 이것은 당신이 생각하는 것처럼 그렇게 쉬운 일이 아닙니다. 어쩌면 아주 고백하지 않게 되는지도 모릅니다. 그렇더라도 당신은 설마 나를 고발하시지는 않겠지요?」

그러나 나는 호기심에 불타는 눈으로 그를 쳐다보기는커녕 그의 얼굴을 보는 것조차 두려워졌다. 나는 근심 때문에 병이 날 지경이었고, 마음속에는 눈물이 가득 차 있었다. 밤에는 잠도 제대로 이루지 못할 정도였다.

「나는 지금.」하고 그는 말을 이었다. 「아내한테서 오는 길입니다. 과연 당신은 아내란 말이 어떤 뜻을 가지고 있는지 아십니까? 내가 집을 나올 때 아이들은『아버지, 안녕히 다녀오세요. 빨리 돌아오셔서 《어린이 독본》을 읽어 줘요, 네?』라고 말하더군요. 아마 당신은 이런 것을 도저히 이해하지 못할 겁니다! 다른 사람의 비탄은 누구나 이해할 수 없는 법이니까요.」

그의 눈은 빛을 발하고 입술은 경련을 일으킨 듯 떨리고 있었다. 그러더니 갑자기 주먹을 움켜쥐고 위에 놓여진 물건들이 춤을 출 정도로 탁자를 쾅 때렸다. 평소에는 지극히 점잖은 위인이었으므로 그의 이런 행동은 처음 보는 것이었다.

「도대체 그럴 필요가 있을까요?」하고 그는 고함을 질렀다. 「꼭 내가 그래야만 할까요? 아무도 죄를 뒤집어쓴 사람이 없고, 아무도 나 때문에 시베리아로 간 사람이 없는데 말입니다. 그때 그 하인은 열병으로 죽은 것이니까 말입니다. 그리고 나로 말하면 내가 흘린 피로 인하여 그 동안에 겪은 고통으로 이미 충분한 벌을 받고 있는 셈이 아닙니까? 또 아무도 내 말을 곧이들으려 하지 않을 것이고, 어떤 증거를 제시해도 믿지 않을 것입니다. 그런데 무엇 때문에 꼭 고백을 해야 합니까? 내가 저지른 죄 때문이라면 일생 동안이라도 고통을 감수할 용의가 있읍니다. 그렇지만 처자에게만은 슬픔을 주고 싶지 않습니다. 과연 처자들까지도 나와 함께 파멸시키는 것이 옳은 일일까요? 이런 경우 진리는 어디 있는 것입니까? 과연 세상 사람들은 그 진리를 인정하고 바르게 평가하여 그것을 존경하게 될까요?」

『이럴 수가 있담!』하고 나는 속으로 생각했다. 『이런 순간에 이 사람은 세상 사람들의 존경 같은 걸 따지다니!』그러자 나는 그가 한없이 가엾어져서 만약 내가 그를 위로해 줄 수만 있다면 그와 운명을 함께 해도 좋다고까지 생각했다. 그는 제정신이 아닌 것처럼 보였다. 그러한 결심을 하기 위해서는 그가 어떤 대가를 지불해야 하는가를, 나는 단지 이성(理性)으로서가 아니라 온 영혼으로 직감하고 온 몸에 전율을 느꼈다.

「어서 내 운명을 결정해 주십시오!」하고 그는 또다시 소리쳤다.

「가서 고백하십시오.」나는 그에게 속삭여 주었다. 숨이 막힐 것 같아 목소리가 제대로 나오지 않았지만, 그래도 나는 단호한 어조로 속삭였다. 그러고 나서 탁자 위에 놓여 있던 노역판(露譯版) 성서를 집어 들고 요한 복음 12장 24절을 보여 주었다.

〈내가 진실로 너희에게 이르노니, 한 알의 밀이 땅에 떨어져 죽지 아니하면 한 알 그대로 있고, 죽으면 많은 열매를 맺느니라.〉

나는 그가 오기 조금 전에 그 구절을 읽었던 것이다. 그는 그것을 읽었다.

「옳은 말씀입니다.」하고 그는 쓰디쓴 미소를 지었다. 「하지만 이런 책 속에서는.」하고 그는 잠시 말을 끊었다가 다시 입을 열었다. 「뭐라 말할 수 없이 무서운 문구들이 많습니다. 또 그것을 남에게 제시하기란 무척 쉬운 일이지요. 그렇지만 이건 누가 쓴 것입니까? 설마 인간이 쓴 건 아니겠지요?」

「성령(聖靈)이 쓰셨읍니다.」하고 나는 말했다.

「그렇게 말하는 것쯤 당신에게는 아주 쉬운 일이겠지요.」그는 다시 한번 쓰디쓴 미소를 지어 보였는데, 그것은 거의 증오에 찬 것이었다. 나는 다시 책을 집어 들고 다른 곳을 펼쳐, 히브리서 10장 31절을 보여 주었다. 그는 그것을 읽었다.

「〈살아 계신 하느님의 손에 빠져들어가는 것이 무서울진저〉」

그는 읽고 나더니 그대로 책을 내던져 버렸다. 그러고는 온 몸을 와들와들 떠는 것이었다.

「무서운 말씀입니다.」하고 그는 말했다. 「더 이상 할 말이 없군요. 어쩌면 그렇게 꼭 들어맞는 구절만 골라내시었읍니까…….」그는 의자에서 일어섰다. 「그럼, 안녕히 계십시오. 아마 다시는 못 보게 될는지도 모릅니다……. 천국에서 다시 만납시다. 살아 계신 하느님의 손에 빠져들어간 뒤 이미 십사 년, 지난 십사 년이야말로 이렇게 불러야 마땅하겠지요. 내일은 그 손을 향하여 제발 좀 놓아 달라고 간청하겠읍니다.」

나는 그를 끌어안고 작별의 키스를 하고 싶었으나 감히 그럴 용기는 나지 않았다. 그토록 그의 얼굴은 이지러져 있었고 고통스러워 보였던 것이다. 그는 밖으로 나갔다.

『아아, 그는 대체 어디로 가는 것일까?』하고 나는 생각했다. 나는 성상 앞에 엎드려, 우리의 청을 지체없이 들어 주시는 보호자이신 동시에 구원자이신 성모 마리아께 그를 위해 울며 기도를 드렸다. 내가 눈물을 흘리며 기도를 드리고 있는 동안에 약 삼십 분이 흘러갔다. 밤은 이미 깊어 거의 자정에 가까왔다. 그때 홀연히 문이 열리더니 그가 다시 들어왔다. 나는 소스라치게 놀랐다.

「어디 계셨읍니까?」하고 나는 물었다.

「저……잊은 게 있어서……아마 손수건을……아니, 뭐 잊은 게 없더라도, 잠깐 앉았다 가게 해주십시오.」

그는 의자에 앉았다. 나는 그 곁에 서 있었다.

「같이 앉으시지요.」하고 그는 말했다.

나도 같이 앉았다. 우리는 약 이 분 가량 말없이 앉아 있었다. 그는 유심히 내 얼굴을 바라보고 있다가 갑자기 히죽이 웃었다(지금도 나는 그때 일을 기억하고 있다). 그러곤 벌떡 일어서서 나를 힘껏 끌어안고 키스를 하는 것이었다.

「기억해 두게.」하고 그는 말했다. 「내가 자네한테 두 번째 왔었다는 사실을. 알겠나, 이 점을 잘 기억해 두게.」

그는 다시 나가 버렸다. 『내일은 틀림없겠군.』하고 나는 생각했다.

과연 그대로였다. 나는 그날 저녁에만 해도 그 다음날이 그의 생일이라는 것을 모르고 있었다. 나는 지난 며칠 동안 한 번도 외출한 적이 없어서 누구에게도 그런 말을 들을 기회가 없었던 것이다. 그의 생일에는 해마다 그의 집에서 굉장한 잔치가 벌어지고, 그 도시의 거의 모든 사람들이 참석하는 것이 상례로 되어 있었다. 이번에도 역시 마찬가지였다. 식사를 끝마치고 나서 그는 방 한가운데로 걸어나갔는데, 그의 손에는 한 장의 종이가 쥐어져 있었다. 그것은 그가 근무하는 관청의 장관에게 제출할 정식 자백서였던 것이다. 마침 장관도 그 자리에 참석하고 있었기 때문에, 그는 그 자백서를 손님들 모두 앞에서 커다랗게 낭독하였다. 거기에는 범행의 전말이 아주 상세하게 적혀 있었다.

「나는 나 자신을 극악 무도한 악한으로 규정하여 인간 사회로부터 추방하려고 합니다. 하느님께서 나를 찾아 주셨으니, 나는 나의 죄를 기꺼이 감수하겠읍니다.」라고 그는 끝을 맺었다.

그리고 그 자리에서 그는 자기의 범죄를 증명할 셈으로, 십사 년간 간직해 온 물건들을 모두 가져다 탁자 위에 늘어놓았다. 혐의를 피하려고 훔쳤던 금으로 만든 물건들과 피살자의 목에서 풀어 낸 커다란 목걸이와 십자가(목걸이 속에는 약혼자의 사진이 들어 있었다)와 수첩, 그리고 마지막으로 두 통의 편지였다. 한 통은 약혼자가 곧 돌아온다는 것을 알린 피살자에게로 온 편지이고, 다른 한 통은 여자가 써서 다음날 부치려고 탁자 위에 놓아 두었던 답장이었다. 그는 이 두 통의 편지를 범행을 저지른 뒤에 집으로 가져왔던 것이다. 그러나 무엇 때문에 그는 자기에게 불리한 증거품을 없애 버리지 않고 십사 년간이나 그냥 간직해 두고 있었을까?

그러나 결과는 그의 기대와는 다른 것으로 나타났다. 사람들은 처음엔 깜짝 놀라 공포에 사로잡혀, 대단한 호기심을 가지고 귀를 기울였으나 마치 병자의 헛소리를 듣는 것처럼 누구도 믿으려 하지 않았다. 그리고 이삼 일 뒤에는 어느 가정에서나 그 가엾은 사람이 미쳐 버린 모양이라고들 단정해 버렸다.

사법 당국에서는 그 사건의 심리(審理)에 착수하지 않을 수 없었으나, 그들 역시 당분간 그 심리를 보류하기로 결정했다. 제시된 물건들과 편지는 일단 조사해 볼 만한 가치가 있는 것이었지만, 설혹 그 증거물이 틀림없다는 것이 밝혀진다 하더라도 역시 그것만을 근거로 하여 유죄를 선고할 수는 없다는 결론을 내렸던 것이다. 뿐만 아니라 그 증거물이라는 것도 피살자가 자기 친구인 그에게 보관을 위임했을 수도 있는 일이기 때문이다. 하긴 나중에 내가 들은 바에 의하면, 그 증거물의 출처가 확실하다는 것은, 피살자의 친구들이나 친척에 의해 증명되었기 때문에 거기에 대해서는 추호도 의문의 여지가 없었다고 한다. 아무튼 이 사건은 결국 재판소에서 심리될 만한 운명에 있지 못했다. 그 뒤 닷새 가량 지났을 때, 이 불행한 사람이 갑자기 병에 걸려서 이제는 목숨까지도 위독한 상태에 있다는 소문이 세상에 알려졌다. 무슨 병에 걸렸는지는 자세히 설명할 수는 없으나 사람들의 말에 의하면 심장 기능 장애인가 하는 것이었다고 한다. 그러나 곧 이어 다음과 같은 사실이 판명되었다. 의사들이 그의 부인의 간곡한 청에 못 이겨 환자의 정신 상태를 진찰한 결과, 정신 착란의 증상이 보인다는 진단을 내렸다는 것이다.

사람들은 앞을 다투어 나에게 진상을 물으러 왔지만 나는 아무것도 말하지 않았다. 그러나 내가 그를 문병하고 싶다고 말했을 때 사람들은 특히 그의 아내는 오랫동안 말리면서 허락해 주지 않았다.

「그가 그렇게 미치게 된 원인은 당신에게 있어요.」하고 그의 아내는 나에게 말하는 것이었다. 「그이는 항상 우울한 성격이긴 했지만, 특히 작년부터는 공연히 흥분하여 이상한 짓을 하는 걸 우리는 모두 눈치챘었지요. 그런데 이번엔 당신이 나타나서 그이를 완전히 파멸시키고 만 거예요. 당신이 그이에게 이상한 사상을 불어 넣었기 때문이에요. 지난 한 달 동안 그이는 줄곧 당신 곁에 붙어 있었으니까요.」

그리고 비단 그의 아내뿐만이 아니라, 그 도시의 모든 사람들이 나한테 달려들어 나를 비난하는 것이었다. 「모든 것이 다 네 탓이다!」하고 그들은 입을 모아 나를 욕했다. 나는 아무런 말도 하지 않았지만 속으로는 무척 기뻤다. 왜냐하면 나는 자기 자신에게 반기를 들고, 자기 자신에게 벌을 준 이 불행한 사람에 대한 하느님의 명백한 자비를 거기서 보았기 때문이다. 나는 그가 정말로 정신 이상을 일으켰다고는 믿지 않았다. 그러다가 마침내 나는 그와의 면담을 허락받게 되었다. 병자 자신이 나와 작별 인사를 나누고 싶다고 열심히 간청하였기 때문이었다. 나는 그의 방에 들어서자 곧 그의 목숨이 며칠은 고사하고 몇 시간밖에 남지 않았다는 것을 알 수 있었다. 그는 여윌 대로 여위어 얼굴빛은 누렇고, 손은 부들부들 떨리고, 숨은 헐떡이고 있었으나 얼굴에는 부드럽고 행복한 표정이 감돌고 있었다.

「기어이 뜻을 이루고 말았네!」하고 그는 말했다. 「무척 자네가 보고 싶었는데 왜 와 주지 않았나?」

나는 사람들이 만나지 못하게 했다는 말은 그에게 하지 않았다.

「하느님께서 나를 가엾이 여겨 당신 곁으로 불러 주시는 거야. 죽을 날이 멀지 않았다는 건 나도 알고 있지만, 몇 십 년 만에 나는 비로소 환희와 평안을 느끼고 있네. 내가 해야 할 일을 끝낸 순간부터 내 마음속에는 천국이 나타났지. 이제는 아무 거리낌없이 아이들을 사랑할 수도 있고 키스를 해줄 수도 있어. 그러나 아내도 판사도 또 그 밖의 어느 누구도 내 말을 곧이들어 주지 않았다네. 그러니 아이들도 역시 믿지 않을 걸세. 이것만으로도 아이들에 대한 하느님의 자비를 알 수 있지 않나! 비록 내가 지금 죽는 한이 있더라도 내 이름은 아이들에게 아무런 오점도 남기지 않을 걸세. 지금 이 순간에도 나는 벌써 하느님 곁에 있는 것 같아, 내 마음은 마치 천국에 있는 듯이 즐겁기만 하네……. 난 내 의무를 다했어…….」

그는 더 이상 말을 잇지 못했다. 가쁜 숨을 몰아쉬면서도 그는 내 손을 꼭 쥐고 타는 듯한 눈으로 나를 쳐다보고 있었다. 우리들은 오랫동안 이야기할 수가 없었다. 그의 아내가 계속 우리를 살피러 드나들었기 때문이다. 그래도 그는 틈을 타서 내게 이런 말을 속삭였다.

「자네, 내가 그날 밤중에 자네를 두 번째 찾아갔던 일을 기억하고 있나? 내가 꼭 기억해 두라고 당부하지 않았었나? 내가 왜 되돌아갔는지 자네는 알고 있나? 실은 자네를 죽이려고 갔던 거야!」

나는 흠칫 몸을 떨었다.

「그때 나는 자네 집에서 캄캄한 어둠 속으로 달려나와, 거리를 헤매며 나 자신과 싸웠다네. 그러자 갑자기 자네가 미워져서 견딜 수가 없더군.『그자야말로 나를 속박하는 유일한 인간이다.』하고 나는 생각했지.『그자는 나의 재판관이기도 하다. 그자가 모두 알고 있는 한, 내일이라도 나는 형벌을 감수할 수밖에 없다.』그렇다고 해서, 자네가 나를 밀고하지나 않을까 그것을 두려워한 것은 아니었어. 정말 그런 것은 생각조차 해본 일이 없네. 단지『만약 내가 자수하지 않는다면, 무슨 낯으로 자네를 대할 수 있단 말인가?』라고 생각했던 거야. 설사 자네가 이 세상 어떤 한 끝에 가 있다 할지라도, 자네가 살아 있는 한은 역시 마찬가지가 아니겠나. 자네가 모든 일을 알고 살아 있어서 나를 심판할 것이라는 생각을 나는 도저히 참아낼 수가 없었어. 나는 마치 자네가 모든 것의 원인인 것처럼 모든 죄가 자네에게 있기라도 한 것처럼 자네를 증오했네. 그래서 나는 자네에게로 되돌아갔던 거야. 그때 자네 방 탁자 위에 나이프가 놓여져 있던 것을 기억해 냈지. 나는 의자에 앉아서 자네에게도 앉으라고 권했어. 그리고 일 분 동안이나 곰곰이 생각했네. 만약 내가 자네를 죽였더라면, 비록 이전의 죄는 자수할 필요가 없어졌겠지만, 자네를 죽인 살인죄로 말미암아 필경 파멸하고야 말았을 것일세. 그러나 그런 일은 전연 생각지도 않았고, 또 생각해 보고 싶지도 않았어. 나는 단지 자네가 미워서 견딜 수가 없었고 모든 일에 대해서 자네에게 복수하고 싶은 생각밖에 없었던 거야. 그러나 하느님께서 내 마음속에 있는 악마를 정복하여 주셨네. 아무튼 잘 기억해 두게, 자네가 그때만큼 죽음에 임박했던 일은 아직 한 번도 없었다는 사실을…….」

일 주일 뒤에 그는 죽었다. 그 도시의 사람들은 거의 모두가 묘지에까지 관을 따라갔다. 대주교의 감격에 넘친 조사(弔辭)가 있었다. 모두가 그의 수명을 단축시킨 무서운 병을 통탄했다. 그리고 장례식이 끝나자 도시의 사람들 전체가 나를 적대시하여 사교계에 넣어 주기를 거절하였다. 물론 개중에는 그의 고백을 참으로 믿는 사람도 있었다. 처음에는 극히 적었지만, 점점 그 수가 늘어났다. 그들은 나를 자주 찾아와서 굉장한 호기심과 관심을 가지고 여러 가지로 캐어 묻는 것이었다. 인간에게는 올바른 사람의 타락과 오욕을 좋아하는 성질이 있기 때문이다. 그러나 나는 끝까지 입을 다물고 있었다. 그리고 곧 그 도시를 떠나 다섯 달 뒤에는 하느님의 은총으로 이 장엄하고도 확고한 길로 발을 들여 놓게 되었다. 나는 그처럼 분명하게 이 길을 지시해 주신 〈눈에 보이지 않는 손〉을 축복하였다. 그러나 그 많은 고통을 겪은 하느님의 종 미하일을 잊지 않고 오늘날까지도 매일 기도를 드리고 있다.

3. 조시마 장로의 담화(談話)와 설교 중에서

마) 러시아의 수도사가 갖는 의의와 그 가능성(可能性)

경애하는 동료 여러분, 수도사란 대체 무엇인가? 오늘날 문명 사회에 있어서는, 이 수도사란 말은 냉소의 의미로 발음되고 있을 뿐더러, 개중에는 욕설의 뜻으로 사용하고 있는 자들까지 있다. 그리고 이러한 멸시는 점점 더 심해져 가고 있다. 슬픈 일이지만, 그야 물론 수도사 중에는 무위 도식을 일삼는 게으름뱅이, 육신에 봉사하려는 자와 방탕한 자와 오만 불손한 무뢰한들이 많이 섞여 있는 것도 사실이다. 교육을 받은 일반 사회의 사람들은 이러한 사실을 지적하며 다음과 같이 말하고 있다. 「너희들은 게으름뱅이고, 사회에 무익한 기생충이며, 남의 노고로 살아가는 파렴치한 거지들이다.」라고. 그러나 수도사 중에도 겸허하고 온순한 사람들이 많아서, 그들은 고독과 정적 속에서 열렬한 기도를 드리기를 갈망하고 있다. 세상 사람들은 흔히 이런 수도사들에게는 주의를 기울이지 않고 전연 묵살하는 태도를 취하고 있다고 해도 과언은 아니다. 그러므로 만약 내가 이처럼 고독한 기도를 갈망하는 겸허한 수도사들 중에서 다시 한번 러시아에 구원자가 나타난다고 하면 그들은 얼마나 놀랄 것인가! 진실로 그러한 수도사들은 정적 속에 들어앉아 〈이 한 시간, 이 하루, 이 한 달, 이 한 해를〉 하는 식으로 자기를 단련하고 있는 것이다. 아직도 그들은 고독 속에 파묻혀 먼 옛날의 선조──사도(使徒)와 순교자들로부터 물려받은 그리스도의 빛나는 모습을 하느님의 진리 그대로 순수하게 보전하면서, 때가 오면 이 속세의 비뚤어진 진리 앞에 그 모습을 계시하려 하고 있다. 이것은 참으로 위대한 사상이다. 이 별은 동쪽 하늘에서 솟아오를 것이다.

수도사에 관한 나의 견해는 이상과 같다. 이것은 과연 거짓일까? 자만일까? 이것을 알려면 세상 사람들의 현상을 보라. 민중 위에 군림하고 있는 하느님의 세계에서 과연 하느님의 모습과 그 진리가 왜곡되어 버리지 않았다고 할 수 있을까? 그들은 과학을 소유하고 있다. 그러나 과학의 업적에는 인간의 오감(五感)에 의해 확인된 것밖엔 아무것도 없다. 인간 존재의 귀중한 일면을 이루고 있는 정신 세계는 일종의 승리감과 함께 아니 증오감과 함께 완전히 거부되고 근절되었다. 그들은 자유를 구가하고 있지만(특히 최근에는 그런 경향이 심하다) 그들의 이른바 자유 속에서 과연 우리는 무엇을 발견할 수 있는가? 단지 예속과 자멸밖에는 아무것도 없다! 그들은 이렇게 부르짖고 있다. 『너희들도 욕구를 가지고 있으면 그것을 충족시켜라. 너희들도 귀족이나 부호들과 동등한 권리를 가지고 있으니까. 욕구를 충족시키는 데 두려워하지 말아라. 아니, 오히려 그것을 증진시켜야 한다.』이것이 바로 그들의 교의(敎義)인 것이다. 그들은 이 속에 자유가 있다고 생각한다.

그러나 욕구를 증진하는 권리에서는 과연 어떤 결과가 생기는 깃일까? 부유한 자에게는 고독과 자멸, 가난한 자에게는 선망과 살인이 있을 뿐이다. 그 이유는 그들이 단지 권리만을 부여하고 욕구 충족의 방법을 제시하지 않았기 때문이다. 그들은 이렇게 주장하고 있다. 즉 인간과 인간 사이의 거리는 단축되고 사상은 공간을 통하여 전달됨으로써 인류는 시간이 경과함에 따라 점점 밀접해지고 형제적인 관계로 뭉쳐 간다고──아아, 결코 그러한 결합을 믿어서는 안 된다. 세상 사람들은 자유라는 것을 욕망의 증진과 급속한 충족으로 해석함으로써 그들 자신의 본질을 왜곡하고 있는 것이다. 그것은 어리석고도 무의미한 소망과 습관과 당치도 않은 공상을 무수하게 파생시키기 때문이다. 사람들은 오직 상호간의 선망과 음욕과 자만을 위해서 살고 있을 따름이다. 또 그들에게는 연회의 방문과 마차와 관등과 노예와 하인을 가진다는 것이 필요불가결한 것으로 되어 있기 때문에, 이 필요를 충족시키기 위해서는 자기의 생활이나 품성이나 인간애까지도 모두 희생시키려고 한다. 이 욕구를 충족시킬 수가 없어 자살하는 사람까지 있을 지경이다. 그다지 부유하지 못한 사람들에 관해서도 역시 똑같은 현상을 볼 수 있지만, 가난한 사람들 사이에서는 욕구의 충족이나 선망을 아직은 음주로 달래고 있다. 그러나 멀지 않아 그들은 술 대신으로 피를 마시게 될 것이다. 그렇게 되고 말 수밖에는 없지 않은가. 나는 과연 이것이 진정한 자유인인가 하고 묻고 싶다.

나는 사상을 위한 투사 한 사람을 알고 있는데, 그가 나에게 말한 바에 의하면 그가 감옥에서 끽연의 자유를 박탈당했을 때, 담배가 너무도 피우고 싶어 고통을 받은 나머지 담배만 얻을 수 있다면 자기의 이상을 팔아 먹어도 좋다고까지 생각했었다고 한다. 이런 자들이 입으로는 『인류를 위해 싸우겠다』고 큰소리치고 있는 것이다. 이런 자들이 과연 어디로 가서 무슨 일을 하겠다는 것인가? 기껏해야 짧은 시일에 해치우는 거친 행동 따위는 할 수 있을지라도, 결코 오래 지속할 수는 없을 것이다. 그러므로 그들이 자유를 얻는 대신 예속에 빠지고, 인류의 결합에 이바지하는 대신 고립과 고독에 빠지고 만다는 것은 지극히 당연한 일이다. 이 말은 나의 청년 시대에 나의 스승인 신비한 방문객이 한 말이다. 따라서 인류에 대한 봉사라든가 인간의 형제적 결합이라든가 하는 사상은 점차 이 세상에서 사라져 가고, 심지어는 거의 웃음거리의 취급을 받기에 이른 것이다. 제멋대로 생각해 낸 무수한 욕망을 충족시키기에만 익숙해진 인간이 어떻게 자기의 습성에서 벗어날 수 있겠는가? 그리고 또한 어디로 갈 수 있겠는가? 고립 상태에 익숙해진 인간에게, 도대체 인류라는 게 무슨 소용이겠는가? 이리하여 그들은 보다 많은 물질을 쌓아 올리는 데는 성공하였으나, 세상에서의 기쁨은 점차 상실하는 결과에 이르고 만 것이다.

수도사들이 걸어가는 길은 이와는 전혀 다르다. 사람들은 복종과 단식, 나아가서는 기도까지도 조소하지만 오직 그러한 것들 속에만 참다운 자유에 도달할 수 있는 길이 간직되어 있는 것이다. 우리들은 쓸데없는 욕망을 버리고 자존심에서 우러난 교만한 자기 의지를 복종으로 억제하면서, 하느님의 도움을 빌어 정신의 자유를 얻고 더불어 정신적인 환희를 획득하는 것이다. 과연 어느 편이 위대한 사상을 선양하고, 그에 봉사할 가능성을 가지고 있는 것일까——고독 속에 빠져 있는 부자인가, 아니면 물질과 습성의 포악으로부터 벗어난 자인가? 수도사는 흔히 그의 은둔 생활로 하여 비난을 받는다. 너는 너 자신만의 구원을 위해서 수도원 담장 속에 은둔하여, 인류에 대한 동포애적 봉사를 잊고 있지 않느냐? 그러나 과연 어느 쪽이 동포애적인 사랑을 위해 노력하고 있는가는 곧 알 수 있게 될 것이다. 왜냐하면 비록 그들은 모르고 있으나 고독 속에 빠져 있는 것은 우리들이 아니라 그들 자신이기 때문이다.

옛날부터 우리 수도사들 중에서는 민중의 지도자들이 많이 배출되었다. 그런데 지금이라고 해서 그런 사람이 나타나지 않으리라는 법은 없지 않은가? 그들같이 온순하고 겸허한, 금욕과 침묵의 고행자들이 또다시 나타나서 위대한 사업을 위하여 헌신하게 될 것이다. 러시아의 구원은 민중에게 있다. 그리고 러시아의 수도원은 항상 민중들의 편에 있었다. 만약 민중들이 고독 속에 빠진다면 우리 역시 고독에 빠질 것이다. 민중은 우리와 마찬가지로 하느님을 믿고 있다. 그러므로 하느님을 믿지 않는 개혁가는, 비록 그가 순수한 열정과 천재적 두뇌를 가진 사람일지라도 러시아에서는 아무런 일도 성취하지 못하고 말 것이다. 이것을 잘 기억해 둘 필요가 있다! 멀지 않아 민중들은 무신론자를 맞아 싸워 그를 정복할 것이다. 그리하여 정교 밑에 하나로 결합된 러시아가 출현할 날이 올 것이다. 이것이 수도사로서의 여러분의 위대한 의무이다. 왜냐하면 그 민중들이 하느님의 체현자(體現者)이기 때문이다.

바) 주인과 하인에 관하여, 그들은 정신적으로 서로 형제가 될 수 있는가?

물론 나는 민중에게도 죄가 있다는 것을 부인하지 않는다. 부패와 타락의 불길은 무서운 기세로 퍼져나가 상류층으로부터 아래로 타내려가고 있다. 민중에게도 고립의 풍조가 물들기 시작하였다. 고리 대금 업자와 시회를 좀먹는 자들이 고개를 쳐들고, 장사치들까지도 이제는 지위를 탐내게 되었으며, 교양이라곤 털끝만큼도 없는 자가 마치 교양있는 신사처럼 행세하려 든다. 그리고 그것을 위하여 옛날로부터의 전통을 깔보고 심지어는 조상의 신앙까지도 수치로 여기게 될 것이다. 그리고 비록 그들이 뻔질나게 귀족 저택을 방문하긴 하지만 어디까지나 그들은 부패한 농민에 불과하다. 민중들은 음주 때문에 썩어 가고 있으면서도 그 습성에서 벗어나지를 못한다. 그들은 자기 아내와 아이들에게까지도 잔인한 행동을 수없이 감행하고 있다. 이것은 모두가 음주에서 오는 결과인 것이다.

나는 여러 곳의 공장에서 말라 빠지고 지칠 대로 지쳐서 등까지 구부정한 여남은 살밖에 안 된 아이들을 많이 보아 왔다. 그 아이들은 벌써부터 방탕이라는 것을 알고 있었다. 숨막힐 듯한 공장 건물, 시끄러운 기계 소리, 온종일 계속되는 노동, 음담 패설, 그리고 술, 또 술——과연 이런 것들이 어린 아이의 영혼에 무슨 소용이 있는 것일까? 그들에게 필요한 것은 태양이며 어린애다운 놀이인 것이다. 가는 곳마다 그들에게 밝은 모범을 보여 주어야 할 것이고, 비록 한 방울일지라도 그들에게 사랑을 베풀어 주어야 할 것이다. 친애하는 여러분, 이런 일이 더 없도록, 아이들에 대한 이 같은 학대를 근절시키기 위해 여러분은 한시바삐 분기하여 계몽에 앞장서지 않으면 안 된다. 그렇지만 하느님께서는 결국 우리 러시아를 구해 주실 것이다. 비록 민중들이 부패하여 더러운 죄악 속에서 빠져 나오지 못하고 있다 할지라도 그들은 자기들이 나쁜 짓을 하고 있으며, 하느님께서 그들의 그러한 죄를 저주하고 계시다는 사실을 잘 알고 있기 때문이다. 우리 나라의 민중들은 아직도 열심히 진리와 하느님을 믿고 있으며 감격의 눈물을 흘리고 있는 것이다. 그러나 상류 계급의 인간들은 전연 이와 다르다. 과학에 추종하는 그들은 이성(理性)으로써만 올바른 사회 조직을 실현시키려 하고 있다. 이미 예전처럼 그리스도의 힘을 빌지 않으려고 하여 이제는 죄도 없고 죄악도 없다고 큰소리치고 있다. 하긴 그들의 사고방식으로 본다면 지극히 당연한 일이다. 왜냐하면 하느님이 존재하지 않는 이상 범죄라는 것이 있을 수 없기 때문이다. 유럽에서는 이미 민중들이 폭력으로써 자본가에게 항거하고 있다. 그리고 민중의 지도자들은 도처에서 그들을 유혈(流血)로 이끌어 가면서, 『너희들의 분노는 당연한 것이다.』라고 가르치고 있다. 그러나 그들의 분노는 잔혹하기 때문에 저주받아야 한다. 그러나 이때까지 여러 차례 구원해 주신 것처럼 하느님께서는 러시아를 반드시 구원해 주실 것이다. 구원은 민중으로부터 그들의 신앙에서 올 것이고 그들의 순종에서 올 것이다. 여러분, 민중의 신앙을 수호하도록 노력하라. 이것은 결코 공상이 아니다. 나는 일생 동안 우리 나라의 위대한 민중이 간직하고 있는 진실되고 빛나는 자질에 깊은 감명을 받아 왔다. 나는 나 자신이 직접 보아 왔기 때문에 감히 증언할 수 있다. 나는 그것을 경탄해 마지 않았던 것이다. 우리 민중의 추악한 죄악과 거지나 다를 바 없는 그 처참한 모습에도 불구하고 나는 그것을 보고 확인할 수 있었다. 그들은 이백 년 동안이나 농노 시대를 거쳐 왔으면서도 결코 비굴하지 않고, 그 태도나 거동이 자유스러우며, 그 속에 아무런 모욕감도 내포하고 있지 않다. 그리고 복수심이나 선망의 기색 같은 건 찾아볼 수도 없다. 『당신은 훌륭한 분이오. 재산이 많고 재능이 있고 현명하오 —— 참으로 좋은 일이오. 하느님께서 당신을 축복해 주실 것이오. 나는 당신을 존경하오. 그러나 나는 나 역시 인간이라는 것을 알고 있소. 그러므로 나는 부러워하지도 않고 당신을 존경할 수도 있는 것이오. 또한 그렇게 함으로써 나 자신의 인간으로서의 품격을 당신에게 보여주고 있는 셈이지요.』그들은 이렇게 입 밖에 내어 말하고 있지는 않을지라도(왜냐하면 그들은 아직 이렇게 말할 능력이 없으니까), 실제에 있어 그런 식으로 행동하고 있다. 이것은 나 자신이 직접 보아 왔고 직접 경험해 온 것이다. 여러분들은 믿지 않을는지 모르지만, 우리 러시아의 민중들은 빈곤해지면 빈곤해질수록 이와 같은 위대한 진리를 더욱 뚜렷하게 지니고 있다. 왜냐하면 그들 중에서도 부농이나 착취자니 하는 자들은 이미 대개가 타락하였기 때문이다. 이것은 주로 우리들의 부주의와 무관심에서 일어나는 일임을 알아야 한다!

그러나 하느님께서는 당신의 자식들을 반드시 구해 주실 것이다. 왜냐하면, 러시아의 위대함은 그 겸양에 있기 때문이다. 나는 꿈 속에서 우리 나라의 미래를 본다. 아니, 이미 나는 그것이 똑똑히 보이는 것 같다. 그때는 가장 타락한 부자들까지도 이윽고는 가난한 사람들 앞에서 그들 자신의 부(富)를 부끄럽게 여기게 될 것이며, 가난한 자들은 그들의 겸허한 태도를 보고 그 심정을 이해하게 되어 그들에게 양보하고 기쁨과 사랑으로써 그 아름다운 수치에 응답하게 될 것이다. 반드시 그와 같은 결과를 보게 되리라 믿어도 좋다. 대세는 이와 같은 방향으로 움직이고 있다. 평등이란 다만 인간의 정신적인 존엄 속에서만 찾아볼 수 있는 것으로, 이것을 이해하는 자는 우리 러시아 민중뿐이다. 만약 우리들이 서로 동포적 관계에 있다면 동포간의 친밀한 결합도 이루어질 것이지만, 그러한 결합이 이루어지기까지는, 그들은 도저히 공평하게 부를 분배할 수는 없는 것이다. 우리들이 그리스도의 모습을 잘 간직하고만 있으면 그 모습은 장차 귀중한 금강석과도 같이 전세계에 찬란히 빛을 떨칠 것이다……. 그대로 이루어지이다, 아멘!

여러분, 나는 일찍이 감격적인 사건에 부딪친 일이 있었다. 전국을 순례하고 있을 때, 나는 이전에 나의 당번병이었던 아파나시를 K시에서 만난 일이 있는데 그것은 그와 헤어진 지 팔 년 만의 일이었다. 먼빛으로 우연히 나를 본 그는 너무 기뻐서 어쩔 줄을 모르며 나에게 달려들어 끌어안을 듯이 손을 잡았다. 「아니, 이거 나리님이 아니십니까? 정말 꿈입니까, 생시입니까?」

그는 나를 자기 집으로 끌고 갔다. 이미 제대를 하고서 결혼하여 어린애가 둘이나 있는 그는 아내와 둘이서 시장에서 조그마한 노점을 벌이고 그날 그날 살아가고 있었다. 방안은 보잘것 없었으나 깨끗하고 기쁨에 넘쳐 있었다. 그는 나를 의자에 앉히고 사모바르를 내놓으며, 아내를 부르러 사람을 보내는 등 마치 내가 나타남으로써 잔치라도 벌어진 듯 서둘러 대는 것이었다. 그는 아이들을 내 곁으로 데리고 와서 「나리님, 아이들을 위해 축복을 빌어 주십시오.」하고 말했다.

「나 같은 게 어찌 축복을 빌어 줄 수 있겠나?」하고 나는 대답했다. 「나는 보잘것 없는 수도사니까, 아이들을 위해 하느님께 기도를 드리기로 하겠네. 그런데 아파나시 파블로비치, 난 그날 이후 매일처럼 자네를 위해 기도를 드리고 있다네. 모든 일의 발단은 자네니까.」

나는 되도록 알아듣기 쉽게 그때의 사건을 설명해 주었다. 어찌 된 일인지 그는 내 얼굴만을 뚫어지게 쳐다보고 있었다. 이전에는 자기의 상관이었고 또 장교였던 사람이 지금 이런 꼴을 하고 이런 옷을 입고 있는 까닭이 그에게는 아무래도 납득이 가지 않는 모양이었다. 이윽고 그는 울음을 터뜨리고 말았다.

「왜 우나?」하고 나는 말했다. 「아, 자네는 나에겐 잊을 수 없는 사람이야. 그보다도 나를 위해 기뻐해 주게. 내 앞길에는 광명과 기쁨이 넘쳐 있으니까.」

그는 별로 말없이 줄곧 한숨을 내쉬면서 감동한 듯이 고개를 끄덕여 보이는 것이었다.

「그럼, 나리의 재산은 어쩌셨읍니까?」하고 그는 물었다.

「수도원에 바쳐 버렸지. 우린 공동 생활을 하고 있으니까.」하고 나는 대답했다.

차를 마시고 나서, 나는 그들에게 작별 인사를 했다. 그러자 불쑥 그는 오십 코페이카짜리 은전을 내게 주며 수도원에 기부해 달라고 말했다. 그리고 다시 오십 코페이카짜리 은전을 꺼내 내 손에 쥐어주며 황급히 이렇게 말하는 것이었다. 「이건 순례중에 계신 나그네에게 드리는 겁니다. 혹시 쓰실 데가 있을는지 모르니까요.」

나는 그 은전을 받아들고 그들 부부에게 인사를 하고 즐거운 기분으로 밖으로 나왔다. 그리고 길을 걸으며 이렇게 생각했다. 『이제부터는 둘이 다──그는 집에서, 나는 이렇게 길을 걸으면서──하느님께서 우리를 다시 만나게 해주신 것을 감사하면서 즐거운 마음으로 고개를 끄덕이며 한숨을 짓기도 하고 미소를 짓기도 할 것이다.』

그 뒤 나는 그를 한 번도 보지 못하였다. 나는 그의 상관이며 주인이었고, 그는 나의 부하, 즉 하인이었지만 지금 이렇게 두 사람이 감격한 마음으로 정다운 키스를 주고받은 순간, 우리들 사이에는 위대한 인간적 결합이 이루어진 것이다. 나는 여기에 대해서 여러 가지로 생각해 본 결과 다음과 같은 견해를 지니게 되었다. 〈이처럼 위대하고도 순박한 결합이 때가 오면 도처에서 우리 러시아 사람들 사이에 이루어질 것이라는 생각은 과연 상상조차 할 수 없는 일일까? 아니, 나는 실현될 것을 믿고 있다. 그 시기는 눈앞에 임박해 오고 있는 것이다.〉

그리고 나는 하인들에 관해 좀 덧붙여 말해 두고 싶다. 내가 아직 어렸을 때 나는 하인들에게 자주 화를 내곤 했다. 요리사가 너무 뜨거운 요리를 가져왔느니, 당번병이 옷에 솔질을 하지 않았다느니 하는 따위의 이유에서였다. 그러나 어린 시절에 있었던 형의 사상이 그때 돌연 내 머리속에 떠올랐다. 『도대체 나는 남을 나에게 시중들게 하거나, 또 가난하고 무지하다고 해서 다른 사람들을 마구 부려먹을 자격이 있는가?』그때 나는 이다지도 간단 명료한 생각이 우리 뇌리에 너무도 늦게 떠오른 데에 스스로 놀라지 않을 수 없었다. 속세에서는 하인 없이 산다는 것이 불가능한 일이겠지만, 그 대신 자기 집 하인들에게는 그들이 하인이 아니었을 때보다도 정신적으로 자유스럽게 해주어야 한다. 하인들을 위해, 주인 자신이 하인이 되어 하인들에게도 이 점을 이해시킬 필요가 있다. 주인은 자기가 주인이라는 자만을 없애고, 하인들에게 아무런 불신을 품지 않도록 하는 것이 어째서 불가능한 일인 것일까? 그리고 하인들을 일가 친척으로 생각하여, 가족의 일원으로 받아들임으로써 즐거움을 나누는 것이 어째서 불가능한 일일까? 지금 당장이라도 이것은 가능한 일이며, 앞으로 올 위대한 인류 결합의 기초가 되는 것이기도 하다. 그때가 되면 인간도 지금같이 자기를 위해 하인을 구하지 않게 될 것이며, 자기와 동등한 인간을 하인으로 원하지도 않고 오히려 복음서의 가르치심을 따라, 진심으로 모든 사람의 종이 되기를 원하게 될 것이다. 그리고 결국에 가서 인간은 오늘날과 같이 잔인한 쾌락——탐욕과 음욕과 허영과 자만과 시기에 넘친 서로간의 경쟁에서가 아니라, 교화와 자비의 행위 속에서만 오로지 기쁨을 느끼게 될 것이다. 이것은 과연 공상에 불과할까? 나는 이것이 결코 공상이 아니며, 더욱이 이미 그때가 임박했다는 것을 굳게 믿는 바이다. 사람들은 웃으며 이렇게 묻는다. 『그런 때가 정말 올 것 같습니까? 대체 언제 그 시기가 온다는 말입니까?』그러나 나는 그리스도의 도움을 받아 우리가 이것을 완성할 것이라고 확신한다. 이 지상 인류의 역사를 보면, 십 년 전만 하더라도 도저히 불가능하다고 생각되던 사상이 얼마나 많았던가? 그러나 그것이, 신비로운 시기의 도래와 함께 갑자기 고개를 쳐들고 전 세계를 휩쓴 예는 얼마든지 있는 것이다.

　우리 나라에 있어서도 이와 똑같은 일이 일어나, 러시아 민중의 모습이 전세계에 빛날 것이며, 모든 사람들이 입을 모아『장인(匠人)이 쓸모 없다고 버린 돌이 이제는 중요한 초석이 되었도다.』하고 경탄해 마지 않을 것이다. 우리를 조소하는 자들에게 나는 이렇게 묻고 싶다. 「만일 우리들의 소망이 한갖 공상에 불과한 것이라고 한다면, 당신네들이 그리스도의 힘을 빌지 않고 자기의 두뇌로서만 이룩하려는 건물은 언제 낙성될 수 있지요? 언제 그 공평한 사회는 실현됩니까?」라고. 만약에 그들이 자기들이야말로 인류의 결합을 위하여 노력하고 있다고 단언하더라도, 이것을 진심으로 믿는 자는 그들 중에서도 가장 두뇌가 단순한 사람들뿐일 것이다. 하지만 그렇게까지 두뇌가 단순할 수 있을까? 사실 공상적 경향은 우리들에게보다는 그들 편에 더 많다. 그들은 공평한 사회를 이룩하려고 하나 그리스도를 부정하였기 때문에 결국은 전세계를 피바다로 만드는 결과를 초래할 것이다. 왜냐하면 피를 부르고, 칼을 뽑은 자는 칼로 인해 멸망할 것이기 때문이다.

그러므로 만약 그리스도의 거룩한 약속이 없었더라면 인간은 이 지상에 마지막 단 두 사람밖에 남지 않을 때까지 서로 살육을 감행할 것이다. 그리고 마지막 이 두 사람까지도 그 교만한 성품 때문에 서로 돕지를 못하고, 그 중 한 사람이 상대방을 죽이고 드디어는 자기 자신까지도 파멸시키고 말 것이다. 만약에 겸허하고 온순한 자를 돌봐 주실 것이라는 그리스도의 약속이 없었다면 정말 그대로 되었을는지도 모른다. 지금도 기억하고 있지만 나는 그 결투 사건이 있은 뒤, 아직 군복을 입고 있을 무렵에 사교계에서 내가 이 하인에 관한 문제를 논했을 때 모두들 내 말에 깜짝 놀라「뭐라고요? 그럼, 우리는 하인을 안락의자에 앉히고 그들에게 손수 차를 날라다 줘야 한단 말입니까?」하고 묻는 것이었다. 그래서 나는 그들에게 이렇게 대답했었다.「그렇게 못할 게 뭐 있읍니까? 적어도 이따금만이라도 말입니다.」그러나 그들은 모두 일소에 붙이고 말았다. 그들의 질문도 경솔한 것이었고 내 대답도 모호하였지만, 그래도 이 사상에 어느 정도의 진리는 포함되어 있다고 나는 생각한다.

사) 기도(祈禱), 사랑 그리고 타계(他界)와의 접촉

젊은이여, 기도드리는 것을 잊지 말아라. 그대들이 기도드릴 때마다, 그 기도가 진심에서 우러나온 것이라면 반드시 새로운 감정이 솟아오를 것이다. 그리고 그 감정 속에 이제까지 알지 못하던 새로운 사상이, 그대에게 새로운 용기를 북돋아 줄 사상이 들어 있는 것이다. 이리하여 그대는 기도가 일종의 교육이라는 것을 깨닫게 될 것이다. 또 한 가지 더 기억해 두어야 할 것은, 매일 틈 있는 대로『주여, 오늘 주님 앞으로 부르심을 받은 모든 사람들을 긍휼히 여기소서.』하고 마음속으로 기도하는 일이다. 왜냐하면 매시간마다, 아니 매순간마다 수천 명의 사람들이 이 지상의 삶을 버리고 그들의 영혼이 하느님 앞으로 불리워 가고 있기 때문이다. 그리고 그들 중의 대부분이 비애와 번민을 지닌 채 쓸쓸히 이 세상을 떠나가는 것이다. 그런데도 누구 하나 그것을 슬퍼하는 자도 없고, 또 그들이 과연 이 지상에 살아 있었는지 어떤지 그것조차 누구 하나 아는 사람이 없다. 그때 그런 사람의 명복을 비는 그대의 기도가, 지구의 다른 한 끝으로부터 하느님에게로 올라갈 것이다. 비록 그대가 그들을 모르고, 그들이 그대를 모르는 사이라 해도 상관없는 일이다. 공포에 싸여 하느님 어전에 선 사람의 영혼은, 자기 같은 인간을 위해서도 기도를 드려 주는 사람이 있다, 자기 같은 인간도 사랑해 주는 사람이 이 지상 어딘가에 아직 남아 있다는 것을 생각하는 것만으로도 그 순간에 크나큰 감격을 느낄 것이다. 또한 하느님께서도 그대들 두 사람을 한층더 자비로운 눈으로 바라보실 것이다. 그대가 그를 그처럼 가엾이 여겨 준다면, 무한히 자비로운 사랑을 지니신 하느님께서는 얼마나 그를 긍휼히 여기시겠는가! 하느님께서는 그대를 보아서라도 그를 용서해 주실 것이다.

 형제들이여, 인간의 죄를 두려워 말아라. 죄가 있는 자일지라도 사랑하도록 하라. 그것은 이미 하느님의 사랑에 가까운 것으로, 이 지상에 있어서의 최고의 사랑이기 때문이다. 또한 모든 하느님의 창조물을, 그 전체와 그 하나하나의 부분을 사랑하라. 하나의 잎사귀, 한 줄기의 햇살까지도 사랑하도록 하라. 동물을 사랑하고 식물을 사랑하고 모든 사물을 사랑하라. 만약 그대가 모든 사물을 사랑한다면 그대는 그 사물 속에서 하느님의 신비를 발견하게 될 것이다. 일단 그것을 발견하면 그 뒤부터는 하루하루 더욱 깊이 더욱 많은 것을 인식하게 될 것이다. 그리고 이윽고는 모든 것을 감싸 주는 우주적인 애정으로서 전세계를 사랑하게 될 것이다. 동물들을 사랑하라. 하느님께서는 그들에게 초보적인 사고력과 온화한 기쁨을 부여하셨다. 동물을 괴롭히거나 학대함으로써 그들로부터 기쁨을 빼앗아 하느님의 뜻을 거역해서는 안 된다. 인간은 결코 동물보다 우월한 존재가 못된다. 왜냐하면 그들에게는 아무런 죄가 없는 반면에, 인간은 위대한 재질을 지녔으면서도 지상에 출현함으로 말미암아 이 대지를 부패시키고 거기에 더러운 발자취를 남기고 가기 때문이다. 슬프게도 우리는 거의 대부분이 다 여기에 해당되는 것이다! 그리고 특히 어린아이들을 사랑하도록 하라. 그들은 천사와도 같이 순진무구하고 우리들의 마음을 감동시켜 깨끗하고 정화시켜 주기 위해서 살고 있으며, 우리를 인도하는 지표(指標)가 되기도 하기 때문이다. 어린아이들을 괴롭히는 자에게 화가 있을지어다! 내게 어린아이를 사랑하도록 가르쳐 준 것은 안핌 신부님이었다. 말이 적고 다정한 그는 나와 함께 순례를 할 때에도 우리가 받은 동전으로 과자나 알사탕 등을 사서 아이들에게 나누어 주곤 했었다. 그는 어린이들 곁을 지나갈 때면 언제나 감격이 복받쳐오르는 것을 느끼지 않을 수 없는 그런 성질의 사람이었다.

 우리는 어떤 종류의 상념 앞에서 가끔 의혹을 느끼게 된다. 특히 남의 죄과를 보았을 때에는 더욱 그러하다. 그리고 그런 사람을 강제로 체포해야 할 것인지, 혹은 겸허한 사랑으로 사로잡아야 할 것인지에 대해 스스로 물으며 망설임을 느끼게 되는 것이다. 그러나 어떠한 경우에라도 겸허한 사랑으로 사로잡도록 해야 한다고 결심해야 한다. 일단 그렇게 결심만 한다면 전세계라도 정복할 수가 있을 것이다. 겸허한 사랑이야말로 모든 힘 중에서 비길 것이 없을 만큼 가장 강하고 가장 무서운 힘이다. 날마다, 매시간마다, 매순간마다, 자신의 주위를 두루 살펴서 자기 마음의 모습이 단정하도록 조심해야 한다. 가령 어린아이들 곁을 지날 때, 증오에 넘친 모습으로 더러운 말을 입에 담으며 마음속에 분노를 품고 있다면 비록 이쪽에서는 그 아이를 못 알아보았다 할지라도 아이 편에서는 이쪽을 똑똑히 보고 있는지도 모르는 일이다. 그리하여 그 추악한 모습이 아이의 순진무구한 가슴에 영원히 새겨질는지도 모른다. 즉 이쪽에서는 아무것도 모르는 사이에 아이의 마음에 좋지 못한 씨를 뿌린 셈이 된다. 그리하여 그 씨는 점점 커가는 것이다. 이 모든 이유는 그대들이 어린아이에 대해 세심한 주위를 돌리지 않았기 때문이고, 조심성 있는 실천적인 사랑을 그대들 자신의 마음속에 기르지 않았기 때문이다.

형제들이여, 사랑은 곧 스승이다. 그러나 우선 이것을 획득하는 방법을 알아야 한다. 왜냐하면 사랑을 획득하기란 지극히 어려운 일이어서 비싼 대가를 지불하고 장구한 세월의 노력 끝에야만 비로소 얻어지는 것이기 때문이다. 또한 우리에게 요구되는 사랑은 순간적인 것이 아니고 영원히 지속되는 것이어야만 하기 때문이다. 우발적인 사랑은 누구나 다 할 수 있다. 악한 인간도 할 수 있다.

나의 형은 새들에게 용서를 빌었었는데 이것은 전혀 무의미한 일인 것 같지만 실은 옳은 일이었다. 세상 모든 일은 바다와 같은 것이어서 모든 것이 흘러들어 합쳐지기 때문에, 한쪽 끝을 건드리면 세계의 다른 한쪽 끝까지 그 운동이 미치게 마련인 것이다. 비록 새들에게 용서를 구하는 일이 우스꽝스러운 짓일는지는 모르나, 만약에 사람들이 지금보다 조금만 더 고상해진다면, 그 옆에 있는 새들도, 그 밖의 다른 동물들도 한결 행복해질 것이다. 다시 되풀이하거니와 세상 모든 일은 바다와 같은 것이다. 이것을 깨닫는다면 인간도 완전한 사랑의 자각에 가책을 받아 형언할 수 없는 환희를 느끼면서 새들에게 자기 죄를 용서해 달라고 기도드리게 될 것이다. 다른 사람들의 눈에는 설사 아무리 무의미하게 보일지라도 우리는 이 환희를 소중히 여기지 않으면 안 된다.

나의 친구들이여, 하느님께 기쁨과 즐거움을 간구하라. 어린아이들처럼 공중을 나는 새들처럼 즐거운 마음을 갖도록 하라. 그렇게 하면 타인의 죄악이 당신의 사업을 방해하는 일은 없을 것이다. 그러니까, 타인이 당신의 사업을 파괴하고 그 완성을 방해할까 두려워할 필요는 조금도 없다. 죄악과 부정의 힘이 너무나 강하다. 추악한 주위 환경의 힘이 너무 강하다. 그런데 우리는 너무도 힘이 약하고 의지할 것이 없기 때문에 도저히 우리의 이 훌륭한 사업을 완성할 수 없다라고 실망해서는 안 된다. 이러한 약한 마음을 물리치도록 노력하라！이런 경우에 있어서의 유일한 구원은, 스스로 인간의 모든 죄악을 자기의 책임으로 걸머지는 것이다. 친구들이여, 실제에 있어 이것은 틀린 말이 아니다. 왜냐하면 우리가 진심으로 자기 자신을 모든 죄악의 장본인으로 인정하는 순간 그것은 어디까지나 사실이며 자기는 모든 사람에 대하여 죄가 많다는 것을 깨닫게 되기 때문이다. 그러나 자기의 게으름과 무기력을 다른 사람에게 전가시키는 사람은 이윽고 사탄의 교만에 동화되어 하느님께 불평을 말하게 될 것이다.

나는 사탄의 교만에 대해서 다음과 같이 생각한다. 즉 그 교만은 이 지상의 우리들에게는 이해하기 힘든 것이기 때문에 자칫하면 과오에 빠져 거기에 동화되기가 쉬우며, 그러면서도 무슨 위대하고 훌륭한 일이라도 하고 있는 것같이 생각되기가 일쑤인 것이다. 뿐만 아니라 우리 인간 본성의 강렬한 감정이나 움직임 속에도, 이 지상에서는 우리가 이해할 수 없는 것이 많으므로, 이 사실을 자기의 과오를 정당화시키는 구실로 삼아서는 안 된다. 영원한 심판자이신 하느님께서는 인간이 이해할 수 있는 것을 심문하시는 것이지 이해하지 못하는 것을 심문하시지는 않기 때문이다. 앞으로 그대들이 이 점을 납득하게 될 때는 모든 것을 올바르게 바라보게 되어 다시는 언쟁을 하지 않을 것이다. 이 지상에서 우리들은 미망(迷妄)에 빠져 있으므로, 만약에 귀하신 그리스도의 모습이 우리 앞에 없었다면, 우리는 마치 대홍수 전의 인류처럼 길을 잃고 멸망해 버렸을지도 모른다.

이 지상에서는 허다한 것이 우리들 인간으로부터 숨겨져 있지만, 그 대신 우리들에게는 다른 세계 —— 보다 높은 세계와 실제로 연락을 맺고 있는 신비롭고 귀중한 감각이 부여되어 있다. 그리고 우리들의 사상과 감정의 근원은 이 지상에 있는 것이 아니라 다른 세계에 있는 것이 있다. 철학자들이 사물의 본질을 이 세상에서는 이해할 수가 없다는 것도 바로 이 때문이다. 하느님은 씨를 다른 세계에서 받아다가 이 지상에 뿌려 자기의 화원을 이룩해 놓으신 것이다. 그리하여 싹이 틀 수 있는 것은 모두 싹트고 자라서 지금도 삶을 영위하고 있지만, 그것은 오로지 자기가 신비로운 다른 세계와의 접촉을 유지하고 있다는 감정만으로 살아가고 있는 것이다. 인간 내부에 있는 이 감정이 만약 약화되든가 소멸되든가 한다면 그 사람의 내부에서 성장한 것도 역시 죽어 없어질 것이다. 이렇게 되면 인생에 대하여 흥미를 잃고 이윽고 인생을 증오하기까지 될 것이다. 나는 이렇게 생각하고 있다.

아) 사람은 겨레의 심판자가 될 수 있는가？최후까지의 신앙(信仰)

인간은 어느 누구의 심판자도 될 수 없다는 것을 특히 명심해 두라. 왜냐하면 심판자 자신이 자기도 지금 눈앞에서 있는 사람과 똑같은 죄인이라는 것, 아니 자기야말로 이 사람의 범죄에 대해 어느 누구보다도 더 책임이 있다는 것을 인정하지 않는 한 지상에서는 죄인의 심판자라는 것은 존재할 수 없기 때문이다. 이 사실을 깨달았을 때에야 비로소 심판자가 될 수 있는 것이다. 이것은 생각하기엔 이치에 닿지 않는 말 같지만, 그러나 움직일 수 없는 진리인 것이다. 만약 그대가 정직하였더라면 지금 자기 앞에 서 있는 죄인도 생기지 않았을는지도 모르는 일이다. 그대의 앞에 서서 그대의 뜻대로 심판받게 될 죄인의 죄를 스스로 자기 자신이 걸머질 수만 있다면 지체없이 그것을 실천하여, 그를 위해 고통을 받을 것이며, 죄인에게는 하등의 책망도 말고 용서하도록 하라. 비록 국법에 의하여 심판의 명령을 받은 경우일지라도, 사정이 허락하는 한 이런 정신 밑에서 행동하라. 그렇게 하면 죄인은 심판대에서 풀려 나온 뒤, 그대의 심판보다도 더욱 가혹하게 자기 자신을 심판할 것이다. 만약 죄인이 그대의 키스에 대하여 아무런 감동도 느끼지 않고 오히려 그것을 조소하며 물러가는 한이 있더라도, 그런 것에 마음이 흔들리지 말라. 그것은 요컨대 그에게 아직 때가 오지 않은 것일 뿐, 올 때가 되면 반드시 그것은 오고야 말 것이다. 또한 오지 않는다 해도 역시 마찬가지이다. 만약 그가 깨닫지 못한다면, 다른 사람이 대신 깨닫고 괴로워하며 자기 자신을 심판하고 책망하게 된다면 진리는 이루어지는 셈이 된다. 우리는 이것을 믿어야 한다. 바로 이 속에 옛 성현들의 소망과 모든 신앙이 담겨져 있기 때문이다.

쉬지 말고 부지런히 일하라. 밤에 잠자리에 들 때,『나는 내가 해야 할 일을 다 마치지 못했구나.』하는 생각이 들거든 곧 바로 일어나 그 일을 마치도록 해야 한다. 그리고 그대 주위의 사람들이 모두 심술궂고 냉혹한 인간이어서 그대의 말에 귀를 기울이지 않으면 그들 앞에 엎드려서 용서를 빌어야 할 것이다. 왜냐하면 그대의 말에 귀를 기울이게 하지 못하는 것은 그대에게도 사실상 책임이 있기 때문이다. 만약 상대방이 격분하여 도저히 설복할 수가 없을 때는 말없이 꾹 참고 그들에게 봉사해야 할 것이다. 그러나 결단코 희망을 잃어서는 안 된다. 그리고 또 모든 사람이 자기를 버리거나 강제로 추방하거든, 그때는 홀로 대지에 엎드려 흙에 입맞추며 대지를 눈물로 적시도록 하라. 그러면 비록 그대의 고독한 모습을 누구 한 사람 듣지도 보지도 못했다 할지라도, 대지는 그 눈물로부터 열매를 맺게 해줄 것이다. 최후까지 믿어야 한다. 설혹 이 지상에 있는 모든 인간이 타락하여 믿음을 지닌 자가 그대 혼자만이 되는 경우가 있더라도 혼자 남은 그대가 하느님을 찬송하고 공양하면 되는 것이다. 만일 그런 사람을 한 사람 더 만나서 둘이 되면, 그때는 이미 전세계 —— 생명 있는 사랑의 세계가 출현된 것이니, 감격 속에서 서로 끌어안고 하느님을 찬송해야 한다. 비록 두 사람 속에서나마 하느님의 진리가 실현된 것이니까 말이다.

또 만약 그대 자신이 죄를 범하여, 비록 그것이 쌓이고 쌓인 수많은 죄 때문이건, 뜻하지 않게 도발적으로 저지른 단 한 가지 죄이건간에 죽도록 뉘우치고 슬퍼하는 경우가 있다 할지라도 자기 이외의 다른 사람을 생각하고, 올바른 사람을 생각하고 기뻐하도록 하라. 자기 자신은 죄를 범했을지라도 정직하고 죄를 범하지 않은 올바른 사람이 있다는 것을 생각하고 기뻐하라.

만일 다른 사람의 악행이, 복수를 하고 싶을 정도로 견딜 수 없는 분노와 슬픔을 자아내더라도, 무엇보다도 그러한 감정을 두려워하고 피하라. 그런 때에는 그 사람의 악행에 대한 책임이 자기에게도 있다고 생각하고, 즉시 고통을 찾아나서라. 그 고통을 감수하고 끝까지 참아내면, 그때는 마음의 분노도 사그라져 자기에게도 잘못이 있다는 것을 진정으로 깨닫게 될 것이다. 왜냐하면 그대는 죄 없는 유일한 인간으로서 악한 자들에게 두루 빛을 줄 수 있었음에도 불구하고 그것을 게을리하였기 때문이다. 만일 그대의 빛으로 다른 사람들의 앞길을 밝게 비쳐 주었던들, 악행을 범한 자도 그 빛으로 하여 그 죄를 범하지 않았을는지도 모르기 때문이다. 그리고 만약에 그대가 빛을 주었는데도 불구하고 사람들이 죄악에서 구원을 받지 못한다 할지라도, 끝까지 마음을 굳게 먹고 하늘의 빛의 힘을 의심하지 말라. 지금 당장 구원을 받지 못한다 할지라도 멀지 않아 구원을 받을 때가 오리라고 믿어야 한다. 만일 끝내 구원을 받지 못한다면, 그의 자손이 구원을 받을 것이다. 사람은 죽어도 그 진리는 멸하지 않을 것이며, 올바른 사람은 이 세상을 떠나도 그 빛은 뒤에 남을 것이기 때문이다.

사람은 그 구원자가 죽은 뒤에야 비로소 구원을 받게 마련이다. 인간은 예언자를 배척하고 학대하지만, 한편으로는 자기들이 괴롭힌 순교자를 존경하고 사랑하는 법이다. 그러니만큼 그대들은 전체를 위해 일하고, 미래를 위해 노력하라. 그러나 결코 보수를 바라지는 말라. 억지로 바라지 않더라도 그대들에게 이미 이 세상에서 위대한 보수가 주어지고 있다. 올바른 사람만이 지닐 수 있는 마음의 즐거움이 바로 그것이다. 높은 지위에 있는 사람이나 권세 있는 자를 두려워 말고 항상 슬기롭고 성실하게 행동하라. 모든 일에 있어 그 한도와 때를 알라. 특히 이것을 배워 익히도록 하라. 외로이 홀로 기도를 드리도록 하라. 즐거이 대지에 엎드려 흙에 입맞추어야 한다. 대지에 입을 맞추고 한평생 그것을 사랑하라. 모든 사람을 사랑하고 모든 사물을 사랑하라. 감격과 법열을 찾으라. 환희의 눈물로써 대지를 적시고, 그 눈물을 사랑하라. 또한 그 감격을 부끄러워 말고 그것을 소중히 여기도록 하라. 그것은 하느님의 위대한 선물인 동시에 선택을 받은 극히 소수의 인간에게만 주어지는 것이기 때문이다.

자) 지옥(地獄)과 지옥의 불, 그리고 그에 관한 신비적인 고찰

　사랑하는 동료 여러분, 〈지옥이란 무엇인가?〉라는 문제를 생각할 때, 나는 그것을 〈사랑할 수 있는 능력을 상실한 데서 오는 괴로움〉이라고 해석한다. 시간으로도 공간으로도 헤아릴 수 없는 무한의 세계에서 일찍이 어떤 정신적 존재(인간)가 이 지상에 나타났을 때, 그에게는 〈나는 존재한다, 그러므로 나는 사랑한다.〉라는 말을 자기 자신에게 할 수 있는 능력을 부여받았다. 그는 행동적인 생명있는 사랑의 순간을 한 번, 꼭 한 번 부여받았는데, 그것이 바로 지상에서의 생활이다. 그와 동시에 그에게는 시간과 기한이 주어졌다. 그런데 이 행복한 존재는 더없이 귀중한 하느님의 그 선물을 거부하여 존중하지도 않고 사랑하지도 않고, 조소의 눈초리로 바라보며 끝내 아무런 감동도 느끼지 않았던 것이다. 이러한 인간이라도 일단 이 지상을 떠나면 부자와 나사로에 관한 비유에서 제시된 바와 같이 아브라함의 가슴도 보게 될 것이고, 아브라함과 이야기도 할 것이며, 또 천국도 볼 수 있고 하느님 앞으로 나아갈 수도 있을 것이다. 그러나 일찍이 누구도 사랑해 본 적이 없는 자가 하느님 앞으로 나아가서, 자기가 남들의 사랑을 멸시하고 있는 동안 사랑을 실천해 온 사람들과 가까이한다는 것은 그 자체가 커다란 고통이 아닐 수 없다. 왜냐하면 그는 그때야 비로소 눈을 뜨고 마음속으로 이렇게 생각할 것이기 때문이다. 『이제야 알겠군. 그러나 이제 와서 내가 아무리 사랑하기를 원한다 해도, 나의 지상에서의 생활은 이미 끝나 버렸기 때문에 나의 사랑에는 아무런 위대한 것도 희생도 없다. 지금 내 가슴에는 지상에서 내가 경멸했던 정신적인 사랑의 갈망이 불길처럼 타오르고 있지만, 아브라함은 그것을 끄기 위한 생명수(즉 이전의 활동적인 지상 생활의 선물)를 단 한 방울도 가져다 주지 않는다. 이제 내게는 지상에서의 생활도 없고 그것을 위한 시간도 없는 것이다 ! 비록 내가 지금 남을 위하여 내 목숨이라도 기꺼이 바칠 각오가 되어 있더라도, 그것은 이제 불가능한 일이다. 사랑을 위해 희생할 수 있던 생활은 이미 지나가고 그 생활과 이곳에서의 생활 사이에는 이제 무한히 깊은 심연이 가로 놓여 있기 때문이다.』라고.

　흔히 지옥의 불은 물질적인 것이라고 사람들은 말한다. 나는 이러한 신비를 파고들 생각도 않거니와 파고든다는 것은 무서운 일이기도 하다. 그러나 내 생각으로서는 가령 그것이 물질적인 불이라고 한다면, 그곳에 떨어진 사람들은 오히려 기뻐할 것이다. 왜냐하면 물질적인 고통으로 인하여 순간적이나마 더 큰

정신적 고통을 잊을 수 있을 것이기 때문이다. 더구나 정신적인 고통이란 외부적인 것이 아니라 내면적인 것이기 때문에 그것을 제거한다는 것은 불가능한 일이다. 그리고 설혹 그것을 제거해 버릴 수 있다 하더라도, 그로 인하여 사람들은 한층더 불행에 빠질 것이다. 비록 천국에 있는 올바른 사람들이 그들의 고통을 보고 그들을 용서하고, 무한한 사랑으로 자기 곁으로 불러 들인다 해도, 오히려 그로 인하여 그들의 고통은 한층 증대하게 된다. 왜냐하면 그들의 마음속에 그 호의에 보답하기 위한 능동적인 사랑을 갈망하는 불길이 더욱 뜨겁게 타오를 것이기 때문이다. 그러나 그것은 이미 불가능한 일이 아닌가. 그렇지만 나는 마음속으로 그것이 불가능하다는 자각 그 자체야말로 마침내는 그 고통을 얼마간 덜어주는 데 도움이 되지 않을까 하고 생각한다. 그 이유는, 보답할 가능성이 없는 올바른 사람들의 사랑을 받아들일 때, 이 온순하고 겸허한 행위 속에서, 자기가 지상에서 멸시했던 능동적인 사랑의 일면을 발견할 수 있을 것이기 때문이다……. 여러분, 나는 이것을 좀더 명확히 설명할 수 없는 것을 유감스럽게 생각한다. 그러나 지상에서 자기의 목숨을 스스로 끊는 자들이야말로 불쌍한 인간들이다 ! 나는 그들보다 불행한 자는 없다고 생각한다. 그들을 위해 하느님께 기도하는 것은 죄악이라고들 하고 있다. 그리고 교회도 역시 표면적으로는 등을 돌리고 있는 형편이지만, 나는 마음속으로 그들을 위해서 기도를 드려도 무방할 것이라고 생각하고 있다. 그리스도께서도 이러한 사랑을 결코 물리치시지 않을 것이다. 지금 고백하거니와 나는 평생을 그런 사람들을 위해 기도를 드려 왔고 지금도 매일 기도를 드리고 있다.

아아, 그러나 지옥 속에는 교만하고 사나운 태도를 끝내버리지 않는 자들도 있다 ! 부정할 수 없는 진리를 확실히 알고 또 인식하였음에도 불구하고, 사탄의 교만한 정신에 완전히 몸을 내맡긴 무서운 인간들도 있는 것이다. 이런 인간들에게 있어서는 지옥은 그들 자신의 의지로 만들어진 것이지만, 그들에게는 만족이 없다. 그들은 자발적인 수난자들이다. 그것은 그들이 자기 자신을 저주하고 하느님과의 삶을 저주하였기 때문이다. 예를 들면 사막에서 굶주린 자가 자기 몸의 피를 빨아먹기 시작하는 것과 마찬가지로, 그들은 악의에 찬 자기의 교만을 먹고 사는 것이다. 그러나 영원히 만족이라는 것을 모르는 그들은, 용서를 거부하고, 자기를 부르는 하느님을 저주한다. 그들은 증오에 넘친 눈으로 살아 계신 하느님을 바라보며, 생명의 신(神)이 아주 없어지기를 바란다. 그리고 신이 자기 자신과 자기의 창조물을 모두 멸하기를 요구한다. 이리하여 그들은 자기 자신의 분노의 불길 속에서 영원히 자기를 불태우며 죽음과 허무를 갈망할 것이다. 그러나 그들에게는 끝내 죽음조차 부여되지 않는 것이다…….

알렉세이 표도로비치 카라마조프의 수기는 여기서 끝나 있다. 다시 되풀이하지만 이 수기는 불완전하고 단편적인 것이다. 이를테면 전기적 자료만 하더라도 장로의 청춘 시대의 초기에 관한 것뿐이다. 그의 설교나 의견 중에는 이전에 여러 다른 경우에 설파된 것들이 하나의 완전한 형식으로 묶여져 있는 것을 볼 수 있다. 장로가 임종 직전 몇 시간 동안에 한 말들은 정확히 구분되어 있지 않지만, 알렉세이 표도로비치가 이전의 설교 가운데서 뽑아 내어 이 수기에 함께 수록한 것과 비교 대조해 보면 그때의 담화의 정신과 성격을 이해할 수 있을 것이다.

장로의 임종은 그야말로 갑작스런 일이었다. 그날밤, 장로의 방에 모인 사람들은 그의 임종이 가까워졌다는 것을 잘 알고 있었으나 그래도 그렇게까지 갑자기 찾아오리라고는 전연 예기치 못하고 있었다. 아니, 그와는 반대로 앞에서도 말한 바와 같이 친구들은 그날밤 장로가 퍽 원기 있어 보이는 데다 말을 많이 하는 것을 보고 오래 지속되지는 못할망정, 그의 건강 상태가 눈에 띄게 좋아졌다고 믿었던 것이다. 나중에 사람들이 이상하다는 얼굴로 말한 바에 의하면 임종하기 바로 오 분 전까지도 그것을 전연 예상할 수 없었다는 것이었다. 갑자기 장로는 격심한 가슴의 고통을 느끼는 듯이 얼굴이 창백해지며 두 손으로 심장을 눌렀다. 사람들은 모두 자리에서 일어나 그에게로 달려갔다. 그러나 그는 고통을 느끼면서도 여전히 한결같은 미소를 띠운 채 모두들을 바라보며 조용히 안락의자에서 미끄러지듯 내려와 무릎을 꿇었다. 그리고는 얼굴을 땅에 대고 엎드리더니, 두 팔을 벌려 환희에 넘친 동작으로 방금 자기가 가르친 것처럼 대지에 입을 맞추고 기도를 드리면서 조용히 기쁜 마음으로 그 영혼을 하느님께 바쳤다. 장로가 죽었다는 소식은 곧 암자 안에 퍼졌고 수도원에까지 전해졌다. 고인과 가까운 사람들과 직책상 입회의 의무를 지닌 사람들은 옛 의식에 따라 유해를 관에 넣어 준비를 시작했고, 나머지 수도사들은 모두 대성당에 모였다. 나중에 들은 말을 종합해 보면, 장로가 죽었다는 소식은 동이 트기 전에 읍내로 전해졌고, 동이 틀 무렵에는 거의 온 읍내 사람들이 이 사건에 대해 이야기하고 있었던 것이다. 그리고 수많은 사람들이 거리에서 수도원으로 몰려들었다. 그러나 이 이야기는 다음 편으로 옮기기로 하고, 지금은 다만 그로부터 하루도 지나기 전에 모든 사람에게 어떤 뜻밖의 일이 생겼다는 것만을 미리 말해 두겠다. 그 사건은 수도원과 읍내 사람들에게 준 인상으로 보아 어쩐지 기괴하고 불안감을 느끼게 하는 모호한 사건이어서 오랜 세월이 지난 오늘날까지도 많은 사람의 마음을 불안하게 한, 그날 하루의 일은 기억 속에 생생하게 남아 있는 것이다……

제 3 부

제 7 장 알 료 샤

1. 시체의 냄새

고인이 된 조시마 장로의 유해는 일정한 의식에 따라 매장해야 했으므로 사람들은 그 준비에 착수했다. 모두 알고 있는 바와 같이 수도사나 성자의 유체는 원래 물로 씻지 않도록 되어 있었다. 교회 의식 규범(儀式規範)에도 〈수도사인자가 하느님의 부름을 받아 세상을 떠날 때에는 지명을 받은 수도사(즉 의식을 행하도록 임명된 사람)가 더운 물을 적신 해면으로 죽은 사람의 이마에서부터 가슴, 손, 발, 무릎에 성호를 그으면서 유체를 닦을 것이며, 그 밖에는 어떤 일도 해서는 안 되느니라.〉라고 씌어 있다. 이러한 모든 일을 집행하게 된 사람은 파이시 신부였다. 그는 더운 물로 유체를 닦은 다음 그 수도원에서 쓰는 법의를 입히고 다시 밍토 모양의 겉옷으로 쌌는데, 규정에 따라 십자형으로 감기 위해 그것을 가위로 조금 찢었다. 그리고 머리에는 팔각 십자가(비잔틴식 십자가를 가리킴)가 달린 두건을 씌웠다. 두건은 앞의 단추를 채우지 않은 채 열어 두고 장로의 얼굴은 검은 천으로 덮은 다음, 손에는 구세주의 성상을 쥐어주었다. 이러한 모양으로 유체는 새벽녘에 이미 오래 전부터 준비하여 두었던 관에 넣어졌다. 이 관은 장로가 살아 있을 적에 수도승들과 일반 방문객들을 접견하던 암자 안 큰 방에 하루 동안 안치해 두기로 결정을 보았다.

고인이 된 장로는 가장 엄격한 의미에서 성직자인 동시에 수도사(러시아 정교 수도사로서는 제2위에 해당하는 성직. 주교에 해당함)였었기 때문에, 빈소를 지키는 수도사들은 시편(詩篇)이 아니라 복음서를 낭독해야만 했다. 고인을 위한 진혼(鎭魂) 미사가 끝나자, 이오시프 신부가 낭독을 시작했다.

파이시 신부도 주야를 가리지 않고 고인을 위해 온종일 복음서를 낭독할 생각이었으나, 지금 당장은 암자 책임자인 신부와 함께 딴 일에 쫓겨 몹시 바빴다. 왜냐하면 수도원 안의 수도사들을 비롯하여 수도원에 딸린 숙박소와 읍내에서 모여든 수많은 사람들 사이에 무언가 전례가 없는 심상찮은 흥분과 기대의 빛이 나타나서 시간이 경과할수록 더욱 뚜렷해지기 시작했기 때문이다. 그래서 암자 책임자와 파이시 신부는 이와 같은 흥분과 동요를 가라앉히기에 전력을 다 기울이고 있었다. 날이 완전히 밝아 오자 이번에는 병자들, 특히 병든 어린아이들을 데리고 오는 사람들이 읍내 쪽에서 모여들기 시작했다. 그들은 분명 이제야말로 어떤 신비스런 치유(治癒)의 기적이 곧 나타날 것이라 믿고 미리부터 이 순간을 고대하고 있었던 모양이었다. 이 읍내의 모든 사람들이 조시마 장로를 위대한 성자로 믿고, 또 장로가 세상에 있는 동안 얼마나 존경받고 있었던가가 이때 비로소 분명히 나타난 셈이다. 군중들 중에는 천민 계급과는 거리가 먼 사람들도 끼어 있었다. 이토록 지나치게 성급하고도 노골적으로 나타난 신자들의 열렬한 기대, 아니 오히려 고집에 가까운 초조한 희망은 파이시 신부에게는 분명 도에 넘친 것으로 생각되었다. 그는 이미 오래 전부터 이런 종류의 일을 예감하고는 있었으나, 결과는 그의 예상을 넘어선 것이었다. 흥분에 휩쓸린 수도사들과 마주칠 때마다 파이시 신부는 그들에게 이렇게 타일렀다. 「그렇게 성급하게 어떤 위대한 기적이 일어나기를 기대한다는 건 속세의 경솔한 사람들이나 하는 짓이오. 아무쪼록 우리들은 경거망동하지 말아야 합니다.」그러나 그의 말에 귀를 기울이는 사람은 하나도 없었다. 파이시 신부는 적지 않은 불안을 느끼며 이 사실을 주목하고 있었다. 그러나 솔직하게 말한다면 그 자신이 주위 사람들이 지나치게 성급한 기대를 가지고 있는 데 분개하면서도(그것이 분명 경거망동이라 생각하고 있으면서도) 마음속으로는 그들 흥분한 군중과 거의 같은 기대를 지니고 있었다. 이것은 자기 자신도 부정할 수 없는 사실이었지만, 그러나 그는 특히 어떤 사람과 마주치면 몹시 불쾌한 느낌을 금할 수가 없었다. 그것은 그들의 존재가 그에게 거의 직감적으로 커다란 의혹을 자아내게 하였기 때문이다. 장로의 암자에 몰려든 군중 가운데서 아직도 이 수도원에 머물고 있던 옵도르스크에서 온 수도사라든가 라키친의 모습을 발견하였을 때, 파이시 신부는 혐오의 감정을 억제할 수가 없었다. 물론 그는 그때 곧 자기의 그러한 생각을 꾸짖기는 했지만, 갑자기 그들 두 사람이 어쩐지 수상한 인물이라는 생각이 들었다. 그러나 실인즉, 이러한 의미에서의 수상한 인물은 비단 그들 두 사람뿐만이 아니었던 것이다. 옵도르스크에서 온 수도사는 흥분된 군중들 중에서도 가장 수선을 떨고 다녔다. 그의 모습은 도처에서 눈에 띄었다. 그는 어디서나 질문을 계속하고 어디서나 귀를 기울이며 어디서나 무슨 비밀이라도 지닌 것 같은 얼굴로 사람들과 수군거리고 있었다. 그의 얼굴은 극도로 초조한 빛을 띠었고, 자기의 기대가 빨리 실현되지 않는 데 안절부절하는 기색까지도 엿보였다.

한편 라키친으로 말하면, 나중에 알게 된 일이지만, 호흘라코바 부인의 특별한 부탁을 받고 그처럼 일찍부터 암자에 나타난 것이었다. 마음씨는 좋으나 주착이 없는 호흘라코바 부인은 아침에 일어나서 조시마 장로가 죽었다는 이야기를 듣자마자 굉장한 호기심을 일으켜 급히 라키친을 자기 대신 암자로 보내어 그곳에서 일어나는 〈모든 일〉을 자세히 관찰하여 삼십 분마다 편지로 보고하게 하였던 것이다. 그것은 물론 부인이 수도원에 직접 갈 수 없는 사정이기도 했지만 라키친을 결백하고 신앙이 두터운 청년으로 믿고 있었기 때문이었다. 그만큼 라키친은 주위 사람들의 비위를 교묘하게 맞출 줄 알았고, 조금이라도 자기에게 유리한 일이라고 생각되면 상대방의 마음에 드는 인간으로 변해 보이는 재능을 가지고 있었다.

하늘은 맑게 개이고 태양이 눈부시게 빛나고 있었다. 참배자들은 거의 모두 암자 근처의 무덤 주위에 몰려와 있었다. 무덤들은 주로 성당 주위에 있었으나, 암자 부근 여기저기에 산재해 있는 것들도 있었다. 암자 주위를 돌아보다가 파이시 신부는 문득 알료샤의 생각이 머리에 떠올랐다. 벌써 날이 새기 전부터 꽤 오랫동안 알료샤의 모습이 보이지 않았던 것이다. 그러나 여기까지 생각이 미쳤을 때 문득 암자 뜰 구석진 울타리 옆에 알료샤가 있는 것이 눈에 띄었다. 알료샤는 벌써 오래 전에 세상을 떠난, 여러 가지 고행으로 이름이 알려졌던 어떤 수도사의 묘석 위에 앉아 있었다. 그는 암자 쪽으로 등을 돌리고 울타리를 향하여 앉아 있었기 때문에 마치 묘비 뒤에 몸을 숨기고 있는 듯이 보였다. 그 옆으로 가까이 다기간 파이시 신부는 그가 얼굴을 두 손으로 감싸고 조용히, 그러나 온몸을 떨면서 슬피 흐느껴 울고 있는 것을 보았다. 파이시 신부는 잠시 동안 그 곁에 서 있었다.

「자, 이젠 그만두렴. 알료샤, 그만 울라니까.」 이윽고 그는 감동 어린 목소리로 입을 열었다. 「어째서 우니? 슬퍼할 것이 아니라 기뻐해야지. 넌 오늘이 그분의 가장 위대한 날이라는 것을 모르느냐? 지금 이 순간에 그분께서 어디에 계신지 한 번 생각해 보렴!」

알료샤는 어린애처럼 울어서 퉁퉁 부은 얼굴을 쳐들고 파이시 신부를 힐끗 바라보았으나, 이내 아무 말없이 얼굴을 돌린 채 다시 두 손으로 얼굴을 감싸 버렸다.

「하긴 실컷 우는 게 더 좋을지도 모르지.」 하고 파이시 신부는 생각에 잠긴 어조로 말했다. 「어쩌면 그렇게 우는 편이 더 나을지도 모르겠다. 그 눈물은 그리스도께서 너에게 보내 주신 것일 테니까.」

파이시 신부는 알료샤의 옆을 떠나갔으나 애정 어린 마음으로 이 젊은이를 생각하며 『너의 그 비통한 눈물은 비록 하나의 위안에 불과하지만 그래도 너의 사랑스러운 마음을 가볍게 해주는 데 도움이 될 게다.』하고 마음속으로 중얼거렸다. 그는 알료샤의 모습을 바라보고 있으면 자기도 울음이 터져나올 것만 같아서 급히 그 자리를 떠났던 것이다. 그러는 동안에도 시간은 흘러갔다. 고인을 위한 수도원의 의식과 미사는 순서에 따라 진행되고 있었다. 파이시 신부는 이오시프 신부와 교대하여 관 옆에 붙어서서 복음서의 낭독을 계속하였다.

그러나 오후 세 시가 채 되기 전에 이미 제6편의 끝머리에서 잠깐 언급한 바와 같이 사건이 일어났던 것이다. 누구 한 사람도 예기치 못했던 이 사건은 사람들의 기대와는 정반대되는 것이었기 때문에, 거듭 되풀이하거니와 거기에 대한 어리석기 짝이 없는 상세한 이야기가 지금까지도 읍내는 물론, 이 지방 일대에까지 마치 어제 일처럼 화제에 오르고 있는 형편이다. 여기에서 나는 다시 한번 나 자신의 개인적 의견을 덧붙이려 한다. 나는 이 어처구니없고도 사람을 미혹케 하는 사건을 상기할 때마다 거의 혐오에 가까운 감정을 느끼지 않을 수가 없다. 더욱이 이 사건은 실상 아무런 의미도 없는 극히 자연스러운 현상이었던 것이다. 따라서 이것이 이 소설의 주인공(미래의 주인공이긴 하지만) 알료샤의 영혼과 마음에 그토록 강렬한 영향을 주지만 않았던들 물론 나도 이런 사건에 관해서는 한 마디도 언급할 필요가 없었으리라. 그러나 사실 이 사건은 그의 이성에 강한 충격을 줌과 동시에 일생을 통하여 어떤 목적 위에 그 자신을 확고부동하게 고착시켜 놓았던 것이다.

다시 하던 이야기를 계속하기로 하자. 날이 새기 전에 매장 준비를 끝낸 장로의 유체를 관에 넣고, 그 관을 전에 방문객들을 위한 응접실로 쓰고 있던 옆방으로 옮겨 놓았을 때 관 옆에 서 있던 사람들 사이엔 창문을 열어 두어야 할지 어떨지에 대한 문제가 생겼다. 그런데 누군가가 우연히 꺼낸 이 물음에 아무도 대꾸하는 사람이 없었고, 또 아무도 유의하려 하지도 않았다. 설혹 그들 중의 몇몇 사람이 이 물음에 유의했다 할지라도, 거룩한 성자의 유체가 썩어서 악취를 풍길지도 모른다고 생각한다는 것은 도저히 있을 수 없는 일이었다. 그런 질문을 한 사람은 비록 조소의 대상까지는 되지 않았지만 신앙심이 얕고 천박한 사람이라고 연민(憐憫)의 정을 일으켰을 정도였다. 그도 그럴 것이 사람들은 전연 반대되는 것을 기대하고 있었기 때문이다.

그런데 정오가 지난 지 얼마 안 되어서부터 이상한 징조가 나타나기 시작했다. 관이 안치된 방에 드나들던 사람들은 자기들 마음속에서 고개를 쳐들기 시작한 의혹을 처음에는 묵묵히 가슴속에 감추고 어느 누구에게도 말하는 것을 몹시 두려워하고 있는 듯싶었다. 그러나 오후 세 시가 가까와지자 이제는 부정할 수 없을 정도로 냄새가 뚜렷해졌으므로, 이 소식은 곧 암자 전체에 알려져 참배자들 사이에 퍼졌고, 순식간에 수도원으로 전해서 수도사들을 모두 놀라게 한 다음, 이윽고는 눈깜짝할 사이에 읍내에까지 퍼져 신앙을 가진 자이건 안 가진 자이건간에 모든 사람들을 흥분의 도가니로 몰아 넣었다. 신앙심이 없는 자들은 좋아라고 날뛰었지만 신앙을 가진 자들 중에도, 오히려 그들 이상으로 기뻐한 자들이 있었다. 그것은 이미 고인이 된 장로가 자기의 훈계중에서 말한 대로 〈사람이란 올바른 자의 타락과 치욕을 기뻐하는 법〉이기 때문이다.

사실 처음엔 관 속에서 조금씩 시체 썩는 냄새가 나기 시작하다가 시간이 경과됨에 따라 더욱 심해져서 오후 세 시쯤에는 의심할 여지가 없게 되었던 것이다. 이런 사실을 발견하고 난 직후 사람들 사이에 심지어는 수도사들 사이에서까지 즉각적으로 야기된 점잖지 못한 소동과 추태는 이 수도원의 과거 역사 전체를 살펴보아도 찾아볼 수 없는, 아니 도저히 상상조차 불가능한 일이었다. 아마 다른 사람의 경우였다면 이런 일은 절대로 일어나지 않았을 것이다. 그 뒤 몇 해가 지나고 난 뒤의 일이었지만 몇몇 분별있는 수도사들은 그날의 사건을 상기하고는 어떻게 그런 수치스런 일이 벌어졌던 것일까 하고 새삼 놀라움과 공포를 느꼈던 것이다. 물론 이전에도 엄한 계율 밑에서 경건한 생활을 함으로써 모든 사람들로부터 인정받은 수도사나 신앙심이 매우 깊은 장로가 죽었을 때, 그 겸허한 관 속에서도 역시 모든 시체에서 일어나는 극히 자연스러운 시취(屍臭)가 새어 나온 일이 종종 있었지만 이번처럼 그런 수치스러운 소동은커녕 약간의 동요도 야기되지 않았던 것이다. 물론 이 수도원에도, 오랜 옛날에 세상을 떠난 성인들 중에는 유해에서 부취가 나지 않았다는 전설이 전해 오는 사람이 있긴 하다. 그런 성인들에 관한 기억은 아직도 수도원 안에 생생하게 남아 있어 수도사들에게 감동적이고도 신비스러운, 일종의 기적적인 사실로서 그들의 가슴속에 간직되어 있다. 그들은 때가 이르면 하느님의 은총으로 더욱 위대한 영광이 반드시 그들의 무덤에서 일어나리라는 것을 하나의 약속처럼 기다리고 있는 것이었다.

그러한 사람들 중에서도 특히 기억에 새로운 수도사로는 백 다섯 살까지 살았다는 이오프라는 장로였다. 그 사람은 이미 약 칠십 년 전에 세상을 떠났지만, 처음으로 이 수도원을 방문하는 순례자들은 예외없이 특별한 존경과 더불어 그의 무덤에 안내되어 이 무덤에 그 어떤 위대한 기적이 기대되고 있다는 신비

434

적인 암시를 듣기 마련이었다. 그것은 바로 그날 아침 알료샤가 앉아 있다가 파이시 신부에게 발견된 바로 그 무덤이었다. 이 밖에도 조시마 장로에게 장로직을 넘겨 주고 최근에 세상을 떠난 바르소노피 장로에 관한 기억도 아직 수도원 안에 생생하게 살아 있는데, 그는 생존시에 수도원을 찾아오는 모든 순례자들로부터 광신자에 가까운 성자로서 존경을 받고 있었다. 이 두 사람에 대해서는 다음과 같은 전설이 전해지고 있다. 그들은 관 속에 넣었을 때에도 마치 살아 있는 사람처럼 얼굴이 환하게 빛났고, 장례 때에도 전혀 부패한 것 같지 않았다. 심지어 몇몇 사람들은 그들의 시체에서 그윽한 향기가 풍겨 왔다고까지 주장하고 있었다.

이렇게 감격적인 기억들이 많았음에도 불구하고, 조시마 장로의 관 옆에서 벌어진 그처럼 경솔하고 어리석고 악의에 찬 소동의 직접적인 원인은 뭐라고 설명하기가 지극히 곤란하다. 나의 개인적인 의견을 말한다면, 이 사건에는 각각 다른 여러 가지 의견이 한데 합쳐져서 동시에 작용한 것 같다. 이를테면 그런 원인 중의 하나로서 장로 제도를 유해 무익한 새 제도라고 보는 뿌리 깊은 적개심을 들 수 있는데, 이것은 수도원 안의 의외로 많은 수도사들의 마음속에 깊이 숨어 있었다. 그리고 더욱 중요한 원인의 하나는, 성자로서의 고인의 신성한 지위에 대한 질투심이었다. 이 지위는 장로가 생존해 있을 무렵에는 확고부동한 것이었기 때문에 아무도 왈가왈부할 수 없었던 형편이었다. 고인이 된 조시마 장로는 기적 따위보다는 오히려 사랑의 힘으로 많은 사람의 마음을 끌어 자기를 사랑하는 사람들로 자기 주위에 하나의 세계라고도 할 수 있는 것을 이룩하고 있었다. 그럼에도 불구하고, 아니 오히려 그 때문에 많은 시기하는 자들과 적을 만들게 되었다. 그들 중에는 공공연하게 반감을 드러내 보이는 자가 있는가 하면 몰래 뒷구멍으로 쑥덕거리는 자들도 있었다. 그런데 이러한 반대자들은 비단 수도원뿐만이 아니라 일반 사회에도 있었던 것이다. 장로는 그 누구에게도 해를 끼친 일이 없었으나『왜 사람들은 그에게 저토록 성인 대접을 하는 것인가?』라는 의문이 늘 그의 주위에 떠돌고 있었다. 그리고 이 의문이 점차 되풀이되는 동안 이윽고 끝없는 증오의 심연이 이루어지고 말았다. 나의 생각으로는 바로 이러한 이유 때문에 많은 사람들이 그렇게도 빨리, 즉 만 하루도 경과하기 전에 장로의 유해에서 썩는 냄새가 풍기는 것을 보고 좋아서 날뛴 듯싶다. 이와 동시에, 이때까지 장로에게 헌신적인 사랑을 바쳐 온 사람들 중에서도, 이 사건으로 인하여 자기가 모욕을 당하기나 한 것처럼 수치를 느낀 사람들이 몇몇 나타났다. 사건은 다음과 같이 벌어졌던 것이다. 유체가 썩기 시작했음이 드러나자마자, 고인이 된 장로의 암자에 들어오는 수도사들의 얼굴만 보아도 그들이 무엇 때문에 들어왔는지 단번에 알아챌 수 있게 되었다. 그들은 들어왔다가도 오래 머물러 있지 않고 떼를 지어 바깥에서 기다리고 있는 군중에게 소문이 사실이라는 것을 알리기 위해 황급히 나가 버리곤 하였다. 밖에서 기다리고 있는 사람들 중에는 수심에 잠기는 듯이 고개를 설레설레 흔드는 사람들도 있었으나, 그 밖의 사람들은 악의가 가득 찬 눈길 속에 노골적으로 빛나기 시작한 기쁨의 빛을 숨기려고 하지 않았다. 그리고 이미 아무도 그것을 비난하는 말을 하는 자가 없었다. 참으로 기이한 일이었다. 뭐니뭐니해도 수도사들의 대부분이 죽은 장로에게 깊은 존경을 바쳐 왔던 자들이기 때문이다. 그러나 이번만큼은 하느님께서도 이들 소수의 불경한 무리에게 일시적인 승리를 내리셨음이 틀림 없었다.

얼마 뒤에는 수도사가 아닌 일반 사람들도 형편을 탐지하려고 암자에 들어오기 시작했는데 그것은 주로 교육을 받은 사람들이었다. 평민 계급의 사람들은 암자 입구에 운집하고 있었으나 안으로까지 들어오는 사람은 별로 없었다. 오후 세 시가 지나자 일반 참배자들이 물밀듯이 밀려와 굉장한 수의 군중을 이루었으며 이것이 그 유혹적인 소문 때문이라는 것은 의심할 여지가 없었다. 다른 때 같으면 이런 날 수도원을 찾아올 리 만무한 사람들, 그런 생각조차 하지 않을 사람들까지도 일부러 마차를 몰고 달려오는 것이었다. 그 중에는 지위가 높은 사람도 몇몇 끼어 있었다. 그래도 표면상의 예절만은 여전히 유지되고 있었다. 엄격한 표정을 지은 파이시 신부는 확고한 어조로 한 마디 한 마디 힘을 주며 자기 주위에서 일어나고 있는 일에는 전연 무관심한 태도로 여전히 소리 높이 복음서의 낭독을 계속하고 있었다. 그러나 그는 벌써부터 어떤 상서롭지 못한 일이 일어나고 있다는 것을 눈치채고 있었다. 그러나 이윽고 처음에는 속삭이듯 하던 사람들의 수근거림이 점점 커져 그의 귀에까지 들려 오게 되었다.

「하느님의 심판이 인간의 판단과는 같지 않다는 걸 보여 주는 거야!」라는 말소리가 갑자기 파이시 신부의 귀에 들려 왔던 것이다. 이런 말을 처음으로 입 밖에 낸 사람은 나이가 지긋한 읍내의 관리인데 착실한 신앙가로 알려진 사람이었다. 그는 벌써부터 수도사들 간에 숙덕거려지고 있던 말을 큰소리로 되풀이한데 지나지 않았다. 수도사들은 벌써부터 이런 절망적인 말을 입에 담고 있었으며 무엇보다도 좋지 않은 일은, 일종의 의기양양한 만족감이 이런 말을 입에 올릴 때마다 얼굴에 나타나 그것이 시시각각으로 더욱 뚜렷해져 갔다는 사실이다. 이윽고 그들은 표면적인 예의까지도 무시하기 시작했다. 사람들은 마치 그것을 무시할 권리가 자기에게 부여되기라도 한 것 같은 기분인 모양이었다.

「어째서 이런 일이 일어나게 되었을까?」 수도사들 중에는 처음엔 동정하는 어조로 이렇게 말하는 자들도 있었다. 「작달막한 몸집에 뼈가 앙상할 정도로 바짝 말랐었는데, 도대체 어디서 썩는 냄새가 나는 것일까?」

「이건 하느님께서 일부러 우리들에게 보여 주시려 한 것임에 틀림없어.」하고 다른 수도사가 얼른 말을 받았다. 그리고 이 의견은 아무런 이의도 없이 즉석에서 받아들여졌다. 왜냐하면 비록 썩은 냄새란 자연스러운 현상이라곤 하지만, 아무리 죄 많은 사람의 시체일지라도 썩는 냄새가 나는 것은 분명 퍽 늦게, 적어도 이십사 시간이 경과한 뒤에라야만 일어난다는 것은 누구나 다 알고 있는 사실이었기 때문이다. 그러나 이번의 이 지나치게 빠른 부패는 자연을 초월한 것이니 만큼 하느님의 거룩하신 손이 인간의 과오를 지적한 것이라고 해석할 수밖에 없다는 것이 그들의 의견이었다. 이 의견은 부정할 수 없는 힘을 가지고 사람들의 마음에 충격을 주었던 것이다.

고인이 된 장로의 각별한 사랑을 받아 온 도서 담당자 이오시프 신부는 평소엔 성격이 온순한 사람이었으나, 이러한 몇몇 독설가들을 향해「언제 어떠한 경우에나 똑같으란 법은 없지 않느냐!」고 반박을 시도했다. 「즉 성자의 유해가 썩지 않는다는 것은 그리스 정교의 교의가 아니라 단지 하나의 의견에 불과하다는 것이었다. 예컨대 정교가 가장 널리 전파된 아토스 같은 곳에서도 시체 썩는 냄새가 난다고 해서 이토록 혼란을 벌이는 일은 없었다. 구원을 받은 자의 가장 큰 영예의 표적은 그 시체가 썩지 않는다는 것이 아니라 시체를 땅에 매장한 지 수년이 되어도 그 뼈의 빛깔이 변치 않는 것이다.」라고 열심히 변호에 나섰다. 「만약에 뼈가 밀초처럼 노랗게 되어 있으면 이것이야말로 하느님께서 고인을 성자로서 축복하셨다는 가장 위대한 징조이고, 만약에 뼈의 빛깔이 거무죽죽하게 되어 있으면, 그것은 하느님께서 그 사람에게 영예를 베풀어 주시지 않았다는 것을 의미한다. 이것이 옛날부터 광명과 순결 속에서 확고하게 정교를 지켜 온 위대한 성지(聖地) 아토스 사람들의 신조인 것이다.」하고 이오시프 신부는 결론을 내렸다.

그러나 이 온순한 이오시프 신부의 말은 아무런 효과도 내지 못하였을 뿐만 아니라, 오히려 조소적인 반항을 불러일으켰다. 「저런 건 모두 새것이라면 무턱대고 따르려는 엉터리 학자의 수작이니까 귀기울여 들을 가치가 없다.」하고 수도사들은 제멋대로 단정을 내렸다. 「우리는 옛날부터의 교의를 따르면 되는 거야. 요즈음은 별의별 새로운 주장이 다 나타나는 판이니 일일이 그것을 따를 수야 있나!」하고 다른 수도사들이 덧붙였다. 「우리 러시아에도 아토스에 못지않게 훌륭한 성인들이 많이 있었어. 아토스는 터키인의 지배 밑에서 모든 것을 다 잊어버리고 만 거야. 거기서는 벌써 오래 전에 정교의 순수성이 흐려져 버리고 말았어. 또한 그들에겐 종(鍾)도 없지 않은가?」가장 조소하기를 즐기는 사람들은 이렇게 말했다.

이오시프 신부는 수심에 잠겨 그 자리를 떠났다. 그러한 그의 모습은 자기가 표명한 의견에 그다지 자신이 없어 보였고 말투 역시 확고한 것이 못되었으므로 더욱더 서글픈 느낌을 주었다. 그는 마음속으로 적지 않은 혼란을 느끼며 무언가 몹시 온당치 못한 일이 바야흐로 일어나기 시작한 것을 예감했다. 사실 이미 공공연한 반항의 징조가 나타나고 있었다. 이오시프 신부가 논박을 시도한 뒤로는 일부 수도사들의 신중론도 침묵 속으로 사라지고 말았다. 그리고 생전에는 조시마 장로를 사랑했고 진심으로 장로 제도의 확립을 바랐던 모든 사람들은 갑자기 기가 죽어, 어쩌다 서로 눈이 마주쳐도 겁에 질린 듯이 상대방의 눈치만 살피게 되었다. 그 반면에 실정에 맞지 않는 것이라 하여 장로 제도에 반대를 해 온 사람은 의기양양하게 고개를 젖히고 다녔다. 「바르소노피 장로의 시체에서는 썩는 냄새는커녕 좋은 향내가 풍겨 나왔었지.」하고 그들은 악의에 넘친 표정으로 이렇게 말하는 것이었다. 「그러나 그분은 장로의 지위에 있었기 때문이 아니라, 스스로 올바른 길을 걸었기 때문에 그런 영광을 받은 거야.」

이런 말에 이어 이번에는 조시마 장로에 대한 비난과 비판의 소리가 쏟아져 나왔다. 「그 사람의 가르침은 옳지 않은 것이었어. 그의 가르침에 의하면, 인생이란 눈물에 찬 인종(忍從)이 아니라 위대한 기쁨이라는 거야.」그 중에서도 가장 분별없는 자들은 이런 말을 했다. 「그 사람의 신앙은 요즈음의 유행을 따른 것이어서 물질적인 지옥의 불을 인정하지 않았다더군.」더욱 분별없는 자들은 이렇게 장단을 맞추었다. 「그리고 단식도 그리 엄격하게 지키지 않았어. 단 음식도 거리낌없이 입에 넣었고 차와 함께 버찌잼도 먹었는데, 특히 그것을 좋아했기 때문에 귀부인들이 늘 보내 주곤 했었지. 고행하는 수도사가 차를 마시다니, 될 법이나 한 일인가?」장로를 시기하는 자들의 입에서는 이런 말이 흘러 나왔다.

「거만하게 버티고 앉아서 말이야.」하고 가장 악의에 찬 인간들은 냉혹한 어조로 이렇게 뇌까렸다. 「자기야말로 성인이라는 듯이 사람들이 자기 앞에서 무릎을 꿇는 것을 지극히 당연하다는 태도로 대하고 있었단 말이야.」

「그 사람은 고해의 비밀을 악용했어.」하고 장로 제도의 가장 혹독한 반대자들은 악의에 찬 어조로 수군거렸다. 더욱이 이렇게 말하는 자들은 수도사들 중에서도 가장 나이가 많은 편에 속하며 신앙 면에서 있어서도 지극히 준엄하여 진정한 의미에서 금욕과 침묵의 고행자라 할 수 있는 사람들이었다. 그들은 조시마 장로의 생존시에는 시종 침묵을 지키고 있다가 이제 와서야 갑자기 입을 연 것이었다. 그리고 이것이 가장 무서운 일이었다. 왜냐하면 그들의 말은 아직 확고한 신념을 지니지 못한 젊은 수도사들에게 굉장한 영향을 주었기 때문이다. 옵도르스크의 성(聖) 실리베스트르 수도원에서 온 수도사는 이런 모든 말에 열심히 귀를 기울였다. 그는 연방 깊은 한숨을 내쉬고 고개를 끄덕이며『그러고 보니, 어제 페라폰트 신부님께서 말씀하신 게 옳은 판단이었군.』하고 속으로 생각했다. 마침 바로 이 순간에 페라폰트 신부가 이 자리에 나타났다. 그것은 마치 일부러 사람들의 동요를 더욱 격화시키려고 나타난 것같이 생각될 지경이었다.

앞에서도 이미 말한 바와 같이, 페라폰트 신부가 양봉장 옆에 있는 그의 목조 암자에서 나오는 것은 극히 드문 일이었다. 심지어 그는 성당에도 나오는 일이 거의 없었지만, 수도원측에서 그를 〈신들린 사람〉으로 간주하여 수도사들에 대한 일반적인 규칙을 그에게만은 적용하지 않고 관대히 보아 주고 있었다. 그러나 사실을 따지고 보면 그에게 관대하게 대하는 것은 수도원측으로서는 부득이한 일이기도 했다. 왜냐하면 그렇게 밤이나 낮이나 기도만 드리고 있는(사실 그는 잠도 무릎을 꿇은 채로 잤다) 위대한 금욕과 침묵의 고행자인 그에게 그 자신이 복종을 원하지 않는 이상, 억지로 일반적인 규율의 무거운 짐을 지운다는 것은 오히려 온당치 못한 일이기 때문이다. 만일 수도원측에서 그래도 일반 규율만은 지켜야 한다고 주장한다면 수도사들은 이렇게 말할 것이다.「그분은 우리 수도원에서 어느 누구보다도 신앙이 두터운 분이다. 그분은 우리들이 규칙에 복종하는 것보다 몇 배나 어려운 고행을 하고 있지 않은가? 그분이 성당에 나오지 않는 이유는 자신이 성당에 나올 때를 너무나 잘 알고 있기 때문이다. 그분에게는 그분 자신의 규율이 있는 것이다.」이런 불평이나 항의를 피하기 위해 수도원측에서는 페라폰트 신부를 관대하게 방임해 두고 있었던 것이다. 모두들 다 알고 있다시피 페라폰트 신부는 조시마 장로를 몹시 싫어했다. 그런데 지금 갑자기 그의 암자에 하느님의 심판은 인간의 판단과 다르다는 것과, 이것은 자연을 초월한 것이라는 소식이 들려 왔다. 이런 소식을 가지고 맨 처음 그에게로 달려간 사람들 중에는 그 전날 그를 방문하였다가 무서운 충격을 받고 그의 암자를 물러나온 옵도르스크의 수도사도 끼어 있었으리라는 것은 상상하기 어렵지 않다.

그러나 앞에서도 말한 바와 같이 파이시 신부는 태연자약한 태도로 관 옆에 붙어서서 복음서를 낭독하고 있었다. 그는 암자 밖에서 일어나는 일에 대해 보지도 못하고 들을 수도 없었으나, 그래도 중요한 점만은 모두 마음속으로 정확히 통찰하고 있었다. 그는 그를 에워싸고 있는 주위 사람들을 너무도 잘 알고 있었던 것이다. 그는 조금도 흔들리는 빛이 없이 아무런 두려움도 느끼지 않고 다음에 일어날 일들을 기다리면서, 이미 그의 심안(心眼)에 비치고 있는 이 소동의 경과를 날카로운 통찰력으로 응시하고 있었다.

바로 이때 입구 쪽에서, 분명히 이 자리의 예식을 파괴하는 엄청나게 시끄러운 소음이 갑자기 그의 귀에 들려 왔다. 그러자 문이 홱 열리더니 페라폰트 신부가 문턱에 나타났다. 그 뒤를 이어 읍내에서 몰려온 많은 사람들과 더불어 여러 명의 수도사들이 현관 층계 밑으로 몰려드는 것이 암자 안에서도 똑똑히 보였다. 그러나 그들은 암자에까지 들어오지는 못하고 층계 밑에 서서 페라폰트 신부가 무슨 말을 하고 어떤 행동을 할 것인지 숨을 죽이며 기다리고 있었다. 그들은 자기들이 무례한 언행을 자행하고 있었음에도 불구하고, 페라폰트 신부가 이리로 온 이상 반드시 무슨 일이 일어나고야 말 것이라는 것을 상상하고 일종의 공포감에 사로잡혀 있었다.

페라폰트 신부는 문턱에 서서 두 팔을 위로 쳐들었다. 그러자 그의 오른쪽 팔 밑으로 옵도르스크에서 온 수도사의 날카로운 조그만 눈이 번쩍 빛났다. 그는 자기의 격렬한 호기심을 억제할 수 없어 혼자서 신부의 뒤를 따라 층계를 올라왔던 것이다. 이와는 반대로 다른 사람들은 요란스러운 소리를 내며 문이 홱 열린 순간, 갑자기 뜻하지 않은 공포에 사로잡혀 서로 밀치며 뒤로 물러섰다. 그러자 페라폰트 신부는 두 팔을 높이 쳐들더니 소리 높이 외쳤다.

「내 너를 쫓고 또 쫓으리라!」그러고는 곧 사방을 한 바퀴 빙 돌며 벽과 네 구석을 향하여 성호를 긋기 시작했다. 그를 따라온 모든 사람들은 이 동작이 무엇을 의미하는지를 곧 깨달았다. 그는 어디에 들어가건 반드시 이런 동작으로 악마를 내쫓기 전에는 결코 앉지도 않고 말도 하지 않는다는 것을 모두들 알고 있었기 때문이다.

「사탄이여, 물러가라! 사탄이여, 물러가라!」그는 성호를 한 번 그을 때마다 일일이 이렇게 되풀이했다. 「내 너를 쫓고 또 쫓으리라!」하고 그는 다시 외쳤다. 그는 여느 때와 마찬가지로 허름한 법의를 걸치고 새끼줄로 허리를 동여매고 있었다. 삼베로 만든 속옷 밑으로는 회색 털로 덮인 가슴팍이 드러나 보였다. 발은 신을 신지 않은 맨발이었다. 그가 두 손을 흔들자, 그가 법의 밑에 달고 다니는 쇳덩이들이 요란스럽게 철거덕거렸다. 파이시 신부는 복음서의 낭독을 중지하고 그에게로 다가가더니 상대방의 행동을 주시하며 그 앞에 우뚝 섰다.

「무엇 때문에 오셨지요? 무엇 때문에 질서를 문란케 하는 겁니까? 무엇 때문에 온순한 민중들의 마음을 교란시킵니까?」마침내 그는 준엄한 눈초리로 상대방을 바라보며 이렇게 말했다.

「날더러 뭣 하러 왔느냐고? 무엇 때문에 그런 것을 묻는가?」하고 페라폰트 신부는 신들린 사람의 특유한 어조로 소리쳤다. 「나는 여기에 있는 그대들의 손님들을—— 요사스런 사탄을 내쫓으려고 온 거야. 어디 내가 없는 동안 그놈들이 얼마나 많이 모여들었는지 볼까? 모두 자작나무 비로 쓸어내 버려야지!」

「사탄을 내쫓겠다고 하지만 신부님 자신이야말로 사탄에게 봉사하고 있는지도 모릅니다.」파이시 신부는 두려워하는 기색도 없이 말을 계속했다. 「또 과연 〈나야말로 성인이다〉라고 장담할 수 있는 자가 어디 있겠읍니까? 신부님께서는 그렇게 말씀하실 수 있읍니까?」

「나는 성인이 아니야. 나는 더러운 인간이야. 그래서 나는 안락의자에 앉지도 않고 우상처럼 절을 받지도 않지!」하고 페라폰트 신부는 벼락같이 소리질렀다. 「요즘 인간들은 참다운 신앙을 망치고 있어. 고인이 된 그대들의 성인은 말이지.」하고 그는 군중을 바라보며 손가락으로 관을 가리키며 이렇게 소리쳤다. 「그는 악마를 물리치려고 마귀를 쫓기 위해 사람들에게 약 같은 걸 먹였어. 그래서 방 구석구석에 거미 새끼처럼 악마들이 들끓게 된 거야. 그리고 이번에는 자기 자신이 고약한 냄새를 피우기 시작했어. 우리는 바로 이 사실에서 하느님의 위대한 계시를 볼 수 있는 거야.」

페라폰트 신부가 지적한 것은 다음과 같은 일이었다. 아직 조시마 장로가 살아 있을 때였다. 어떤 수도사 한 사람이 밤마다 꿈에 악마의 환상에 시달리게 되었는데, 나중에는 눈을 뜨고 있을 때도 그것이 눈앞에 나타나게 되었다. 그가 극도의 공포에 사로잡혀 이 일을 조시마 장로에게 고백했더니, 장로는 쉬지 않고 기도하며 열심히 재계(齋戒)를 지켜보라고 권했다. 그러나 그것도 아무런 효과가 없었기 때문에 장로는 기도와 재계를 계속하는 한편, 어떤 약을 복용해 보도록 권했다. 그 당시 많은 사람들이 이 일에 대하여 의혹을 품고 고개를 설레설레 저으며 서로 숙덕거렸는데, 그 중에서도 페라폰트 신부가 특히 심했다. 그것은 장로를 비난하는 몇몇 사람들이, 그때 곧 페라폰트 신부에게로 달려가 장로의 이 〈유례가 없는 지시〉를 보고했기 때문이었다.

「나가 주시오, 신부님!」하고 파이시 신부는 명령조로 말했다. 「심판을 하시는 분은 하느님이시지 인간이 아닙니다. 지금 여기서 우리가 보는 〈계시〉는 신부님이나 나나 그 밖의 어느 누구도 이해할 수 없는 성질의 것일지 모릅니다. 나가 주십시오, 그리고 민중들을 미혹케 하지 마십시오!」파이시 신부는 강경하게 되풀이했다.

「그 사람은 수도사로서 마땅히 지켜야 할 재계를 지키지 않았기 때문에 이런 계시가 나타난 거야. 이건 너무도 분명한 일이니까 숨기는 것이 오히려 더 죄된 일이지.」이미 이성을 잃고 흥분할 대로 흥분한 이 광신자는 좀처럼 진정하려 들지 않았다. 「달콤한 과자에 유혹되어 부인네들을 시켜 주머니에 몰래 과자를 넣고 오게 하는가 하면, 차까지 마시고 있지 않았느냐 말이야. 그리하여 배는 단것으로 머리는 교만한 생각으로 가득 차 있었지…… 바로 그 때문에 지금 이런 수치를 당하게 된 것이야…….」

「그건 너무 경박한 말씀이오, 신부님!」파이시 신부도 언성을 높였다. 「당신의 엄격한 재계와 여러 가지 고행에는 경의를 표하는 바이지만, 그 경박한 말씀은 철없는 속세의 젊은이들이 하는 것과 다를 게 없지 않습니까? 자, 어서 나가주시오. 이건 명령입니다, 신부님!」파이시 신부도 말이 끝날 무렵에는 거의 외치다시피 말했다.

「나가고말고요!」약간 주춤하는 듯싶었으나, 그래도 적의를 품은 어조로 페라폰트 신부는 말했다. 「그대들은 모두 대단한 학자님들이니까! 지식이 있다고 해서 나 같은 보잘것 없는 인간을 깔보고 있는 것이야. 나는 무식함을 무릅쓰고 이곳에 왔는데, 여기 와 보니 나는 과거에 내가 알고 있던 것까지 모두 잊고 말았어. 그렇지만 하느님께서 이 보잘것 없는 나를 그대들의 그 대단한 학문으로부터 지켜주신 거야…….」

파이시 신부는 그의 옆에 버티고 서서 단호한 태도로 꼼짝 않고 기다리고 있었다. 페라폰트 신부는 잠시 말을 멈추고 있다가 갑자기 서글픈 듯한 표정으로 오른손으로 턱을 받치고, 죽은 장로의 관을 바라보며 노래라도 부르는 듯한 음성으로 말하기 시작했다. 「내일이면 모두들 이 사람을 위해 〈우리를 도와 주시는 보호자〉(사제의 장례 때 부르는 성가)를 불러 줄 테지. 그건 참으로 훌륭한 찬송가지. 그렇지만 내가 죽으면 고작해야 〈지상의 기쁨〉(수도사의 장례 때 부르는 성가)이란 찬송가나 불러 줄 거야.」하고 그는 구슬프게 울먹이는 목소리로 말했다. 「게다가 잘난 체 거드름을 피우며 여기 도사리고 앉아 있었으니……. 오오, 이곳이야말로 허황된 자리인지고!」그는 이렇게 미친 사람처럼 외치고 손을 한 번 휘두르더니 핵 돌아서서 쏜살같이 층계를 달려내려갔다. 밑에서 기다리고 있던 군중들이 동요하기 시작했다. 어떤 사람들은 곧 그의 뒤를 따라갔으나, 또 어떤 사람들은 그 자리에 그대로 서성거리고 있었다. 암자 문이 아직 그대로 열린 채 있는 데다가, 페라폰트 신부를 뒤쫓아 나온 파이시 신부가 현관 앞에서 그의 거동을 지켜보고 있었기 때문이다. 그러나 극도로 흥분한 이 늙은 신부는 아직 완전히 침묵해 버린 것이 아니었다. 암자에서 스무 걸음쯤 걸어간 페라폰트 신부는 갑자기 저물어 가는 태양을 향해 걸음을 멈추고 두 팔을 높이 쳐들더니 마치 누가 자기를 쓰러뜨리기라도 한 것처럼 무서운 소리를 외치며 땅 위에 엎드렸다.

「우리 주님께서는 이기셨도다! 그리스도께서는 저물어 가는 태양에 이기셨도다!」태양을 향해 두 손을 뻗으면서 미친 듯이 이렇게 외치더니, 얼굴을 땅바닥에 대고 어린애처럼 소리내어 울기 시작했다. 그리고는 두 팔을 벌려 땅 위에 내던진 채 전신을 떨며 통곡하는 것이었다. 이렇게 되자 모두들 그의 주위로 달려갔다. 그에게 공명하는 환희의 아우성과 오열하는 소리가 사방으로 울려 퍼졌다……. 일종의 광적인 흥분이 모든 사람들을 휩쓸었던 것이다.

「이분이야말로 성인이시다! 이분이야말로 거룩한 어른이시다!」라는 환호성이 이제는 거리낌없이 사람들의 입에서 터져나왔다.

「이분이야말로 장로의 자리에 앉으셔야 할 분이다!」다른 사람들의 증오에 넘친 목소리가 이렇게 덧붙였다.

「이분은 그런 장로의 자리엔 앉으시지 않을 거야……. 자기 쪽에서 거절해 버리실 걸……. 그런 저주받을 새 제도에 봉사하실 분이 아니야……. 어리석은 자들의 흉내를 내실 리 만무하지.」또 다른 목소리가 이렇게 말을 받았다.

그대로 계속 내버려두면 어떤 말이 나오게 될지 예측할 수 없을 지경이었으나, 마침 이때 저녁 기도를 알리는 종소리가 들려 왔다. 모두들 황급히 성호를 긋기 시작했다. 페라폰트 신부도 역시 일어나서 연이어 성호를 그으면서 뒤도 돌아보지 않고 자기 암자를 향해 걸어갔다. 그러면서 여전히 갈피를 잡을 수 없는 말을 소리 높이 뇌까리고 있었다. 몇 사람만이 그의 뒤를 따라갔을 뿐 대부분의 사람들은 저녁 미사에 참례하러 황급히 흩어져 갔다. 파이시 신부는 복음서의 낭독을 이오시프 신부에게 부탁하고 자기는 층계 밑으로 내려왔다. 늙은 광신자의 흥분된 외침 따위 때문에 자기 신념이 흔들릴 그가 아니었지만, 어쩐 까닭인지 몹시 마음이 서글퍼지며 무언가 딴 일에 마음이 끌리는 것이었다. 파이시 신부 자신도 그것을 느끼고 있었다. 그는 조용히 걸음을 멈추고 서서 문득 스스로에게 물어보았다. 『왜 나는 이렇게 서글픔을 느끼는 것일까?』그 순간 그는 이 갑작스러운 슬픔이 어떤 극히 사소하고 특수한 사실에 기인한다는 것을 깨닫고 놀라움을 금할 수 없었다. 그것은 다름이 아니라 암자 입구 바로 곁에까지 몰려온 군중들 사이에서 알료샤의 흥분한 모습이 눈에 띄었었는데, 그는 이 젊은이를 발견하자마자 자기 마음속에 그 어떤 아픔 같은 것을 느꼈던 일이 이제 와서 생각났기 때문이었다. 『도대체 어째서 이 젊은이가 지금 내게 그렇게 큰 의미를 가지고 있는 것일까?』그는 한층더 놀라며 스스로 자문하였다. 바로 이 순간 알료샤가 그의 곁을 지나갔다. 몹시 서둘러 어디론가 가고 있는 것 같았으나, 성당을 향해 가는 것은 아니었다. 두 사람의 시선이 마주쳤다. 알료샤는 얼른 시선을 돌려 눈을 내리깔았다. 파이시 신부는 그의 이런 태도만으로도, 지금 이 순간 이 젊은이의 마음속에 급격한 변화가 일어나고 있다는 것을 알 수 있었다.

「알료샤, 너까지도 시험에 빠졌느냐?」하고 파이시 신부는 느닷없이 외쳤다.「그래, 너까지도 저 신앙이 얕은 자들과 한패란 말이냐?」하고 파이시 신부는 슬픈 어조로 덧붙였다.

알료샤는 걸음을 멈추고 멍청하니 파이시 신부를 쳐다보더니, 다시 얼른 시선을 돌려 눈을 내리깔았다. 그는 엇비슷하게 서서 주의 깊게 자기를 관찰하고 있는 파이시 신부 쪽으로 얼굴을 돌리지 않았다.

「어디로 그리 급히 가는 거냐? 저녁 미사 종소리를 듣지 못했느냐?」하고 그는 다시 한번 물었다. 그러나 알료샤는 여전히 대답이 없었다. 「아니면 암자를 떠나가려는 것이냐? 그렇다면 왜 떠나겠다는 허락도 받지 않고 축복도 빌지 않느냐?」

갑자기 알료샤는 입을 일그러뜨리며 히죽이 웃더니, 그의 마음과 두뇌의 지배자였던 사랑하는 장로로부터 임종 직전에 그의 장래의 지도를 위임받은 파이시 신부를, 말할 수 없이 이상스런 눈초리로 쳐다보았다. 그리고는 여전히 말 한마디 없이 갑자기 예의도 차리지 않고 한 손을 내젓고는 빠른 걸음으로 암자 바깥으로 통하는 문을 향해 걸어갔다.

「다시 돌아오겠지!」슬픔과 놀라움에 휩싸인 눈으로 알료샤의 뒷모습을 바라보며 파이시 신부는 중얼거렸다.

2. 위기의 순간

파이시 신부가 자기의 〈귀여운 소년〉이 다시 돌아올 것이라고 생각한 것은 물론 잘못된 판단이 아니었을 뿐더러 오히려 알료샤의 심리 상태의 참된 의미를 (완전하다곤 할 수 없어도 예리한 눈으로) 통찰한 것이었는지도 모른다. 그러나 솔직히 말해서 내가 진심으로 사랑하는 이 젊은 주인공의 생애에 있어서의 이와 같은 기이하고도 막연한 순간이 가지는 의의를 지금 여기서 분명하게 전한다는 것은 극히 어려운 일이다. 알료샤에게 던져진 질문——『너까지도 저 신앙이 얕은 자들과 한패란 말이냐?』라는 파이시 신부의 슬픈 질문에 대해서, 물론 나는 알료샤를 대신하여『아니, 결코 그는 신앙이 얕은 자들과 한패가 아니다.』라고 자신있게 대답할 수가 있다. 뿐만 아니라 여기에 대해서는 정반대로 해석하는 편이 더 옳았으리라. 즉 그의 마음의 혼란은 지나칠 만큼 두터운 신앙심에서 온 것이었다. 그러나 어쨌든 혼란이 생겼던 것만큼은 사실이었고, 또한 그것은 그 뒤 상당한 시일이 경과된 뒤에도 알료샤 자신이 이 슬픈 하루를 자기의 일생 중에서 가장 괴로운 숙명적인 날의 하나로 기억할 만큼 가슴 아픈 일이었다.

그러나 만일 어떤 사람이 단도 직입적으로『그의 마음에 그러한 비애와 불안이 생겨난 것은, 장로의 유해가 곧 중환자의 병을 낫게 하는 기적을 나타내는 대신에 너무 일찍이 부패하기 시작했기 때문이 아닌가?』라고 묻는다면, 나는 이에 대해 서슴지 않고『그렇다, 그것은 사실이다.』라고 대답할 것이다. 단지 나는 너무 지나치게 성급히 나의 젊은 주인공의 순진한 마음을 냉소하지 말아 달라고 독자에게 간청하고 싶을 뿐이다. 물론 필자인 나 자신으로서는 그를 위해 용서를 빌 생각도 없거니와, 그의 단순하고 소박한 신앙을 아직 그의 나이가 어리기 때문이라든가, 또는 이전에 습득한 학문이 변변치 못하였다든가 하는 따위의 이유로 변명할 생각은 추호도 없다. 오히려 그와는 반대로 그의 천성(天性)에 대하여 진심으로 존경하고 있다는 것을 확언해 두는 바이다. 물론 세상에는 정신적인 여러 가지 인상을 조심스럽게 받아들이며, 남을 사랑하는 데도 역시 열렬하지 못하고 미지근하고, 그 지성 또한 정확하기는 하지만 나이에 비해 지나치게 사려와 분별이 있어 오히려 값싸게 보이는 젊은이들도 있다. 아마 이런 젊은이들이라면 나의 주인공의 마음에 일어났던 것과 같은 일은 애써 회피하려고 했을 것이 틀림없다. 그러나 그것이 비록 분별없는 짓이긴 하지만 위대한 사랑에서 끓어오르는 것이라면, 이런 감격에 몰두하는 편이 회피해 버리는 것보다는 훨씬 훌륭한 것이다. 특히 청년 시대에는 더욱 그렇다. 언제나 지나치게 사려와 분별만을 따지는 젊은이는 어쩐지 믿음성이 없어 보이며, 따라서 가치있는 인간이라고는 볼 수 없다. 적어도 나의 견해로는 그렇다는 말이다.

『그렇지만』하고 사려와 분별이 있는 사람들은 따지고 들 것이다.『세상의 모든 청년들이 다 그런 편견을 믿을 수는 없을 것이며, 또 당신의 젊은 주인공이 다른 모든 청년들의 모범이 될 수는 없지 않은가?』하는 물음에 대해 나는 이렇게 대답하겠다.『그렇다, 나의 주인공에게는 믿음이 있었다. 신성 불가침의 확고한 신앙을 갖고 있었다. 그렇지만 그래도 역시 나는 그를 위해 변명할 생각은 추호도 없다.』라고.

나는 이미 나의 주인공을 위해 용서를 빌거나 변명을 하지는 않겠다고 약간 성급하게 언명한 바 있지만, 앞으로의 이야기를 이해하는 데 도움을 주기 위해서는 역시 약간의 설명이 필요할 듯싶다. 따라서 나는 이렇게 말하고 싶다. 즉 문제는 결코 기적에 있는 것이 아니라고. 그의 마음속에는 기적에 대한 성급하고 경솔한 기대는 없었다. 그리고 또 그 당시 알료샤에게는 어떤 신념의 승리를 위한 기적이 필요치도 않았다. 사실 그럴 필요는 전연 없었다. 또한 전부터 마음속에 자리잡고 있던 어떤 관념이 대번에 다른 관념을 압도하기를 원했기 때문도 아니었다. 아아, 절대로, 절대로 그런 것은 아니었다. 이 일에 있어서 그의 마음 한가운데를 차지하고 있던 것은 하나의 얼굴, 오직 하나의 얼굴뿐이었다. 그가 사랑해 마지 않던 장로의 얼굴, 그가 숭배해 마지 않았던 의인(義人)의 얼굴, 바로 그것이었던 것이다. 그의 젊고 순결한 마음에 깃들어 있던 〈모든 인간과 모든 사물〉에 대한 사랑은 일 년 전부터 그날에 이르기까지 시종일관 단지 그가 사랑하던 장로 한 사람에게만 집중되어 있었다. 어쩌면 그 사랑은 비정상적인 것이었거나 아니면 적어도 격정적인 것이었는지 모르지만, 어쨌든 지금은 고인이 된 조시마 장로 한 사람에게만 집중되어 있었던 것이다. 사실 이 인물은 오랜 세월을 두고 의심할 여지 없는 하나의 이상으로 그의 눈앞에 서 있었으므로, 그의 젊은 힘과 노력은 온통 이 이상 하나만을 향해 나아갈 수밖에 없었다. 그러므로 때로는 모든 사람, 모든 사물의 존재를 완전히 잊어버리는 일조차 있었다 (이것은 그 자신이 후일에 가서야 비로소 생각난 일이지만, 바로 그 전날 그렇게까지 자기를 걱정시키고 괴롭힌 형 드미트리의 일조차 그는 이 괴로운 하루 동안 완전히 잊고 있었다. 그리고 그 전날 밤 그렇게까지 열심히 생각하고 있었음에도 불구하고 일류샤의 아버지에게 이백 루블리의 돈을 전하는 일도 역시 까마득히 잊고 있었다). 거듭 되풀이하거니와 그에게 필요했던 것은 기적이 아니라 〈보다 높은 정의〉였다. 그런데 이 정의가 무참히도 유린당하고 말았다고 그는 생각했던 것이다. 이 때문에 그의 마음은 뜻하지 않게 무참히도 짓밟혀지고 만 것이다. 그렇다면 이 〈정의〉가 알료샤의 기대 속에서 사건의 진전과 더불어 기적의 형태를 취하여, 자기가 경애하던 스승의 시체를 통해 지체없이 나타나 주리라고 믿었다고 해도 결코 무리한 일은 아니지 않겠는가. 더욱이 수도원 안의 모든 사람들, 심지어는 알료샤가 높은 지성을 지닌 수도사로서 숭배하고 있던 파이시 신부까지도 역시 그렇게 생각하고 그렇게 기대하고 있었다. 그러니만큼 알료샤는 털끝만큼도 의혹을 품지 않고 다른 모든 사람들과 마찬가지로 자기의 꿈을 윤색하고 있었던 것이다. 더구나 만 일 년 동안에 걸친 수도원 생활을 통하여 이 꿈은 그의 마음속에 확고히 형성되어 이런 기대가 거의 습성처럼 되어 버렸다. 그러나 그가 갈망하고 있던 것은 정의였다. 단순한 기적이 아니라 정의였던 것이다.

그런데 세계에서 어느 누구보다도 가장 높이 받들어져야만 할 것으로 굳게 믿고 있던 그분이 당연히 받아야만 할 영예는 받지 못하고, 오히려 뜻밖에도 모욕과 수치를 당하고 있지 않는가! 도대체 무엇 때문일까? 이것은 누구의 심판일까? 누가 이같은 심판을 내릴 수 있는 것일까? 바로 이것이 그때 아직 경험 없고 순진한 그의 마음을 괴롭힌 의문이었다. 그가 진심으로 분노와 모욕을 느끼지 않을 수 없었던 것은, 그 의로운 자 중에서도 가장 의로운 자인 장로가 자기보다도 훨씬 낮은 위치에 있는 경박한 군중의 냉소적인 악의에 찬 조롱을 당했다는 사실이었다. 비록 기적 같은 건 전혀 없어도 좋다. 기적적인 일 같은 건 전혀 나타나지 않고 그의 기대를 충족시켜 주지 않는대도 좋다. 그렇지만 이 불명예는 무엇 때문이며, 이 치욕은 무엇 때문인가? 그리고 저 심술궂은 수도사의 말마따나 〈자연을 초월한〉 급작스러운 시체의 부패는 무엇 때문일까? 또한 지금 그들이 페라폰트 신부와 한편이 되어 의기양양하게 외치고 있는 〈하늘로부터의 계시〉란 도대체 무엇이며 도대체 어떻게 그들이 그런 소리를 떠들어 댈 권리가 있다고 믿는 것일까? 아아, 하느님의 섭리는 어디 있는가? 하느님의 손길은 어디에 있을까? 왜 하느님께서는 이런 가장 필요한 순간(알료샤는 그렇게 생각했다)에 자기의 손길을 뒤로 감추고, 맹목적이고 말없는 무자비한 자연의 법칙 앞에 스스로 굴복하는 듯한 태도를 취하고 계신 것일까?

알료샤의 가슴이 괴로움 때문에 피가 끓어오른 것은 바로 이런 이유 때문이었다. 그리고 이미 내가 앞에서도 언급한 바과 같이, 이때 그의 눈앞에 무엇보다도 먼저 떠오른 것은 세상에서 누구보다도 가장 사랑하고 있던 그 사람의 얼굴——불명예와 치욕의 낙인이 찍힌 그 사람의 얼굴이었음이 틀림없다! 나의 주인공의 이런 불만이 경박하고 지각없는 것이라고 비난한대도 좋다. 그러나 나는 벌써 세 번이나 되풀이하지만(이 사실 역시 경박하다는 비난을 받을는지 모르지만, 그 점은 나 자신이 미리부터 시인하는 바이다) 필자의 젊은 주인공이 이런 순간에 그다지 신중하지 못했다는 것을 오히려 기쁘게 생각한다. 왜냐하면 지각이란 아주 바보가 아닌 이상 언제라도 되살아오지만, 사랑이란 이런 예외적인 순간에 젊은이의 마음속에서 용솟음쳐 오르지 않는다면 결코 솟아나오는 일이 없기 때문이다. 그렇지만 나는 여기서 어떤 괴이한 현상에 대해 말해 두어야만 하겠다. 그것은 알료샤에게 있어 숙명적이고도 암담한 이 순간에 그의 마음속에 퍼뜩 떠오른 생각이다. 그의 마음속에 떠오른 현상이란 다름이 아니라, 어제 이반 형이 한 말이 그 순간 줄곧 알료샤의 기억 속에 되살아나 야릇하게도 괴로운 인상을 주고 있는 사실이었다. 그것이 지금 하필이면 이런 순간에 그의 마음속에 떠올랐던 것이다. 그렇다고 해서 물론 근본적이고 본질적인 그의 신앙이 동요되기 시작했다는 것은 아니다. 그는 자기의 하느님을 사랑하고 있었다. 비록 지금 갑자기 하느님에 대하여 불만을 호소하고 있기는 했지만, 그는 확고부동한 신앙을 지니고 있었다. 그럼에도 불구하고 어제 이반 형과 주고받은 대화에서 받은, 참을 수 없이 불길한 인상이 막연하기는 하지만 지금 갑자기 그의 마음속에 되살아나서 점차 의식의 표면으로 고개를 쳐들고 나오려는 것이었다.

주위는 이미 황혼이 깃들고 있었다. 암자를 나와 소나무밭을 지나 수도원 쪽으로 걸어가고 있던 라키친이 문득 나무 밑에 누운 채 얼굴을 땅에 대고 있는 알료샤를 발견했다. 알료샤는 마치 잠이라도 자는 듯 꼼짝도 않고 있었다. 라키친은 가까이 다가가 말을 건네었다.

「알렉세이, 자네 여기 있었군. 그래, 자네는…….」하고 몹시 놀란 듯이 라키친은 이렇게 말을 건넸으나, 입을 열다 말고 다물어 버렸다. 『도대체 자네까지 이럴 수가 있는가?』라고 그는 말하고 싶었던 것이다. 알료샤는 거들떠 보지도 않았으나 리키친은 그가 몸을 움직거리는 것으로 보아, 그가 자기 말을 듣고 그 말의 뜻을 이해하고 있다는 것을 곧 눈치챘다.

「자네, 왜 그러는가?」그는 자못 놀란 듯한 어조로 계속 물었으나, 그 얼굴에 나타난 놀란 표정은 점차 미소로 변하였고 그 미소는 다시 조소의 빛을 띠어 갔다.

「여보게, 난 벌써 두 시간 전부터 자넬 찾아다니고 있었어. 갑자기 자네가 그렇게 감쪽같이 사라져 버렸으니 말이야. 도대체 자넨 여기서 뭘 하고 있는 건가? 이게 무슨 바보 같은 짓인가? 여보게, 잠깐 나를 쳐다보게!」

알료샤는 고개를 들고 일어나 앉아 뒤에 있는 나무에 등을 기대었다. 울고 있지는 않았으나, 그의 얼굴에는 고통과 초조의 빛이 감돌고 있었다. 그러나 알료샤는 라키친을 보지 않고 어딘가 다른 데를 바라보고 있었다.

「자네 자신은 모를 테지만 자네 얼굴이 말이 아니야. 그처럼 평판이 좋았던 온유한 표정은 털끝만큼도 찾아볼 수가 없게 되었어. 누구에게 화를 내고 있기라도 한 건가? 누가 자네에게 무례한 짓이라도 했는가?」

「제발 저리로 가줘!」불쑥 알료샤는 이렇게 한 마디했으나, 여전히 상대방을 외면한 채로 괴로운 듯이 한 손을 내저었을 뿐이었다.

「오오, 이런 일이 있을 수 있나! 어쩌면, 마치 죄 많은 속세 사람들처럼 자네가 그렇게 악을 쓸 수가 있나! 천사 같은 자네가……너무 사람을 놀라게 하지 말게. 이건 진정으로 하는 말이야. 하여간 여기 온 뒤로 꽤 오랫동안 놀라 본 일이라곤 없었거든. 난 그래도 항상 자네를 교양있는 인간으로 생각하고 있었는데…….」

알료샤는 비로소 그를 쳐다보았다. 그러나 여전히 멍청한 표정으로, 좀처럼 상대방의 말을 알아듣지 못하는 듯한 얼굴이었다.

「그래, 자네는 그 늙은이가 고약한 냄새를 풍기기 시작했다는 그것만으로 그렇게 풀이 죽어 있나? 설마 그 늙은이가 정말로 기적을 나타내리라고는 믿었던 것은 아니겠지?」 다시금 더없이 진지한 얼굴로 라키친은 이렇게 외쳤다.

「믿고 있었어. 지금도 믿고 있어. 난 그렇게 믿고 었어. 앞으로도 믿을 거야. 그 밖에 또 묻고 싶은 것이 있나?」 알료샤는 흥분된 목소리로 소리쳤다.

「없어, 더 이상 아무것도 묻지 않겠네. 제기랄, 요즈음은 열 세 살짜리 국민학생도 그따위 말은 믿지 않는단 말이야. 그렇지만 그런 건 아무래도 좋아…….
그러니까 자네는 지금 하느님께 화를 내어 반역을 일으키고 있는 셈이로군 그래. 요컨대 하느님께서 계급도 물려주시지 않았고, 경축일에 흔히 주는 훈장도 수여하지 않았다, 이 말이지! 자네도 참 이상한 친구로군!」

알료샤는 눈을 반쯤 내리감고 한참 동안 라키친을 응시하고 있었다. 그러자 그의 눈속에서 갑자기 한 가닥 빛이 번뜩였다……. 그러나 그것은 라키친에 대한 분노는 아니었다.

「나는 하느님에 대해 반역을 일으키고 있는 게 아니야. 단지 하느님의 세계를 인정하지 않는다는 것뿐이야.」 이렇게 말하고 알료샤는 문득 억지로 자아내는 듯한 미소를 띄워 보였다.

「하느님의 세계를 인정하지 않는다는 말은 대체 무슨 뜻인가?」 라키친은 잠시 상대방의 대답에 대해 고개를 갸웃거리더니 이렇게 물었다. 「그따위 바보 같은 잠꼬대가 어디 있어?」

알료샤는 아무런 대꾸도 하지 않았다.

「그런 시시한 이야긴 이제 그만두세. 이제부터 실제적인 문제로 들어가지. 어때, 자네 오늘 식사는 했나?」

「기억이 안 나는군……아마 먹었을 거야.」

「안색을 보니, 아무래도 무얼 좀 먹고 체력을 보충할 필요가 있을 것 같군. 자네 얼굴을 보고 있노라면 측은해질 정도야. 어젯밤에 한잠도 자지 않았다지? 나도 들었어, 암자에서 모임이 있었다는 얘긴. 그러고 나서 곧 그 야단 법석이 일어났으니 아마 먹은 것이라곤 성찬식에 쓰는 얄팍한 떡 한조각밖엔 아무것도 없었을 거야. 지금 내 호주머니에 소시지가 몇 개 들어 있어. 만일의 경우를 생각해서 아까 읍내에서 나올 때 집어 넣어 갖고 온 거야. 그렇지만, 자네야 소시지 같은 건…….」

「좀 주게나.」

「저런, 저런! 도대체 어찌 된 일이야! 이렇게 되고 보면 아주 바리케이드까지 쌓고서 완전한 반역을 할 셈인 게로군! 하긴 여보게, 그렇다고 해서 그걸 멸시할 이유는 하나도 없지. 그럼, 내 집으로 가세……실은 나도 보드카 한 잔 들이켜고 싶은 마음이 간절하던 참이야. 몸이 굉장히 피로하거든. 보드카를 달란 소리야 못하겠지만 어떤가, 자네도 한 잔 마셔 보겠나?」

「보드카고 뭐고 다 좋아.」

「아니, 뭐라고? 별 희한한 소리를 다 듣는군.」하고 라키친은 깜짝 놀라 알료샤를 쳐다보았다. 「하긴 소시지나 보드카나 다 괜찮은 물건이지. 하여간 멋들어진 기회니만큼 놓쳐선 안 되겠군, 자, 어서 가세.」

알료샤는 말없이 땅에서 일어나 라키친의 뒤를 따라갔다.

「만약 자네 형 이반이 이걸 본다면 아마도 굉장히 놀랄 걸. 말이 났으니 말이지, 자네 형 이반 표도로비치가 오늘 아침 모스크바로 떠났다더군, 알고 있나?」

「알고 있어.」하고 알료샤는 귀찮다는 듯이 대꾸했다. 그러자 문득 형 드미트리의 모습이 그의 머리속에 떠올랐다. 그러나 그것은 한순간에 불과하였다. 하긴 이 순간 무언가 긴급한 일을, 잠시도 지체할 수 없는 일종의 의무, 무서운 의무 같은 것을 생각해 냈으나, 그런 생각도 그의 마음속 깊이 파고들지를 못하고 또 아무런 인상도 남기지 못한 채 곧 머리속에서 사라져 까마득히 잊고 말았다. 그런데도 이때 일은 그 뒤 두고두고 알료샤의 기억 속에 남아 있었다.

「자네 형 이반은 언젠가 나를 가리켜 〈무능한 자유주의자〉라고 평했고 자네 역시 언젠가 한 번 홧김에 〈파렴치한 인간〉이라고 말한 적이 있었지. 그건 아무래도 좋아! 하여간 이제부터 나는……. 자네들이 얼마나 유능하고 결백한가를 잘 보아 두어야겠어.」「그건 그렇고, 어떤가.」하고 그는 다시 큰소리로 외쳤다. 「수도원 옆을 빠져 나가 사잇길로 해서 곧장 읍내로 나가지……아차! 그래 난 잠깐 호홀라코바 부인한테 들러 봐야겠네. 그린데 말일세, 네기 오늘 일어난 일을 죄다 부인한테 적어 보냈더니, 부인이 당장에 연필로 회답을 써 보내오지 않았겠나. 하여간 그 부인은 편지쓰기를 굉장히 좋아하거든. 그런데 뭐라고 왔을 것 같은가?『나는 조시마 장로와 같이 거룩한 분이 그런 꼴이 될 줄은 꿈에도 생각지 못했어요!』이런 식이야. 정말 그렇게 씌어 있더라니까! 그 꼴이라고 말야. 부인도 역시 분개하고 있는 거야. 자네나 그 여자나 모두가 어쩌면 그 모양일까! 아니, 잠깐만!」그는 갑자기 이렇게 외치며 걸음을 멈추더니 알료샤의 어깨를 잡아 세웠다.

「여보게, 알료샤.」문득 그의 마음속에 떠오른 새로운 생각에 사로잡힌 채, 라키친은 살피듯이 알료샤의 눈을 들여다 보았다. 그는 겉으로는 웃고 있었으나 분명 그 뜻하지 않은 새로운 생각을 입 밖에 내기를 두려워하고 있는 듯이 보였다. 지금 알료샤의 정신 상태는 그의 눈으로 볼 때, 너무도 기이한 예상치 못한 현상이었기 때문에 라키친 자신도 좀처럼 믿기 어려웠던 것이다. 「알료샤, 자네 생각엔 어디로 가는 게 좋을 것 같은가?」이윽고 라키친은 상대방의 비위를 맞추려는 것 같은 조심스런 어조로 물었다.

「어디라도 좋아……자네 좋을 대로 하게.」

「그루세니카한테 갈까? 어때, 가겠나?」불안한 기대로 하여 온 몸을 떨기까지 하며 라키친은 마침내 이렇게 말했다.

「좋아, 그루세니카한테로 가세.」침착한 어조로 알료샤는 대답했다. 이것은 리키친에게 있어 너무도 뜻밖의 일이었다. 알료샤가 조금도 주저하는 기색없이 침착한 어조로 자기 제의에 동의하리라고는 꿈에도 생각지 못했으므로 하마터면 뒤로 껑충 몇 발짝 물러설 뻔했다.

「뭐, 뭐, 뭐라고!……이것 참!」그는 너무도 놀라서 이렇게 소리쳤으나, 얼른 알료샤의 팔을 꽉 움켜쥐고, 혹시나 알료샤의 마음이 변하지나 않을까 염려하며 사잇길로 끌고 들어갔다. 두 사람은 묵묵히 걸어갔다. 라키친은 말을 건네는 것조차 조심스러워졌다.

「그 여자가 얼마나 기뻐할지 모르겠네, 얼마나…….」하고 그는 말을 건넸으나 곧 다시 입을 다물고 말았다.

그러나 리키친이 알료샤를 끌고 가는 것은 결코 그루세니카를 기쁘게 해주기 위해서가 아니었다. 빈틈없는 인간인 그는 조금이라도 자기 자신에게 이익이 될 만한 목적이 없이는 아무런 일도 하려고 하지 않는 사람이었다. 이 경우에 있어서도 그는 두 가지 목적을 품고 있었다. 첫째 목적은 〈올바른 사람의 타락〉를 보고 싶다는 복수적인 것이었다. 이미 오래 전부터 바라고 있던 바와 같이 알료샤가 〈성인의 위치에서 죄인의 위치〉로 타락하는 것을 볼 수 있을는지도 모르는 일이었다. 둘째로는 그 어떤 매우 유리한 물질적인 목적이었는데, 거기에 관해서는 나중에 말하기로 하겠다.

『마침내 위기의 순간이 닥쳐오고야 말았군.』하고 심술궂은 환희를 느끼며 그는 속으로 생각했다. 『이런 기막힌 기회를 놓쳐서야 안 될 말이지. 좀처럼 얻기 힘든 기회니까.』

3. 한 뿌리의 파

그루세니카는 소보르나야 광장 가까운, 읍내에서도 가장 번화한 곳에서 살고 있었다. 모로조바라는 상인의 미망인 집 뜰안에 따로 떨어져 있는 그다지 크지 않은 목조 건물에 세들어 살고 있었던 것이다. 모로조바의 집은 커다란 석조 이층 건물로서 몹시 낡아서 보기에 아주 흉했다. 이 집 주인인 미망인은 나이가 많은 시집 못 간 두 조카딸과 함께 판에 박은 듯한 생활을 하고 있었다. 그녀는 구태여 이 별채를 빌려줘야 할 필요까지는 없었지만, 그루세니카의 공공연한 보호자이며 동시에 부인의 친척이기도 한 상인 삼소노프의 비위를 거스르고 싶지 않아 사 년 전에 그루세니카를 자기 집에 들인 것이었다. 이것은 모두가 다 알고 있는 사실이었지만 들리는 소문에 의하면, 질투심이 강한 삼소노프가 애당초 자기의 〈애첩〉을 모로조바네 집에 맡긴 목적은, 이 노파가 자기 집에 새로 세든 젊은 여자의 품행을 날카로운 눈으로 감시해 줄 것이라는 속셈에서라는 것이었다. 그러나 얼마 되지 않아 이 날카로운 눈도 필요치 않다는 것을 알게 되었으며, 결국 모로조바는 그루세니카와 좀처럼 맞닥뜨리지 않게 되었고, 귀찮게 그녀의 행동을 감시하거나 하는 일도 없었다.

하긴 사 년 전 삼소노프 노인이 호리호리하게 여윈 몸집에다 겁먹은 듯이 수줍어하고 언제나 슬픈 얼굴로 생각에 잠겨 있는 열 여덟 살짜리 소녀를 현청(縣廳) 소재지인 도시로부터 이 집으로 데리고 온 이래 많은 세월이 흐른 셈이다. 그러나 이 소녀의 과거에 대해 이 고장 사람들이 알고 있는 것은 그리 많지 않았고, 또 설혹 알고 있는 것이 있다 할지라도 그다지 믿을 만한 것이 못되었다. 근래에 와서 많은 사람들이 이 굉장한 미인(그루세니카는 사 년 동안 이처럼 변모했던 것이다)에게 홍미를 느끼게 되었으나, 그녀에 대해 자세한 것을 아는 사람은 거의 아무도 없었다. 단지 그루세니카가 아직 열 일곱 살 때 어떤 장교에게 유혹된 일이 있었으나 곧 버림을 받았으며, 그리고 그 장교는 다른 지방으로 가서 다른 여자와 결혼해 버렸고, 그동안 그루세니키는 빈곤과 치욕 속에서 허덕이게 되었었다는 소문이 떠돌고 있을 뿐이었다. 그때 그루세니카가 빈곤 속에서 삼소노프 노인에 의해 구출을 받은 것은 사실이었으나 들리는 소문에는, 그녀가 성직자 계급의 어떤 결백한 가정에서 태어났다는 말도 있다. 다시 말해서 일정한 교회가 없는 어떤 보제(補祭)이거나 혹은 그와 유사한 신분을 가진 사람의 딸이라는 것이다.

그런데 사 년이란 세월이 흐른 오늘날에 와서는 이 감상적이고 버림받은 불쌍한 고아인 소녀가, 혈색 좋고 포동포동 살이 찐 러시아식 미인으로 변해 있었다. 게다가 성격이 대담하고 결단력이 있으며 오만불손하고 돈의 가치를 잘 알고 있을 뿐더러 장삿속이 밝은 여자가 된 것이다. 그녀는 욕심이 많고 인색하고 조심성 있는 여자로, 들리는 말에 의하면, 그 수단 방법에 대해서는 알 수 없지만 이미 상당한 재산을 모아 가지고 있다고 했다. 그러나 다만 한 가지, 그루세니카에게 접근하기란 지극히 어려운 일일 뿐더러 지난 사 년 동안 그루세니카의 사랑을 획득했다고 자랑할 만한 사람은 그 늙은 보호자 삼소노프밖에는 아무도 없다는 한 가지 사실만큼은 누구나 굳게 믿고 있었다. 이것은 거의 틀림없는 사실이었다. 왜냐하면 그루세니카의 사랑을 획득하려고 애쓴 사람의 수는 적지 않았으나(특히 지난 이 년 동안에는 그것이 심했다), 그들의 모든 노력은 수포로 돌아가 버리고 말았기 때문이다. 개중에는 의지가 강하고 젊은 이 여인의 단호하고도 냉소적인 거절을 받고, 희극적인 우스꽝스런 장면까지 연출하고서 무참히 물러서지 않을 수 없었던 자들도 있었다.

또 다음과 같은 일도 잘 알려져 있었다. 이 젊은 여인이 특히 일 년 전부터는 소위 투기(投機)에 손을 뻗치기 시작하여 이 방면에서도 비상한 수완을 발휘하였기 때문에 나중에는 모두들 〈유태인보다 더한 여자〉라는 말까지 듣게 되었다는 사실이다. 그렇다고 그녀가 비싼 이자를 받고 돈놀이를 하는 것은 아니었으나, 이를테면 표도르 파블로비치 카마라조프와 한짝이 되어 얼마 동안 액면의 십분의 일밖에 안 되는 싼값으로 어음 등속을 모조리 사들였다는 사실은 세상이 다 아는 일이었는데, 그 중 어떤 것은 열 배 이상이나 되는 이익을 얻을 수 있는 것도 있었던 것이다.

늙은 홀아비 삼소노프는 일 년 전부터 두 다리가 부어올라 걷지도 못하고 병석에 누워 있었다. 그는 엄청난 부자였으나 몹시 인색하여 다 자란 자식들에겐 마치 폭군 같은 태도로 군림하고 있었으면서도, 자기의 피보호자에게는 퍽 고분고분한 편이었다. 하긴 그도 처음에는 이 여자를 엄격하게 대하여 〈단식일 메뉴밖엔 먹이지 않는다〉고 뒷공론을 하는 사람도 있었으나 그루세니카는 우선 자기의 정절에 대한 절대적인 신뢰감을 노인의 가슴속에 심어 놓음으로써 교묘하게 자신의 해방을 성취하였던 것이다. 이제는 이미 고인이 된 지 오래지만, 대단한 수완가인 이 노인 역시 주목할 만한 성격의 소유자로서 무엇보다도 굉장히 인색하고 돌처럼 완고한 사내였다. 그래서 그루세니카에게 넋을 잃을 정도로 반해 그녀 없이는 살 수 없을 정도였음에도 불구하고 (특히 마지막 이 년간은 정말로 그랬다), 여전히 큰돈을 나눠 주지는 않았다. 그는 비록 그루세니카 쪽에서 절교해 버리겠다고 위협을 한다해도 역시 굴복하지 않았을 것이지만 그런대로 약간의 돈을 나누어 주었는데, 이 사실이 세상에 알려졌을 때는 모두들 깜짝 놀랐다.

「너도 어리석지는 않은 계집이니까.」하고 그는 팔천 루블리 가량의 돈을 그루세니카에게 주면서 이렇게 말했다. 「네 자신이 잘 간수해서 운용하도록 해라.

그렇지만 여태까지와 마찬가지로 해마다 주는 일정한 생활비 외에는 죽을 때까지 나한테서 동전 한 닢도 못 받을 줄 알아라. 유언장에도 네 앞으로는 아무것도 쓰지 않을 테니까.」

그리고 그는 정말 그대로 실행했다. 그는 임종시에 자기의 전재산을 일생 동안 하인같이 부려먹은 아들들과 며느리와 손자들에게 모두 나눠 주고, 그루세니카에 대해서는 유언장에 한 마디도 써 넣지 않았다. 물론 이런 모든 것은 나중에 가서야 알려진 일이었다. 그는 단지 〈자본의 운용〉에 대한 충고로써 그루세니카에게 커다란 도움을 주었고, 사업의 방법을 가르쳐 주었을 뿐이었다.

표도르 파블로비치 카라마조프는 처음에 대수롭지 않은 투자 관계로 그루세니카와 접촉하게 되었지만, 이윽고 자기 자신도 모르는 사이에 거의 미칠 지경으로 그녀에게 반하고 말았다. 그 당시 이미 중태에 빠져 있던 삼소노프는 이 말을 듣고 몹시 재미있어 죽겠다는 듯이 한바탕 웃어댔다고 한다. 여기서 주목해야 할 것은, 그루세니카가 이 노인에겐 무엇 하나 절대로 숨기는 일이 없이 진정으로 대하고 있었다는 사실이다. 그녀가 이 세상에서 그렇게 대해 준 사람은 아마 그 노인 한 사람뿐이었을 것이다. 그러나 최근에 와서 드미트리 표도로비치가 나타나 그루세니카에게 사랑을 고백하였을 때에는, 노인은 먼젓번처럼 웃으려 하지 않았다. 오히려 그와는 반대로 엄숙하고 진지한 얼굴로 그루세니카에게 이렇게 충고까지 했다.

「만일 네가 그 부자 중에서 어느 한 사람을 선택해야만 한다면 그 늙은이를 택하는 게 좋을 게다. 그렇지만 그 늙은 호색한이 어김없이 너와 결혼을 하고, 미리 얼마간의 재산을 네 명의로 해준다는 조건으로라야만 해. 그리고 그 대위와는 손을 끊어라. 어차피 이로운 일은 하나도 없을 테니까.」

이 말은, 그때 이미 자기의 죽음이 멀지 않은 것을 느끼고 있던 늙은 호색한이 그루세니카에게 한 충고인데 그는 이 충고를 준 뒤 다섯 달 만에 죽고 말았다.

말이 나온 김에 다시 한번 말해 두거니와 그루세니카를 사이에 둔 카라마조프 부자간의 어리석고 꼴사나운 경쟁은 당시 읍내 사람치고 모르는 사람이 없을 정도였지만, 이 부자에 대한 그루세니카 자신의 태도의 참뜻이 과연 어떤 것이었는지는 아는 사람이 거의 없었다. 그루세니카의 두 하녀까지도 그 비극적인 대사건(여기 관해서는 나중에 말하기로 하겠다)이 일어난 뒤 법정에 소환되었을 때, 그루세니카는 단지 드미트리가 죽이겠다고 위협하는 통에 무서워서 그를 상대해 주고 있었을 뿐이라고 증언했던 것이다. 그루세니카가 부리고 있던 하녀는 둘뿐이었다. 하나는 그녀의 생가에서 데려온 몸이 허약한 데다 귀머거리인 늙은 식모였고 또 하나는 이 노파의 손녀로서 그루세니카의 잔시중을 들어 주는 스무 살난 원기왕성한 젊은 처녀였다. 그루세니카는 몹시 절약하는 생활을 했기 때문에 방안 장식도 아주 보잘것 없었다. 그녀가 빌어 쓰고 있던 다른 채는 방이 셋 있었지만 방안에는 이 집 주인의 소유물인 이십 년대에 유행했던 마호가니 의자와 탁자가 있을 따름이었다.

라키친과 알료샤가 그루세니카의 방에 들어섰을 때는 이미 주위가 캄캄했으나 방안에는 아직 불도 켜져 있지 않았다. 그루세니카는 응접실에 있는 커다랗고 딱딱한 소파 위에 누워 있었는데 그 소파는 등받이가 달린 마호가니에 구멍 투성이의 낡아빠진 가죽이 씌워진 볼꼴사나운 것이었다. 머리 밑에는 침대에서 가져온 흰 닭털 베개가 두 개 놓여 있었다. 그루세니카는 두 손을 머리 밑에 넣고 몸을 쭉 뻗은 채 꼼짝 않고 누워 있었다. 누구를 기다리고 있는 중인지 검은 비단옷을 단정히 차려 입고 머리에는 엷은 레이스 모자를 쓰고 있었는데, 그것이 그녀에게 썩 잘 어울려 보였다. 두 어깨에는 역시 레이스로 된 숄을 걸치고 그 앞자락을 순금으로 만든 큼직한 브로치로 여미고 있었다. 사실 그루세니카는 누군가를 기다리고 있었던 것이다. 우울한 심정에 싸여 소파에 누워 있는 그녀의 얼굴은 약간 핼쑥하였고 입술과 눈이 뜨겁게 달아오르는 것 같은 초조감을 느끼면서 오른쪽 발 끝으로 줄곧 소파의 팔걸이를 툭툭 차고 있었다.

라키친과 알료샤의 출현은 약간의 소동을 자아냈다. 홀에 들어선 그들은 그루세니카가 소파에서 뛰어 일어나 겁에 질린 음성으로 「누가 오셨지?」하고 외치는 고함 소리를 들었다. 그러나 손님을 맞으러 나온 하녀가 곧 방안을 향해「그분이 아니예요, 다른 분들이에요. 그분하곤 상관 없는 손님들이에요.」하고 소리쳤다.

「도대체 무슨 일일까?」하고 알료샤를 응접실로 안내하여 들어가며 라키친이 혼자 중얼거렸다.

그루세니카는 아직 놀라움이 가시지 않은 듯한 모습으로 소파 곁에 서 있었다. 치렁치렁한 밤색 머리털이 레이스 모자 밑으로 흩어져 내려와 어깨를 덮었으나, 그녀는 머리칼이 흘러내린 것도 모르고 손님들의 얼굴을 찬찬히 살펴보고 누구인가를 확인할 때까지 머리를 매만지려 하지 않았다.

「어머나, 라키트카(라키친의 애칭), 당신이었군요! 난 또 누구라고, 정말 깜짝 놀랐어요. 그런데 누구를 데리고 왔지요? 같이 온 분은 누구예요? 어머나 난 또 누구라고!」그제야 알료샤를 알아본 그루세니카는 호들갑스럽게 외쳤다.

「어서 촛불이나 가져오도록 해요.」마치 이 집에선 명령까지도 할 수 있을 만큼 허물없는 사이라는 것을 보여 주기라도 하는 듯이 라키친은 거리낌없는 어조로 말했다.

「촛불……그렇지, 촛불을 가져와야겠군……. 페냐, 촛불 좀 가져오너라…….
그렇지만 하필이면 이런 때에 저분을 데리고 왔을까!」하고 그루세니카는 턱으
로 알료샤 쪽을 가리키며 다시 한번 이렇게 소리쳤다. 그리곤 거울 쪽으로 돌아
서 황급히 두 손으로 흐트러진 머리카락을 매만졌다. 그녀는 무엇 때문인지 약
간 불쾌한 듯이 보였다.

「내가 뭐 비위에 거슬리는 짓이라도 했는가요?」하고 라키친은 금방 화가 난
것처럼 이렇게 물었다.

「사람을 너무 놀라게 하니까 그렇죠, 라키트카.」하고 그루세니카는 미소를
띄우며 알료샤 쪽을 돌아보았다. 「알료샤, 너무 무서워할 건 없어요. 난 당신이
이렇게 찾아와 줘서 얼마나 기쁜지 모르겠어요. 정말 뜻밖의 손님인걸요, 뭐.
그런데 라키트카, 아까는 정말 깜짝 놀랐다니까요. 난 또 미챠가 달려들어온 줄
만 알았지 뭐예요. 실은 아까 내가 그이를 속였거든요. 언제나 내 편에서 그이
한테 내 말을 믿겠다는 다짐까지 받아 놓고서는 나 자신이 거짓말을 해 왔단 말
이에요. 오늘 저녁은 우리 영감님 쿠지마 쿠지미치(삼소노프)한테 가서 밤늦도
록 돈계산을 해야 한다고 거짓말을 했지 뭐예요. 사실 난 일 주일에 한 번씩 늘
영감님한테 가서 밤늦도록 계산을 해주게 되어 있어요. 우린 안에서 방문을 잠
그고, 그이가 주판으로 계산을 하면 난 옆에 앉아서 장부에 기입하는 거예요.
그이는 나 한 사람밖에 아무도 신용을 하지 않거든요. 아마 미챠는 내가 거기에
가 있는 줄만 알 거예요. 그렇지만 난 집에 들어앉아서 지금 이렇게 혼자 좋은
소식을 기다리고 있는 중이죠. 그런데 페냐가 어째서 당신들을 들어오게 했을
까? 페냐, 페냐, 얼른 밖으로 나가서 대문을 열고 대위님이 부근에 계시지 않
나 보고 오너라! 어쩌면 숨어서 살피고 있을지도 몰라. 아유, 나 정말 무서워
죽겠다니까!」

「아무도 없어요, 아그라페나 알렉산드로브나. 방금 내다본 걸요. 또 줄곧 문
틈으로 밖을 내다보고 있어요. 저도 무서워서 이렇게 벌벌 떨고 있는 걸요.」

「덧문은 모두 닫혀 있니? 커튼도 내리는 게 좋겠다, 이렇게!」하며 그루세
니카는 제 손으로 두터운 커튼을 내렸다. 「이렇게 하지 않으면 그이가 불빛을
보고 곧장 달려올 거야. 알료샤, 오늘은 어쩐지 당신 형 미챠가 무서워 죽겠어
요.」

그루세니카는 커다란 목소리로 이렇게 말했다. 그녀는 몹시 불안한 기색이었
으나 그러면서도 한편으로는 무척 행복스러워 하는 눈치였다.

「왜 오늘 따라 미챠를 그렇게 무서워하지요?」하고 라키친이 물었다. 「여느

땐 그리 무서워하는 것 같지 않았는데. 오히려 미챠를 휘둘러 왔지 않아요?」

「내가 말했잖아요. 아주 좋은 소식을 기다리고 있는 중이라고……그러니까 지금 미챠가 나타나면 아주 곤란하단 말이에요. 그렇지만 아무래도 그이는 내가 쿠지마 쿠지미치한테 가 있으리라곤 믿지 않을 거예요. 어쩐지 그런 기분이 드는군요. 아마 지금쯤은 자기 아버지 집 뒤뜰 안에 숨어서 내가 나타나기를 지키고 있을 거예요. 만약 그렇다면 그가 여기엔 오지 않을 테니까, 오히려 잘된 일이에요! 그렇지만 난 정말 쿠지마 쿠지미치한테 갔다왔어요. 미챠가 거기까지 바래다 줬지요. 그땐 난 밤중까지 거기 있을 테니까 열 두 시가 되면 꼭 와서 집까지 데려다 달라고 부탁했어요. 그래서 그이는 그냥 돌아가고 말았지요. 난 영감님과 한 십 분쯤 앉아 있다가 다시 이리로 돌아왔는데 어찌나 무서웠는지, 혹시 미챠를 만나지나 않을까 싶어 마구 뛰어왔다니까요. 그이를 만나기라도 했다간 큰일이거든요.」

「그런데, 어딜 가려고 그렇게 옷치장을 하고 있지요? 참으로 이상한 모자도 다 있군!」

「라키트카, 당신이야말로 참으로 이상하지 뭘 그래요! 난 좋은 소식을 기다리고 있다고 말하지 않았어요! 소식이 오는대로 즉시 날아가버리는 거죠. 그렇게 되는 날엔 다신 만나지 못하게 될 거예요……. 그래서 언제든지 나갈 수 있도록 이렇게 차려 입고 있는 거예요.」

「그래, 어디로 날아간다는 거요?」

「너무 많은 걸 알면 쉬 늙어요.」

「거 참 놀라운 일인걸! 하여간 들뜬 폼이 굉장히 기쁜 모양인데……난 당신이 그렇게 기뻐하는 걸 여태까지 본 일이 없어요. 마치 무도회라도 나가는 듯이 차려 입었군.」하고 라키친은 그녀의 아래위를 훑어보았다.

「하긴 당신은 무도회에 대해선 모르는 것이 없을 테니까요.」

「그럼 당신도 알고 있나요?」

「적어도 무도회라는 걸 본 적이야 있지요. 재작년 쿠지마 쿠지미치의 아들 결혼식 때 합창대석에서 구경했어요. 하지만 라키트카, 이런 귀하신 분이 서 계신데 당신 같은 사람을 상대하고 있을 수는 없잖겠어요? 진짜 손님은 이분이니까요. 알료샤, 난 이렇게 당신을 쳐다보고 있으면서도 어쩐지 내 눈을 믿을 수가 없어요. 아아, 당신이 제 발로 나를 찾아 주다니, 난 정말 당신이 이렇게 오리라곤 꿈에도 생각지 못했어요. 어쩌면 당신이 여길 다 오셨을까! 공교롭게도 지금은 좀 때가 좋지 않지만, 그래도 나는 얼마나 기쁜지 모르겠어요. 자, 여기 소파에 앉으세요. 네, 그렇게. 당신은 나의 초생달 같은 분이에요. 그런데 난 아직도 까닭을 모르겠어……. 이봐요 라키트카, 어제나 그저께쯤 이분을 모시고 왔더라면 얼마나 좋았을까! 그렇지만 어쨌든 나는 기뻐요. 어쩌면 그저께가 아니라 바로 이런 순간에 모시고 온 게 차라리 잘됐는지도 모르지.」

그루세니카는 가벼운 몸짓으로 소파에 앉더니 알료샤와 나란히 자리를 잡고 기뻐서 어쩔 줄 모르겠다는 듯이 알료샤의 얼굴을 쳐다보았다. 사실 그녀는 진심으로 기뻤던 것이다. 물론 아까 그녀가 한 말도 결코 거짓말이 아니었다. 그녀의 두 눈은 반짝이고 입술에는 미소가 감돌고 있었는데, 그것은 참으로 즐겁고 선량해 보이는 미소였다. 알료샤는 그녀의 얼굴에서 이처럼 선량한 표정을 볼 수 있으리라고는 미처 생각지 못했었다. 그는 어제까지만 해도 거의 그녀와 만난 적이 없었기 때문에 그녀에 대해 제멋대로 무시무시한 개념을 품고 있었다. 뿐만 아니라 바로 어제 카테리나 이바노브나에 대한 이 여자의 표독하고 교활한 행동을 목격하고 무서운 충격을 받았기 때문에 지금 갑자기 그녀에게서 전혀 딴 사람 같은 뜻밖의 인상을 받게 되자 몹시 놀랐다. 알료샤는 지금 자기 자신의 슬픔에 짓눌려 있기는 했지만, 그의 눈은 저도 모르게 그루세니카에게로 쏠려 주의 깊게 그녀를 관찰하고 있었다. 그녀의 거동 역시 어제와는 딴판으로 무척 호감이 갔다. 어제의 그 달콤한 말투나 거드름 피우는 요염한 몸짓 같은 것은 거의 찾아볼 수 없었고 모든 것이 소박하고 순진하게만 보였다. 동작도 활발하고 단순하며 신뢰감에 넘쳐 있었다. 그러나 그녀는 몹시 흥분하고 있었다.

「아휴, 오늘은 어쩌면 모든 일이 이렇게 척척 맞아들어갈까요, 정말!」하고 그루세니카는 다시 지껄이기 시작했다. 「그런데 알료샤, 난 또 어째서 당신이 온 게 이렇게 기쁜지 나 자신도 까닭을 모르겠어요. 당신이 물어도 난 아마 대답을 할 수가 없을 거예요.」

「흥, 왜 기쁜지를 모르겠다고?」하고 라키친이 이죽거리며 말했다. 「전에는 이 친구를 데리고 와 달라고 그렇게 나를 못 살게 굴더니, 그래 아무 목적도 없었단 말이오?」

「전에는 다른 목적이 있었지만, 이젠 다 지나간 일이에요. 지금은 그럴 때가 아니거든요. 그건 그렇고, 당신들에게 뭘 좀 대접해야겠군요. 라키트카, 이젠 나도 제법 마음 착한 사람이 되었답니다. 자, 당신도 어서 앉아요. 왜 그렇게 버티고 서 있지요? 아니, 벌써 앉아 있었군요, 하여간 라키트카는 자기 자신에 대해선 잊을 리가 없으니까 걱정 없어. 저걸 좀 봐요, 알료샤. 잔뜩 화가 나서 우리 앞에 도사리고 있는 저 사람의 꼴을. 아마 내가 당신에게 먼저 앉으라는 소릴해서 화가 난 모양이에요. 아아, 라키트카는 걸핏하면 저렇게 화를 내곤 해서 큰일이라니까.」 이렇게 말하며 그루세니카는 깔깔 소리내어 웃었다. 「라키트카, 너무 화를 내지 말아요. 나는 오늘 착한 여자가 되었으니까요. 그런데 알료 샤, 당신은 왜 또 그렇게 슬픈 얼굴을 하고 있지요? 내가 무서워서 그러는 건가 요?」

명랑하고 익살맞은 미소를 띄우며 그녀는 알료샤의 두 눈을 들여다보았다.

「이 친구야말로 슬퍼할 까닭이 있지요. 승진을 못했거든요.」

「승진이라니요?」

「이 친구의 장로가 고약한 냄새를 풍기기 시작했거든요.」

「고약한 냄새? 그런 돼먹잖은 소린 그만두세요. 또 무슨 추잡한 애길 하려는 거죠? 그런 바보 같은 소린 듣기도 싫다니까! 그보다도 알료샤, 당신 무릎 위 에 나를 앉혀 줘요, 이렇게!」 그루세니카는 발딱 일어나더니 마치 귀여움을 받 으려는 고양이처럼 알료샤의 무릎 위에 올라 앉아, 재미있는 듯이 킬킬 웃으며 부드럽게 그의 몸을 오른팔로 끌어안았다. 「당신 마음을 좀 유쾌하게 해주려는 거예요. 신앙이 깊은 우리 도련님! 그렇지만 이렇게 무릎에 앉아도 정말 괜찮 을까요? 화내지 않겠어요? 안 된다고 하면 얼른 내려 앉겠어요.」

알료샤는 말이 없었다. 그는 몸을 움직거리는 것조차 두려운 듯이 꼼짝 않고 앉아 있었다. 『안 된다고 하면 얼른 내려 앉겠어요.』라는 말을 알아듣긴 했으 나, 흡사 전신이 마비된 듯 아무런 대꾸도 하지 못했다. 그러나 이때 그의 마음 속에서 소용돌이치고 있던 것은 맞은편 자리에서 음탕한 눈으로 지켜보고 있는 라키친이 기대하거나 상상하고 있던 것과는 전연 다른 것이었다. 너무나 큰 영 혼의 슬픔이, 지금 그의 마음속에 일어날 가능성이 있는 모든 감각을 송두리째 마비시켜 버렸기 때문에, 만약 그가 이 순간에 자기 자신을 분명히 자각할 수 있 는 마음의 여유만 있었다면 지금 자기는 모든 유혹으로부터 자기 자신을 방어할 수 있는 견고한 무장을 하고 있다는 것을 스스로 깨달았을 것이다. 그러나 그는 막연하고 투명치 못한 정신 상태와 그의 가슴을 압도하는 슬픔에도 불구하고, 자기 마음속에 일어난 새롭고 야릇한 그 어떤 느낌에 놀라지 않을 수 없었다. 다 름이 아니라 이 여자, 이 무서운 여자는 이전에 여자에 대한 상념이 그의 마음속 에 떠오를 때마다 언제나 경험한 공포를 전연 일으키지 않는 것이었다. 오히려 그와는 반대로 지금까지 가장 두려워하던 여자, 지금 자기 무릎 위에 앉아서 자 기를 포기하고 있는 이 여자는, 여태까지 예상하지 못했던 전혀 다른 특이한 감 정을 그의 마음속에 불러일으켜 주었다. 그 감정이란 이 여자에 대한 호기심, 털끝만한 의구심이나 그 어떤 공포감도 섞여 있지 않은 순결한 호기심이었다. 그것이 지금 무의식적으로 그를 놀라게 한 주요한 이유였다.

「그런 부질없는 소린 이제 그만 집어치워요!」 하고 라키친이 소리쳤다. 「그보다도 어서 샴페인이라도 내놓는 게 좋을 거요. 내놓을 의무가 당신에게 있다는 것쯤은 잘 알고 있을 텐데!」

「정말, 그렇군요! 이봐요. 알료샤. 이 사람에게 당신을 나한테 데리고 오면 내가 우선 샴페인을 낸다는 약속을 했거든요. 물론 두둑히 사례도 해야 되지만……. 그럼, 샴페인을 마십시다. 페냐, 페냐! 샴페인을 내오너라. 거 왜 미챠가 두고 간 것 말이다. 빨리 가서 갖고 와! 난 구두쇠지만 한 병 내겠어요. 그렇지만 라키친, 당신을 위해서가 아니에요. 당신은 독버섯이지만 이분은 귀공자거든요! 지금 내 마음속은 다른 일로 꽉 차 있지만 그런 건 아무래도 좋아요. 당신들과 함께 마시고, 한바탕 떠들며 우울증을 풀어 버리고 싶군요.」

「그런데 무슨 일이오? 대체 그 어떤 소식이란 건 뭐죠? 물어봐도 괜찮나요? 혹시 비밀은 아닌가요?」 라키친은 줄곧 자기에게로 던져지는 모욕적인 말은 전연 모르는 체하느라고 애쓰며 호기심에 넘친 어조로 다시 이렇게 끼어들었다.

「천만에, 비밀은 무슨 비밀이에요. 당신도 알고 있는 일인데.」 그루세니카는 안절부절한 어조로 이렇게 말했다. 그녀는 알료샤에게서 약간 몸을 떼고 라키친 쪽으로 얼굴을 돌렸으나 여전히 그의 무릎에 앉은 채 한쪽 팔로는 그의 목을 감아안고 있었다. 「다름 아니라, 장교님이 온 거예요. 라키친, 나의 그 장교님 말예요.」

「올 거라는 말은 들었지만, 벌써 그렇게 가까운 곳에 와있소?」

「지금 모크로예에 와 있어요. 거기서 나한테 사람을 보내겠다고 연락이 왔지요. 바로 아까 그이가 직접 써 보낸 편지를 받았는데 거기 그렇게 씌어 있었어요. 그래서 그 심부름꾼을 기다리고 있는 거예요.」

「그런가요? 모크로예엔 왜 왔지요?」

「얘길 하자면 길어져요. 이제 당신하곤 그만 얘기하고 싶어요.」

「그럼 미챠는 지금……이것 참, 재미있게 돼 가는 걸! 그래 미챠는 그걸 알고 있소, 모르고 있소?」

「그가 어떻게 알겠어요! 전연 몰라요! 만약 그가 알았다간 살인이 일어날 거예요. 그렇지만 난 지금 그까짓 것쯤은 조금도 무섭지 않아요. 그이의 칼부림쯤 무서울 건 없어요. 그보다도 라키트카, 그 입을 좀 다물어요. 제발 내 앞에선 드미트리 표도로비치 얘긴 꺼내지 말아 줘요. 그이는 내 마음에 가슴 아픈 상처만 안겨 주었으니까요. 정말이지, 이런 때는 그런 생각은 하고 싶지도 않아요. 그렇지만 알료샤 생각이라면 할 수 있어요. 알료샤의 얼굴을 이렇게 자꾸만 들여다보고 싶어지거든요……. 자, 나를 보고 좀 웃어 봐요, 귀여운 나의 도련

460

님! 어서 기운을 좀 내세요. 그리고 나의 어리석음을, 나의 기뻐하는 꼴을 웃어 주세요……아, 웃었군요, 웃어 주었군요! 어쩌면 눈길이 이렇게 부드러울까! 이봐요, 알료샤. 난 당신이 그저께 그 일 때문에, 그 젊은 아가씨 일 때문에 나한테 화를 내고 있지나 않은가, 그것을 걱정하고 있었답니다. 그날의 나는 개였으니까! 정말이지 개나 다름 없었어요. 그렇지만 그렇게 되길 잘했어, 물론 좋은 일은 아니었지만 역시 잘된 일이에요.」그루세니카는 생각에 잠기는 듯한 얼굴로 미소를 띠웠다. 그러나 그 미소 속에는 한 줄기 잔인한 그림자가 감돌고 있었다.「미챠의 말을 들으니 그 여자는 나를 가리켜 <채찍으로 때려줘야 할 계집>이라고 발악을 했다더군요. 정말 내가 너무 심했던가 봐요. 하지만 그 여자는 초콜렛을 미끼로 날 꾀어 넘기려고 일부러 사람을 보내 불러 냈단 말이에요……. 그러니 역시 그렇게 되길 잘했지요.」하고 그녀는 다시 히죽 미소를 띠웠다.「그렇지만 난 그 일 때문에 당신이 화를 내고 있을 거라고 줄곧 그것만 걱정이었어요.」

「으음, 그건 정말이야.」하고 갑자기 라키친이 진심으로 놀란 듯한 어조로 참견하였다.「알료샤, 정말이지 이 사람은 자네 같은 햇병아리들을 두려워하고 있다네.」

「라키친, 그야 물론 당신 눈에는 이분이 햇병아리로 보일 거예요……. 도대체 당신에겐 양심이란 게 없어서 그런 거예요. 알겠어요? 내가 이분을 진심으로 사랑하고 있다는 건 사실이에요. 그건 두말할 여지도 없어요! 알료샤, 내가 진심으로 당신을 사랑하고 있다는 것 믿어 주겠지요?」

「아주 뻔뻔스럽군! 여보게 알료샤, 이 여자는 지금 자네에게 사랑을 고백하고 있는 거야!」

「그게 어떻단 말이에요? 나는 이분을 사랑하고 있어요.」

「그럼, 그 장교는? 모크로예에서 올 거라는 좋은 소식은?」

「이것과 그것과는 전연 다른 문제예요.」

「그것 참, 여자다운 사고방식이로군.」

「라키친, 제발 남의 비위를 건드리지 말아요!」하고 그루세니카는 발끈 화를 내며 쏘아 붙였다.「이건 전혀 문제가 다르다니까요. 알료샤에 대한 사랑은 성질이 다르단 말예요. 알료샤, 그야 물론 나도 얼마 전까지는 당신에게 짓궂은 속셈을 품고 있었던 것이 사실이에요. 난 말이죠, 심보가 사납고 더러운 계집이지만, 그래도 가끔 당신을 내 양심의 거울처럼 바라보곤 했어요.『지금쯤 그 사람은 속으로 나를 더러운 계집이라고 경멸하고 있을 거야.』하고 늘 이런 생각만 하고 있었답니다. 그저께 그 아가씨 집을 뛰쳐나와 돌아올 때에도 그렇게 생각했었지요. 알료샤, 벌써 오래 전부터 난 당신을 그렇게 생각하고 있었어요. 미챠도 역시 나와 똑같이 생각하고 있었어요. 당신은 믿어 주지 않을는지 모르지만 당신을 보고 있노라면 난 가끔 부끄러워질 때가 있어요. 나라는 인간이 부끄러워 견딜 수가 없어진다니까요……. 무슨 까닭으로 언제부터 그렇게 생각하게 되었는지는 나도 모르겠어요, 생각이 나질 않으니까요…….」

페냐가 들어와서 탁자 위에 쟁반을 놓았다. 쟁반에는 마개를 뽑은 술병 하나와 술이 가득 든 술잔이 세 개 놓여 있었다.

「샴페인이 나왔군!」하고 라키친이 외쳤다.「아그라페나 알렉산드로브나, 보아하니 흥분이 좀 지나치신 모양인데 자, 이 샴페인이나 한 잔 들어요. 그러면 춤이라도 덩실덩실 추고 싶어질 테니까. 요런 것 하나 제대로 못한대서야 어디!」그는 술병을 들여다보며 이렇게 덧붙였다.「식모 할멈이 부엌에서 미리 잔에 따라서 내보냈군. 게다가 병에는 마개도 막지 않고 뜨뜻미지근한 걸 가져오다니! 하는 수 없지, 이거라도 그냥 마시는 수밖에!」

그는 탁자로 다가가 잔을 들고 단숨에 들이켜더니, 자기 손으로 다시 한 잔 따랐다.

「샴페인이란 어지간해서는 구경하기가 쉽지 않거든.」하고 그는 입술을 핥으며 말했다.「여보게 알료샤, 어서 잔을 들고 자네 배짱을 보여 주게. 그런데 무엇을 위해 건배하지? 천당 문을 위해서? 그루세니카, 당신도 잔을 드시오. 그리고 천당 문을 위해 기도합시다.」

「천당 문이라니, 무슨 뜻이죠?」

그녀는 잔을 들었다. 알료샤도 자기 앞의 잔을 들어 한 모금 마셨으나 그대로 다시 잔을 내려놓았다.

「역시 마시지 않는 게 좋겠어!」그는 조용히 미소를 띠웠다.

「그럼 아까 한 말은 허풍이었군!」하고 라키친이 외쳤다.

「그럼 나도 그만 두겠어요.」하고 그루세니카가 말을 받았다.「실은 나도 그리 마시고 싶지 않아요. 라키트카, 당신 혼자서 모두 마셔요. 알료샤가 마신다면 나도 마시겠지만.」

「홍, 애교가 어지간하군 그래!」하고 라키친이 빈정거렸다.「게다가 남자의 무릎 위에 올라 앉아서 말이야! 이 친구는 슬픈 일이 있어서 마시지 않는다지만, 당신은 무엇 때문에 그러는 거지? 이 친구는 자기의 하느님에게 반역을 일으켜 소시지를 먹겠다고 했지만 말이오…….」

「그건 무엇 때문이죠?」

「이 친구의 스승인 장로가 오늘 죽었어요, 거룩하신 조시마 장로가…….」

「조시마 장로님이 돌아가셨단 말이에요?」하고 그루세니카가 외쳤다.「어머나, 이걸 어쩌, 난 그것도 모르고 있었군요!」그녀는 경건하게 성호를 그었다. 「아아, 내가 이게 무슨 짓이람! 그런데도 나는 이렇게 이분의 무릎 위에 올라앉아 있었으니!」그루세니카는 이렇게 외치며 재빨리 무릎에서 뛰어내려 소파에 옮겨 앉았다.

알료샤는 놀란 표정으로 한참 동안 그루세니카를 바라보고 있었다. 그러자 그의 얼굴에 갑자기 밝은 빛이 깃드는 듯이 보였다.

「라키친」그는 돌연 단호한 어조로 소리 높이 말을 꺼냈다.「내가 하느님께 반역을 일으켰다느니 뭐니 하고 나를 놀리지 말아 주게. 난 자네에게 나쁜 감정을 품고 싶지는 않으니까. 그러니 자네도 좀더 선량한 마음으로 대해 줄 수 없겠나? 난 자네가 이제까지 한 번도 가져 보지 못했을 귀중한 보물을 잃었네. 따라서 자네는 지금 이러니 저러니 하고 날 판단할 자격이 없는 거야. 그보다는 이분을 좀 보게. 이분이 날 동정해 주는 건 자네도 보았겠지? 난 이리로 오면서 추악한 영혼을 보게 되리라 생각했었네. 즉 나 스스로 악마에게 끌리어가고 싶었던 거야. 그건 무엇보다도 나 자신이 비열하고 못된 인간이기 때문이지. 그런데 난 뜻밖에도 여기서 참된 누님을 발견했네. 사랑에 충만된 영혼을, 귀중한 보배를 발견한 거야……. 이분은 날 측은히 여겨 주었어……. 아그라페나 알렉산드로브나, 지금 나는 당신 애길 하고 있는 겁니다. 당신은 내 영혼을 심연에서 건져 주셨읍니다.」

알료샤는 입술이 떨리고 숨이 가빠왔다. 그는 입을 다물었다.

「마치 그루세니카가 자네 생명이라도 구해 준 것처럼 말하네그려…….」라키친이 독기 품은 웃음을 웃어댔다.「그렇지만 이 여잔 자네를 잡아 먹으려고 했거든, 대체 그런 줄이나 알고서 그러는 건가?」

「닥쳐요, 라키트카!」하고 그루세니카는 발딱 일어났다.「두 분 다 잠자코 계세요. 이제 모든 걸 실토할 테니. 알료샤, 당신에게 잠자코 있으라고 한 것은 당신의 말을 들으니 부끄러워 견딜 수가 없기 때문이에요. 난 당신이 말하는 것처럼 착한 여자는커녕 아주 못된 여자예요. 난 아주 나쁜 여자란 말예요. 그렇지만 라키트카, 당신에게 잠자코 있으라고 한 건 당신이 거짓말만 하기 때문이에요. 확실히 한때는 이분을 손아귀에 넣으려는 천한 생각을 품었던 것도 사실이지만 지금은 그렇지 않아요. 지금은 아주 달라졌어요……. 그리고 이젠 당신 같은 사람 애긴 듣기도 싫어요, 라키트카!」그루세니카는 몹시 흥분된 어조로 이렇게 뇌까렸다.

「둘이 다 미쳤군, 미쳤어!」어이없다는 듯 두 사람을 바라보며 라키친은 내뱉듯이 말했다. 「이건 마치 정신 병원에 들어온 것 같군 그래. 왜들 이러는 거요? 그 맥빠진 얼굴들을 보니 계집아이들처럼 금방이라도 울음을 터뜨릴 것 같군.」

「정말 울 테예요, 울고말고요.」하고 그루세니카는 되뇌었다. 「이분은 나를 누님이라고 불러 주었어요. 난 한평생 절대로 잊지 않겠어요! 라키트카, 물론 난 못된 여자이긴 하지만, 그래도 파 한 뿌리를 준 일이 있다는 것을 알아둬요.」

「파 한 뿌리라? 체, 그러고 보니 정말 돌아버린 모양이군!」

라키친은 두 사람의 환희에 찬 모습을 보고 한편으론 놀라고 한편으론 모욕이라도 당한 격분을 느꼈다. 그러나 그가 만일 냉정히 생각해 보았다면, 일생 동안에 있어서 그리 흔하지 않은 인간의 마음에 깊은 감동을 줄 만한 요소가 지금 이 순간 두 사람의 마음에 동시에 일어났다는 것을 그는 깨달았을 것이다. 그러나 자기 자신에 관계된 모든 일에 대해서는 극히 민감한 직감력을 가진 라키친도, 다른 사람의 기분이나 감정을 이해하는 데는 지극히 둔감했다. 이것은 나이가 젊고 경험이 적은 탓도 있겠지만, 그보다도 그의 지나친 이기주의가 그 중요한 원인이었다.

「그런데 알료샤.」그루세니카는 알료샤를 돌아보고 갑자기 발작적으로 웃어댔다. 「방금 내가 파 한 뿌리를 준 일이 있다고 한 말은 라키트카에게 한 번 자랑하기 위한 것이지 결코 당신에게 한 말은 아니었어요. 당신에게는 다른 의도로 얘기한 거예요. 이 얘긴 다만 비유에 지나지 않는 것이지만 비유치곤 멋들어진 얘기지요. 내가 아직 어릴 때 마트료나라는, 지금도 우리집에서 식모로 있는 할멈한테서 들은 얘기인데 한번 들어 보세요. 옛날도 아주 먼 옛날, 어떤 곳에 심술이 고약한 할머니가 있었대요. 그런데 그 할머니가 죽자, 좋은 일이라곤 한 가지도 한 게 없었기 때문에 그만 악마가 그 할머니를 붙잡아다 불바다 속에 던져 넣었지요. 그 할머니를 지키는 천사는 하느님께 말씀드릴 만한 좋은 일이 없었는가 곰곰이 생각해 본 끝에 겨우 한 가지 생각나는 일이 있어서『이 노파는 살아 있을 때 자기 밭에서 파 한 뿌리를 뽑아 거지 여자한테 준 일이 있었읍니다.』라고 하느님께 여쭈었대요. 그랬더니 하느님께서 하시는 말씀이『그럼 네가 그 파를 가져다 불바다 속에 있는 노파에게 내밀고, 그걸 붙잡고 나오도록 해라. 만일 그렇게 해서 다행히 밖으로 끌어내는 데 성공하면 그 노파를 천국에 넣어 주겠지만, 만일 그 파가 끊어지면 노파는 그대로 지금 있는 곳에 머물러 있을 수밖에 없다.』고 하셨답니다. 그래서 천사는 노파에게로 달려가 그 파를 내밀어 주며『자, 이 파를 꼭 붙들어요. 내가 끌어올릴 테니.』라고 말하고는 조심조심 끌어올리기 시작했지요. 그런데 천사가 거의 다 끌어올릴 무렵에, 불바다 속에 있는 다른 죄인들이 노파가 끌려 올라가는 것을 보고 자기네들도 함께 나오려고 모두들 그 파에 매달리기 시작했어요. 노파는 원래가 심술이 고약한 여자였으므로, 다른 죄인들을 발길로 걷어차며『나를 끌어올려 주는 것이지, 너희들이 아냐. 이건 내 파지 너희들 파가 아니야!』하고 소리쳤지요. 그런데 노파가 이렇게 말하자마자 그 파가 뚝 끊어져 버렸지요. 결국 노파는 다시 불바다 속으로 떨어져 아직도 그 속에서 타고 있다더군요. 그래서 천사는 하는 수 없이 울면서 거기를 떠났다는 얘기랍니다. 비유의 얘기란 바로 이것인데, 알료샤, 나는 이걸 죄다 외어 가지고 있어요. 왜냐하면 나 역시 그 노파와 같은 심술궂은 여자니까요. 라키트카에겐 나도 파를 준 일이 있다고 자랑을 했지만 알료샤, 당신에게는『난 일생 동안 파 한 뿌리밖엔 줘 본 일이 없어요. 내가 한 착한 일이라곤 이것밖에 없어요.』라고 말하겠어요. 그러니까 알료샤, 당신도 날 칭찬하지 마시고 착한 여자라고도 생각지 말아 주세요. 나는 심술이 고약한 여자니까, 당신한테 칭찬을 들으면 부끄러워서 견딜 수가 없어요. 이렇게 된 이상 모든 걸 다 털어놓아야겠군요. 잘 들어 보세요. 실은 알료샤, 나는 당신을 이 집으로 끌어들이고 싶어서, 만약 당신을 우리집까지 데리고 오면 이십오 루블리를 주겠다고 약속을 하며 신신당부를 했었답니다. 잠깐만! 라키트카, 잠깐만 기다려요!』그루세니카는 책상 쪽으로 총총 걸음으로 달려가 서랍을 열고 지갑을 꺼내더니 그 속에서 이십오 루블리짜리 지폐 한 장을 꺼냈다.

「아니, 이, 이건 무슨 맹랑한 소리야!」몹시 당황한 라키친은 이렇게 외쳤다.

「자, 받아요, 라키트카, 약속했잖아요. 자기 입으로 요구한 것이니까 사양할 건 없어요.」하고 그녀는 그에게로 돈을 내던졌다.

「물론 사양할 이유야 없지.」라키친은 몹시 낭패한 듯했으나 그래도 겉으로는 태연을 가장하며 큰소리를 쳤다. 「어리석은 인간들 덕분에 현명한 사람이 덕을 보는 건 당연한 일이니까!」

「이젠 그 입 좀 다물고 있어요, 라키트카! 이제부터 내가 하는 말은 당신 들으라고 하는 말이 아니니까요. 어서 저쪽 구석에 가서 가만히 앉아 있어요. 당신은 우리들을 사랑하고 있지 않으니까, 잠자코 있기만 하면 되는 거예요.」

「내가 무엇 때문에 당신네들을 사랑해야 한다는 거요?」라키친은 불쾌감을 감추려고도 하지 않고 벌컥 화를 냈다. 그는 이십오 루블리짜리 지폐를 호주머니에 넣긴 했으나, 알료샤가 그것을 보는 것이 부끄러워 견딜 수가 없었다. 실은 알료샤 모르게 나중에 그 돈을 받을 셈이었는데 이렇게 수치를 당하고 보니 화가 치밀어올랐던 것이다. 지금 이 순간까지는 그루세니카가 아무리 핀잔을 해도 너무 입빠르게 말대꾸를 하지 않는 것이 현명한 일이라고 생각해 왔었다. 그 녀가 자기에 대해 일종의 권력을 가지고 있는 것같이 생각되었기 때문이다. 그 러나 이번만은 그도 참지를 못하고 그만 벌컥 화를 내고 만 것이다.

「인간이 인간을 사랑하는 데는 무슨 이유가 있어야 하는 법이오. 그런데 당신 네들은 나를 위해 뭘 해주었지 ?」

「이유가 없어도 사랑해야 해요, 알료샤처럼.」

「도대체 무얼 보고 이 친구가 당신을 사랑한다고 단언하는 거요 ? 이 친구가 당신에게 무얼 보여 주었기에 그처럼 야단법석이냔 말이오 ?」

그루세니카는 방 한가운데 서서 상기된 어조로 말하고 있었다. 그 어조에는 히스테릭한 여음이 감돌고 있었다.

「그만둬요, 라키트카 ! 당신 따윈 우리의 심정을 이해할 리 만무하니까 ! 그리고 다신 날 당신이라고 부르지 말아요. 당신이 어째서 그런 투로 감히 말할 수 있느냔 말예요. 도대체 어디서 그런 뻔뻔스러운 배짱이 생겼는지 모르겠어. 어서 내 하인처럼 구석에 물러 앉아 잠자코 있어요 ! 자, 그럼 알료샤, 이제야 말로 모든 것을 숨김없이 말하겠어요. 내가 얼마나 더러운 계집인지 당신이 알 수 있도록 말씀드리겠어요 ! 라키트카에게가 아니라 당신에게 말하는 거예요. 난 당신을 파멸시키고 싶었어요. 알료샤, 이건 털끝만큼도 거짓이 없는 사실이 에요. 당신을 데리고 오면 돈을 주겠다고 라키트카를 매수하기까지 했으니까 요. 그런데 내가 무엇 때문에 그런 짓을 하려고 했는지 아세요 ? 알료샤, 당신 은 아무것도 모르고 있었으니까, 언제나 외면을 한 채 눈을 내리깔고 내 곁을 지 나곤 했지요. 그러나 나는 이제까지 백 번 이상이나 당신을 보았고 만나는 사람 마다 당신에 대해서 물었어요. 당신의 얼굴이 내 가슴속에 달라붙어 한시도 떠 나지 않는 거예요. 『날 깔보고 있구나. 그래서 나 같은 건 거들떠 보지도 않는 거야.』이렇게 생각을 했지요. 그리고 마침내는 『무엇 때문에 내가 그까짓 애송 이를 두려워하는 것일까 ?』하고 나 자신도 어처구니가 없을 지경이었어요. 『오 냐, 어디 두고 보자, 언제고 꼼짝 못하게 사로잡아 마음껏 웃어 줄 테니 !』하고 난 앙심을 품고 때가 오기를 기다렸지요. 당신은 곧이듣지 않겠지만, 적어도 이 고장에 사는 사람치고 어떤 야비한 목적을 품고서 이 그루세니카의 집에 접근하 려고 생각을 하거나 그런 말을 떠벌리는 사람은 이젠 하나도 없어요. 나를 마음 대로 할 수 있는 사람이라곤 저 늙은 영감님 하나밖엔 없죠. 악마의 장난 때문인 지 인연이 맺어져 그 늙은이에게 팔려 왔지만, 그 대신 다른 사내는 하나도 없어 요. 그런데 당신을 한 번 본 순간 나는 저 애송이를 한입에 집어 삼켜버리고 마 음껏 웃어 줘야겠다고 생각했거든요. 내가 얼마나 천한 개 같은 계집인지 이제 아셨죠? 그런데도 당신은 나를 누님이라고 불러 주는군요. 그건 그렇고, 예전에 나를 차버렸던 악당이 이번에 돌아왔기 때문에 나는 지금 이렇게 앉아서 그 사람으로부터 소식이 오기를 기다리고 있는 중이에요. 나를 배반했던 그 남자가 내게 어떤 의미를 갖고 있는지 아세요? 오 년 전 쿠지마가 나를 이곳으로 데려왔을 때, 나는 문을 꼭 닫고 방안에 틀어박혀 어느 누구도 내 얼굴을 보거나 목소리를 듣지 못하게 하고 있었어요. 나도 어지간히 어리석었지요. 여기 이렇게 앉아서 훌쩍훌쩍 울며 밤새도록 뜬눈으로 누워 있곤 했으니까요. 그리고『나를 저버린 그 사람은 지금 어디 있을까? 아마 다른 여자와 함께 나를 비웃고 있을 거야. 어디 두고 보자. 언제든 보기만 하면 만나기만 하면 반드시 앙갚음을 하고 말아야지!』하고 생각했어요. 밤중에 어둠 속에서 베개에 얼굴을 파묻고 그 생각만을 되풀이하면서 흐느껴 울곤 했답니다. 일부러 가슴을 쥐어뜯으며 타오르는 복수심으로 마음을 달랬던 거예요.『앙갚음을 해야지, 반드시 앙갚음을 하고야 말 테다!』하고 어둠 속에서 혼자 부르짖기도 했지요. 그러나 문득『지금의 나로서는 그 사람을 어쩔 도리가 없는 게 아니냐? 지금쯤 그는 나를 비웃고 있겠지. 아니, 어쩌면 나 같은 건 벌써 잊어버리고 만 것이나 아닐까?』라는 생각이 떠올라, 침대에서 벌떡 일어나 마룻바닥에 몸을 내던지고 하염없는 눈물을 흘리며 동이 틀 때까지 몸부림치곤 했어요. 그렇게 하고 나서 다음날 아침에 일어날 때면 나는 개보다 더 잔악한 마음이 되어 능히 온 세상을 몽땅 집어 삼키기라도 할 것 같은 심정이 되곤 했었지요. 그래서 어떻게 되었는지 아세요? 그때부터 난 돈을 모으기 시작한 거예요. 의리도 인정도 없는 계집이 되었고, 몸에는 점점 살이 찌기 시작했고……그리고 조금은 영리해 졌을 거라고……당신은 묻고 싶지요? 그런데 그렇지가 못했어요. 이 넓은 세상에서 누구 하나 보지도 알지도 못했지만, 밤이 찾아오고 주위에 어둠이 깔리면 지금도 이따금 오 년 전과 같은 소녀로 되돌아가 이를 악물고 밤새도록 울곤 한답니다. 그리곤『두고 보자, 기어이 앙갚음을 하고야 말 테니!』라고 마음속으로 다짐하죠. 알료샤, 듣고 있어요? 내가 어떤 계집이라는 걸 이제는 똑똑히 알았겠죠! 그런데 바로 한 달 전, 뜻밖에도 편지가 한 장 날아들었어요. 그이가 곧 오겠다는 거예요. 얼마 전에 홀아비가 되었는데 날 보고 싶다는 거예요. 난 숨이 막힐 것만 같았어요. 어쩌면 좋을까 생각하는데, 문득 이런 생각이 들지 않겠어요?『만약 그이가 와서 휘파람을 불며 나를 찾는다면, 나는 무슨 나쁜 짓을 해서 몹시 두들겨 맞은 개처럼 어정어정 그 사람 곁으로 기어가지나 않을까?』이런 생각을 하니 난 나 자신이 믿어지지 않았어요.『난 그처럼 비굴한 여자일까? 과연 나는 그 사람 곁으로 달려갈 것인가?』이렇게 생각하니 이 한 달 동안 나 스스로에게 화가 나서 견딜 수가 없었어요. 결국 오 년 전보다 더욱 곤란한 지경에 빠진 셈이죠. 알료샤, 이젠 당신도 알았겠지만 어쩌면 나는 이렇게도 지독한 미치광이 같은 여자일까요? 나는 모든 것을 숨김없이 사실 그대로 얘기한 거예요! 미챠를 희롱한 것도, 실은 단지 그이에게로 달려가려는 나 자신을 막기 위해서였어요. 가만 있어요, 라키친, 당신은 나에 대해 이러쿵저러쿵 말할 권리가 없어요. 당신한테 얘기한 것이 아니니까요. 나는 당신들이 오기 전에 여기 누워서 기다리면서 생각하고 있었죠. 난 앞으로의 내 운명을 결정지으려 했던 거예요. 당신들은 지금 내가 무엇을 생각하고 있는지 알 리가 없어요. 이봐요, 알료샤, 그 아가씨에게 그저께 일어난 일 때문에 내게 너무 화를 내지 말아 달라고 전해 줘요. 아아, 이 세상에 지금 내 심정이 어떤지를 아는 사람은 하나도 없어요. 또 결코 알지도 못할 거예요……. 난 어쩌면 오늘 그곳으로 칼을 품고 갈는지도 모르겠어요. 아직 결심은 못했지만…….」

이 처량한 말을 꺼내자 그루세니카는 더 이상 참지를 못하고 두 손으로 얼굴을 감싸고 소파 위에 있는 베개에 몸을 던지고 마치 어린애처럼 흐느껴 울었다. 알료샤는 자리에서 일어나 라키친에게로 다가갔다.

「여보게.」하고 그는 말했다.「제발 화를 내지 말아 주게. 이분이 자넬 모욕했다고 해서 너무 나쁘게는 생각지 말아 줘. 자네도 지금 이분이 한 말을 들었겠지? 인간에게선 그렇게 많은 것을 기대할 수가 없는 거야. 관대하게 대해 주어야지…….」알료샤는 억제할 길 없는 격정에 사로잡혀 이렇게 말했다. 그는 자기의 가슴속에 복받쳐오르는 것을 말하지 않고는 견딜 수가 없어, 그 대상으로 라키친을 선택한 것뿐이었다. 만약 라키친이 없었다면 그는 허공을 향해 외쳤을 것이다. 그러나 그 라키친이 냉소 어린 시선으로 바라보는 바람에 알료샤는 뚝 말을 그치고 말았다.

「여보게, 하느님의 사도 알렉세이, 자넨 어젯밤에 가득 장전해 둔 장로의 설교라는 탄환을 지금 나한테 쏘아 대는 셈이로군 그래.」라키친은 증오에 넘친 미소를 띄우며 이렇게 말했다.

「제발 비웃지 말게. 라키친. 조롱일랑 그만둬. 죽은 사람에 관한 이야긴 하는 게 아니야. 그분은 이 세상의 어느 누구보다도 훌륭한 분이었어!」알료샤는 눈물 어린 목소리로 외쳤다.「나는 심판자로서 이런 말을 하는 것이 아니라, 나 자신이 심판을 받아야 할 인간 중에서도 가장 죄 많은 인간으로서 말하는 거야. 나 같은 건 이분과는 비교도 할 수 없는 인간이지. 내가 이리로 온 것은 나 스스로를 파멸시키기 위해서였어. 『될 대로 돼라, 아무러면 어때!』하고 마음속으로 뇌까렸었지. 그것은 모두 내 마음이 약하기 때문이었어. 그런데 여기 이분은 오

년 동안이나 무서운 고통을 겪고서도, 어떤 인간이 처음으로 찾아와서 진심에서 우러나오는 말 한 마디를 하자마자……이미 모든 것을 잊고 모든 것을 용서하고서 이처럼 울고 있지 않은가! 그리고 자기를 저버렸던 남자가 돌아와서 자기를 부르니까, 이분은 모든 것을 용서하고 기꺼이 그 남자를 만나러 가려 하고 있지 않나! 아마 칼 따윈 결코 가져가지 않을 거야. 암, 절대로 가지고 가지 않고 말고! 그렇지만 나라면 그렇게 못할 걸세. 자네는 혹시 어떨는지 모르겠지만, 난 그렇지 못해. 나는 오늘, 아니 지금 이 자리에서 좋은 교훈을 받은 셈이야. 사랑에 관해서는 이분은 우리보다 몇 배나 위에 있어……. 자네는 이분한테서 지금 들은 얘기를 이전에 들은 일이 있나? 없지? 들어 본 일이 없을 거야. 자네가 들은 일이 있다면 벌써 오래 전에 모든 것을 깨달았을 테니까. 그리고 또 한 사람, 그저께 이분에게 모욕을 당한 그 아가씨도 역시 이분을 용서해 줘야 할 거야! 아무렴, 사정을 알면 용서해 줄 걸세……. 이분의 영혼은 아직 평안을 얻지 못하고 있으니까, 우린 이분을 위로해 주어야만 하네. 그 영혼 속에는 분명 아마 귀중한 보물이 간직되어 있을 테니까…….」

알료샤는 입을 다물었다. 숨이 막혀 오는 것 같아서였다. 라키친은 증오심에 불타오르고 있었음에도 불구하고, 어처구니없다는 듯이 알료샤를 뻔히 쳐다보고 있었다. 여느 때엔 조용하기만 하던 알료샤에게서 이런 웅변이 튀어 나왔다는 것은 정말 뜻밖의 일이었다.

「이거 굉장한 변호사가 나타났군! 그보다도 자넨 이 여자한테 반한 게 아닌가? 아그라페나 알렉산드로브나, 우리의 젊은 고행자께서 당신한테 홀딱 반한 모양이오. 당신은 기어이 이 사람을 정복하고 말았군!」하고 그는 거만스러운 웃음을 지으며 말했다.

그루셰니카는 베개에서 머리를 들고 알료샤를 바라보았다. 눈물에 젖은 얼굴에는 부드러운 미소가 감돌고 있었다.

「알료샤, 나의 천사, 저런 사람은 내버려두어요. 당신한테 그런 소릴 하다니, 어디 그럴 수가 있겠어요! 미하일 오시포비치(라키친의 정식 이름과 父稱)」하고 그녀는 라키친에게로 몸을 돌렸다. 「실은 아까 당신에게 무례한 말을 한 것을 사과할 생각이었지만, 이젠 그러고 싶지 않군요. 알료샤, 이리 와서 내 옆에 앉으세요.」그녀는 행복한 미소를 띠우며 알료샤를 향해 손짓을 했다. 「됐어요, 여기 이렇게 앉으세요. 당신에게 한 가지 묻고 싶은 것이 있어요.」하고 그녀는 알료샤의 손을 잡고 상냥하게 웃으면서 그의 얼굴을 들여다보았다. 「다름이 아니라, 나는 정말 그 남자를 사랑하고 있는 것일까요? 나를 배반했던 그 사람을 말이에요. 아까 당신들이 오기 전까지 나는 이 어둠 속에 누운 채로 과연 내가 그 남자를 사랑하고 있는 것인지 아닌지 내 마음에 물어보고 있었던 거예요. 알료샤, 나를 위해 내 마음을 결정해 주지 않겠어요? 이젠 결단을 내려야 할 때가 오고 말았어요. 난 당신이 결정을 내리는 대로 하겠어요. 그 사람을 용서해 줘야 할까요, 용서하지 말아야 할까요?」

「그렇지만 당신은 벌써 용서하고 계신 것이 아닙니까!」하고 알료샤는 미소를 띄우며 말했다.

「그래 참, 난 벌써 용서한 것이나 다름없군요.」그루세니카는 생각에 잠기는 얼굴로 중얼거렸다. 「아아, 이 얼마나 더러운 마음일까요! 자, 그러면 나의 이 더러운 마음을 위해서!」하며 그녀는 탁자에서 샴페인 잔을 들어 단숨에 들이켜더니, 잔을 위로 들었다가 힘껏 마루에 내동댕이쳤다. 술잔은 요란한 소리를 내며 박살이 났다. 그러자 한 오라기 잔인한 빛이 그루세니카의 미소 속에 퍼뜩 스치고 지나갔다.

「그렇지만 아직 용서하지 않았는지도 몰라요.」눈을 내리깔고 혼잣말처럼 그녀는 매서운 어조로 뇌까렸다. 「아직은 내 마음이 그 사람을 용서하려 하고 있을 뿐이지요. 그러니까 난 이제 내 마음과 좀더 싸워 보아야 할 거예요. 이봐요, 알료샤, 나는 지난 오 년 동안 나 자신의 눈물에 이루 말할 수 없는 매력을 느껴 왔던 거예요……. 그러니만큼 나는 내가 받은 모욕을 사랑해 왔을 뿐이지 그 사람을 사랑하고 있은 건 추호도 아니었는지도 모르겠어요!」

「그 사람 처지도 부러워할 게 못되는군.」하고 라키친이 빈정거렸다.

「라키트카, 그런 걱정은 말아요, 되고 싶어도 못될 테니까. 당신 따윈 내 신발이나 닦아요, 라키트카. 아마 그게 당신 격에 맞을 거예요. 나한테 당신이 소용된다면 기껏해야 그 정도겠죠. 당신 따윈 나 같은 여자 곁에는 한평생 얼씬도 못할 거예요……. 하긴 그 사람 역시 그렇게 되는지 모르지만…….」

「그 사람도? 그럼 무엇 때문에 그렇게 옷을 차려 입고 있는 거요?」하고 라키친이 짓궂게 놀려 댔다.

「옷차림 같은 걸 가지고 놀려대는 건 그만둬요, 라키트카. 당신은 아직 내 마음을 전연 모른단 말이에요! 마음만 내킨다면 이까짓 옷쯤은 당장이라도 찢어 버릴 수 있어요!」하고 그녀는 과장된 목소리로 외쳤다. 「당신은 내가 무엇 때문에 이렇게 차려 입었는지 모를 거예요. 어쩌면 그 사람한테로 가서『당신은 내가 이런 옷을 입고 있는 것을 본 적이나 있나요?』라고 말해 주기 위해서였는지도 모르죠. 그이가 날 버렸을 때만 해도, 난 열 일곱 살난 빼빼 마른 울보였거든요. 나는 그 사람 곁에 바싹 붙어 앉아 잔뜩 유혹을 해놓고는『자, 내가 이제 얼마나 매혹적인 여자가 되었는지 아셨죠? 그렇지만 맛있는 국물은 수염에 묻어 흘러내릴 뿐, 그 입 속으론 들어가지 않을 거예요.」라고 약을 올려주려는 것인지도 모르잖아요. 라키트카, 내 옷차림은 이런 속셈이 있기 때문이라는 것이나 알아둬요.」하고 그루세니카는 코웃음치며 말했다. 「알료샤, 난 이렇게 성질이 난폭하고 지독한 여자예요. 이까짓 옷 같은 건 갈가리 찢어버리고, 내 손으로 얼굴을 지지든지 칼로 상처를 만들든지 하여 그 아름다움을 망쳐버리고, 거지가 되어 걸식을 하러 나서게 되는지도 몰라요. 마음 작정만 하면, 아무한테도 시집을 가지 않을는지도 모르죠. 또 내일이라도 삼소노프에게 받은 돈이고 물건이고 할 것 없이 모두 돌려주고 나머지 일생을 품팔이꾼으로 나설 수도 있어요 ……. 라키트카, 내가 그렇게 못할 것 같은가요? 당신에겐 내가 그만한 용기가 없을 것같이 보이나요? 천만에, 그쯤은 지금 당장이라도 할 수 있어요. 그렇지만 제발 내 신경을 자극하지 말아 주어요……. 그런 사내 따위를 쫓아 보내는 건 문제도 아녜요. 얼굴에 침을 뱉아주고 다시는 내 앞에 나타나지도 못하게 할 테예요!」

이 마지막 말을 그녀는 거의 히스테릭하게 비명을 지르다시피 외쳤으나, 또다시 억제하지를 못하여 두 손으로 얼굴을 감싸고 베개 위에 쓰러져 흐느껴 울며 몸부림치는 것이었다. 라키친이 자리에서 일어섰다.

「가 봐야 할 시간이야.」하고 그는 말했다. 「너무 늦었어. 어름어름하다간 수도원 문이 닫혀서 들어갈 수 없게 되겠네!」

이 말을 듣고 그루세니카는 자리에서 벌떡 뛰어 일어났다.

「알료샤, 설마 이대로 돌아가 버리는 건 아니겠죠!」하고 그녀는 놀라움과 비통의 빛을 띄우며 소리쳤다. 「그럼 난 어떡하지요? 당신은 내 마음을 이렇게 뒤흔들어 갈기갈기 찢어 놓고는 이 괴로운 밤을 나 혼자 새우게 할 작정인가요?」

「그렇다고 이 친구가 당신 집에서 밤을 새울 순 없잖소? 하지만 본인이 원한다면 그야 물론 좋도록 하라지! 나는 혼자서 돌아가겠소.」라키친은 독기 품은 어조로 비웃었다.

「닥쳐요! 당신은 정말 악독한 인간이군요.」하고 그루세니카는 발칵 성을 내며 대들었다. 「당신은 이분이 오늘 내게 해준 것과 같은 말을 한 번이라도 해본 적이 있었느냔 말예요?」

「그래 이 친구가 오늘 대체 무슨 말을 했단 말이오?」

「이분이 무슨 말을 했는지 나는 외울 수도 없고, 또 알 수도 없어요. 정말이지 무슨 말을 했는지 짐작도 할 수 없지만, 내 마음에 느껴지는 것이 있었어요. 이분은 내 마음을 송두리째 뒤엎어 버렸어요……. 나를 불쌍히 여겨 준 사람이에요. 그리고 이분, 단 한 사람뿐이에요. 정말 그래요! 오오! 알료샤, 나의 천사, 왜 당신은 좀더 빨리 내게 와 주지 않았나요?」 그녀는 거의 광적인 흥분 상태에 빠져 갑자기 그의 앞에 무릎을 꿇었다. 「나는 여태까지 당신과 같은 분이 와 주기를 기다리고 있었어요. 난 당신 같은 분이 반드시 나타나서 나를 용서해 주리라고 믿고 있었어요. 나 같은 더러운 여자라도 야비한 욕망을 갖지 않고, 진정으로 사랑해 줄 사람이 있으리라고 믿어 왔었지요!」

「내가 당신에게 무엇을 했다는 건가요?」 이렇게 말하고 알료샤는 그녀에게로 몸을 굽혀 다정스런 미소를 띄우며 손을 잡고 부드럽게 어루만져 주었다. 「나는 당신에게 한 뿌리의 파를 주었을 뿐입니다. 조그마한 파 한 뿌리밖엔 드린 것이 없습니다. 단지 그것뿐이에요!」

이렇게 말하고는 그 역시 눈물을 흘리기 시작했다. 바로 이때 현관 쪽에서 갑자기 법석대는 소리가 들려 오더니 누군가가 응접실로 들어왔다. 그루세니카는 소스라칠 듯이 놀라 소파에서 뛰어 일어났다. 페냐가 요란스럽게 소리치며 방으로 뛰어들어왔다.

「아씨, 아씨, 마차를 몰고 사람이 왔어요!」 페냐는 숨이 턱에 닿을 듯 기뻐서 어쩔 줄 모르며 떠들어 댔다. 「모크로예에서 아씨를 모시러 세 필의 말을 잡아맨 마차가 방금 도착했어요! 치모페이라는 마부가 지금 곧 다른 말로 갈아 매겠대요……. 그리고 편지를, 아씨, 여기 편지가 있어요!」

정말 페냐의 손에는 편지가 한 통 들려 있었다. 그녀는 이렇게 지껄이고 있는 동안 줄곧 그 편지를 공중에 휘두르고 있었다. 그루세니카는 페냐의 손에서 그 편지를 낚아채어 촛불 옆으로 가까이 다가갔다. 편지는 두세 줄밖에 되지 않은 내용이었다. 그루세니카는 단숨에 그것을 읽었다.

「그 사람이 나를 메리러 왔어요!」 그녀는 이지러진 얼굴에 병적인 미소를 띄우며 창백한 얼굴로 소리쳤다. 「휘파람을 부는 거예요!『자, 강아지야, 어서 이리 오렴.』하고. 그럼 난 꼬리를 흔들며 기어나가야지!」

그녀는 망설이는 듯 잠시 동안 머뭇거리고 서 있었으나 그것은 한순간에 지나지 않았다. 다음 순간 갑자기 온 몸의 피가 모두 그녀의 머리로 솟구쳐 올라 두 뺨을 빨갛게 물들였다.

「가야지!」 하고 그녀는 외쳤다. 「아아, 눈물로 지낸 오 년간의 생활과도 이제 이별이군요! 알료샤, 당신과도 이별이에요. 내 운명은 결정되었어요……. 자, 어서들 돌아가세요, 돌아가 주어요. 그리고 다신 내 눈앞에 나타나지 마세요! 그루세니카는 새로운 생활을 향해 날아가는 거예요……. 그리고 라키트카, 당신도 이젠 날 나무라지 말아요. 어쩌면 난 죽으러 가는 길인지도 모르니까! 아아, 꼭 술에 취한 것만 같군요!」

그녀는 갑자기 두 사람을 그대로 남겨 둔 채 자기 침실로 달려들어갔다.

「저 여잔 지금 우리들 생각은 전연 하지 않고 있네!」라키친이 투덜거렸다. 「자, 가세. 어물거리고 있다간 또 그 히스테릭한 비명을 들어야 할 테니……눈물을 찔끔거리며 떠들어 대는 데는 이제 진저리가 난다니까…….」

알료샤는 라키친에게 끌려서 기계적으로 밖으로 나왔다. 뜰안에는 포장을 씌운 여행용 마차가 한 대 서서 마침 말을 갈려고 하고 있는 참이었다. 등불을 든 사람이 부산스레 이리저리 뛰어다니고 있었다. 그리고 활짝 열려진 대문으로는 세 필의 말이 끌려들어오고 있었다. 라키친과 알료샤가 현관 층계를 내려섰을 때, 그루세니카의 침실 창문이 홱 열리더니 맑게 울리는 그녀의 음성이 그들을 불러 세웠다.

「알료샤, 미챠 형님에게 인사 전해 주세요. 그리고 난 그이를 괴롭혀 드리기만 했지만 너무 나쁘게 생각지는 말라고 말해 주세요. 그리고 또 그루세니카는 당신과 같은 훌륭한 분을 버리고 비열한 사내의 손에 넘어갔다 라고, 내가 말하더라고 전해 주세요. 그리고 또 있어요. 그루세니카는 한때, 아주 짧은 오직 한 때 정말로 미챠를 사랑했던 적이 있었다고요. 이 한때를 일생 동안 잊지 말아 달라고 하더라는 말도 전해 주어요. 일생 동안이라고, 그루세니카가 다짐을 하더라고요…….」

그녀는 눈물 어린 음성으로 말을 맺었다. 창문이 소리를 내며 닫혔다.

「흥!」하고 라키친은 비웃으며 야릇한 소리로 중얼거렸다. 「드디어 자네 형 미챠에게 마지막 일격을 가했군. 그리곤 일생 동안 잊지 말아 달라고? 이건 너무 잔인하지 않나!」

알료샤는 그의 말을 듣지 못한 것처럼 아무런 대꾸도 하지 않았다. 그는 굉장히 급한 일이라도 있는 듯이 라키친과 나란히 서서 빠른 걸음으로 걸어갔다. 그는 마치 자기 망각에 빠진 사람처럼 기계적으로 발을 놀렸다. 한편 라키친은 문득 채 아물지 않은 상처를 손으로 쓸어올리는 것 같은 찌르르한 아픔을 느꼈다. 그가 알료샤를 그루세니카에게 데리고 올 때에는 전혀 다른 그 무엇을 예기하고 있었던 것이다. 그런데 그가 예기했던 것과는 전혀 다른 달갑지 않은 결과가 나타난 것이다.

「그자는, 그 장교라는 사내는 폴란드인이라네.」그는 다시 스스로를 억제하는 어조로 이렇게 말을 꺼냈다. 「그리고 지금은 장교도 아무것도 아니라는군. 시베리아의 중국 국경 지대에 있는 어느 세관에 근무하고 있었다니까, 아마 모르긴 해도 보잘것 없는 거지 같은 폴란드인 나부랑이일 거야. 들리는 소문에는 이번에 실직을 하고서 그루세니카가 돈을 좀 모았다는 소문을 듣고 다시 돌아왔다는 거야. 소위 기적의 정체는 이것이 전부지.」

이번에도 알료샤는 전연 귀를 기울이지 않고 있는 것 같았다. 라키친은 더 이상 참을 수가 없어졌다.

「그래 자네는 타락한 계집을 참된 인간으로 구원이라도 한 것같이 생각하고 있는 건가?」하고 그는 알료샤에게 경멸 섞인 웃음을 던졌다.「자네는 막달라 마리아를 진리의 길로 인도했다고 자부하고 있는가? 일곱 놈의 마귀를 쫓아 버린 기분인가 말일세. 오늘 아침 우리가 고대하던 기적이 이제 여기서 실현되었다고 생각하고 있군 그래!」

「라키친, 그런 소린 듣고 싶지 않네.」알료샤는 가슴에 쓰라린 고통을 느끼며 이렇게 대답했다.

「그러고 보니 자넨 아까 그 이십오 루블리 때문에 나를 경멸하고 있군 그래. 내가 귀중한 친구를 팔아 먹었다고 생각하는 모양이군. 그렇지만 자네는 그리스도도 아니고 나는 유다도 아니잖나?」

「라키친, 자넨 무슨 말을 그렇게 하는가? 난 그런 건 벌써 잊고 있었네, 정말이야!」하고 알료샤는 외쳤다.「자네 말을 듣고서야 겨우 생각이 났다니까 ……..」

그러나 이 말에 드디어 라키친은 분통을 터뜨리고 말았다.

「빌어먹을, 자네 같은 인간은 모조리 악마에게나 잡혀갔으면 속이 시원하겠군!」하고 라키친은 커다랗게 소리를 질렀다.「내가 왜 자네 같은 인간과 상종을 했을까? 다신 자네 따윈 얼굴도 보기 싫네. 자네 혼자서 가게. 그쪽이 자네가 갈 길이야·」

어둠 속에 알료샤를 혼자 남겨 두고 그는 휙 몸을 돌려 다른 길로 걸어가 버렸다. 시내를 벗어나자 알료샤는 들길을 걸어 수도원으로 향했다.

4. 갈릴리의 가나

알료샤가 암자 입구에 도착한 것은 수도원의 관례로 보아 퍽 늦은 시각이었다. 문지기는 특별 출입구로 그를 넣어 주었다. 벌써 아홉 시가 되어 있었다. 그것은 모든 사람에게 있어 번거로운 하루를 지내고 난 다음에 찾아온 휴식과 안정의 시간이었다. 알료샤는 조심스럽게 문을 밀치고 장로의 관이 안치된 암자 안으로 들어섰다. 암자 안에는 관을 향해 서서 쓸쓸하게 복음서를 읽고 있는 파이시 신부와 젊은 수습 수사 포르피리 이외에는 아무도 없었다. 포르피리는 어젯밤의 담화와 오늘의 도발적인 사건들 때문에 지칠 대로 지쳐 옆방 마루 위에서 젊은이다운 깊은 잠에 떨어져 있었다. 파이시 신부는 알료샤가 들어오는 소리를 들었으나 그쪽을 돌아다보지는 않았다. 알료샤는 문을 들어서자 오른쪽 구석으로 가서 무릎을 꿇고 기도를 드리기 시작했다.

그의 가슴은 무언가로 가득 차 있었으나 이상스럽게도 감정이 마구 뒤얽혀 있어서 어떤 뚜렷한 느낌은 한 가지도 떠오르지 않았다. 뿐만 아니라 여러 가지 온갖 느낌이 천천히 계속적으로 빙글빙글 맴돌면서 번갈아 불쑥불쑥 고개를 내밀곤 하는 것이었다. 그러나 그의 마음은 야릇하게도 달콤한 기분에 젖어 있었다. 알료샤는 이러한 감정에 별로 놀라지 않았다. 그는 다시 눈앞에 놓여 있는 관을 바라보았다 —— 가리워져 있기는 하였으나 자기에게는 그처럼 귀중하던 유체였다. 그러나 오늘 아침에 느꼈던 것과 같은, 울고만 싶게 가슴이 쑤시던 것 같은 비애는 이미 그의 마음속에 없었다. 그는 방안에 들어서자마자 성인의 유해 앞에 섰을 때처럼 관 앞에 꿇어 엎드렸으나, 그의 이성과 감정은 형언할 길 없는 희열로 밝게 빛나고 있었다. 암자의 창문 하나가 열려져 있어 신선한 공기가 감돌고 있었다. 『창문을 열어 놓은 걸 보니 냄새가 더욱 심했던 모양이군.』하고 알료샤는 생각했다. 그러나 바로 몇 시간 전까지만 해도 무섭고 부끄럽던 썩은 냄새에 관한 생각도 이제는 아까와 같은 처참한 분노를 자아내지 않았다.

그는 조용히 기도를 시작했으나 곧 그 기도가 거의 기계적인 것에 지나지 않는다는 것을 느꼈다. 단편적인 상념들이 그의 마음속에 떠올라 별처럼 반짝이다가는 곧 사라지고, 또다른 상념이 나타나곤 하는 것이었다. 그러나 그 대신 어떤 확고하고 마음의 갈증을 풀어 주는 듯한 완전한 그 무엇이 그의 영혼을 지배하고 있었다. 그 자신도 그것을 자각하고 있었다. 이따금 그는 열렬한 기도를 드리기 시작하곤 했고, 무턱대고 감사와 사랑을 모두 쏟아 놓고 싶은 욕망을 느꼈다……. 그러나 기도를 시작하기가 무섭게 갑자기 마음이 다른 데로 옮아가 생각에 잠겨 버리게 되어 자기가 외우던 기도문도, 기도를 방해하는 잡념도 모두 잊어버리고 마는 것이었다. 그래서 이번엔 파이시 신부의 복음서 낭독에 귀를 기울이기 시작했으나 쌓이고 쌓인 피로 때문에 자기도 모르는 새 꾸벅꾸벅 졸기 시작했다.

〈사흘째 되던 날에 갈릴리의 가나에 혼인이 있어.〉 하고 파이시 신부가 읽어 내려갔다. 〈예수의 어머니도 거기 있었고, 예수와 그의 제자들도 청함을 받았더라…….〉

『혼인이라고? 대체 무슨 말일까……혼인이라…….』하는 생각이 회오리 바람처럼 알료샤의 머리를 스치고 지나갔다. 『그루세니카에게도 역시 행복이 찾아와서……그래, 축하연에 가버렸어……. 천만에, 그 여자는 칼 따위를 품고 갈 리가 없어……그건 단지 넋두리를 해본 데에 지나지 않았을 거야……. 암, 그렇고 말고……그런 종류의 넋두리는 허용해야 해. 넋두리만 마음을 위로해 주는 법이니까……. 그것이나마 없다면, 슬픔이란 인간에게 견디기 어려운 짐일 거야. 라키친은 자기가 받은 모욕을 생각하고 있는 한 언제나 뒷골목 길만을 걷게 되겠지……. 그렇지만 큰길은……인간이 걸어야 할 큰길은 넓고 곧고 수정처럼 맑고, 저쪽 멀리에서는 태양이 빛나고 있어……그런데 지금 읽고 있는 건 어느 구절이지?』

〈……포도주가 모자라는지라, 예수의 어머니가 예수에게 이르되, 저희에게 포도주가 없다, 하니……〉라는 구절이 알료샤의 귀에 들려 왔다.

『아, 그렇지, 내가 이 구절을 잘못 듣고 넘겨 버렸구나. 이 구절은 놓치고 싶지 않았는데……난 이 구절이 특히 좋아. 갈릴리의 가나에서 일어난 첫번째의 기적……. 아아, 그 기적, 얼마나 고마운 기적이냐! 그리스도께서 찾아간 것은 인간의 슬픔이 아니라 기쁨이었다. 그리스도께서는 인간의 기쁨을 돕기 위해 첫번째 기적을 행하셨지……〈사람을 사랑하는 자는 그들의 기쁨도 사랑하느니라……〉 돌아가신 장로님께서는 늘 이렇게 되풀이 말씀하셨는데 이것은 또한 그분의 주요한 사상의 하나였지……. 하긴 미챠도 〈기쁨이 없는 곳에 삶이 있을 수 없다〉고 했었지만……그래 맞았어, 미챠가 한 말이야……. 〈무릇 참되고 아름다운 것은 모든 것을 용서하는 마음으로 가득 차 있는 법이다〉 장로님께서는 늘 이렇게도 말씀하셨지…….』

〈예수께서 가라사대, 여인이여, 나와 무슨 상관이 있나이까, 내 때가 아직 이르지 못하였나이다. 그 어머니가 하인들에게 이르되, 그가 너희들에게 무슨 말씀을 하시든지 그대로 하라, 하니라…….〉

『그대로 하라……. 그렇다, 기쁨이다. 아주 가난한 사람들에게 기쁨을 주는 것이다……. 혼례 잔치에 포도주가 모자란다고 했으니, 그야 물론 가난한 사람들일 것은 뻔한 일이지……. 역사가들의 기록에 의하면, 게네사렛 호수(누가복음 5장 참고. 요한복음, 마태복음 등에서 〈갈리리의 바다〉라 불려지고 있음)가 일대에는 그 당시 상상도 못할 만큼 가난한 사람들이 살고 있었다지 않는가……. 그런데 거기에 있던 또 하나의 위대한 존재, 즉 예수의 어머니의 위대한 영혼은 예수께서 비단 그의 굉장한 사업을 하기 위해서만은 아니라는 것을 잘 알고 있었지. 예수의 어머니는 또한 자기네들의 보잘것 없는 혼인 잔치에 기꺼이 예수를 초대한, 무지하긴 하나 교활하지 않은 비천한 사람들의 순박하고도 평범한 즐거움이 예수에게 감동을 느끼게 할 수 있다는 것을 잘 알고 있었던 거야. 〈내 때가 아직 이르지 못하였나이다.〉—— 예수께서는 부드러운 미소를 띄우시고 이렇게 말씀하셨지. 필시 겸손한 미소를 지어 보였을 거야. 실제로 예수께서는 가난한 사람들의 혼인 잔치에 포도주를 넉넉히 해주시려고 오신 것은 아니지 않는가. 그러나 예수께서는 기꺼이 어머니의 청을 받아들여 포도주를 만들어 주었던 것이다……. 아아, 그 다음을 읽고 있군』

〈예수께서 저희에게 이르시되, 항아리에 물을 채우라 하신 즉, 그것의 아귀까지 채우니,

이제는 퍼서 연회장(宴會長)으로 갖다 주라 하시매 갖다 주었더니, 연회장은 물로 된 포도주를 맛보고 어디서 났는지 알지 못하되 물 떠온 하인들은 알더라. 연회장이 신랑을 불러 말하되,

사람마다 먼저 좋은 포도주를 내고, 취한 뒤에 나쁜 것을 내거늘 그대는 지금까지 좋은 포도주를 주었도다, 하니라…….〉

『그런데, 이게 어찌 된 일일까? 어째서 점점 방이 넓어지는 것일까?……오라, 그렇지……이건 혼례식이니까, 결혼 잔치니까……. 아무렴, 물론이지. 저기 저렇게 손님들이 있고, 신랑 신부도 앉아 있고, 그리고 또 군중들이 즐거워하고 있구나……. 그런데 그 즐거운 연회장은 어디 있을까? 저건 또 누굴까? 도대체 무얼 하는 사람일까? 이것 좀 봐, 또다시 방이 넓어지는군……저 커다란 식탁에서 일어서는 건 또 누굴까? 도대체 뭣하는 사람일까? 이것 좀 봐, 또다시 방이 넓어지는군……. 저 커다란 식탁에서 일어서는 건 또 누구지? 아니, 저분은……저분이 어떻게 여길 오셨을까? 관 속에 누워 계실 텐데……. 그렇지만 확실히 여기 계신 건 그분이시다……. 일어서서 나를 보고 이리로 걸어오시는군……아아!』

그렇다, 그는 알료샤에게로 다가오고 있었다. 얼굴에 잔주름이 가득한, 여위고 작은 몸집의 노인이 조용히 즐거운 듯히 웃고 있다. 이미 그곳에 관은 보이지 않는다. 그는 어제 저녁 손님들과 함께 담화를 나누었을 때와 똑같은 옷을 입고 있다. 얼굴 전체에 환한 표정을 띠고 두 눈은 밝게 빛나고 있다. 이것은 도대체 어찌 된 일일까? 아마도 저분 역시 갈릴리의 가나의 혼인 잔치에 초대를 받고 이 축연에 참석한 것이 틀림없다.

『그래, 나 역시 초대를 받고 불리워 온 거야.』하는 부드러운 음성이 알료샤의 머리 위에서 들려 왔다. 『그런데 왜 이런 곳에, 남들에게 보이지 않게 숨어 있느냐? 자, 어서 이리 나와 사람들이 있는 곳으로 가자.』

그분의 목소리다, 조시마 장로의 목소리다……. 이렇게 날 부르는 것을 보니

틀림없다 ! 장로는 그의 손을 부드럽게 잡아 이끌었다. 알료샤는 꿇었던 무릎을 펴고 일어섰다.

『즐겁게 놀기로 하자.』하고 몸집이 자그마하고 여윈 노인은 말을 이었다. 『우리도 새 포도주를, 위대하고 새로운 환희의 포도주를 마시자. 보아라, 굉장히 많은 손님들이군그래 ! 저기 있는 것이 신랑 신부, 그리고 또 저기 있는 것이 슬기로운 연회장인데 지금 새 술을 맛보고 있구나. 왜 그렇게 놀란 얼굴로 나를 보지 ? 나는 파 한 뿌리를 적선해 준 덕분에, 여기 초대를 받아 온 거야. 여기 와 있는 대부분의 사람들은 파를 주었기 때문에, 그것도 단지 작은 파 한 뿌리를 적선하였기 때문에 초대를 받은 사람들 뿐이다……. 그런데 일은 잘 되어 가니 ? 너도, 조용하고 상냥한 나의 아들도, 오늘 굶주린 어떤 여인에게 파 한 뿌리를 주었더구나. 어서 시작하거라, 내 아들아, 너의 일을 시작하거라 ! 그건 그렇고, 너에겐 우리들의 태양이 보이느냐 ? 그분의 모습이 보이느냐 ?』

『두렵습니다……. 감히 쳐다볼 수가 없읍니다…….』하고 알료샤는 속삭이듯 말했다.

『두려워할 것은 없느니라. 우리들에게 저분의 그 위대함이, 그 숭고함이 무섭게 보일는지 모르지만, 저분은 한량없이 자비로우신 분이시다. 지금도 저분은 우리를 사랑하시는 마음에서 우리와 함께 즐기고 계시는 거란다. 그리고 손님들의 즐거움이 끊어지지 않도록 저렇게 물을 포도주로 변하게 하여 새 손님을 기다리고 계시지 않니. 저분은 영원히 쉬지 않고 새 손님을 축연으로 부르고 계시지. 저걸 봐라, 또 새 포도주를 날라오고 있구나. 저기 새 그릇을 가져오고 있는 것이 보이지 ?……』

알료샤의 마음속에 무엇인가 타오르는 것이 있어, 가슴이 벅찰 지경으로 꽉 차올랐다. 마음속 깊은 곳에서 환희의 눈물이 솟구쳐 올랐다……. 그는 두 손을 내밀고 무어라고 외친 순간 잠을 깨었다…….

다시금 관과 열어젖뜨려진 창문이 보이고, 조용하고 엄숙하고 또렷한 복음서의 낭독 소리가 들려 왔다. 그러나 알료샤는 그것에 귀를 기울이려 하지 않았다. 그는 무릎을 꿇은 채로 잠이 들었는데, 이상스럽게도 지금은 두 다리를 뻗고 서 있는 것이었다. 그는 갑자기 무엇엔가에 등을 떠밀린 것같이 빠르고 확고한 걸음걸이로 세 발짝 앞으로 나아가 관 앞에 달라붙어 섰다. 이때 그의 어깨가 파이시 신부에게 부딪쳤으나 그는 그것도 알지 못했다. 파이시 신부는 그 순간 책에서 잠시 눈을 떼었으나, 이 젊은이의 마음에 무언가 이상한 변화가 일어났다는 것을 깨닫고 곧 다시 눈을 옮겼다. 알료샤는 삼십 초 가량 관 속을 들여다보고 있었다. 장로는 가슴에 성상을 얹고 머리에는 팔각 십자가가 달린 두건을 쓰고 전신이 가리워진 채 관 속에 누워 있었다. 알료샤는 그의 목소리를 방금 들었으므로 그 목소리가 아직도 귀에 쟁쟁하였다. 그는 조용히 귀를 기울이고, 또다시 그 음성이 들려 오기를 기다렸다……. 그러다가 갑자기 그는 홱 몸을 돌려 암자 밖으로 나가 버렸다.

그는 현관 앞 충계 위에서도 걸음을 멈추지 않고 빠른 걸음으로 아래까지 내려갔다. 환희에 가득 찬 그의 영혼이 자유와 공간과 광활함을 갈망하고 있었던 것이다. 고요히 빛나는 무수한 별들을 뿌려 놓은 창공이 넓고 끝없이 그의 머리 위에 펼쳐져 있었다. 파아란 두 줄기의 은하수가 하늘 한가운데로부터 지평선을 향해 달리고 있었다. 상쾌하고 죽은 듯이 고요한 밤이 대지를 뒤덮고, 수도원의 흰 탑이며 금빛의 둥근 지붕이 청옥색 하늘을 배경으로 빛나고 있었다. 찬란한 가을의 꽃들은 건물 주위에 있는 화단에서 아침이 오기까지 잠을 즐기고 있었다. 대지의 정적은 하늘의 고요 속으로 녹아들고 대지의 신비는 별들의 신비와 서로 접촉하고 있는 것 같았다…….

뜰에 서서 이런 것들을 바라보고 있던 알료샤는 갑자기 대지 위에 몸을 던졌다. 그는 자기가 왜 대지를 얼싸안았는지 스스로도 알 수 없었다. 왜 이 넓은 대지에, 그리고 모든 것에 입맞추고 싶은, 억제할 수 없는 충동을 느꼈는지 그 까닭을 설명할 수가 없었다. 그러나 그는 흑흑 흐느껴 울며 대지에 입맞추었고, 자기의 눈물로 대지를 적시었다. 그리고 이 대지를 사랑하기를 영원히 변함없이 사랑하기를 열정적으로 맹세하는 것이었다. 〈그대의 환희의 눈물로써 대지를 적시고 그 눈물을 사랑하라.〉라는 목소리가 그의 영혼 속에서 울려 나왔다. 대체 그는 무엇 때문에 울었던 것일까? 오오, 그는 무한한 공간 속에서 자기를 향해 반짝이는 별들만 보아도 절로 환희의 눈물이 솟구쳐 오르는 것이었다! 그는 이와 같은 광적인 흥분 상태를 조금도 부끄러워하지 않았다. 그리고 마치 하느님의 끝없는 세계로부터 던져진 실들이 일제히 그의 영혼에 집중된 것처럼 그 영혼은 타계(他界)와의 접촉 속에서 떨고 있는 듯이 보였다. 그는 모든 일에 대하여 모든 사람을 용서하고, 동시에 자기 자신도 용서받고 싶었다. 오오, 그것은 결코 자기 자신을 위해서가 아니라 모든 사물, 모든 사람을 위해서였다. 『그리고 다른 사람들도 역시 나를 위해 기도해 줄 것이다.』하는 소리가 다시 그의 마음속에서 울려 나왔다. 그러나 그는 시시 각각으로 저 무한한 창공처럼 확고부동한 그 무엇이 그의 영혼 속으로 흘러들고 있는 것이 뚜렷하게 느껴지는 것만 같았다. 그것은 마치 어떤 관념이 그의 지성을 지배하려는 것과도 같았다. 그리고 그것은 일생 동안, 아니 영원히 가시지 않는 것이었다. 그가 대지에 몸을 던졌을 때는 한낱 나약한 젊은이에 지나지 않았으나 땅에서 일어섰을 때는 한평생 흔들리지 않을 굳센 힘을 지닌 투사가 되어 있었다. 그는 환희를 느낀 바로 그 순간에 문득 그것을 직감하였고 그것을 자각한 것이다. 알료샤는 나중에 일생 동안 이 순간을 절대로 잊지 못했다. 『그때 누군가가 내 영혼의 문을 열어준 것이다.』 그는 뒤에 자기 말에 확고한 신념을 지니고 이렇게 말하곤 했다 …….

그로부터 사흘 뒤, 그는 자기에게 『속세에 나가 살아야 한다.』고 명한 장로의 말을 좇아 수도원을 나왔다.

〈계속〉

카라마조프가의 형제 Ⅰ

■ 저 자 / 도스토예프스키
■ 역 자 / 구   자   운
■ 발행자 / 남   용
■ 발행소 / 一信書籍出版社

주소 : 121 - 110 서울 마포구 신수동 177 - 3
등록 : 1969. 9. 12. NO. 10 - 70
전화 : 영업부 703 - 3001~6
　　　 편집부 703 - 3007~8
　　　 FAX 703 - 3009

© ILSIN PUBLISHING Co. 990.

ISBN 89-366-0280-2　　　값 14,000원